TRACY GUZEMAN | Das Gewicht des Himmels

Das Buch

Am Ende seines Lebens beauftragt der gefeierte Maler Thomas Bayber seinen engen Vertrauten Dennis Finch ein bisher unbekanntes Gemälde aus dem Jahr 1963 zu verkaufen. Der Kunstprofessor steht vor einem Rätsel, glaubte er doch bisher, das Gesamtwerk des Malers zu kennen. Aber beim Anblick des Gemäldes ahnt er, dass es um weit mehr geht als um das Bild selbst. Denn die beiden jungen Frauen auf dem Porträt scheinen für Thomas eine größere Rolle zu spielen, als er zugibt. Kurz darauf erkrankt Thomas schwer, und für Dennis Finch beginnt eine Suche, die ihn auf die Spur zweier völlig unterschiedlicher Schwestern, einer tragischen Liebe und einer Lüge mit verheerenden Folgen führen wird.

»Große Gefühle im Stil eines Detektivromans!«
Emotion

»Bewegend, spannend und packend erzählt.«
Hannoversche Allgemeine

Die Autorin

Tracy Guzeman lebt in der Nähe von San Francisco. Ihre Kurzgeschichten erschienen in verschiedenen Literaturzeitschriften. *Das Gewicht des Himmels* ist ihr erster Roman und wurde auf Anhieb ein internationaler Bestseller.

TRACY GUZEMAN

Das Gewicht des Himmels

ROMAN

Aus dem Amerikanischen
von Stefanie Fahrner

Diana Verlag

Die Originalausgabe erschien 2013 unter dem Titel
The Gravity of Birds bei Simon & Schuster Inc., New York

MIX
Papier aus verantwortungsvollen Quellen
FSC® C014496
FSC
www.fsc.org

Verlagsgruppe Random House FSC® N001967
Das für dieses Buch verwendete
FSC®-zertifizierte Papier *Holmen Book Cream*
liefert Holmen Paper, Hallstavik, Schweden.

Taschenbucherstausgabe 07/2015

Redaktion | Uta Rupprecht
Umschlaggestaltung | t.mutzenbach design, München
Umschlagmotiv | © Margie Hurwich/Arcangel Images
Satz | Leingärtner, Nabburg
Druck und Bindung | GGP Media GmbH, Pößneck

Printed in Germany
ISBN 978-3-453-35837-9

www.diana-verlag.de

Für meine Eltern Jane und Dean
und meine Schwestern Jill und Marnie –
allesamt begeisterte Leser

Ich wache früher auf, jetzt, wo die Vögel wieder da sind
und in den unverwüstlichen Bäumen singen.
Auf einem Feldbett am offenen Fenster liege ich
wie verbrauchtes Land, wenn der Frühling naht.

Alle Seefahrer meiner Erinnerung bestiegen
ihr Schiff mit Kummer im Gepäck.
Die Menschen zögern, sie wollen nicht fort;
sie brechen erst auf, wenn das Sterben beginnt.

Und ich? Mein kärgliches Leben verlangt nicht
nach Neuem oder dem Schutz der Ferne.
In welch anderem Land könnte ich alles niederschreiben,
ich, noch immer Bürgerin dieser gefallenen Stadt?

Auf einem Feldbett am offenen Fenster denke ich nach,
während die Vögel den Kreislauf des Lebens besingen.
Soll das Sterben doch weitergehen. Vielleicht kann ich
vom Unheil erben, bevor ich reise.

Ach, ich sehe die großen Schiffe auslaufen,
meine Wunden zucken vor Ungeduld. Und doch kehre ich um,
ordne die weinenden Trümmer meines Hauses.
Hier oder nirgends mache ich meinen Frieden mit der Welt.

Mary Oliver, »Ich bleibe«, 1963

1

August 1963

Alice spazierte am moosigen Waldrand entlang. Immer wenn sich ihr ein schattiges Plätzchen bot, verweilte sie kurz. Sie wartete auf das Motorengeräusch seines Austin-Healy und darauf, dass er wenige Sekunden später den Wirtschaftsweg heruntergerast kam – den Weg, der das Naturschutzgebiet von den Blockhäusern am See trennte. Doch sie hörte nur das Geschnatter der Indigofinken in der Blätterkathedrale über ihr. Die strahlend blauen Männchen stoben tiefer in den Wald hinein, wenn Alice ihr »Tziet-tziet-tzu-tzu-tziet-tziet« nachahmte. Während sie sich langsam durchs Unterholz arbeitete, streiften die hellgrünen Köpfe der Kiefernsämlinge ihre Hosen. Sie hatte sich so zurechtgemacht, dass sie mit dem Wald verschmolz; ihr Haar war unter einer Schildmütze hochgesteckt und ihre Kleidung graubraun und unauffällig. Da endlich, sein Auto! Sie duckte sich hinter einige Birken und machte sich so klein wie möglich, kauerte sich in eine flache Grube voll mit Farnen und Laub. Ihr Vogelbeobachtungsheft und die

Gedichtsammlung balancierte sie auf den Knien, während sie Rinde von den Birkenstämmen riss und beobachtete, wie er auf den Schotterparkplatz seines Anwesens einbog.

Er schaltete den Motor aus, blieb aber noch in seinem Cabrio sitzen. Genüsslich zündete er sich eine Zigarette an, die er mit geschlossenen Augen so langsam rauchte, dass sie sich schon fragte, ob er vielleicht eingenickt oder in seine typische Trance gefallen war. Als er sich dann endlich aus dem engen Vordersitz gezwängt hatte, stand er so aufrecht und schmal da wie die dunklen Baumstämme hinter ihm, die seinen Schatten schluckten. Alice bewegte sich, denn ihr linker Fuß war eingeschlafen und prickelte. Die Blätter unter ihr raschelten. Das Geräusch hätte genauso gut von einem kleinen Tier stammen können, aber er drehte sich sofort zu ihrem Versteck um und starrte auf einen Punkt über ihrem Kopf. Sie hielt den Atem an.

»Alice«, flüsterte er in die warme Luft hinein. Sie konnte das Zischen gerade noch hören, gerade noch sehen, wie seine Lippen sich bewegten. Aber sie war sich sicher, dass er ihren Namen gesagt hatte. Ja, das hatten sie gemeinsam: Beide beobachteten gern, wenn auch auf verschiedene Art.

Er nahm eine Papiertüte vom Beifahrersitz und drückte sie beinahe liebevoll an die Brust. Da sind Flaschen drin, wusste sie und dachte an ihren Vater; daran, wie oft er zwischen dem Auto und ihrem Sommerhäuschen hin- und hergelaufen war, um den mitgebrachten Alkohol hereinzuholen: einen Monatsvorrat an Toasts und Schlummertrunken und Katerkiller-Drinks. *Die verdammten Einheimischen erhöhen die Preise, sobald die Sommergäste auftauchen,* hatte ihr Vater gesagt. *Warum soll ich zweimal für etwas bezahlen, was ich bloß einmal trinken kann?* Ihn haute niemand übers Ohr.

Alles hatte er dabei: Rot- und Weißwein, Champagner, Galliano und Orangensaft für die Wallbanger ihrer Mutter, Wodka und Gin, ein paar alkoholfreie Getränke zum Mischen, eine Flasche erlesenen Wodka und einige Sixpacks Bier. Und er hatte es genauso sorgsam ins Haus getragen wie Thomas Bayber jetzt seine Flaschen.

Sie wartete, bis er die kurze Steintreppe hochgegangen war und die Fliegengittertür hinter sich zugeknallt hatte, bevor sie es wagte, sich zu rühren. Sie setzte sich auf den mit Kiefernnadeln übersäten Boden und kratzte sich an einem Mückenstich. Dann schlug sie den Gedichtband auf. Mrs. Phelan, die Bibliothekarin, hatte ihn für sie zur Seite gelegt, als er gerade frisch eingetroffen war.

»Mary Oliver. *Ich bleibe und andere Gedichte*. Meine Schwester hat mir das aus London geschickt, Alice. Ich dachte, du wärst vielleicht gerne die Erste, die es liest.« Mrs. Phelan fächerte die Seiten auf und zwinkerte Alice verschwörerisch zu. »Es riecht noch ganz neu.«

Alice hatte sich das Buch für den See aufgehoben. Sie wollte die Gedichte erst lesen, wenn sie sich in einer genau passenden Umgebung befand. Am Morgen hatte sie an der Bootsanlegestelle ein Handtuch ausgebreitet, das noch etwas feucht war und nach Algen roch. Auf dem Bauch liegend, die Ellenbogen aufgestützt, blätterte sie in dem Buch. Das helle Sonnenlicht, das vom weißen Papier zurückgeworfen wurde, machte ihr Kopfschmerzen, aber sie rührte sich nicht vom Fleck, und bald hatte die Hitze ihre Haut zartrosa gefärbt. Sie las immer weiter, hielt den Atem an, wenn eine Strophe vorbei war, konzentrierte sich auf die Sprache, die genaue Bedeutung der Wörter. Es war schade, dass sie nur ungefähr ahnte, was die Dichterin ausdrücken wollte, dass sie die Verse nicht bis ins Letzte verstand. Inzwischen war die Seite mit dem Gedicht »Ich bleibe« zerknittert, übersät mit Sandkörnern, versehen mit Alices feuchtem Daumenabdruck in der Ecke. *… liege ich wie verbrauchtes Land, wenn der Frühling kommt …* In den Zeilen lagen Geheimnisse, die sie nicht ergründen konnte.

Wenn sie Thomas darum bat, würde er ihr das Gedicht erklären, ohne diese typisch vage Erwachsenensprache zu gebrauchen oder Unwissen vorzutäuschen. Aber wenn sie mit Thomas zusammen war, lernten sie voneinander. Er schulte sie in Jazz, Bossa nova und Bebop und spielte ihr, während er malte, seine Lieblingsmusiker vor: Slim Gaillard, Rita Reys, King Pleasure und Jimmy Guiffre. Dabei stach er jedes Mal, wenn er sie auf eine wichtige Stelle aufmerksam machen wollte, mit dem Pinsel in die Luft. Im Gegenzug zeigte sie ihm die neuesten Seiten aus ihrem Vogelbeobachtungsbuch: Skizzen der Sumpfohreule, der Nordamerikanischen Pfeifente, des Zedernseidenschwanzes und des Waldlaubsängers. Sie erklärte ihm, dass der harmlos aussehende Louisianawürger seine Beute tötete, indem er ihr in den Hals biss und dabei das Rückenmark durchtrennte. Dann konnte er das Opfer auf Dornen oder Stacheldraht aufspießen und es in Stücke reißen.

»Um Himmels willen«, sagte er schaudernd. »Das ist ja ein wahrer Horrorvogel!«

Sie vermutete, dass er sich durch ihre Besuche nur zu gern von der Arbeit abhalten ließ, brachte ihn aber mit ihren Beschreibungen der Einheimischen gerne zum Lachen: Tamara Philson, die ihre lange Perlenkette ständig trug, selbst am Strand, seit sie von einem Einbruch in der Nachbarstadt gehört hatte. Die Sidbey-Zwillinge, deren Eltern sie immer genau gleich anzogen, bis hin zu den Haarspangen und Schnürsenkeln. Auseinanderhalten konnte man sie nur durch einen lilafarbenen Punkt, den Mr. Sidbey einer der beiden aufs Ohrläppchen gemalt hatte. *Alice,* hatte Thomas gesagt, *du bist das beste Mittel gegen Langeweile.*

Sie spähte durch die Birkenstämme zum hinteren Teil des Hauses hinüber. Wenn sie zu lange wartete, bis sie anklopfte, hatte er vielleicht schon angefangen zu arbeiten. Dann riskierte sie, ihn dabei zu stören, und er wäre schroff und kurz angebunden. In solchen Momenten kam er ihr vor wie ein wildes Tier, wie die Katzen zu Hause, die sie hinter den Holzstapel lockte, um sie einzufangen. Niemals hätte sie sich getraut, uneingeladen vorbeizukommen (er hatte zwar eine Einladung ausgesprochen, aber nur eine ganz vage); darum näherte sie sich ihm lieber ganz vorsichtig.

Kommt doch mal vorbei, hatte er am ersten Tag im Kreis ihrer Familie gesagt, nachdem er sich vorgestellt hatte. Er war plötzlich aus dem Wald aufgetaucht, um seinen Hund zurückzuholen. Das Tier sprang aufgeregt um ihn herum, während sie miteinander am Anlegeplatz standen. Aber er hätte sich kaum vorzustellen brauchen – sie wussten genau, wer er war.

»Dieser Künstler«, so bezeichnete ihn ihr Vater. Im selben Ton hätte er auch »diese Schwuchtel« oder »dieser Axtmörder« sagen können. Alice saß auf ihrem geheimen Beobachtungsposten oben an der Treppe, von dem aus sie die Unterhaltungen ihrer Eltern heimlich belauschte, und zwar schon lange, ehe sie zum ersten Mal an den See fuhren.

»Myrna findet, dass er Talent hat«, hatte ihre Mutter gesagt.

»Na klar, sie kann das bestimmt beurteilen, mit ihrer Erfahrung auf dem Gebiet der … was macht er noch mal?« Ihr Vater klang so aufgebracht wie immer wenn man ihn mit Myrna Restons Erfahrung auf unendlich vielen Gebieten konfrontierte.

»Du weißt ganz genau, was er macht. Er ist Maler. Sie sagt, er hat ein Stipendium der Royal Academy bekommen.«

Ihr Vater schnaubte unbeeindruckt. »Maler! Das heißt, die Leute bezahlen ihn dafür, dass er ihren Schnaps trinkt und ihren Töchtern schöne Augen macht und den Rest der Zeit auf einem Stuhl sitzt und an einem Pinsel lutscht. So einen Job hätte ich auch gern.« Alice konnte direkt vor sich sehen, wie ihr Vater die Augen verdrehte.

»Du brauchst nicht sarkastisch zu werden, Niels.«

»Ich bin nicht sarkastisch. Ich will bloß nicht, dass meine Familie so einem Künstler in den Arsch kriecht. Wir haben schon genug am Hals mit …« Eine Pause entstand, und dann war nur noch Geflüster zu hören. Alice wusste, dass sie über Natalie redeten. Dann dröhnte die Stimme ihres Vaters wieder durchs Haus, und sie zuckte zusammen, dort oben auf ihrer Treppenstufe. »Warum ausgerechnet jetzt, nach so vielen Sommern, die das Haus verwaist war? Es sollte lieber so bleiben, wie es ist …«

Die Mutter unterbrach ihn. »Ob sie das Haus benutzen oder nicht, geht uns nichts an. Dich regt nur auf, dass eins der Boote von den Baybers dauernd fehlen wird, wenn er da ist. Aber das kannst du dem jungen Mann wohl kaum vorwerfen.«

Der Vater atmete hörbar aus – das Zeichen seiner Niederlage. »Versuchen kann ich's jedenfalls.«

An einem Samstagabend vor drei Wochen waren sie angekommen, alle vier: Alice, ihre Eltern und ihre ältere Schwester Natalie. Sie waren verschwitzt und müde von der langen Fahrt. Als Alice am nächsten Morgen erwachte, sah sie als Erstes ihre Koffer, die offen auf dem Boden lagen, und die vielen Sachen, die daraus hervorquollen und darauf warteten, ausgepackt zu werden. Der Badeanzug, den sie nach dem Frühstück von der Wäscheleine holte und anzog, war noch feucht vom traditionellen Abendschwimmen am Tag zuvor und spannte. Ihr Vater hatte die wild lachende Alice und ihre Mutter mit Wasser bespritzt (woraufhin ihre Mutter dramatisch kreischte), und Natalie hatte am Ufer gestanden und ihnen mit verschränkten Armen zugesehen. Ihr Blick war kalt und aggressiv; seit sie wieder zurück war, hatte sie diesen Ausdruck perfektioniert. Alice wusste nicht, warum ihre Schwester die drei anderen Familienmitglieder so sehr ablehnte. *Wieso bist du so ein Spielverderber?*, hatte sie Natalie zugeflüstert – und damit absichtlich ein Wort benutzt, das ihre Schwester oft auf sie anwendete. Als keine Antwort kam, versetzte sie Natalie einen Puff in die Rippen. *Du machst sie traurig. Du wirst alles kaputtmachen.*

Vor ein paar Jahren hatte der Vater eine Maske für Alice gebastelt: aus Seegras und Tannennadeln, die er auf ein Stück hautfarbene Kiefernrinde klebte. Diese Maske hatte er mit dicker gelber Schnur vorn am Kanu befestigt und Alice dabei erklärt, ihre holländischen Vorfahren hätten geglaubt, in den Galionsfiguren der Schiffe lebten Wasserfeen, die die Seemänner vor allem Möglichen beschützten: vor Stürmen, engen und tückischen Passagen, Fieber und Unglück. *Kaboutermannekes* nannte er sie. Wenn das Schiff auf Grund lief oder gar sank, geleiteten die Kaboutermannekes die Seelen der Seefahrer ins Totenreich. Ohne eine Wasserfee, die ihr den Weg zeigen konnte, war die Seele eines Matrosen dazu verdammt, für immer auf See zu bleiben. Natalie, die unbeweglich am felsigen Ufer stand, hatte gestern allerdings nicht so ausgesehen, als würde sie ihre Familie vor irgendetwas beschützen wollen.

An jenem ersten Morgen lag Alice faul an der Bootsanlegestelle und hörte zu, wie ihre Eltern über alles Mögliche sprachen, das sie unternehmen konnten. Doch sie erhoben sich gar nicht erst aus ihren Liegestühlen, verlagerten höchstens mal das Gewicht. Mit Streifen weißer Sonnencreme im Gesicht und undurchsichtigen schwarzen Sonnenbrillen saßen sie da und hoben nur gelegentlich eine Hand, um Teile der Zeitung auszutauschen oder nach dem Bloody-Mary-Glas zu greifen. Als der Hund plötzlich auf der Anlegestelle stand und böse knurrte, zog Alices Mutter ängstlich die Füße hoch. Dann hörten sie eine Stimme aus dem Wald: »Neela! Neela, komm sofort her!«

»Sie ist wirklich harmlos, sie leidet bloß am ›Kleine-Hunde-Komplex‹«, sagte er. Alice war versucht zu entgegnen: »So habe ich Sie mir gar nicht vorgestellt«, biss sich aber auf die Zunge.

Vor der Hintertür zu Thomas' Haus blieb sie stehen. Sie fasste die Bücher fester, holte tief Luft und wischte sich den Wald von den Füßen: einen Harzfleck, den Staub trockener Blätter, eine gelbe Moosschliere. Es war nicht das erste Mal, dass sie ihn besuchte, aber bisher hatten ihre Eltern immer genau gewusst, wo sie war, hatten ihr nachgewinkt und gerufen: »Benimm dich anständig und bleib nicht zu lange!« In diesem Moment wurde ihr klar, wie es war,

Natalie zu sein – zu wissen, was man nicht tun durfte, und es trotzdem zu tun.

Die Farbe auf der Tür, ein ausgebleichtes Braun, das langsam zu Grau wurde, war gesprungen und rissig wie Alligatorenhaut. Als sie das Holz berührte, fielen dicke Flocken ab und segelten zu Boden. Sie krempelte den rechten Ärmel ihrer Bluse hoch, um den feuchten Ärmelaufschlag zu verstecken, den sie beim Lesen aus Versehen in den See gehängt hatte. Die Nässe war schon hochgestiegen und kühlte ein kleines Stückchen ihrer Haut, aber ihr restlicher Körper stand beinahe in Flammen, sie war nervös und unruhig. Auf den Fersen wippte sie vor und zurück und drückte die Bücher an die Brust. Als sie den Türknauf berührte, fühlte er sich geradezu elektrisch an; ein Sonnenstrahl, der zwischen den Kiefern hindurchschien, hatte ihn aufgeheizt. Sie hielt den Türknauf fest, obwohl er ihr fast die Handfläche verbrannte.

Eine Brise kam über den See geweht und brachte das Echo der Möwen und den beißenden Geruch der Maifische, die nach dem gestrigen Sturm am Strand verrotteten. Alice blickte auf zu dem Labyrinth aus ineinander verknoteten Ästen, zwischen denen helle Stücke bleichen Himmels leuchteten. Ihr wurde ganz schwindlig, und sie fasste den Türknauf noch entschlossener.

Kommt jederzeit vorbei, hatte er gesagt. Als Bayber diese Einladung aussprach, nickte Alices Mutter zögerlich und beäugte den Hund, der eine Planke nach der anderen beschnüffelte. Der Vater stand mühsam aus seinem bejahrten Adirondack-Stuhl auf, und die Anlegestelle unter ihnen schwankte. Es war, als hätte sich durch die plötzliche

Bewegung etwas verändert. Alice hatte das Gefühl, sie und ihre Familie seien plötzlich nicht mehr die Menschen, die sie noch vor wenigen Augenblicken gewesen waren.

»Felicity Kessler«, sagte die Mutter und streckte Bayber die Hand hin. »Und das ist mein Mann Niels. Jeden August mieten wir das Ferienhaus der Restons. Sie kennen bestimmt Myrna. Also Mrs. Reston?«

»Meine Familie gewährt mir nicht oft Ausgang.« Er zwinkerte der Mutter zu, und Alice war schockiert, dass ihrer Mutter das Blut in die Wangen schoss. »Myrnas – ich meine, Mrs. Restons Name ist sicher mal gefallen, aber ich habe sie noch nicht persönlich kennengelernt.«

»Da haben Sie aber Glück gehabt«, bemerkte der Vater.

»Niels!«

»War nur ein Witz. Wie meine Frau Ihnen sicher gleich sagen wird, ist es immer praktisch, jemanden zu kennen, der so … so gut informiert ist.«

»Bitte, nennen Sie mich Thomas.« Er trug einen dunklen Pullover, der sich an den Ärmelbündchen schon auflöste, darunter ein weißes Button-Down-Hemd und farbverspritzte Khakihosen. In der Hand hielt er einen Korb mit Trauben. »Hier«, sagte er und gab ihn dem Vater. »Wir wissen gar nicht mehr wohin mit unseren Trauben. Es wäre jammerschade darum.«

Als keiner etwas entgegnete, redete er einfach weiter. Entweder bemerkte er den zurückhaltenden Blick des Vaters nicht, oder es war ihm egal.

»Betrachten Sie die Trauben als Friedensangebot. Als Entschuldigung für Neela. Meine Mutter meint, wir hätten viel gemeinsam. Wir seien beide total unerziehbar!«

In diesem Moment wurde Alice klar, dass sie ihn mochte.

Bis dahin hatte sie ihn einfach nur seltsam gefunden, mit seinen fleckigen Kleidern, dem widerspenstigen Haar und Augen so grau wie der See am Morgen. Er war zu selbstsicher und zu groß. Und er sah die Kesslers unverwandt an – das war etwas, was ihre Mutter ihr streng verboten hatte. Er versuchte erst gar nicht, diskret zu sein, er starrte, als könnte er ihnen geradewegs durch die Haut schauen, tief in sie hinein, dorthin, wo sie ihre Schwächen und Unsicherheiten verbargen.

Alice war es nicht gewohnt, dass andere Menschen so direkt waren, schon gar nicht am See, wo die Unterhaltungen der Erwachsenen vor Begeisterung und Unaufrichtigkeit nur so strotzten. *Wir müssen unbedingt etwas miteinander trinken, solange Sie hier sind! Sie müssen auf einen Cocktail zu uns kommen! Was für bezaubernde, hübsche Kinder Sie doch haben! Ich rufe Sie bald an!* Der ganze August lag vor ihr, und sie hatte geglaubt, das einzig Spannende daran wären ihre Bücher. Aber neben einem unerziehbaren Menschen zu wohnen, das schien die Rettung zu sein.

»Ich bin Alice«, sagte sie und beugte sich hinunter, um Neela am Kopf zu streicheln. »Was für eine Rasse ist das denn?«

Er überragte sie deutlich. Seine Wimpern waren schwarz und mädchenhaft lang, auch seine Haare waren schwarz und lang und rollten sich lockig über seinen Hemdkragen.

»Alice, nett dich kennenzulernen. Tja, ich weiß nicht, was sie für Eltern hatte. Ich habe da so meine Vermutungen, aber als Gentleman möchte ich keine falschen Anschuldigungen in den Raum stellen. Es gibt da einen Border Collie und einen Yorkie, die oft auf dem Marktplatz in der Stadt sitzen. Immer wenn wir vorbeifahren, macht Neela ein fürchterliches Theater. Wahrscheinlich sind es Verwandte von ihr.«

Alice legte eine Hand an die Stirn, um sich vor der Sonne zu schützen und ihn besser mustern zu können. »Kommen Neela und Sie öfter her?«

Er lachte, aber es war ein trockenes, sich überschlagendes Geräusch ohne jede Fröhlichkeit. »Um Himmels willen, nein. Meinen Eltern gehört dieses Haus seit Jahrzehnten, aber sie haben zu viel freie Zeit, um tatsächlich mal Urlaub zu machen. Wenn man reich ist, ist es nicht leicht, Entspannung zu finden. Da ist nämlich immer irgendwas, das man im Auge behalten sollte, und es gibt immer einen Termin, den man wahrnehmen muss.« Er schaute ihre Mutter an und fügte dann hinzu: »Mrs. Reston hat vielleicht erwähnt, dass sie ziemlich wohlhabend sind.«

Alice beobachtete, wie ihre Mutter schluckte und vor sich auf den Boden blickte, als müsste sie sich die Planken ganz genau ansehen. Ihr Vater verschluckte sich an seiner Bloody Mary. Dann lachte er und klopfte Thomas Bayber auf den Rücken. »Und Sie haben gesagt, Sie hätten die Frau nie kennengelernt. Ha!«

Thomas lächelte. »Bis jetzt haben die Umstände mich davon abgehalten, meine Zeit hier an diesem ruhigen Ort zu verbringen.« Er blickte auf den See. »Aber jetzt scheint es, als hätte mich eine eindringliche Stimme hierher gerufen, und sie ähnelt der meines Vaters ganz verblüffend. Ich bin also seit Juni hier und nutze das Sommerhaus meiner Eltern als Atelier. Ich bin Maler, wie Sie vielleicht schon erraten haben.« Er deutete auf seine Kleider. »Mein Vater findet allerdings, das sei kein ordentlicher Beruf.«

Er trat einen Schritt zurück und blinzelte. Mit verschränkten Armen musterte er sie. Alice fragte sich, wie sie für einen Fremden wohl aussahen. Ziemlich gewöhnlich vermutlich, wie ganz normale Leute, die man am Bahnhof oder auf der Straße sieht. Es gab nur ganz wenige Hinweise, die verrieten, dass sie irgendwie zusammengehörten: die Art, wie sie sich mit den Handflächen über die Haare fuhren; die ausgeprägten Schultern; die helle, zu Sommersprossen neigende Haut; ein bestimmter Gesichtszug, den sie gemeinsam hatten. Natalie hatte die kecke Nase der Mutter geerbt und Alice die hellblauen Augen des Vaters. Die schöne Schwester, die kluge Schwester, ein Vater, dessen Gesichtsausdruck über die Jahre ernster geworden war, eine Mutter, die wusste, wie man die Balance zwischen ihnen allen bewahrte: eine ganz gewöhnliche Familie.

Thomas nickte gedankenverloren. »Ihre Ankunft bietet mir eine wunderbare Gelegenheit. Darf ich Sie zeichnen? Alle zusammen, meine ich.«

»Also, ich weiß nicht …«

Thomas unterbrach den Vater: »Sie würden mir damit einen großen Gefallen tun, Sir. Diese idyllische Landschaft habe ich schon so oft gemalt. Birken, Tannen, Möwen, Waldschnepfen, Boote, die auf dem See kreuzen. Ehrlich gesagt, werde ich dabei langsam verrückt.«

Die Mutter lachte, bevor der Vater ablehnen konnte. »Es wäre uns eine Freude. Wie nett von Ihnen, uns darum zu bitten! Das ist wirklich spannend.«

»Sie können die Zeichnung dann behalten. Wer weiß, vielleicht ist sie eines Tages was wert. Aber es ist natürlich genauso wahrscheinlich, dass sie absolut nichts wert sein wird.«

Alice sah, dass ihr Vater im Geiste seine Optionen abwog.

Wenn er das Angebot zurückwies, wäre die Mutter mit Sicherheit vier Wochen lang wütend auf ihn. Alice fragte sich, warum er zögerte.

»Na ja, wenn wir alle vier dabei sind, ist wohl nichts dagegen einzuwenden«, sagte er schließlich. »Alice haben Sie ja schon kennengelernt. Sie ist vierzehn, im Herbst kommt sie in die neunte Klasse. Sie ist unsere Hobby-Ornithologin. Und das ist Natalie, unsere Älteste. Nächsten Monat wechselt sie in die dritte Klasse der Walker Academy.«

Da fiel Alice auf, dass ihre Schwester nicht ein einziges Mal aufgesehen hatte – so gefesselt schien sie von dem Buch, das sie gerade las. Seltsam, wenn man bedachte, dass Natalie es gewohnt war, im Mittelpunkt zu stehen. Sie hatte die Anziehungskraft eines glänzend polierten neuen Spielzeugs. Ihr Äußeres lockte junge Männer scharenweise auf ihre Veranda, wo sie sich um kleine Gefälligkeiten für Natalie balgten. Sie brachten ihr Limonade, wenn ihr heiß war; sie boten ihr einen Pullover an, wenn ihr kalt war; sie verscheuchten Fliegen, die ihrem Schwerefeld zu nahe gekommen waren. Auch Alice war dem Zauber ihrer Schwester erlegen. Heimlich übte sie Natalies Eigenarten vor dem Spiegel ein, und wenn Alice ihre abgelegten Kleider bekam, nahm sie sie mit stiller Freude an. Manchmal wünschte sie sich auch ein bisschen von der dreisten Impulsivität ihrer Schwester. In Natalies Schönheit lag ganz einfach eine besondere Kraft. Sogar jetzt, schlapp wegen eines Bazillus, den sie sich beim wochenlangen Besichtigen von Colleges eingefangen hatte, war Natalie eine strahlend helle Sonne, der Stern, um den die anderen kreisten. Es war allerdings seltsam, dass Natalie überhaupt keine Anstalten machte, Thomas Bayber mit ihrem Charme zu umfangen, dass sie seine

Anwesenheit überhaupt nicht zur Kenntnis nahm. Noch seltsamer war, dass die Eltern sie wegen dieser Unhöflichkeit nicht ermahnten oder darauf bestanden, dass sie ihn begrüßte. Und Thomas Bayber wiederum schien Natalie genauso wenig zu beachten.

»Hallo, Thomas, sind Sie da? Ich bin's, Alice.« Sie klopfte lauter. Der glatte Türknauf drehte sich in ihrer Hand, und die Tür öffnete sich quietschend.

»Thomas?«

Ihr Vater war im Ruderboot, weit draußen auf dem See. Und Natalie hatte keine Lust gehabt, mit Alice Flutschsteine zu werfen. Sie hatte ihren Badeanzug angezogen, etwas zum Essen eingepackt und verkündet, dass sie an den Strand im Ort gehen und allein sein wolle. Die Mutter traf sich mit Urlaubsbekanntschaften zum Bridge.

»Thomas?«

Sie hörte ein kratzendes Geräusch, und dann war er da, stand direkt vor ihr und nahm ihr das Licht. Er sah aus, als hätte er geschlafen: Seine Augen wirkten klein, auf der Wange hatte er halbmondförmige Abdrücke, und seine dunklen Haare waren ganz durcheinander. Aber sie hatte ihn doch erst vor einer halben Stunde dabei beobachtet, wie er die Papiertüte ins Haus getragen hatte.

»Sie sehen ja aus wie 'ne Vogelscheuche«, sagte sie.

Er lächelte und fuhr sich mit der Hand durchs Haar. »Alice, was für eine nette Überraschung.«

»Passt es Ihnen denn?«

»Na klar. Warum denn nicht?«

»Wo ist Neela?« Alice war der kleine Hund ans Herz gewachsen. Sie trug sogar Essensreste mit sich herum, für den

Fall, dass sie ihm begegnete. Natalie dagegen nannte Neela die »böse kleine Töle«.

»Sie wird dich beißen, wenn du nicht aufpasst«, hatte sie zu Alice gesagt.

»Stimmt gar nicht. Du bist bloß eifersüchtig, weil sie mich mag.«

»Das hat sie nicht davon abgehalten, Thomas zu beißen, und er ist ihr Besitzer.«

»Ich glaub dir kein Wort.«

»Solltest du aber.« Natalie grinste. »Ich hab die Narbe gesehen.«

Thomas drehte sich um und ging ins Wohnzimmer. »Neela besucht gerade Freunde, glaube ich.« Seine nackten Füße hinterließen Spuren in der feinen Staubschicht auf dem Boden. Alice folgte ihm.

»Verdammter Kreidestaub«, fluchte er. »Der verteilt sich überall.«

»Woran arbeiten Sie denn? Darf ich mal gucken?«

»Ich weiß nicht, ob das schon für die Öffentlichkeit bestimmt ist, aber du darfst einen Blick darauf werfen, wenn du unbedingt möchtest. Moment.« Er sah einige Leinwände auf einer Staffelei durch, die zu den Fenstern zum See ausgerichtet war. Dann wählte er eine aus und setzte sich damit auf ein altes Samtsofa. Auffordernd klopfte er auf das Sitzkissen neben sich.

Das Sofa hatte die Farbe dunkler Schokolade, einige Flecken und abgewetzte Stellen. Aber trotz seines Zustands wirkte es irgendwie elegant. Dieselbe Eleganz lag über allen Sachen im Zimmer. Da waren schöne Bücher mit ramponierten Umschlägen und von Feuchtigkeit aufgequollenen Seiten, eine Standuhr mit ausgebrochener Tür und Viertelstundenläuten, teuer aussehende Perserteppiche mit ausgefransten Rändern. Alles war vom Verfall gezeichnet und doch genau so, wie man es sich idealerweise vorstellte. Im Gegensatz dazu war das Häuschen der Restons nur ein Drittel so groß und sah von innen so aus, als seien die Bewohner Jäger – was überhaupt nicht stimmte. Aber dieses Zimmer war wie Thomas selbst, dachte Alice: traurig und alles andere als perfekt, aber ehrlich.

Sie setzte sich im Schneidersitz neben ihn auf das Sofa. Er drehte ihr die Leinwand zu. Es war eine Kreideskizze des Strands in der Nähe des Städtchens, aber leider ganz ohne Vögel. Sie erkannte den Ort an der Silhouette der Tannen vor dem Himmel und der Form des Ufers. Dort war sie schon gewesen, aber so, wie Thomas die Landschaft wiedergegeben hatte, wirkte sie fremd. Die Anlegestelle hatte er mit dunklen, heftigen Strichen gezeichnet, die Bäume hatten keine Blätter und sahen aus wie verkohlt, und das Wasser schlug wütend und schäumend gegen Steine und Strand.

»Warum haben Sie das so gemalt? Ich kriege Angst, wenn ich mir das anschaue.«

»Vielen Dank, dass du mich schon mal auf die Kritiker vorbereitest, Alice. Weißt du, ich will diesen Effekt mit Absicht erzeugen.«

»Aber der Strand ist doch so schön. So sieht er wirklich nicht aus.«

»Aber du hast ihn erkannt.«

»Ja.«

»Du hast ihn erkannt, obwohl du Angst davor hast, obwohl du ihn düster und hässlich findest. Aber vielleicht ist der Strand ja wirklich so, und du siehst einfach darüber hinweg. Du siehst die Hässlichkeit nicht, weil du sie nicht sehen willst. Das ist die Aufgabe des Künstlers: die Leute dazu zu zwingen, sich die Dinge anzuschauen – nicht nur Dinge, auch Menschen und Orte –, und zwar auf andere Art als sonst immer. Ein Künstler muss das zeigen, was unter der Oberfläche verborgen ist.«

Mit dem Finger knapp über der Leinwand zog Alice die Konturen eines Baumstamms nach. Als sie bemerkte, dass er ihre Hände betrachtete, schob sie sie unter ihre Beine.

»Warum versteckst du sie?« Er klang freundlich, aber bestimmt. »Lass sie mich mal sehen.«

Sie zögerte, bevor sie ihre Hände zur Besichtigung freigab. Er griff nach ihnen. Seine Handflächen fühlten sich warm und so glatt wie Stein an. Er betrachtete ihre Hände sorgfältig, drehte erst die rechte, dann die linke um. Langsam fuhr er mit den Fingern über ihre, umkreiste ihre Knöchel und rieb über die Haut, als versuchte er, etwas auszuradieren. Dabei sah er ihr die ganze Zeit über ins Gesicht. Alice biss sich in die Wange und versuchte, nicht zurückzuzucken, aber er tat ihr weh, und schließlich zog sie die Hände weg.

»Halt still. Warum zappelst du denn so?«

»Weil das wehtut.«

»Das habe ich gemerkt.« Er ließ sie los, stand auf und ging zum Fenster, wo er seine Zeichnung wieder auf die Staffelei stellte. »Hast du schon mal mit jemandem darüber gesprochen?«

»Nein.«

»Auch nicht mit deinen Eltern?«

Sie schüttelte den Kopf.

Er zuckte mit den Achseln. »Ich bin kein Arzt. Manche Leute sagen, ich sei nicht mal ein Künstler. Aber wenn dir etwas wehtut, solltest du es jemandem sagen.«

»Ich habe es doch Ihnen gesagt.«

Thomas lachte. »Ich bin wohl kaum die richtige Adresse.«

Sie wusste, dass irgendetwas nicht stimmte. Das wusste sie schon seit geraumer Zeit. Sie humpelte, wenn sie morgens aufstand. Nicht jeden Morgen, aber so oft, dass es nichts Banales sein konnte, nicht bloß ein verstauchter Knöchel, ein blauer Fleck oder eine Blase. Nachts kam oft eine Art Fieber über sie, ihr wurde schwindlig, und sie lief rot an. Wenn sie aufstand und sich eine Aspirintablette holen wollte, verschwand es wieder. Zusammen mit dem Fieber kamen Ausschläge, die ebenso schnell wieder vorbeigingen. Ihre Gelenke schienen Krieg zu führen gegen den Rest ihres Körpers und bedienten sich dabei besonders perfider Taktiken: Sie ließen die Haut um ihre Knie herum scheußlich rot aufflammen und erzeugten eine unangenehme Wärme, so störend wie ein dauernder Juckreiz. Alice hatte nichts von Natalies natürlicher Anmut, und in letzter Zeit fühlte sie sich nur noch plump und hölzern. Bälle, Bleistifte, Koffergriffe – alles glitt ihr aus den Fingern, als wollte es vor ihr fliehen. Sie stolperte über die eigenen Füße, sogar, wenn sie auf sie schaute. Nachts schien die Zeit regelrecht stillzustehen, wenn sie dalag und versuchte, die Schmerzen in ihren Gelenken zu vergessen.

Sie hatte darüber mal eine Bemerkung ihrer Mutter gegenüber gemacht, war aber vage geblieben und hatte sich bemüht, möglichst sorglos zu klingen. Ihre Mutter reagierte nämlich immer übertrieben, und Alice hatte keine Lust, den ganzen Sommer über in die Stube verbannt zu werden.

Ihre Mutter, die sich gerade für eine Dinnerparty ankleidete, hatte gedankenverloren geantwortet: »Das sind Wachstumsschmerzen, die gehen vorbei, du wirst schon sehen.«

»Manchmal zittern mir die Hände«, sagte sie zu Thomas.

»Mir auch. Dagegen hilft Whiskey.«

Sie musste lächeln. »Ich glaube, das fänden meine Eltern nicht so gut.«

»Hm. Da hast du wohl recht. Meinst du, du könntest eine Weile stillsitzen?«

»Ich glaub schon. Wieso?«

»Ich will dich nur schnell zeichnen. Das heißt, wenn du nichts dagegen hast.«

»Sie haben doch schon ein Bild von uns allen gemalt.«

»Ich weiß, aber jetzt will ich dich alleine zeichnen. Darf ich das also oder nicht?«

»Solange Sie meine Hände nicht zeichnen …«

Er krempelte seine Hemdsärmel hoch und schüttelte den Kopf. »Alice, du darfst nicht damit anfangen, Teile deines Körpers zu hassen. Dafür bist du noch zu jung. Ich zeichne deine Hände nicht, wenn du das nicht willst, aber sie sind wunderbar. Halt sie mal hoch. Siehst du? Deine Finger verjüngen sich ganz herrlich. Du wärst besser als die meisten anderen Menschen dafür geeignet, einen Pinsel oder ein Musikinstrument zu halten, wegen der Entfernung zwischen dem mittleren Fingergelenk und den Fingerspitzen. Das sind ideale Proportionen.«

Er nahm einen Bleistift und schärfte ihn an einem kleinen Stück Sandpapier. »Warum schaffen wir es eigentlich nicht, Perfektion im Kleinen zu würdigen? Wenn es nicht ums große Ganze geht, wollen wir es nicht sehen. Ich finde das wirklich schade.«

»Vögel sind perfekt. Und trotzdem übersehen viele Menschen sie einfach.«

»Also, wenn Vögel perfekt sind, dann bist du es auch, Alice. Und ich kann mir nicht vorstellen, dass jemand dich übersehen würde. Jetzt streck die Hände aus, ich will, dass du sie betrachtest.«

Plötzlich wurde sie verlegen, dachte an ihr strubbeliges Haar und ihre schmutzigen Füße. Sie streckte eine Hand aus und starrte auf den Handrücken. Was sollte sie da schon sehen? Thomas ging zu dem Plattenspieler in der Ecke und sah einen Stapel LPs durch. Dann nahm er eine Platte aus der Hülle. Er legte sie auf, goss sich einen Drink ein und zündete sich eine Zigarette an. Eine französische Stimme erfüllte das Zimmer. Sie klang traurig und sehr einsam.

»Konzentrierst du dich auf deine Hand? Siehst du diesen blauen Fluss, der knapp unter der Oberfläche liegt? Das ist ein Weg, der geradezu darum bittet, dass du ihm folgst. Ein Strom, der über einen Knochengipfel fließt und sich dann in ein Tal ergießt. Jetzt sitz still, damit ich dich zeichnen kann. Es geht ganz schnell.«

»Wer singt denn da?«

»Edith Piaf.«

»Sie klingt nicht gerade glücklich.«

Er seufzte. »Du musst aufhören zu reden. Dein Gesichtsausdruck ändert sich ständig. Man nennt sie den ›Spatz von Paris‹ – ach, das hat auch mit deinen Vögeln zu tun! Sie klingt deshalb nicht glücklich, weil sie keinen Grund dazu hat. Sie hat jung geheiratet, wurde schwanger und musste ihr Kind in der Obhut von Prostituierten lassen, wenn sie arbeiten wollte.« Er schaute von der Staffelei auf. »Schockiert dich das?«

Sie schüttelte den Kopf. Innerlich war sie erschrocken über die Lebensverhältnisse der Frau – andererseits aber auch fasziniert von dem Bild, das sich vor ihrem geistigen Auge formte: ein unscheinbarer braungrauer Vogel mit dickem Schnabel, der wunderbare, kummervolle Töne hervorbrachte.

»Ihr kleines Mädchen starb mit nur zwei Jahren an Hirnhautentzündung. Piaf selbst wurde bei einem Autounfall verletzt und danach morphinsüchtig. Ihre einzige wahre Liebe kam bei einem Flugzeugabsturz um. Ja, sie ist schon eine tragische Figur. Aber durch ihre persönliche Geschichte bekommt ihre Musik dieses besondere Etwas, findest du nicht auch? Eine gepeinigte Frau. Das hört man in ihrer Stimme.« Er summte mit und schwelgte noch ein bisschen in seiner makabren Geschichte.

»Sie sind auch nicht glücklich. Peinigt Sie etwas?«

Von seinem Platz hinter der Staffelei aus betrachtete er sie und legte den Bleistift in die Ablage. Er blickte finster drein, aber ein aufwärts strebender Mundwinkel verriet, dass ihre Frage ihn belustigte. »Warum meinst du denn, ich wäre unglücklich?«

Eine von Alices Schwächen war, dass sie anderen Menschen immer offen sagte, was ihr gerade durch den Kopf ging. *Du solltest dich in der Kunst der Subtilität üben,* hatte Natalie ihr einmal geraten.

»Ich hätte den Mund halten sollen.«

»Alice.«

Sie biss sich wieder in die Wange. »Unglück kann man leicht erkennen. Die Leute strengen sich nämlich so sehr an, es zu verbergen.«

»Sehr clever. Sprich weiter.«

»Vielleicht verstecken Sie es in der Art, wie Sie andere Leute betrachten. Sie konzentrieren sich nur auf die kleinen Einzelheiten. Als wollten Sie vermeiden, den ganzen Menschen kennenzulernen. Oder vielleicht wollen Sie ja auch nicht, dass die anderen Sie kennenlernen. Vielleicht haben Sie Angst, sie könnten Sie nicht mögen.«

Bei ihrem letzten Satz spannte er unwillkürlich die Muskeln an. »Ich bin fertig. Ich habe dir ja gesagt, es würde schnell gehen. Das ist jedenfalls eine interessante Theorie, gerade von einer Vierzehnjährigen.«

»Sie sind wütend.«

»Auf jemanden, der so frühreif ist wie du? Das wäre doch dumm.«

»Nennen Sie mich nicht so.«

»Das gefällt dir nicht? Es war als Kompliment gemeint.«

»Das ist aber kein Kompliment.« Sie wurde rot, und ihre Augen füllten sich mit Tränen. Es war ihr furchtbar peinlich, dass sie das Falsche gesagt hatte. »Das heißt doch nur, dass man mehr weiß, als die Erwachsenen für gut halten, und dass man sie deswegen in Verlegenheit bringt. Sie wissen dann nämlich nicht mehr, was sie in deiner Nähe sagen dürfen und was nicht.«

Er kam zum Sofa und hielt ihr ein farbverspritztes Taschentuch hin, aber sie schob es von sich, immer noch bemüht, nicht zu weinen. Thomas kicherte. Der Gedanke, dass er sie auslachte, machte sie zornig. Ein stotternder Wortstrom floss aus ihrem Mund. Er legte ihr einen Finger unter das Kinn und hob ihren Kopf, sodass sie sich anschauten.

Die Luft im Zimmer wurde warm. Das Geräusch ihres eigenen Herzens erschreckte sie: Das rasende Klopfen war so vernehmlich, so laut. Wie konnte er es nicht hören? Es übertönte sogar den Spatz von Paris und seine melancholischen Worte. Das Zimmer und alles, was darin war, tanzte vor ihren Augen, und ihr Mund wurde trocken. Sie glaubte zu ersticken. Bald würde sie nach Luft schnappen wie ein Fisch, den man aus dem Wasser gezogen hatte. Ihr Blick sprang von seinen Füßen zu seinem Ärmelaufschlag und dann zu der Plattenspielernadel, die sachte schaukelnd über die Platte hüpfte. Ihre Haut prickelte. Und sie konnte nichts dagegen tun. Sie musste ihn einfach anschauen, und als ihre Augen sich trafen, wandelte sich sein Gesichtsausdruck von gespielter Reue über Sorge bis hin zu Verständnis. Ihr Gesicht brannte.

Er ließ die Hand sinken und trat einen Schritt zurück, dann betrachtete er kurz den Boden und sah sie wieder an. »Na schön. Von jetzt an werde ich das Wort ›frühreif‹ aus meinem Wortschatz streichen. Darf ich dann auf Vergebung hoffen?« Er zog eine Grimasse und legte die Hände zusammen wie zum Gebet.

Er machte sich auf freundliche Art über sie lustig. Oder wollte sie zum Lachen bringen. Und da war Alices Welt wieder in Ordnung, so schnell, wie sie zuvor eingestürzt war. Es tat ihm leid, dass er sie verletzt hatte. Er wollte, dass sie ihm verzieh. Ein schwacher elektrischer Strom floss durch ihren Körper.

»Ja, ich vergebe Ihnen. Außerdem – ich wette, Ihre Eltern halten Sie auch nicht gerade für sonderlich reif. Sie können nicht viel älter sein als ich, Thomas.«

Dieses Mal lächelte er nicht. »Solche Spielchen passen nicht zu dir, Alice, und ich hoffe, du gewöhnst dir so was nicht an. Wenn du wissen willst, wie alt ich bin, dann frag mich einfach. Obwohl ich dir das nicht generell empfehlen würde, die meisten Leute sind da nämlich empfindlich. Aber ich bin zum Glück nicht wie die meisten Leute.« Er verbeugte sich vor ihr. »Ich bin achtundzwanzig. Also Jahrhunderte älter als du. Uralt.«

»Sie sehen aber nicht uralt aus.«

»Bin ich aber. Ich wurde schon alt geboren. Meine Mutter hat mir mal erzählt, dass ich bei meiner Geburt aussah wie ein grantiger alter Mann – faltige Haut, wässrige Augen. Hast du schon mal den Ausdruck ›alte Seele‹ gehört? Als ich geboren wurde, hatte ich den Kopf voll geplatzter Träume und das Herz voll fremder Erinnerungen. Dagegen kann man nichts tun. Aber ich hätte mir die Person, deren Kummer und Erinnerungen ich herumtragen muss, trotzdem lieber selbst ausgesucht.« Er sah sie an und seufzte. »Und du? Ich vermute mal, du bist wie die meisten Jugendlichen in deinem Alter und möchtest lieber älter sein.«

Sie sah über die »Jugendlichen in ihrem Alter« hinweg. Sie wollte nicht zugeben, dass ihre Pläne sich danach richteten, welcher Wochentag gerade war, welches Buch sie gerade gelesen hatte, ob das Fieber sie in jener Nacht in Ruhe gelassen hatte oder nicht. Die Zukunft war eine dunkle Höhle, die sich vor ihr auftat und sie aufforderte, einzutreten.

»Nein. Man wird ja älter, egal, ob man will oder nicht.« Sie zuckte mit den Schultern. »Vielleicht fliegen wir sowieso alle in die Luft, dann ist doch alles egal.«

»Was? Meinst du wegen der Kommunisten? Das glaube ich nicht.«

»Warum denn nicht?«

»Weil die meisten von denen uns wahrscheinlich genauso wenig in die Luft sprengen wollen, wie sie sich wünschen, von uns in die Luft gesprengt zu werden.«

Alice nickte und dachte an die Unterhaltungen über dieses Thema, die sie mit angehört hatte. »Gleichgewicht des Schreckens.«

»Ist ja kaum zu glauben, wie viel du weißt. In deinem zarten Alter wäre es wohl gesünder, du wärst nicht so gut informiert. Dann würdest du zumindest besser schlafen. Du wirst ohnehin schnell genug erwachsen sein. Man wird so leicht zynisch und abgestumpft.« Er riss ein hauchdünnes Stück Pergamentpapier von einer Rolle, legte es über die Zeichnung und rollte beides zusammen.

»Vielleicht sollte *man* sich mehr Mühe geben, nicht so zynisch und abgestumpft zu sein.«

Thomas lachte und goss sich noch einen Drink ein. »Einen Toast auf dich, Alice. Du bist wirklich eine schlaue junge Dame und dazu sehr klug für dein Alter. Sogar sehr klug für mein Alter. Möge dich nichts und niemand jemals enttäuschen. Jetzt nimm deine Zeichnung und geh. Ich muss arbeiten.«

»Darf ich morgen wiederkommen?«

»Wenn du nicht wiederkommst, werde ich verrückt. Wie du schon so nett gesagt hast, brauche ich Hilfe dabei, meinen Blickwinkel zu vergrößern.«

Sie war schon fast die ganze Auffahrt hinuntergegangen und beim Haus der Restons angelangt, als sie bemerkte, dass sie ihre Bücher auf dem Tisch neben dem Sofa liegen gelassen hatte. Sie war gar nicht dazu gekommen, ihm das Gedicht zu zeigen. *Dann eben morgen,* dachte sie. Aber sie wollte eine Zeichnung fertig machen: die Skizze einer Büffelkopfente mit Dominomuster, die sie an diesem Morgen am See entdeckt hatte. Außerdem wollte sie im Laufe des Tages noch mehr Gedichte lesen. Darum kehrte sie um.

Der Wind wurde stärker. Ein Schwarm Stärlinge flog heiser kreischend über sie hinweg. Der nächste Sturm zog auf, und wenn sie nicht schnell genug lief, war sie bald klatschnass, auch wenn das Haus nicht mehr als fünf Minuten entfernt war. Als sie hineinging, ließ sie die Tür hinter sich einen Spaltbreit offen und rief leise seinen Namen. Keine Antwort. »Arbeiten« bedeutete wohl eher schlafen. Er hatte schließlich ganz schön viel getrunken. Sie eilte ins große Zimmer. Die Türen zu den anderen Zimmern waren geschlossen, und alles war still. Es kam ihr vor, als hätte das Haus aufgehört zu atmen. Man hörte kein Ächzen und kein Knacken, obwohl es draußen so heftig stürmte. Sie sah seine Fußspuren im Staub – als wäre ein Geist zur Staffelei hin- und wieder zurückgehuscht.

Ein Windstoß fegte in den Raum und warf die Zeichnungen, die auf der Staffelei gestanden hatten, auf den Boden. Warum hatte sie nicht daran gedacht, die Tür zu schließen? Sie machte sich daran, die Zeichnungen aufzuheben, hielt aber inne, als sie die erste sah, eine farbige Bleistiftskizze. Sie bekam keine Luft mehr und fing an zu schwitzen. Atemlos sank sie auf die Knie.

Selbst wenn sie das Gesicht nicht gesehen hätte, hätte sie Natalie auf der Zeichnung erkannt. Das waren die Arme und Beine ihrer Schwester, die da so lässig quer über dem Sofa lagen. Unter dem einen Knie konnte man eine verblasste Narbe sehen – die Erinnerung an einen Skiunfall vor zwei Jahren. Und das war Natalies Haar, derangiert und wild, wie karamellisierter Sand; eine Strähne hatte sie sich um den Finger gewickelt. Das war die Halskette, die ihr letzter Verehrer ihr geschenkt hatte. Die winzigen Perlen leuchteten auf ihrer Haut. Der Bräunungsstreifen über ihren Brüsten, der Kringel ihres Bauchnabels, die helle Haut, die sich zwischen ihren Hüftknochen spannte – ihre intimsten, geheimsten Stellen lagen offen vor Alice. Und wie um den letzten Zweifel zu zerstreuen, lächelte Natalie wissend aus der Zeichnung heraus.

2

Oktober 2007

Finch stieg aus dem Taxi, angelte mit der einen Hand nach dem Gürtel seines Regenmantels und hielt die andere über den Kopf, um den kalten Oktoberregen abzuwehren. Mit nur zwei Schritten überquerte er den Zebrastreifen. Vorsichtig kletterte er die steilen Stufen des Wohnhauses hoch und wich geschickt dem überall herumliegenden Müll aus. Leider tappte er dabei in die Pfützen, die sich in der Mitte der Stufen gebildet hatten. Seine Socken sogen sich voll Wasser. Er sah, wie das Taxi davonfuhr – jetzt war er hier gestrandet. Einen Moment lang erwog er, einen Fahrdienst anzurufen und nach Hause zurückzukehren, in sein hell erleuchtetes, properes Stadthaus in Prospect Heights. Dort war der Kühlschrank – seiner Tochter sei Dank – gut gefüllt mit gesundem, aber langweiligem Essen. *Denk an deinen Blutdruck,* sagte sie immer. *Denk an dein Herz und an deine Knie*. Er erwiderte dann immer: *Inwiefern sind Trockenpflaumen gut für meine Knie?* Und er überprüfte stets, ob er daran gedacht hatte, die Pfeife zu verstecken. Sie zuckte dann bloß lächelnd mit den Achseln, und in ihrem Lächeln blitzte für eine Sekunde der Mund seiner Frau auf – und dazu seine ganze wunderbare Welt, wie sie früher gewesen war.

Als er vor fünf Jahren für Thomas Bayber das Apartment in Williamsburg gefunden hatte, war das Viertel in einem Zustand gewesen, den der höfliche Immobilienmakler als »im Umbruch« bezeichnet hatte. Finch hatte die Wohnung als Investition betrachtet und optimistisch angenommen, der »Umbruch« sei ein Wandel zum Besseren. Aber bis jetzt war die Gentrifizierung aus dem Norden noch immer nicht angekommen. Er spähte durch eine schmutzige, gesprungene Fensterscheibe. Die Tür, die vom vielen Regen aufgequollen war, ließ sich nur schwer öffnen, und als er die Klingel für 7 A drückte, entstand eine dieser unfreiwillig komischen Situationen, weil der Knopfdrücker unten und der Öffnungstastenbetätiger oben ihre Handlungen nicht in Einklang bringen konnten. Finch riss ungeduldig an der Aufzugstür und schaffte es mehrmals nacheinander, den Knauf erst dann zu drehen, wenn das Schloss schon wieder zugeschnappt war. Nach drei vergeblichen Versuchen und vielen Flüchen drehte er sich um und ging zum Treppenhaus.

Im fünften Stockwerk musste er eine Pause einlegen. Er setzte sich auf die Stufen und rieb sich die schmerzenden Knie. Diese ständigen Störungen in der Maschinerie traten mit unerhörter Regelmäßigkeit auf. Auch sein Kopf tat weh – ob aus Wut oder aus Schuldgefühl, das konnte er nicht sagen. Er wusste nur, dass er höchst ungern an diesen Ort zitiert wurde. Früher hätte er den Besuch vielleicht als Freundschaftsdienst abgehakt, wobei er den Begriff »Freundschaft« schon damals weit auslegen musste. Aber inzwischen brauchte er keine Bezeichnungen mehr, sondern sah die Dinge so, wie sie wirklich lagen. Für Thomas war er manchmal nützlich und manchmal eben nicht. So einfach war das.

Seine Frau hätte nicht gewollt, dass er herkam. Vielleicht hätte Claire nun sogar jene Worte ausgesprochen, die sie all die Jahre in sich verschlossen hatte. *Das Maß ist voll, Denny*. Und damit hätte sie recht gehabt. Selbst der opulente Trauerkranz, den Thomas zur Beerdigung hatte schicken lassen (Finch fragte sich, ob er für Thomas' großzügige Gabe ebenfalls aufgekommen war), hätte Claire nicht beschwichtigt. Und ihn selbst hatte der Kranz auch nicht getröstet. Thomas – und alles, was ihn betraf – hatte einfach zu viel Platz in ihrem Leben eingenommen, als dass ein obszön großes Orchideengesteck es hätte ungeschehen machen können. Finch spürte, wie der Kummer ihn überkam. Er vermisste sie. Elf Monate waren nicht sehr lang (hin und wieder fischte er noch eine Beileidskarte aus dem Briefkasten), aber für ihn hatte sich die Zeit ausgedehnt und verlangsamt. Seine Tage bestanden nur noch aus monotonen Stunden, die sich vor und hinter ihm auftürmten, die vergangenen genau gleich wie die noch kommenden.

Er rappelte sich wieder auf und griff nach dem Treppengeländer. Eigentlich musste er dankbar sein für die Abwechslung. Hätte er heute denn sonst das Haus verlassen? Oder gar diese Woche? Wahrscheinlich hätte er sich mit einem Stapel Dissertationen und Prüfungsbögen in seinem Stadthaus verschanzt. Er hätte sie durchgearbeitet und dabei mit halbem Ohr Vaughan Williams' »Tallis Fantasia« gelauscht. Je länger er gelesen hätte, desto weniger hätte er sich auf die Ausführungen seiner Studenten konzentrieren können; in seiner schwermütigen Stimmung wäre er ständig eingenickt und wieder aufgeschreckt.

Selbst die kleine Ablenkung durch das Unterrichten lag vielleicht bald hinter ihm. Dekan Hamilton hatte ihm nahegelegt, zu Anfang des nächsten Semesters eine Pause einzulegen. Finch hatte niemandem, schon gar nicht seiner Tochter, davon erzählt. »Du solltest eine kleine Auszeit nehmen, Dennis«, hatte Hamilton lächelnd gesagt und dabei Schweißbänder und eine Racquetball-Schutzbrille in seine glänzende Sporttasche gestopft. Finch musste sich sehr beherrschen, ihn nicht zu erwürgen. Zeit. Davon hatte er ohnehin zu viel. Wenn er sie nur zum Verschwinden bringen könnte.

Als er jung gewesen war, hatte er oft darüber nachgedacht, wie er als alter Mann wohl sein würde. Sein Vater war ein bodenständiger, liebenswürdiger Mensch gewesen, der schnell Kontakte zu Fremden geknüpft, seinen Sohn aber sehr streng erzogen hatte. Finch nahm an, dass er selbst ähnlich werden würde – vielleicht etwas reservierter. Doch im Kampf mit der Lücke, die Claire hinterlassen hatte, merkte er, dass er sich in einen unangenehmen Menschen verwandelte. Zu ihren Lebzeiten hatte er seine Mitmenschen immer durch ihre viel großzügigeren Augen betrachtet. Die Nachbarn, die sie immer als fürsorglich bezeichnet hatte, fand er neugierig und übergriffig. Wenn er ihnen begegnete, schauten sie sorgenvoll drein und schnalzten mitleidig mit der Zunge. Die Frau von gegenüber, für die Claire manchmal puddingartiges Zeug gekocht hatte, schien unfähig, die kleinsten Dinge selber zu erledigen, und rief ihn an, wenn sie eine Glühbirne eingeschraubt oder die

Treppe gefegt haben wollte. Als wäre er der Hausmeister. Die ganze Menschheit schien sich nur noch gegenseitig zu belästigen, mit Grobheit und schlechten Manieren.

Im sechsten Stock wurde ihm klar, dass es ziemlich leicht war, die Schuld auf Thomas abzuwälzen. Der Mann bot sich als Zielscheibe einfach an. Doch mit jedem weiteren Schritt fielen Finch weitere Dinge ein, mit denen er selbst seine Frau über die Jahre hinweg mit Sicherheit gekränkt hatte. Die Galerieeröffnungen, die Partys, die Empfänge – überall hatte Thomas Hof gehalten, den Arm um die Hüfte irgendeines jungen Dings gelegt. Diese Mädchen trugen Kleider, die ihre nymphenhaften Figuren betonten, hatten glänzendes, schulterlanges Haar und dunkle Schmollmünder, die immer in der Nähe von Thomas' Ohr waren. Dieselben Mädchen sahen stets an Finch vorbei, meist auf irgendeinen Punkt über seiner Schulter. Sie taten nicht mal so, als würden sie sich für ihn interessieren. Trotz seiner Chancenlosigkeit hatte er immer wieder wie zufällig seine Hand von Claires Hand weggezogen, seinen Arm von ihrer Taille gleiten lassen. Oft hatte er sich auch einen halben Schritt von ihr weggestellt, eine Distanz zwischen ihnen beiden geschaffen, indem er sie am Ellenbogen nahm und sie in Richtung der Bar oder des Kellners drehte. Als wäre sie nicht gut genug für ihn – nicht in dieser Situation und mit diesen Leuten. In seinem Kopf hämmerte es, und sein Rücken brannte wie Feuer, als er sich die restlichen Stufen hinaufquälte. Dabei war sie in jenen opulenten Galerieräumen, die eine solche Kälte ausstrahlten, dass er fast seinen eigenen Atem sehen konnte, wirklicher gewesen als alles andere.

Aber da war noch etwas, für das er allein die Schuld trug, etwas, was sie tief gekränkt hatte, das wusste er genau.

Es war die Art, wie er ihr zeigte, dass Thomas' Talent zu hoch für sie war, dass man sich in der Gegenwart eines solchen Genies unterordnen und eine Nebenrolle akzeptieren musste. Mehr als einmal hatte Finch sich gerade noch verkniffen zu sagen: »Das verstehst du einfach nicht.« Aber Claire hatte es sehr wohl verstanden. Sie hatte begriffen, dass dies seine Chance auf den ganz großen Erfolg war – und dass er mehr getan hatte, als nur der Versuchung zu erliegen. Er hatte sich geradezu hineingestürzt, mit dem Kopf voran, und dabei einen riesigen Schwall verursacht, der drohte, alles und jeden in seiner Nähe zu verschlingen.

Vor vierzig Jahren hatte er Kunstgeschichte unterrichtet und seine Familie mit einem Gehalt durchgebracht, das die College-Leitung in Anbetracht seines Alters und seiner geringen Erfahrung für großzügig gehalten hatte. Ein Kollege schlug ihm vor, sein mageres Einkommen mit Texten für Ausstellungskataloge aufzubessern, und bald darauf schrieb er auch Kritiken für die Zeitung. Dabei achtete er darauf, immer fair und ausgewogen zu berichten. Diese Haltung verschaffte ihm weder begeisterte Anhänger noch erbitterte Feinde, aber immer wieder neue Aufträge. Mit Lob ging er maßvoll um; er verteilte genug, um Künstler, die er für vielversprechend hielt, zu ermutigen, aber nie so viel, dass es enthusiastisch oder gar bauchpinselnd klang. Eines Tages erreichte ihn die Bitte einer Kollegin aus der englischen Fakultät. Es gebe da einen jungen Mann, sehr begabt, wie sie gehört habe, der eine kleine Ausstellung in einer Galerie in der Stadt habe. Könnte er dort nicht mal vorbeigehen? Der Vater des Künstlers sei reich und gut vernetzt und habe dem College einige großzügige Spenden zukommen lassen. Ob er nicht wenigstens einen kurzen Blick auf die Arbeiten werfen würde? Finch seufzte und gab schließlich nach. Erst einige Tage später erinnerte er sich auf dem Nachhauseweg wieder an sein Versprechen, kehrte gereizt um und fuhr zur Galerie.

Zuerst hielt er Thomas für den Galeriebesitzer. Für einen jungen Künstler war er zu gut angezogen und zu wenig nervös – es war immerhin seine allererste Einzelausstellung. Er stand in einer Ecke, umringt von einigen Frauen, die er um einen Kopf überragte. Hin und wieder opferte eine ihre hart erkämpfte Position, um sich noch ein Glas Wein oder etwas Käse zu holen, und fand bei ihrer Rückkehr den Platz vergeben. Amüsiert beobachtete Finch den Kampf um die Nähe des Mannes. Die Frauen setzten gnadenlos die Ellenbogen ein und bedachten sich gegenseitig mit bösen Blicken. Als Finch die Wogen teilte und seinen Arm dazwischenzwängte, um sich vorzustellen, lächelte Thomas nur schwach, ergriff Finchs Hand aber ganz fest und zog sich daran aus dem Kreis, sodass man beinahe meinen konnte, ihm wäre ein Rettungsring zugeworfen worden.

»Was meinen Sie, wie lange muss ich bleiben?«, fragte Thomas und strich sich eine dunkle Locke aus dem Gesicht. Finch schätzte, dass sie etwa gleichaltrig waren – aber das war auch die einzige äußerliche Eigenschaft, die sie teilten. Thomas war sicherlich eine hervorstechende Erscheinung, mit schmaler Nase, unruhigen grauen Augen, die Haut so blass wie eine unbemalte Leinwand. Er trug Quastenslipper, die so neu aussahen, dass er sie wahrscheinlich eigens für diesen Anlass gekauft hatte. Seine Kleidung wirkte teuer und maßgeschneidert – und machte Finch bewusst, wie nachlässig er selbst angezogen war: leicht zerknittert, fast schon schlampig.

Verwirrt schüttelte er den Kopf: »Was meinen Sie?«

»Hier, meine ich. Kann ich abhauen, wenn die Drinks alle sind, oder muss ich warten, bis die Leute gegangen sind? Ich weiß jedenfalls, was ich lieber täte.«

Finch lächelte. Der Mann war entwaffnend ehrlich. »Sie sind gar nicht der Galeriebesitzer.«

»Ich fürchte, nein. Ich bin der, von dem das ganze Zeug an den Wänden ist. Thomas Bayber.«

»Dennis Finch. Nett, Sie kennenzulernen. Nehmen Sie mir das bitte nicht übel, aber ich sollte mich jetzt ein bisschen umsehen.«

»Ah, Sie sind Kritiker, oder?«

»Leider ja.«

»Das braucht Ihnen nicht leidzutun. Im Allgemeinen halten mich die Leute für ziemlich brillant.« Er signalisierte einem vorbeikommenden Kellner, dass er zwei Drinks wollte, und schaute Finch ins Gesicht. »Ich freue mich auf Ihre Kritik. Schreiben Sie für die *Times?*«

Finchs Sympathie für ihn schwand ein wenig. »Mr. Bayber, das ist Ihre erste Ausstellung, damit befasst sich die *Times* nicht.«

»Bitte sagen Sie Thomas zu mir. Zum Glück nennt mich niemand Mr. Bayber.« Er legte Finch einen Arm um die Schultern, als wären sie Verschwörer. »Vielleicht sind wir beide ja in besseren Positionen, wenn wir uns das nächste Mal treffen.« Thomas deutete auf eine Reihe von Gemälden. »Wie gesagt, ich freue mich auf Ihre Kritik.«

Noch nie hatte Finch etwas so sehr missfallen, bevor er es überhaupt gesehen hatte. *Das wird eine richtig polemische*

Kritik, dachte er, denn mit Hybris konnte er einfach nicht umgehen. Seine Eltern hatten ihm beigebracht, wie wichtig Respekt und Achtung waren. Aber als er dann vor den Bildern stand, konnte er nicht umhin, Thomas' großes Talent zu bemerken – und war aufgewühlt. Diese Serie surrealistischer Porträts war etwas völlig Neues. Sie wirkten neu und frisch in einer Zeit, in der diese Richtung schon totgesagt worden war. Bayber setzte Farbe auf kühne, aufregende Weise ein – es war beinahe, als schriee sie laut. Die Bilder strahlten außerdem eine Intimität aus, durch die der Betrachter sich wie ein Voyeur fühlte. Die Menschen um ihn herum betrachteten die Werke gebannt, schweigend. Finch brauchte dringend etwas frische Luft. Er versuchte, sich Notizen zu machen, strich aber alles wieder durch, weil er nicht in der Lage war, das, was er sah, zu beschreiben. Er spürte ein Prickeln auf der Haut und einen Kloß in der Kehle. Als er sich umdrehte, stand Bayber da und musterte ihn lächelnd.

Im siebenten Stock machte Finch wieder eine Pause und wischte sich mit seinem Taschentuch den Schweiß von Gesicht und Nacken. Es war erst vier Uhr nachmittags, und er war schon völlig erschöpft. Vor der Tür zu Thomas' Apartment wunderte er sich, warum er ihn nicht gefragt hatte, aus welchem Grund er vorbeikommen sollte. Als er an die Tür klopfte, sprang sie auf. Die Vorhänge waren aufgezogen, und Tausende Staubkörner kreisten in den schwachen Lichtstrahlen, die ins Zimmer fielen. Die Decke war wie gewohnt elfenbeinfarben, aber die Wände hatten sich seit seinem letzten Besuch vor anderthalb Jahren verändert – jetzt leuchteten sie tiefrot. Finch sah genauer hin und entdeckte, dass die Farbe direkt auf die Tapete aufgebracht worden war und an vielen Stellen schon wieder abblätterte. Überall standen Stühle herum und verwandelten das Zimmer in einen Hindernisparcours. Als seine Augen sich an die Düsternis gewöhnt hatten, sah er Thomas in einem Ohrensessel an der Ostwand sitzen. Er zerriss Tapetenreste und war von langen, spiralförmigen Papierstreifen umgeben. Seine Augen öffneten und schlossen sich langsam, so wie bei einer Comic-Eidechse. Gekleidet war er ganz in Schwarz, bis auf ein kariertes Halstuch in gedämpften Farben. Finch war zwar an sein Erscheinungsbild gewöhnt, im Moment aber ging es ihm gegen den Strich. Dieses Affektierte ärgerte ihn. Es war ja nicht kalt im Zimmer. Dicke Schwaden von Hitze und der Geruch von Schnaps und Schweiß zogen über ihn hinweg, als er sich nach einer Sitzgelegenheit umsah.

»Denny! Komm rein. Mach's dir bequem, steh nicht in der Tür herum wie ein Staubsaugervertreter.« Thomas' Augen verengten sich, und er lehnte sich in seinem Stuhl nach vorne, als wollte er sich von etwas überzeugen. »Du siehst nicht gut aus.«

»Mir geht's aber gut. Könnte nicht besser sein. Leider kann ich nicht lange bleiben. Ich bin mit Lydia und meinem Schwiegersohn zum Abendessen verabredet. In irgend so einem Bistro, das sie kürzlich entdeckt haben.« Finch verabscheute Lügen, egal, ob sie von anderen oder von ihm selbst kamen. Aber jetzt empfand er nicht mal Reue dabei – er musste seinen Abgang schließlich frühzeitig vorbereiten. Er wählte einen der kleinen Sessel und bereute es sofort, als er sich darauf niederließ. Die Sprungfedern ächzten, und aus der Lehne stach ihn etwas in den Rücken.

»Wie geht's deiner Tochter denn so?«

»Lydia geht es gut, danke. Aber sie macht so ein schreckliches Getue um mich. Ich fühle mich manchmal, als hätte ich einen Babysitter.« Da fiel ihm auf, wie illoyal er klang. »Nein, ich habe wirklich Glück, dass ich sie habe.«

»Das stimmt. Ich frage mich oft, ob die Menschen ihr Glück überhaupt erkennen können, bevor es zu spät ist.« Thomas lächelte Finch reuevoll an. »Entweder ist es zu spät, das Glück zu genießen, oder auch, daraus Kapital zu schlagen, eins von beiden.«

Thomas machte einen innerlich zerrissenen Eindruck, nestelte am Stoffbezug der Armlehnen herum. Finch wurde langsam nervös: Noch nie hatte er den Künstler so zerstreut und erschöpft gesehen.

»Sag mir die Wahrheit, Denny. Du hast mich um mein Alleinsein bestimmt manchmal beneidet. So, wie ich dir die Gesellschaft deiner Tochter geneidet habe. Und die Geborgenheit einer Familie. Stimmt's?« Er winkte kaum wahrnehmbar mit der Hand und legte die Stirn in Falten. »Tja, was kann man da jetzt noch großartig tun?«

Hatte er sich Thomas' einsames Leben je für sich selbst gewünscht? Finch versuchte, sich sein langjähriges Zuhause ohne die frühere Geschäftigkeit vorzustellen, ohne die Geräusche und Gerüche der Familie, ohne die alltäglichen Vorgänge, die irgendwann zu Ritualen wurden. Er dachte an seine Frau, wie sie nachmittags das Haar ihrer Tochter am Küchentisch gebürstet hatte; wie sie mit der flachen Hand der Bürste folgte, um einzelne Haare zu glätten, die den Borsten entkommen waren. Er dachte an seine dreiköpfige Familie, allesamt begeisterte Leser, die sich sonntagmorgens aufs Sofa kuschelten und sich in Bücher oder die Zeitung vertieften. Claire, wie sie neben ihm im Bett lag, ein süßes Komma, das sich an seinen Körper schmiegte. Lydia, wie sie ihn abends in seinem Arbeitszimmer besuchte, ihm über die Schulter schaute und Fragen zu seiner Arbeit stellte, mit jedem Wort ihren nach Zimt riechenden Atem verströmend. Das und noch so vieles mehr war sein Leben gewesen. Nicht ein einziges Mal hatte er sich das alles weggewünscht.

»Weißt du, Denny, je älter wir werden, desto mehr mag ich dich und desto weniger mag ich mich selbst.«

»Du klingst ja ganz rührselig. Ist der Gin alle?«

»Ich meine es ernst.«

»Mein lieber Freund, eben hast du bewiesen, was ich immer vermutet habe: Die meisten erfolgreichen Künstler sind voller Selbsthass. Dass dir das jetzt auffällt, muss bedeuten, dass du vor einer sehr produktiven Schaffensphase stehst.«

Thomas lächelte schwach und schloss kurz die Augen. »Wir wissen doch beide, dass ich nie wieder etwas malen werde.« Er stand auf und ging zum Büfett, auf dem eine Karaffe stand. »Nimmst du einen Drink mit mir?«

Finch klopfte sich auf die Manteltasche. »Ich bleibe bei meiner Pfeife, wenn du nichts dagegen hast.«

»Jedem sein Lieblingsgift.«

Finch merkte, wie seine Laune sich verschlechterte – und sie war von vornherein nicht besonders gut gewesen. Die Atmosphäre im Zimmer war bedrückend. »Also, Thomas, du hast doch etwas auf dem Herzen.«

Thomas lachte, ein rasselndes Geräusch, das sich bald in ein Husten verwandelte und von den Wänden widerhallte. »Du hältst dich nicht mit unnötiger Diplomatie auf, was? Das weiß ich zu schätzen. Ja, da ist tatsächlich etwas, was ich auf dem Herzen habe.« Er zögerte kurz. Finch trommelte mit den Fingern auf die verschlissene Armlehne. »Was würdest du dazu sagen, wenn ich dich bitten würde, dir ein Bild anzusehen?«

»Von einem Künstler, der dich interessiert?«

»Von dem Künstler, der mich am meisten interessiert. Von mir selbst.«

Finch glaubte, sich verhört haben. »Ich kenne dein gesamtes Œuvre, Thomas. Du weißt, ich bin einer deiner größten Bewunderer, aber du hast seit zwanzig Jahren keinen Pinsel mehr in der Hand gehabt. Das hast du mir selbst gesagt.«

»Zwanzig Jahre. Die Zeit vergeht so langsam – und gleichzeitig so schnell. Und dann wird einem bewusst, wie viel man davon verschwendet hat. Zwanzig Jahre. Ja, das stimmt.« Er kam zurück zu seinem Sessel und stellte sich dahinter, wie um in Deckung zu gehen. »Und was, wenn das Bild nicht neu wäre?«

Finch spürte, wie sein Mund trocken wurde. »Aber dein gesamtes Œuvre ist in meinen Büchern katalogisiert. Und in deinem Werkverzeichnis. Jedes einzelne Bild, bis ins kleinste Detail.«

»Vielleicht doch nicht jedes.« Thomas leerte sein Glas und fuhr sich mit zitternder Hand über das Kinn. »Ich weiß, dass du ein Perfektionist bist. Dass du äußerst gründlich arbeitest. Aber ich hatte meine Gründe dafür, das Bild zurückzuhalten. Und jetzt will ich, dass du es dir als Erster anschaust. Das bin ich dir doch schuldig, oder etwa nicht?«

Thomas' Stimme hatte einen hypnotischen Ton angenommen. Finchs Gedanken wirbelten wild durcheinander. Ein weiterer Bayber. Das war einfach unmöglich. Zorn stieg in ihm auf, und er ballte die Fäuste. Die ganzen Jahre, die er an seinem Werkverzeichnis gearbeitet hatte, ganz allein in seinem winzigen Arbeitszimmer, ohne Claire und Lydia. Die unzähligen Stunden, in denen er gebeugt über Fotografien gesessen und versucht hatte, die Bedeutung jedes einzelnen Pinselstrichs zu erfassen und die Wahl jedes Farbtons zu begründen. Wie entsetzlich neidisch er darauf gewesen war, dass die Natur so unglaublich viel Talent über einem einzelnen Menschen ausgeschüttet hatte. Über einer unsozialen, selbstsüchtigen Person. Und jetzt sollte es noch einen Bayber geben? Das Zurückhalten dieses Bildes schien unvertretbar, vor allem angesichts der vielen Jahre, die sie sich inzwischen kannten, angesichts ihrer Freundschaft, wenn man es so nennen wollte. Sie hatten sich vertraut. Finch bezahlte Thomas' Miete aus eigener Tasche und gewährte ihm eine geringe monatliche Summe für Lebensmittel, auch wenn die vermutlich in erster Linie flüssig waren. Und jetzt ein solcher Vertrauensbruch, eine solche Handlung, die Finch zeigte, was Thomas von ihm hielt.

Thomas räusperte sich. »Da ist noch was, Denny. Also die Sache, wegen der ich dich hergebeten habe, natürlich.«

»Natürlich?«

»Ich möchte, dass du das Bild für mich verkaufst.«

»Ich? Entschuldige, Thomas, aber das ist ein Affront.« Finch erhob sich und wanderte einmal im Kreis durch den Raum, dort, wo keine Möbel standen. »Warum ausgerechnet ich? Du könntest genauso gut Stark anrufen oder einen deiner hundert anderen Händler.«

»Ich habe meine Gründe. Ich will nicht, dass das Bild über einen Händler oder durch eine Galerie verkauft wird. Außerdem habe ich schon lange keine geschäftlichen Beziehungen mehr mit Stark.« Thomas ging auf Finch zu und legte ihm eine Hand auf die Schulter. »Ich will, dass das Bild direkt zur Versteigerung kommt. Und du hast da doch Kontakte. Du könntest das für mich arrangieren, oder, Denny? Es muss schnell gehen.«

Finchs Kopf brannte. Der Schmerz, den er zuerst im Rücken gespürt hatte, war inzwischen in den ganzen Körper vorgedrungen. Er hätte das Zimmer in Brand stecken können, indem er den Finger an die Tapete legte.

»Du hättest mich schon vor Jahren darum bitten können.« Finch spürte, wie Dampf von seiner Haut aufstieg. »Schau dich doch an. Schau dir an, wie du lebst. Das ist kein Künstler-Spleen. Du lebst im Elend. Und ich habe dich finanziert. Warum also erst jetzt?«

»Du bist sauer. Das ist klar, damit hätte ich rechnen sollen. Ich weiß ja, dass du es in letzter Zeit nicht leicht hattest.« Thomas nahm die Hand von Finchs Schulter, ging zu einem der riesigen, bis zum Boden reichenden Fenster und schob den Vorhang zur Seite. »Wäre es so merkwürdig, wenn ich wiederhaben wollte, was ich einmal gehabt habe – genau wie du? «

»Du bist doch derjenige, der mit dem Malen aufgehört hat. Du hast dein Renommee nicht verloren, du hast es langsam aus der Hand gegeben. Hör also auf, mich von oben herab zu behandeln. Und tu nicht so, als wüsstest du über mein Leben Bescheid.«

»Ich erwarte gar nicht, dass du das verstehst.«

Diese Worte waren Finch gut vertraut – und sie schmerzten wie ein Dolch. *Ich erwarte gar nicht, dass du das verstehst.* Jetzt wusste er, wie Claire sich immer gefühlt haben musste. Wie sehr er sie damit verletzt hatte.

Thomas betrachtete seine Finger und schaute dann auf. »Ob du es glaubst oder nicht, ich habe an dein Wohl gedacht, Denny. Das Bild ist heute viel mehr wert als damals. Ich kann dir alles zurückzahlen, und zwar zehnfach.« Er trank aus und ging wieder zum Büfett, um sich nachzuschenken. Dann hob er das Glas und blickte Finch an. »Mal dir nur den Wirbel aus.«

Den konnte Finch sich lebhaft vorstellen. Dieses schmähliche Verlangen, das er nicht unter Kontrolle bringen konnte, diese Sehnsucht, die sich an den Rand seines Bewusstseins verkrochen hatte, dieser unausgesprochene Wunsch nach einem Bruchteil von dem, was Thomas sein Leben lang bloß verplempert hatte: Geld, Status, Talent – und die Fähigkeit, die Betrachter seiner Werke in Welten zu entführen, von deren Existenz sie nichts geahnt hatten. Finch hatte es fast geschafft, sich einzureden, dass er seine Bücher nur für die Wissenschaft geschrieben hatte. Außer geringen Tantiemen hatte er keinen Vorteil dadurch erlangt. Er war ja auch nicht der Künstler, sondern nur ein Kunstgeschichteprofessor und Kritiker. Er konnte so tun, als verstünde er, was er sah, als verdeutlichte er anderen die Großartigkeit des Künstlers, aber das war letztlich ein dürftiger Beitrag. Ein alter, abgelegter Traum stieg in ihm auf und wirbelte durch sein Hirn. Er wäre derjenige, der als Erster einen neuen Bayber zu sehen bekäme, derjenige, der das Bild nach zwanzig Jahren entdeckte. Er fühlte sich tatsächlich in Versuchung geführt, und die Enttäuschung darüber war genauso real wie die Stimme seiner Frau in seinem Inneren. Auch nach ihrem Tod hatten sie ihre Unterhaltungen weitergeführt. *Das Maß ist voll, Denny.* Er schob Claire beiseite, dieselben melodischen Silben, die er jeden Tag so verzweifelt heraufbeschwor. Jetzt wurden sie von seinen sich überschlagenden Gedanken verdrängt. Sein Puls raste. Fröstelnd rieb er sich die Hände.

»Dann mal her damit.«

Dieses listige Lächeln. Als wäre er so leicht auszurechnen, so leicht zu überreden.

»Noch nicht, Denny.«

»Was soll das heißen? Ich kann doch schlecht über etwas reden, was ich nicht gesehen habe.«

»Ach, wenn du die Nachricht verbreitest, gibt es genug Wirbel, auch ohne dass jemand irgendwas gesehen hat. Außerdem habe ich das Bild natürlich nicht hier.«

Thomas' Körper mochte nicht mehr im besten Zustand sein, aber sein Ego war so gesund wie eh und je. »Ich rufe niemanden an, bevor ich es nicht gesehen habe«, erklärte Finch bestimmt.

Thomas tat, als hätte er ihn nicht gehört. »Ich dachte, du könntest Jamesons Sohn bitten, mal einen Blick drauf zu werfen und die Echtheit zu bestätigen. Er arbeitet bei Murchison, nicht? Seit Dylan gestorben ist, geht es ihm anscheinend nicht besonders.«

»Stephen? Stephen Jameson? Du machst wohl Witze.«

»Wieso sollte ich?«

Bildete Finch sich das nur ein oder war Thomas beleidigt, weil sein Vorschlag auf so wenig Begeisterung stieß? »Dieser junge Mann ist unheimlich begabt. Wirklich brillant, vorausgesetzt, man sieht über seine … kleinen Launen hinweg. Aber die Firma würde ihn niemals auf diese Sache ansetzen. Cranston würde ihn nicht alleine schicken. Jedenfalls nicht, um dich zu treffen.«

Thomas reagierte kaum auf diesen Einwand. »Er tut dir

leid.« Er lächelte. »Du hast natürlich recht, was Cranston angeht, diesen entsetzlichen Schleimer. Aber du könntest doch Jameson direkt anrufen, Denny. Wenn du ihm eine Chance geben würdest …«

Woher wusste Thomas das? Dylan Jameson war ein guter Bekannter von Finch gewesen. Sie hatten sich gemocht und geschätzt. Jameson war ein Mensch gewesen, den man sich als Künstler einfach zum Freund wünschen musste: ein Streiter für die Unbekannten und Übersehenen, ein Mann, in dessen Galerie freundliches Lachen und Lob von den Wänden widerhallten, ein Mann, der seine Meinung immer behutsam und ernsthaft darlegte. Zu Lebzeiten hatte er seinem Sohn den Rücken freigehalten, hatte die anderen besänftigt, wenn Stephen wieder einen Anfall von Geschwätzigkeit, Ungeduld oder Arroganz hatte. Weil die Menschen Dylan mochten, ließen sie seinem Sohn dieses Verhalten durchgehen. Stephen war jetzt Anfang dreißig und ließ sich seit dem Tod seines Vaters orientierungslos durchs Leben treiben. Er war ein seltsamer Kauz, sozial gestört und übermäßig sensibel. Aber er hatte ein fotografisches Gedächtnis und ein enzyklopädisches Allgemeinwissen. Wenn man den Gerüchten über ihn Glauben schenken konnte, hatte er sein großes Potenzial durch eine einzige unglückliche Entscheidung verschenkt.

Finch hatte einige Male mit Stephen zu Abend gegessen, nachdem Dylan gestorben war. Er redete sich ein, damit alte Schulden einzulösen; in Wirklichkeit aber genoss er es einfach, Termine in seinem Kalender stehen zu haben. Und es war anregend, mit Stephen zusammen zu sein, auch wenn der junge Mann generell zwischen Missmut und Grübelei schwankte und seine Standpunkte aggressiv vertrat. Nach ein oder zwei Gläsern Bushmills verfiel Stephen regelmäßig in Schwärmereien über irgendetwas, das er in Europa gesehen hatte, oder verwickelte Finch in eine leidenschaftliche Debatte über die Vorteile der Restauration gegenüber der Konservation.

»Schauen Sie bloß nach Indien. Diese Gesetze dort, die der Privatwirtschaft Knüppel zwischen die Beine werfen. Ganz klar eine Fehlsteuerung. Darum verfügen die meisten Institutionen nicht über die nötigen Ressourcen, und das führt dazu, dass die Kunst in irgendwelchen Depots vor sich hin gammelt«, hatte Stephen gesagt und sein Glas auf den Tisch geknallt, während er sich mit der anderen Hand erregt durch die Haare fuhr. »Die Luftfeuchtigkeit, die schlechten Aufbewahrungsmöglichkeiten – alle Werke, die ich gesehen habe, waren beschädigt. Es ist geradezu kriminell. Ich verstehe nicht, warum man dort nicht endlich vorwärtskommt.«

»Man wird Ihnen dort sicher sehr dankbar sein für Ihren Rat, Stephen, vor allem, weil Sie ihn so freundlich darlegen.«

Ihre Dispute endeten nur selten mit Einigkeit, denn dafür hätte es Kompromisse gebraucht, und der junge Jameson schien zu sehr von seiner eigenen Meinung überzeugt. Trotz allem schätzte es Finch, sich mit ihm auszutauschen. Die Treffen mit Stephen hielten ihn lebendig und gaben ihm einen Grund, seine Wohnung zu verlassen. Außerdem erhielten sie ihm einen letzten Rest seiner Würde, auf diese Weise konnte er nämlich einige von Lydias bemutternden Besuchen absagen.

Doch wie Thomas davon Wind bekommen hatte, konnte Finch sich nicht erklären. Er konnte sich nicht vorstellen, dass Thomas ein großartiges soziales Leben führte, eher schien er vierundzwanzig Stunden am Tag in seiner dunklen Wohnung zu hocken. Und von dort wollte Finch jetzt so schnell wie möglich verschwinden.

»Jameson hat nicht die notwendigen Befugnisse, das Bild zu übernehmen. Das weißt du genau.«

»Ja.«

»Warum willst du ihn dann dabeihaben?«

»Weil ich gehört habe, dass er einen sehr guten Job macht.« Thomas drehte Finch den Rücken zu und fragte: »Oder soll ich die Vergangenheitsform benutzen?«

»Du kennst die Antwort selbst, ansonsten hättest du ihn nicht ins Spiel gebracht. Warum wendest du dich nicht direkt an Cranston, wenn du das Bild unbedingt verkaufen willst? Wieso überhaupt Murchison & Dunne? Was verschweigst du mir, Thomas? Ich habe keine Lust auf deine Spielchen.«

»Ich will jemanden, der dem Werk die angemessene Aufmerksamkeit zukommen lässt. Und der vollkommen neutral ist.«

Dass Thomas nun auch noch seine Neutralität infrage stellte, trieb Finch endgültig zur Tür. Wie herrlich wäre es, das alles endlich hinter sich zu lassen, dieses Kapitel seines Lebens zu beenden und sich anderen Dingen zuzuwenden. Aber Thomas lief ihm nach.

»Denny, du siehst das nicht objektiv genug. Wäre es angesichts meiner Lebensumstände nicht merkwürdig, wenn nach so langer Zeit ausgerechnet du ein neues Bild ›entdecken‹ würdest? Wenn du derjenige wärst, der die Echtheit bescheinigt, du, der du mein ganzes Œuvre dokumentiert hast?«

»Jedenfalls das Œuvre, von dem ich wusste.«

»Das ist es ja. Wenn wir es auf meine Art machen, kann niemand dir zweifelhafte Motive vorwerfen. Dann bin ich zur Abwechslung mal der Sündenbock, Denny. Wir wissen doch beide, dass ich viel zu viel Porzellan zerschlagen und viel zu selten die Verantwortung dafür übernommen habe.« Thomas legte ihm vorsichtig die Hand auf den Unterarm, ohne ihn mit ihrem ganzen Gewicht zu belasten. »Ich habe schon lange keine Gefälligkeiten mehr frei, das weiß ich. Aber ich würde diese Sache niemandem sonst anvertrauen wollen, ob du mir nun glaubst oder nicht. Ich brauche deine Hilfe.«

Claire hätte ihn gewarnt. *Denny, du bist nicht gutgläubig. Aber du möchtest eben immer an das Gute im Menschen glauben. Auch wenn ein Mensch gar nichts Gutes mehr in sich hat.*

Finch war erschöpft, und er spürte jedes einzelne seiner achtundsechzig Jahre. Noch nie hatte er erlebt, dass Thomas ihn so direkt um Hilfe bat. Er betrachtete ihn: die eingefallenen Wangen, das Rasseln seines Atems. Schließlich kapitulierte er. »Na schön.«

»Gibst du mir dein Wort darauf?«

Finch nickte. »Ich rufe Jameson an. Aber wenn das Bild nicht sauber ist, tust du ihm damit keinen Gefallen. Es gibt genug Leute, die ihm einen solchen Misserfolg gönnen würden.«

»Er hat wohl viele vor den Kopf gestoßen?«

»Im Umgang mit anderen Menschen ist er wie ein Elefant im Porzellanladen. Cranston hat es ihm außerdem nicht leicht gemacht – nicht, dass er dazu verpflichtet gewesen wäre. Immerhin hat er ihm einen Job gegeben.«

Thomas schnüffelte, als witterte er einen schädlichen Geruch. »Dieser Trottel Cranston kommt wahrscheinlich auf seine Kosten. Aber ich möchte dem jungen Mann keine unnötigen Schwierigkeiten machen. Sag ihm, er soll Cranston mitbringen. Und dir vielen Dank, Denny, dass du versprochen hast, mir zu helfen. Ich stehe in deiner Schuld, viel mehr, als ich es je wollte.«

Bei dem Wort »versprochen« zuckte Finch zusammen, und ein Hauch von Unbehagen kroch ihm unter die Haut.

Thomas schien das zu bemerken und lächelte. »Am allerbesten kann man den Lauf der Zeit verlangsamen, indem man ihr etwas Unerwartetes in den Weg knallt. Es wird bestimmt ein sehr interessantes Treffen. Für uns alle.« Und damit schlurfte Thomas Bayber lachend in sein Schlafzimmer.

3

Stephen Jameson schüttelte seinen Regenschirm aus, trat in den uralten Aufzug und drückte mit dem Ellenbogen den Knopf für die zweiundzwanzigste Etage. In den Händen hielt er eine Thermosflasche mit Kaffee, seine Aktentasche und einige Mappen. Die Türen schlossen sich, und er war eingeschlossen in einen winzigen Raum, dessen stickige, feuchte Luft eine ganze Reihe an Odeurs enthielt: Moder, den Körpergeruch anderer Leute und irgendetwas zwischen süß und alkoholisch, ähnlich einem Rumcocktail. Die Aufzugskabine setzte sich ruckartig in Bewegung. Auf dem Weg nach oben blickte er sehnsüchtig auf den Knopf mit der Nummer 57 – die Geschäftsführung von *Murchison & Dunne, Kunst- und Antiquitätenhändler und Gutachter*.

Sein eigenes Büro – das Einzige auf der zweiundzwanzigsten Etage – lag direkt neben dem Aufzugsschacht, was bedeutete, dass die Arbeitszeit von einem ständigen Quietschen und Ächzen untermalt wurde, jedes Mal, wenn der Aufzug die Menschen, die zu Höherem geboren waren, nach oben transportierte. Die Aktentasche an die Brust gedrückt, fummelte Stephen am Türknopf und drückte die verzogene Bürotür mit der Hüfte auf. Wiederum mit dem Ellenbogen schaltete er das Licht ein und blickte sich im Raum um. Vielleicht hatte sich über Nacht ja eine wundersame Verwandlung vollzogen? Nein, es war alles noch genauso, wie er es am Abend zuvor hinterlassen hatte. Ein Durcheinander von Telefonkabeln trat aus einem kleinen Loch in der vorderen Ecke des Zimmers und verschwand in einem etwas größeren Loch in der Gipskartonplatte weiter hinten. Popcornfarbener Dämmschaum quoll aus einer der Schallschutzplatten an der Zimmerdecke, und auf dem Boden neben der Heizung stand noch immer eine kleine, muffig riechende Pfütze.

An der Wand hingen gerahmte Diplome, die Stephen Abschlüsse in Kunstgeschichte und Chemie bescheinigten, und davor stand ein Schreibtisch aus Walnussholz, von dem die Lackschicht an vielen Stellen abgeblättert war. Unter eins der Tischbeine war ein Katalog geklemmt, um den fehlenden Kugelfuß zu ersetzen. Stephens Dekorationsversuche beschränkten sich indes auf einen Wimpel mit der Aufschrift »Go Wolverines!« (den er einem Studienkollegen nach einem 42:3 Kantersieg der Mannschaft aus Michigan gegen die Minnesota Golden Gophers von der Wand stibitzt hatte) und einen ausgetrockneten Philodendron, der in einem Topf mit zementharter Erde steckte und seine papiernen Blätter gegen die Wand des Aktenschranks streckte.

Er ließ die Mappen auf den Tisch gleiten und sich selbst auf den Schreibtischstuhl fallen. Das Leder der Sitzfläche knackste und knirschte. Das Telefon auf dem Tisch blinkte wie verrückt, und das Mobiltelefon in seiner Tasche vibrierte. Mit dem Finger fuhr er dreimal über jeden Knopf des Bürotelefons – von links nach rechts, von rechts nach links und wieder von links nach rechts – machte aber keine Anstalten, die Nachrichten abzuhören. Er kaute stattdessen an einem Fingernagel und öffnete die unterste Schreibtischschublade. Daraus holte er eine Flasche Bourbon, goss sich eine großzügige Portion davon in den Kaffee und lockerte seine Krawatte. Dann verschränkte er die Arme auf der Tischplatte und legte den Kopf darauf. Er war ja so unglücklich.

Mit achtzehn hatte er sich eine andere Zukunft erträumt. Inzwischen war er einunddreißig, und spätestens dann hätte er gerne eine Ehefrau gehabt. Ein paar Kinder wären auch nicht schlecht gewesen, ganz zu schweigen von einigen herausragenden Karrierehöhepunkten. Er hielt sich die Nase zu, um ein aufkommendes Niesen zu ersticken. Die Lüftungsrohre bliesen einen dauernden Strom aus Staub und anderen schädlichen Partikeln in sein Büro. Seit zweieinhalb Jahren, seit er bei Murchison & Dunne beschäftigt war, litt er verstärkt unter schweren Allergien und gelegentlichen Migräneanfällen. In seiner Kehle juckte es, und er versuchte angestrengt, ein Keuchen zu unterdrücken.

Das Telefon klingelte. Nachdem er es kurz angestarrt hatte, nahm er seine letzte Energie zusammen und richtete sich auf.

»Stephen?«

»Am Apparat.«

»Hier ist Sylvia. Ich habe Ihnen eine Nachricht hinterlassen. Haben Sie sie nicht bekommen?«

Er setzte sich im Stuhl auf und straffte sich die Krawatte, so als könnte Cranstons Assistentin ihn durch einen halb durchlässigen Spiegel beobachten – in Wirklichkeit thronte sie fünfunddreißig Stockwerke über ihm. Sylvia Dillon machte sich anscheinend einen besonderen Spaß daraus, seine ohnehin schon erbärmliche Existenz noch mehr zu zerstören. Sie hatte einen kleinen Mund, ein krebsrotes Gesicht und flaumiges blondes Haar, das ihre rosafarbene Kopfhaut nur unzureichend bedeckte. Sie war schon ihr ganzes Berufsleben lang bei M & D und hatte als Assistentin des Geschäftsführers die Kontrolle darüber, wer zu Cranston vorgelassen wurde – und damit leider auch jede Menge Macht und Autorität, die sie ohne Skrupel einsetzte. Ihr üblicher Gesichtsausdruck insbesondere Stephen gegenüber war eine Mischung aus Misstrauen, Verachtung und Abscheu. Wenn sie nicht gerade mit Cranston redete, pflegte sie ihre Telefongespräche durch abruptes Auflegen zu beenden – nicht mal ein *Auf Wiederhören,* ein *Danke* oder auch nur ein *Tschüs* hatte sie für ihren Gesprächspartner übrig.

Die meisten gaben sich große Mühe, um sich bei ihr einzuschmeicheln. Sie machten ihr unterwürfige Komplimente, schenkten ihr zu Weihnachten schön eingepackte Pralinen und ab und zu eine Topfpflanze. Früher hatte Stephen sich insgeheim über diese dummen und kriecherischen Typen lustig gemacht, aber inzwischen fragte er sich, ob er sich durch seinen Mangel an Unterwürfigkeit zu einem bevorzugten Objekt ihrer Schikane gemacht hatte – entweder das, oder sie wollte ihn nicht gerade subtil daran erinnern, dass sie – genau wie alle anderen – wusste, wieso er vor vier Jahren seinen letzten Job aufgegeben hatte.

»Sylvia, ich bin gerade erst reingekommen. In diesem Augenblick. Ich habe ein Gemälde begutachtet. Auf dem Weg ins Büro, meine ich.«

»Was für ein Gemälde denn?«

Zum Teufel. Warum hatte er nicht einen Zahnarzttermin vorgeschützt oder einen Stau nach einem harmlosen Unfall mit einem angefahrenen Fußgänger? Er hatte einfach kein Talent zum Lügen. Ein guter Lügner musste ruhig bleiben, und das war etwas, was ihm nie gelang. Er stellte sich vor, wie Sylvia hinter ihrem Schreibtisch saß, die Schultern militärisch korrekt durchgedrückt, und sich die Nägel zu Klauen feilte.

»Dieser Konkursfall. Ich meine, dieser Versicherungsfall. Im Zusammenhang mit einem Konkurs. Ich wollte noch mal einen Blick darauf werfen, bevor ich meinen abschließenden Bericht schreibe. Jetzt aber zu Ihnen …«

Sie seufzte vernehmlich, als hätte das kurze Gespräch sie schon erschöpft. »Mr. Cranston möchte wissen, ob Sie das Gutachten für den Eaton-Nachlass schon fertig haben.«

Eaton. Eaton. Er massierte sich die Stirn und arbeitete sich gedanklich rückwärts, wie es seiner Gewohnheit entsprach. Eaton reimte sich auf Seton. Seton Hall. Seton Hall lag in New Jersey. New Jersey wurde auch der »Gartenstaat« genannt. Sein Lieblingsgarten war die Anlage des Blenheim Palace. Palace Place – 4250 Palace Place. Das war die Adresse der Eatons! Aus den Tiefen seines Hirns kroch die Erinnerung an einen runzeligen siebenundachtzigjährigen Mann, der im Rollstuhl über den Marmorboden seiner Privatgalerie fuhr und dabei mit steifem Finger auf ein Bild nach dem anderen zeigte. Er dachte an den kahlen Kopf des Mannes und an den faszinierenden Leberfleck in Form von Brasilien, der fast den ganzen Schädel bedeckte. Leider war dieser Eaton naiv genug gewesen zu glauben, seine achtundzwanzigjährige dritte Ehefrau hätte ihn aus Liebe geheiratet. Jetzt, wo er tot war, begann sie umgehend damit, seinen Nachlass zu Geld zu machen.

Die Gemäldesammlung war nicht besonders aufregend, bis auf ein Acrylbild von Mangold und ein paar Motherwell-Lithografien, die bei der Versteigerung ein hübsches Sümmchen erzielen würden. Dann gab es noch ein paar Möbel, hauptsächlich Louis Quatorze: zwei Beistelltische mit Intarsien, einen schmalen Eichenschrank und eine Boulle-Uhr aus schön gemasertem Holz und Bronze, die vielleicht fünfzigtausend erlösen würde. Die meisten Stücke allerdings waren weniger spektakulär und zeugten einfach von den Ambitionen eines gelangweilten reichen Mannes, der seinen Nachbarn im Prestigeduell immer um eine Nasenlänge voraus sein wollte.

Stephen erinnerte sich genau daran, wie er die Sammlung vor acht Monaten katalogisiert und fotografiert hatte. Der Kamerablitz, der von dem ganzen grellen Weiß zurückgeworfen wurde – den Wänden, dem Marmorboden, den durchsichtigen Gardinen vor den palladianischen Fenstern –, hatte ihm Kopfschmerzen bereitet. Aber wann war das Gutachten eigentlich fällig gewesen? Und wo hatte er die Dateien dazu abgelegt? Auf seinen Computer hatte er noch nichts überspielt. Ein schneller Check förderte nur einen leeren Ordner mit dem Titel »Eaton« zutage. Er fuhr mit dem Stuhl zurück und blätterte durch die Akten auf dem Tisch, auf dem Schrank, auf dem Bücherregal. Nichts. Wenn er das Gutachten nicht auftrieb, war er geliefert. Cranston würde ihm keine weitere Chance geben.

»Stephen?«

»Ja, Sylvia?«

»Was ist jetzt mit dem Eaton-Nachlass?«

»Ich bin gleich fertig damit.«

»Gut. Er möchte Sie heute um vier sehen und dann mit Ihnen zusammen den Papierkram durchgehen.«

»Äh, das passt mir nicht so recht. Ich habe um vier leider schon einen Termin.«

»Ich habe Ihren Online-Kalender geprüft. Da ist kein auswärtiger Termin verzeichnet.«

Die Frau säuselte regelrecht. Er stellte sich vor, wie er das Telefon aus der Wand riss und sie damit schlug, bis sie in Stücke brach. Dann würde er sie à la Picasso wieder zusammensetzen – ein Ohr an die Hüfte, einen Arm an den Kopf, die Lippen an den großen Zeh.

»Stephen, ich sehe auch in den nächsten Tagen keine Einträge in Ihrem Kalender.«

»Das ist mein Fehler«, sagte er, während er sich durch einen Stapel Konservierungsberichte und fettige Sandwichpapiere wühlte. »Ich habe meinen Kalender noch nicht synchronisiert. Das wollte ich eigentlich heute Morgen tun. Also, heute wäre es schwierig.«

»Er braucht das Gutachten aber dringend.«

Stephen malte sich aus, wie Cranston vor ihr stand und darum bettelte. *Ich brauche das Gutachten dringend, Sylvia.* Unwahrscheinlich. Vielleicht handelte sie ja aus eigenem Antrieb heraus, um Stephens Position in der Firma zu schwächen. Er bemerkte eine Veränderung in ihrer Stimme. Vielleicht wurde sie gerade abgelenkt, weil irgendein anderer Unglücksrabe in ihr Blickfeld getreten war? Bitte, bitte, bitte, verdammt. Er biss sich fest auf die Unterlippe, bis er Blut schmeckte.

»Wenn es heute absolut nicht mehr geht, dann trage ich Sie eben für morgen früh ein.«

»Einen Moment.« Er blätterte die leeren Seiten seines Terminkalenders durch. »Ja, das würde mir besser passen, Sylvia. Dann halten wir morgen fest. Wiederhören.« Er legte auf, wartete eine Sekunde und vergrub das Gerät dann in der obersten Schublade. Auf seinem Notizblock vermerkte er: »Topfpflanze kaufen«.

Seit vier Jahren bezahlte Stephen für einen Fehler, den er innerhalb nur einer einzigen Minute begangen hatte. Er hatte seine vielversprechende Karriere im Alleingang zerstört. Na ja, vielleicht nicht ganz im Alleingang. Er hatte nicht gewusst, dass Chloe verheiratet war; das heißt, er hatte sich nicht lange mit dieser Möglichkeit aufgehalten. Auf jeden Fall hatte er nicht gewusst, mit wem sie verheiratet war. Sie war nicht wie eine verheiratete Frau aufgetreten. Andererseits hatte er wohl keine klare Vorstellung davon, wie eine verheiratete Frau auftrat, mal abgesehen von der offensichtlichen Annahme, sie wäre treu. »Ein tragisches Versehen«, hatte er ihr übers Handy geklagt, als er mit seinen persönlichen Gegenständen in einer Pappschachtel vor seinem ehemaligen Bürogebäude stand und auf ein Taxi wartete.

Er war im Büro ihres Ehemanns gewesen – zufällig der neue Direktor der Ankaufsabteilung bei Foyle's New York und damit auch sein Chef – und hatte ein Portfolio mit Fotos der kommenden Auktionsobjekte durchgeblättert. Als er von der Abbildung zweier blau grundierter Sèvres-Vasen (circa 1770) aufsah, blickte er in Chloes Gesicht, das ihn aus einem Bilderrahmen auf dem Sideboard streng anschaute.

Das ist Chloe, sagte er.

Ach, Sie kennen sie?, fragte der Mann.

Ja, das ist nämlich meine Freundin, hatte er ganz automatisch geantwortet und einen zufriedenen Seufzer hinterhergeschickt. Obwohl ihn der Mann entsetzt anstarrte, ignorierte er das Warnsignal ganz hinten in seinem Hirn und redete sich noch tiefer in die Bredouille. Er hatte geglaubt, nicht das Bild, sondern der Rahmen sei der wahre Schatz: neoromantisch, ungefähr 1850, Blattgold über grauem Grund, verziert mit Blumen und Blättern, mit einer starken Rundung und gewölbten Ecken, in makellosem Zustand bis auf einen feinen Sprung in der Rundung. Ein Stück, das er vielleicht begehrt hätte, wenn er nicht schon das besessen hätte, was innerhalb des Rahmens zu sehen war. Und so machte er die Bemerkung und besiegelte damit sein Schicksal.

Als er das Bild von Chloe sah, verstand er plötzlich, warum der Erwerb von Schönem untrennbar mit Superlativen und schicksalhaftem Stolz verbunden war. Er konnte die weiche Rundung ihres Kinns spüren, mit einem Finger über die Sommersprossen auf ihrer Nase fahren. Er konnte ihren exotischen Duft riechen – Frangipani –, der ihn immer ein bisschen benommen und wie seekrank machte. *In Australien nennt man diese Blume »die Finger des toten Mannes«,* hatte sie ihm erklärt und sich an ihn geschmiegt, damals im Hotelzimmer, bloß ein dünnes, gestärktes Laken über sich. Ihre langen dunklen Haare lagen auf seiner Brust. Wie hatte er eigentlich vor ihr den Begriff Glück definiert?

Er hatte gesehen, wie andere Männer ihr mit den Augen folgten, wenn sie im Restaurant zu ihrem Tisch gingen, hatte bemerkt, wie sich Männer auf der Straße nach ihr umdrehten – und ihn gleich darauf prüfend musterten. Sie fragten sich offensichtlich, wieso er so viel Glück gehabt hatte. Das fragte er sich selbst auch. Als er von ihr wissen wollte, was sie an ihm fand, antwortete sie: »Du bist einfach schlauer.« Daraufhin war er versucht zu fragen: »Als wer?«, verkniff es sich aber, weil er eigentlich gar nicht erfahren wollte, ob sie ihn mit jemand Bestimmtem verglich oder nur ganz allgemein sprach. Es genügte ihm, mit ihr zusammen zu sein. Durch sie wurde er attraktiver.

Doch wenn sie getrennt waren, schwebte er ständig in einer Mischung aus Ungläubigkeit und Misstrauen. Dazu kam eine unwirkliche, taumelnde Erstarrung angesichts seines unfassbaren Glücks. So sehr war er in seiner Gefühlswelt gefangen, dass es ihm gar nicht weiter seltsam vorkam, dass sein Chef ein Bild von Chloe auf dem Sideboard stehen hatte.

»Wie zum Teufel konntest du nur?«, hatte sie ihn gefragt. Ihr Tonfall machte ihn nervös.

»Wie *ich* konnte? Darf ich dich vielleicht daran erinnern, dass du diejenige bist, die anscheinend verheiratet ist? Der Mann hatte mir eine Frage gestellt – sollte ich ihn vielleicht anlügen? Außerdem übersiehst du den entscheidenden Punkt. Ich bin entlassen worden. Gefeuert. Die ganzen drei Jahre, die ich im besten Auktionshaus des Landes an meiner Karriere gearbeitet habe, sind einfach weg.«

»Nein, *du* übersiehst den entscheidenden Punkt. Natürlich hättest du ihn anlügen sollen. Das hätte doch jeder so gemacht. Wie konntest du ihm bloß auf die Nase binden, dass ich deine Geliebte bin?«

»Also, ich wusste ja nicht, mit wem ich sprach. Aber jetzt weiß er's wenigstens. Ist das so schlimm? Außerdem bist du doch tatsächlich meine Geliebte.«

Die Stille, die darauf folgte, machte ihm in aller Deutlichkeit klar, wie entsetzlich die Situation war. »Ist dir denn überhaupt nicht klar, was du getan hast, Stephen? Wie kannst du nur so furchtbar dämlich sein?«

Wenigstens das konnte er sich erklären. Schon sein ganzes Leben lang hatte er ein erstaunliches Talent für Missverständnisse gezeigt, besonders, wenn es um Frauen ging: ihre Wünsche, ihre Bedürfnisse, ihre Art zu denken. Sogar seine eigene Mutter hatte ihn manchmal so komisch angeschaut – als wäre er in Wirklichkeit gar nicht ihr Kind, sondern von Außerirdischen bei ihr abgegeben worden. »Wie kommst du nur auf die Idee, das hätte ich gemeint?«, fragte sie ihn dann. Dann hatte er sich immer eine Schwester gewünscht, die ihm, dem Einzelkind, dabei helfen könnte, die mysteriöse Sprache der Frauen zu entschlüsseln.

In der folgenden Zeit kümmerte er sich nicht um die Bemerkungen, die um ihn herumschwirrten, in einer Lautstärke, die gerade noch über seiner Wahrnehmungsschwelle lag: *Sie hat ihn benutzt. Sie wusste genau, mit so einem würde sie ihren Mann fertigmachen. Sie hat sich an ihm gerächt.* Stephen konzentrierte sich lieber auf jene Erinnerungen, die man im Rückblick nicht als heuchlerische Akte betrachten konnte: Chloe, die ihm mit den Fingern durchs Haar fuhr, als sie um Mitternacht durch den Central Park spazierten; Chloe, die sich auf die Unterlippe biss, während sie ihm die Krawatte richtete (dieser Anblick hatte ihn jedes Mal umgehauen); Chloe, die ihm Halspastillen in die Taschen stopfte, bevor sie ins Kino gingen, wo sie sich in die letzte Reihe setzten und er ihr unbemerkt die Oberschenkel streicheln konnte.

Auf den Rausschmiss (wie er den Vorgang bezeichnete) und die unvermeidliche Trennung folgte eine neunmonatige

Periode, in der er zunächst mit voller Kraft, dann nur noch halbherzig und schließlich gar nicht mehr nach einer neuen Stelle suchte. Als hohes Tier in der Kunstszene und Freund zahlreicher Lokalpolitiker konnte Chloes Ehemann nach Belieben alle möglichen Strippen ziehen. Bald merkte Stephen, dass er auf einer Art schwarzer Liste stand, die verhinderte, dass er jemals wieder einen Job in der Branche fand – oder überhaupt eine Zukunft hatte. Jede Hoffnung auf eine Stelle als Kurator in einem Museum oder als Einkäufer bei einem Großkonzern musste er aufgeben. Genauso unwahrscheinlich war eine Position als Leiter einer Konservationsabteilung oder beim American Institute for Conservation of Historic and Artistic Works. Und da er sich kaum vorstellen konnte, vor mehr als fünf Personen zu reden, waren seine Aussichten in der akademischen Welt ähnlich schlecht. Das Schlimmste aber war, dass er jetzt nicht mehr beim angesehensten Auktionshaus der Stadt arbeitete – das heißt, wenn man berücksichtigte, dass der Ruf von Christie's und Sotheby's nach einigen Skandalen sehr gelitten hatte.

Er war gezwungen, seine Wohnung aufzugeben, und schlief nacheinander bei einigen Kollegen auf der Couch, aber bald schon war deren Gastfreundschaft erschöpft, und die wahre Natur ihres Verhältnisses wurde offenbar: Es waren doch bloß oberflächliche Bekanntschaften gewesen, nicht stark genug, um die Irritationen auszuhalten, die entstanden, wenn eine der Parteien ständig die Alkoholvorräte im Kühlschrank plünderte, überall Chipskrümel hinterließ und andauernd über eine aussichtslose Zukunft jammerte oder über Selbstmord nachdachte.

Als sich auch nach längerer Zeit keine Chance auf eine

neue Stelle abzeichnete, begann Stephen, in der Galerie seines Vaters herumzuhängen, wo er seine Zeit damit verbrachte, die Rechnungen auf dem Schreibtisch von einem Stapel zum anderen umzuschichten. Er hätte dort arbeiten können – Dylan hatte ihm einen Job angeboten –, aber Stephen unterstellte seinem Vater eher Mitleid als wirkliches Interesse an seiner Person. Die Galerie hatte nämlich schon einen freundlichen und warmherzigen Direktor, der mehr Enthusiasmus zu bieten hatte, als Stephen jemals aufbringen würde. Hätte er das Angebot angenommen, wäre er weder zum Besitzer der Galerie noch zum Mitbesitzer geworden, sondern lediglich zum Assistenten des Direktors. Dabei war es nicht unbedingt der fehlende Titel, der Stephen abschreckte – es war vielmehr die deutlich spürbare Enttäuschung seines Vaters.

»Junge, reiß dich zusammen und hör auf, dich ständig zu bemitleiden. Du bist nicht der erste Mann, dem so eine Dummheit passiert ist.«

»Seltsame Art, mich aufzumuntern.« Stephen blätterte in Prospekten, um seinem Vater nicht in die Augen sehen zu müssen.

»Die Leute werden das schon wieder vergessen, aber du würdest es ihnen leichter machen, wenn du dich anders verhalten würdest, und nicht so …«

»Wie denn?«

Der Vater schüttelte nur den Kopf. »Schon gut. Du bist jetzt eben das Gesprächsthema Nummer eins, aber bald finden sie ein anderes armes Schwein, über das sie sich das Maul zerreißen können. Und derjenige hat wahrscheinlich weniger Talent als du, Stephen. Zum Glück verschwindet Talent nicht einfach, wenn man mit heruntergelassener

Hose erwischt wird. Aber musste es denn unbedingt mit der Ehefrau eines anderen passieren?«

»Dad!«

»Ich meine ja nur. Mir wäre es lieber gewesen, du hättest dir eine ausgesucht, die du deiner Mutter und mir hättest vorstellen können.« Stephen spürte das Gewicht der Hand seines Vaters, die über seiner Schulter schwebte. Er wünschte sich, die Hand würde sich dort niederlassen – aber er hoffte vergebens. Als er wieder aufsah, bemerkte er im Gesicht seines Vaters einen Schmerz, der in ihn eindrang wie ein langsam wirkendes Gift.

Der Vater trat einen Schritt zurück. »Findest du, ich bin zu hart zu dir?«

Der Graben zwischen ihnen schien riesig. »Ist es vielleicht meine Schuld, dass Chloe ihre Ehe geheim gehalten hat? Nein. Bin ich vielleicht schuld daran, dass ihre Ehe unglücklich war? Wohl kaum. Und doch bin ich derjenige, der bestraft wird.«

Der Vater betrachtete seine Fingerknöchel. »Ach ja? Und was ist mit ihrem Ehemann? Ist der etwa nicht gestraft?«

Die Art, wie sein Vater ihm diese Frage stellte, machte Stephen Angst. Er spürte, dass Dylan mehr Erfahrung mit solchen Situationen hatte, als es Stephen lieb war.

»Sie hätte ihn verlassen sollen«, sagte Stephen. Damit meinte er: *Sie hätte mich nicht verlassen sollen.*

»Wenn man verheiratet ist, lernt man bald, sich zu arrangieren«, erklärte der Vater. »Das ist der einzige Weg, wie man verheiratet bleibt.«

Stephen schaute ihn direkt an, und plötzlich sah er einen alten Mann. Die Jahre hatten das Gesicht des Vaters in eine tektonische Landschaft verwandelt: tiefe Täler, weiche

Hautfalten, flache Löcher, alte Narben, braune Flecken, Krähenfüße, buschige, scheinbar elektrisch aufgeladene Augenbrauen, ein dünner, säuerlich wirkender Mund, der keine Begeisterung mehr ausdrückte, ja, noch nicht mal mehr klare Konturen aufwies.

»Ganz ehrlich, mir ist völlig egal, wie er sich fühlt.«

»Hoffentlich meinst du das nicht ernst.«

Stephen drehte sich weg. Er hielt es nicht aus, sich noch länger mit dieser Geschichte oder seiner Rolle darin zu beschäftigen. »Doch, durchaus.«

Stephen goss sich noch mehr Whiskey in den Rest seines Kaffees und griff nach einem Taschentuch, weil er niesen musste. Danach tupfte er die Papiere auf dem Schreibtisch ab. Er hatte eine Strafe von fast biblischen Ausmaßen auferlegt bekommen. Als er noch seinen glänzenden Posten bei Foley's innegehabt hatte, war er oft auf Firmenkosten durch Europa gereist – was für ein Leben! Er hatte Auktionshäuser, Privatsammlungen und Museen besucht, Alte Meister und zeitgenössische Riesen bestaunt, die Restauratoren in Lascaux beraten, Aubusson-Wandteppiche befühlt, handgefertigte Möbelstücke untersucht und sogar einen Meißener Fingerhut mit dem Wappen eines irischen Aristokraten taxiert. Jetzt, vier Jahre danach, war er bei Murchison & Dunne gestrandet, wo er auf der untersten Stufe der Karriereleiter herumkrebste. Dort verbrachte er seine Zeit ausschließlich mit Schätzungen, während die Schulden auf seinen Kreditkarten wuchsen und seine Miete ständig stieg. Seine Lage wurde immer prekärer.

Es war kein Zufall, dass man ihn dort auf der zweiundzwanzigsten Etage kaltgestellt hatte. Simon Hapsend, der

Vorbesitzer seines Büros, war für den Webauftritt der Firma verantwortlich gewesen. Außerdem hatte er sich um den Bereich der gerichtsfesten Wertgutachten gekümmert, und das umfasste alles von Sachverständigenexpertisen über Versicherungspolicen bis hin zu Ehevertragsdetails, Bankrottverfahren und Nachlassangelegenheiten.

Simon war jedoch ganz plötzlich gefeuert worden. Das FBI hatte einige Versuche, die Rechner großer Banken zu hacken, bis zu seinem Computer zurückverfolgt. Das Gefängnis war ihm nur erspart geblieben, weil der Rechner des FBI ebenfalls gehackt wurde und alle Beweise verschwanden. Simons Büro war jedenfalls an Stephen gefallen, zusammen mit reichlich seltsamen Hinterlassenschaften: einer Liste von Passwörtern und Usernamen, die hinter einer Schublade versteckt war, E-Mails von einem Unbekannten, der von Stephen verlangte, dass er Dateien löschte, die plötzlich auf seinem Computer auftauchten, und einem olivgrünen T-Shirt, das ein Bild von einer Schlange sowie die Aufschrift *Python* trug und einen üblen Geruch verströmte – Stephen hatte es erst nach längerer Zeit hinter dem Aktenschrank entdeckt.

Er starrte an die Wand und fragte sich, wie lange er noch von Ramen-Nudeln und Bier leben konnte. Sein Vertrauen in die eigenen Fähigkeiten schwand so schnell wie sein Kontostand. Er betrachtete sein Spiegelbild in der Edelstahl-Kaffeetasse. Das Alter würde es vermutlich nicht gut mit ihm meinen. Schon jetzt hatten sich graue Stellen in sein schwarzes Haar geschlichen, besonders an den Schläfen. Zwar war er über einen Meter neunzig groß (erstaunlich, wenn man bedachte, dass seine Eltern beide keine Riesen waren), aber mittlerweile trug er einen stattlichen

Bauch vor sich her – die Mitgliedschaft im Fitnessstudio war eins der ersten Dinge gewesen, die er hatte aufgeben müssen. Seine Augen waren blutunterlaufen: zu wenig Schlaf und zu viel Bourbon. Seine Haut hatte den grauen Farbton eines schmutzigen Geschirrtuchs angenommen. Und natürlich war er sich im Klaren darüber, dass man ihn in erster Linie deswegen nicht auf die Straße setzte, weil sein Vater einen ausgezeichneten Ruf genoss.

Dylan Jameson hatte fast sein ganzes Leben lang eine Galerie in SoHo besessen. In den wunderschönen Räumen war Stephen aufgewachsen; er hatte zwischen riesigen Leinwänden Verstecken gespielt, sich mit Rahmenclips und L-Trägern vergnügt und alte Ausstellungskataloge wie Mauersteine aufgeschichtet. Er lernte alles über Perspektive, indem er auf den Schultern seines Vaters saß, während der auf ein Gemälde zuging und sich dann wieder davon entfernte. Sein Vater brachte ihm auch Fachausdrücke wie *Fluchtpunkt* und *Horizontlinie* bei und erklärte ihm, was es mit Gradzahlen und Achsen und kurvilinearem Bildaufbau auf sich hatte. Mit den Fingern zog Stephen die Pinselstriche auf den Bildern nach, ertastete die Mulden, die die schwere Ölfarbe hinterlassen hatte. Durch eine Lupe betrachtete er die Werke, während sein Vater ihn abfragte: Lasur oder Lavierung? Alla prima oder Untermalung? Nass in nass oder fett auf mager?

Sein Vater hatte es ihm zwar angeboten, aber es wäre ein Fehler gewesen, in seiner Galerie zu arbeiten, von dem fehlenden Titel ganz abgesehen. Die großzügigen Räume waren für ihn eine ständige Ernüchterung, und das fröhliche Auftreten des Direktors erinnerte Stephen bloß daran, dass es ihm selbst an Format mangelte. Darum hatte er seine mageren Ersparnisse abgehoben und war nach Europa geflohen, wo er sich in billigen Pensionen und schäbigen Hotels einmietete und die Reste des Frühstücks heimlich in seinen Rucksack schaufelte, um später ein Mittagessen zu haben. Er trank lausigen Wein, der ihm Kopfschmerzen machte, und rauchte Zigaretten, die seine Fingerspitzen gelb färbten. Überall stellte er sich vor, Chloe wäre bei ihm. Er spürte förmlich ihre spitzen Fingernägel, die sich immer dann in seine Handfläche gebohrt hatten, wenn sie seinen Redeschwall unterbrechen und ihn küssen wollte. Er hörte das Geräusch ihrer Absätze, ihre unruhigen Schritte hinter ihm, während er Tizians »Himmlische und irdische Liebe« in der Galleria Borghese betrachtete. Er glaubte fast, Chloe zu sehen, wie sie in einem Straßencafé den letzten Rest ihres Pinots leerte und enttäuscht dreinschaute. Und ihren Blick, bevor sie den Wein gegen eine andere Art der Befriedigung eintauschte: kalte Berechnung, die ihn erstarren ließ.

In Rom hatte er einen Anruf seiner Mutter ignoriert – auf dem Handydisplay hatte er ihre Nummer gesehen –, weil er wusste, dass sie ihn überreden wollte, wieder nach Hause zu kommen. Daraufhin hatte er das Handy ausgeschaltet. Nach vier Monaten in Europa hatte er noch immer viele Wunden zu lecken. Einige Tage später schaltete er das Telefon wieder ein und überflog die in der Zwischenzeit eingetroffenen Nachrichten. Es war schon später Herbst, in der Natur war alles kahl und trist, als er zur Beerdigung seines Vaters nach Hause flog und sich plötzlich in New York wiederfand – noch unglücklicher als vor seiner Abreise. Die Manschettenknöpfe, die einmal seinem Vater gehört hatten, waren das offensichtlichste Zeichen dafür, dass er Dylan Jamesons Sohn war.

Sein Vater hatte nicht nur über enormes Wissen verfügt, sondern auch die Seele eines Poeten und einen Sinn für jede Art von Schönheit besessen. Dylan verstand, was Künstler ausdrücken wollten, und war besessen davon, ihnen zum Erfolg zu verhelfen. Darum war er bei allen beliebt: bei noch unbekannten Künstlern, bei etablierten Künstlern, die gerade einen Karriereknick durchmachten und schlechte Presse bekamen, bei Auktionatoren, die genau wussten, dass er über Insiderinformationen verfügte, und bei Gutachtern, die Wert auf eine zweite Meinung legten.

Stephen dagegen interessierte sich nur für die Methodik. Was in einem Künstler vorging, war ihm egal, wichtig waren ihm bloß die Techniken, die der Künstler anwendete, und der Gedanke, dass man sie erlernen und lehren konnte. Wie konnte man unterscheiden zwischen dem Lehrer und dem ambitionierten Schüler, wie zwischen dem Wahren und dem Falschen? Um die Echtheit eines Werkes zu beurteilen, musste man seine Provenienz bestimmen, und das war nicht immer leicht. Wenn man auf dem normalen Weg nicht weiterkam, gab es noch andere Mittel, und auf diesem Gebiet lag Stephens Talent. Er hatte nicht nur das große theoretische Wissen des Kunsthistorikers, sondern auch die Gier des Gutachters, das Unbeweisbare zu beweisen.

Am wohlsten fühlte er sich, wenn er allein arbeiten konnte, etwa, wenn er Pigmente analysierte, Bilder mit UV-Licht untersuchte oder grafologische Tests durchführte. Die Stunden verflogen nur so, während er sich über eine Signatur beugte und sich in die Schleifen der Schrift vertiefte. Es gab Signaturen mit kühnen, kräftigen Schnörkeln und solche mit ganz dezenten Strichen, aber in jedem Fall waren sie der krönende Abschluss des Bildes. Konnte man daraus

Stolz lesen? Oder Triumph? Oder vielleicht, wie Stephen oft vermutete, bloß Erleichterung, dass das Werk endlich fertig war?

Es war nur ein Zufall gewesen, dass er bei einem Nachlassverkauf vor zweieinhalb Jahren neben Cranston gestanden hatte – ein Glücksfall, dass beide gerade auf dasselbe, keinem Künstler zugeschriebene Bild starrten. Als Stephen dann anfing zu reden, waren seine Worte nur für ihn selbst gedacht – er hatte die Angewohnheit, seine Vermutungen laut vor sich hin zu sagen. Das Werk verriet den Künstler, so wie jeder Pokerspieler unbewusste Zeichen aussendete, die seine Strategie offenlegten. Schließlich bekam Stephen ein Jobangebot von Cranston, und er wusste, dass es keine Schicksalsfügung war, sondern die Hand seines Vaters, die ihn sanft anstieß und dazu anhielt, sich zusammenzureißen und neu anzufangen.

Das Telefon summte aus der Schublade heraus. Er zögerte kurz und malte sich aus, wie Sylvias aggressive Stimme seine armen Ohren malträtieren würde. Aber als er auf das Display blickte, sah er, dass eine auswärtige Nummer angezeigt wurde. Es war Professor Finch.

Auf einen Abend mit Finch hatte Stephen nun wirklich keine Lust, auch wenn er ansonsten nicht gerade viele Sozialkontakte hatte. Finch bewegte sich eigentlich nur in akademischen Kreisen, aber das glich er durch sein enormes kunstgeschichtliches Wissen wieder aus. Ganz besonders gut kannte er sich mit einem speziellen Künstler aus: Thomas Bayber. Finch hatte nicht nur an dessen Werkverzeichnis mitgearbeitet, sondern auch zwei Bücher über ihn verfasst, die beide sehr gute Kritiken bekommen hatten.

Stephen hatte ihn vor einigen Jahren auf einer Galerieparty seines Vaters kennengelernt. Bei Murchison & Dunne gab es niemanden außer Stephen, der sich mit Finch auf ein Glas Bushmills verabredet, sich seine Geschichten angehört und seinen Pfeifenrauch – und zwangsläufig auch die angetrocknete Spucke in seinen Mundwinkeln – ertragen hätte. Aber Stephen musste zugeben, dass er den Professor mochte.

»Stephen Jameson.«

»Stephen, hier ist Dennis Finch.«

»Professor Finch, es ist gerade schlecht. Ich bin auf dem Weg zu einer Besprechung. Zu einem Termin. Also, zu einem Termin für eine Besprechung. Vielleicht können wir ein anderes Mal miteinander reden?«

»Aber natürlich. Ich wäre Ihnen allerdings sehr verbunden, wenn Sie sich so bald wie möglich wieder melden könnten. Ich wollte mit Ihnen über einen weiteren Bayber sprechen.«

Plötzlich schien sich die Luft im Raum zu verdichten, Stephen nahm weder den quietschenden Aufzug noch den zischenden Heizkörper wahr. Alles war still.

»Sagten Sie, ein weiterer Bayber?«

»Ja, richtig. Ich dachte, Sie hätten vielleicht Interesse daran, die Echtheit des Werks festzustellen.«

Thomas Bayber war ein zurückgezogener Mann, der vor zwanzig Jahren mit dem Malen aufgehört hatte. Er war einer der genialsten lebenden Künstler und hatte laut Werkverzeichnis einhundertachtundfünfzig Bilder hervorgebracht, die alle in Museen hingen, bis auf drei in einer Privatsammlung in Spanien, eins in Moskau und vier weitere in den USA, die sich in gemeinschaftlichem Privatbesitz befanden. Der Gedanke, dass er derjenige sein könnte, der ein weiteres Bild für echt erklärte, ließ Stephen innerlich erbeben. Ein solcher Coup würde seine vergangenen Fehler ungeschehen machen. Vor seinem geistigen Auge sah er Interviews und Beförderungen und Abendessen in teuren Restaurants. Sein Weg würde ihn ganz nach oben führen, wenn auch nur, um seine Kündigung abzugeben. Die endlosen Möglichkeiten, die sich vor ihm auftaten, verursachten ihm Schweißausbrüche. Seine Nase lief. Und dann kamen ihm Zweifel. Gerade Finch würde doch beurteilen können, ob ein Bayber echt war oder nicht – er hatte schließlich sein ganzes Leben der Erforschung des Bayberschen Œuvres gewidmet. Warum rief er nicht gleich bei Christie's oder Sotheby's an? Das Misstrauen hatte von Stephen Besitz ergriffen. Irgendjemand wollte ihn in eine Falle tappen lassen! Eine weitere Demütigung würde sein angeschlagener Ruf nicht überleben.

»Warum ausgerechnet ich?«, fragte er direkt.

»Thomas hat speziell nach Ihnen verlangt. Da ich schon das Werkverzeichnis zusammengestellt habe und es um ein Bild geht, das ich nicht kenne, findet er, wir sollten jemanden hinzuziehen, der … sagen wir, nicht voreingenommen ist.«

»Er hat also Angst, Sie könnten das Bild nicht anerkennen, weil es nicht ins Werkverzeichnis aufgenommen wurde?«

Am anderen Ende herrschte eine Weile Stille. »Stephen, ich weiß nicht genau, was in ihm vorgeht, aber ich denke ganz ähnlich wie er. Es wäre am besten, wenn wir einen unabhängigen Gutachter hätten.« Jetzt klang der Professor angespannt. »Aber da ist noch eine Sache. Wenn Sie das Werk für echt erklären, soll es nach Thomas' Willen sofort verkauft werden. Er möchte, dass die Firma Murchison & Dunne den Verkauf abwickelt. Vielleicht sollten Sie Cranston mitbringen.«

Stephen gefiel die Idee gar nicht, den Geschäftsführer von Murchison & Dunne mit einzubeziehen, bevor er selbst Licht in die Angelegenheit gebracht hatte. Andererseits: Wenn Cranston herausfand, dass Stephen das Bild ohne ihn untersuchte, würde er ihm vorwerfen, auf eigene Faust zu handeln und die Interessen der Firma zu vernachlässigen. Es war wohl besser, gleich mit Cranston zu reden. Wenn sie sich das Bild zusammen ansahen und es als Fälschung erkannten, konnte Stephen Schaden von Murchison & Dunne abwenden. Wenn es aber ein echter Bayber war, würde Cranston mitbekommen, dass Stephen von Thomas Bayber höchstpersönlich angefordert worden war.

»Wann denn?«

»Morgen Nachmittag, dachte ich. Das heißt, wenn Sie abkömmlich sind.«

Stephen ignorierte Finchs Spitze. »Ja, wir sind abkömmlich.« Sie vereinbarten einen Termin, und Stephen schrieb die Adresse auf einen Schmierzettel und legte auf. Seine Hände zitterten, als er Sylvias Nummer wählte. Während er darauf wartete, dass sie abhob, wischte er sich die Handflächen an der Hose ab.

»Sylvia.« In seiner Stimme schwang ungewohnte Autorität mit. »Ich werde mich heute Nachmittag mit Cranston treffen, aber nicht in Sachen Eaton-Nachlass. Es geht um etwas anderes. Streng vertraulich. Buchen Sie einen Konferenzraum.« Er legte auf, ohne sich zu verabschieden, und stellte sich Sylvias schockierten Gesichtsausdruck vor: ihren Mund, der sich wie bei einem gestrandeten Fisch öffnete und wieder schloss, in einem atemlosen, verblüfften O.

4

Am nächsten Nachmittag um genau ein Uhr fünfzehn traf Stephen seinen Vorgesetzten auf dem Flur an. Cranston, dessen massiver Bauch sich über seinen Gürtel wölbte, ging unruhig auf und ab, die Hände in den Taschen seines Kamelhaarmantels. Bis auf Cranstons gelegentliche Jammerei über den Regen ergab sich im Auto kein Gespräch, worüber Stephen froh war. Am Tag zuvor hatte der Chef ihm klargemacht, dass er sich von dem Treffen nichts weiter erwartete. Aber angesichts der unwahrscheinlichen Chance, dass Bayber und Finch doch keinen Schwindel planten, sei die Firma eben verpflichtet, die Lage zu prüfen, bevor sie Meldung bei den Behörden machte und die beiden wegen versuchten Betruges anzeigte. Obwohl Cranston die Sache herunterspielte, merkte Stephen genau, dass er über die ungeahnten Möglichkeiten nachdachte, falls an der Geschichte doch etwas dran war. Murchison & Dunne spielten für gewöhnlich nicht in dieser Liga, und Cranston malte sich insgeheim wahrscheinlich aus, was ein solcher Coup für den Ruf der Firma – und nicht zuletzt für seinen eigenen – bedeuten würde.

»Stellen wir zunächst mal eins klar, Mr. Jameson: Ich werde das Gespräch führen. Ich weiß nicht, warum diese Anfrage bei Ihnen gelandet ist, aber weil es nun mal so ist, dürfen Sie dabei sein. Natürlich nur in der Rolle des Beobachters.« Das Auto hielt an. Auf dem Gehweg stapelten sich Müllsäcke, daneben stand ein altes Fernsehgerät. Cranston schnaubte. »Hoffen wir in Ihrem Interesse, dass an der Sache nichts faul ist.«

Stephen stöhnte innerlich und nickte. Cranstons Tonfall zeigte ihm deutlich, in welch heikler Lage er sich befand. Seit dem Anruf von Finch am Tag zuvor fragte Stephen sich, ob das Ganze eine Falle war. Hatte da nicht doch etwas Verdächtiges in Finchs stockenden Worten gelegen? Aber selbst dieses Misstrauen konnte seine Vorfreude auf die Begegnung mit Bayber nicht dämpfen. Vor lauter Aufregung, den Künstler persönlich kennenzulernen, hatte Stephen kaum schlafen können.

Sie kämpften sich über die Stufen hinauf, wobei sie sorgfältig dem Unrat auswichen, der sich im Geländer verfangen hatte. Als sie klingelten, ertönte sofort der Türsummer. Niemand fragte durch die Sprechanlage, wer da sei. Der Aufzug war winzig; Stephen, der seinen Werkzeugkoffer an die Brust presste, stand eingezwängt zwischen Cranston und einer gebeugten Frau, die eine kaum behaarte Katze an einer langen Leine auf dem Arm trug.

Kaum hatte Stephen zum Klopfen angesetzt, da öffnete Finch bereits die Tür. Der Professor nahm seine Hand, noch bevor er Cranston begrüßte, und zog ihn in die Wohnung.

»Kommen Sie herein, aber passen Sie auf, wo Sie hintreten. Thomas hat es gern dunkel. Vorhin bin ich auf einem

Bleistift ausgerutscht und sah schon mein ganzes Leben an mir vorbeiziehen.«

Er nickte Cranston kurz zu und schloss die Tür hinter ihnen. Dann ging er quer durch den Raum und setzte sich auf seinen angestammten Platz, einen abgeschabten Bergère-Sessel mit hoher Rückenlehne und durchhängenden Polstern.

Verwundert blickte Stephen sich um. Er kam sich vor wie in einer Filmkulisse, in der eine Mischung aus Horrorschocker und Historiendrama gedreht wurde. Schwere, bodenlange Gardinen hielten das Tageslicht ab. Die Wände waren blutrot gestrichen; die Tapeten lösten sich in Streifen ab, als wollten sie fliehen. Die Stuckverzierungen an der Decke hingen voller Staubflocken. Es roch nach abgestandenem Essen und Whiskey. Überall im Zimmer standen Stühle herum, und auf dem Boden waren abgetretene Perserteppiche ähnlich seltsam arrangiert. Das Ganze wirkte wie der Albtraum eines Betrunkenen: ein Alkoholtestparcours, der aus einem Irrgarten aus Möbelstücken und unterschiedlich hohen Schikanen bestand.

Bayber war nirgends zu sehen, aber Stephen hörte wiederholtes Rascheln und gelegentliches Krachen aus einem der anderen Zimmer, als wäre dort ein Tier in einen viel zu kleinen Raum eingesperrt. Der Gedanke daran, dass ein Mann, dessen Können er schon so lange bewunderte, ihm in diesem Moment so nah war und dass er ihm tatsächlich in wenigen Augenblicken die Hand schütteln würde, ließ seinen Mund plötzlich trocken werden. Im Kopf bastelte er sich eine Art Einleitung zusammen, ein paar Worte, die zeigen sollten, dass er wenigstens über ein Mindestmaß an Kenntnissen verfügte, was die Werke dieses Mannes anging.

»Wie schön, dass Sie kommen konnten, vor allem so kurzfristig«, sagte Finch.

»Eine solche Einladung konnten wir doch nicht ausschlagen«, erwiderte Cranston und lächelte Finch schmallippig an. Stephen erkannte, dass Cranston auf der Hut war. Ein bislang unbekannter Bayber, der jetzt erst auftauchte, der Murchison & Dunne anscheinend anvertraut werden sollte – und der in diesem schummrigen, heruntergekommenen Apartment untersucht werden sollte. Da konnte etwas nicht stimmen. Cranston wirkte so unsicher wie jemand, der gerade gemerkt hatte, dass er als Opfer eines Hütchenspiels ausgewählt worden war.

Stephen dagegen konnte seine Begeisterung kaum zügeln. Egal, wie die Sache ausging – der heutige Tag war schon jetzt tausendmal besser als alle Tage, durch die er sich in den vergangenen dreißig Monaten gekämpft hatte. Aus irgendeinem Grund hielt ihm das Schicksal nun die Chance zur Befreiung direkt vor die Nase.

»Ist er da?«, fragte er Finch und deutete auf den hinteren Teil der Wohnung.

»Er wird sich gleich zu uns gesellen. Darf ich Ihnen in der Zwischenzeit schon mal einen Drink anbieten, Gentlemen?«

Stephen hielt sich an dem Whiskeyglas, das Finch ihm reichte, so fest, als wäre es etwas Heiliges. Cranston zögerte. »Ich muss bei klarem Verstand bleiben«, sagte er stirnrunzelnd zu Stephen, der den Gesichtsausdruck seines Vorgesetzten zwar bemerkte, seinen Drink aber trotzdem in kürzester Zeit hinunterstürzte.

»Während wir warten«, begann Cranston, »könnten Sie uns vielleicht einige Hintergrundinformationen liefern.

Mr. Jameson konnte jedenfalls nicht mit besonders vielen Details aufwarten.«

Finch blieb ruhig. Stephen war erstaunt darüber, dass er sich so gelassen gab. War er denn überhaupt nicht verärgert? Am Telefon hatte er behauptet, das Bild noch nicht gesehen zu haben und auch nichts darüber zu wissen, weder über das Sujet noch über das Entstehungsjahr oder den bisherigen Verbleib. Er wirkte erstaunlich gefasst angesichts der Tatsache, dass das Werkverzeichnis, an dem er Jahre gearbeitet hatte, jetzt nicht mehr vollständig, nicht mehr gültig war und dass sein Freund ihm das Bild anscheinend absichtlich verheimlicht hatte.

»Ich werde es Thomas überlassen, Licht ins Dunkel zu bringen, da meine Kenntnisse über das Werk ebenfalls beschränkt sind. Ich kann nur sagen, dass ich erst gestern von der Existenz eines weiteren Bayber erfahren habe. Auf Wunsch von Thomas habe ich dann Kontakt zu unserem Kollegen Mr. Jameson aufgenommen.«

Cranston warf Stephen einen kurzen Blick zu und nickte schwach. Stephen wusste nicht genau, ob dieser Blick Bewunderung zeigte oder ihn einfach nur daran erinnern sollte, dass Cranston das Wort führen würde.

Cranston ignorierte Finchs Zurückhaltung und fuhr mit seiner Befragung fort: »Ist das Werk vielleicht eine Vorstudie? Für ein anderes Bild, das schon im Katalog verzeichnet ist?«

Finchs Augen verengten sich. Er ging zur Bar und füllte sein Glas nach.

»Nein, keine Vorstudie. Soviel ich weiß, handelt es sich um ein ziemlich großes Ölgemälde.«

»Aha.« Cranston fuhr sich mit dem Daumen über das

Kinn. »Sie können meine Überraschung vielleicht nachvollziehen, Professor, und ich hoffe, Sie fassen sie nicht als Mangel an Interesse vonseiten unserer Firma auf. Aber frühere Werke von Bayber sind bekanntlich von größeren Auktionshäusern versteigert worden, und darum bin ich durchaus neugierig, wieso ausgerechnet wir dieses Mal die Glücklichen sein sollen.«

»Nun, Thomas hat sicher seine Gründe. Sie wissen doch, wie Künstler sind. Alle ein bisschen exzentrisch.« Finch kippte sein Glas in Cranstons Richtung. »Sie zweifeln doch nicht etwa an Ihren Fähigkeiten, einen guten Preis für das Werk zu erzielen?«

»Ganz und gar nicht. Sollten wir uns dafür entscheiden, das Bild anzunehmen, würden wir ihm allerhöchste Aufmerksamkeit zukommen lassen. Wir würden uns um jedes Detail kümmern.«

Stephen musste sich beherrschen, um nicht zu lachen. Als wäre es denkbar, dass sie das Bild nicht annähmen.

Finch warf Cranston einen scharfen Blick zu. Er ließ sich nicht von ihm einwickeln. »Ich bin mir sicher, dass ihn das beruhigen wird.«

Die schweren Gardinen, die den Durchgang zu den hinteren Räumen abtrennten, teilten sich. Zuerst sah Stephen die Hand, die den Vorhang zur Seite schob: lange Finger und altersfleckige Haut vor tiefrotem Stoff. Dann betrat der Rest von Thomas Bayber den Raum. Er war ungefähr so groß wie Stephen, nur ein wenig gebeugt vom Alter, und bewegte sich bedächtig, aber nicht, weil ihm das Gehen Mühe machte, sondern als wöge er jeden Schritt sorgfältig ab. Seine Augen wanderten von einem Besucher zum anderen, während er auf einen Sessel zuging und sich neben

Finch niederließ. Wortlos setzte er sich zurecht und streckte eine Hand aus, auf die Finch sofort ein Glas stellte. Zum ersten Mal tat Stephen der Professor leid. Er spielte die Rolle des Lakaien nur zu gut, und Stephen begriff, dass er und Cranston gerade Zeugen eines Rituals wurden, das Finch und Bayber offenbar seit vielen Jahren praktizierten.

Die Luft im Raum war stickig. Stephen konnte das Kitzeln in der Kehle nicht länger unterdrücken und hustete so heftig, dass er rot anlief. Verzweifelt tastete er nach seinem Glas.

»Mr. Jameson, vielleicht sollten Sie lieber zu Wasser greifen«, riet Cranston streng, nachdem er ihm auf den Rücken geklopft hatte.

»Ja«, erwiderte Stephen und lockerte sich den Hemdkragen. »Das wäre wohl vernünftig. Entschuldigung.«

Finch und Bayber blickten einander an und begannen zu lachen. Stephen war peinlich berührt und spürte noch mehr Blut in seine Wangen schießen. Das ganze Selbstvertrauen, das er zuvor mühsam aufgebaut hatte, schwand dahin.

»Es tut mir leid, Mr. Jameson, aber das ist einfach ein Klassiker: Das Pech eines anderen ist immer der leichteste Weg, das Eis zu brechen. Trotzdem freut es mich sehr, Sie endlich kennenzulernen.«

Bayber verfügte über eine beeindruckend sonore Stimme. Obwohl Stephen sich vorgenommen hatte, gleichmütig zu bleiben, war er hingerissen von der Erscheinung des Künstlers. Er wusste, dass Bayber, der ihn jetzt eingehend musterte, Anfang siebzig war. Stephen hatte angenommen, das Alter hätte dem Mann zugesetzt, aber abgesehen von seiner leichenblassen Gesichtsfarbe und einer gewissen Zögerlichkeit in den Bewegungen sah er noch genauso aus wie auf den Bildern, die Stephen gesehen hatte: groß und schlank, die Haltung aufrecht, die Haare noch immer dicht, wenn auch schlohweiß. Sein Auftreten war gebieterisch und gleichzeitig charmant.

»Ich habe Ihre Mutter in der Kunstgalerie kennengelernt, Mr. Jameson, allerdings nicht Ihren Vater. Nach dem, was ich gehört habe, war er ein außergewöhnlicher, bewundernswerter Mann. Hätten wir mehr von seiner Sorte, wäre die Welt ein besserer Ort für Künstler – ja, überhaupt für die Menschen. Erlauben Sie mir, Ihnen mein Beileid auszusprechen.«

Genau in dem Moment, als Bayber den Vater erwähnte, hatte Stephen an ihn gedacht. Mit den Fingern fuhr er über die Manschettenknöpfe, die er in der Tasche hatte. Sein Vater hätte sich in dieser Runde sehr wohlgefühlt: mit seinem Freund Finch, dem aufgeblasenen Cranston und dem Künstler Bayber, den er immer gefördert hatte, trotz seiner bekannten moralischen Schwächen. *Wenn er mir nur so viel Freiheit erlaubt hätte wie Bayber,* dachte Stephen, schämte sich dann aber dafür. Bayber betrachtete ihn. Es war ein schwindelerregender Gedanke, dass dieser Mann in der Kunstgalerie seines Vaters verkehrt und Stephen nie davon erfahren hatte.

Bayber räusperte sich und riss Stephen aus seiner Träumerei. »Genug des Smalltalks, kommen wir jetzt zum Geschäftlichen, Gentlemen. Ich habe ein Gemälde, das ich verkaufen möchte. Ich nehme an, dass Sie dieses Gemälde gern für mich verkaufen wollen?«

»Wenn wir das Stück untersucht und die Echtheit bestätigt haben, wäre es uns eine Ehre«, sagte Cranston.

Bayber legte die Hände zusammen wie zum Gebet und

ließ die Fingerspitzen auf seinen Lippen ruhen. Stephen bemerkte, dass er ein Lächeln zu unterdrücken versuchte – ohne Erfolg.

»Natürlich, Mr. Cranston. Davon gehe ich aus. Und hier haben wir zwei Herren unter uns, die in der Lage sein sollten, die Echtheit des Stücks festzustellen, nicht wahr? Mr. Jameson, darf ich Sie bitten?«

Bayber wies in die Ecke des Zimmers, wo ein Haufen Planen den Boden bedeckte. Stephen ging hinüber und hob behutsam eine Ecke der obersten Plane an, entdeckte darunter jedoch nur eine zweite. Er rollte insgesamt fünf Lagen zurück, bevor ein schwacher Schimmer einer goldenen Kante ihm den Atem nahm.

Im Zimmer war es still. Stephen konzentrierte sich, blendete die gesamte Umgebung aus. Nur das Bild vor ihm zählte jetzt. Er kämpfte gegen den Wunsch an, gleich die gesamte Plane von dem Gemälde zu entfernen, und betrachtete zunächst nur den Rahmen. Vorsichtig zog er das Tuch zurück, sodass die ganze linke Seite des Rahmens sichtbar wurde.

»Old MacDonald had a farm«, sagte er halb flüsternd. Er begann jede Untersuchung mit demselben rhythmischen Unsinn, um sich zu beruhigen und seine Konzentration zu vertiefen. Finch hatte recht – es war ein großes Bild. Schon der Rahmen war ein echtes Prachtstück: ein Kassettenrahmen im Arts-and-Crafts-Stil à la Prendergast, mit handgeschnitztem, sanft gewölbtem Profil und geriffeltem Randabschluss, vergoldet mit zweiundzwanzigkarätigem Blattgold.

»And on that farm he had a cow …« Die Polimentvergoldung über Profil und Randabschluss war achatpoliert, die Innenleiste mattgrün abgesetzt. Die Ecken des Rahmens waren mit Blattranken punziert und leicht abgeschliffen, um das Poliment besser zur Geltung zu bringen. Die Tischlerarbeit erschien solide, und der Gesamtzustand des Rahmens war gut. In Anbetracht seiner Größe mochte der Rahmen zehn- bis fünfzehntausend Dollar oder noch mehr wert sein.

Stephen blickte auf. Die drei anderen beobachteten ihn aufmerksam. Nun legte er das Bild frei und holte ein Paar Baumwollhandschuhe aus seiner Jackentasche. Nachdem er seine Uhr ausgezogen hatte, wedelte er mit einem zweiten Paar Handschuhe in Richtung Cranston und sagte: »Sie sollten Ihre Uhr ablegen und auch die Manschettenknöpfe.« Er schaute Bayber an.

»Wo können wir es hinstellen?«

»Hier, an die Wand.«

Cranston nickte Stephen zu. Die beiden hoben das Gemälde vorsichtig an und trugen es zur hinteren Wand, an der sich ein kleiner Fleck Sonne ausbreitete. Dort lehnten sie das Bild behutsam an, traten dann zurück und stellten sich neben Finch und Bayber, der inzwischen aufgestanden war und sich am Sesselrücken festhielt. Stephen fragte sich, ob er aufgeregt war oder ob er schon lange keine Unsicherheit mehr kannte. Aber der Mann wirkte eher schmerzerfüllt als ängstlich, ganz so, als hätte er keine glücklichen Erinnerungen an das Werk. Die drei betrachteten das Gemälde, musterten Bayber mit erhobenen Augenbrauen und richteten ihren Blick wieder auf das Gemälde.

Auf einer angelaufenen Platte am unteren Rand des Rahmens stand: »Die Kessler-Schwestern.« Man sah ein Wohnzimmer mit grob getäfelten Wänden, Holzdielen, hoher Decke und einem Schlafboden. Offensichtlich gehörte das Zimmer zu einem größeren Ferienhaus. Es war ein Nachmittag im Spätsommer. Die Rückseite bildete eine Fensterwand, deren Flügel offen standen. Der Künstler hatte Vorhänge hinzugefügt, um eine sachte Brise anzudeuten, und Stephen konnte ihren Hauch beinahe im Nacken spüren. Ein Saum von Efeu ließ das Rechteck des Fensters verschwimmen, und in der Ferne war schwach ein Streifen Wasser erkennbar. Streulicht erhellte diffus diverse Stellen des Bildes – einen Flecken des ausgeblichenen Orientteppichs, das Zifferblatt der Standuhr, die aufgeschlagenen Seiten eines Buches auf dem Couchtisch. Der Raum war voll mit Gegenständen, jeder einzelne behaftet mit einem gespenstischen Glanz, der ohne Zweifel von der Untermalung herrührte – so als würde allem die gleiche Bedeutung zugemessen.

Drei Personen standen im Mittelpunkt des Gemäldes: ein junger Mann, vielleicht Ende zwanzig, und zwei junge Mädchen. Stephens Haut kribbelte. Der junge Mann war ganz eindeutig Bayber selbst. Ob es nun der Ausdruck auf seinem Gesicht war oder die Art, wie die Mädchen neben ihm positioniert waren, wusste Stephen nicht genau, aber er spürte einen Hauch von Unbehagen, als er die Leinwand betrachtete.

Der Künstler hatte seine eigene jugendliche Arroganz eingefangen und auf die Leinwand gebannt. Nein, es war kein schmeichelhaftes Porträt. Bayber lehnte auf einem kleinen zweisitzigen Sofa, einen Fuß auf das gegenüberliegende Knie gelegt. Stephen konnte die abgeriebenen Stellen an seinen Bootsschuhen sehen. Baybers weißes Anzughemd mit hochgekrempelten Ärmeln und offenem Kragen wirkte so geschmeidig wie Seide. Seine Khakihosen sahen abgetragen aus – ihre Falten und deren Schatten waren so meisterhaft ausgearbeitet, dass Stephen gegen den Zwang ankämpfte, die Hand auszustrecken und den Stoff glatt zu ziehen. Baybers Haar war lang, dunkle Locken umrahmten sein Gesicht. Ein Überwurf zierte die Lehne des Sofas, auf dem er saß. Einer seiner Arme ruhte auf dem Sofarücken, der andere auf seinem Oberschenkel. Höflich ausgedrückt, wirkte Bayber selbstbewusst; weniger freundlich hätte man seine Haltung als selbstgerecht beschrieben. Er schaute geradeaus – als wäre er fasziniert von dem Mann, der dabei war, all dies einzufangen.

Die beiden Mädchen dagegen betrachteten Bayber. Die ältere der beiden lächelte derart durchtrieben, dass es einem Vater das Herz brechen musste. Stephen schätzte sie auf sechzehn oder siebzehn, aber ihr Ausdruck – der harte, vielsagende Glanz in ihren Augen – ließ sie älter aussehen. Sie stand hinter dem Sofa rechts neben Bayber. Ihr blondes Haar, das sie zu einem Pferdeschwanz zurückgebunden hatte, ergoss sich über ihre Schulter und endete in kleinen Ringellocken. Schmale goldene Ringe in ihren Ohren glänzten im Licht, waren aber eigentlich zu elegant für ihre Aufmachung – eine fahlgrüne ärmellose Bluse und Jeans. Ihre Haut hatte einen warmen Karamelton. Auf den ersten Blick sah Stephen, dass sie eins dieser Mädchen war, die alles bekamen, ohne darum bitten zu müssen. *Wie Chloe,* ging es Stephen durch den Kopf, und er dachte an die blasse Haut in ihrer Armbeuge. Eine Hand des Mädchens ruhte auf Baybers Schulter. Als Stephen jedoch einen Schritt näher an das Bild herantrat, sah er, dass sie Bayber fest gepackt hielt. Ihre Fingergelenke waren leicht gekrümmt, die Fingernägel bleich. Darunter warf der Stoff von Baybers

Hemd Falten. Der andere Arm des Mädchens hing locker herunter und verschwand hinter dem Stoff des Überwurfs.

Die jüngere Schwester saß neben Bayber auf dem Sofa. Sie sah ungefähr aus wie dreizehn, schien nur aus langen Armen und Beinen zu bestehen und war braun wie eine Indianerin (wie Stephens Mutter es ausgedrückt hätte). Ihre von Sommersprossen übersäten Schenkel steckten in ausgefransten Jeansshorts, und obenherum trug sie eine weite Madrasbluse. Stephen konnte fast die flaumigen goldenen Haare auf der braunen Haut erkennen. Die Beine hatte sie untergeschlagen, wodurch man die Fußsohlen sehen konnte, bedeckt mit Schmutz und schimmerndem Sand. Ihr Haar war offen und fiel in Wellen um ihr Gesicht wie eine sommerblonde Wolke. Eine Hand ruhte auf einem filigranen Vogelkäfig, der auf der Armlehne stand, die zarte Drahttür des Käfigs war halb geöffnet. Die andere Hand des Mädchens lag unter Baybers eigener auf dessen Oberschenkel. Sie hatte den gelangweilten Ausdruck einer Heranwachsenden. Der Blick, mit dem sie Bayber bedachte, verriet Neugier und Duldung, nicht unbedingt Bewunderung.

Stephen war sprachlos. Im Œuvre des Künstlers gab es sonst nichts, was man mit vollem Recht als Porträt hätte bezeichnen können. Er schaute zu Finch, der seinerseits die Stirn runzelte. Cranston, der mit der Gesamtheit von Baybers Werk weniger vertraut war, sah Stephen an und hob die Augenbrauen.

»Mr. Jameson? Ihr Eindruck?«

»Es ist, ähm, es ist …«

»Verstörend«, sagte Finch. Er schaute Bayber an, als hätte er ihn nie zuvor gesehen.

Cranston trat näher an das Gemälde heran und lächelte. »Verstörend ist nicht notwendigerweise schlecht, wenn es um Kunst geht. Aber ich wäre sehr daran interessiert, was Sie uns über das Stück sagen können, Mr. Bayber.«

Bayber schien in Gedanken versunken und nicht fähig, seine Augen von dem Gemälde zu lösen. »Ich kann mich gar nicht richtig daran erinnern.« Seine Stimme schien aus einiger Entfernung zu kommen und hörte sich nach einer Lüge an.

»Ich bin mir nicht sicher, ob ich Ihnen folgen kann«, sagte Cranston.

»Das Bild ist vor langer Zeit entstanden. Ich erinnere mich kaum noch an die Umstände. Aber ich weiß, dass es von mir ist.« Er lächelte Stephen nachsichtig an. »Ich gehe davon aus, dass Mr. Jameson das bestätigen wird.«

»Aber wenn Sie behaupten, dass Sie sich kaum an die Umstände erinnern …«, fuhr Cranston fort.

»Ich meine genau das, was ich sage. Die Schwestern – Natalie war die ältere der beiden, Alice die jüngere – waren meine Nachbarinnen, einen Monat lang im Sommer 1963. August war es, glaube ich. Ansonsten gibt es wenig zu erzählen. Man könnte sie vielleicht als Freundinnen der Familie bezeichnen.«

»Haben sie Ihnen Porträt gesessen?«

»Nein.«

Diese Information nahm Stephen mit Erleichterung auf. Er wandte sich wieder dem Bild zu und berührte es flüchtig. »With a moo moo here and a moo moo there …« Er nahm sein Vergrößerungsglas aus der Tasche und untersuchte die Oberfläche, die Pinselstriche, die Pigmente. Am Abend zuvor hatte er Finchs Abhandlung über Bayber in einem rasenden Anfall von Lesewut verschlungen und anschließend noch das Werkverzeichnis in Angriff genommen.

Da war etwas Ungewöhnliches an den Armen der Mädchen, und zwar an der Außenseite, ganz in der Nähe des Bildrands. An beiden Stellen war Farbe hinzugefügt worden. Aber was hatte Bayber verändert und wann? Er blickte auf, ignorierte Cranstons fragenden Blick und wandte sich unsicher an Bayber: »Dieser Rahmen …«

»Ja, Mr. Jameson?«

»Ich muss ihn entfernen.«

Cranston begann zu widersprechen, aber Bayber hob die Hand. »Wir wollen doch alle dasselbe. Mr. Jameson, Sie dürfen tun, was notwendig ist.«

Cranston wurde plötzlich lebhaft. »Wir sollten den Rahmen in unserer Werkstatt entfernen, damit kein Schaden entsteht. Jameson, Sie werden doch wohl nichts tun, was das Werk in seiner Unversehrtheit beschädigen würde.«

»Ich glaube nicht, dass dabei etwas passiert. Das Gemälde scheint in gutem Zustand zu sein. Die Farbschicht ist stabil, keine abgeplatzten oder gekräuselten Stellen, nur ein paar geringgradige Furchen in wenigen Bereichen und einige Risse in der Oberfläche und der Grundierung – wahrscheinlich, weil die Umweltbedingungen nicht konstant waren.« Er schaute wieder zu Bayber hinüber. »Darf ich fragen, wo Sie das Bild aufbewahrt haben?«

»Ich kann Ihre Sorge nachvollziehen, Mr. Jameson. Die Bedingungen mögen nicht ideal gewesen sein, aber ich glaube nicht, dass das Gemälde in nennenswerter Weise strapaziert wurde.«

Stephen nickte. Cranston schäumte, er warf die Hände

in die Luft und versuchte gar nicht mehr, sich zu beherrschen. Finch trat neben Stephen.

»Kann ich Ihnen irgendwie helfen?«

»Bitte holen Sie mir meinen Koffer. Die Werkzeuge, die ich brauche, sind da drin.«

Stephen räumte eine große Fläche auf dem Boden frei und legte mehrere Planen aus. Finch kam mit dem Werkzeugkoffer zurück und nahm einige mit Stoff umwickelte Holzblöcke, die Bayber als Türstopper benutzte, legte sie als Eckstützen auf die Plane. »Cranston, wir brauchen auch Ihre Hilfe«, sagte er.

Nörgelnd gesellte sich Cranston zu ihnen, und die drei Männer drehten das Gemälde um. Stephen fuhr mit der Hand über die Keilrahmenleisten, um zu prüfen, ob sie sich verdreht hatten. Alle Eckkeile waren an Ort und Stelle, die Ecken sauber gegehrt. Da bemerkte Stephen Löcher, in denen Haken gesteckt haben mussten; diese fehlten allerdings, und es waren auch keine Drahtreste zu sehen.

»Das Bild muss aufgehängt gewesen sein«, sagte er zu Bayber. Es war mehr eine Feststellung als eine Frage.

»Ja. Aber nur in meinem Atelier, Mr. Jameson. Ich nehme an, dass ich es damals als programmatisches Stück betrachtete. Aber programmatisch und pathetisch liegen nicht nur im Alphabet zu nahe beieinander.«

Stephen holte einige Zangen aus seinem Koffer und begann, die Nägel aus dem Rahmen zu ziehen. Jedes Mal, wenn er einen herausdrehte, hielt er den Atem an. »Here a moo, there a moo … Ich brauche einen Holzblock für den letzten, Finch. Etwas, was ich als Stütze benutzen kann.« Auf seinen Schläfen bildeten sich Schweißperlen. »Everywhere a moo.«

»Ich bitte Sie, Mr. Jameson!« Cranston schwitzte genauso wie Stephen und wurde langsam wütend. Offensichtlich war er es nicht gewohnt, so viel Zeit auf allen vieren am Boden zu verbringen.

»Old MacDonald had a farm …. So, das hätten wir!«

Nachdem Stephen den letzten Nagel herausgezogen hatte, nahm er eine Pinzette, um den Rahmen einen Spaltbreit zu lockern, und trennte ihn von der Schiene, die die Leinwand festhielt. Dann wippte er auf den Fersen nach hinten und holte tief Luft. Stephen wies Cranston an, den Rahmen festzuhalten, während er und Finch behutsam die Leinwand zurückzogen.

Man hörte einen kollektiven Seufzer der Erleichterung, als der Rahmen sauber von der Leinwand getrennt war. Finch und Cranston stellten den Rahmen gegen die Wand, und Stephen untersuchte die Leinwand. Ein bisschen Abrieb durch den Rahmen, aber das konnte man vernachlässigen. Die Leinwand war aufgespannt und auf der Rückseite festgeklammert, sodass die Seitenflächen völlig glatt waren. Das Bildmotiv setzte sich durch die Aufspannung der Leinwand natürlich auch an den Kanten fort, aber dort fanden sich Abdrücke im Impasto. Stephen entdeckte Spuren anderer Pigmente in den reliefartigen Pinselstrichen – so als wäre das Bild an den Seiten abgeschliffen worden, als hätte irgendetwas dagegen gedrückt und Pigment auf Pigment gepresst. Er legte das Vergrößerungsglas zur Seite und rieb sich das Gesicht. Dann schaute er Bayber nachdrücklich an.

»Nun?«, fragte Cranston.

Stephen wandte den Blick nicht von Bayber ab. »Wo sind sie?«

»Wo ist was?«, fragte Cranston erregt und suchte den Raum mit den Augen ab. »Jameson, drücken Sie sich gefälligst klar aus. Wonach suchen Sie?«

Stephen antwortete erst, als Bayber ihm kaum merklich zunickte. Er drehte sich zu Cranston und Finch um und lächelte. »Die beiden anderen Teile des Gemäldes natürlich.«

5

Eilig verließ Cranston den Schauplatz. Er wollte das Bild sofort in ein Labor bringen lassen, damit Stephen es dort noch gründlicher untersuchen konnte. »Ich bin spät dran, habe eine Besprechung am anderen Ende der Stadt«, sagte er und tippte mit dem Finger auf das Zifferblatt seiner Uhr. »Sie haben doch nichts dagegen, wenn ich jetzt aufbreche?« Er ließ sich auf den Rücksitz des wartenden Autos fallen und brüllte zur Tür hinaus: »Ich verlasse Sie jetzt, Gentlemen. Lassen Sie mich wissen, was Sie brauchen, und ich werde mich darum kümmern.« Mit einem Ruck fuhr das Auto an und verspritzte Finch die Schuhe.

Finch und Stephen standen draußen vor Baybers Apartment und warteten auf ein Taxi. Aus Nebel war Sprühregen geworden, und die beiden Männer drängten sich gemeinsam unter Finchs Regenschirm, einander unangenehm nahe kommend. Finch musste seinen Arm in einer anstrengenden Position halten, um den Größenunterschied auszugleichen.

»Das wird Sylvia gar nicht freuen«, sagte Stephen zufrieden. »Sie wird gezwungen sein, mich zu maßregeln.«

»Wer ist Sylvia?«

»Eine schrecklich blöde Kuh. Ich hoffe, Sie lernen sie nie kennen. Also, was die nächsten Schritte angeht …«

Die allgemein zur Schau getragene Gelassenheit war sofort verpufft, als Thomas die Existenz der beiden anderen Stücke bestätigt hatte. Cranstons nervöse Marotten verstärkten sich noch, wild fuhr er mit den Fingern durch die Luft, als spielte er auf einem unsichtbaren Klavier. Stephen zappelte aufgeregt herum und murmelte vor sich hin. Anscheinend sah er seine Chance auf Rehabilitierung gekommen. Finch selbst war ungewöhnlich aufgewühlt.

»Murchison & Dunne bekommen also alle drei Werke, Mr. Bayber?« Cranston konnte sich kaum beherrschen.

Thomas nickte. »Natürlich, Mr. Cranston. Das ist schon immer meine Absicht gewesen. Dass das Stück in seiner Gesamtheit verkauft wird. Und nur in seiner Gesamtheit.«

»Wunderbar«, erwiderte Cranston.

Die Aufregung schnürte Finch die Kehle zu. *Natürlich*. Das war nie ein gutes Zeichen bei Thomas. Er musste sich setzen. Das Versprechen, das er nie hatte abgeben wollen, lastete ihm wie Blei im Magen.

»Also, Mr. Cranston. Ich gehe davon aus, dass Sie einen Plan haben?«

»Einen Plan?« Cranstons Augenbrauen näherten sich seinem Haaransatz, aber gleichzeitig lächelte er nachsichtig.

»Einen Plan, wie Sie die beiden anderen Teile auffinden wollen.«

Finch fuhr sich mit der Hand über die Stirn.

Cranston wurde bleich. »Haben Sie sie denn nicht hier?«

Thomas lächelte und schüttelte den Kopf.

»Aber Sie wissen, wo sie sind?«, fragte Stephen.

»Wenn er das wüsste, müsste man sie wohl kaum auffinden, Mr. Jameson. Hören Sie mal, Bayber …« Cranston war plötzlich wieder ernst geworden, was nur zu verständlich war. Finchs eigene Begeisterung ließ von Minute zu Minute nach.

»Also, Mr. Cranston.« Thomas streckte ihnen die Arme entgegen, als wäre die Erklärung ganz logisch. »Nur keine Sorge. Es ist ganz einfach. Die anderen beiden Stücke habe ich vor vielen Jahren an die Kessler-Schwestern geschickt. Ich glaube, das Geld aus dem Verkauf würde ihnen recht gelegen kommen.«

»Würden Sie sie anrufen und fragen?«, wollte Stephen von Bayber wissen. Er legte es anscheinend auf eine weitere Ermahnung von Cranston an, aber der war wohl selbst an der Beantwortung der Frage interessiert.

Thomas ging zum Fenster und betrachtete den Samtvorhang, als könnte er durch ihn hindurchsehen, auf die Straße hinunter, in das fahle Nachmittagslicht. »Ich fürchte, ich habe keinen Kontakt mehr zu ihnen.«

Finch musste husten. Die Lage geriet langsam außer Kontrolle. Zu einer Nachforschung war er auf keinen Fall bereit, Versprechen hin oder her. Er musste sich so schnell wie möglich aus diesem Schlamassel herausziehen.

»Thomas«, begann er. »Es wäre doch am vernünftigsten, wenn wir uns in dieser Sache an einen Ermittler wenden würden, der den Aufenthaltsort der Kessler-Schwestern herausfindet und feststellt, ob sich die Bilder noch in ihrem Besitz befinden. Dann könnten Murchison & Dunne den Wunsch nach einem Ankauf direkt an sie herantragen. Und

Jameson könnte die Echtheit der Werke bestätigen. Ich glaube nämlich kaum, dass irgendjemand in diesem Raum dafür qualifiziert ist, vermisste Personen aufzuspüren.«

»Ja«, sagte Cranston. »Das klingt wirklich vernünftig.«

»Oh, also ich finde, dass Sie durchaus dafür qualifiziert sind«, erwiderte Thomas und legte die Fingerspitzen aneinander. »Denny, du und Mr. Jameson, ihr seid genau die richtigen Leute für den Job.«

In diesem Moment wurde allen auf beunruhigende Weise bewusst, dass Thomas sämtliche Weichen schon längst gestellt hatte. Er hatte Finch und Stephen gerade einen Auftrag erteilt, der sie nun auf Gedeih und Verderb aneinanderkettete.

»Mr. Bayber, darf ich fragen, warum Sie das glauben?« Stephen schien völlig verblüfft.

Thomas entgegnete: »Wer wäre besser geeignet als jemand, der ein handfestes Interesse daran hat, die Schwestern zu finden? Finanziell und auch in anderer Hinsicht.«

»Nun, Professor, soll ich buchen, oder machen Sie das?«

»Buchen?« Finch war nicht ganz bei der Sache. Von seinem Regenschirm liefen ihm Tropfen in den Hemdkragen. Seine Wollsocken waren feucht und seine Füße kalt.

»Unsere Flüge. Von JFK aus sind wir im Nu in Rochester. Und von dort aus kommen wir wahrscheinlich mit dem Taxi hin.«

»Ich weiß nicht, ob das wirklich ein guter Plan ist. Cranston hätte nicht so schnell verschwinden sollen.«

»Sehen Sie ein Problem?«, fragte Stephen, nahm seine Aktentasche in die andere Hand und winkte einem Taxi, das erst abbremste und dann doch an ihnen vorbeiraste.

Weil Finch zögerte, redete er selbst weiter: »Sie zweifeln daran, dass das Bild echt ist? Ich gebe zu, ich konnte es nur kurz untersuchen, aber ich bin mir relativ sicher …«

»Sie mögen sich nur relativ sicher sein – ich bin mir absolut sicher, dass es echt ist.«

Finch hatte sofort gewusst, dass das Bild von Thomas war. Dieses Porträt war zwar überhaupt nicht typisch für ihn, aber Finch erkannte Thomas' Handschrift auf den ersten Blick. Die schwarzen, weißen und gelben Pigmente des Verdaccio verdichteten sich zu einer grünlich grauen Untermalung, die als Gegengewicht zu den warmen Grundtönen des Bildes fungierte. Finch kannte Thomas' Technik so genau wie das Gekritzel seiner eigenen Tochter. Abgesehen davon reagierte er immer unmittelbar und direkt auf Thomas' Werke: Sein Magen verkrampfte sich, und in den Fingerspitzen kribbelte es – die intuitive Antwort seines Körpers auf seine immer noch vorhandenen festen Vorstellungen, was Kunst eigentlich ausmachte.

Das war seine ureigene Gabe: Er beherrschte die geheime Sprache der Künstler. Diese Fähigkeit hatte er erst mit dem Älterwerden und durch harte Arbeit erworben. Er konnte jeden Pinselstrich deuten, jeden Farbton interpretieren, jedes Muster erkennen, das einem Künstler intuitiv aus der Hand geflossen war. Wenn Finch ein Bild von Thomas betrachtete, spürte er dessen Stolz und Frust, die Freude an der Perfektion, das obsessive Verlangen. Doch jetzt musste er es Stephen überlassen, dem Gemälde mit seinem Arsenal an Instrumenten und technischen Spielzeugen zu Leibe zu rücken und es offiziell zu einem Bayber zu erklären. Die Unzufriedenheit darüber saß tief in seinem Inneren. Er war auf seine Art Experte, Stephen auf eine andere Art. Aber nur einer von beiden würde mit seinem Gutachten das große Geld verdienen.

»Ja, es ist ein Bayber, Stephen. Ich bin mir sicher, dass eine genauere Untersuchung das bestätigen wird.« Finch war wütend auf Thomas. Die Feiertage standen vor der Tür, und der Jahrestag von Claires Tod war auch nur noch wenige Wochen entfernt. Er hatte keine Lust, sich auf eine Art Himmelfahrtskommando einzulassen. Am liebsten würde er in seiner Wohnung Winterschlaf halten und erst wieder aufwachen, wenn die dunklen Monate vorüber waren. Aber er hatte sein Wort gegeben. Und das war bindend, das wusste Thomas genau. Er saß in der Falle.

»Finden Sie, wir sollten mit der Suche woanders anfangen? Nicht am Sommerhaus? Würden Sie lieber mit dem Haus der Kesslers beginnen?«

Finch seufzte und stellte sich auf eine unangenehme Reaktion ein. »Ich fliege nicht.«

»Wie bitte?«

»Ich sagte, ich fliege nicht.«

Stephen ließ seinen Werkzeugkoffer fallen, sein Körper begann heftig zu beben. Schließlich beugte er sich weit nach vorn und ließ einen lauten Schluckauf hören.

»Ich finde das nicht komisch«, sagte Finch.

Stephen richtete sich wieder auf und tupfte sich die Augen mit dem Ärmel ab. »Ist es aber«, entgegnete er. »Ich habe nämlich keinen Führerschein.«

Finch trommelte mit den Fingern auf seine Schreibtischplatte, während er darauf wartete, dass sich die Webseite aufbaute. Nachdem Finch Stephen gestanden hatte, dass er nicht fliegen wollte, hatte er von ihm die ganze Logistik aufgedrückt bekommen. Aber wer, um Himmels willen, hatte denn heutzutage keinen Führerschein? Wie bekam der Mann bloß sein Leben auf die Reihe? Auf der anderen Seite kannte Finch Hunderte von Menschen, sowohl berühmte als auch unbekannte, die aus den verschiedensten Gründen nicht fliegen wollten. Endlich flackerte der Bildschirm und zeigte die Seite einer Autovermietung an. Ein Formular mit anzuklickenden Kästchen, einzusetzenden Zahlen und Fragen, die unter anderem mögliche Vorstrafen betrafen: Das alles musste Finch abarbeiten, bevor man ihn für geeignet befand, einen der Fiestas oder Aveos zu mieten. Kurz spielte er mit dem Gedanken, ein Auto aus der »Luxusklasse« zu nehmen, weil ihm der knallrote Mustang auf dem Foto so gefiel. Aber dann siegte die Vernunft. Spätherbst, scheußliches Wetter und Stephen Jameson. Nichts davon sprach für einen sportlichen Roadster. Er blinzelte und drückte eine Taste, überprüfte noch einmal alles und klickte auf den »Absenden«-Button.

Er schob die Gardinen zur Seite und schaute nach draußen. Der Oktoberhimmel war eine undurchdringliche graue Fläche, durchsetzt von einigen Wolkenfetzen. Es würde Frost geben, wenn der Regen nachließ. Wieder trommelte er mit den Fingern auf den Tisch, während er auf die Bestätigung seiner Reservierung wartete. Warum fühlte er sich plötzlich so unter Druck?

Das Gemälde wühlte ihn auf. Das Alter der beiden Mädchen war natürlich beunruhigend. Und der Gesichtsausdruck der älteren Schwester wirkte verstörend in seiner Eindringlichkeit. Es war beinahe, als strahlte Zorn von der Leinwand ab, und trotzdem wirkte die Ältere beherrscht. In ihrem Blick lag etwas Wissendes und zugleich Entnervendes. *Kessler*. Den Namen hatte er schon einmal gehört, aber wo?

Dass Thomas sich selbst in das Gemälde eingefügt hatte, war außergewöhnlich. Als Künstler hatte er immer auf eine gewisse Distanz geachtet. Kenner und Bewunderer mochten glauben, sein Werk zu kennen, aber in Wirklichkeit sahen sie nur, was er sie sehen ließ. *Das ist der kleine Raum, in dem ich mich verstecke, Denny,* hatte Thomas einmal zu ihm gesagt. *Der schmale Grat zwischen dem Porträt und der öffentlichen Person – da halte ich mich auf. Das ist es, was nie jemand zu sehen bekommt.*

Was Finch jedoch am meisten beunruhigte, war die Atmosphäre des Bildes. Alles war sorgfältig inszeniert – bis auf die Emotionen der dargestellten Personen. Die empfand Finch als überwältigend, fast schon schmerzhaft real. Die Traurigkeit, die er beim Verlassen von Thomas' Apartment gespürt hatte, war bei ihm geblieben, auch jetzt noch, da er wieder in seiner eigenen Wohnung angekommen war. Ihn schauderte, und er fragte sich, ob es irgendetwas über Thomas gab, worüber er tatsächlich Gewissheit hatte, einmal abgesehen von seiner unglaublichen Begabung.

Von Thomas' Begabung war Finch tatsächlich restlos überzeugt. Diese war immer wieder von Neuem bestätigt worden, zuletzt etwa, als Stephen und Cranston beim Anblick des Bildes ehrfürchtig und gleichzeitig verstört reagiert hatten. Er dachte an seine eigenen Gefühle, als er zum ersten Mal mit einem Werk von Thomas konfrontiert worden war, mit seiner brillanten Verbindung von Fantasie und ungezügelter Körperlichkeit. Finchs Unbehagen rührte von den Emotionen, die Thomas dem Betrachter entlockte, Emotionen, die man aus Gründen der Schicklichkeit normalerweise unterdrückte. Setzte man sich mit dem Werk auseinander, so entblößte man sich – wie ein Voyeur, der auf frischer Tat ertappt wird. Thomas' wahre Begabung, das hatte Finch schon vor langer Zeit begriffen, bestand darin, den Betrachter in einen Zustand des Unwohlseins zu versetzen.

Dieses Bild jedoch verursachte auch dem Künstler ein gewisses Unbehagen. Finch hatte zwischen ihnen gestanden, zwischen Thomas und Stephen, und sich in ihrer Nähe klein und unbedeutend gefühlt. Er hatte von einem zum anderen gesehen: Sie hatten die Köpfe im selben Winkel schief gelegt, die spitzen Nasen zur Leinwand hingeneigt. Doch während Thomas zwischen Sehnsucht und Traurigkeit zu schweben schien, starrte Stephen das Bild so intensiv an, als könnte er erkennen, was unter der Farbschicht verborgen lag.

Das Entstehungsdatum des Gemäldes konnte Finch auf einen Zeitraum von drei bis vier Jahren genau einkreisen. Trotz des Sujets deuteten die Farben, der Pinselduktus und die Kleinteiligkeit des Hintergrunds auf eine bestimmte Schaffensperiode in Thomas' künstlerischer Laufbahn hin. Er würde es Stephen überlassen, darüber Genaueres herauszufinden. Was Finch aber überraschte, war der Schmerz in den Augen des Mannes auf dem Bild. Denselben Schmerz hatte er in den Augen des Künstlers bemerkt, als er sein eigenes Werk betrachtete. Er sah auch Arroganz, aber die war nicht annähernd so groß wie die Zerrissenheit des jungen Mannes, der sich jenseits der Grenzen der Liebe befand. Das machte Finch Angst. Denn in all den Jahren, die er Thomas inzwischen kannte, hatte er noch nie erlebt, dass er sich nach etwas sehnte. Finch hatte sich nie gefragt, ob es etwas gab, was in Thomas' Leben fehlte, was er sich wünschte. Bis jetzt.

Ausgehend von dem Wenigen, was der Künstler ihm verriet, hatte Finch Thomas' Lebenslauf skizzenartig zusammengestellt. Den Rest hatte er durch sorgfältige Recherche herausbekommen. Trotzdem war das Bild noch unvollendet. Finch wusste, dass Thomas' Eltern distanziert und desinteressiert gewesen waren. Sie hatten bald genug gehabt von den Flausen ihres vermeintlich faulen Kindes. Der Sohn trug nichts zum Familienunternehmen bei, und darum hörten sie auf, ihn zu unterstützen, als er achtundzwanzig war, trotz der Tatsache, dass er allmählich erste Erfolge vorzuweisen hatte. Für sie war die Kunst nicht wichtiger als andere Hobbys: Blumenstecken, Wein, Tischtennis.

Auf sich allein gestellt, kam Thomas in der Welt nicht gut zurecht. Er war Reichtum und ein angenehmes Leben gewohnt, war immer umgeben gewesen von Menschen, die gegen Bezahlung alles für ihn taten: Sie hatten für ihn gekocht, ihn herumgefahren, ihm Bildung angedeihen lassen und seinen Charakter geformt. Obwohl seine Bilder viel Geld einbrachten, schien dieses Geld unweigerlich wieder von ihm fortzuströmen. Als Finch etwa fünfzehn Jahre nach dem ersten Treffen Thomas in seinem Atelier besuchen durfte, erschreckten ihn die Zustände dort: Es gab keinerlei Lebensmittel, die Schränke waren leer bis auf Spirituosen und Zigaretten. Thomas war so ausgemergelt, dass Finch sich fragte, wovon er eigentlich lebte. Stapel mit ungeöffneter Post lagen auf dem Boden herum: unbezahlte Rechnungen, persönliche Briefe, Werbesendungen, Mahnungen der Elektrizitäts- und Wasserwerke, private Aufträge für Bilder, hoffnungsvolle Einladungen von Kuratoren – alles durcheinander. Finch hatte sich mühsam durch diese Geröllhalde aus Briefen gewühlt, die Thomas selbst als Merkwürdigkeiten betrachtete, mit denen sich nur normale Menschen herumschlagen mussten. Er hatte beschlossen, sie einfach zu ignorieren. Darum wuchs der Berg an Umschlägen immer weiter an und bildete bald ein Minenfeld, das er jeden Tag überqueren musste.

»Du solltest wirklich mal einige dieser Briefe lesen«, hatte Finch gesagt. Er hielt ein paar Umschläge hoch, die schwarze Fußspuren aufwiesen.

»Wieso denn das?«

»Damit du nicht bald in einem Atelier sitzt, in dem es keine Heizung, kein fließendes Wasser und keinen Strom mehr gibt. Bevor du mir jetzt wieder irgend so eine schlaue Antwort gibst, überleg dir, dass es mit eiskalten Händen schwierig ist, einen Pinsel zu halten. Außerdem: was, wenn jemand dich erreichen will? Hast du überhaupt Telefon?«

Thomas lächelte nur und erwiderte: »Wer sollte mich denn erreichen wollen?«

Finch deutete auf den Poststapel. »Diese Leute vielleicht?«

Thomas zuckte mit den Schultern und sagte: »Du könntest mir das doch abnehmen, oder?«

»Thomas, ich bin nicht dein Sekretär.«

Thomas ließ den Pinsel sinken und schaute Finch an, so intensiv, wie er vermutlich seine Modelle studierte.

»Denny, ich wollte dich nicht beleidigen. Ich dachte, für dich wäre es interessant, Einblick in meinen Papierkram zu bekommen, weil du doch mit meinem Werkverzeichnis beschäftigt bist. Du musst wissen, dass ich meine private Korrespondenz niemandem außer dir anvertrauen würde.«

Schließlich hatte Finch eine Assistentin für Thomas aufgetrieben, eine liebenswürdige, geduldige Mutter von vier Kindern mit grau meliertem Haar und viel Erfahrung in Sachen Chaos. Zweimal in der Woche kam sie ins Atelier und versuchte, Ordnung in die Anarchie zu bringen. Das Sortieren machte ihr anscheinend großen Spaß, und bald schon hatte sie Thomas' Unordnung aufgearbeitet. Mrs. Blankenship, so hieß die Dame, legte die persönlichen Briefe in ein Fach, sodass Finch sie lesen konnte, und klebte die Mahnungen an die Whiskeyflaschen.

»Nur da bemerkt er sie«, erklärte sie Finch, als dieser ihre unorthodoxen Methoden kritisierte. »Und jetzt bezahlt er sie immerhin.«

Das stimmte. Und Mrs. Blankenship kam auch im Apartment voran, wo sie einige Male pro Woche vorbeischaute und die benutzten Gläser einsammelte.

»Warum kannst du ihn denn nicht einfach in Ruhe lassen?«, hatte Claire ihn gefragt.

»Weil er mein Freund ist. Er hat sonst niemanden.«

»Er benutzt dich doch nur. Und du lässt das zu. Ich verstehe dich nicht.«

Wie konnte er ihr etwas erklären, was er sich doch nicht einmal selbst erklären konnte? Er war inzwischen in einem Alter, in dem die Möglichkeiten nicht mehr grenzenlos waren: Mehr als das, was er jetzt hatte, würde er nicht mehr bekommen. Aber er konnte jetzt seine persönliche Zufriedenheit trennen von seinem beruflichen … ja, was eigentlich? Versagen? Dieser Begriff war zu stark. Von seiner Durchschnittlichkeit? Für ihn waren Privates und Berufliches zwei verschiedene Bereiche, und das eine konnte das andere nicht schmälern. Aber Claire betrachtete jeden

Unmut seinerseits als ihr eigenes Versagen, so als läge es in ihrer Hand, ihm zu wahrer Größe zu verhelfen. Zu Hause war er der wichtigste Mann der Welt. Draußen jedoch war er ein Mann von beschränktem Erfolg. Er war nicht für höhere Weihen bestimmt, und mit seinem Namen würde man später keine Superlative verbinden.

»Wenn Thomas und sein Ruf nicht wären, würden wir jetzt vielleicht Bohnen aus der Dose essen, meine Liebe, und nicht das hier …« Mit der Gabel wies er auf ihr Mahl: Rinderfilet in Madeira mit Pfifferlingen und Maronen, daneben stand ein Glas dunkelroten Spätburgunders.

»Ach, dann haben sich deine Bücher also von ganz alleine geschrieben? Und du hast gar nichts dazu getan?« Claire versteckte ihr Gesicht hinter der Serviette. Als sie sie wieder an ihren Platz legte, waren ihre Wangen feucht.

»Was ist denn los?« Im Geiste ging er eine Reihe von Katastrophenszenarien durch.

»Glaubst du, du hast dich mit zu wenig zufriedengegeben? Du hast eine Frau und ein Kind. Aber eigentlich hast du doch nach Höherem gestrebt?«

Er hatte sofort darauf reagiert. Entschieden hatte er den Kopf geschüttelt und versucht, sie zu unterbrechen. Ja, früher habe er sich vielleicht größeren Erfolg gewünscht, aber niemals auf Kosten der Familie. Hätte er sich entscheiden müssen zwischen beruflichem Erfolg und seiner Familie, wäre die Antwort sonnenklar gewesen. Sie legte ihm die Hand auf den Arm, und er ließ sie weiterreden.

»Wenn du von Thomas zurückkommst, bist du immer so aufgewühlt. Irgendwie nicht ganz bei dir. Du schaust dich in unseren Räumen um, als hätte sich während deiner

Abwesenheit etwas verändert. Als wäre alles kleiner und trister geworden.«

Er war perplex. »Das ist mir selbst gar nicht aufgefallen.«

»Das macht es noch schlimmer. Noch wahrer.« Sie starrte auf die Zinken ihrer Gabel.

Er führte ihre Hand zum Mund und küsste die Innenseiten ihrer Handgelenke, erst das eine, dann das andere. Ihn schmerzte die Vorstellung, dass er auch nur den Hauch eines Zweifels in ihr gesät hatte, was seine Liebe für sie anging. »Claire, ich habe mich nicht mit zu wenig zufriedengegeben.«

»Das glaube ich auch nicht. Du hast genau das erreicht, wofür du bestimmt warst: Du bist ein sehr wertvoller Mann. Ich weiß nur nicht, ob du das selbst erkennst.« Sie schloss die Augen, öffnete sie wieder und betrachtete ihn. »Und Bayber? Was würdest du über ihn sagen?«

»Ich glaube, auch er hat seine Bestimmung erfüllt. Er ist ein Mann von enormer Begabung.«

»Er ist derjenige, der sich mit zu wenig zufriedengegeben hat, Denny. Mit seinem Talent nämlich. Und wenn es so weit ist, wird er sich das wünschen, was du hast.«

Als sie das gesagt hatte, wuchs seine Liebe für sie noch, obwohl er nicht daran glaubte, dass Thomas am Ende ausgerechnet an ihn denken würde. Und doch war da immer noch ein kleiner Teil in Finch, ein winziges, unkontrollierbares Partikelchen, das den Maler beneidete. Dabei hätte er nicht mit ihm tauschen wollen – er wünschte sich einfach das, was Thomas hatte, noch dazu. Das Talent verschaffte dem Künstler ein Dach über dem Kopf und das Essen auf dem Teller. Und es würde ihn um Generationen überleben. Finch war ehrlich genug, um sich einzugestehen, dass ein solches Vermächtnis durchaus etwas war, worauf man neidisch sein konnte. War es denn ein solch schweres Verbrechen, dass er sich auch ein wenig in Thomas' Glanz sonnte? Wenn auch nur, um ein kleines bisschen von dieser Wärme zu empfangen?

Den Rest wollte er überhaupt nicht. Die Schlange der Frauen, die auf Thomas warteten, war lang, und die Zeit, die er mit jeder einzelnen verbrachte, entsprechend kurz. Wenn Thomas genug von einer Verehrerin hatte, erwartete er, dass sie sich ohne großes Gejammer davonstahl, um Platz für die nächste zu machen.

Konnte man es aushalten, jahrelang ohne eine ernsthafte, tief gehende Beziehung zu leben? Finch versuchte, sich ein solches Leben auszumalen, schaffte es aber nicht. Der Verlust seiner Frau hatte ihn schwer getroffen. Noch immer wachte er mitten in der Nacht auf und bemerkte, dass er die Arme nach ihrer Seite des Bettes ausgestreckt hatte, dass er ihren Umriss liebkoste. Das tat weh, aber schlimmer noch war die Vorstellung, sie wäre niemals ein Teil seines Lebens gewesen. Und dasselbe galt für Lydia. Ihr leichtes Lispeln, ihre Armbewegungen beim Gehen, die Art, wie sie an den Nägeln kaute, wenn sie über eine schwierige Entscheidung nachdachte – das alles hatte sich tief in sein Inneres eingeprägt und war nie wieder auszuradieren.

Es gelang ihm nicht, Schlaf zu finden. Die ganze Nacht lang wälzte er sich im Bett herum, bis er kurz vor Sonnenaufgang endlich aufgab und den Tag anging. Er musste allein mit Thomas reden, solange die Angelegenheit noch nicht weiter fortgeschritten war. Vielleicht hatte er ihm sein Wort gegeben, aber er war nicht verpflichtet, den Hampelmann zu spielen. Irgendwann am frühen Morgen hatte er beschlossen, keinen Fuß in den Mietwagen zu setzen, bevor sie nicht geklärt hatten, was Thomas wusste und was er eigentlich von ihnen wollte.

Ich habe einen klugen Mann geheiratet. Claires Stimme war alles, was er brauchte.

»Wer schlecht geschlafen hat, kann mit Sarkasmus wenig anfangen, mein Schatz. Jetzt mal ehrlich. Du fragst dich, warum ich mich nicht schon vor Jahren zur Wehr gesetzt habe.«

Ich frage mich, was er im Schilde führt, Denny. Genau wie du.

Nach dem Frühstück wollte er Mrs. Blankenship anrufen, um Bescheid zu sagen, dass er vorbeikommen würde. Gerade war er dabei, die Nummer zu wählen, da klingelte das Telefon.

»Sie müssen sofort kommen«, keuchte Mrs. Blankenship.

»Ich wollte Sie gerade anrufen. Ich möchte Thomas heute Morgen besuchen.«

»Wir sind im Krankenhaus, Professor. Mr. Bayber hatte einen Schlaganfall.«

Seit mehr als einem Jahr war Finch nicht mehr im Krankenhaus gewesen. Es war trostloser als in seiner Erinnerung. Diese ganze künstliche Heiterkeit sollte beruhigend wirken: Hier herrschen Ordnung und Sauberkeit, hier heilt der Chirurg, hier spenden Pillen Trost, hier haben wir feste Zeitpläne für unsere Prozeduren. Man begriff jedoch bald, dass dies nur schöner Schein war, wenn man das Stöhnen der Patienten in ihren Betten und das Turnschuh-Getrampel der Pfleger beim Schieben der Betten hörte, die grauen

Wäschekarren der Reinigungskräfte sah und den Geruch von Krankheit und Blut in den Laken wahrnahm.

Mrs. Blankenship, die in Thomas' Apartment so energisch und zupackend agierte, hatte sich im Warteraum in ein weinendes Häufchen Elend verwandelt.

»Er lag auf dem Boden, als ich heute Morgen in die Wohnung kam«, schluchzte sie und tupfte sich das rosige Gesicht mit einem Taschentuch ab, das Finch ihr gereicht hatte. »Ich habe sofort einen Krankenwagen gerufen, aber sie haben furchtbar lange gebraucht. Immer wieder habe ich ihm gesagt, dass sie gleich kommen werden. Aber ich weiß nicht, ob er mich gehört hat.«

»Ganz bestimmt.« Finch sah sich nach einem Arzt um, fand aber keinen und tätschelte Mrs. Blankenship die Schulter. Dann ging er zum Anmeldeschalter, wo er von drei Krankenschwestern gleichzeitig ignoriert wurde. Nachdem er sich erfolglos geräuspert hatte, griff er nach einem Kugelschreiber, an dessen Ende eine lange Kunstblume befestigt war, und steckte ihn sich in plötzlicher Gereiztheit hinters Ohr. »Bayber«, sagte er. »Thomas Bayber. Ich möchte seine Zimmernummer.«

Die Schwester, die ihm am nächsten saß, bedachte ihn mit einem vernichtenden Blick und streckte die Hand aus. Er gab ihr den Stift mit der Blume zurück. »Vierter Stock. Gehen Sie nach links«, erklärte sie. »Dann halten Sie sich rechts. Dahin wird er aus der Notaufnahme verlegt. Sie können mit dem Arzt sprechen, sobald der Patient dort angekommen ist.«

»Und wann wird das sein?«, fragte er, aber sie hatte sich schon wieder umgedreht. Finch sammelte Mrs. Blankenship ein, und gemeinsam folgten sie den Schildern zum

Aufzug. Zusammen mit anderen blassen, übernächtigten Besuchern quetschten sie sich in die Kabine und betraten dann einen steril wirkenden Flur, der ganz genauso aussah wie der vorige.

Erst nach zwei Stunden konnte Finch mit einem Arzt sprechen. Es war ein schwerer Schlaganfall gewesen, und zum jetzigen Zeitpunkt konnte niemand sagen, ob Bayber jemals wieder sprechen oder gehen lernen würde. Er lag bequem gelagert im Bett, das Personal überwachte ihn ständig – viel mehr konnte man im Moment nicht für ihn tun. Finch rief Cranston an und berichtete ihm vom Stand der Dinge; dann schickte er Mrs. Blankenship nach Hause, damit sie sich erholen konnte.

»Kommen Sie ja nicht vor morgen früh wieder«, befahl er ihr. »Wenn Sie dann zu ihm dürfen, sagen Sie ihm bitte, dass Jameson und ich erst zum Sommerhaus und danach zum Haus der Kesslers fahren. Sagen Sie ihm das auch, wenn er schlafen sollte, Mrs. Blankenship. Es ist sehr wichtig.«

Die Stoßdämpfer des Sentras, den Finch gemietet hatte, waren total kaputt. Das Auto hoppelte über die Schnellstraße, und Stephen hoppelte mit. Bei jeder Bodenwelle kam sein Kopf dem Dach gefährlich nahe. Finch fuhr viel zu schnell und gestikulierte beim Reden, sodass Stephen sich ängstlich in den Sitz drückte und demonstrativ auf den Tacho starrte. Unablässig trommelte der Regen auf das Autodach und übertönte den Radiosender mit klassischer Musik, die kam und ging, je nachdem, ob dem Empfang gerade ein Hügel im Weg war oder nicht. Feuchte Luft aus den Lüftungsschlitzen traf Stephen im Nacken. Irgendwie war das Ganze wie eine mobile Version seines Büros bei Murchison & Dunne.

Finch hob das Kinn und sog die Luft ein. »Bananen eignen sich nicht gut für eine Autoreise. Fast Food ist eine naheliegende Wahl, aber Obst – solange wir nicht von Äpfeln oder Trockenpflaumen reden – ist ungeeignet.« Insgeheim war er durchaus froh, dem Regiment seiner Tochter entkommen zu sein und einmal etwas essen zu dürfen, was jede Menge Fett und Salz und bloß ein paar Alibistückchen Gemüse enthielt, ohne sich gleich einen Vortrag über Cholesterin und hohen Blutdruck anhören zu müssen. »Ich hätte eine größere Mülltüte besorgen sollen. Wie kann jemand, der in bestimmten Dingen so pingelig erscheint wie Sie, bloß auf so eine Art verreisen?«

»Ich bin eine Anomalie.«

»Wir müssen wohl bei der nächsten Ausfahrt abfahren und etwas suchen, wo wir das Zeug wegwerfen können.« Finch deutete auf den Rücksitz, der als zeitweilige Ablage für Stephens Fast-Food-Schachteln, Bananenschalen, leere Wasserflaschen, benutzte Taschentücher und Bonbonpapiere diente.

»Meinetwegen.« Stephen schmollte. Die ganze Situation war vollkommen lächerlich. Eine sechsstündige Fahrt lang war er gezwungen, sein Leben in Finchs Hände zu legen, nur weil der eine irrationale Angst vor dem Fliegen hatte. Und jetzt musste er sich auch noch von ihm ausschimpfen lassen?

»Warum sind wir denn nicht mit Ihrem Auto gefahren?«

Finch spitzte die Lippen. »Die Verteilerkappe ist hinüber.«

»Wir könnten schon längst dort sein.«

»Das weiß ich.«

»Waren es Turbulenzen? Oder Rauch in der Kabine? Das wäre wenigstens nachvollziehbar.«

Finch funkelte ihn böse an und starrte wieder auf die Straße. »Einen Führerschein bekommt man eigentlich ganz leicht. Vielleicht würde Ihnen die Freiheit der Straße ja gefallen.«

»Und Ihnen würde die Freiheit über den Wolken vielleicht gefallen. Wie bewegen Sie sich überhaupt fort?«

»Wieso, ich bin doch gerade unterwegs.«

»Das meinte ich nicht.«

»Sie fahren nicht Auto, weil man in der Stadt keines braucht. Verstehe ich Sie da richtig?«

»Ja. Und weil mir im Auto schnell schlecht wird.«

Finch sah ihn unsicher an und lenkte die Luftdüsen in seine Richtung. »Also, ich lebe in der Stadt, und ich habe durchaus das Bedürfnis nach einem Auto. Damit komme ich raus, wenn mir die Decke auf den Kopf fällt. Je älter ich werde, desto mehr nervt es mich, andere Menschen um mich zu haben. Übrigens wird einem nicht so schnell schlecht, wenn man am Steuer sitzt.«

»Das ist keine Erklärung dafür, dass Sie nicht fliegen wollen. Ich weiß zufällig, dass Sie schon in Europa waren, und ich glaube kaum, dass Sie dahin geschwommen sind. Bayber hat ein Werk in der permanenten Ausstellung im Palazzo Venier dei Leoni, in der Guggenheim Collection. Sie haben es ausführlich im Katalog beschrieben. Und Sie waren in der Jury der Biennale di Chianciano.« Als der Professor rasant in die Kurve ging, kam nicht nur Stephens Magen aus dem Gleichgewicht, sondern auch sein kurzes Gefühl der Überlegenheit.

Finch war einen Augenblick still, bevor er antwortete:

»Das hat sich erst in jüngerer Zeit entwickelt. Meine Frau ist gestorben. Seitdem bin ich nicht mehr in einem Flughafen gewesen.«

Stephen starrte auf die Fußmatte, dann aus dem regennassen Fenster und wieder zurück auf die Fußmatte. Jetzt hatte er es geschafft. Jetzt war er mitten ins Fettnäpfchen getreten.

»Das wusste ich nicht.« Er beobachtete Finch, der auf den Tacho sah und die vorgeschriebenen Blicke in den Spiegel absolvierte.

»Woher hätten Sie das auch wissen sollen?«

»Wie lange ist das jetzt her?«

»Fast ein Jahr. Ich habe erst ein Thanksgiving, ein Weihnachten, einen Valentinstag ohne sie erlebt. Ich könnte mir noch immer vormachen, dass sie bloß verreist ist.« Er lächelte Stephen schwach an. »Bald habe ich ihre kleinen Fehler alle vergessen. Die vermisst man dann am meisten. Sie nisten sich tief unter der Haut ein, und man verklärt sie im Rückblick.«

»Ist sie mit dem Flugzeug abgestürzt? Das würde Ihr Verhalten erklären, obwohl Flugzeuge trotz allem das sicherste Transportmittel sind. Die Wahrscheinlichkeit, bei einem Flugzeugabsturz umzukommen, beträgt eins zu elf Millionen, und …«

»Jameson!«

»Manche Menschen finden es beruhigend, die Wahrscheinlichkeiten für bestimmte Ereignisse zu kennen.«

»Meine Frau war nicht im Flugzeug. Sie hatte nicht mal ein Ticket. Sie wollte ihre Schwester vom Flughafen abholen und starb dort an einem Herzinfarkt.«

Es regnete stärker. Finch schaltete die Wischer ein,

deren Blätter die Scheibe verschmierten. Er hätte durchaus selbst seine Schwägerin abholen können an jenem Tag. Was war so wichtig gewesen, dass er sich keine zwei Stunden lang davon freimachen konnte? Ohne Zweifel fiel es in die Kategorie »Arbeit«, und Claire wusste, dass sie dagegen nicht ankam. Wäre er doch nur selbst gefahren, dann hätte sie sich vielleicht ruhig hingesetzt und sich ausgeruht. Ein kleines Schläfchen gemacht und sich erholt.

»Sollen wir rechts ranfahren? Man sollte kein Auto lenken, wenn man sich aufregt.«

Finch schüttelte den Kopf. »Ich bemühe mich sehr, nicht über die Einzelheiten nachzudenken, also die Frage, ob es vermeidbar gewesen wäre, wenn irgendein winziges Detail anders gelaufen wäre. Und wieso sie Claire am Flughafen nicht wiederbeleben konnten.« Er stellte die Scheibenwischer auf eine höhere Geschwindigkeit. »Nicht immer ist ein Arzt in der Nähe, wenn man gerade einen braucht.«

»Und was hat das mit dem Fliegen zu tun?«

»Es geht um den Flughafen, nicht ums Fliegen. Die ständigen Durchsagen, das Gepiepe dieser Golfkarren, die Menschen, die aussehen, als würden sie im Schlafanzug verreisen, die Sicherheitsleute, die Polizisten. Das ganze Personal, das für Notfälle ausgebildet ist, und dann stehen sie bloß da und glotzen meine Frau an, wie sie auf dem Boden liegt.« Finchs Daumen drückte fest auf die Vinylhülle des Lenkrads, so fest, dass alles Blut aus ihm wich. »Und ich denke über die Schuhe nach.«

»Das ist klar.«

Finch hob den Blick und sah ihn an. »Verstehen Sie, was ich meine?«

»Ja, natürlich.« Stephen wies auf die Windschutzscheibe. »Sollten Sie sich nicht aufs Fahren konzentrieren?«

»Sagen Sie mir, was ich meine.«

»In so einem Flughafen befinden sich ständig Hunderte von Menschen. So viele Leute, die alle über denselben Fleck gehen. Der Boden da ist dreckig. Richtig schmutzig. Ich kann verstehen, dass Sie sich lieber nicht vorstellen wollen, wie sie dort liegt.«

Finch ging leicht vom Gaspedal. »Ja, das ist wirklich schlimm für mich.«

»Sie müssen jetzt wohl für sich selbst kochen?«

Finch starrte ihn entsetzt an, brach dann aber in ein Lachen aus, das tief aus seinem Inneren zu kommen schien. »Sie meinen, ob ich sie vermisse? Ja. Ich vermisse sie jede einzelne Sekunde.«

»Das kann ich mir kaum vorstellen«, sagte Stephen.

»Ich glaube, das können Sie durchaus.« Vor ihnen leuchteten Bremslichter auf. Finch wurde langsamer und umkurvte eine Matratze, die mitten auf der Fahrbahn lag. »Als Ihr Vater starb, waren Sie gerade in Europa, nicht?«

Stephen wand sich auf dem Sitz. Er spürte, wie ihm die Galle hochkam, und von hinten roch er die Bananenschalen, die ihren angenehm tropischen Duft schon lange verloren hatten. Im Auto dampfte es wie in einem übel riechenden Dschungel. Die Scheibenheizungen funktionierten nicht richtig, sodass sich warme, feuchte Luft unten am Glas staute wie geisterhafter Atem. »Ich war in Rom. Wollte mir Caravaggios Matthäus-Zyklus anschauen, darum war ich gerade auf dem Weg zur Contarelli-Kapelle in der Kirche San Luigi dei Francisi.«

»Und?«

»Ich hab mir den Zyklus angesehen.«

»Das meinte ich nicht.«

»Ehefrau oder Vater, das ist nicht dasselbe.«

»Vielleicht doch.«

Stephen sah auf den Boden. Die genoppte Fußmatte war voller Krümel und Matsch. Der Regen klopfte heftig gegen das Autodach. »In zwanzig Meilen kommt die nächste Ausfahrt. Da können wir den Müll wegwerfen. Außerdem brauche ich noch ein paar Bonbons.«

»Selbstverständlich können Sie mir jetzt sagen, dass Sie nicht darüber sprechen wollen.«

»Ich will nicht darüber sprechen.«

Finch warf einen Blick in den Rückspiegel und trat fest auf das Gaspedal, wodurch das Heck des Wagens ausbrach. Reflexartig warf Stephen beide Hände ans Armaturenbrett. Finch sah Stephen an und lächelte. »Das ist vollkommen in Ordnung.«

Stephen spürte, wie ihm das Blut aus dem Gesicht wich. »Wollen Sie uns umbringen?«

»Vielleicht. Wie Sie schon erwähnten, ist es wahrscheinlicher, im Auto zu sterben als im Flugzeug. Aber Sie dürfen gerne einmal selbst ans Steuer.«

»Das würde Ihnen ganz recht geschehen. Ich fahre wahrscheinlich auch nicht viel schlechter als Sie.«

»Kann sein.«

Stephen presste das Gesicht an die kalte Seitenscheibe und schloss die Augen. Sein Magen schlug Purzelbäume, und auf seiner Oberlippe bildeten sich Schweißperlen. Der Verkehr war dichter und langsamer geworden, die Fahrtstunden, die ihnen noch bevorstanden, kamen ihm endlos vor. Wenn sich sein Magen noch ein einziges Mal bemerkbar machte, würde er bei der nächsten Raststätte aussteigen und den Rest zu Fuß gehen.

Er starrte hinüber in das Auto, das auf der Spur neben ihnen fuhr. Ein Kind mit verklebtem Mund ließ ein Stoffpferdchen am Fenster vorbeigaloppieren. Stephen musste an die Höhlenmalereien in Lascaux denken, an das Wildpferd und die aufgescheuchten Steinböcke, die älter als siebzehntausend Jahre waren und dabei so atemberaubend in ihrer Schlichtheit. Als wissenschaftlicher Berater war er 2003 dort gewesen. Er hatte den obligatorischen Schutzanzug, die Schuhüberzüge und den Mundschutz übergestreift und war in den axialen Seitengang vorgedrungen, wo ihm nach kurzer Zeit der Atem stockte. Angesichts der weißlichen Schimmelpilze an den Wänden musste er weinen; es sah aus, als würden die Pferde durch einen Schneesturm galoppieren. Stephens Vater hätte seine Reaktion verstanden. Er malte sich aus, wie sie nebeneinander in der dunklen, feuchten Höhle standen und gemeinsam die hervortretenden Linien aus Braunstein und Ocker, Kohle und Eisenoxid studierten.

»Ich war eine einzige Enttäuschung für ihn«, sagte er und wandte sich Finch zu.

Finch beschleunigte ein wenig und hielt den Blick ausnahmsweise auf die Straße gerichtet. »Ihr Vater war sehr stolz auf Sie.«

»Mein Vater wünschte sich immer, ich wäre anders. Meine Mutter übrigens auch. Sie hätten gern ein etwas normaleres Kind gehabt. Ist das nicht seltsam, dass Eltern sich so was für ihr Kind wünschen? Dass es weniger sein soll, als es ist?«

»Wenn man sich wünscht, das eigene Kind hätte einmal

eine andere Entscheidung getroffen, dann wünscht man sich nicht gleich, dass das eigene Kind tatsächlich anders wäre.« Finch trat wieder auf die Bremse, und Stephen musste mehrmals hintereinander schlucken.

Finch nahm Stephens linke Hand und drückte sie fest. »Es gibt da einen Akupressurpunkt namens ›Vereinte Täler‹, er liegt zwischen Daumen und Zeigefinger. Drücken Sie mit dem Daumen auf den Ansatz des Zeigefingers, da, wo der Muskel hervortritt und die Falte endet. Nehmen Sie dazu den Zeigefinger der anderen Hand.«

»Und was soll das bringen?«

»Zunächst mal wird es Sie davon abhalten, sich im Auto zu übergeben.«

Stephen drückte seinen linken Zeigefinger auf die Stelle, von der er annahm, es seien die »Vereinten Täler« seiner rechten Hand. Er begann, rückwärts zu zählen, angefangen bei der Zahl sechzehntausendzweihundert – so viele Sekunden würde die Reise seiner Schätzung nach noch dauern. *Selbst für einen Bayber, den noch niemand gesehen hat, ist das viel verlangt,* dachte er. Heiße Luft blies gegen seine Wangen, und ganz allmählich dämmerte er weg. Er träumte von Chloe, von ihrem feuchten Atem, wenn sie ihm etwas ins Ohr flüsterte, dann von Natalie Kessler, so, wie sie auf dem Bild zu sehen war. Ihr gebräunter Arm kam hinter der Lehne des Sofas hervor und bedeutete ihm, sich neben sie zu setzen.

6

Oktober 1971

Alice fuhr allein zum Sommerhäuschen. Sie sagte Natalie nichts davon, dass sie ein paar Tage Urlaub machen wollte, weil sonst der ständige Streit über die Kosten ihres Studiums vielleicht von Neuem aufgeflammt wäre. Natalie hätte darauf bestanden, dass Alice nach Hause kam, wenn sie schon so bald nach dem Beginn ihres Graduiertenstudiums eine Auszeit brauchte. Das wäre billiger gekommen. Aber nach Hause – wenn man das, was davon übrig geblieben war, überhaupt so nennen konnte – wollte Alice auf keinen Fall.

Das, wovor sie die Flucht ergriff – die Uni, die Relikte der Familie, die Trauer und der wachsende Schatten ihres Verfalls –, blieb draußen vor den Fenstern des Autos. Das Summen der Reifen wirkte irgendwie hypnotisch und machte sie müde. Sie fuhr in die Sonne hinein, und von überall her strahlte Wärme auf sie ab: vom Vinyl des Armaturenbretts, vom Lenkrad unter ihren Händen, durch die Scheiben hindurch. Nur ein kleiner Strahl kalter Luft drang herein, nämlich durch das Ausstellfenster auf der Fahrerseite, das sich nicht mehr ganz schließen ließ.

Schläfrigkeit. War es das, was ihre Eltern vor zwei Jahren überkommen hatte? Hatten sie sich damals im Auto, umschlossen von der Nacht, so sicher und warm gefühlt, dass sie einfach hinüberdämmerten? Nein. Sie hatte sich ihre Eltern in dieser Nacht schon tausend Mal vorgestellt, in solcher Klarheit, dass sie jetzt partout nicht das Radio einschalten konnte, auch wenn es sie wach gehalten hätte. Wenn sie nur die Hand an den Schalter legte, zuckte sie schon zusammen. Ihr Vater hatte sicher laut und falsch mitgesungen, und ihre Mutter hatte sich lachend die Ohren zugehalten. Und er hatte sie auf diese Art angeschaut, wie er es manchmal tat, wenn er sich unbeobachtet fühlte, und ihr ein einziges Wort zugeflüstert, ein Wort einer geheimen Sprache, zu der ihre Töchter keinen Zugang hatten. Hatte er eine Hand vom Lenkrad genommen, um nach ihrer behandschuhten Hand zu greifen und sie an seine Lippen zu führen?

Der Polizist, der an diesem Novemberabend an der Tür geklingelt hatte, war blass gewesen und nicht viel älter als sie selbst. Er hielt den Kopf gesenkt, als laste die Nachricht, die er überbringen musste, schwer auf ihm. Sie ließ ihn auf der Türschwelle stehen, obwohl der Schnee um ihn herumwirbelte, weil sie Angst hatte, dass alles doch wahr werden könnte, wenn sie ihn hereinbat. Aber es war ohnehin wahr. Als sie ihn aufforderte, die Geschichte noch einmal zu erzählen, sagte er immer wieder: *Wir wissen einfach nichts Genaues.*

Die Stille im Auto wurde ohrenbetäubend. Alice redete mit sich selbst, sagte ihre ganz eigene Version des Alphabets auf: die volkstümlichen Namen der Vögel, von A bis Z, von Amsel bis Zaunkönig. Danach machte sie das gleiche Spiel mit den wissenschaftlichen Namen der Vögel, von *Accipiter gentilis* – dem Habicht – bis zu *Zonotrichia leucophrys* – der Dachsammer.

Für den Weg von der Uni bis nach Seneca Lake hatte sie sechseinhalb Stunden veranschlagt, aber sie hatte nicht mit den vielen Pausen gerechnet, die sie brauchte, um sich die Steifheit aus den Fingern zu massieren. Auf halber Strecke hielt sie an und parkte an einer Stelle, wo sich das Gras von frischem Grün schon in sprödes Gold verfärbt hatte. Die Nachmittagsluft roch nach Dingen, die sich vor dem Herbst verkrochen hatten. Die Blätter der Buchen rollten sich ein, und eine Felsenbirne leuchtete tiefrot. Nachdem sie sich aus dem Auto geschält hatte, streckte sie sich und drückte die Handflächen auf die warme Motorhaube. Immer wenn der Schmerz aufflammte und leise Panik in ihr aufsteigen ließ, machte sie sich klar, dass es eine Erleichterung wäre, einfach zu verschwinden, wenn auch nur für kurze Zeit.

Gerade fünf Wochen war sie im Graduiertenstudiengang und noch erschöpft vom Ankommen, Auspacken und den vielen neuen Gesichtern, als sie in einen Disput mit ihrer Studienberaterin geriet. Miss Pym äußerte Zweifel daran, dass Alice in ihrem augenblicklichen Zustand die Anforderungen für ihren Studiengang in Ökologie und Evolutionsbiologie schaffen konnte. Als Miss Pym das Wort »Zustand« sagte, spitzte sie die Lippen, als hätte Alice etwas, was einen gewissen Abstand erforderte.

»Gelenkrheumatismus ist kein Zustand, sondern eine Krankheit, Miss Pym. Ich wusste nicht, dass absolute

Gesundheit die Voraussetzung für ein Studium ist. Aber solange ich die Anforderungen bewältigen kann …«

»Genau das ist das Problem, Miss Kessler. Ich weiß nicht, ob Sie das tatsächlich können.«

Miss Pym hatte ihr dunkles Haar zu einem straffen Dutt gedreht, der jedes Mienenspiel zu unterbinden schien, bis auf ein leichtes Stirnrunzeln, das wohl auf Kopfschmerzen hindeutete. Mit dem Fuß tippte sie unruhig gegen ihr Stuhlbein, so als wäre sie gerne weggelaufen, weit weg vom College, wo die Studenten ihre Geduld auf die Probe und ihre Kompetenz infrage stellten.

»Ich bin in der Lage zu studieren. An der Wesleyan University …«

Miss Pym hob die Brauen und unterbrach sie: »Miss Kessler, ich weiß, dass Sie die akademischen Voraussetzungen mitbringen. Aber ich weiß auch, dass Sie während Professor Strands Morgenvorlesung über vogelkundliche Biogeografie geschlafen haben. Es waren nur fünfzehn Studenten anwesend. Ihr Mangel an Aufmerksamkeit wurde durchaus bemerkt.«

Daraufhin hatte Alice aus purer Sturheit die Studienberaterin hartnäckig weich geklopft. Miss Pym beendete das Gespräch schließlich mit einer ernsten Ermahnung und entließ sie mit einem Nicken. Zurück in ihrem Zimmer hatte Alice sich auf dem Bett ausgestreckt. Noch immer zitterte sie vor Wut und kämpfte gegen die Versuchung an, Natalie anzurufen. Sie wusste, dass die Unterhaltung mit ihrer Schwester nicht so laufen würde, wie sie es sich wünschte. *Diese Hexe! Das kannst du ihr nicht durchgehen lassen, Alice. Sie hat keine Ahnung, was du leisten kannst. Bis heute Abend kann ich da sein. Na, was sagst du? Der würgen wir eine rein.* Doch die Natalie, die so etwas gesagt hätte, war vor acht Jahren verschwunden. Jetzt war sie durch einen merkwürdigen Zwilling ersetzt worden, der noch immer so scharfzüngig war wie früher, sein Gift nun aber genauso gegen Alice einsetzte wie gegen eine herablassende Studienberaterin.

Aus ihrem Fenster im zweiten Stock hatte Alice beobachtet, wie sich die anderen Studenten zu einem Demonstrationszug sammelten, sich zusammenfanden in einer formlosen protestierenden Masse: für die Frauenrechte, gegen Rassenunterdrückung, für soziale Gerechtigkeit, gegen den Krieg. Sie hatte sie beneidet, weil sie so lässig herumschlenderten und sich in gegenseitiger Unterstützung immer wieder fest umarmten – wenn Alice dabei mitgemacht hätte, wäre eine Welle von Schmerz durch ihren Körper gefahren.

An der Wesleyan University hatte sie mit eiserner Disziplin den College-Abschluss gemacht. Sie hatte an nichts anderes gedacht, hatte sogar die Trauer ausgeblendet. Jegliches Schuldgefühl, weil sie weiterstudierte, hatte sie beiseitegeschoben, zusammen mit den Gedanken an Natalie, die jetzt allein zu Hause saß, nur unterstützt von ihrer Haushälterin Therese. Alice kämpfte gegen die Nebenwirkungen der Medikamente, die sie oft benebelten, und bemühte sich, nicht zu weit in die Zukunft zu denken. *Ärzte können sich auch irren, bald gibt es neue Behandlungsmöglichkeiten, jeder Fall ist anders gelagert.* Das sagte sie sich immer wieder.

Diese Bewältigungsstrategie hatte sich schon vor langer Zeit in ihre DNS eingegraben. Nach dem College-Abschluss war Alice dann davon überzeugt, dass es ihr gelingen würde, mithilfe einer Kombination aus Willenskraft und ärztlichen Gefälligkeitsattesten ihre Träume zu erfüllen. Wer weiß, vielleicht würde sie ja trotz allem die Erste sein, die ein außergewöhnliches Vogelnest entdeckte, eine bislang unbekannte Eulenart oder einen noch nie gehörten Gesang? Wenn der Weg dahin auch unsicher war, das Ziel hatte sie fest im Blick. Doch jetzt war ihre Zukunft ungewiss. Feldstudien würden schwierig für sie werden; die theoretische Forschung wiederum erschien ihr klaustrophobisch und unattraktiv. Auch Laborarbeiten kamen nicht infrage, da sie kaum mehr in der Lage war, ein Skalpell zu halten. Sie wollte die Uni nicht verlassen. Wo sollte sie denn sonst bleiben? Aber sie brauchte etwas Zeit für sich allein, um ihre Gedanken zu ordnen.

Am nächsten Morgen nach ihrer Auseinandersetzung mit Miss Pym hatte sie ein paar Kleider eingepackt und dem Jungen, der am anderen Ende des Flurs wohnte, fünf Dollar gegeben, damit er ihren Koffer nach unten trug und auf den Rücksitz ihres 68er-Mustang legte. Ihr Vater hatte ihr das Coupé geschenkt, kurz bevor er zusammen mit ihrer Mutter auf dem Connecticut Turnpike starb. Sie waren gerade auf dem Rückweg von einer Vorstellung von »Promises, Promises« in der Stadt gewesen. Irgendwie ironisch, wenn man bedachte, wie oft ihre Mutter diese Worte ausgesprochen hatte, wenn ihr Vater wieder einmal versprach, in Zukunft nie mehr ein Abendessen im Familienkreis, eine Schulaufführung oder eine Benefizveranstaltung verpassen zu wollen.

Ihre Mutter hatte vor der Frisierkommode gesessen und sich das Dekolleté gepudert – noch einen Tropfen Shalimar hinter die Ohren –, während ihr Vater mit den Theaterkarten in der Hand auf und ab ging, immer wieder auf die Uhr sah und mit dem Kleingeld in seiner Hosentasche klimperte. Die Mutter hatte »I'll Never Fall in Love Again« gesummt, und der Vater hatte Alice zugezwinkert, als er den Reißverschluss am Kleid der Mutter zuzog und in den Refrain einstimmte. Alice kannte die Melodie auswendig. Schon bei den ersten Noten hatte sich ihr Puls beschleunigt. Inzwischen musste sie immer wenn sie das Lied hörte, an ihre Eltern denken, wie sie nebeneinander im Auto gesessen und sich aneinandergeschmiegt hatten. Hatten sie den LKW überhaupt gesehen? Hatten sie einen kurzen Moment lang Panik empfunden? Und während dieser Tausendstelsekunden vielleicht an sie, Alice, gedacht?

Miss Pym hatte in ihrer Akte geblättert, während sie Alice in ihrem stickigen Büro ausschimpfte. *Die beiden vergangenen Jahre waren also sehr schwierig für Sie. Ihr Zustand* – ein entschuldigendes Räuspern –, *ich meine, Ihre Krankheit hat sich weiter verschlimmert, Sie haben Ihre Eltern verloren. Da mussten Sie sich bestimmt ziemlich umstellen.*

Die Eltern verloren – wer drückte sich denn so blöd aus? Als versteckten die Eltern sich vor ihr, und sie müsste bloß in allen Schränken nachsehen, bis sie sie wiederfand. Sie hatte sie nicht verloren. Sie wusste genau, wo sie waren. Mit dem Zeigefinger war sie über ihre Grabsteine gefahren. Sie standen Seite an Seite, genau so, wie die Eltern gestorben waren, nebeneinander im Auto, auf Sitzen, deren blauer Vinylbezug noch immer die Abdrücke von Alices Turnschuhsohlen aufwies.

Natalie hatte keine Sekunde gezögert und die Erinnerung an die Eltern sofort restlos ausgelöscht. Sie hatte ihren Nachlass nicht Stück für Stück, sondern in einem großen Schwung weggegeben. Als Alice im Sommer nach dem dritten Collegejahr nach Hause kam und die Tür zum Elternschlafzimmer öffnete, war es komplett ausgeräumt. Alles war verschwunden: Kleider, Schuhe, Hüte, die Dose mit den Liebesbriefen, die Geschenkpapierrollen mit den Weihnachtsanhängern – einfach alles. Ihre Bettlaken waren nicht mehr im Wäscheschrank, ihre Schlittschuhe und Tennisschläger nicht mehr auf dem Dachboden. Ihre Aschenbecher, die Untersetzer mit ihren ineinander verschlungenen Initialen – alles an die Heilsarmee gespendet. Warum sollte man sich auch mit Dingen umgeben, die einen ständig an die Vergangenheit erinnerten?, meinte Natalie. Sogar der Geruch der Eltern war verflogen. Jetzt roch alles nach irgendeinem Fichtennadelreiniger, von dem Alice schlecht wurde. Das Einzige, was sie retten konnte, war das Rohrblatt aus dem Fagott ihres Vaters; es lag noch immer in der alten Mercurochrome-Flasche im Medizinschränkchen.

Das Zuhause ihrer Kindheit wurde für Alice bald zum Gefängnis. Therese, die eine Schwäche für Natalie hatte, mit Alice aber weniger gut auskam, putzte während Alices Ferien den ganzen Tag über das Haus. Sie wischte jeden Atemhauch vom Spiegel, jeden Fußabdruck vom Flurboden. Alice konnte die sklavische Hingabe der Frau nicht verstehen, es war ihr auch ein Rätsel, wie sie in einem Haushalt, der um drei Mitglieder dezimiert war, immer noch genügend Aufgaben finden konnte. Natalie jedoch bestand darauf, sie zu behalten, und sagte zu Alice: »Du weißt nicht, wie schwierig es für mich ist, das Haus alleine in Schuss zu halten. Du bist ja nie da. Ich schon.«

Die Geister ihrer Eltern wandelten durch die Flure, auf der Suche nach ihren irdischen Besitztümern. Nachts konnte Alice sie hören, sie hörte ihre gedämpften Stimmen, während sie sich in den Laken herumwälzte. *Liebling, hast du meine Schürze irgendwo gesehen? Ich habe sie vorhin in die Küche gehängt, und jetzt ist sie weg.* Oder ihr Vater, der missmutig nach seiner besten Krawatte suchte, dunkelblau und golden, mit einem winzigen Fleck an der Spitze. *Deine Mutter mochte diese Krawatte nie. Sie hat sie irgendwo versteckt, nicht wahr, Alice?*

Seit acht Jahren war sie nicht mehr im Sommerhäuschen gewesen. Myrna Reston, die sich seit dem Skandal um die Investmentfirma ihres Mannes weitgehend aus der Öffentlichkeit zurückgezogen hatte, überließ die Vermietung des Hauses ihrem ältesten Sohn George junior, der in einer untergeordneten Position in der Firma seines Vaters arbeitete. Er brachte keinen großen Ehrgeiz auf, denn er würde die Firma ja doch eines Tages erben. Alice konnte sich schwach an ihn erinnern: ein Teenager mit Akne-Narben im Gesicht, der versucht hatte, ihr einen Gartenschlauch in den Ausschnitt des Badeanzugs zu stecken, als sie noch in der Grundschule war. Zum Glück kannte er sie nur noch als die kleine Schwester von Natalie. Als sie anrief, um sich nach dem Häuschen zu erkundigen, schien er angetan davon, von ihr zu hören – und außerdem ein bisschen Miete in der Nebensaison zu kassieren.

»Du kannst es zu einem Spottpreis mieten, Süße«, sagte er. »Morgens ist es vielleicht ein bisschen kalt, aber ich bitte unseren Hausmeister, dir etwas Feuerholz ins Haus zu legen. Zu dieser Jahreszeit ist nicht viel los im Ort. Die meisten Geschäfte haben schon dichtgemacht. Aber du kannst Lebensmittel bei Martin's kaufen und auch alles andere, was du vielleicht brauchst.«

Alice versicherte ihm, dass sie nicht zum Einkaufen komme, sondern nur ein paar Tage Erholung von der Uni suche.

»Haben die Kurse nicht gerade erst angefangen?«

»Dieses Semester habe ich einen individuellen Stundenplan. Ich brauche einen ruhigen Ort, an dem ich arbeiten kann.«

»Aha. Wie geht es übrigens Natalie?«

George war genauso vernarrt in Natalie gewesen wie alle anderen, aber durch seine ungewöhnliche Mischung aus Arroganz und Dummheit hatte er viel aufdringlicher gewirkt als der Rest. Er hatte ihr alle Wünsche von den Augen abgelesen, auch solche, von denen sie gar nichts wusste. Er hatte ihr bei Prüfungen die Lösungen verraten und mögliche Rivalen durch böse Gerüchte auf Abstand gehalten. Natalie hatte ihn an der langen Leine gehalten, ihm ab und zu ein freundliches Wort gesagt oder mit den Wimpern geklimpert, wenn sie gerade etwas brauchte. Als Alice noch jünger gewesen war, hatte sie ihn bloß für einen Störenfried gehalten, aber als sie älter wurde, begriff sie, dass er tatsächlich etwas Bösartiges an sich hatte, was man kaum als die Launen eines Teenagers abtun konnte.

»Natalie geht es gut, danke. Ich glaube, sie hat neulich von dir gesprochen. Ich richte ihr aus, dass du nach ihr gefragt hast. Und das Angebot mit dem Holz nehme ich gerne an.« Die Lüge kam ihr ohne Zögern über die Lippen.

»Der Hausmeister legt dir den Schlüssel unter die Fußmatte. Du musst mir nur noch sagen, wann du kommen willst, dann lasse ich alles arrangieren.«

»Morgen«, erwiderte sie. »Wenn das möglich ist, würde ich gerne morgen kommen.«

»Na, das ist aber kurzfristig.«

Alice hielt den Atem an.

»Ich rufe den Hausmeister gleich an. Vielleicht kriegen wir das hin. Aber ich muss dann leider ein bisschen was extra berechnen.«

Sie hatte befürchtet, das Haus wäre im Vergleich zu ihren Erinnerungen geschrumpft. Aber nichts hatte sich verändert, nur die Stimmen ihrer Familienmitglieder fehlten. Das Sommerhäuschen war immer voll von Menschen und Dingen gewesen, und jetzt, als sie ihren Koffer auf dem Holzboden abstellte, hallte das Geräusch durch die leeren Räume. *Es ist so friedlich hier,* sagte sie sich. *Das ist es doch, was du wolltest.* Aber es war auch einsam.

Evan, George Restons Hausmeister, hatte einen Stapel Holz neben den Kamin geschichtet und die Fenster zum Lüften geöffnet. In den Räumen roch es ganz leicht nach Moder, nur nicht in dem Schlafzimmer, das sie sich so viele Sommer mit Natalie geteilt hatte. Dort, in dem Zimmer mit den dicken Holzbalken unter der Decke und den Wänden aus Kiefernholz, war die Luft trocken und roch nach Zeder. Alice erinnerte sich, wie sie und Natalie eng umklammert auf den dünnen Matratzen auf- und abgehüpft waren und vor Freude gekreischt hatten, wenn ihr Vater nachts draußen am Fenster kratzte und so tat, als wäre er ein Bär. Wie dreckig ihre Fingernägel immer gewesen waren vom Saft der Himbeeren aus dem Wald! Und der Tag, als Natalie im Schneidersitz auf der Straße saß und versuchte, Alices Hosenbein aus der Fahrradkette zu befreien. Alice schob die Gardinen zur Seite und schaute über den See. Wohin war diese Schwester verschwunden? Die Sonne stand tief am Himmel, gerade noch ein Halbkreis war am

Horizont zu sehen, und das Wasser war grau wie eine Bleistiftmine. Totenstille.

Sie ließ sich auf eins der Betten fallen und zog die Überdecke aus Chenille über die Schultern. Im Zimmer wurde es kälter. Sie fragte sich, ob sie aufstehen und das Fenster schließen sollte, hatte aber nicht genügend Energie dazu – sie musste danach ja auch wieder zurückkommen ins Bett. Darum vergrub sie sich einfach noch tiefer unter der Decke und lauschte dem Echo der aufkommenden Nacht: den gedämpften Vogelgesängen, dem Klicken der Fledermäuse, dem zögerlichen Rascheln der kleinen Tiere. Als sie mitten in der Nacht einmal aufwachte, war das Zimmer mit dem milchigen Licht des Mondes geflutet. Die Welt schien nur noch aus Schatten zu bestehen, wie in einer anderen Dimension. Sie horchte aufmerksam, dann noch aufmerksamer, lauerte auf die Geräusche ihrer Eltern, die sich im Zimmer nebenan bewegten. Und irgendwann, als ihr schon die Ohren wehtaten, schlief sie wieder ein, beim Warten auf etwas, das nicht da war.

Im Traum streckte sie sich, mit Armen und Beinen so dünn wie Seegras, mit Knochen so flexibel wie Gummibänder, mit einem Rücken so biegsam wie ein Flitzebogen. Grünes Wasser umschloss sie. Ihr eigener Elan erstaunte sie: Sie hatte ihre Anmut wieder, und ihre Bewegungen wirkten fließend. Aus dem Strecken wurde Schwimmen, aus dem Schwimmen Laufen, bis das Wasser zähflüssig wurde und ihren Körper bremste.

Beim Aufwachen roch sie den Rauch aus dem Kamin und den schweren Duft von Harz. Sie blinzelte, um die Traumwelt hinter sich zu lassen. Die Morgensonne schien durch das Schlafzimmerfenster, und mit ihr kam die altvertraute Steifheit der Glieder und Gelenke. Die notwendigsten Elemente ihres Knochengerüsts hatten sich in eine Ansammlung von Haken und Ösen verwandelt, die gegeneinanderrieben und zu unbeweglichen Teilen verschmolzen – versteinerte Versionen der Knoten, die ihr Vater ihr als Kind beigebracht hatte.

Sie standen auf der Anlegestelle: Alice und Natalie und ihr Vater, nur ein paar Steinstufen unterhalb des Häuschens. Das flache Boot der Restons schaukelte auf dem Wasser und blieb manchmal am Steg hängen, bis die Wellen es mit einem Ächzen wieder befreiten. Die dreizehnjährige Natalie war schon damals mehr an ihrem bewegten Spiegelbild im Wasser interessiert als an irgendwelchen Lektionen; Alice jedoch nahm die Gelegenheit wahr, einmal die ungeteilte Aufmerksamkeit ihres Vaters zu genießen.

»Ihr beide müsst wenigstens die Grundlagen der Seefahrt lernen«, sagte der Vater, der anscheinend nicht gemerkt hatte, dass keine seiner Töchter den Wunsch verspürte, auf den dunklen See hinauszufahren. Mit der Spitze seiner neuen Bootsschuhe hielt er eine Seite des Knotenbuchs offen. Alice erinnerte sich an die scharf abgesetzten Schwarz-Weiß-Zeichnungen, auf denen zu sehen war, wie ein zerschlissenes Stück Seil sich von einer Darstellung zur anderen immer mehr verknotete, bis es auf magische Weise zu einem völlig undurchdringlichen Knäuel geworden war.

Ihr Vater hielt ein Stück Seil in der Hand. »Das Ende, mit dem ihr arbeitet, heißt das freie Ende. Der Rest des Taus ist das stehende Ende. Noch bevor der Sommer vorbei ist, werdet ihr den Kreuzknoten, den Webleinstek, den Palstek und den Klampenschlag beherrschen.« Der Vater drückte

Alices Schulter. »In null Komma nichts wirst du eine Affenfaust knüpfen können, Alice. Du kriegst einen Vierteldollar für jeden neuen Knoten, den du beherrschst.«

Den ganzen Nachmittag über saß sie auf der Anlegestelle auf den warmen Brettern, die Seeluft in der Nase, und übte mit dem Tau: drunter, drüber, drumherum und durch. Nach einigen Stunden bestand das Tau aus einer Reihe misslungener Knoten. Natalie lag derweil neben ihr und ließ Steine über das Wasser flutschen. Sie hatte die Ärmel bis zu den Schultern hochgekrempelt und die Beine ihrer Jeans an den Knien ordentlich umgeschlagen. Mit zusammengekniffenen Augen beobachtete sie Alice.

»Wird es dir nicht irgendwann einmal zu blöd, immer zu machen, was du machen sollst?« In dieser Frage lag keinerlei Sarkasmus, nur ein wenig Verwirrung. Natalie schien nach etwas zu suchen, was sie selbst nicht verstand.

»Wenigstens eine von uns sollte es versuchen.« Alice stand auf und setzte sich neben ihre Schwester. Sie nahm Natalies Tau, biss sich auf die Unterlippe und fing von Neuem mit der Aufgabe an.

Natalie lächelte sie an und drehte sich auf den Bauch. »Gib dir Mühe mit meinen, ja?«

Wenn Alice sich an diesen Sommer erinnerte, dachte sie nicht daran, wie sie mit ihrem Vater in den Ort geradelt war oder wie sie die elegante Handschrift ihrer Mutter auf den Postkarten an die Verwandten bewundert hatte. Auch nicht daran, wie sie abends zwischen ihren Eltern gesessen und beobachtet hatte, wie ihr Vater das Haar ihrer Mutter streichelte, während die Sterne am Himmel aufzogen. Nein, es war das Gefühl des glatten Taus zwischen ihren Fingern, die warmen Münzen in ihren Handflächen und

Natalies Zwinkern, wenn der Vater seinen beiden Töchtern jeweils die gleiche Anzahl an Vierteldollarstücken auszahlte.

Ihr Körper rebellierte nach der langen Autofahrt am Vortag, aber damit hatte sie ohnehin gerechnet. Immer wenn die Krankheit aufflammte, musste sie einen Ruhetag einlegen, bis der Status quo wiederhergestellt war. Sie legte sich in die Badewanne, und als das Wasser über ihre Haut lief, erinnerte sie sich an das Körpergefühl in ihrem Traum: flüssig und geschmeidig. Über die Zimmerdecke liefen Spinnen im Zickzack, um dem aufsteigenden Dampf zu entrinnen. Sie band sich die Haare hoch, zog sich wieder an, nahm eine Decke aus dem Korb neben dem Kamin und machte sich auf den Weg zum See. Die Sonne blitzte auf dem Wasser und blendete sie. Das Boot war am üblichen Platz; winzige Wellen krochen an den verbeulten Seiten entlang. Alice breitete die Decke aus, kletterte in das Boot und legte sich hinein. Das Wasser schaukelte sie sanft, und die Sonne wärmte ihre Haut, bis sie sich vorkam wie geschmolzener Zucker, der zu weichem Gold geworden war.

Dass sich das Boot von der Anlegestellte gelöst hatte, begriff sie erst, als sie die Abwesenheit von Land bemerkte. Auch der vertraute Holzduft fehlte: die Planken der Anlegestelle, die sonnengewärmten Baumrinden, die harzigen, verzogenen Dachziegel des Hauses. Um sie herum war nur noch Wasser. Sie setzte sich auf und erstarrte, als sie sah, wie weit sie auf den See hinausgetrieben war. Aber das Wasser war ruhig, und die Riemen steckten sicher in den Dollen. Sie glitt auf den Sitz und öffnete die Haare, damit die Brise sie trocknete. Vielleicht konnte sie es mithilfe einiger Windstöße schaffen, aus eigener Kraft zurückzurudern; wenn nicht, konnte sie immer noch ein vorbeikommendes Boot um Hilfe bitten. Aber die Saison war vorbei, und es war weit und breit kein anderes Boot zu entdecken.

Mit den Händen fuhr Alice über das narbige Holz der Riemen. Hier draußen auf dem Wasser fiel ihr das Denken leichter. Wie sollte es weitergehen in ihrem Leben? An Land waren ihre vielfältigen Einschränkungen kaum zu übersehen. Aber hier, weit weg vom Ufer, empfand sie eine Art Leichtigkeit. Das Boot trieb sicher auf der Oberfläche, und die schwachen Wellen schwappten in einem regelmäßigen Rhythmus unter ihr hindurch. Der Wind frischte auf und beulte ihre Bluse wie einen Spinnaker. Über ihrem Kopf verknoteten sich die blassen Wolken ineinander, lösten sich wieder auf, wurden dunkler und heller und wieder dunkel. Die eine Seite des Bootes bekam jetzt härtere Wellen ab. Alice konnte erkennen, dass sich ganz hinten am Himmel ein Sturm zusammenbraute, aber sie beobachtete das Geschehen eher mit Interesse als mit Angst. Bald sah sie einen Vorhang aus Regen, der langsam auf sie zukam.

Einige Blitze zerschnitten den Himmel, und an dem darauf folgenden Donner konnte sie abschätzen, wie weit der Sturm noch entfernt war. Sie ließ die Riemen ins Wasser und erschrak, als sie ihr Gewicht spürte. Als sie einen Riemen bewegte, um das Boot zu drehen, jaulte sie leise auf von dem Schmerz, der ihr durch die Schulter schoss und den Rücken hinabkroch. Sie setzte ihre ganze Kraft ein und bekam die Riemen doch kaum ins Wasser. Wenn sie keine größere Zugkraft aufbringen konnte, kam sie nie zurück ans Ufer. Sie holte die Riemen wieder ins Boot und nahm die Decke vom Boden, schlang sie sich um die Schultern und knotete sie behelfsmäßig fest – mehr schafften ihre eiskalten Finger nicht. Mit den Augen suchte sie den Boden des Bootes ab – gab es dort irgendetwas, was sie als Regenschutz oder als Flagge verwenden konnte? Sie fand nur eine Plastikmilchflasche mit abgeschnittenem Oberteil, die wohl als Schöpfeimer diente. Als sie wieder aufsah, klatschte ihr der Regen direkt ins Gesicht. Sie hielt sich eine Hand über die Augen und starrte über das Wasser in Richtung des Häuschens. Was war das? Ein Bootsmotor? Der Wind übertönte jedes Geräusch. Sie ließ die Riemen erneut ins Wasser und zog keuchend daran, so fest sie nur konnte. Sie bekam jedoch nur fünf schwache Ruderschläge zuwege, ehe ihr Kopf erschöpft auf die Brust sank. Das Ufer war noch immer weit entfernt. Aber da war etwas, das sich auf sie zubewegte, ein Motorboot, das ein tiefes V ins Wasser pflügte. Vielleicht hatte Evan, der Hausmeister der Restons, das Fehlen des Bootes bemerkt, oder vielleicht war es auch George. Aber dann erkannte sie die Gestalt, die das Boot steuerte, und sie wusste, dass er es war.

Es war unwahrscheinlich, wenn auch nicht unmöglich. Ganz nebenbei hatte sie seine Karriere verfolgt. Sie hatte Kritiken seiner Ausstellungen gelesen, von seinen Auszeichnungen und dem Erfolg der vergangenen Jahre erfahren. Warum sollte er ausgerechnet jetzt hier sein? Auch seine Eltern waren fortgegangen – nicht gestorben, aber weggegangen. Einmal, im sterilen Wartezimmer ihres Rheumatologen, hatte sie einen Artikel im *Architectural Digest* entdeckt. Dort war ein großes Steinhaus in Frankreich abgebildet, am Ende einer Allee gelegen und umgeben von Olivenbäumen. Sie lebten jetzt meist in Frankreich, weil sie enttäuscht waren vom »traurigen Niedergang der amerikanischen Kultur«. Das Bild erstaunte sie: zwei Menschen mit unbewegten Gesichtern, zwischen ihnen ein Hund, ein sorgfältiges Arrangement. Alle drei herausgeputzt und gelassen. Ganz anders als das Gesicht, an das sie sich erinnerte, wenn sie an ihn dachte. Allerdings hatte sie das schon länger nicht mehr getan. In ihrem Leben hatte es wichtigere Dinge gegeben, und sie hatte ihre Erinnerungen an ihn – genau wie die Enttäuschung und die Scham – irgendwo in einen dunklen Winkel ihres Bewusstseins verbannt.

Sie konnte die Abgase seines Motors riechen, sogar durch den sintflutartigen Regen hindurch. Er stoppte die Maschine und drehte bei, sodass er einen der Riemen ergreifen und sich näher an sie heranziehen konnte.

»Nimm das Seil«, bellte er, aber sie gab keine Antwort. Ihr war, als wären ihre Gelenke zu einer einzigen nutzlosen Masse verschmolzen. Sie konnte sich nicht rühren.

»Nimm es, Alice, verdammt! Was ist denn los mit dir? Du wirst noch ertrinken.« Er packte den Riemen und schob das Boot zurück, bis er ein Nylonseil durch die Bugöse fädeln konnte. Die beiden Enden band er am Mittelsitz des Motorboots fest.

»Gut festhalten!«, rief er über die Schulter.

Sie legte die Hände auf den Rand des Ruderboots; ihre Finger waren zu kalt und taub, um sich an irgendetwas festklammern zu können. Das Boot machte einen Satz, als er losfuhr, und hüpfte munter im Kielwasser des Motorboots herum. Thomas hatte eine Hand auf der Ruderpinne und schaute sich alle paar Sekunden nach ihr um, als hätte er Angst, sie könnte sich zu einer spontanen Schwimmpartie entschließen. Das war kaum denkbar, höchstens, wenn er noch schneller fuhr und sie aus dem Boot fiel. Im Moment machte sie sich mehr Sorgen darum, wie sie aus dem Boot kommen und die Stufen hinaufgelangen sollte, ohne dass er jeden ihrer Schritte beobachtete. Ihre körperliche Schwäche war das, wofür sie sich am meisten schämte und was sie zu verstecken suchte, so gut es nur ging.

Der heftige Regen brannte auf ihren Wangen. Warum war sie hierher zurückgekommen? Sie sah den vagen Umriss des Bayberschen Hauses zwischen den Bäumen. Sie war zurückgekommen, weil an diesem Ort ihre Vergangenheit auf sie wartete, ja allgegenwärtig war: in den Wäldern und auf der Oberfläche des Sees. Ihr jüngeres Selbst versteckte sich noch immer im Wald, bestimmte die Gesänge der Vögel und die Sternbilder am Himmel und wartete darauf, dass die Eltern zum Essen riefen. Hier tranken und lachten sie mehr als zu Hause und ließen die Beine in das kalte, dunkle Wasser an der Anlegestelle baumeln. An diesem Ort hatte sie den Schritt ins Erwachsenenleben vollzogen, hier hatte sie die verwirrenden Gefühle der Anziehung, des Verlangens und der Unsicherheit zum ersten Mal gespürt.

Doch danach war noch mehr gekommen: die Einsicht, dass sie sich leichtfertig und naiv verhalten hatte – und außerdem die Erkenntnis, wie es wirklich um den Charakter von Thomas und auch um den von Natalie bestellt war. Hier hatte alles angefangen, und hier hatte der Anfang vom Ende begonnen. Nur ein paar Monate nach diesen Ereignissen bekam in Dallas die ganze Welt einen Knacks. In jenem November war sie mit ihrem Vater im Auto unterwegs und hatte sorgenvoll beobachtet, wie er die Lautstärke des Radios aufdrehte und ungläubig den Kopf schüttelte. Genau wie die anderen Fahrer blieb er am Straßenrand stehen und vergrub den Kopf in den Armen. Als sie aus dem Fenster schaute, sah sie, dass sich auch in jedem der anderen Autos eine regelrechte Gefühlspantomime abspielte: Tränen, Schock, Angst. Es war das erste Mal, dass sie ihren Vater weinen sah, und auch das erste Mal, dass sie verstand: Auch er würde sie nicht vor allem im Leben beschützen können. Diese Erinnerung war genauso umwälzend wie die an jenen Tag, als Thomas Bayber zum ersten Mal an die Anlegestelle gekommen war. Diese Gewissheit, dass sich die Welt verändert hatte und nichts mehr sein würde wie zuvor.

Thomas drosselte den Motor, als sie sich dem Ufer näherten, dann stellte er ihn ganz ab und sprang aus dem Boot auf die Anlegestelle. Er sicherte das Motorboot, griff nach dem Tau und zog das Ruderboot zu sich heran. Mit dem Fuß hielt er es davon ab, gegen den Pier zu stoßen. Überall an seinem Körper lief das Wasser in Strömen hinab; es rann über seine scharf gebogene Nase und über seine Haare. Sie konnte nur sitzen bleiben und warten, bis er verschwand. Aber schließlich streckte er ihr die Hand hin.

»Wartest du auf eine förmliche Einladung?«

»Lass mich in Ruhe.«

»Ich soll dich in Ruhe lassen? Bist du nicht ganz bei Trost? Hier tobt ein Sturm, und du glaubst, ich lasse dich da einfach sitzen?« Der Wind riss ihm die Worte buchstäblich aus dem Mund. »Steh auf. Du holst dir sonst den Tod, und dafür will ich nicht verantwortlich sein.«

Sie funkelte ihn zornig an. »Meinst du, ich wäre nicht schon längst aufgestanden, wenn ich nur könnte?«

Er schwieg. Sie wand sich unter seinem neugierigen Blick. Er betrachtete ihre steifen Glieder, ihre seltsam abgespreizten Hände, die wie Krebsscheren auf dem Rand des Ruderboots lagen. Nach dieser kurzen Begutachtung ließ er seine Augen noch einen Moment länger auf ihr ruhen und blickte sie auf eine Art an, die sie nicht gewohnt war.

Er wischte sich mit den Händen über das Gesicht. »Daran hättest du vielleicht denken sollen, bevor du in dieses verdammte Boot gestiegen bist. Kannst du wenigstens auf diese Seite rutschen, damit wir nicht beide reinfallen, wenn ich dich raushebe?«

Das konnte sie. Sie biss sich auf die Lippe, als er ihr aus dem Boot half, und kam sich vor wie etwas Eingerostetes, Tiefgefrorenes.

»Den Rest schaffe ich schon.«

»Sei doch nicht albern. Ich kann dich doch nicht alleine lassen. Noch nasser kann ich zwar kaum werden, aber wir versuchen jetzt mal was Sinnvolleres.« Mit einem Schwung hob er sie in seine Arme. Völlig gedemütigt schloss sie die Augen. Langsam bewegte er sich über die Planken und machte eine Pause, als sie die Steinstufen erreicht hatten. Als er weiterging, stieß ihr Ohr mit jedem Schritt gegen seine Brust, und sie konnte seine abgehackte Atmung hören.

»Du rauchst also immer noch.«

»Jetzt ist wohl kaum die Gelegenheit für Ermahnungen.«

»Du keuchst doch.«

»Du bist schwerer, als du aussiehst. Und ich bin alt, vergiss das nicht.«

Es tat ihm leid, dass er dieses Wort gewählt hatte, das erkannte sie daran, wie er sie in seinen Armen von einer Seite auf die andere schob. Aber es war zu spät. Natürlich erinnerte sie sich. Sie erinnerte sich an alles. Sie zitterte im strömenden Regen.

»Alice.«

»Bitte sag nichts. Sag einfach nichts.«

»Aha, du bist also fest entschlossen, es uns so unangenehm wie möglich zu machen.« Aber danach sagte er nichts mehr und schleppte sie schweigend hinauf zu seinem Haus.

Der Weg war uneben und aufgeweicht, halb verdeckt von verrottendem Laub und den Ästen der immergrünen Pflanzen, die der Sturm abgerissen hatte. Sie spürte, wie der Boden seine Füße bei jedem Schritt anzusaugen schien, als wateten sie durch einen Sumpf. Vor ihnen sah man das Haus der Baybers leuchten; an den Fensterscheiben lief der Regen hinab, sodass der Lichtschein aus dem großen Zimmer milchig und verschwommen wirkte. An der Hintertür setzte er sie vorsichtig ab. Seine Arme zitterten vor lauter Anstrengung, sie so schonend wie möglich auf den Boden zu stellen. Er drückte die Tür auf, und sie folgte ihm hinein, entwaffnet von dem Schwall warmer Luft, der sie umwehte.

»Und jetzt wirst du mich bestimmt dafür ausschimpfen, dass ich aus dem Haus gegangen bin, ohne das Feuer auszumachen.«

»Nein. Es ist nämlich ganz wunderbar, in der Wärme zu sein«, erwiderte sie, noch in der Diele stehend und mit den Zähnen klappernd. »Ich bleibe bloß eine Minute, um mich wieder aufzuwärmen, dann gehe ich.«

»Alice.«

Das war alles, was er sagte, aber es genügte. Weinen war in diesem Moment das Dümmste, aber sie fragte sich, wie sie es geschafft hatte, es die ganze Zeit über zu unterdrücken. Jahre der Abhängigkeit von anderen Menschen lagen hinter ihr, und sie wusste nicht, wie viele es in Zukunft noch werden würden. Darum hatte sie sich bislang einfach darauf konzentriert, gute Miene zum bösen Spiel zu machen, ihrer Krankheit möglichst gelassen zu begegnen. Aber in jenem Augenblick wünschte sie sich nur noch, jemand hätte die Macht, sie wieder ganz gesund zu machen. Alles wiedergutzumachen.

»Komisch, immer wenn ich mit Frauen zusammen bin, fangen sie an zu weinen.« Er hielt ihr sein Taschentuch hin, aber es war genauso nass wie seine gesamte Kleidung, und als sie danach griff, tropfte das Wasser von ihrem Arm hinab.

Er starrte sie an. Als sie seinem Blick endlich begegnete, schloss er die Augen und schüttelte den Kopf. »Tut mir sehr leid, das mit deinen Eltern«, begann er. »Myrna Reston hat es mir gesagt.« Er ging in eins der Schlafzimmer und kam mit einigen Kleidungsstücken zurück.

»Da sind keine Knöpfe dran«, erklärte er. »Brauchst du Hilfe?«

»Ich kann nicht …«

»Wir sind beide nass bis auf die Knochen. Der Regen wird so bald nicht nachlassen, und ich glaube kaum, dass es dir guttut, noch länger in den nassen Sachen herumzusitzen. Bitte, Alice.«

Sie stand auf. Sie löste sich nur ungern von den munter züngelnden Flammen, die ihre Haut langsam wieder auf Normaltemperatur brachten.

»Dahinten ist ein Gästezimmer, in dem du dich umziehen kannst.« Er deutete in Richtung einer Tür am anderen Ende des Flurs.

Sie nahm ihm die Kleider ab und ging den dunklen Flur hinab. Das Gästezimmer, wenn es tatsächlich eins war, war dreimal so groß wie ihr Zimmer im Studentenheim. Ein hohes Doppelbett stand an der hinteren Wand zwischen zwei Fenstern mit ausgeblichenen kaffeefarbenen Vorhängen, die bis auf den Boden reichten. Auf der anderen Seite des Raumes nahm ein Kleiderschrank mit schnörkeligen Verzierungen viel Platz ein. Ein schwacher, süßlicher Parfümduft – vielleicht Tuberose oder Gardenie – lag in der Luft. Anscheinend haftete er den Bettlaken an.

Auf dem Nachttisch, neben der Lampe, stand ein goldener Vogelkäfig, und darin saß ein Porzellanvogel auf einem Zweig. Das ganze Ding war vielleicht fünfzehn Zentimeter hoch. Entzückt hob Alice den bodenlosen Käfig an und nahm das Figürchen in die Hand. Zum Glück hatte das wärmende Feuer ihr das Gefühl in den Fingern zurückgegeben. Der Vogel war ein *Passerina caerula,* ein Azurbischof, im Balzfederkleid. Die Figur war sehr sorgfältig gearbeitet, und sie fuhr mit der Zeigefingerspitze bewundernd über den Rücken des Vogels. Kopf, Rücken und Brust strahlten kobaltblau, wobei Rumpf und Kopf am hellsten leuchteten. Schwanzfedern und Flügel waren dunkelgrau eingefärbt. Die auffälligen Flügelbinden waren dunkelbraun, und um die Augen herum erstreckte sich eine schwarze Maske bis hin zum kompakten silbergrauen Schnabel. Der Azurbischof saß auf einem Hamamelisstrauch, dessen ovale Blätter ebenfalls sehr sorgfältig nachgebildet waren, mit dunkelgrünen neben hellgrünen Partien.

Alice drehte die Figur vorsichtig um, fand aber keine Signatur, die den Künstler verriet. An der Wand über dem Nachttisch hing ein Aquarell, das den gleichen Vogel zeigte, in derselben Pose. Am unteren Rand standen die handgeschriebenen Zeilen: »Für Letitia Bayber, unsere liebe Freundin. Studie eines Modells.« Dazu der Namenszug D. Doughty.

War dies das Zimmer von Thomas' Mutter? Bislang hatte Alice nur ein Foto von ihr gesehen, nämlich das in dem Zeitschriftenartikel, und es war schwierig, sich die Frau, die so ausdruckslos neben Ehemann und Hund saß, als Freundin der Person vorzustellen, die den wunderschönen Vogel geschaffen hatte. Sie sah sich noch einmal im Zimmer um. Ihr fiel auf, wie schlecht der Vogel zu dem Rest der Einrichtung passte; er war zart und fragil, und alles andere wirkte riesig und einschüchternd. Die Möbel waren aus dunklem Mahagoni, die Farben gedämpft. Alice stellte den Vogel wieder zurück auf den Tisch und stülpte den Käfig darüber. Wie schade, dass etwas so Schönes in ein unzugängliches Zimmer verbannt war.

Die Gardinen am Fenster waren offen, zurückgebunden mit Kordeln, die in ausgefransten Troddeln endeten. Das Haus war auf allen Seiten von Wald umgeben. Als Alice durchs Fenster in die stumpfe schwarze Nacht hinausschaute, sah sie bloß ihr verschwommenes Spiegelbild in der Glasscheibe. Mühevoll schälte sie sich aus den nassen Kleidern, die sie in einem Haufen auf dem Boden liegen ließ. Die Sachen, die er ihr gegeben hatte, gehörten ihm, das merkte sie daran, dass sie ihr viel zu groß waren. Das weiche T-Shirt fiel weit über ihre Hüften. Es war verwaschen blau und wurde von einem großen, rorschachähnlichen Tintenfleck auf dem Bauch geziert. Die Pyjamahose war leicht anzuziehen. Sie zog das Band an der Hüfte stramm und bekam mit einiger Anstrengung eine lose Schleife zuwege. Dann sammelte sie ihre eigenen Kleidungsstücke ein und ging zurück ins große Zimmer.

Auch er hatte sich etwas Trockenes angezogen. Er nickte ihr zu, als er sie sah. »Dir stehen die Sachen besser als mir. Darfst du Alkohol trinken?«

Die letzte Tabletteneinnahme hatte sie vergessen; normalerweise schluckte sie ein ganzes Sammelsurium an bunten Pillen. »Hast du Brandy?«, fragte sie. Sie war müde und hatte keine Lust mehr, sich dauernd um ihren Körper zu kümmern – sie wollte einfach ein bisschen vor sich hin dämmern.

Er hob eine Braue, sagte aber nichts, sondern schenkte ein bernsteinfarbenes Getränk aus einer Karaffe in ein Glas. Dann nahm er ihr die nassen Kleider ab und reichte ihr das Glas. Mit beiden Händen umfasste sie es und nahm einen kleinen Schluck. Die warme Flüssigkeit brannte in ihrer Speiseröhre und prallte von innen gegen ihre Brust. Erstaunt nahm sie zur Kenntnis, wie stark der Brandy war, wie er ihre Augen tränen ließ und den Geist angenehm benebelte. Thomas verschwand aus ihrem Gesichtsfeld, als sie sich in ihrem Sessel neben dem Kamin zurücklehnte und durch Hin- und Herrutschen nach der am wenigsten schmerzhaften Position suchte.

Dieses Zimmer war genauso, wie sie es in Erinnerung hatte. Es schien erst gestern gewesen zu sein, dass sie auf der Suche nach ihm weiße Fußstapfen auf dem staubigen Boden hinterließ; dass sie auf dem Sofa herumzappelte, während er die Stirn in Falten legte und sie zeichnete. Sie hatte das seltsame Gefühl, sich in einem Museum zu befinden, dessen Kurator seine Arbeit ziemlich nachlässig verrichtete. Sie betrachtete den feinen Staubfilm, der alles überzog: einen Stapel Bücher, das Zifferblatt einer Uhr, die Leuchterkerzen in ihren schweren Messingständern.

Thomas kam zurück in den Raum und schürte das Feuer, bevor er sich in den Sessel ihr gegenüber setzte. Seine nackten bleichen Füße wiesen einen ausgeprägten Spann auf. Der kleine Zeh des linken Fußes war verkrümmt, offenbar ein Andenken an einen früheren Bruch. Alice fand es unangenehm intim, seine bloßen Füße zu sehen, und spannte jeden Muskel unter dem dünnen Shirt an. Vor acht Jahren hatten sie sich zuletzt getroffen. Wie unwichtig der Altersunterschied jetzt doch war!

»Da ist eine kleine Porzellanfigur im Gästezimmer.«

Er stocherte noch einmal in den glühenden Kohlen herum. »Ich wusste gar nicht mehr, dass ich sie dort hingestellt habe.«

»Ist es deine? Danach sieht sie überhaupt nicht aus.«

»Kennst du mich denn wirklich so gut?« Er lächelte. »Du kannst sie haben, wenn du sie willst.«

»Irgendwie habe ich das Gefühl, sie gehört dir gar nicht.«

»Scharfsichtig wie eh und je. Du hast recht. So gesehen bin ich nicht der rechtmäßige Eigentümer. Ich habe sie nämlich gestohlen.«

»Das glaube ich dir nicht.«

»Solltest du aber. Ich hab sie meiner Mutter gestohlen. Sie liebte die Figur. Ein Geschenk von einer guten Freundin, und ziemlich wertvoll obendrein. Hast du schon mal von Dorothy Doughty gehört?«

Alice schüttelte den Kopf.

»Sie ist vor ungefähr zehn Jahren gestorben. Sie und ihre Schwester Freda waren Nachbarinnen meiner Mutter in Sissinghurst. Ich glaube, Freda hat manchmal auf meine Mutter aufgepasst, als sie noch klein war. Die Schwestern waren Bildhauerinnen und hatten zu Hause einen eigenen

Brennofen. Dorothy war Ornithologin und Naturforscherin, wie du vielleicht gemerkt hast. Sie fertigte gerne Modelle von den Vögeln, die sie in ihrem Garten beobachtete. Sie und Freda haben freiberuflich für Royal Worcester gearbeitet, die Porzellanfabrik. Fredas Sujet waren oft kleine Kinder, aber Dorothy hat sich nur für Vögel interessiert. Die Figur im Schlafzimmer war ein Prototyp. Meine Mutter hat sie von ihr bekommen, als ich geboren wurde.«

»Warum hast du sie dir genommen?«

Er zuckte mit den Achseln, als ginge ihn die Frage gar nichts an. »Ich wollte ihr wehtun.«

»Du hast es absichtlich gemacht, weil du gemein zu ihr sein wolltest?«

»Überrascht dich das?« Er stand auf und ging zur Hausbar, wo er sich ein weiteres großzügiges Glas Brandy genehmigte. Er hielt ihr die Karaffe hin, aber ihr Glas war noch voll, darum schüttelte sie den Kopf.

»Ich wollte ihr etwas wegnehmen. Etwas, das sie liebte – im Gegensatz zu ihrem Sohn. Ich glaube, es hat sie ganz schön mitgenommen. Ich hätte jedenfalls nicht gedacht, dass sie sich so aufregen kann.«

Er klang nicht ärgerlich, eher sachlich und distanziert. Er trank seinen Brandy und starrte in die Flammen. Alice erschauderte, aber nicht, weil sie erschöpft war oder fror. Sie schwenkte das Glas in der Hand und beobachtete, wie das Getränk an den Seitenwänden kreiste. Sie nahm einen weiteren Schluck. »Klingt, als hättest du keine besonders glückliche Kindheit gehabt.«

»Ach, da bin ich nicht der Einzige. Mach dir darüber mal keine Sorgen.« Er schaute sie direkt an, und sie wand sich unmerklich unter seinem Blick. »Vermisst du deine Eltern?«

»Jeden Tag.«

Er nickte, als hätte er diese Antwort erwartet. »Ja. Das ist ganz klar. Ich habe jetzt schon fast acht Jahre keinen Kontakt mehr zu meinen. Ich spüre nichts mehr, wenn ich an sie denke. Glaubst du, ich bin deswegen ein schlechter Mensch?«

»Nein, nicht deswegen.«

Er lächelte schwach. »Aha. Jetzt kommen wir der Sache näher. Du meinst also das andere. Das macht mich zu einem schlechten Menschen.«

Hatte er wirklich gedacht, sie könnten die alte, furchtbare Geschichte einfach vergessen, jetzt, da sie sich im selben Zimmer befanden, da sie ihm so nahe war, dass sie bloß die Hand ausstrecken musste, um seine zu berühren? Die Wärme des Brandys flammte in ihr auf und floss in ihrer Mitte zu etwas Schwerem zusammen, das sie tiefer in die Kissen drückte. Sie holte tief Luft. »Meinst du denn, es macht dich zu einem guten Menschen?«

Er nahm ein paar Holzscheite aus einem Korb und warf sie ins Feuer. Wild sprühten die Funken und stiegen im Kamin auf. »An jenem Nachmittag habe ich mich hingelegt, nachdem du gegangen warst, Alice. Als ich ins Zimmer zurückkam, wusste ich, dass du das Bild entdeckt hattest. Erstens hattest du nämlich die Zeichnungen in der falschen Reihenfolge zurückgestellt – wobei ich nicht weiß, ob ich die genaue Reihenfolge selbst noch zusammenbekommen hätte, abgesehen davon, dass dieses besondere Bild eben nicht ganz oben liegen sollte. Zweitens habe ich deine Fußstapfen im Kreidestaub gesehen. Und drittens deinen Daumenabdruck in der Ecke des Bildes. Du hast nicht gemerkt, dass du diese Spuren hinterlassen hast, oder?«

Er stellte sich vor sie und nahm ihr Handgelenk. Sie zuckte zurück und versuchte, ihre Hand wegzuziehen, aber er bemerkte es nicht oder kümmerte sich nicht darum. Er zog ihre Hand näher zu sich heran und umfasste die Kuppe ihres Daumens, als wollte er etwas davon abwischen. Dann ließ er sie wieder los.

Sie hielt sich die Hand vor die Brust. Ihre Gelenke brannten wie Feuer. »Das ist doch egal.«

»Du weißt genau, dass es nicht egal ist.«

»Dir vielleicht nicht. Mir schon.«

Er trank seinen Brandy aus und stellte das Glas mit einem dumpfen Knall auf den Tisch. »Du bist eine schlechte Lügnerin, Alice. Gott sei Dank.«

»Nein, ich bin bloß müde. Ich bin hergekommen, um ein bisschen allein zu sein, und nicht deinetwegen. Ich bin nicht hier, weil ich dich sehen oder deine Stimme hören wollte, und ich will mich nicht an die ganze Geschichte erinnern müssen. Die macht mich krank.«

Wäre sie tatsächlich eine so schlechte Lügnerin gewesen, wie er behauptete, hätte er sie sofort durchschaut. Sie fühlte sich ohnehin die ganze Zeit über einsam und allein – deswegen hätte sie nicht zum Ferienhaus hinausfahren müssen. Aber seine Gegenwart war wie Balsam für sie, wenn auch nur, weil er ihre Eltern einige Wochen lang in den Sommerferien erlebt hatte. Sie konnte sich mit ihm darüber unterhalten, dass ihre Mutter Angst vor Neela gehabt hatte oder dass der Händedruck ihres Vaters ziemlich kräftig gewesen war. Sie konnte ihn fragen, was ihm durch den Kopf gegangen war, als er sie alle vier betrachtet hatte, an jenem Nachmittag auf der Anlegestelle. Konnte er sich noch an den Toast ihres Vaters beim Abendessen erinnern, an dem

Tag, an dem Thomas die Zeichnung fertiggestellt hatte? Sie sah die erhobenen Gläser noch vor sich, irgendetwas Rosafarbenes tanzte darin, sie hörte im Geiste noch das Klingen des Kristalls beim Anstoßen, aber die Worte, die zu dieser Erinnerung passten, waren verschwunden. Alles in ihrem Leben war kaputt, und sie hatte keine andere Wahl, als dies zu akzeptieren. Darum wollte sie die Verbindung mit Thomas, selbst wenn sie schwierig war, nicht auch noch verlieren.

Er wirkte bestürzt. Überrascht registrierte sie, dass sie ihn offenbar verletzt hatte. Der Thomas aus ihrer Erinnerung war gefühllos und gleichgültig; er schien nur zu existieren, um ihr die Bedeutung des Begriffes Verrat zu verdeutlichen.

»Nun«, sagte er, »Alice ist also erwachsen geworden. Und trotz ihrer Krankheit kann sie prima mit dem Messer umgehen.«

Sie wandte sich ab. Sie wollte ihn nicht anschauen.

»War sie in deinem Zimmer, als ich noch einmal zurückkam?« Das hatte sie eigentlich nicht fragen wollen, aber jetzt waren ihr die Worte schon entschlüpft. Am meisten verstörte sie die Vorstellung, Natalie könnte jedes Wort mit angehört haben, das Gesicht in ein Kissen gedrückt, um ihr Kichern zu ersticken. Vielleicht war es ja ein Überbleibsel von Natalies Parfüm, was sie nebenan im Gästezimmer gerochen hatte – wer weiß, Natalies kraftvolle Präsenz konnte möglicherweise auch den Zeitraum von acht langen Jahren überdauern.

»Wenn du davon überzeugt bist, glaubst du mir doch ohnehin kein Wort mehr.« Sein Gesicht leuchtete rot, vielleicht vom Alkohol, vielleicht vom Feuer. »Wirklich erstaunlich. Das ist jetzt Jahre her, und ich fühle mich noch immer unter Druck, mich zu verteidigen. Vielleicht, weil mir deine Meinung wichtig war, im Gegensatz zu den meisten anderen Dingen.«

»Die Meinung eines vierzehnjährigen Mädchens? Wohl kaum. Wenn ich daran denke, dass meine Eltern dir vertraut haben …«

»Deine Eltern waren auch keine Heiligen, Alice. Sie waren normale Menschen, die schlimme Fehler gemacht haben. Stell sie nicht als unfehlbar hin, diesem Anspruch können sie nicht gerecht werden. Und was Natalie angeht …«

Unsicher stand sie aus ihrem Sessel auf, von Zorn und Alkohol angetrieben. »Sprich ihren Namen nicht aus. Ich will ihn nicht hören.« Verzweifelt warf sie sich auf ihn, ruderte mit den nutzlosen Armen und trommelte mit den schwachen Fäusten gegen seine Brust. Mit jedem Schlag fuhr der Schmerz durch ihren Körper und hämmerte gegen ihre Knochen.

Er stand ganz still und verteidigte sich nicht. Ihr Zorn verflog so schnell, wie er gekommen war. Ihre unbrauchbaren Knöchel knickten einfach unter ihr weg, sodass sie zu seinen Füßen zusammensackte und mit der Stirn seine Knie berührte. Sie keuchte schwer, glaubte beinahe, ersticken zu müssen, und stieß zwischen einzelnen Schluchzern hervor: »Ich habe Angst. Ich habe Angst, vor allem, die ganze Zeit über.«

Ungeschickt tätschelte er ihr den Kopf. Sie erinnerte sich daran, wie er mit Neela umgegangen war. Er hatte sie im Arm gehalten und ihr mit den Fingerknöcheln den Kopf gestreichelt, bis sie die Augen schloss und mit dem Schwanz gegen seine Brust schlug. Doch jetzt streichelte er Alice, fuhr mit den Fingern durch ihre Locken und strich ihr mit dem Daumen über die Wange.

Er setzte sich neben sie auf den Boden. »Die Beweislage zugunsten des Gegenteils ist erdrückend.«

Das war doch lächerlich. Sie kannte niemanden außer ihm, der so redete: *Die Beweislage zugunsten des Gegenteils.* »Kannst du nicht reden wie ein normaler Mensch?«

»Ich meinte doch nur, wenn du wirklich vor allem Angst hast, versteckst du sie gut. Du hast nicht zugelassen, dass dich diese Krankheit …«

»RA. Du darfst es ruhig aussprechen. Rheumatoide Arthritis.«

»Und du fällst den anderen noch immer ins Wort. Du hast nicht zugelassen, dass dich die RA in deinem Leben einschränkt. Du hast nicht zugelassen, dass dich der Schicksalsschlag mit deinen Eltern umwirft. Du wirst dein Studium beenden, du …«

»Ich werde mein Studium nicht beenden. Ich habe die Uni abgebrochen. Darum bin ich hier. Es wird mir alles zu schwer. Ich schaffe das nicht mehr.«

»Schaffst du es wirklich nicht mehr? Oder wirst du nur deinen eigenen Ansprüchen nicht gerecht?«

»Das ist doch dasselbe.«

»Nicht für die meisten Leute.«

Sie ließ den Kopf an seine Schulter sinken und sog seinen Geruch ein: feuchte Wolle, Staub, Rauch und der berauschende Duft von Trauben, die zu Most geworden waren. Seine Hand berührte ihren Fuß; mit einem Finger fuhr er ihren Rist entlang – an dieser Stelle fühlte sich ihre Haut an wie Seide. Hatte ein anderer Mensch sie jemals dort berührt, einmal abgesehen von den Ärzten, die ihren Fuß in verschiedene Richtungen drehten und sie baten, den Schmerz dabei zu schildern?

Sie schloss die Augen, hob den Kopf und öffnete die Augen wieder. Sie schaute an die Decke. Diesen Ausschnitt des Zimmers hatte sie schon einmal gesehen – an dem Tag, als sie das Bild von Natalie gefunden hatte. Sie zog ihren Fuß weg.

»Alice.«

»Nein.«

»Es war nicht, wie du denkst.«

»Beleidige mich bloß nicht, Thomas. Ich habe dich nie für berechenbar gehalten, also erzähl mir nicht den Blödsinn, den mir jeder andere Mensch auftischen würde: *Es ist gar nichts passiert.*«

»Glaubst du vielleicht, ich habe mit ihr geschlafen? Mit einem Teenager?«

Sie schluckte. »Ja. Ich glaube, du würdest fast alles machen und dann auch noch einen Weg finden, um es zu rechtfertigen.«

Er wandte sich von ihr ab, ließ seine Hand aber auf ihrer Schulter liegen und übte mit den Fingern einen sanften Druck aus.

»Wie alt war Natalie damals? Siebzehn? Das wäre strafbar gewesen, Alice. Und unmoralisch dazu.«

»Ich habe das Bild gesehen. Du kannst dir das unmöglich alles im Detail ausgedacht haben.« Bockig schob sie das Kinn vor und schüttelte seine Hand ab.

»Sie hat mir Modell gesessen, das stimmt.«

»Nackt.«

»Splitterfasernackt.«

»Findest du das lustig?«

»Nein, gar nicht. Aber ich frage mich, wie gut du deine Schwester eigentlich kennst.«

»Was soll das denn heißen?«

»Also, gehemmt kann man Natalie nun wirklich nicht nennen. Ich habe sie nie darum gebeten, sich auszuziehen. Sie ist eines Nachmittags vorbeigekommen und hat mich gefragt, ob ich sie zeichnen würde. Angeblich wollte sie das Bild ihrem damaligen Freund schenken. Ich habe eingewilligt und bin nach nebenan gegangen, um meinen Skizzenblock und die Stifte zu holen. Als ich wiederkam, lag das Kleid deiner lieben Schwester schon am Boden. Sie stand da *sans vêtements*. Und sie war ziemlich sauer, als ich ihr sagte, dass ich nicht mit ihr schlafen würde.«

»Willst du mir ernsthaft einreden, sie hätte dich darum gebeten?«

Mit gequälter Miene erwiderte er: »Jawohl, Alice, sie hat mich darum gebeten. Natalie hatte eine Menge Wut in sich, aus einer Menge von Gründen. Sie war sehr durcheinander. Ich glaube, sie wollte mit mir schlafen, um sich etwas zu beweisen.«

»Das verstehe ich nicht.«

»Wirklich nicht?« Er musterte sie nachdenklich, dann schüttelte er den Kopf und schloss die Augen. »Es steht mir nicht zu, darüber zu reden. Außerdem, wer weiß? Vielleicht dachte sie ohnehin, ich würde Nein sagen, vielleicht war es nur ein Spiel für sie. Oder sie wollte etwas, was sie nicht bekommen konnte.«

»Natalie? Wohl kaum.«

»Hast du dir noch nie etwas gewünscht, was du nicht bekommen konntest?«

»Was glaubst du denn?« Sie streckte ihm ihre Hände

hin – jetzt sah sie sicher furchtbar dumm aus. Die seltsam abgewinkelten Finger, die knotigen, geschwollenen Gelenke. Als hätte man sie aus alten Ersatzteilen zusammengebastelt. Im Kopf hatte sie eine Liste mit Wünschen, die sie niemals laut aussprach, weil sie fürchtete, die anderen Leute könnten sie für selbstmitleidig halten. *Ich wünschte, ich könnte wieder ein Seziermesser halten. Ich wünschte, ich könnte alleine im Wald spazieren gehen. Ich wünschte, die Leute würden aufhören, mich dauernd nach meinem Befinden zu fragen. Ich wünschte, ich könnte die Namen von allen Ärzten und Krankenschwestern, mit denen ich je zu tun hatte, einfach vergessen, und die Namen ihrer Ehepartner und Kinder gleich dazu. Ich wünschte, ich könnte Kleider mit Knöpfen und enge, hohe Schuhe tragen. Ich wünschte, die anderen würden mir nicht ständig raten, meine Erwartungen herunterzuschrauben.*

»Ich hätte dich das nicht fragen dürfen.«

»Nein. Denn du weißt überhaupt nichts über mich oder mein Leben. Du weißt nicht, wie es ist, wenn man sich davor fürchtet, die Menschen, die einem helfen, irgendwann zu hassen. Denn das sind ja die Menschen, die man lieben sollte. Aber sie sind gesund, und du bist krank; sie sind immer freundlich, und du benimmst dich wie ein wütendes, frustriertes Ding. Wenn man genau weiß, dass es einem nie besser gehen wird …« Sie machte eine kurze Pause und verschluckte die Worte *sondern immer nur schlechter.* »… dann wird man halb unsichtbar. Die Menschen bemerken dich nicht mehr. Niemand setzt sich gerne genauer mit einer Krankheit auseinander. Aber ich habe festgestellt, dass ich noch immer zu etwas nutze bin. Ich erinnere die Menschen daran zu beten, daran, sich ihr eigenes Glück bewusst zu machen, Gott oder ihrem Karma zu danken, oder was auch immer es war, das mich ausgesucht und sie verschont hat. Ich gehöre zum schlimmsten Club überhaupt. Dem, in dem keiner Mitglied sein will.«

Er sah sie bestürzt an. »Alice.«

»Bitte, lass mich einfach in Ruhe.«

»Das kann ich nicht.« Er erhob sich und streckte ihr die Hand hin. Als sie keine Anstalten machte, sich zu bewegen, zog er sie zu sich heran. Er hob sie hoch und trug sie zum Sofa. Dann setzte er sich neben sie und malte mit der Fingerspitze kleine Kreise auf ihren Oberarm, ganz zart. Sie fühlte sich so schwer, als hätte ihr jemand den Kopf geöffnet und den Körper bis zum Rand mit Steinen angefüllt.

»Was ist das Schlimmste für dich?«

»Darüber will ich nicht reden.«

»Du hast gesagt, dass ich dich nicht kennen würde. Aber das will ich. Ich möchte, dass du mir sagst, was für dich am allerschlimmsten ist, was du noch nie jemandem anvertraut hast.«

»Wieso denn?«

»Weil ich danach frage, Alice. Ich gebe mir Mühe, und das tue ich normalerweise nicht. Ich möchte es einfach gerne wissen.«

Sie war kurz davor, vom Schlaf übermannt zu werden. Ihre Lippen bewegten sich direkt an seinem Nacken.

»Ich habe Angst davor, dass irgendwann nichts mehr von mir übrig ist außer Schmerz. Manchmal kann ich mich selbst und den Schmerz nicht auseinanderhalten. Ich denke darüber nach, dass der Schmerz weg sein wird, wenn ich nicht mehr bin. Dann haben wir uns gegenseitig neutralisiert. Und es wird sein, als wäre ich nie dagewesen.«

Wenn sie noch länger bei ihm saß, würde sie ein überwältigendes Verlangen nach seiner Berührung spüren, das wusste sie genau. Darum stand sie langsam auf und sagte ihm Gute Nacht.

Als sie am nächsten Morgen aus dem Gästezimmer kam, trug sie ein weites Jeanshemd, das sie im Schrank gefunden und mühsam über den Kopf gezogen hatte, dazu die Hosen vom Tag zuvor. Er saß in einem Sessel am Kamin, der jetzt voll mit der Asche des Feuers der vergangenen Nacht war. Vor dem Sessel stand eine Staffelei mit einer mittelgroßen, leeren Leinwand.

»Du bist eine Schlafmütze«, sagte er. »Das hätte ich nie von dir gedacht. Ich warte schon seit Stunden darauf, dass du aufstehst. Aber du schläfst einfach weiter, auch wenn es nach Kaffee duftet oder in der Küche rumort.«

»Hast du Frühstück gemacht? Ich dachte, wir werden bombardiert.« Sie blieb im Türrahmen stehen. Seine freundliche, wie selbstverständlich wirkende Neckerei gefiel ihr. Die Begegnung mit ihm hatte etwas verloren Geglaubtes in ihr wiedererweckt: die Freude an der Unterhaltung, den Spaß am lockeren Geplänkel. Aber es fühlte sich seltsam an, zu dieser frühen Uhrzeit in diesem Haus zu sein. Das Zimmer, das am Abend zuvor ein gemütlicher Zufluchtsort gewesen war, strahlte jetzt die Förmlichkeit des Morgens aus, und sie zögerte, weil sie nicht wusste, ob sie bleiben oder gehen sollte.

»Komm her.«

Sie ging zu ihm hinüber, und er zog sie sanft auf seinen Schoß. Unter seinem Handgelenk lag ein Schal, den er über die Sessellehne drapiert hatte.

»Vielleicht schaffe ich so manches nicht, aber ich bin immer noch in der Lage zu stehen, weißt du?«

»Deine Tabletten«, sagte er, ohne auf sie einzugehen. Er deutete auf eine Reihe von Schachteln und Dosen auf dem Tisch. »Ich habe sie alle geholt. Und es gibt French Toast, wenn du zur Einnahme etwas essen musst.«

Was war schlimmer, dass er ihre Sachen durchwühlt oder dass sie alles verschlafen hatte? »Bist du nicht auf den Gedanken gekommen, dass Evan dich nicht in mein Haus lassen könnte?«

»Evan und ich sind alte Freunde. Außerhalb der Saison kümmert er sich um die meisten Häuser in unserer Straße. Außerdem wollte ich dir keine Ausrede zum Gehen liefern. Also, welche von denen musst du morgens nehmen?« Sie ging die Pillenschachteln durch, und er reichte ihr ein Glas Wasser. Als er die bunte Ansammlung von Tabletten in ihrer Hand sah, schüttelte er den Kopf. Unsicher schluckte sie ihre Medizin.

»Leg deinen Arm auf meinen.«

Als sie tat wie geheißen, wand er mit der linken Hand den Schal um ihr Handgelenk und verband es mit seinem eigenen.

»Was machst du denn da?«

»Das wird ein Experiment. Pass auf.«

Mit der linken Hand legte er einen Pinsel zwischen ihre Finger. Dann lenkte er ihre aneinandergebundenen Hände zur Palette, nahm einen Klecks Dunkelblau auf und steuerte die Leinwand an.

»Jetzt wirst du unsere Hände führen.«

»Ich kann nicht.«

»Natürlich kannst du. Denk nicht zu viel darüber nach,

schließ einfach die Augen. Was würdest du malen, wenn du malen könntest?« Er lachte. »Blöde Frage. Einen Vogel, ganz klar. *Bird. Oiseau. Uccello.* Okay, stell dir einen Schwarm im Flug vor. Denk nicht daran, was du siehst. Konzentriere dich darauf, wie es sich anfühlt, wenn sie dich überraschen, darauf, wie dir der Atem stockt. Konzentriere dich darauf, was du jetzt spürst, hier.« Er legte seine linke Hand kurz an ihre Kehle und schlang seinen Arm dann um ihre Hüfte. »Genau das willst du malen.«

Sein Mund so nah an ihrem Ohr. Sie stellte sich einen Schwarm Amseln vor, die wie ein schwarzer Vorhang in den Himmel aufstiegen, deren Rufe anschwollen, bis sie sogar den Klang ihres eigenen Herzschlags übertönten. In gleichbleibendem Rhythmus bewegte sich ihre Hand vor und zurück, schwerelos auf seiner schwebend.

»So. Mach die Augen wieder auf.«

Sie blinzelte erst mit einem Auge, bevor sie beide ganz öffnete und erstaunt die Leinwand betrachtete: ein wasserblauer Himmel, bedeckt von Pinselstrichen, die fliegende Vögel andeuteten. »Das haben wir gemalt?«

»Du hast es gemalt.«

Sie war glücklich darüber, etwas geschaffen zu haben, auch wenn es ganz simpel war. Das war besser, als etwas bloß zu untersuchen oder zu dokumentieren. »Ich will noch mehr malen. Dein Haus, zum Beispiel, so wie ich es gestern im Regen vom See aus gesehen habe.«

»Ich freue mich, dass dein Ehrgeiz erwacht ist. Wir können alles malen, was du willst. Aber du solltest nicht deine ganze Energie auf eine einzige Sache verwenden.«

Thomas löste den Schal von ihren Handgelenken, er flatterte zu Boden. Immer wieder flüsterte er ihren Namen, bis er ganz exotisch klang, so als gehörte er zu einer Fremden. Aber sie war ja eine Fremde, das wurde ihr jetzt bewusst. Sie war die Fremde, deren Verhalten ihr selbst merkwürdig vorkam, die Fremde, die überhaupt nicht mehr versuchte, sich zu verstecken oder sich kleinzumachen. Sie presste sich an ihn, bis sie seine Rippen spüren konnte. Er atmete schnell, während er an der Naht ihres Ärmelbündchens herumspielte. Sie drehte sich zu ihm um und legte den Kopf an seinen Hals. Er hatte schon geduscht; sein Gesicht roch frisch nach Rasierschaum, sein Atem dumpf nach Kaffee und Rum. Sie küsste seine Kieferpartie, wollte ihn an jener Stelle berühren, an der seine Haut die Farbe wechselte, wie eine Spalte in einer Sanddüne. Mit der Hand fuhr sie unter sein Hemd und legte den Kopf zurück. Ihr Nacken war der einzige Körperteil, der noch beweglich, noch in seinem ursprünglichen Zustand war. Als er seinen Daumen auf ihre Pulsader am Hals legte und sanften Druck ausübte, verlor sie die Kontrolle über sich.

»Erzähl mir, woran du gerade arbeitest.«

»Vögel kommen nicht vor. Ich glaube, es würde dir nicht gefallen.« Mit den Händen fuhr er ganz sanft über ihren Körper und enträtselte die Geschichte, die auf ihrer Haut geschrieben stand: in Form von Kindheitsnarben, Fleisch, das nie die Sonne gesehen hatte, Falten, die als Folge gewohnheitsmäßiger Bewegungen entstanden waren. Er hatte das Bett mit so vielen Kissen bestückt, dass es aussah wie eine Festung. Sie war umgeben von Schaumstoff und Daunen, und ihre Gelenke ruhten auf Buchweizenkissen mit verblassten Seidenbezügen.

»Wonach entscheidest du?«

»Was ich male?« Er drehte sich im Bett um, zog dadurch das Laken über ihnen fort und umfasste ihre Hüfte. So holte er sie zu sich heran und vergrub seine Nase in ihrer Haarwolke. Sie konnte seinen Schweiß an ihrem Körper riechen und auf seinem Oberarm den Duft des Shampoos, mit dem er ihr in der Dusche die Haare gewaschen hatte: Sandelholz und Zitrus.

»Ich spreche normalerweise nicht darüber. Nicht, weil ich abergläubisch wäre. Die Kunst ist keine Religion für mich. Aber ich finde es schwierig, die richtigen Worte dafür zu finden.«

Sie hielt still, glitt in die Unsichtbarkeit, als würde er vielleicht doch etwas sagen, wenn er vergaß, dass sie da war.

Er seufzte und stützte sich auf einen Ellenbogen. »Ich glaube, ich suche nach dem, was nicht zu sehen ist, und versuche, das auf die Leinwand zu bringen. Nicht den negativen Raum, eher die Essenz einer Sache oder eines Orts.«

»Was, wenn du mich malen würdest?«

Thomas strich mit dem Daumen über ihre Unterlippe. »Wenn ich es nicht besser wüsste, würde ich glauben, du möchtest ein Kompliment hören.« Er streckte sich, mit einer geschmeidigen Bewegung, die seinen Körper eine Winzigkeit von ihrem entfernte. »Es gibt Dinge, die sind so schön, dass ich niemals versuchen würde, sie zu malen.« Er kletterte aus dem Bett und verschwand den Flur hinunter. »Geh nicht weg!«, rief er. »Ich habe etwas für dich.«

Aber sie wollte überhaupt nicht weggehen. Jedes Mal wenn er sie kurz verließ, wartete sie auf den Klang seiner zurückkehrenden Schritte. »Das habe ich für dich aufgehoben«, sagte er und kam wieder ins Bett zurück. Er berührte sie sanft an den Brüsten. Sie bekam Gänsehaut. Ihr war gleichzeitig heiß und kalt, ein Teil von ihr war wie tiefgefroren, ein anderer brodelte wie Magma. Er warf ein Buch auf das Bett: Mary Olivers *Ich bleibe und andere Gedichte*. »Vermutlich schuldest du der Bücherei eine ganze Menge Überziehungsgebühren.«

Zwei Tage. Drei. Mit ihm hatte sie weder das Verlangen nach Essen noch nach Schlaf. Sie wollte die ganze Zeit über wach sein, in seinem Bett liegen, reden oder schweigen – ganz egal.

»Mach das Licht aus.«

Er tat wie geheißen, und als sich das Zimmer verdunkelte, schien er heller zu werden. Seine Haut schimmerte blass und kalt, wie leuchtender Marmor.

»Ich würde dich gerne sehen«, sagte er.

»Dann stell dir vor, du malst mich, und mach die Augen zu.«

Sie hatte seinen Morgenmantel an und zog ihm das Laken weg. Zum ersten Mal seit Tagen schien draußen die Sonne und erfüllte das Zimmer mit Licht. Mit der Zungenspitze fuhr sie über seine Hüfte und schmeckte das Salz auf seiner Haut. Sie konnte ihre Schmerzen besser unterdrücken, wenn sie sich auf etwas Gegenwärtiges konzentrierte, auf etwas, das sie wollte. Er wand sich und grunzte im Halbschlaf. Sie strich über seinen Rücken, berührte jeden Wirbel – Hals, Brust, Lenden, Kreuzbein – und bewunderte die Perfektion seines Rückgrats, bevor sie mit den Fingern über einen erhabenen Ring aus Narbengewebe auf seiner linken Pobacke fuhr.

»Was ist denn da passiert?«

»Hm.«

Sie stupste ihn in die Schulter. »Was hast du da gemacht?«

»Wo?«

»Hier.« Sie stupste ihn noch einmal und umkreiste die Narbe.

Er sprach unverständlich, noch ganz benommen. Ins Kissen hinein murmelte er: »Neela. Die böse kleine Töle hat mich gebissen.«

Eine undeutliche Erinnerung kam auf sie zugeschwommen, langsam, aber bestimmt, sie wich jedem Hindernis aus, das Alice ihr in den Weg warf. Das waren Natalies Worte, aber jetzt kamen sie aus Thomas' Mund. *Böse kleine Töle.* Sie versuchte, sich nicht an den Rest zu erinnern, aber die Worte ihrer Schwester wickelten sie ein und zogen sie in den Abgrund. *Das hat sie nicht davon abgehalten, Thomas zu beißen. Ich hab die Narbe gesehen.*

Sie schloss die Tür des Gästezimmers ab. Dann zog sie die Gardinen zu und riss sich den Morgenmantel vom Leib. Sie ertrug das Gefühl des Stoffes auf ihrer Haut nicht länger und genoss den scharfen Schmerz, den die schnelle Bewegung hervorgerufen hatte. Ihre eigenen Kleider waren schlammverkrustet und rochen nach See, aber sie streifte sie sich mühevoll über. Sie setzte sich aufs Bett und hielt sich die Ohren zu, um seine Geräusche auszublenden: wie er gegen die Tür hämmerte, ihren Namen rief und sie kurz danach verfluchte. Sie hörte, wie er wegging und zurückkam und wieder wegging und wieder zurückkam. Sie hörte, wie sein perfekter Rücken im Flur an der Wand entlang nach unten glitt. Sie hörte die Flasche und das Glas und seine Stimme, die vom Alkohol langsam weich wurde. Sie hörte seinen Atem, seine Reue, seine Entschuldigungen. Sie hörte ihn schlafen.

Noch einmal sah sie sich im Raum um, bevor sie ging, und prägte sich jede Einzelheit ein. Die dunklen Vorhänge, der Teppich vor dem Kleiderschrank, inzwischen voller Matsch, die Kissen, die sich hoch auf dem Bett stapelten, steif und proper, als hätte sie nie dort geschlafen in jener ersten Nacht nach dem Sturm. Der Drahtkäfig auf dem Nachttisch. Sie hob ihn an und strich noch einmal über den Azurbischof, über sein tiefes, endloses Blau. Was hatte Thomas noch gleich gesagt? *Ich wollte ihr etwas wegnehmen*. Alice stellte den Käfig zurück auf den Nachttisch und ließ den Vogel in ihre Tasche gleiten.

7

November 2007

Hatte er wirklich geglaubt, durch die Tür des Sommerhauses zu spazieren und die beiden Bilder an der Wand zu entdecken, mit einem großen freien Platz dazwischen? Warum denn nicht gleich ein riesiges rotes X als Markierung, um die Sache einfacher zu machen? Der Mann namens Evan, der sie hereingelassen hatte, behielt sie ständig im Auge. Finch sah ihn nicht ein einziges Mal blinzeln. Der Kerl hatte von ihnen verlangt, dass sie beide im selben Zimmer blieben, und sich selbst an der Tür als Wache postiert, als rechnete er damit, dass sie sich wie Diebe aus dem Staub machten. Aber womit eigentlich? Mit dem verlotterten Sofa, über dem ein altes Tuch lag? Mit den gesprungenen vergilbten Lampenschirmen, von denen so viele Spinnweben hingen, dass sie eine ausgezeichnete Hängematte für ein kleines Säugetier abgegeben hätten? Finch suchte den Boden nach Spinnen ab. Der Perserteppich hatte eine lichte Stelle, die größer war als die auf seinem Kopf. Dass Thomas auch so unbedacht mit seinen Sachen umging! Finch konnte ihn nicht verstehen. Er hätte das Haus verkaufen und vom Erlös eine Weile leben können – oder gar einen Teil seiner Schulden damit bezahlen, aber das war wohl zu viel verlangt. Stattdessen stand das Haus leer, einsam und versteckt zwischen hohen Bäumen.

Das Seeufer war von Eisschollen gesäumt. Die Wasseroberfläche war wie ein glatter Spiegel, der sich bis zum Horizont hinzog. Wo immer Finch auch hinsah: überall Weiß. Die Stämme der Bäume waren mit Schnee bedeckt, ihre Äste von weißen Wolken umhüllt. Die Anlegestelle, die Stufen, die Dächer der umliegenden Häuser, alles lag unter einer eisigen Decke. Es war ein Winterbild wie aus dem Urlaubskatalog, aber Finch empfand die Szenerie als klaustrophobisch.

»Der Eigentümer ist ein Freund von mir«, erklärte er Evan, dem Wachhund mit Bürstenhaarschnitt, der kerzengerade dastand, den Rücken gegen die Tür gedrückt, die Arme über dem Bauch verschränkt.

»Ein guter Freund?«, wollte Evan wissen.

»Absolut«, erwiderte Finch.

»Dann wissen Sie wohl, dass er tot ist.«

Finch stockte der Atem. Dann wurde ihm klar, dass der Mann von Baybers Vater sprechen musste. »Das ist ein Missverständnis. Ich meine nicht die Eltern. Ich bin ein Freund von Thomas Bayber, dem Sohn.«

»Er ist jedenfalls nicht der Eigentümer.«

»Aber wenn Mr. und Mrs. Bayber bereits verstorben sind, dann ist ihr Besitz doch sicherlich an den Sohn gefallen?«

»Keine Ahnung. Gibt ja genug Anwälte, die sich um den ganzen Kram kümmern. Oder auch nicht. Ich pass halt aufs

Haus auf, das ist alles. Damit keine Strolche einsteigen und die Einrichtung plündern.«

Den letzten Satz brachte Evan mit einer besonderen Betonung hervor. Finch bedauerte, dass er nicht an einen vordatierten Zettel mit der gefälschten Unterschrift von Bayber senior gedacht hatte, der ihm erlaubte, in dessen Abwesenheit das Haus zu durchstöbern.

»Finch! Das müssen Sie sehen!«, rief Stephen vom Ende des langen Flurs, wohin er sich trotz Evans strenger Ermahnungen begeben hatte.

Finch musterte Evan und fragte sich, ob er es wohl im Kampf gegen ihn aufnehmen konnte. Der Mann war nicht wesentlich jünger als er selbst. Evan knackte mit den Fingerknöcheln und zuckte mit den Schultern. »Er ist am Ende des Flurs. Wahrscheinlich erste Tür rechts. Aber ich muss hinterher Ihre Taschen kontrollieren.«

»Reizend«, murmelte Finch. Er spürte, wie die Tristesse des Hauses langsam auf ihn abfärbte. Müde schlurfte er den Flur hinunter. Es war ein Fehler gewesen, sich mit Stephen zusammenzutun, sich gemeinsam auf dieses Himmelfahrtskommando zu begeben. In seinem eigenen Metier kannte er sich aus, aber das hier sprengte alle Grenzen. Was wusste er schon davon, wie man verschwundene Kunst aufspürte? Und was, wenn Thomas sich bloß einen schlechten Scherz erlaubt hatte? Nein. Er hatte Thomas besucht, bevor sie aufbrachen. In seinem Zustand hatte er keine weiteren Details oder gar eine Erklärung liefern können, aber Finch hatte Hoffnung und Erwartung in seinen Augen gesehen. Es war kein Scherz.

Finch stand im Türrahmen eines Schlafzimmers und warf einen Blick hinein. »Was soll ich mir denn anschauen?«

Stephen sah über die Schulter zu Finch. »Was ist denn los mit Ihnen?«

»Finden Sie es kein bisschen beleidigend, dass unser Freund im anderen Zimmer uns unterstellt, wir wären irgendwelche zwielichtigen Gestalten?«

»Sie sind doch nicht auf Streit aus, oder? Himmel, haben Sie den Mann gesehen? Seine Arme sind doppelt so dick wie Ihr Hals, Finch. Er ist vielleicht alt, aber trotzdem.« Stephen war mit seinem Handwerkszeug zugange: Digitalkamera und Vergrößerungsglas. Damit untersuchte und dokumentierte er ein Aquarell an der Wand. »Na, fällt Ihnen was auf?«

»Wie soll mir denn was auffallen, wenn Sie direkt davor stehen?«

Stephen trat zur Seite. Sofort bemerkte Finch einen filigranen goldenen Vogelkäfig auf dem Nachttisch. »Das hier hat Sie so verzückt? Ihretwegen dürfen wir uns nachher durchsuchen lassen.«

»Das ist der Käfig vom Gemälde.«

»Ja, das sehe ich, aber das ist doch nicht weiter aufregend. Die Standuhr im großen Zimmer ist auch auf dem Bild. Genau wie das Sofa. Und ich würde wetten, die vergammelten Atlanten auf dem Couchtisch sind auch dieselben.«

Stephen entgegnete nichts, deutete nur stumm auf das Bild. Finch kam näher und betrachtete das Aquarell. Als er die Signatur entdeckte, war er angenehm überrascht. »Dorothy Doughty? Was ist denn das? Eine Studie für eine ihrer Figuren?« Er nahm Stephen das Vergrößerungsglas aus der Hand und untersuchte jeden Zentimeter des Bildes, von oben nach unten und von rechts nach links, als würde er ein antikes chinesisches Manuskript entziffern.

»Schauen Sie, der Text über der Signatur.«

»Letitia. Das war Thomas' Mutter. Aber ich erinnere mich nicht daran, dass Royal Worcester diesen Vogel je herausgebracht hat – wissen Sie, was für einer es ist? Es gab sechsunddreißig Paare amerikanischer Vögel und drei Modelle von einzelnen. Außerdem noch neunzehn britische Vögel …«

»Einundzwanzig, um genau zu sein.«

Finch holte tief Luft und stellte sich vor, wie er Stephens schmalen Hals mit seinen Händen umfasste. Hatte er *alt* gesagt? *Alt genug, um es besser zu wissen,* schalt Claire ihn. Er schluckte und räusperte sich. »Ja. Einundzwanzig britische Vögel, aber die Produktion begann erst nach Dorothys Tod im Jahre 1962.« Er musterte Stephen über den Rand seiner Brillengläser hinweg und spürte, wie sich die Muskeln zwischen seinen Schulterblättern anspannten. »Sie kennen sie bestimmt auswendig?«

»Rotschwänzchen auf Ginster im Jahr fünfunddreißig. Goldzeisig mit Disteln im Jahr sechsunddreißig. Hüttensänger auf Apfelblüten auch sechsunddreißig. Siebenunddreißig dann der Rotkardinal auf Orangenblüten …«

»Ich will damit sagen, der hier gehört nicht zum Spätwerk. Thomas' Mutter ist in England aufgewachsen, in Cornwall oder so. Die Doughty-Schwestern haben bis kurz nach dem Krieg auch dort gewohnt. Sie kannten sich vermutlich von damals, und da hat Dorothy sich gerade mit den amerikanischen Vögeln beschäftigt.«

»Vielleicht haben Sie recht. Der Käfig ist also auf beiden Bildern, auf diesem Aquarell und auf der Mitteltafel unseres Triptychons. Aber interessanter ist das, was nicht zu sehen ist.«

»Ich kann Ihnen nicht folgen.«

»Es geht um die Widmung, Finch. ›Studie eines Modells‹, steht hier, nicht? Und der Vogel auf dem Aquarell ist in einem Käfig dargestellt. In diesem Käfig hier.«

»Fragen Sie sich, wo der Vogel hingekommen ist? Woher wollen Sie denn wissen, dass das Geschenk nicht bloß aus dem Aquarell bestand?«

»Betrachten Sie den Tisch, Finch. Genau hier. Nehmen Sie das Vergrößerungsglas zu Hilfe.« Stephen wippte auf den Fußballen hin und her, während Finch die Lupe über den Tisch hielt und einige Kratzer darauf entdeckte. Stephen hatte schon eine Plastiktüte und einen Wattetupfer aus seinem Werkzeugkasten geholt, und als Finch sich wieder aufrichtete, schoss er auf den Tisch zu und strich mit dem Tupfer über die Oberfläche.

»Wenn der Vogel auf dem Bild ein Prototyp war und nie in Produktion gegangen ist, können wir davon ausgehen, dass er nicht auf einem Sockel ruhte, sondern einfach auf den Füßen stand. Ich werde diese Ablagerungen testen, um ihre chemische Zusammensetzung herauszubekommen, und dann kann ich sie mit ähnlichen Stücken vergleichen, die zur damaligen Zeit aus der Manufaktur kamen. Wenn es Übereinstimmungen gibt, können wir relativ sicher sein, dass Dorothy Mrs. Bayber neben dem Bild auch noch eine Figur geschenkt hat.«

»Stephen, ich will kein Spielverderber sein, aber nehmen wir mal an, Sie haben recht, und hier stand mal ein Doughty-Vogel. Was hat das mit unserer Aufgabe zu tun, die fehlenden Tafeln zu finden? Mit dem Vogel kann alles Mögliche passiert sein. Vielleicht hat Letitia ihn nach Frankreich mitgenommen, vielleicht hat Thomas ihn sich genommen, vielleicht wurde er verkauft oder an ein Museum gespendet. Wir wüssten dann bloß, dass er irgendwann einmal hier gewesen ist. Abgesehen davon liegt über allen Gegenständen in diesem Zimmer der Staub von mindestens zwanzig Jahren. Untersuchen Sie dann wirklich mögliche Rückstände oder nur ganz normalen Staub?« Er beobachtete, wie sich Stephens optimistische Miene ein wenig eintrübte.

»Wir wissen nichts mit Sicherheit, Finch. Auch wenn das Ganze nichts mit unserem Gemälde zu tun hätte, wäre es ein spannender Fund. Und er könnte vielleicht doch noch wichtig werden.«

»Da haben Sie die richtigen Stichwörter genannt. Das Ganze wäre allerdings bloß spannend und wichtig, wenn Sie ihn finden können.«

Stephen stupste mit der Fußspitze gegen den Teppich. Finch konnte sich ihn lebhaft als ein Kind vorstellen, das immer Außenseiter war und fieberhaft nach irgendetwas suchte, was ihm Zugang zur Clique gewährte. Ein Hauch von Schuldgefühl stieg in Finch auf. »Na ja, wahrscheinlich ist es am besten, Sie machen den Test, vielleicht kommt ja doch etwas dabei heraus.«

Stephens Miene hellte sich wieder auf. »Nun, wenn Sie dafür sind …«

»Cranston möchte sicher, dass wir in alle Richtungen ermitteln. Gibt es hier sonst noch was, um das wir uns kümmern sollten? Ich hatte auf Schriftstücke gehofft, vielleicht irgendetwas, auf dem wir eine Adresse finden, aber der Schreibtisch ist ausgeräumt worden. Derjenige, der hier durchgeputzt hat, hat sauber gearbeitet.«

»Ich mache nur schnell ein paar Fotos vom großen Zimmer«, sagte Stephen, und sein Gesicht verschwand sofort hinter der Kamera. »Oder wollen Sie lieber, dass ich mich auf die Suche nach Fingerabdrücken mache?«

»Können Sie das denn?«

»Technisch gesehen, nein. Dann müssen wir wohl gleich aufbrechen.«

Der Gedanke, das düstere Haus und die unheimliche, schneebedeckte Landschaft bald hinter sich zu lassen, heiterte Finch auf. »Sollte unsere Würde nach der Durchsuchung noch intakt sein, wüsste ich fürs Abendessen ein nettes Restaurant in Syracuse. Da gab es immer einen hervorragenden Schweinebraten mit Äpfeln. Eine warme Mahlzeit wird Sie bestimmt aufmuntern. Wir nehmen uns ein Hotelzimmer, schlafen uns so richtig aus und brechen gleich morgen früh zu den Kesslers auf.«

Soweit Stephen beurteilen konnte, hatten die Wetterverhältnisse keinen Einfluss auf Finchs Fahrweise. Immer fuhr er zu schnell, vernachlässigte den Blick in den Rückspiegel und überholte andere Fahrer, die sich brav an das Tempolimit hielten. Stephen klammerte sich an die Armlehne, als das Auto auf einem besonders glatten Stück Asphalt ins Schleudern kam.

»Stephen, daran müssen Sie immer denken: Wenn der Wagen schlingert, nehmen Sie den Fuß vom Gas und lenken Sie in die Richtung, in die Sie fahren wollen.«

»Ich will nach Hause. In welcher Richtung ist das?«

»Sehr gut! Mit Humor bleiben Sie als Fahrer ruhig, selbst wenn die äußeren Bedingungen nicht optimal sind.«

»Komisch, ich hatte gedacht, als Fahrer bleibt man am ehesten ruhig, wenn man bei suboptimalen äußeren Bedingungen überhaupt nicht fährt.«

Finch schien tatsächlich zu glauben, dass Stephen bald den Führerschein machen wollte – wo er in Wirklichkeit doch mit jeder im Auto verbrachten Minute den öffentlichen Nahverkehr mehr schätzen lernte. Als Finch endlich auf den Hotelparkplatz einbog und zum Stehen kam, sprang Stephen wie ein Verrückter aus dem Auto. Seine Knie zitterten. Ob nun aus Angst, vor Kälte oder wegen eines orthopädischen Problems – jedenfalls stand er jetzt wieder auf festem Boden.

Während des Abendessens brauchten sie nur fünf Minuten, um ihre bisherigen Ergebnisse zusammenzufassen. Warum hatte Bayber gewollt, dass sie im Sommerhaus anfingen, wenn dort gar nichts zu finden war? Stephen hatte zwar nicht erwartet, dass die Sache einfach war (oder etwa doch?), aber er hatte sich zumindest ein paar Anhaltspunkte erhofft, die sie auf die richtige Fährte bringen würden. Vor der Abreise hatte er stundenlang im Internet nach Hinweisen auf den derzeitigen Aufenthaltsort der Kessler-Schwestern gesucht, aber erstaunlich wenig über sie gefunden. Natalie und Alice Kessler. Eltern verstorben im Jahr 1969, keine lebenden Verwandten. Zwei junge Frauen, sechsundzwanzig und dreiundzwanzig, wie vom Erdboden verschwunden, nachdem sie 1972 aus dem Stonehope Way in Woodridge, Connecticut, weggezogen waren. Zwei *attraktive* junge Frauen, die doch irgendjemandem aufgefallen sein mussten?

»Wir können nicht mit leeren Händen zurückfahren«, sagte er zu Finch. Der Kellner hatte versucht, den Brotkorb vom Tisch zu nehmen, als noch ein Brotkanten übrig war, woraufhin Stephen ihm den Korb wieder aus den Händen wand – wenn das Essen schon auf Firmenkosten ging, wollte er keinen Bissen verkommen lassen. Während er an der Brotkruste knabberte, kritzelte er auf seiner Serviette herum.

»Sie wissen schon, dass das kein Papier ist, oder?«, fragte Finch. Stephen stopfte die Serviette in seine Tasche, und Finch schüttelte den Kopf. »Stephen, eine Frage: Was erwarten Sie zu finden?«

»Die beiden anderen Gemäldetafeln, natürlich. Sie vielleicht nicht?«

»Um ehrlich zu sein, nein.« Finch lehnte sich in seinem Stuhl zurück und winkte dem Kellner. Er nahm einen Schluck Kaffee, hob den Zeigefinger und tupfte sich den Mund ab. »Ich kenne Thomas. Irgendwas will er von uns.«

»Er will, dass wir die beiden anderen Teile des Gemäldes finden.«

»Wieso?«

Finchs Frage brachte Stephen durcheinander. Er hätte sich lieber auf die Aufgabe, die vor ihm lag – nämlich die beiden fehlenden Tafeln des Triptychons aufzuspüren –, konzentriert, als über Baybers Beweggründe zu rätseln. »Also, ich denke, weil sie ein Teil seines Vermächtnisses sind. Stellen Sie sich mal das schlimmstmögliche Szenario vor, Finch. Wir finden die Kessler-Schwestern, und sie wollen nicht verkaufen.« Das war wirklich das Schlimmste, was Stephen sich vorstellen konnte. Dann wäre er nämlich in null Komma nichts wieder zurück in seinem Büro und müsste sich wieder mit der Schätzung von Puppen und Erinnerungsstücken aus dem Bürgerkrieg herumschlagen. »Zumindest würden alle Bilder dann in sein Werkverzeichnis aufgenommen. Vielleicht geht es ihm letztlich darum – dass alles, was er in seinem Leben geschaffen hat, seinen Platz findet.«

»Wann hat er die Bilder gemalt, was glauben Sie? Vor vielleicht fünfunddreißig Jahren?«

»Das ursprüngliche Bild schon. Aber die Übermalung kam ein paar Jahre danach.«

»Warum hat er bis jetzt damit gewartet, nach den anderen Teilen zu suchen?«

»Also wirklich, Finch«, sagte Stephen und arrangierte die Streuer für Salz und Pfeffer neu. »Das ist doch nicht unser Problem.«

Der Professor seufzte. »Ich will bloß nicht, dass Sie sich zu viel Hoffnung machen.«

Finchs resignativer Tonfall versetzte Stephen in Panik. »Ich glaube, Sie erkennen den Ernst meiner Lage nicht ganz, Professor. Sie haben gehört, was Bayber gesagt hat. Er will das Werk nur vollständig verkaufen. Aus welchem Grund sollte Cranston mich weiter auf die Sache ansetzen, wenn wir die anderen Tafeln nicht finden?«

»Weil Sie über bemerkenswerte Kenntnisse und Fertigkeiten verfügen?«

Stephen schüttelte den Kopf.

»Sie hoffen also darauf, dass diese Sache einiges für Sie ändert.«

Da begriff Stephen, dass Finch vieles mit seinem Vater gemeinsam hatte: Wie Dylan war Finch ein anerkannter Fachmann, umgeben von Familienmitgliedern und Freunden, die ihn mochten und über seine Witze lachten. Hatte Finch jemals erlebt, wie es war, wenn sich in seiner Gegenwart die Leute unsicher anblickten? Wie es war, wenn sich die eigene Stimme unerwartet hob und sich alle Köpfe im Raum drehten und einen anstarrten? Hatte er jemals eine logische Schlussfolgerung gezogen und war dafür als herzlos verdammt worden? Wie konnte er Finch bloß erklären, dass dies die Chance seines Lebens war? Wenn er die fehlenden Tafeln entdeckte, konnte er vielleicht wieder auf den Erfolgszug aufspringen, und die Leute würden sich ihm zuwenden, ob sie wollten oder nicht.

»Wenn wir die Karriereleiter betrachten, bewege ich mich gerade auf der untersten Stufe. Noch tiefer, und ich arbeite künftig unterirdisch.«

Woodridge war ein kleiner Ort am nördlichsten Zipfel von Fairfield County in Connecticut. Das Haus der Kesslers stand am Ende eines langen, gewundenen Sträßchens, das von Platanen und Nesselbäumen gesäumt wurde. Letztere schienen einer Pflanzenkrankheit, die ihre Spuren an der Rinde der Platanen hinterlassen hatte, gerade noch entgangen zu sein. Die beiden Männer hatten die Straße schon zur Hälfte durchfahren, da entdeckte Stephen das Haus, ein gelbes dreistöckiges Gebäude im Neokolonialstil, das früher vermutlich wie eine strahlende Sonne über den immergrünen Hecken geprangt hatte. Jetzt war die Farbe verblasst und erinnerte eher an Dijonsenf. Die Veranda hing ein wenig durch, und im Vorgarten befand sich eine Ansammlung von Fahrzeugen für jede Altersstufe. Da waren ein Volvo-Kombi, ein alter, auf Ziegeln aufgebockter Mercedes, zwei Motorräder und ein Dreirad mit schmutzigen Wimpeln, die von den Griffen herabhingen. Als sie aus dem Auto stiegen, hörten sie Hundegebell aus dem hinteren Teil des Grundstücks.

Finch war trotz seiner schlechten Laune fest entschlossen und federte die Stufen zum Haus mit dem Enthusiasmus eines Handelsvertreters hinauf. Auf einem Pappkärtchen neben dem Klingelknopf stand: »Kaputt. Bitte laut klopfen.« Finch senkte enttäuscht den Kopf und winkte Stephen herbei, der sich die Handschuhe auszog und mit den blanken Fäusten gegen die Tür hämmerte. In großen Flocken löste sich die verwitterte Farbe vom Holz und fiel auf die verdreckte Fußmatte.

Der Mann, der ihnen kurz darauf öffnete, hatte glattes, schulterlanges braunes Haar. Er trug ein kariertes Hemd und eine Brille mit erstaunlich dickem schwarzem Gestell. Finch sagte ein paar erklärende Worte, aber der Mann schien nichts gegen Fremde zu haben und ließ sie ein, nachdem er sich das Haar aus dem Gesicht gestrichen und Finch die Hand gegeben hatte.

»Winslow Edell.« Er ging zum Fuß der Treppe und rief: »Esme!« Melodisch schallte seine Stimme durch das Haus. Obwohl so viele Fahrzeuge vor der Tür standen, war es ganz still, abgesehen von den Hunden, die jetzt im Duett bellten.

»Sie kommt gleich. Wir können im Wohnzimmer auf sie warten.« Finch und Stephen folgten ihm durch den Flur in ein großes Zimmer. Winslow befreite die Möbelstücke von ihren Zeitungsüberzügen und warf die Seiten einfach auf den Boden. Stephen wunderte sich zunächst, warum es im Raum so hell war, bis er merkte, dass es keine Vorhänge oder Jalousien gab. Das Sonnenlicht, das von außen hereinkam, wurde vom Schnee im Garten reflektiert.

»Sie sind also Freunde von den Kesslers?«

Finch räusperte sich. Ausnahmsweise hatte Stephen nicht das Bedürfnis, sich einzubringen; er war noch zu sehr damit beschäftigt, das herumstehende Gerümpel auf sich wirken zu lassen.

»Im Auftrag eines guten Freundes der Familie wollen wir Natalie und Alice aufspüren.«

Winslow legte die Stirn in Falten. »Ich glaube nicht, dass wir Ihnen helfen können. Wir haben Natalie Kessler nur einmal getroffen, und das war vor fünfunddreißig Jahren, nämlich als wir uns das Haus 1972 zum ersten Mal angeschaut haben.«

»Und dann haben Sie es sofort gekauft?«

»Nein, nein. Wir haben es nur gemietet. Die Kesslers sind immer noch die Eigentümer.« Eine Frau mit ausgefransten Jeans und einem langen kastanienfarbenen Zopf kam herein und setzte sich auf die Armlehne von Winslows Sessel. »Wir haben uns auf den ersten Blick in das Haus verliebt. Ich war da gerade mit unserem ersten Kind schwanger, und Natalie – Miss Kessler – musste eilig fort. Ich habe mitbekommen, dass es noch eine jüngere Schwester gab, aber sie war krank oder gerade woanders, als wir einzogen. Wir haben sie nie kennengelernt. Ich bin übrigens Esme.« Sie gab Finch ein schnelles Küsschen auf die Wange und wiederholte dasselbe bei Stephen. »Kannst du das fassen, Winslow? Dass wir schon so lange hier sind?«

»Wir haben hier sechs Kinder und elf Enkel bekommen. Ganz schön viel Familiengeschichte.«

Das Haus war eine Mischung aus gutem Geschmack und Verfall. Aus Sesseln mit edel geschnitzten Beinen quoll die Polsterung heraus, und der Couchtisch hatte zwar Dellen, war insgesamt aber robust. In der Ecke stand ein Klavier, begraben unter einem Haufen Zeitschriften.

»Spielen Sie Klavier, Mrs. Edell?«, fragte Stephen.

»Mrs. Edell?«, zwitscherte Esme. »Bitte nennen Sie mich Esme. Wir legen keinen Wert auf Förmlichkeiten. Auch unsere Kinder haben uns beim Vornamen genannt. Wir wollten ihnen vermitteln, dass sie uns gleichgestellt sind.«

Winslow nickte. »Genau, von Anfang an. Es sind ja vollwertige Menschen, nur kleiner.«

Hierhin also hatten sich die verbliebenen Hippies verkrochen. Stephen vermied einen Seitenblick auf Finch, glaubte aber genau zu wissen, welchen Gesichtsausdruck er gerade aufgesetzt hatte. »Darf ich es mir mal anschauen?«

»Aber gern.« Sie nahm die Stapel mit den Zeitschriften vom Klavier, und Stephen erkannte, dass es ein seltenes Stück aus Makassar-Ebenholz war, hergestellt von Mason & Hamlin.

»Wir spielen nie darauf«, sagte sie. »Wir sind keine musikalische Familie. Aber es stand eben hier, da haben wir gedacht, warum probieren wir es nicht mal aus?« Sie schlug wiederholt das Dis an, als wollte sie unbedingt, dass die Taste unten blieb. Finch zog die Schultern an die Ohren. »Die Kinder haben aber nie Gefallen daran gefunden.«

»Es war schon da?«

»Es gehört nicht uns, sondern den Kesslers. Alles hier gehört ihnen. Wir haben das Haus möbliert gemietet.«

Finch schien genauso verwirrt, wie Stephen sich fühlte. »Entschuldigen Sie, Mr. und Mrs. Edell«, begann er, absichtlich ihre Nachnamen benutzend. »Sie haben das Haus also seit fünfunddreißig Jahren gemietet? Und in der ganzen Zeit hatten Sie nie Kontakt zu Natalie Kessler?«

»Na ja.« Esme flüsterte jetzt wie eine Verschwörerin. »Wir können es ja selbst kaum glauben. Ursprünglich wollten wir gar nicht so lange bleiben. Die Miete war anfangs auch zu hoch für uns, aber Winslows Eltern hatten ihm etwas Geld hinterlassen, sodass wir es uns trotzdem leisten konnten. Seit wir hier wohnen, hat es kaum Mieterhöhungen gegeben. Und Winslow ist handwerklich sehr begabt, er hält das Haus gut in Schuss.«

»Das sehe ich«, sagte Finch spitz und betrachtete die ungeschliffene Kante einer Fensterbank.

»Wir schicken den Scheck jeden Monat an die Immobilienverwaltung.« Esme stellte sich hinter den Sessel ihres Mannes und legte Winslow die Arme um die Schultern. »Tja, wahrscheinlich geht das nicht ewig so weiter. Aber wir sind darauf vorbereitet, nicht wahr, Schatz? Wir wollen uns einen Camper kaufen und ein paar Jahre durchs Land ziehen.«

»Sie bekommen wohl keine Post für die Kesslers?«, fragte Finch.

»Schon lange nicht mehr. Die ersten paar Jahre kam der übliche Kram, Kataloge, ein paar Zeitschriften und so was. Und viele Briefe und Pakete von Leuten, die nicht wussten, dass die Kesslers weg waren. Wir sollten alles an das Verwaltungsbüro weiterschicken, und das haben wir auch gemacht. Jetzt ist seit bestimmt … fünfundzwanzig Jahren nichts mehr für sie gekommen.«

»Könnten Sie uns wohl Namen und Adresse der Verwaltungsfirma nennen?«

Winslow sprang aus seinem Sessel, ging zu einem Schreibtisch und zog die unterste Schublade auf. Sie war voller Papierkram. »Die Firma sitzt in Hartford. Steele & Greene Property. Hier ist die Adresse.«

»Haben Sie einen besonderen Ansprechpartner?«, wollte Stephen wissen und notierte sich die Adresse auf einem kleinen Block.

»Ansprechpartner? Nein. Wir behelligen die nicht, und sie behelligen uns nicht. Wie Esme schon sagte, wir kümmern uns ums Haus und schicken am letzten Tag jedes Monats unseren Scheck ab. Wir sind absolut zuverlässig. Klappt alles prima.« Zum ersten Mal, seit er sie hineingelassen hatte, wirkte Winslow beunruhigt. »Sie werden ihnen doch nicht sagen, dass sie das Haus verkaufen sollen, oder?«

Finch saß kerzengerade in seinem Sessel und setzte ein Pokerface auf. »Ich versichere Ihnen, wir suchen nur nach Alice und Natalie Kessler, um ihnen eine Nachricht zu überbringen. Es hat nichts mit diesem Haus zu tun. Mrs. Edell, Sie haben gesagt, Sie hätten Natalie nur einmal getroffen. Hat Sie Ihnen zufällig verraten, wo sie hinwollte oder warum sie es so eilig hatte?«

Esme überlegte kurz und schüttelte dann den Kopf. »Nein, nicht dass ich wüsste. Es war kurz nach dem Hurrikan Agnes. Sie meinte, der Keller sei überflutet gewesen, aber Winslow konnte keine Schäden am Fundament entdecken. Ihre Eltern waren ungefähr drei Jahre zuvor gestorben. Wir dachten, sie wollten vielleicht woanders ganz von vorne anfangen.«

»Fanden Sie es nicht merkwürdig, dass sie alle ihre Möbel zurückließen?«

»Das war unser Glück, und warum sollten wir unser Glück infrage stellen?«, fragte Winslow und lächelte Stephen an. »Nachdem wir den Vertrag unterschrieben hatten, kam ein Mann von Steele & Greene, der jedes einzelne Stück katalogisierte – die Möbel, die Kücheneinrichtung, die Kunstwerke. Und wir haben gegengezeichnet. Es ist alles noch da.«

Nachdem Stephen das Wort »Kunstwerke« gehört hatte, wurde alles Weitere von dem Hämmern seines Herzens übertönt. Die fehlenden Bilder waren hier. Auch Finch war verblüfft, dass sich das Problem so rasch gelöst hatte. »Die Kunstwerke, von denen Sie gesprochen haben … können wir sie sehen?«

Esme bedeutete ihnen, ihr zu folgen. »Es ist nicht unbedingt unser Geschmack, verstehen Sie? Darum haben wir alles in den hinteren Flur gehängt. Da gehen nur wir beide dran vorbei.«

Der hintere Flur war düster, aber Stephen konnte schon von Weitem die Rahmen an der Wand erkennen. An Ort und Stelle begann er zunächst einen Routinecheck: ein paar Lithografien, einige signierte Poster und Fotos. Als er schon fast am Ende des Flurs war, blieb er plötzlich stehen und trat einen Schritt zurück.

Er war so fixiert gewesen auf die fehlenden Teile des Gemäldes, dass er an etwas anderem glatt vorbeigelaufen war. Die Edells hatten die Triptychon-Teile nicht. Nichts im Flur hatte die richtige Größe dafür. Alice und Natalie hatten jedoch eine Bleistiftskizze zurückgelassen: signiert von Bayber, datiert August 1963.

Stephen stellte sich vor die Skizze und blendete das Geplauder der Edells einfach aus. Das stammte aus Baybers Frühwerk; damals war er erst achtundzwanzig gewesen. Das große Talent des Malers war schon zu sehen, aber zu seinem eigenen Stil hatte er noch nicht gefunden. Dennoch hatte er es geschafft, die Welt dieser Familie mit einer simplen Buntstiftzeichnung einzufangen. Ihre Emotionen hatte er in Farben übersetzt, in dicke und dünne, heftige und zarte Striche.

Familie Kessler saß auf einem Sofa – demselben wie auf dem Triptychon. Wenn man alle vier zusammen sah, erkannte man, welche Gesichtszüge an wen vererbt worden waren. Alice saß auf der linken Armlehne. Sie wirkte jünger als auf dem Ölgemälde, aber ihre Persönlichkeit war deutlich zu erkennen. Bayber stellte sie als intelligentes und wissbegieriges Mädchen dar, nur durch eine hochgezogene Augenbraue und die Position ihres Kopfes. Die Eltern saßen eng beisammen, obwohl das Sofa eigentlich relativ breit war. Sie lehnten sich aneinander, schienen dabei aber in Gedanken verloren – als wären sie so sehr an die Gegenwart des anderen gewöhnt, dass sie gar nicht getrennt sitzen konnten.

Natalie saß auf der rechten Armlehne neben ihrer Mutter. Für ihre Darstellung hatte Bayber andere, kühle Farben benutzt, und die Striche waren kürzer und kräftiger, die Winkel etwas kantiger. Man erahnte eine unüberbrückbare Distanz zwischen der älteren Tochter und dem Rest der Familie. Bayber zeigte eine Entfremdung, die so deutlich war, dass man das Bild kaum betrachten konnte, ohne ein gewisses Unbehagen zu verspüren. Stephen verstand, warum sie die Zeichnung zurückgelassen hatten.

»Schon damals konnte man seine Begabung sehen«, raunte Finch. Der Hintergrund war nicht sehr detailreich ausgearbeitet, aber Stephen konnte trotzdem einige Dinge aus dem Sommerhaus entdecken: ein paar Bücher, die in einem Stapel auf dem Couchtisch vor dem Sofa lagen, eine große Uhr, das breite, steinerne Kaminsims. Er zog die Kamera hervor und machte eine Aufnahme des Bildes.

»Was machen wir denn damit?«

Finch wirkte überrascht. Leise sagte er: »Sie haben Ihre

Notizen, Sie haben Ihre Fotos. Mehr können wir nicht tun. Das Bild steht uns nicht zu, bloß weil wir es entdeckt haben. Und es gehört auch Bayber nicht. Er hat es ihnen geschenkt. Es scheint – wie alles andere – den Kessler-Schwestern zu gehören. Wo immer sie auch sind.«

Esme schien es gar nicht zu gefallen, dass Stephen fotografierte. Sie hob die Nase, als könnte sie schlechte Nachrichten riechen. Stephen deutete auf den Bayber und lächelte sie breit an. »Meine Mutter wird mir das nicht glauben. Sie hat genauso ein Bild.«

Diese Erklärung beeindruckte sogar Finch.

Sie verließen die Edells, die ihnen zum Abschied freundlich nachwinkten, während sie sich durch das Labyrinth aus Schrott im Vorgarten kämpften. Esme winkte noch, als sie losfuhren, was Stephen dazu zwang, es ihr gleichzutun, bis sie um die Ecke gebogen waren. Erst dann sank er verstört im Sitz zusammen.

»Dass die nicht kapieren, was sie da haben! Was, wenn den Sachen etwas passiert? Was, wenn sie alles verkaufen?«

»Stephen, sie haben die Sachen seit fünfunddreißig Jahren. Und daran ändert sich so bald nichts. Können Sie sich denn nicht damit trösten, dass Sie jetzt wissen, wo sich die Zeichnung befindet? Bedenken Sie, es gibt wahrscheinlich nur eine Handvoll Leute auf der Welt, die davon wissen: Natalie und Alice, Thomas, der Mann von der Immobilienverwaltung, die Edells. Und jetzt noch Sie und ich.«

»Sie hatten wirklich keine Ahnung?«

»Es gibt offenbar eine ganze Menge, was ich über Thomas nicht weiß.«

»Ich finde es noch immer unverantwortlich, dass wir die Zeichnung dort gelassen haben.«

»Ach, und wenn wir sie geklaut hätten, wäre das besonders verantwortungsvoll gewesen? Stephen, vertrauen Sie einfach darauf, dass sie in guten Händen ist. Und setzen Sie sie auf die Liste unserer Gründe«, sagte Finch.

»Die Liste unserer Gründe?«

»Unserer Gründe dafür, Natalie und Alice zu finden, und zwar so bald wie möglich.«

8

August 1972

Wie Natalie das Haus entdeckt hatte, war ein Rätsel. Vielleicht hatte sie ja einfach die Augen geschlossen und mit dem Zeigefinger auf die Landkarte getippt – und Orion getroffen, einen kleinen Ort in der Golfküstenebene im Westen von Tennessee. Als sie ankamen, war es schon nach Mitternacht, aber noch lange vor Tagesanbruch, wenn die Landschaft das blasse Grau des Morgens annahm. Das Dunkel war üppig und schwer. Das Haus stand mitten in einem Block alter viktorianischer Häuser mit verfallenen Veranden, bröckelnden Säulen und zierlichen Buchsbaumhecken, und der Weg, der zu den breiten Terrassenstufen führte, war voller Risse und hochstehender Steinkanten, die sich übereinanderschoben wie die Kontinentalplatten. Vorsichtig stiegen sie darüber. Die Stufen knarzten unter ihrem Gewicht und dem der schweren Koffer. Als Natalie in ihren Taschen nach dem Schlüssel suchte, fühlte Alice sich wie eine Einbrecherin; sie war in ihrem alten Leben eingeschlafen und erwachte jetzt in einem neuen.

Wir können es uns leisten, lautete Natalies knappe Erklärung, *und außerdem ist das Wetter für dich dort besser*. Sie war nicht auf Alices flehentliche Bitten eingegangen, sie nicht aus ihrem Elternhaus fortzureißen, aus dem Haus, in dem ihre Eltern nachts noch immer umgingen und ihren kalten Atem verströmten. Aus dem Haus, wo ihre Tochter, wie Alice sehnlichst hoffte, für einen kurzen Moment die Augen geöffnet und alles gesehen hatte, bevor sie sie wieder schloss. Natalie hatte Alices Finger einzeln vom Türrahmen gelöst. *Wir können hier nicht bleiben*. Sie hatte die Autotüren verriegelt und war dermaßen rasant angefahren, dass der Schotter auf der Auffahrt nur so spritzte. Zwanzig Stunden lang war Natalie nach Süden gerast, als wäre der Teufel hinter ihnen her. Mit entschlossener Miene, weit geöffneten Fenstern und Kaffee zum Wachbleiben saß sie hinter dem Steuer, während Alice die ganze Zeit über wie ein Zombie in ihrem Sitz hing, immer wieder wegdriftete und sich vorstellte, sie hätten einen Unfall – so könnte sie wenigstens bei ihrer Tochter sein.

Als es hell wurde, sah das Haus kein bisschen besser aus. Schlingpflanzen rankten sich um das verfallene Gitter unter der Veranda, das das Haus fest mit seinem feuchten Bett aus Matsch verband. Die Fensterläden hingen schief in den Scharnieren, und die Farbschicht schälte sich von der Hauswand ab wie Luftschlangen aus Papier. Sie hatten das Haus komplett möbliert gekauft, aber die Einrichtung war bunt zusammengewürfelt und verlottert: Von den Stuhlbeinen blätterte der Lack ab, die Sofakissen hatten permanente Dellen und undefinierbare Flecken. Über allem lag eine drückende Schwüle, die Alice das Atmen erschwerte. *Das sind deine Tabletten*, sagte Natalie. *Die machen dich groggy*.

Aber Alice wusste es besser. Es waren nicht die Goldsalze oder das Penicillamin, das fast unmittelbar nach ihrer Schwangerschaft wieder notwendig geworden war. Das Baby hatte eine Art Schutzzauber über ihren Körper gelegt und die üblichen Symptome auf diese Weise abgewehrt. Danach jedoch lief die Arthritis zur Höchstform auf und bescherte Alice bisher ungekannte Schmerzen und schwere Erschöpfungszustände. Wenn sie es mit neuen Medikamenten versuchte, fand die Krankheit nach kurzer Besserung immer einen Weg, um an anderer Stelle wieder neu aufzutauchen. Diese Art von Schmerz war anders und auch nicht zu vergleichen mit den Qualen der Trauer, die Alice nach dem Tod ihrer Eltern noch immer heimsuchten. Dieser Schmerz war heftig und stechend und setzte sich in jeder Zelle ihres Körpers fest.

Sie hatte weder die Kraft noch die Energie, um die lange Treppe in den ersten Stock zu erklimmen, darum wurde das Erdgeschoss zu ihrem Refugium. Sie belegte nur zwei Zimmer: das Wohnzimmer mit hoher Decke und umlaufenden Fenstern und das kleine Schlafzimmer auf der gegenüberliegenden Seite, das früher einmal das Herrenzimmer gewesen sein musste, jetzt aber so spartanisch wie eine Mönchszelle wirkte, weil es als einziges Möbelstück nur ein schmiedeeisernes Doppelbett enthielt. Nachts rollte Alice sich auf die Seite und rutschte so nah an die Wand, wie sie nur konnte. Dann legte sie die Hand an die Tapete und spürte, wie das Haus atmete, lauschte seiner krächzenden Stimme.

Nach einigen Wochen bemerkte sie ein Muster im Flurteppich: die Spuren, die ihre Füße hinterließen, wenn sie sich vom Schlafzimmer ins Wohnzimmer und wieder zurück schleppte. Saisee, die Haushälterin, die Natalie bald nach dem Einzug gefunden hatte, stellte einen Polsterhocker vor den Sessel im Wohnzimmer und legte ein Plaid darauf. Alice verbrachte ihre Tage in die Decke eingewickelt und starrte aus dem Fenster, dessen aufgequollener Rahmen die Scheiben nur noch mühsam halten konnte. Das alte Glas verzerrte ihren Blick auf die Trompetenblumen und das Geißblatt und verlieh dem Garten etwas Unscharfes und Tropisches. Die wenigen Vögel, die sie erkennen konnte, hauptsächlich Drosseln und Gelbkehlchen und Grundammern, bewegten sich träge, wie narkotisiert von der Hitze.

Alice verlor ihren Appetit, ihr Zeitgefühl und die Fähigkeit zu schlafen. Saisee versuchte es mit Krankenkost: mit köstlichem Reispudding, Milchtoast, pochierten Eiern, Maismehlbrei. Aber die Speisen rochen nach nichts und schmeckten nach Blei. Die Stunden türmten sich vor ihr auf, die Tage vergingen immer gleich, einer nach dem anderen. Die Hitze schwoll an und ließ wieder nach und kehrte im August und September noch einmal zurück. Das Licht der Sonne beherrschte den Himmel und weigerte sich standhaft, schwächer zu werden. In den Zimmern des Hauses war es unerträglich hell; die weiße Farbe an den Wänden glitzerte wie Eis und schmerzte in den Augen. Selbst wenn Alice sie fest zukniff, drang noch Licht zwischen den Lidern hindurch.

Nachts kommunizierten die Insekten miteinander. Alice lag wach und lauschte dem Zirpen und dem Summen, das sie partout nicht ausblenden konnte. Nach vielen Stunden war das Bett dann kein Bett mehr, sondern ein tiefer Brunnen, dessen Wände moosbewachsen und glitschig waren –

unmöglich, da hochzuklettern! Aus dem Halbschlaf fuhr sie immer wieder hoch, zitternd und schweißgebadet, fest ins Leintuch gewickelt. Die Träume hinterließen das Echo des Wassers, das sie den ganzen Tag über begleitete; das leise, aber deutliche Rauschen, das die drückende Hitze verjagte, das ihre feurigen Gelenke beruhigte, das nach ihr rief, während es über ihre Knöchel und Knie nach oben stieg, den Schweiß zwischen ihren Brüsten wegwusch, ihre Schultern umspülte, ihre Lippen kühlte und ihr die Ohren füllte. In einer Strömung gefangen, ließ sie sich zwischen den Zimmern treiben. Die *Kaboutermannekes,* die ihr den Weg hätten zeigen können, erschienen nicht.

War es Tag oder Nacht? Freitag oder Dienstag? Hatte sie ihre Schmerztabletten eingenommen? Am besten nahm sie noch ein paar, um ganz sicherzugehen. Natalie packte sie an den Schultern, und der Schmerz führte sie wieder zurück in die Welt.

»Um Himmels willen, Alice. Zieh dich an. Geh ein bisschen im Garten spazieren. Mach was Vernünftiges.«

Alice stand auf. Sie wollte Natalie auch schütteln, so fest, dass ihr die Zähne ausfielen. »Du bist ein Monster.«

Natalies Miene war unbewegt. Sie ordnete die Kissen des Sofas, obwohl nie jemand dort saß, und wandte sich ab von Alice. »Wenn du nicht mehr Elan aufbringen kannst, ist es sowieso egal. Du wärst keine gute Mutter geworden.«

Diese Bösartigkeit wirbelte etwas Bitteres in Alice auf und setzte sich in ihrer Kehle fest. »Und du wärst nicht selbstlos genug gewesen.«

Das war das Schlimmste, was sie sagen konnte. Das Gesicht ihrer Schwester wurde von einer jähen Wut überschattet, die genauso schnell, wie sie gekommen war, wieder verschwand. Natalie bedachte sie mit einem angespannten, eisigen Lächeln. Alice zitterte unwillkürlich.

»Hasst du mich, Alice?«, fragte Natalie beinahe erwartungsvoll. »Das kann ich dir wohl nicht verdenken. Aber ich bin trotzdem überrascht. Ich dachte, du wärst zu solchen Gefühlsregungen gar nicht fähig.«

Alice sank tiefer in den Sessel, bis ihr Rückgrat die vertraute Position gefunden hatte. Konnte sie denn ihre eigene Schwester hassen? Würde sie das nicht zu genau dem Monster machen, als das sie Natalie gerade bezeichnet hatte? Sie dachte an Thomas' Versuch, sie zu warnen, und daran, wie sie ihn unterbrochen hatte, weil sie nichts Negatives über ihre Familie hören wollte. Wenn sie sich deren Fehler selbst bewusst machte, war das eine Sache, aber wenn ein Fremder darüber sprach, war es etwas ganz anderes.

Sie schüttelte den Kopf. »Nein, ich hasse dich nicht.«

Natalie zuckte mit den Schultern und ging zu dem fast blinden Spiegel in der hinteren Ecke des Wohnzimmers, wo sie lose Haarsträhnen wieder hochsteckte und sich die Bluse glatt strich.

»Ich habe ein Bewerbungsgespräch. Ich weiß nicht, wann ich wieder zurück bin.«

»Ein Bewerbungsgespräch?«

»Für einen Job. Irgendjemand muss ja arbeiten gehen, damit du immer genügend von deinen Pillenschachteln hast, die so rasend schnell leer werden.«

»Aber wir haben doch das Geld von dem Haus.«

Natalie trug pinkfarbenen Lippenstift auf und prüfte ihr Aussehen im Spiegel. »Das ist weg.«

»Weg?« Alice hatte plötzlich einen trockenen Mund. »Wie kann es denn weg sein? Wir haben doch nichts gekauft.« Sie überschlug, was der überstürzte Verkauf des Hauses erlöst haben musste, und addierte dazu die geringe Summe, die ihre Eltern ihnen hinterlassen hatten – das war ihr einziger Schutz davor, auf der Straße zu landen. »Willst du damit sagen, dass wir kein Geld mehr haben?«

Natalies Geduld war erschöpft. »Wir haben genug Geld für Lebensmittel, und wir können die Raten fürs Haus bezahlen. Jedenfalls noch für eine Weile. Ich habe zusammen mit dem Anwalt alles ausgerechnet.« Sie strich sich eine Locke hinter das Ohr.

Alice erinnerte sich an den Nachlassanwalt, mit dem sie sich nach dem Tod ihrer Eltern getroffen hatten. Und sie erinnerte sich an seine Reaktion auf Natalie: Ihr Parfüm hatte ihm das Blut in die Wangen getrieben, und er hatte exakt vier Mal geblinzelt, als Natalie ihre Hand mit der Handfläche nach oben auf seinen Schreibtisch gelegt hatte.

»Aber wo …«

Natalie unterbrach sie. »Ja, du hast vielleicht ein Stipendium gehabt, aber das heißt nicht, dass uns deine Teekränzchen an einem privaten College nichts gekostet hätten. Herausgekommen ist jedenfalls nicht viel dabei. Und deine ganzen Arztbesuche? Ich meine nicht den Rheumatologen und die Krankengymnastin und die Blutuntersuchungen und die vielen Medikamente. Ich rede von dem Gynäkologen. Aber da hättest du auch selbst drauf kommen können.« Sie zog ein Puderdöschen aus der Handtasche und rückte dem Glanz auf ihrer Nase zu Leibe. »Der Vater hat ja auch nichts bezahlt.« Sie schwieg. Mit lässiger Miene beobachtete sie Alice im Spiegel.

Alice saß ganz still, hielt die Luft an und spürte, wie ihre zitternden Muskeln gegen die Knochen stießen. Hatte sie seinen Namen im Delirium gerufen? Hatte sie sich irgendwie verraten? Wusste Natalie, dass es Thomas war?

Natalie zog sich die Haarnadeln aus der Hochsteckfrisur, und ihre Locken fielen herab. »Ich glaube, ich sehe besser aus mit offenem Haar. Ich weiß jedenfalls nicht, wann ich zurückkomme. Aber das ist ja auch egal, du schläfst dann sowieso. Weißt du, Alice, du solltest wirklich mal an die frische Luft gehen.«

Die Vorstellung, bald ohne einen Cent dazusitzen, trieb sie zum Handeln. Sie und Natalie waren jetzt beide erwachsen – und beide arbeitslos. Sie hatten keine Krankenversicherung. Alice begann, ihre Medikamente zu rationieren, und nahm nur noch die Hälfte der verschriebenen Dosis ein. Sie hoffte, die Schmerzen würden sie aus ihrer Seelenqual reißen, ihr helfen, ihre Aufmerksamkeit stattdessen auf das blanke Überleben zu richten. Mehrmals am Tag streckte und dehnte sie ihre Finger und Zehen, und anstelle eines Mittagsschlafs zwang sie sich dazu, in ihrem Schlafzimmer auf und ab zu gehen. Dabei dachte sie daran, was Thomas ihr über Edith Piaf erzählt hatte, und gab sich alle Mühe, beim Weitergehen an etwas anderes als Thomas zu denken.

Eine Arbeit zu finden, war das Hauptproblem. Hier in der Gegend suchte niemand eine studierte Biologin, geschweige denn eine Ornithologin. Natalie dagegen würde sofort einen Job finden. Und tatsächlich, schon eine Woche später arbeitete sie in der Bank. Zwei Wochen später ging sie mit dem verheirateten Filialleiter aus. Alice war froh über jeden Dollar, der ihre Finanzen aufbesserte; gleichzeitig war sie sich bewusst, wie unsicher ihre eigene Situation war.

Orion war ein kleiner Ort, der Veränderungen oder Störungen nicht gut ertrug. Und so wurden Natalie und sie betrachtet: als Störung. Das erklärte ihr Saisee, keineswegs unfreundlich, als sie eines Nachmittags zusammen in der Küche saßen. Saisee putzte Bohnen, Alice faltete ungeschickt Servietten fürs Abendessen. Phinneaus drückte es ein bisschen anders aus, als sie sich zum ersten Mal begegneten; er kam von der anderen Straßenseite und klopfte bei ihnen an die Tür, in der Hand einen Teller mit etwas Unförmigem, das dick mit Zuckerguss überzogen war. *Dieser Ort, der ist wie ein ruhiger, gemächlicher Fluss, der sich tief in sein Bett eingegraben hat. Da braucht's schon was von biblischen Ausmaßen, damit er seinen Lauf ändert.*

»Das ist Mr. Lapine«, sagte Saisee und zog den Namen so sehr in die Länge (»Lapii-in«), dass er sich mehr nach einer Krankheit als einem Nachnamen anhörte. Sie spähte durch die gestärkten Spitzengardinen, die Natalie ausgesucht hatte, ging dann zu Alice in ihrem Sessel, beugte sich zu ihr hinunter und flüsterte ihr den Namen zu. Dabei stand sie so dicht bei Alice, dass diese die Wäschestärke von Saisees Schürze riechen konnte: dieselbe Marke wie bei den Vorhängen. »Er ist Ihr Nachbar von der anderen Straßenseite. Lebt ganz allein in dem großen Haus. Er ist ganz nett, aber niemand weiß so genau, aus welchen Verhältnissen er stammt, und er erzählt nich' viel über sich selbst.«

»Sieht aus, als wäre ich das offizielle Willkommenskomitee«, sagte er und nahm seinen Boonie-Hut in Tarnfarbenmuster ab. Darunter kam struppiges blondes Haar zum Vorschein, das an manchen Stellen dunkel vom Schweiß war. Sein Hemd klebte ihm an der Haut, die Knopfleiste war feucht. »Meine Damen, Sie sind aus dem Norden, wie ich gehört habe. Wie finden Sie Orion bis jetzt denn so? Hoffentlich kommen Sie mit den Temperaturen zurecht.«

»Klein, Mr. Lapine. Meine Schwester und ich finden Orion klein. Aber fein, natürlich«, entgegnete Natalie.

»Bitte nennen Sie mich Phinneaus.«

Natalie bedachte ihn mit einem gleichgültigen Lächeln. Anscheinend betrachtete sie ihn als einen Sonderling, der besser zu ihrer Schwester passte als zu ihr. Mit einem Nicken entschuldigte sie sich und schützte einen Termin vor.

»Nun, Phinneaus. Leider bin ich gerade auf dem Sprung. Aber Alice wird entzückt sein, ein wenig mit Ihnen zu plaudern. Sie steht gern im Mittelpunkt. Unsere Eltern haben sie immer bevorzugt, darum ist sie ziemlich verwöhnt. Und jetzt tut sie sich schwer damit, sich an diese …« – sie wirbelte mit der Hand durch die Luft, als wickelte sie Zuckerwatte auf einen Stab – »diese Stille zu gewöhnen.«

Alice keuchte vor Entrüstung, aber Phinneaus warf Natalie nur einen scharfen Blick zu, bevor er sich achselzuckend Alice zuwandte. Er betrachtete nur ihr Gesicht und schenkte den unter der staubfarbenen Decke verborgenen Teilen ihres Körpers keine Aufmerksamkeit. Ja, Saisee hatte die kranken Glieder zuvor sorgfältig versteckt. Zur Begrüßung streckte der Gast Alice nicht die Hand hin, was ihr verdächtig vorkam. War er etwa vorgewarnt worden? Wahrscheinlich wusste schon der ganze Ort von ihrer misslichen Lage, nach nur wenigen Wochen. Hatte Natalie sie als Werkzeug benutzt, um die harte Schale der Nachbarn und anderer nützlicher Menschen zu knacken? Eine reizende junge Fremde, die nicht so reserviert war, wie sich das eigentlich gehörte. Eine aus dem Norden, mit einer Spur von Überheblichkeit, für die es eigentlich keinen echten Grund gab außer ihrem umwerfenden Aussehen. Aber da war noch die Schwester – ein Hauch von Skandal, eine furchtbare Krankheit. Ach, Natalie musste so vieles erdulden, trug in ihren jungen Jahren so viel Verantwortung, und ihre Schönheit wurde bestimmt vergeudet – da musste man doch Zugeständnisse machen! Alice begriff, dass sie Natalie auf diese Art nützlich war, ihr eine Demut verlieh, die sie im Grunde nicht besaß.

»Es tut mir leid. Ich weiß nicht, warum sie so redet.«

»Das weiß ich auch nicht«, erwiderte Phinneaus. »Aber ich bin ja Einzelkind. Wir Einzelkinder verstehen nichts von Geschwisterrivalität.«

Alice war so peinlich berührt, dass sie nicht einmal ein Lächeln zustande brachte. Die Unterhaltung schien an diesem Punkt zu enden; Natalie hatte das Scheitern schon vorprogrammiert.

»Ein interessanter Name«, sagte er und trat näher. Seine Hosen waren am Knie voller roter Flecken; das war die lehmige Erde, die laut Natalie in allen Gärten des Ortes zu finden war. Auch sein Gesicht war mit einer dünnen Schicht dieses roten Staubs bedeckt, bis auf zwei eulenhafte Kreise um die Augen herum. Eine Brille? Sie konnte ihn sich gut mit einer Brille vorstellen. Damit sah er sicher ziemlich gesetzt aus.

»Alice? Was ist daran denn interessant?«

Sein Lachen überraschte sie – es war warm und voll, so als hätte die Luft in seinem Inneren dieselbe Temperatur wie die Luft außerhalb. »Nein«, erwiderte er. »*Phinneaus*. Da sagen die meisten Leute als Erstes, *oh, was für ein interessanter Name*. Ich wollte Ihnen einfach zuvorkommen.«

Wie lange war es her, dass sie sich mit jemandem richtig unterhalten hatte? Sie suchte nach einer Entgegnung und fragte sich, ob sie die Kunst des Gesprächs in der Zwischenzeit vielleicht verlernt hatte, genauso, wie sie das Laufen verlernt hatte. Ein angespanntes Schweigen breitete sich aus, und er trat von einem Fuß auf den anderen, während er den armseligen Kuchen ein Stück nach vorne streckte.

»Saisee, könnten Sie Mr. äh, Phinneaus das bitte abnehmen und ihm einen Tee bringen?«

»Es ist ein Nusskuchen«, sagte er und übergab Saisee den Teller. »Meine Mama hat immer gesagt, das ist der perfekte Willkommenskuchen. Wenn man den Beschenkten nicht gut kennt, kann man damit nicht viel falsch machen. Es sei denn, derjenige mag keine Pecannüsse, aber dann braucht man ihn auch nicht unbedingt kennenzulernen, meinte sie.« Er unterbrach sich, um Saisee das Teeglas abzunehmen und einen Schluck zu trinken. Danach wischte er sich den Mund mit dem Handrücken ab.

»Wollen Sie denn keinen Tee?«, fragte er Alice.

Das andere Glas, das Saisee gebracht hatte, stand unberührt auf dem Tisch neben dem Sessel. »Ich habe gerade keinen Durst.«

»Ach so.« Mit den Augen huschte er über ihren versteckten Körper. Sie sah ein Zögern bei ihm, die Andeutung einer Erkenntnis. »Ich bin zu einer ungünstigen Zeit gekommen und werde Ihre Gastfreundschaft nicht länger strapazieren. Aber ich wollte einfach keinen Tag länger warten, um mich Ihnen und Ihrer Schwester vorzustellen.«

»Danke für den Kuchen.« Sie bemühte sich um einen möglichst neutralen Tonfall, denn sie wollte nicht so abfällig klingen wie Natalie, wünschte sich aber trotzdem, dass er wieder ging. Sie streckte sich unter der Decke, obwohl sie genau wusste, wie nah er bei ihr stand. Zum ersten Mal, seit sie in das Haus gezogen waren, empfand sie eine Art Eitelkeit, fragte sich, wie sie auf einen Fremden wohl wirkte.

»Es war mir ein Vergnügen. Ich denke, ich sehe Sie und Ihre Schwester mal in der Stadt.«

Ich denke. Nicht *ich hoffe.* »Wir bringen Ihnen den Teller so bald wie möglich zurück«, sagte sie und klang dabei brüsker, als sie gewollt hatte.

Er starrte sie an, bis sie den Blick abwandte. »Das ist nicht nötig. Ich habe genug davon. Saisee, vielen Dank für den Tee. Ich finde selbst hinaus.« Er nickte der Haushälterin zu. Alice schaute zu Boden, bis sie hörte, wie die Haustür sich schloss.

Saisee machte sich leise murmelnd auf den Weg in die Küche, aber Alice verstand genau, was sie sagte: *hochnäsig, unhöflich, unfreundlich. Mit den beiden hab ich mir was aufgehalst.*

Am späten Vormittag konnte sie ihn oft sehen, wenn sie den Vorhang zurückschob, natürlich immer erst, wenn Natalie zur Arbeit gegangen und Saisee anderweitig beschäftigt war. Zuerst beobachtete sie ihn nur, um sich die Zeit zu vertreiben und ihren Kummer zu verdrängen, aber mit der Zeit wurde es zu einem Ritual. Sie war eine geübte Beobachterin. Dieses Talent hatte sie gehegt und gepflegt, und sie hatte nichts davon eingebüßt, weil man sich dafür ja nicht bewegen, sondern im Gegenteil lange Zeit über geduldig still sitzen musste. Sie wurde schon ruhig, wenn sie nur ein Körperteil von ihm zu sehen bekam, er war wie ein

Kompass, nach dem sie sich richten konnte. An den Tagen, an denen sie ihn nicht erspähte, fühlte sie sich orientierungslos wie ein Boot in Seenot, taumelte durch einen Nebel von Erinnerungen und Albträumen.

Im Spätherbst beobachtete sie ihn dabei, wie er mit geschickten Bewegungen Pflanzenzwiebeln in tiefe Löcher versenkte. Die Löcher hatte er zuvor ordentlich ausgehoben, neben jedem einzelnen türmte sich ein kleiner Haufen Erde, und auf dem Rasen leuchteten weiße Flecken aus Knochenmehl. Im Winter sah sie ihn über einen stupsnasigen Kleinwagen gebeugt; sein Atem, der aus der Motorhaube zu kommen schien, war das einzige Lebenszeichen. Dann kam der Frühling. Die Blätter der Zwiebeln, die er gepflanzt hatte, schossen wie grüne Speere durch den Mulch. Er selbst ließ sich die langen Haare abschneiden, so kurz, dass sie die Form seines Schädels erkennen konnte. Auf der Veranda lag nun ständig sein Regenschirm, der anscheinend immer zu nass war, um ihn zu schließen. Der Sommer war da, und mit ihm die flirrende Hitze. Er waberte wie eine Fata Morgana, aber sie konnte den Umriss seines nackten Oberkörpers, seine muskulösen gebräunten Arme, eine Tätowierung auf dem rechten Arm direkt unter der Schulter ausmachen. Ein Herz? Der Name seiner Mutter, die ihm beigebracht hatte, wie nützlich ein Nusskuchen war? Dafür war Alice zu weit entfernt.

Im Herbst begann sie zu spekulieren. Sie vernachlässigte ihren Beobachtungsposten und erfand sich ein Leben für ihn, das sie aus ihren wenigen Observationen und einigen Geräuschen zusammensetzte; da war das Brummen seines Autos, wenn er freitags und samstags gegen Abend wegfuhr, woraus sie schloss, dass er ein Sozialleben haben musste.

Bestimmt hatte er eine Freundin, deren Garderobe Alice sich aus Natalies herumliegenden Modemagazinen zusammenpuzzelte. Die Freundin war zierlich und sommersprossenübersät und mochte schulterfreie Kleider, Plateauschuhe und Lipgloss, das nach reifen Früchten duftete. Vielleicht war sie aber auch schon älter und abgeklärter, hatte eine Frisur mit viel Haarspray und einen Stammplatz an der Bar am Stadtrand.

Ende Oktober zog der Geruch von getrocknetem Gras und frisch gelockerter Erde durch die Fliegengittertür herein. In seinem Vorgarten harkte Phinneaus Laub zu einem großen Haufen zusammen. Doch plötzlich blieb er stehen und blickte genau dorthin, wo sie stand und ihn durchs Fenster beobachtete. Sie verharrte bewegungslos, aber es war zu spät. Er hatte sie schon entdeckt. Obwohl sie den Vorhang sofort wieder fallen ließ und sich dahinter verstecken konnte, lief sie knallrot an. Jetzt würde er sie für einen einsamen Menschen halten. Einen anderen Schluss ließ ihr peinliches Verhalten nicht zu.

Würde er so tun, als wäre nichts gewesen? Schon am nächsten Nachmittag beantwortete sich diese Frage, als er an ihrer Tür klingelte. Bevor sie Saisee zurufen konnte, sie solle nicht aufmachen, stand er schon vor ihr im Wohnzimmer. Sie saß genauso da wie bei seinem ersten Besuch, hatte sich in aller Eile eine Decke über den Schoß geworfen.

»Hegen Sie einen bestimmten Verdacht gegen mich, Miss Alice?«

»Ich … nein! Natürlich nicht.«

»Ehrlich gesagt habe ich Sie bisher nicht unbedingt für eine Detektivin gehalten.«

In seinen Worten lag große Freundlichkeit. »Das haben

Sie sehr taktvoll ausgedrückt, Mr. Lapine. Ich weiß nicht, ob ich so viel Großzügigkeit wirklich verdiene.«

»Phinneaus.«

»Phinneaus, ich muss mich bei Ihnen entschuldigen. Ich schäme mich.«

»Das sollten Sie auch. Sie könnten Ihre Zeit sicher sinnvoller verbringen.« Er sah ihr direkt in die Augen; sein Blick war scharf und wertend, als hätte er sich gerade eine Meinung über sie gebildet. »Vielleicht sollten wir ganz einfach zugeben, dass wir einander interessant finden.«

»Sie finden mich interessant?«

»Wie die meisten Menschen hier. Ist das so abwegig?«

Sie war entschlossen gewesen, die verdiente Strafe anzunehmen, aber als sie seinen Tonfall hörte, sträubten sich ihr die Haare. »Und jetzt wollten Sie nachschauen, ob an den Gerüchten etwas dran ist.«

»So ist es.«

Sie hob das Kinn und erwiderte: »Und sie stimmen tatsächlich, von vorn bis hinten.«

»Na ja, nicht ganz. Ich kann ja mit eigenen Augen sehen, dass Sie nicht schielen. Und Sie entstammen auch keiner Mischlingsehe. Sie haben zwar noch nicht viel gesagt, aber Sie leiden wahrscheinlich nicht am Tourette-Syndrom. Aber vielleicht überraschen Sie mich da ja noch.«

Sie konnte nicht mehr. Das war alles so absurd, dass sie lachen musste. »So etwas wird über mich erzählt?« Sie schob die Decke von sich, die neben ihren Füßen auf den Boden fiel. Die Hände legte sie in den Schoß, sodass er sie betrachten konnte.

»Ach, so ist das«, sagte er leise. In seiner Stimme war kein Mitleid, sondern etwas anderes. »Arthritis?«

»Ja. Etwas Exotischeres habe ich leider nicht zu bieten. Und hier sehen Sie das ganze Ausmaß meiner Krankheit.«

Er deutete auf den Sessel am anderen Ende des Tisches. »Darf ich?«

Sie nickte. Er setzte sich und krempelte langsam das rechte Hosenbein hoch. Als er kurz unter dem Knie angelangt war, zuckte er zusammen. Alice biss sich auf die Lippe, als der Stoff aufgerollt war und eine gezackte Narbe sichtbar wurde, die sie an eine sehr schlampig gemachte Schreinerarbeit erinnerte: zwei hervortretende Stücke Haut, die nicht ganz genau aneinanderstießen, sich aber einen Krater aus rotem und violettem Narbengewebe teilten. Die Narbe lief weiter nach oben, übers Knie hinweg, wo sie unter der Hose verschwand.

»Vietnam«, sagte sie. Das war eine Feststellung.

»Granatsplitter. Aber ich habe noch Glück gehabt im Vergleich zu anderen. Vier Stunden lag ich da, bis die Sanitäter kamen. Die Infektion war ziemlich übel, aber sie haben es trotzdem geschafft, mein Bein zu retten.« Scheinbar unbeteiligt betrachtete er es und klopfte auf eine Stelle unterhalb des Knies wie gegen eine Tür. »Da habe ich kein Gefühl mehr, die Nerven sind kaputt. Aber der Doc meinte, er hätte seinen Teil der Abmachung eingehalten. ›Ich habe das Bein drangelassen, Lapine. Aber wie gut es noch funktioniert, dafür ist eine höhere Macht zuständig.‹ Da sagte ich ihm, dass ich nicht besonders religiös sei. Und er erwiderte, es wäre vielleicht an der Zeit, das zu überdenken.«

»Und, haben Sie es überdacht?«

Phinneaus krempelte das Hosenbein wieder herunter. »Irgendwie schon. Mir ist nämlich klargeworden, dass Gott mich nicht retten wird, solange ich mich nicht selbst retten will.«

Sie saß ganz still da und betrachtete ihre Hände. »Und wie macht man das?«

»Immer einen Schritt nach dem anderen.« Er nickte, als Saisee das Zimmer betrat und fragte, ob er Tee wolle. Dann lehnte er sich wieder zurück und wartete, bis sie wieder gegangen war, bevor er weiterredete: »Vielleicht könnten Sie mir einen Gefallen tun.«

Jetzt war sie neugierig. Welchen Gefallen konnte sie ihm schon erweisen? Es war bereits mehr als ein Jahr her, dass er Natalie kennengelernt hatte, genau in diesem Zimmer hier, daher konnte sie die übliche Bitte der anderen Männer (»Bitte stellen Sie mich Ihrer Schwester vor«) getrost ausschließen. »Wir haben Ihnen den Kuchenteller noch immer nicht zurückgegeben. Wir schulden Ihnen also etwas. Aber nur, wenn Sie mich Alice nennen.«

»Also schön, Alice. Orion ist eine ganz gewöhnliche Kleinstadt. Klatsch und Tratsch sind das offizielle Zahlungsmittel. Da wir ja Nachbarn sind und einander interessant finden, dachte ich, Sie würden mir vielleicht ein wenig über sich erzählen.« Er hob eine Augenbraue und sah sie gespannt an.

Wenn er erwartete, dass sie jetzt einen Rückzieher machte, hatte er sich getäuscht. »Das ist dann wohl die Wiedergutmachung. Oder geht es Ihnen darum, die Informationen aus erster Hand zu bekommen? Also, was wissen Sie noch nicht, abgesehen davon, dass ich nicht schiele?«

»Ach, da fallen mir schon ein paar Sachen ein. Wie heißen Sie mit zweitem Vornamen, zum Beispiel?«

Sie musste lächeln. Das war eine alberne Frage, aber sie war wenigstens originell.

»Katherine.«

»Alice Katherine Kessler. Sind Sie nach Ihrer Mutter benannt worden?«

»Nein, nach meiner Großmutter. Katherine war auch der zweite Vorname meiner Mutter.«

»Hm. Mit der Information kriege ich vielleicht ein Bier bei Smitty, aber nicht viel mehr. Haben Sie einen Lieblingsbaum? Sind Sie heimlich verliebt in jemanden? Oder mögen Sie eine bestimmte Blume besonders gern?«

Ein leiser Verdacht keimte in ihr auf, und sie drückte die Schultern im Sessel durch. Er hatte ganz harmlose Fragen gestellt. Aber es war wie beim Memory-Spielen, wo man eine Karte nach der anderen aufdeckte, um ein Paar zu finden. Die Antwort auf eine einzelne Frage war nicht bedeutsam. Zusammen mit anderen Antworten erlaubte sie ihm aber, weitreichende Schlüsse zu ziehen. Und darauf wollte sie sich nicht einlassen. Mochten die Leute doch denken, was sie wollten. Sie würde ihnen ihre Vergangenheit nicht als Konversationsthema fürs Abendessen servieren.

»Also, die Blumen im Garten sind doch ganz schön. Ich habe keine Lieblingsblume.«

»Vielleicht hätten Sie ja eine, wenn Sie mehr rausgehen würden.«

»Und wer spioniert jetzt?«

»Ich würde unsere Vergehen nicht als gleichwertig betrachten. Wir sind doch Nachbarn. Ich wohne gegenüber von Ihnen. Sie sind jetzt länger als ein Jahr hier, und ich habe Sie noch nie in der Stadt gesehen. Ihre Schwester, die schon. Aber Sie nicht.«

Natürlich hatte er Natalie gesehen. Natalie hatte alles getan, um sich bei den Bürgern von Orion beliebt zu machen;

das heißt, fast alles. Über die Schwelle des Hauses hatte sie noch niemanden gelassen. Alice hatte sogar mitbekommen, dass ihre Schwester manchmal Phinneaus beobachtete, nur hatte sie das nicht im Verborgenen getan. Und wenn sie ihn anlächelte, lag nichts Verstohlenes in ihrem Blick. Alice verspürte beinahe das Bedürfnis, ihn vor ihrer Schwester zu warnen.

»Wenn Sie nicht gerade den ganzen Tag auf unser Haus starren, woher wollen Sie dann wissen, wann ich rausgehe? Oder auch nicht? Haben Sie mal darüber nachgedacht, dass ich vielleicht das Haus verlasse, wenn Sie bei der Arbeit sind?«

»Nein, Madam. Ich arbeite nämlich von zu Hause aus, wie Sie bestimmt wissen.« Er bedachte sie mit einem vielsagenden Blick. »Vielleicht führen Sie sogar Buch darüber, wann ich das Haus verlasse und wiederkomme. Aber ich will einräumen, dass es möglich wäre.«

»Und was machen Sie so, Phinneaus, wenn Sie sich nicht gerade über meinen angeblichen Mangel an Ausgang sorgen?«

»Ihren Mangel an Ausgang?« Er grinste. Sie wusste, dass er ihren lahmen Versuch, das Thema zu wechseln, bemerkt hatte. »Ich dachte, wir reden über Sie, Alice, aber ich erzähle Ihnen gerne alles über mich, was Sie wissen möchten. Aber ich warne Sie schon mal vor: Meine Geschichte ist so langweilig, dass Sie dafür nicht mal ein Bier bekommen würden. Ich helfe den Leuten. Zum Beispiel mit der Steuererklärung. Ich verstehe von allem etwas, aber in einem Bereich bin ich Spitzenklasse.«

»Und in welchem?«

»Es klingt ziemlich angeberisch, aber es ist wahr. Gott

hat mir eine Gabe verliehen: Ich verstehe, wie Sachen funktionieren. Ich kann sehen, wie sie aufgebaut sind. Geben Sie mir irgendetwas, das kaputt ist, und ich finde den Fehler. Egal, was das für ein Ding ist, ein Getriebe, etwas Mechanisches, etwas Elektrisches oder ein Motor. Ich bin selig, wenn ich ein defektes Gerät vor der Nase habe und daran herumpuzzeln kann.«

Seine Ehrlichkeit war entwaffnend. Sie konnte sehen, dass er die Wahrheit sagte. Seine Augen leuchteten, und seine Finger zuckten, wenn er darüber sprach, wie er die Dinge wieder in Ordnung brachte. Sein Körper spannte sich auf eine Art an, die sie nur zu gut kannte. Er wusste, wie man still dasaß und sich auf eine einzige Sache konzentrierte.

»Sie und ich haben einige Dinge gemeinsam. Sie werden es mir vielleicht nicht glauben, weil ich so schrecklich direkt bin, aber eigentlich bin ich ein zurückgezogener Mensch. Nach der Armee habe ich mich hier niedergelassen. Die meisten Leute im Städtchen wohnen schon ihr ganzes Leben lang hier, genau wie ihre Eltern und Großeltern. Das ist kein Ort, an den man hinzieht. Eher zieht man weg, wenn man genug hat. Und darum sind Leute wie Sie und ich Exoten. Die Leute wollen wissen, warum wir hergekommen sind.«

Sie musste zugeben, dass es tatsächlich einiges gab, was sie über ihn wissen wollte. Warum war er hergezogen? Wo hatte er vorher gelebt? Hatte er eine Familie? Er war nicht viel älter als sie selbst, und die Wunde am Bein machte ihn zu einem interessanten Objekt für die Neugierigen, auf dieselbe Art, wie sie es auch kannte. Das hatten sie tatsächlich gemeinsam. Und sie lebten beide in diesem kleinen Ort. Trotz ihrer Hemmungen sinnierte sie darüber, wie es wäre, einen Freund zu haben. Jemanden, dem man alles anvertrauen konnte. Sie und Natalie sprachen zwar kaum miteinander, aber Natalies Abwesenheit untertags trug dazu bei, dass Alice sich schrecklich einsam fühlte. Sie hätte gerne mit Saisee geredet, aber die Frau wusste genau, von wem sie ihr Geld bekam, darum machte sie ihre Arbeit gewissenhaft und hatte wenig Zeit zum Plaudern. Alice fragte sich manchmal, ob es die Einsamkeit sein würde, die letztlich zu ihrem Untergang führte – obwohl es dafür noch eine ganze Reihe anderer Kandidaten gab.

»Das ist eine interessante Theorie«, sagte sie. »Aber Sie haben recht. Ich glaube, Ihre Geschichte ist wirklich nicht so aufregend. Aber haben Sie denn nicht noch ein dunkles Geheimnis?«

»Ich habe Ihnen meine Narbe doch gezeigt.«

»Wir reden ja wie Kinder.« Sie lachte, und dieses Geräusch klang ganz fremd in ihren Ohren. Er stimmte ein. »Ach, Narben«, sagte sie. »Davon habe ich selbst genug. Das reicht nicht.«

»Was wollen Sie denn noch?«

»Sie haben eine Tätowierung.«

Sie beobachtete, wie sein Mund sich verzog, als hätte er in eine Zitrone gebissen.

»Das geht Sie nichts an.«

Die plötzliche Maßregelung überraschte sie, und sie hätte die Bemerkung gerne zurückgezogen. Warum hatte sie nicht nach etwas anderem gefragt? Sein Lachen hatte etwas in ihr an die Oberfläche geholt, und sie merkte, wie dringend sie jemanden brauchte, mit dem sie reden konnte, wenn auch nur über das Wetter. »Vielleicht habe ich doch etwas, das ich Ihnen zeigen kann. Warten Sie kurz?«

Seine Miene blieb unbewegt, aber er nickte. »Na schön.«

Sie stand aus dem Sessel auf und schleppte sich in ihr Schlafzimmer. Jemandem zu vertrauen war ihr genauso fremd wie schnelles Laufen. Als sie zurück ins Wohnzimmer kam, stellte sie sich vor ihm auf. »Strecken Sie die Hände aus, die Handflächen nach oben.«

»Und die Augen soll ich schließen? In Ordnung.«

Sie sah das Blau des Gegenstands in seinen Händen verschwinden und schaute ihn gespannt an. Jetzt gab es kein Zurück mehr. Er konnte nicht ahnen, was ihr dieses Ding bedeutete, aber er ging so vorsichtig damit um, als hielte er ein lebendiges Wesen in den Händen, ein Stück Himmel zwischen den fest aneinandergepressten Fingern.

»Das ist ein Azurbischof.«

»Ja!« Sie war entzückt. »Kennen Sie sich damit aus?«

»Jawohl, Madam.«

Jawollmadam.

»Hier habe ich noch keinen gesehen«, sagte sie.

»Das werden Sie auch nicht. Sie leben nämlich in den Wäldern außerhalb der Stadt. Da gibt es auch viele Kuhstärlinge und Waldlaubsänger.« Aufmerksam untersuchte er den Vogel. »Aus solcher Nähe habe ich noch nie ein Exemplar gesehen. Es ist interessant, wie die Federn hier übereinanderliegen, und diese grauen Tupfen auf der Brust. Haben Sie schon viele davon beobachtet?«

»Nein.« Sie drehte den Kopf zum Fenster. »Nur diesen hier.« Erinnerungsfetzen stiegen in ihr auf: eine abgeschlossene Schlafzimmertür, lautes Klopfen.

»Aber Sie haben Ahnung von der Ornithologie?«

»Ja.«

Er fuhr sich mit den Fingern über das Kinn. »Vielleicht

können Sie mir bei einer Sache helfen. Es gibt da eine Pfadfindertruppe in der Stadt, na ja, eher ein zusammengewürfelter Haufen, aber ich unterstütze die Jungs dabei, ihre Abzeichen zu bekommen. Im Zeltaufbau, Fischen und Schießen. Es gibt auch ein Abzeichen für Vogelkunde.«

»Ach nein, lieber nicht …«

»Lassen Sie mich ausreden, Alice. Vielleicht klingt es lächerlich, aber für die Jungs ist es sehr wichtig, sich das Abzeichen zu verdienen. Dazu müssen sie fünfzehn verschiedene Körperteile eines Vogels kennen. Und zwanzig Arten identifizieren und ein Beobachtungsbuch führen. Von diesen zwanzig Vögeln wiederum müssen sie fünf nur am Gesang erkennen können. Sie sagten, Sie kennen sich aus in der Vogelkunde.«

Sie hatte sich so viel beigebracht, und jetzt konnte sie nichts mehr damit anfangen. Wofür war ihr Wissen gut, wenn es doch nur in einer dunklen Ecke ihres Gehirns vor sich hin dümpelte? Alle möglichen Fakten schossen ihr durch den Kopf wie aufgescheuchte Schwalben. Stolz stellte sie fest, an wie viel sie sich noch erinnerte. Es waren nur die Sperlingsvögel, die Vögel der Ordnung Passeriformes, die überhaupt sangen. Fast die Hälfte aller Vögel auf der Welt sangen nicht, aber auch sie kommunizierten mit Geräuschen – in diesem Fall waren es Rufe, keine Gesänge. Die meisten Vögel hatten fünf bis fünfzehn besondere Rufe, die sie für bestimmte Zwecke einsetzten: für die Revierverteidigung, zum Herbeiholen von Hilfe, zur Orientierung im Schwarm – es gab sogar bestimmte Rufe, die Beginn und Ende des Flugs anzeigten. Es gab Nestrufe, Fütterungsrufe, Freudenrufe. Manche Küken verständigten sich mit ihren Müttern schon aus dem Ei heraus. Der Gedanke daran versetzte ihr Stiche ins Herz.

»Ich möchte Sie nicht bedrängen. Aber denken Sie darüber nach. Sie würden den Jungs und ihren Familien damit sehr helfen.«

Damit eröffnete er ihr eine ganz neue Möglichkeit: Wenn sie den Kindern half, würden deren Eltern sie akzeptieren müssen. Er reichte ihr die Figur zurück, noch warm von seinen Händen.

»Derjenige, der den Vogel gemacht hat, hat sich große Mühe gegeben, das sieht man. Haben Sie ihn geerbt?«

»Nein.« Mit dem plötzlichen Vergnügen daran, ihn zu schockieren, sagte sie: »Ich habe ihn gestohlen. Und mich wollen Sie bei den Pfadfindern haben?«

»Tja, es gibt auch ein Abzeichen für das Verhindern von Verbrechen.« Er sah ihr direkt in die Augen. Sie verzog keine Miene. Vielleicht konnte sie eine Freundschaft mit ihm beginnen, aber für heute hatte sie genug über sich selbst preisgegeben.

»Alice Katherine Kessler«, sagte er und schüttelte den Kopf. »Zu schade, dass ich diese Geschichte niemandem weitererzählen kann. So eine Information wäre nämlich eine Menge wert.«

9

November 2007

Ist das eine Einladung aus Mitleid?« Die Vorstellung, dass Lydia ihn als jemanden betrachtete, der Mitleid brauchte, war ernüchternd, aber ihre Antwort auf seine Frage war helles Gelächter, ein Freudenausbruch, der durch Stephens Telefonkabel geschossen kam und in seinem düsteren Wohnzimmer wie eine Silvesterrakete explodierte. Wenigstens konnte er sie zum Lachen bringen. Das war immerhin etwas. Noch dazu um diese Uhrzeit. Es war neun Uhr morgens, und Lydias Stimme klang, als wäre sie schon seit Stunden auf den Beinen. Wahrscheinlich pfiff sie manchmal sogar fröhlich vor sich hin. Und war dauerhaft gut gelaunt.

»Nein, Stephen, das ist keine Einladung aus Mitleid. Sie und mein Vater haben so viele Stunden zusammen an diesem geheimnisvollen Projekt gearbeitet, dass ich dachte, es wäre vielleicht schön, wenn Sie sich mal in einem netteren Rahmen treffen würden, gerade jetzt, wo die Feiertage vor der Tür stehen. Wie wär's denn diesen Samstag? Um sieben?«

»Wird Ihr Mann auch dabei sein?« Wie hieß der Mann noch gleich? Er erinnerte sich an eine überschwängliche Begrüßung und extrem warme Handflächen. Warm. Also irgendwas, das mit der Temperatur zu tun hatte. Fahrenheit. Celsius. Rankine. Kelvin. Das war's – Kelvin, die Einheit mit dem absoluten Nullpunkt. Eine wirklich zutreffende Beschreibung. Null. Warum fanden Frauen Männer mit so weißen Zähnen überhaupt attraktiv?

»Da ich Sie zu uns nach Hause einlade, wird Kevin auch dabei sein.«

»Oh.«

Er zählte bis vier – erst dann fragte sie, ob sein »Oh« bedeute, dass er kommen werde.

»Ja. Es bedeutet ja. Ich esse aber keinen Spinat, falls Sie daran gedacht hatten.«

»Ich werde es mir merken. Ich sehe, warum Sie und mein Vater sich so gut verstehen, Stephen. Sie beide haben viel gemeinsam.«

Stimmte das tatsächlich? Er dachte darüber nach, als er aufgelegt hatte. Er mochte Finch, und er ging davon aus, dass der durchaus mitverantwortlich war für die Wohlgeratenheit seiner Tochter Lydia. An ihr hatte Stephen einen Narren gefressen, seit er sie in Finchs Wohnung kennengelernt hatte – das hatten sie also gemeinsam. Sie war mit einem scharfen Curry für ihren Vater vorbeigekommen, weil sie gelesen hatte, dass Gelbwurz gut gegen Entzündungen und Verdauungsprobleme sei. Finch hatte bloß die Augen verdreht, aber Stephen hatte sich sofort in sie verliebt. Da war zwar noch das Hindernis in Form ihres Ehemanns, deswegen verehrte er sie zunächst nur von ferne, aber irgendwann würde sie schon zur Vernunft kommen und diesen Hampelmann verlassen.

Was ihr *geheimnisvolles Projekt* betraf, so fragte er sich, wieso Finch ihr nicht gesagt hatte, worum es ging. Andererseits hatte er selbst das Thema gewechselt, als seine Mutter ihm einige Tage zuvor beim Thanksgiving-Essen dieselbe Frage gestellt hatte. *Und woran arbeitest du in letzter Zeit so, Stephen?* Er hatte angefangen, es ihr zu erzählen, sich dann aber gebremst, weil er bemerkte, dass ihm das Geheimniskrämerische an der Arbeit eigentlich großen Spaß machte. Wenn er erwähnte, dass er Thomas Bayber kennengelernt hatte, würde sie ihn entweder mit tausend Fragen löchern (und er würde an ihren ständigen begeisterten Ausrufen verzweifeln) oder total desinteressiert reagieren, was ihn sicher verletzen würde. Außerdem würde jedes Gespräch über Malerei die Erinnerung an den verstorbenen Vater und Ehemann heraufbeschwören, und es war auch ohne das schon schwierig genug, das traditionell spannungsgeladene Feiertagsessen zu überstehen.

Bis zum Samstag, dem ersten Dezember, waren es noch fünf Tage. Das bedeutete, er musste die Zeit, bevor er Lydia traf, irgendwie herumbringen. Er brauchte ein Mitbringsel. Vielleicht eine edle Seife. Frauen mochten schicke Seife, sie schien auf irgendeine Art ein Gradmesser für den Erfolg einer Gastgeberin zu sein. Im Badezimmer seiner Mutter stand immer ein glockenförmiges Glas mit aufwendig eingepackten kleinen Seifenstücken. Was passierte damit eigentlich, wenn man sie einmal benutzt hatte? Wurden sie dann weggeworfen? Wieder eingepackt? Es erschien ihm wie eine große Verschwendung. Aber noch mehr beschäftigte ihn der Gedanke, was Lydia von ihm denken würde, wenn er ihr ein solches Geschenk machte. Würde sie dann glauben, er hielte sie für ungewaschen oder für eine schlechte Gastgeberin? Vielleicht sollte er ihr lieber ein Fläschchen Parfüm schenken. Aber da war ja noch *Kelvin,* und Stephen dachte sich, dass er ein derartiges Mitbringsel bestimmt nicht goutieren würde.

Stephen hatte – wenn auch widerwillig – Finchs Vorschlag zugestimmt, dass sie getrennt weiterarbeiteten, um zum Erfolg zu kommen – oder wenigstens etwas fanden, woran sie anknüpfen konnten. Finch verbrachte die Woche damit, die von Mrs. Blankenship zusammengestellte persönliche Korrespondenz Baybers gründlich durchzugehen. Er hatte zugegeben, sich bislang nur oberflächlich damit beschäftigt zu haben. Stephen dagegen sollte sich auf die mittlere Tafel des Triptychons konzentrieren. Am Sonntag wollten sie sich treffen und ihre Ergebnisse austauschen.

Um das Bild datieren zu können, befasste sich Stephen den ersten Teil der Woche intensiv mit den anderen Werken Baybers. Er suchte nach Auffälligkeiten, beispielsweise irgendwelchen Abweichungen in der Art, wie der Maler mit dem negativen Raum umging, nach Stellen, an denen seine Pinselstriche absichtlich sperrig gerieten, nach ungewöhnlichen Farben, die er sonst nie benutzte. Am Donnerstagmorgen hatte er genug von der Bibliothek und sehnte sich nach dem Labor.

Nachdem Cranston begriffen hatte, was dieser Fall rein finanziell für Murchison & Dunne abwerfen konnte (ganz zu schweigen vom Prestigegewinn), hatte er eine stattliche Summe freigegeben, die Stephen Zutritt zu einem privaten forensischen Labor ermöglichte. Dort gab es Geräte, die Stephens Herz höher schlagen ließen: Hyperspektralsensoren, mit denen man historische Dokumente prüfen konnte,

Multispektralsensoren, um Gemälde zu untersuchen, einen Gas-Chromatografen zur Analyse von Öl, Acryl und Wachs. Sogar einen nagelneuen Röntgenapparat mit Grenzstrahlen hatte er zur Verfügung.

Nachdem Stephen seinen Zugangsausweis vor einen Sensor gehalten hatte, musste er ihn an einem zweiten Kontrollpunkt noch einmal vorzeigen, wo außerdem ein Irisscan vorgenommen wurde. Nur wer diese Tests bestand, durfte in den Bereich vordringen, in dem das Gemälde gelagert wurde. Stephen fand es zwar leicht beunruhigend, dass ein Bild seiner Iris bis in alle Ewigkeit irgendwo gespeichert blieb, aber die wissenschaftliche Schönheit der biometrischen Identifikation begeisterte ihn.

Er legte sein Notizbuch auf den Tisch des Arbeitsraums und ging die Liste der Untersuchungen durch, die er erledigen wollte. Cranston hatte ihm in aller Deutlichkeit klargemacht, dass die Ergebnisse absolut hieb- und stichfest sein mussten, darum begann Stephen mit dem Naheliegenden, nämlich der Signatur.

Das Labor verfügte über eine beachtliche Sammlung von Signatur- und Monogrammlexika. Stephen hatte Baybers Signatur auf dem Gemälde bereits einige Tage zuvor fotografiert und nahm das Bild jetzt aus einem Umschlag. Er untersuchte es mit einer Lupe und verglich es mit früheren Signaturen. Dann projizierte er möglichst viele Beispiele vergrößert an die Wand und studierte sie nebeneinander. In diesem Maßstab wurden die Schwünge der Buchstaben zu Straßen, die eine unauffällige Landschaft durchschnitten. Wenn man die Handschrift eines Künstlers über lange Zeit hinweg verfolgte, konnte man feststellen, ob sich Veränderungen des zentralen Nervensystems eingestellt hatten, konnte sogar auf Parkinson, Zwangskrankheiten oder Schizophrenie schließen. Oder auf langjährigen Alkoholmissbrauch. Aber Baybers letztes Werk stammte aus einer Zeit, als er noch relativ jung gewesen war, erst zweiundfünfzig, und seine Signatur lieferte keinen Hinweis auf einen körperlichen oder psychischen Verfall.

Stephen machte sich ausführliche Notizen – wie gut, dass niemand an seiner eigenen Handschrift interessiert war! Dann begab er sich in einen anderen Raum, um mit einem der Techniker über die notwendigen Röntgenuntersuchungen zu sprechen. Die Mitarbeiter des Labors verstanden ihr Handwerk, schienen jedoch komplett desinteressiert an dem, was sie da eigentlich durchleuchteten. Das kam Stephen durchaus gelegen, machten er und Cranston sich doch große Sorgen darüber, dass die Information von der Existenz des Bildes nach außen dringen könnte. Bayber hatte zwar den Vertrag unterschrieben, der Murchison & Dunne das Recht zum Verkauf des Werkes abtrat, aber die Abmachung galt nur, wenn Stephen und Finch die beiden anderen Tafeln auch fanden. Stephens Erfahrung nach waren Abmachungen oft nur symbolischer Natur, sei es zwischen Geschäftspartnern oder Liebhabern. Ein Bataillon teurer Anwälte konnte die Sachlage in null Komma nichts auf den Kopf stellen, und wenn sich die Nachricht verbreitete, dass es irgendwo da draußen zwei unbekannte Baybers gab, dann konnte ihnen nur noch eine glückliche Fügung dazu verhelfen, die Bilder als Erste zu finden.

Just eine solche glückliche Fügung schien sich einige Stunden später am Horizont zu zeigen. Nachdem Stephen bereits stundenlang die anderen Testergebnisse geprüft und sich weitere ausführliche Notizen gemacht hatte, rief ihn der Techniker zu sich, um mit ihm das Ergebnis der Röntgenuntersuchung zu besprechen. »Ich glaube, das sollten Sie sich genauer ansehen.«

Stephen betrachtete die Bilder auf dem Monitor. Sein Herz klopfte wie wild. »Das kann nicht stimmen.«

»Es stimmt aber«, sagte der Mann.

»Vielleicht war was auf der Linse.«

»Bei beiden Seiten des Gemäldes? Wohl kaum. Wissen Sie, Sie sind gut in Ihrem Job. Ich bin gut in meinem Job. Ich sage Ihnen, es ist da.«

»Machen Sie noch ein Bild mit einem höheren kV-Wert. Ich möchte diese beiden Bereiche deutlicher haben.« Stephen zeigte auf die linke und die rechte Seite des Bildschirms. »Und nehmen Sie eine kürzere Expositionszeit. Hier müssen wir tiefer reingehen, und auf der linken Seite brauchen wir mehr Details.«

»Wir«, murmelte der Techniker leise.

Finch hatte die Rolle des Torwächters für Bayber übernommen. Stephen war sich sicher, dass er unangemeldete Besuche bei seinem Schützling gar nicht schätzte; ein ausgezeichneter Grund dafür, ihn nicht zu informieren. Außerdem war es Donnerstagnachmittag, er hatte sich nicht angekündigt, und Mrs. Blankenship würde ihn vielleicht gar nicht erst vorlassen. Nach Baybers unerwarteter Einlieferung ins Krankenhaus an dem Morgen, nachdem er ihnen das Bild gezeigt hatte, war er von teuren Spezialisten allen möglichen Tests unterzogen worden; seit Cranston das große Geld witterte, waren Baybers finanzielle Nöte und seine fehlende Krankenversicherung kein Thema mehr. Als die Ärzte erklärten, Bayber könne seine Therapie auch zu

Hause absolvieren, setzte Cranston alle Hebel in Bewegung und sorgte dafür, dass Bayber ein richtiges Krankenbett, einen Rollstuhl und eine eigene Krankenschwester bekam. Außerdem ließ er die zugige Wohnung von einem Trupp Arbeiter professionell dämmen. Von all diesen Maßnahmen fand Stephen nur die erste und die letzte tatsächlich sinnvoll, denn Bayber konnte noch immer nicht sprechen und schon gar nicht aus dem Bett aufstehen, und Mrs. Blankenship schien die Anwesenheit einer weiteren Frau ein Dorn im Auge zu sein.

Sie drückte den Türöffner, ohne zu fragen, wer da sei, und machte nach dem ersten Klopfen die Wohnungstür auf.

»Die beiden treiben mich noch zum Wahnsinn«, klagte sie und zeigte auf das Schlafzimmer. »Er guckt mich an, als könnte ich Gedanken lesen, und die da …« Sie biss sich auf die Lippe. »Die mag vielleicht Krankenschwester sein, aber das gibt ihr nicht das Recht, den Wäscheschrank neu zu sortieren.«

»Das scheint mir auch ein bisschen anmaßend«, sagte Stephen.

»Ja, das ist das richtige Wort«, seufzte Mrs. Blankenship, die es offensichtlich als Affront auffasste, dass ihre Wäscheverwaltung mangelhaft sein sollte. »Sie können reingehen. Er wird bestimmt froh sein, mal ein anderes Gesicht zu sehen als meins, aber unterhalten können sie sich weder mit ihm noch mit ihr.«

Stephen nickte und ging den düsteren Flur hinunter, der zum Schlafzimmer führte. Wie konnte die Wohnung eines Malers bloß so dunkel sein? Die schweren Gardinen im Wohnzimmer waren noch immer geschlossen, und die meisten Lampen brannten nicht. Gut, Bayber malte hier natürlich nicht, aber wie orientierte sich der Mann bloß?

Stephen wurde angenehm überrascht, als er das lichtdurchflutete Schlafzimmer betrat und vor lauter Sonne sogar blinzeln musste. Eins der großen Fenster war gekippt, und die Vorhänge im Zimmer waren alle zurückgezogen. In einer Ecke saß eine Frau auf einem Stuhl und las ein Klatschmagazin. Ihre Kleidung wies sie als Krankenschwester aus, aber das hatte Mrs. Blankenship ihm ja bereits verraten. Die Schwester hatte eine weinrote Strickjacke an, deren Muster anscheinend dazu diente, kleinere Unfälle der Patienten zu vertuschen: die ausgespuckten Reste halb verdauter Pillen, Sabberflecke von kirschfarbenem Sirup, Puddingkleckse. Dazu trug sie weiße Polyesterhosen und die klassischen weißen Schuhe. Die Haltung ihrer Finger suggerierte, dass sie sich schrecklich nach einer Zigarette sehnte.

Bayber war jetzt noch blasser als im Krankenhaus und saß aufrecht im Bett, an einen Riesenstapel Kissen gelehnt. Er glich einem skelettartigen Wesen, das auf halbem Wege aus einem Kokon heraus stecken geblieben war. Die Schwester beobachtete, wie Stephen sich auf einen Klappstuhl neben das Bett setzte und schweigend Baybers Hand nahm. Die Augen des Malers blieben geschlossen.

»Mr. Bayber, ich bin's, Stephen Jameson. Ich würde Ihnen gerne eine Frage stellen.«

Bayber riss plötzlich die Augen auf. Er glitt kaum merklich in Stephens Richtung und öffnete den Mund einen Spaltbreit, sodass man eine Reihe gleichmäßiger Zähne sah, die durchsichtig bläulich schimmerten. Stephen sah, wie Bayber schluckte, und hörte das Zischen seines Atems.

Aber die einzigen Laute, die er hervorbrachte, waren die klickenden Geräusche der Luft, die in seiner Kehle steckte. Er blinzelte nicht. Stephen rutschte angespannt auf dem Stuhl herum und spürte, wie sich ein altbekanntes Gefühl in seinem Magen breitmachte – Schuld. Das war es nämlich, was er beim Tod seines Vaters verpasst hatte: die letzten, unangenehmen Stadien. Der Verlust der Autonomie, das Dahinsiechen, der langsame Abschied. Das alles hatte er seiner Mutter allein überlassen. Er bezweifelte zwar, dass er seinen Eltern hätte Trost spenden können, bewunderte seine Mutter aber trotzdem dafür, dass sie ihn wegen seiner Abwesenheit nicht hasste.

Bayber, nur noch ein Schatten seiner selbst, hatte nicht mehr die Kraft, einen Finger zum Mund zu heben oder die Schwester anzuweisen, ihn hinauszuwerfen. Jetzt schien es kaum glaublich, dass Stephen vor nicht allzu langer Zeit vor diesem Mann gestanden und versucht hatte, sein aufgeregtes Stottern und seine zitternden Hände unter Kontrolle zu bringen, während er seine impertinenten Vermutungen vorbrachte. Aber nun wusste er, wie die Dinge wirklich lagen – oder hatte zumindest starke Indizien für seine These, und die wollte er jetzt laut aussprechen. Bayber konnte nichts tun, um ihn daran zu hindern.

»Mr. Cranston hat mir große Freiheiten bei der Untersuchung des Gemäldes eingeräumt. Wir mussten eine Reihe von forensischen Tests durchführen, um dem potenziellen Käufer das nötige Material im Hinblick auf die Echtheit des Werkes an die Hand zu geben, also, um ein hieb- und stichfestes Gutachten erstellen zu können. Die dazu notwendigen Geräte haben wir bei Murchison & Dunne allerdings nicht.«

Er machte eine kurze Pause, weil er unsicher wurde und darauf hoffte, dass irgendeine Reaktion auf seine Worte erfolgte. Seine Handflächen wurden feucht, und er fragte sich, ob Bayber langsam ungeduldig oder gar zornig wurde, aber da der Maler weder die eine noch die andere Emotion ausdrücken konnte, war es ein reines Ratespiel. Stephen lehnte sich in seinen Stuhl zurück und schaute über die Schulter nach der Krankenschwester, aber die schien völlig gefesselt von ihrer Zeitschrift.

»Mit der Signatur habe ich angefangen. Wie Sie sich denken können, war sie echt. Aber die forensische Analyse untersucht nicht bloß Muster, Mr. Bayber. Es geht nicht nur um die Schwünge der Handschrift oder die Frage, wo der Künstler den Pinsel angesetzt und wieder abgehoben hat.«

Stephen spürte dieselbe Aufregung wie im Labor, wo er sich vor den riesigen weißen Wänden ganz klein vorgekommen war, während er die vergrößerten Pinselstriche auf steriler Oberfläche betrachtet hatte. Jetzt fühlte es sich an, als glitte er aus dem Zimmer, weg von dem hellen Licht, das durch die Fenster strömte, weg von der kalten, papierartigen Haut von Baybers Hand, weg von dem Geraschel der Zeitschrift, die mit klebrigen Fingern umgeblättert wurde. Er befand sich wieder in der pulsierenden Stille des Labors und stand vor Baybers gigantischer Signatur, betrachtete die geschwungenen Lettern, die wie ein riesiges Labyrinth an der Wand prangten.

»Ich kann eine Signatur lesen, Mr. Bayber. Ich kann Stolz erkennen, Zögerlichkeit, Frust. Ich kann unterscheiden zwischen einer Signatur, die ein Künstler ohne Hintergedanken auf sein Bild kritzelt, weil er meint, es gebe nichts mehr hinzuzufügen, und einer solchen, die er mit akribischer Sorgfalt auf die Leinwand aufträgt, als könnte er sein Werk nicht freigeben.« Bildete er sich das ein, oder verengten sich Baybers Augen? Seine Hand jedenfalls bewegte sich keinen Millimeter, aber Stephen glaubte, einen beschleunigten Puls zu fühlen.

»Ich habe mich mit Ihren bekannten Signaturen beschäftigt. Es gibt keinen Zweifel daran, dass auch die Triptychontafel von Ihnen signiert wurde. Ich erkenne ähnlichen Druck, ein ähnliches Unterbrechungsmuster, und der Abschwung am Y ist nahezu gleich. Und doch ist da ein Unterschied. Bei dieser Signatur war mehr Farbe auf dem Pinsel als sonst. Sie haben ganz langsam unterschrieben. Sie wollten nicht, dass das Werk fertig wird, habe ich recht?«

Er ließ Baybers Hand los und stand auf, um sich zu strecken. Als er zum Fußende des Bettes ging, folgte Bayber ihm mit den Augen und atmete schneller.

»Natürlich genügt eine Signatur nicht, um die Echtheit eines Werkes zu bestätigen. Das erste Mal, als ich das Bild sah, bemerkte ich eine deutliche Übermalung in zwei Bereichen. Vielleicht haben Sie ja eine alte, schon gebrauchte Leinwand benutzt. Das wäre nichts Ungewöhnliches. Aber meine Neugier war geweckt, und deswegen habe ich einige Untersuchungen durchgeführt: mit UV- und Infrarotstrahlen und mit sichtbarem Licht. Damit kann man tieferliegende Kohlezeichnungen aufspüren und die Materialien und Pigmente der unteren Schichten bestimmen. Danach habe ich klarer gesehen, war aber immer noch nicht ganz im Bilde, wenn Sie mir das Wortspiel verzeihen wollen. Hier kommt die Röntgenstrahlung ins Spiel. Das Labor verfügt über ein Computerradiografiesystem, mit dem man die Aufnahmen auf einem Laptop oder einem hochauflösenden Monitor darstellen kann. Es arbeitet nämlich mit wiederverwendbaren Phosphorfolien, das heißt, man braucht keinen Film mehr, was einerseits aufschlussreich, andererseits ziemlich mühsam ist.«

Bei dem Wort »mühsam« schlossen sich Baybers Augen, und Stephen redete nicht mehr weiter. Wie war es nur möglich, dass niemand außer ihm selbst einen Sinn für die Schönheit dieser Apparaturen hatte? Die bloße Nennung des Begriffs »Thermolumineszenz« hatte auf die meisten Leute denselben Effekt wie eine Schlaftablette, aber Stephen assoziierte mit diesem Wort Magie und Erhabenheit. Es war die Wissenschaft, die es den Fachleuten erlaubte, unter die Oberfläche eines Gemäldes zu sehen und seine Anfänge als Skizze zu würdigen, die Wissenschaft ermöglichte es, auf Eichentafeln gemalte Bilder zu datieren, indem man die Jahresringe des Holzes bis ins Jahr 5000 vor Christus zurückrechnete, und die Wissenschaft machte es auch möglich, das blaue Gewand der Jungfrau daraufhin zu untersuchen, ob es mit Ultramarin aus dem kostbaren Lapislazuli gemalt wurde oder mit dem erschwinglicheren Azurit.

»Ich sehe, Sie sind erschöpft, Mr. Bayber. Ich komme also zum Punkt. Mit einer Röntgenaufnahme kann ich erkennen, ob eine Leinwand winzige Risse hat, die repariert wurden. Oder ob die Trägerplatte Löcher hat oder die Grundierung gelitten hat. Ich kann sehen, ob die Kanten beschnitten sind oder Teile hinzugefügt wurden. Aber vor allem kann ich feststellen, was vorher dort war. Ich kann sehen, was Sie übermalt haben. Auf dem ersten Bild ruhte Alices Hand nicht auf dem Vogelkäfig, nicht wahr?«

Jetzt hatte er Baybers volle Aufmerksamkeit. Seine Atmung beschleunigte sich, und sein Mund bewegte sich, als versuche er, irgendein Wort hervorzubringen. Baybers Gesichtsfarbe war von kalkweiß in bleich übergegangen, und seine Hand zuckte unruhig.

»Ihr Arm streckte sich in Richtung der Bildkante – oder dahin, wo jetzt die Bildkante ist –, und sie hielt jemanden an der Hand. Die Finger dieser unbekannten Person sind in der Farbschicht darunter klar zu erkennen. Das war interessant. Wessen Hand hielt Alice ursprünglich? Aber dann fiel mir noch etwas auf. Alice trägt einen Ring am linken Zeigefinger – einen dünnen Ring mit einem kleinen Herz in der Mitte. Der größte Teil ihrer Hand wird von Ihrer Hand überdeckt, aber den Ring sieht man ganz klar. Ich habe daraufhin noch einige Aufnahmen mit verkürzter Expositionszeit gemacht, um ein möglichst scharfes Bild zu bekommen. Die Muskulatur und die Größe der Finger der verborgenen Person legen nahe, dass es sich um eine Frau handelt. Seltsamerweise trägt diese Frau ein ganz ähnliches Schmuckstück: einen dünnen Ring mit einem Herz in der Mitte. Aber sie trägt ihn am kleinen Finger, nicht am Zeigefinger. Ihre Gelenke sind leicht geschwollen, und die Winkel der Finger zueinander wirken seltsam – als wäre die Hand irgendwie missgebildet. Ich habe diese beiden Bereiche vergrößert – also die Hand der unbekannten Frau, die unter der obersten Farbschicht verborgen ist, und Alices Hand auf dem sichtbaren Bild –, und beide miteinander verglichen: die Form der Fingernägel, die relative Länge der verschiedenen Finger, die Lage der Knochen. Abgesehen von minimalen Unterschieden, die man auf Alter oder Krankheit zurückführen könnte, sind die beiden Hände nahezu gleich.«

Stephen ging zu dem Klappstuhl neben dem Bett und setzte sich wieder hin. Er nahm ein Glas Wasser mit Strohhalm vom Nachttisch und hielt es Bayber hin. Mühsam nahm der Künstler einen Schluck und ließ sich erschöpft zurück in die Kissen fallen.

»Die Kritik hat Sie für Ihre kleinteilige Darstellung gelobt.« Stephen dachte an das erste Mal, als er eins von Baybers Bildern gesehen hatte. »Es ist wie bei einem Puzzle, nicht? Je länger man hinschaut, desto mehr entdeckt man. Und wenn man einmal etwas entdeckt hat, kann man es nicht mehr ungeschehen machen. Der Betrachter kann das Bild dann nicht mehr so auf sich wirken lassen wie beim ersten Mal. Der erste Eindruck ist unwiederbringlich fort.«

Im Zimmer war es still. Als Stephen lauschte und nichts hörte, begriff er, dass die Krankenschwester nicht mehr die Seiten ihrer Zeitschrift umblätterte, sondern zuhörte. Er lehnte sich zu Bayber hin und flüsterte ihm den Rest ins Ohr.

»Die Details haben mir alles verraten. Sie haben Alice eine Narbe am rechten Zeigefinger gegeben, mit bloßem Auge kaum zu erkennen. Wie der Faden einer Spinnwebe, der von ihrem Fingernagel bis zum ersten Gelenk läuft. Ich habe sie erst nach einer Weile entdeckt, aber jetzt weiß ich, dass sie da ist, und jetzt kann ich meine Entdeckung nicht mehr ungeschehen machen. Nun schaue ich immer als Erstes nach der Narbe, so als könnte sie in der Zwischenzeit verschwunden sein. Oder vielleicht habe ich auch Angst, ich hätte sie mir nur eingebildet.« Stephen schwitzte. Wann war es im Zimmer denn so warm geworden? Von seiner Stirn lief ein Schweißtropfen hinab, und sein Hemd klebte ihm am Rücken. Er hielt die Luft an. Wenn Bayber doch nur sprechen könnte, um ihm zu verraten, was er wirklich von ihm wollte.

»Dieselbe Narbe ist auf der Hand der Unbekannten zu sehen. Was bedeutet, die Unbekannte auf der linken, fehlenden Tafel ist Alice oder eine ältere Version von Alice. Ich habe leider noch nicht genügend Zeit gehabt, um auch die andere Hälfte des Gemäldes so eingehend zu untersuchen, aber da sich dort ebenfalls übermalte Bereiche finden, liegt es nahe, dass eine ältere Version von Natalie die fehlende rechte Tafel ziert.«

Das Wort »fehlend« setzte eine Kettenreaktion in Stephens Gehirn in Gang. Die Antwort auf alles tanzte ihm vor der Nase herum, aber sobald er den Gedanken packen wollte, war er wie ein Blitz verschwunden. Er knirschte mit den Zähnen, um sich zu konzentrieren, und ignorierte das dumpfe Pochen in seinem Kiefer. Ein paar Mal bog er in die falsche Hirnwindung ab, nahm dann noch einen Umweg um flackernde Synapsen herum, aber dann war der Gedanke plötzlich da, eingesperrt in einer dunklen Sackgasse. Als er ihn endlich zu fassen bekam, wurde alles hell und klar – jetzt wusste er, was Bayber eigentlich von ihnen wollte. Das Licht im Zimmer stach Stephen in die Augen, und er spürte, dass ein Migräneanfall im Anzug war, der wie ein rollender Ball aus brüllend heißer Luft und zuckenden Blitzen auf ihn zukam. Er kniff die Augen zu, aber es war zu spät.

»Es geht Ihnen gar nicht um die anderen Tafeln des Triptychons«, flüsterte er Bayber zu und griff sich an den Kopf, um zu verhindern, dass sein Gehirn zu den Seiten herausquoll. »Es geht um die Schwestern, nicht wahr? Sie wollen, dass wir Alice und Natalie finden. Das war von Anfang an Ihr Anliegen.«

Stephen erinnerte sich nur noch schwach an die Taxifahrt nach Hause. Wie er es überhaupt geschafft hatte, ein Taxi anzuhalten, war ihm schleierhaft. Er zog die Jalousien zu und ließ sich aufs Bett fallen. Ihm war übel, und er zitterte, sein Oberarm schmerzte. Vorsichtig berührte er die Stelle – da würde bald ein blauer Fleck entstehen, zuerst tintenfarben, dann erbsengrün, dann schwefelgelb. Dort hatte ihn Baybers Krankenschwester gepackt und mit der Kraft einer berufsmäßigen Ringerin aus dem Zimmer geworfen. Als die Frau mitbekommen hatte, dass ihr Schützling angegangen wurde, hatte sie sich in ein Monster verwandelt.

Stephen rieb sich das Handgelenk, das Bayber fest umklammert hatte. Bei der Nennung der Mädchennamen war Leben in ihn gekommen, und dann war die ganze Kraft, die er noch in sich hatte, in seine Finger geflossen. Spucke tropfte aus seinem Mund, als er immer wieder denselben Laut zischte – *sssah, sssah* – und mit der freien Hand in der Luft herumfuchtelte. Stephen hatte panische Angst, er könnte Bayber so zugesetzt haben, dass er einen zweiten Schlaganfall bekam. Doch Bayber wurde nicht schwächer, sondern stärker; er heftete seine Augen auf Stephen, während er verzweifelt versuchte, sich irgendwie auszudrücken, entweder, um Stephens Worte zu bestätigen oder um sie zu zurückzuweisen.

Stephen rollte sich auf den Bauch und zog sich das Kissen über den Kopf. Im Dunkeln schwebten verschiedene Frauen vorbei: Chloe, Alice, Natalie und Lydia, die sich alle um seinen schmerzenden Kopf kümmerten, ihn mit ihren zarten Händen an der Wange streichelten und ihm über die Haare strichen. Dann vereinigten sich die Frauen in der Person von Mrs. Blankenship, die nicht an seinem Wohlergehen interessiert war, sondern das Gesicht verzog und enttäuscht den Kopf schüttelte. Mrs. Blankenship wiederum verwandelte sich in die Krankenschwester, die ihn so heftig schubste, dass er mit dem Kopf irgendwo anstieß und Sterne sah – aber halt, er war aus dem Bett gefallen, und das pulsierende Flackern in seinem Kopf war nichts anderes als die Leuchtreklame der Bar gegenüber. Er streckte den Arm aus, zog die Decke aus dem Bett und breitete sie, so gut es ging, über sich aus. Dort auf dem Boden, ein Ohr gegen den kalten Holzboden gepresst, verbrachte er die Nacht.

Am nächsten Vormittag konnte er endlich wieder die Augen öffnen, ohne dauernd blinzeln zu müssen, und er zog sich mühevoll wieder nach oben auf die Matratze. Sein Kopf schien eine einzige weiche Masse aus abflauenden Schmerzen zu sein, durchbohrt von vereinzelten Stichen hinter dem linken Auge. Er lehnte sich gegen einen Stapel Kissen und ließ die Ironie der Szene auf sich wirken: Er war praktisch Baybers Doppelgänger, wie er so dasaß und sich nicht bewegte, damit die Migräne nicht wieder ausbrach. Nachdem er eine Weile ganz stillgehalten hatte, wich das Fiepen in seinem Gehirn einem besser erträglichen weißen Rauschen. Seine überall verstreuten Gedanken kehrten langsam zu ihm zurück und lagerten sich wieder in seinem Kopf ein, wenn auch in anderen Hirnwindungen als zuvor.

Ohne den Kopf zu drehen, holte er Bleistift und Block aus der obersten Schublade seines Nachttischs. Das rhythmische Kritzeln mit dem Stift hatte etwas Beruhigendes, und bevor er sichs versah, hatte er eine cartoonartige Version des Bildes, das ihn umtrieb, auf das Papier gebannt: die Kessler-Schwestern auf dem Sofa mit einem lüsternen Bayber zwischen ihnen. Er blätterte die Seite um und zeichnete jetzt Hände und Unterarme: die Hand von Alice und die jener Frau, die er für die ältere Alice hielt; ihre Finger waren ineinander verschränkt. Dann fertigte er noch eine entsprechende Skizze von Natalie an.

Anhand der Winkel der Unterarme konnte er darauf schließen, wie die älteren Versionen der Schwestern auf ihren jeweiligen Bildern positioniert sein mussten. Er war sich sicher, dass diese Bilder so aussahen, dass er auf dem richtigen Weg war, aber letztlich konnte auch er bloß raten. Er sah einen vertikalen Ausschnitt der älteren Alice vor sich und einen weiteren von Natalie; die Muskulatur ihrer Arme legte nahe, dass sie die jüngeren Versionen von sich selbst in die Zukunft hineinzogen. Aber er konnte nicht sagen, ob Bayber einzelne Bereiche der fehlenden Tafeln ebenso übermalt hatte und, falls ja, warum. Hatte ihn das fertige Triptychon enttäuscht? Stephen dachte an den kranken Bayber im Bett, an die erstaunliche Festigkeit seines Griffs. Nein, Enttäuschung über das Bild schien kein wahrscheinliches Motiv.

Stephen setzte sich auf und betrachtete die Wände seines Schlafzimmers, die bedeckt waren mit Reproduktionen von Baybers bekannten Werken und mit Fotografien, die er von dem Gemälde gemacht hatte, Nahaufnahmen und Totalen. Er konnte leicht sehen, dass Bayber kein anderes Werk geschaffen hatte, das es künstlerisch mit den *Kessler-Schwestern* aufnehmen konnte. Als er sich wieder hinlegte, zogen tausend Gesichter an ihm vorbei, aber er hatte nur Augen für die Mädchen auf dem Sofa und für Bayber. Das Trio umkreiste ihn aus allen möglichen Blickwinkeln, und dann war er plötzlich selbst in dem Bild, zusammen mit den drei

Figuren. Die leichte Brise, die sich in den Vorhängen fing, strich ihm über die Haut, und der warme grüne Duft des Sommers stieg ihm in die Nase. Was davon war real?

Er stand aus dem Bett auf, nahm den Rucksack, den er in eine Ecke geworfen hatte, und suchte darin nach seiner Kamera. Er sah sich die Bilder an, die er bei den Edells aufgenommen hatte. Ja, er hatte die meisten Einzelheiten richtig im Kopf gehabt. Die Buntstiftzeichnung konnte man ganz klar an den Anfang von Baybers Karriere setzen. Das Datum 1963 stimmte; damals hatte der Künstler noch nicht ganz zu seinem Stil gefunden. Da waren sie, die Kesslers, und saßen unbeholfen auf ebenjenem Sofa; die Eheleute bildeten das Zentrum. Alice mit ihrer wilden blonden Mähne befand sich zur Linken ihres Vaters, Natalie saß zur Rechten der Mutter, die Augen niedergeschlagen. Der Hintergrund war kaum ausgearbeitet, aber Stephen erkannte einige Gegenstände, die er zusammen mit Finch im Ferienhaus gesehen hatte: die Standuhr, den Stapel Atlanten, die Teppiche.

Und dann war da noch der Käfig. Stephen hatte drei Bilder davon im Kopf: die Darstellungen der Doughty-Studie und des Ölgemäldes – und die reale Version, der Käfig in seiner abgegriffenen physischen Schönheit, wie er auf dem Nachttisch im Sommerhaus stand. Stephen betrachtete die Fotos an den Wänden und an der Decke seines Zimmers. Nur auf der Tafel des Triptychons stand die Käfigtür leicht offen, fast so, als wäre etwas Kostbares fortgeflogen.

Stephen stolperte in die Küche und machte sich eine Schüssel Instant-Haferbrei. Er schüttete etwas angesäuerte Milch über die staubfarbenen Flocken und löffelte alles mit einer Schöpfkelle, dem einzigen sauberen Besteckteil, in sich hinein. Was übersah er bloß? Er blätterte den Block um und notierte seine Erkenntnisse in seiner gewohnten Kurzschrift. Wohin waren die Kessler-Schwestern verschwunden, und warum waren sie so überstürzt aufgebrochen? Warum war das Haus fünfunddreißig Jahre lang nicht verkauft worden? Und da war auch noch der Vogel. Finch glaubte zwar, die Figur spiele keine Rolle bei der Suche nach den Bildern, aber für Stephen war die Entdeckung des leeren Käfigs ein entscheidender Moment gewesen. *Jedes Detail ist wichtig*, hatte sein Vater oft gesagt, wenn er Stephen zeigte, was ein Künstler ausdrücken wollte. Der Vogel also. Er kritzelte an seinen eigenen Buchstaben herum, zog ihre Konturen mit Tinte nach.

Nachdem er sein wenig ansprechendes Frühstück beendet hatte, stellte er die Schüssel und den Löffel in die Spüle zu dem schmutzigen Geschirr der vergangenen Woche und ging zurück ins Schlafzimmer, um seinen Laptop zu holen. Dann setzte er sich an den Küchentisch, den er zunächst mit einem Schwung seines Arms von Papieren und Krümeln säuberte.

Er konzentrierte sich auf einen kleinen Fleck an der Wand und überdachte das Problem aus einem anderen Blickwinkel. Es drehte sich alles um die Mädchen. Jeder Aspekt konnte auf sie zurückgeführt werden. Er nahm sich die Ergebnisse seiner Recherchen vom Beginn des Auftrags vor. Damals hatte er beim zentralen Sterberegister nachgefragt und keine Treffer erzielt. Er jagte also keinen Gespenstern hinterher. Und die Lebenden hinterließen Spuren, verstreuten Daten über sich selbst wie winzige Brotkrumen, ob sie wollten oder nicht. Er musste nur den richtigen Ansatzpunkt finden.

Bei seiner Suche nach Natalie Kessler hatte er mehr als nur grundlegende Informationen gefunden. Sie hatte 1965 ihren Abschluss an einer privaten Mädchenschule namens Walker Academy gemacht und vier Jahre später ein kleines geisteswissenschaftliches College absolviert. Auf dem Klassenfoto brauchte er keinen Blick auf die Namen am unteren Rand zu werfen. Zwischen den breitschultrigen, ernsten jungen Frauen stach ein Gesicht heraus: ein durchdringender Blick, gefrorene Anmut.

Er legte das Schwarz-Weiß-Foto zu den anderen Bildern von ihr, die er in seinem Kopf abgespeichert hatte, und bemerkte, dass er dabei war, sich an ihre Schönheit zu gewöhnen. Ihre Unnahbarkeit sorgte für einen sicheren Abstand zwischen ihnen – nur in seinen Träumen nicht. Dort waren Natalie und Chloe inzwischen austauschbar geworden. Mit Chloe lag er im Bett, Chloes schlanker weißer Körper streckte sich neben ihm aus, und ihre Kurven wanden sich wie ein Fluss, der sich seinen Weg durch die weiche Erde bahnte. Doch irgendwann verwandelte sich ihre Haut in Gold, ihr Haar wurde heller und länger und ringelte sich an den Spitzen, ihre Finger gruben sich fest in seine Schulter und verschmolzen mit ihm. Als er plötzlich merkte, dass sie die Falsche war, schämte er sich für das, was er ihr angetan hatte, dieser Frau, die er niemals kennengelernt hatte. Er hatte sie niedergedrückt und ihr Haar durch seine Faust gleiten lassen. Beim Aufwachen musste er die Frauen aus seinem Kopf vertreiben, ihren Duft aus seiner Nase, ihren Geschmack aus seinem Mund verbannen.

Er loggte sich in das Intelius-Konto von Murchison & Dunne ein. Vielleicht konnte der Recherchedienst ihm weitere Informationen verschaffen. Aber er fand nichts über die beiden Frauen nach dem Jahr 1972. Die Suche nach Bildern verlief etwas erfolgreicher. Er entdeckte ein altes Zeitungsfoto, auf dem einige junge Leute zu sehen waren, die miteinander anstießen. Die Bildunterschrift lautete: »College-Absolventen aus New Fairfield feiern den 4. Juli«, und das Foto war datiert auf den 5. Juli 1969. Da war Natalie, in der Mitte und ganz vorne, die Hände im Schoß gefaltet, während alle anderen wie eine verpixelte, schwarz-weiße Masse wirkten. Hinter Natalie stand ein schwerfälliger junger Mann, dessen Hände mit ihren Schultern verschmolzen. Stephen vergrößerte die Unterschrift, um den Namen zu entziffern: George Reston junior.

George Reston junior hatte offenbar keine Probleme damit, Datenspuren zu hinterlassen. Als Stephen die Suchanfrage leicht abwandelte, bekam er eine Fülle an Informationen frei Haus geliefert, ein digitales Porträt von George junior, das beinahe schmerzhaft detailreich war. Sein Vater hatte wegen finanzieller Mauscheleien für kurze Zeit im Gefängnis gesessen, seine Eltern hatten großzügige Spenden an diverse künstlerische Vereinigungen geleistet, und die Familie besaß ein Ferienhaus am Seneca Lake. Stephen betrachtete die Adresse und stutzte. So einfach konnte es doch nicht sein! Eine ganz einfache Verbindung, und er hatte sie nicht gesehen. Freundschaft! Warum hatte er nicht an das Nachbarhaus der Baybers gedacht? Das Haus, das die Kesslers jeden August gemietet hatten. Das Haus, das den Restons gehörte. Dass auch Finch die Verbindung übersehen hatte, entmutigte Stephen. Vielleicht war es ja das, was Lydia als Gemeinsamkeit bei ihnen ausgemacht hatte: eine Stumpfheit im Hinblick auf Freundschaften.

Jetzt, da er die Landkarte gefunden hatte, lag der Weg deutlich vor ihm. Die Edells schickten ihre monatlichen Schecks an Steele & Greene. Als Stephen Steele & Greene zusammen mit George Reston abfragte, stieß er auf einige Treffer. Ein kurzer Zeitungsartikel von 1972, in dem vermeldet wurde, dass Constellation Investments eine neue Tochtergesellschaft gründeten: Steele & Greene, eine Immobilienverwaltung. Zum Geschäftsführer ernannt hatte man George Reston junior, achtundzwanzig Jahre alt.

Stephen fand ein körniges Schwarz-Weiß-Foto von George Junior, auf dem er genervt und gelangweilt wirkte. Über seinem nichtssagenden, dicklichen Gesicht ringelten sich seine dichten Locken. Er hätte einer der namenlosen Männer sein können, die Stephen jeden Tag zu Hunderten auf den Straßen des Bankenviertels sah: Männer mit gestärkten Hemdkragen, gesunder Wohlstandsfarbe auf den Wangen und entschlossenen Schritten, unterwegs, um die Geschäfte der Welt zu regeln. *Du könntest wenigstens lächeln, du Schnösel,* dachte Stephen mit einem Hauch von Neid. Aber der verflüchtigte sich schnell, als er eine andere Seite anklickte: eine Liste der Manager von Constellation Investments, aus der hervorging, dass im Jahre 1972 ein George Reston senior im Vorstand von Constellation saß, nachdem er zuvor der Geschäftsführer gewesen war. Hätte Stephens eigener Vater nicht dasselbe für ihn getan? Hatte er das nicht sogar versucht?

Es gab keine Webseite von Steele & Greene, nicht mal eine Telefonnummer. Als er die Adresse recherchierte, die Winslow Edell ihm gegeben hatte, stieß er auf ein Post-Servicezentrum in Hartford. Wenn Steele & Greene überhaupt im physischen Sinne existierten, hatten sie sich gut versteckt. Danach fand Stephen heraus, dass das Grundstück der Kesslers in der Bebauungssatzung der Gemeinde nur für ein Einfamilienhaus freigegeben war. Es war auch nicht besonders groß, daher war es höchst unwahrscheinlich, dass das Land verkauft und an mehrere Eigentümer unterverteilt worden war. Warum gab sich eine Immobilienverwaltung mit einem Einfamilienhaus in einem kleinen Ort in Connecticut ab? Er betrachtete noch einmal das Bild der Studenten am Nationalfeiertag. Georges fester Griff um Natalies Schulter wirkte, als wollte er sie in ihren Stuhl drücken. *Was man im Namen der Freundschaft so alles tut,* dachte Stephen. *Oder im Namen der Liebe.*

Jetzt konnte er bloß noch das Postzentrum in Hartford unter die Lupe nehmen, ansonsten war hier Schluss. Falls das Haus noch den Kesslers gehörte, dann floss die Miete der Edells entweder in George juniors Tasche, oder er leitete sie an Natalie weiter. Wenn er dem Geld folgte, konnte er sie vielleicht aufspüren. Und wenn er sie aufspüren konnte, dann würde er möglicherweise auch die beiden fehlenden Tafeln des Triptychons finden.

Es reichte ihm, dass er das Rätsel gelöst hatte. Sollten doch Finch und die anderen sich den Kopf darüber zerbrechen, was das Bild aussagte. Stephen wollte einzig und allein, dass sein Ruf wiederhergestellt wurde, dass es noch ein Bild gab, das auf ihn wartete, und danach noch eins und noch eins und so weiter. Das Entdecken war eigentlich alles, was ihn interessierte. Er war an die Aufregung gewöhnt, die er verspürte, wenn er die Herkunft eines Bildes bestimmen sollte. Nicht gewöhnt war er daran, dass ein Bild ihn verfolgte, ihn mit seiner Geschichte belastete, ihn dazu brachte, sich die Lebensgeschichten von Menschen auszumalen, die in mehr als nur zwei Dimensionen existierten.

Er schüttelte den Kopf und versuchte, sich wieder zu konzentrieren. Er war kein Experte darin, irgendwelche Geldströme zu verfolgen. Aber nachdem er noch einige Minuten auf den Bildschirm seines Laptops gestarrt hatte, wusste er plötzlich, wer ihm helfen konnte. Für Simon Hapsend, den Mann, dessen Büro er übernommen hatte, war sein Problem ein Kinderspiel.

Stephen hatte eine E-Mail von Simon bekommen, kurz nachdem dieser die Firma verlassen hatte. Darin stand kryptisch: »Nur für den Notfall. Auswendiglernen und vernichten. SH.« Und dann noch zehn Ziffern. In den letzten zweieinhalb Jahren hatte es keinen Grund gegeben, diese Ziffern zu wählen. Die Vorwahl war leicht zu merken gewesen: 347. Die übrigen Ziffern hatte Stephen jeweils mit einem Buchstaben von Simons Nachnamen verbunden, um sie in seinem Gedächtnis zu verankern. Er nahm den Hörer auf und wählte. Es piepte, und dann folgte eine Computerstimme, die dazu aufforderte, seinen Namen zu nennen. Stephen rief: »Simon, du hast damals gesagt, nur im Notfall. Das ist ein Notfall. Ich brauche jemanden mit deinen … sagen wir, Fähigkeiten und Talenten, um eine vermisste Person aufzuspüren. Du musst mir dabei helfen, einem bestimmten Geldstrom zu folgen. Es ist wahrscheinlich nichts Verbotenes dabei, aber das kannst du sicher besser beurteilen als ich. Bitte ruf mich so bald wie möglich zurück. Ach ja, hier ist Stephen. Von Murchison & Dunne.« Er hinterließ seine Kontaktdaten, Telefonnummern und E-Mail-Adresse und legte den Hörer wieder auf. Am nächsten Tag würde er Finch beim Abendessen treffen. Es gab keinen Grund, ihn anzurufen, solange Stephen nicht wusste, ob irgendetwas Sinnvolles bei seinen Recherchen herauskam. Darum nahm er einen Bleistift zur Hand und erstellte eine Liste der einladungstauglichen Kleidungsstücke, die er besaß, und wartete geduldig darauf, dass Simon Hapsend ihn zurückrief.

10

Wie hat sie denn ausgesehen, Miss Alice?«

Mindestens hundert Mal hatte sie Frankie schon gebeten, sie nicht so zu nennen. Miss Kessler oder Alice, beides wäre ihr lieber gewesen als diese Anrede. Das unangenehme Zischen in Verbindung mit ihrem Vornamen ließ sie erschaudern und machte ihr jedes einzelne ihrer achtundfünfzig Lebensjahre bewusst. Doch Phinneaus hatte seinem Neffen Südstaaten-Manieren beigebracht, und darum war es vergebliche Mühe, ihn davon abzubringen.

»Du sollst doch lernen. Und außerdem ist das eine sehr unhöfliche Frage. Was würde deine Mutter wohl dazu sagen?«

Frankie hatte genug Feingefühl, um beschämt auszusehen, jedenfalls kurz. Alices eigene Beschämung war ungleich größer, als sie begriff, wie taktlos es gewesen war, die Mutter des Jungen zu erwähnen. Zum Glück schien sich Frankie mehr Sorgen zu machen, sein Onkel könnte erfahren, wie schlecht er sich benommen hatte. »Sie werden ihm doch nichts verraten, oder, Miss Alice? Ich hab noch nie einen toten Menschen gesehen. Ich wollte echt nicht unhöflich sein.«

Sie betrachtete den Jungen, der die Lippen zusammenkniff und auf ihre Entgegnung wartete. Mit weit aufgerissenen Augen sagte sie: »Miss Natalie hat genauso ausgesehen wie immer.« Sie machte eine kleine Kunstpause. »Nur steifer.«

Im selben Moment kam sie sich auf verwirrende Weise makaber vor. Was war bloß los mit ihr? Aber Frankie stieß einen aufgeregten Pfiff aus. Auf eine solche Antwort hatte er gewartet: schaurig genug, um seine Kameraden zu beeindrucken, und unscheinbar genug, um selbst etwas dazuzuerfinden.

»Und außerdem sagt man nicht ›echt‹, sondern ›wirklich‹.«

Frankie runzelte die Stirn, bemüht, ihre Verbesserung in sich aufzunehmen. Er betrachtete seine Umwelt mit der typischen Neugier eines Achtjährigen. Ein Ausdruck wie »mit einem Bein im Grabe stehen« löste in ihm eine ganze Reihe gruseliger Vorstellungen aus. Vor zwei Wochen hatte er aufgeschnappt, wie Saisee diese Worte im Zusammenhang mit einer kranken Tante gebrauchte, und es war offensichtlich, dass dieses Bild ihn verstört hatte. Auf dem Nachhauseweg von der Schule klammerte er sich an seinem Onkel fest, bis sie den Friedhof endlich passiert hatten.

»Dafür ist der Zaun da, nicht wahr, Phinneaus?«

»Was meinst du?«, hatte Phinneaus gefragt und eine der spitzen Eisenstangen mit der Hand umfasst.

»Er soll doch die Füße der Leute raushalten, damit sie nicht gepackt und rübergezogen werden.«

Später erzählte Phinneaus Alice die ganze Geschichte, und beide schütteten sich aus vor Lachen. In diesem Augenblick hatte sie eine große Zuneigung zu ihm verspürt. Sie war ihm dankbar dafür, dass er einen Platz in seinem Leben für sie gefunden hatte, auch dann noch, nachdem Frankie aufgetaucht war, und dass er sich große Mühe gab, ihre Freundschaft zu pflegen. Frankie gehörte ihr nicht, das war ihr immer klar gewesen. Er hatte ja eine Mutter, nämlich Phinneaus' Schwester, die eines Tages vielleicht wieder zurückkommen und Ansprüche auf Frankie erheben würde. Aber bis dahin gab es zwischen ihr und dem Jungen eine Verbindung, und dafür war sie dankbar.

»Das heißt natürlich, dass er uns alt findet«, sagte Phinneaus. »Vielleicht stehen wir nicht mit einem Bein im Grabe, aber durchaus mit ein oder zwei Zehen. Kein Wunder, dass er mich immer auf die andere Straßenseite zieht.«

»Sind wir denn alt?« Die Zeit war einfach von ihr fortgeflogen, die Minuten waren wie Vögel mit einem einzigen Flügelschlag verschwunden. Wie seltsam, dass sie sich immer alt gefühlt hatte, als sie in Wirklichkeit noch jung war. Und jetzt, da man sie nicht mehr jung nennen konnte, egal, aus welchem Blickwinkel man es auch betrachtete, da kam sie sich nicht alt vor. Sie hatte eher das Gefühl, endlich ganz bei sich angekommen zu sein und in dem Alter, das ihr entsprach.

Frankie beugte sich über seine Schularbeiten und seufzte. Alice lächelte. Als Aufsichtsperson eignete sie sich durchaus. Sie sah sich im Zimmer um. Ab wann war ihr das Haus nicht mehr fremd, sondern vertraut vorgekommen? Das, was sie immer geärgert hatte – der schiefe Parkettboden, die winzigen Sprünge in einem der hohen Fenster, der modrige Geruch nach Rüben, der in allen Ritzen hing und aus irgendeinem vergessenen Keller hochstieg –, hatte sich so fest in ihr Bewusstsein eingegraben, dass es zu einem

Teil von ihr geworden war. Und das Haus selbst war robuster, als sie geglaubt hatte. Fünfunddreißig Jahre hatte sie in ihm gewohnt, und die meiste Zeit hatte sie sich eingeredet, dass sie gar nicht hierhergehörte. Fünfunddreißig Jahre, in denen sie ihr Leben nur halb gelebt hatte; unwillkürlich dachte sie an die Halbwertszeit einer radioaktiven Substanz, die man in Beton gießen und vergraben musste.

Wenn sie ihr Leben nur halb gelebt hatte, dann war es Natalie, die sich den Rest genommen hatte. Ihre Schwester war älter geworden, hatte sich dieser Entwicklung aber vehement entgegengestemmt, mit einem Arsenal an Tiegeln und Tuben, mit Unterwäsche, die ihr weiches Fleisch straffte, mit Haarfarbe und Zahnweiß und Kontaktlinsen. Sie behielt ihre langen Haare und machte Kuren mit Mayonnaise, während andere Frauen sich Kurzhhaarfrisuren schneiden ließen. Sie trug Röcke, die weit über dem Knie endeten und ihre helle Haut entblößten, während die Modemagazine die Rückkehr des Maxirocks verkündeten. Während die anderen Punsch tranken, bestellte Natalie sich einen Gin Tonic; bisweilen trank sie auch ein paar Ramos Gin Fizz mit ihren Freundinnen oder solchen Frauen, die so taten, als wären sie ihre Freundinnen, um an den neuesten Klatsch heranzukommen. *Wenigstens hält sie sich an Frauendrinks,* sagte Saisee, als würde dadurch alles wieder gut.

Um dieselbe Kleidergröße wie in der Highschool zu behalten, hatte Natalie jeden Tag drei Meilen zurückgelegt; vorbei an Rubys Salon und am Eisenwarenladen, vorbei an der Bank und am Marktplatz. Vorbei an der Post, wo sie immer kurz hineinschaute, um die Briefe abzuholen, die nicht bis ins Haus zugestellt wurden – denn sie hatte ja, was ihre persönlichen Angelegenheiten betraf, ein Anrecht auf

Privatsphäre. (Eine Aussage, die Saisee als persönliche Beleidigung auffasste.) Vorbei am Diner, wo sie den Männern auf den Hockern vorm Fenster zuwinkte, woraufhin die Männer synchron von ihren Tageszeitungen aufsahen und lächelten, bis sie schon längst wieder um die Ecke gebogen war; erst dann wandten sie sich wieder blinzelnd dem Kleingedruckten zu. Vorbei am Friedhof mit seinem Zaun und der buschigen Hecke aus Forsythien und Buchs, vorbei an den postkartengroßen amerikanischen Flaggen, die neben den äußerst schlichten Grabkreuzen im Boden steckten.

Dieses ganze Herumgerenne. Vor zwei Wochen dann war sie einfach umgefallen, auf dem Weg von einer Seite des Wohnzimmers zur anderen, so als hätte sich die Schwerkraft des Teppichs mit einem Mal schlagartig verstärkt und sie unwiderstehlich angezogen. Die Vase mit den Mentzelien, Glockenblumen und Lobelien, die sie hinten im Garten abgeschnitten hatte, glitt ihr aus den Fingern und landete mit einem dumpfen Knall auf dem Perserteppich, und das Wasser darin bildete einen großen Fleck, dessen Umrisse noch immer zu erahnen waren – das behauptete jedenfalls Alice. Sie selbst hatte festgestellt, dass ihre Beine schneller reagierten, als sie es für möglich gehalten hatte. Sie hatte neben Natalie auf dem Boden gesessen, in ihr ungläubiges Gesicht geschaut und ihr die Hand gehalten. Als Natalies Finger sich um ihr Handgelenk klammerten wie die Klauen eines Raubvogels, vergaß Alice wenigstens einmal, ihrer Schwester die Kraft zu neiden.

»Tut mir leid«, hatte Natalie gekeucht.

»Ist schon in Ordnung.«

»Nein, ist es nicht.«

»Waren ihre Finger eingerollt?«

»Du meinst so wie meine Finger?« Alice streckte eine Hand vor und betrachtete sie schonungslos.

»Nee. Sie können Ihre Finger doch noch bewegen, oder nicht?«

»An guten Tagen schon.«

»Mein Cousin hat mir gesagt, wenn Menschen sterben, die noch nicht gehen wollen, rollen sich ihre Finger ein, so als würden sie sich mit aller Kraft ans Leben klammern. Sie wollen sich da festhalten, wo sie gerade sind.«

»Dein Cousin hat ja noch mehr Fantasie als du, Frankie. Das ist kaum zu glauben.«

Alice hatte Natalies Finger von ihrem Handgelenk gelöst, um ihr den Puls zu fühlen, aber keinen gefunden. Dann hatte sie die Hand ihrer Schwester wieder genommen. *Noch nicht,* hatte Alice geflüstert, *geh noch nicht*. Aber da waren Natalies Finger, die Alice schon ihr Leben lang kannte – lang und schlank, die Nägel gerade abgeschnitten, nicht zu kurz und nicht zu lang, mit Nagellack, der bereits matt wurde –, mit einem Mal schlaff geworden. Der Bestatter hatte zwei Tage lang auf Alice eingeredet, bis sie endlich eine Nagellackfarbe auswählte: einen schrecklichen hautfarbenen Ton namens Pinkee Doodle Dandy.

»Miss Natalie hätte gewollt, dass ihre Fingernägel so hübsch wie möglich aussehen«, grummelte er.

»Dann suchen Sie doch etwas aus, Albert. Ich gebe Ihnen freie Hand.«

»Das wäre nicht richtig. Sie war ja nicht meine Verwandte. Das ist die Pflicht der Familie.«

»Albert, ich habe das Kleid und die Schuhe, die Halskette und die Ohrringe ausgesucht, so wie Sie es von mir wollten. Könnten Sie bitte damit aufhören, mich wegen so unwichtiger Dinge zu behelligen?«

»Für sie wäre es nicht unwichtig gewesen«, hatte er insistiert.

Und damit hatte er recht. Für Natalie wäre das alles sehr wichtig gewesen, das wusste er genau. Das wusste die ganze Stadt genau. Orion, wo Natalie sich hingewandt hatte nach ihrer Flucht aus Connecticut, war ein Ort, wo man die sorgfältige Wahl der Kleidung eines Verstorbenen für die größte Sorge der Angehörigen hielt. Natalie hatte sie an einen Ort geführt, in dem Klatsch und Tratsch genauso wichtig waren wie Anständigkeit, in dem die bedauernswerte ältere Schwester willkommen geheißen wurde, obwohl sie eine typische Nordstaatlerin war. Gleichzeitig hatten die Einheimischen sich Alice aber immer vom Leib gehalten, unsicher darüber, ob sie eher Misstrauen oder Fürsorglichkeit verdiente. Alle außer Frankie und Phinneaus.

Da Albert weiterhin darauf beharrte, dass Alice für Natalie »etwas Hübsches aussuchen« sollte, warf Saisee ihr eine ganze Batterie von Nagellackfläschchen in den Schoß: So etwas hatte Alice nie benutzen wollen, als sie noch gekonnt hätte, und jetzt brachte sie die Deckel ohnehin nicht mehr auf. Die Farben in den Fläschchen waren ihr so fremd wie die exotischen Zahlungsmittel auf einer tropischen Insel: sonnige Koralle, klebrige Pfefferminze, Radiergummipink, Taft-Elfenbein, schreiendes Fuchsia. Das waren vielleicht Farbtöne für Vögel, für solche, die sie noch nie gesehen hatte und sich höchstens ausdenken konnte. Die Vorstellung, besondere Aufmerksamkeit auf ihre Hände zu lenken, war absurd. Der Gedanke daran weckte ein dunkles Lachen tief in ihr, das sich sofort in einen melancholischen Schrei verwandelte.

Suchen Sie etwas Hübsches aus. Etwas Hübsches. Die Worte klebten ihr im Hals fest, die Silben waren im falschen Mund gefangen. »Hübsch« hatte sie schon vor langer Zeit aus ihrem Vokabular gestrichen. Die Begriffe, die zu ihr selbst passten, klangen stumpfer: *gescheit, dickköpfig, kühl, entschlossen.*

Bisher hatte sie Natalie gehabt, gegen die sie kämpfen musste, die ihr alles abverlangte. Alice hatte nicht mehr viel vom Leben, aber selbst über dieses Wenige hatten sie sich gestritten. Aus der Entschlossenheit, mit der Alice sich gegen ihre Schwester behaupten musste, bezog sie die Motivation, um jeden neuen Tag in Angriff zu nehmen. Aber jetzt, da Natalie nicht mehr lebte, hatte etwas anderes ihre Stelle eingenommen: das Gefühl der Niederlage, das die ganze Zeit über nur geschlummert hatte und jetzt an die Oberfläche kroch.

»Phinneaus sagt, wir sollen heute Abend bei Ihnen essen«, krächzte Frankie und holte sie wieder in die Gegenwart zurück.

»Ich wusste gar nicht, dass man sich selbst zum Essen einladen darf.«

»Phinneaus meint, Sie könnten Gesellschaft gebrauchen. Sie sollten jetzt nicht alleine sein, Miss Alice.« Er riss die Augen auf. »Haben Sie Angst?«

»Angst? Wovor denn?«

Frankie begann zu flüstern. Obwohl sie schon wusste, dass es den Schmerz nicht wert war, beugte sie sich zu ihm vor, um seine Worte zu verstehen.

»Spuk.«

»Spuk? Meinst du Gespenster? Frankie, wovon redest du da bloß?«

Seine Augen waren auf ihre Füße geheftet. »Miss Natalie.«

Hätte Natalie wohl ihren Spaß daran, sie jetzt heimzusuchen? Der einzige Grund für eine Wiederkehr von Natalie wäre etwas Ungesagtes zwischen ihnen. *Spuken. Spotten.* Die Begriffe tanzten wild durch ihr Hirn. Nein, beschloss sie. Sie hatte schon genügend Gespenster im Haus. Da war kein Platz für ein weiteres.

»Sag Phinneaus, das geht in Ordnung, wenn Saisee nichts dagegen hat. Dann würde ich mich freuen, mit euch beiden zu Abend zu essen.«

»Saisee muss nicht kochen. Wir bringen das Essen mit.«

»Wenn dein Onkel nicht plötzlich zum Meisterkoch geworden ist, klingt das nicht besonders gut. Aber es geht ja um die Gesellschaft, und darum kann ich das Angebot kaum ausschlagen, nicht wahr, Saisee?«

Die Haushälterin schnaubte und glättete sich den Rock. »Also, ich weiß nich', das gefällt mir nich', dass da jemand in meiner Küche kocht. Meinen Händen fehlt nix.«

»Sie sind auch eingeladen, Saisee«, piepste Frankie. »Das hatte ich vergessen.«

»Nur weil Miss Natalie nich' mehr da ist, kann ich nich' die Hände in den Schoß legen. Ich hab zu arbeiten.«

Aber wie lange noch?, fragte sich Alice. Gestern war sie nicht in der Lage gewesen, sich über Geld Gedanken zu machen. Und heute war es genauso ungünstig. Aber bald. Bald würde sie Phinneaus bitten müssen, sich zu ihr zu setzen und mit gespitztem Bleistift ihre Finanzen durchzugehen. Sie würde zusehen, wie er mit größter Sorgfalt bestimmte Zahlen auf Kontopapier schrieb – die dann durch irgendeinen teuflischen Zauber vielfach vergrößert in einer anderen Spalte erschienen. Die Summe, die am Ende herauskam, war wie eine Kristallkugel, die ihr die Zukunft anzeigte: Sie sagte ihr, wo sie hingehen musste, was sie zurücklassen musste, wann sie sich einschränken musste. Ihre Finanzen schwanden dahin wie ihr eigener fragiler Körper, bald würde nichts mehr übrig sein, wenn sie weiterhin so viele Ausgaben bestreiten musste: Da waren die Tabletten, die Arztbesuche, der Lohn für Saisee, die Grundsteuer, die Rechnungen für Wasser und Strom und Lebensmittel. Der Tod schaute ihr schon über die Schulter, atmete Natalies Geist und machte sie leichtsinnig. *Ich könnte alles hinter mir lassen,* dachte sie. *Ich könnte damit aufhören, mich auf meine Gesundheit zu fixieren. Ich könnte damit aufhören, meine Krankheit überlisten zu wollen. Damit aufhören, müde zu sein. Ich könnte einfach aufhören.*

Aber da war noch Frankie, der da zu ihren Füßen saß und einen verängstigten Eindruck machte.

»Dieses Festessen heute Abend. Was gibt es denn da Feines?«, fragte sie und strich ihm über den Kopf.

»Ich darf nichts verraten. Das habe ich versprochen.«

»Nun, in dem Fall will ich dich nicht dazu verleiten, dein Wort zu brechen.«

Er rappelte sich auf, linkisch wie ein kleiner Junge eben war, und versprühte dabei eine fröhliche, unbekümmerte Vitalität. »Das muss ich gleich Phinneaus erzählen.« Er schaute noch einmal zu ihr hin, bevor er die Fliegengittertür öffnete. »Ich kann höchstens verraten, dass es was Kaltes gibt. Damit sag ich ja nicht zu viel.« Er blinzelte ihr zu, ganz zufrieden mit sich selbst, und knallte die Tür hinter sich zu. Dann hörte sie seine Füße die Treppe hinunterdonnern und über die Straße stolpern. Seine Geräusche verschwanden mit ihm und wurden wieder ein Teil der Außenwelt.

»Saisee, Sie sollten uns Gesellschaft leisten.«

»Ich packe ein paar von Miss Natalies Sachen zusammen, Miss Alice. Die können ja nich' einfach weiter überall rumliegen. Und sie am Ende noch anlocken.«

Alice schüttelte den Kopf. »Fangen Sie nicht auch noch an. Das glauben Sie doch selbst nicht. Natalie ist fort, und sie kommt nicht zurück, weder als Mensch noch als Geist. Verstanden?«

»Mit meinen Ohren ist alles in Ordnung.« Saisee nahm den Wäschekorb und stolzierte aus dem Zimmer. Wie Frankie blieb sie noch kurz im Türrahmen stehen und richtete das Wort an Alice. »Ich weiß, sie war Ihre Schwester. Ich weiß, es ist nich' nett, böse über die Toten zu sprechen. Aber ich bin froh, dass sie weg ist. Sie können mich rauswerfen deswegen, aber ich meine es ernst. Ich bin froh, dass sie weg ist. Sie hat immer nur an Ihnen rumgenörgelt, hat Sie klein gehalten und Ihnen Angst gemacht. Ihre Schwester wollte nix lieber als Ihnen wehtun.« Damit drehte Saisee sich um und ging in die Küche.

»Sagen Sie nichts gegen Natalie, Saisee.« Alices Ermahnung war nicht mehr als ein Flüstern, und die Haushälterin war ohnehin schon zu weit weg, um sie zu hören, aber Alice fühlte sich verpflichtet, ihre Schwester zu verteidigen, wenn auch nur dem leeren Zimmer gegenüber.

Es wäre weniger schlimm gewesen, wenn Saisee Natalies Namen ausgesprochen hätte. Damit hätte sie Alice wenigstens eine kleine emotionale Distanz verschafft. *Schwester* war die Person aus Alices Kindheit. *Natalie* war die andere, diejenige, die vor vielen Jahren den Platz dieser Schwester eingenommen hatte. Alice wartete darauf, dass in Natalies Namen Empörung oder Zorn in ihr aufsteigen würden, aber da war nichts außer der traurigen Erkenntnis, dass Saisee recht hatte. Alice hört Natalies vertraute Stimme, die mit ihrem neu erworbenen Südstaaten-Singsang Gemeinheiten von sich gab: *Gestern Abend habe ich Phinneaus beim Tanz gesehen. Ich wusste gar nicht, dass er seit Neuestem mit einer Rothaarigen ausgeht. Unglaublich, wie die sich bewegt hat! Ich hätte dazu unanständig gesagt, aber die Leute haben nicht mehr aufgehört zu applaudieren. Phinneaus braucht eine Ehefrau, jetzt, wo er die Verantwortung für das Kind hat. Eine, die genug Energie hat, um mit einem Dreijährigen fertigzuwerden, findest du nicht auch? Brauchst du dieses neue Kleid wirklich, du gehst doch niemals aus? Ich weiß nicht, ob wir uns das leisten können, wo wir doch die ganzen Ausgaben wegen deiner Medikamente haben.*

Es hatten sich kleine Risse in ihrer Beziehung aufgetan, besonders zu Anlässen wie Geburts- oder Feiertagen und wenn noch andere Menschen außer ihnen anwesend waren. Da wurde mehr erwartet als nur die üblichen Formen des Anstands. Aber es gab auch noch andere, unerklärliche Dinge. Vor Jahren hatte sie eines Nachts einfach keinen Schlaf gefunden. Der Gedanke an das, was sie verloren hatte, überwältigte sie ganz plötzlich, ohne Vorwarnung. Es hatte nicht am Datum gelegen oder an der Jahreszeit; es gab keinen besonderen Auslöser. Vielleicht war es die Stille, die das Trauma des Verlustes angezogen hatte, jedenfalls überkam es sie, als wäre es noch ganz frisch. Weinend krümmte sie sich und schluchzte so heftig, dass das Bett rhythmisch gegen die Wand schlug. Sie konnte einfach nicht aufhören. Natalies Hand auf ihrer Schulter fühlte sich so fremd an, und der Kummer in ihrer Stimme wirkte so echt, als sie sagte: »Alice.« Verzweifelt fiel Alice ihr um den Hals. Natalie sagte wieder etwas, unterbrach sich und begann von Neuem. Sie stotterte: »Alice, ich muss …«

»Sag nichts. Bitte bleib bei mir.«

»Schhh. Ich weiß.«

»Nein, du weißt nichts. Du kannst mich nicht verstehen. Bitte bleib hier.« In dieser Stellung war sie wieder eingeschlafen, halb sitzend, die Arme um Natalie geschlungen.

Am nächsten Morgen, als Alice in die Küche gestolpert kam, lehnte Natalie mit einem Glas Saft in der Hand am Kühlschrank.

»Natalie, danke für …«

Natalie unterbrach sie und nahm ihre Hand. »Ich weiß doch nichts, nicht wahr?«

Die Schwester, nach der Alice sich sehnte, war über Nacht verschwunden. Natalie hatte sie vorsichtig zusammengefaltet und irgendwo in der hintersten Ecke verstaut. Aber solche seltenen Momente gaben Alice ein wenig Hoffnung. Sie verrieten ihr, dass ihre Schwester noch existierte, vergraben unter etwas, was sie mit ihren schwachen Armen nicht zur Seite schieben konnte.

Thanksgiving kam und ging, und dann folgte schon bald der Abend der Abrechnung. Phinneaus kam vorbei, bewaffnet mit seinen Werkzeugen: gespitzten Bleistiften, Schreibblöcken, dem Taschenrechner, den sie ihm vor langer Zeit geschenkt hatte und den er immer bei sich trug, aber nie benutzte. Nach dem Essen blieben Saisee und Frankie in der Küche, um aufzuräumen und neu gelernte

Wörter zu üben. Alice und Phinneaus zogen sich ins Esszimmer zurück, wo Alice um den Tisch herumhumpelte und die Gardinen aufzog, um einen Blick ins Dunkel vor dem Fenster zu werfen.

»Ich vermisse den Winter.«

»Wir haben Winter, Alice. Das weißt du. In den meisten Jahren schneit es hier sogar. Du willst das Ganze nur hinauszögern.«

Jemanden um sich zu haben, der sie so gut kannte, war ein Geschenk. »Ich weiß. Aber es ist einfach so. Manchmal vermisse ich den Winter im Nordosten. Noch immer, nach so langer Zeit.« Das Versprechen der Stille, die Decke der Einsamkeit, die sich über allem und jedem zugleich ausbreitete, der Himmel, der sein Federkleid ausschüttelte; das alles kam jedes Jahr doch wieder überraschend. Für ein oder zwei Monate wurde auch der Rest der Welt langsamer und passte sich ihrem eigenen zögerlichen Tempo an; die Menschen gaben besonders gut acht, bewegten sich vorsichtiger, kämpften gegen den eisigen Wind an, der ihnen entgegenschlug. In diesen Zeiten fühlte sie sich beinahe normal.

»Hast du was auf dem Herzen?«

Für gewöhnlich konnte sie nichts vor ihm verstecken, aber diesen Kummer schien sie besonders offensichtlich vor sich herzutragen. Nicht nur für ihn, sondern für die ganze Welt.

»Du liebst deine Schwester, nicht wahr, Phinneaus?«

Er zwirbelte den Bleistift zwischen den Fingern und kritzelte dann ein Tic-Tac-Toe-Gitter auf ein leeres Blatt Papier. »Ich glaube, was du meinst, ist: Liebe ich meine Schwester immer noch, obwohl sie meine Familie bestohlen und unsere Herzen gebrochen und ihr Kind ohne großes Nachdenken ihrem armen Bruder überlassen hat? Obwohl sie rücksichtslos und unverantwortlich und kriminell und drogenabhängig ist? Obwohl ich nicht glaube, dass sie sich je ändern wird? Ich glaube, das wolltest du mich eigentlich fragen.«

»Und, liebst du sie trotzdem?«

»Ach, niemand ist perfekt.« Phinneaus grinste sie an, setzte ein X in das mittlere Kästchen und schob ihr das Blatt zu. Sie reagierte nicht, darum versuchte er es noch einmal.

»Ja, Alice, ich liebe sie noch immer. Ich weiß, dass ich es dir dadurch nicht einfacher mache.«

»Aber wie kannst du nur?«

Er war ein Mann, der über seine Ansichten und Handlungen grundsätzlich nicht sprach. Meistens behalf Alice sich damit, diese Lücken mit ihrer eigenen Interpretation zu füllen. Aber nicht jetzt. Sie hatte auf eine andere Antwort gehofft, auf eine, mit der sie ihre eigenen Gefühle rechtfertigen konnte. »Wie kannst du nur?«, fragte sie noch einmal.

Er lehnte sich in seinem Stuhl zurück und ließ den Bleistift über den Tisch rollen. »Ich habe viel Zeit damit verbracht, andere Menschen zu hassen, Alice. Im Krieg und auch danach. Der Hass war nützlich für mich – ich konnte dadurch Dinge tun, die ich mir nie zugetraut hätte. Ich habe die Regierung und die Politiker gehasst. Ich habe das Essen und das Wetter und den Lärm gehasst. Ich habe die Männer gehasst, gegen die ich kämpfte, und meistens habe ich auch die Männer gehasst, an deren Seite ich kämpfte. Jedes Mal, wenn ich das Wort ›Hass‹ aussprach, jedes Mal, wenn ich es dachte, hat es mich ein wenig stärker betäubt.«

Sie überlegte. Er war zwei Jahre vor ihr nach Orion gekommen, war aber damals anscheinend genauso abgestumpft der Welt gegenüber gewesen wie sie selbst. Fünf Jahre nach ihrer Ankunft hatte er ihr die Geschichte der Tätowierung auf seinem Oberarm erzählt, ein Bogen mit brennendem Pfeil. Natalie war – wie jedes Frühjahr und jeden Herbst – im Urlaub gewesen, und er war betrunken und Selbstgespräche führend durch ihren Vorgarten gestolpert und in die Buchsbaumhecke gefallen. Sie hatte ihn um das Haus herumgeführt, eine Kanne Kaffee gekocht und ihn reden lassen. Nach und nach setzte sich die Geschichte vor ihren Augen zusammen. Deswegen war er nach Orion gekommen, sagte er. Sein bester Freund in der Armee war ein Junge aus Orion gewesen, der immer von seiner idyllischen Kindheit erzählt hatte. An Phinneaus geklammert war er gestorben, während sie beide auf die Sanitäter warteten – dieselben Sanitäter, die später Phinneaus' Bein retteten. Der Freund hatte einen kleinen Bruder gehabt, einen der kleinen schmuddeligen Jungen in Phinneaus' erster Pfadfindertruppe. Aber niemand wusste, dass er und dieser Mann zusammen im Krieg gewesen waren, und das war ihm ganz recht. *Ich habe ihm versprochen, ich würde alles für ihn tun,* hatte Phinneaus ihr an diesem Abend erzählt, *aber nichts und niemand wird mich dazu bringen, seiner Mutter von seinen letzten Stunden auf Erden zu berichten. Pfeil und Bogen. Orion. Der Jäger.* Das waren seine letzten Worte, bevor er die Augen schloss und auf dem Küchenboden einschlief. Er war fort, bevor Saisee am nächsten Morgen in die Küche kam, und die darauffolgenden zwei Wochen war er Alice aus dem Weg gegangen. Als sie sich wiedertrafen, warf er ihr einen Blick zu, der alles sagte und sie dazu brachte, nie einer Menschenseele von jenem Abend zu erzählen.

»Als ich mitbekam, dass Sheila Frankie im Stich ließ, dachte ich, das halte ich nicht aus. Ich wollte sie hassen. Aber in dem Moment, als ich ihn sah, diesen dreijährigen Knirps, da merkte ich, dass er überhaupt keinen Hass in sich trug. Obwohl er seit seiner Geburt von einem Verwandten zum nächsten geschoben worden war. Er hasste seine Momma nicht. Ich weiß nicht, wieso, aber er hat sie nie gehasst. Und wenn er keinen Grund dazu hatte, warum sollte ich dann einen haben?«

Phinneaus hatte sich verändert, seit Frankie vor fünf Jahren in sein Leben getreten war. Bis dahin war er ähnlich zurückhaltend gewesen wie Alice und hatte wie sie seine Nische am Rand der Gesellschaft von Orion gefunden. Sie gab den Kindern des Ortes Nachhilfe und schenkte ihnen eine Feder für jede richtige Antwort. Sie spähte aus dem Fenster, wenn Saisee an Halloween Süßigkeiten verteilte, und manchmal nickte sie den beaufsichtigenden Eltern auf dem Gehsteig zu. Sie spazierte frühmorgens oder abends nach Einbruch der Dämmerung um den Block, auf diese Weise konnte sie Begegnungen mit den Erwachsenen des Ortes so weit wie möglich vermeiden. Sie war das lebende Gespenst, das alle kannten und von dem nie jemand sprach, aus Rücksicht auf ihre Schwester. Phinneaus dagegen war … Phinneaus. Er war direkt und bescheiden und hatte keinen Bedarf nach Konversation mit Erwachsenen, bei den Kindern des Ortes war er jedoch ungemein beliebt. Er hatte nichts an sich, was man ablehnen konnte, darum ließen die

Leute ihn einfach in Ruhe, so wie er es sich wünschte. Doch als Frankie kam, verwandelte er sich in einen Ersatzvater. Er grämte sich und prahlte, er lachte und schimpfte, er lehrte und lernte gleichzeitig. Er trat dem Elternausschuss in der Schule bei, wurde Footballtrainer für die Kleinsten und schmiss für Frankie Kindergeburtstage mit allen Schikanen. In gewisser Weise ließ Phinneaus Alice hinter sich zurück, und doch freute sie sich für ihn. Jetzt hatte er Frankie, um den er sich kümmern musste, und das führte sicher dazu, dass er sich weniger verpflichtet fühlen würde, auch für sie Verantwortung zu tragen.

»Hast du meine Schwester aus einem bestimmten Grund angesprochen?«

»Ich frage mich bloß, ob ich Natalie gehasst habe.«

Er setzte ein weiteres X in das mittlere Kästchen der oberen Reihe, legte den Bleistift beiseite und nahm ihre Hand. »Ich kann mir vorstellen, dass du so empfunden hast.«

»Ich dachte, jetzt, wo sie tot ist, könnte ich das Gefühl in etwas anderes verwandeln. Vielleicht in Mitleid. Aber es geht nicht.«

»Gib dir ein bisschen Zeit. Am Ende überraschst du dich noch selbst.«

Frankie war auf der Couch eingeschlafen, den schlaksigen Körper lang ausgestreckt. Sein T-Shirt hatte sich ihm um die Brust gewickelt und ließ den Bauch frei, und sein schlaffes Gesicht zeigte einen Zustand höchster Entspannung. Phinneaus legte eine Reihe von Dokumenten auf den Tisch, fein säuberlich nach Stapeln geordnet. Er und Alice waren sich darin einig, dass es nichts bringen würde, die ernsthafte

Beschäftigung mit ihren *Verpflichtungen*, wie er es nannte, noch weiter hinauszuzögern.

»Das klingt besser als *Schulden*.«

»Das soll es ja auch.«

Sie blätterte die verschiedenen Stapel durch. Der Papierhaufen, der wegen seiner Höhe schon fast zusammenbrach, bestand aus Schreiben der Krankenkasse, welche Leistungen übernommen und welche abgelehnt wurden. Die anderen Stapel setzten sich aus Rechnungen von Ärzten und Versicherungen zusammen.

»Was ist da drin?«, fragte sie und warf einen Blick in eine große Pappschachtel, die von einer dicken Staubschicht überzogen war.

»Keine Ahnung. Saisee hat sie im Zimmer deiner Schwester gefunden. Im Kleiderschrank.« Er machte eine Pause, und sie merkte, dass er nach den richtigen Worten suchte. »Du findest es vielleicht zu früh, nach nur ein paar Wochen, aber du musst das Zimmer ausräumen. Du brauchst es möglicherweise bald.«

Sie lächelte ihn an. »Wofür sollte ich das Zimmer denn brauchen? Meinst du, die Aussicht vom ersten Stock ist schöner?«

Phinneaus räusperte sich. »Du musst es vielleicht vermieten.«

Er blickte auf, um zu schauen, ob sie sich aufregte. Der Gedanke, einen Fremden im Haus aufzunehmen, machte sie unruhig, aber sie wusste, dass ihre Optionen beschränkt waren, und darum bemühte sie sich um einen fröhlichen Tonfall.

»Ach so, jetzt hast du dich mit Saisee zusammen gegen mich verschworen?«

»Ich könnte dich nach oben tragen, wenn du es selbst machen willst, aber Saisee dachte, es wäre leichter, wenn sie die Sachen nach unten bringen würde. Ganz gemächlich, eins nach dem anderen. Sie hat schon damit angefangen, Natalies Zimmer sauber zu machen. Dann kannst du schauen, was du behalten möchtest, und aussortieren, was du verkaufen willst.«

»Du meinst, was ich verbrennen will?«

»Du nimmst das ja leichter, als ich dachte.«

»Ich habe doch auch keine andere Wahl, als pragmatisch an die Sache heranzugehen, oder?«

Wenn sie es sich hätte aussuchen dürfen, hätte sie sich dann ein Leben ohne Natalie gewünscht? Wenn sie Phineaus jetzt erzählte, sie seien sich niemals nahe gewesen, hätte sie ihre gesamte Kindheit verleugnet. Abwechselnd hatten sie die Rückseiten der Briefmarken abgeleckt und sie ins Album geklebt; Natalie hatte einmal sogar Alices und ihre eigenen Haare zu einem gemeinsamen Zopf geflochten und erklärt: *Jetzt gehen wir überall zusammen hin.* Sie hatte die Kinder, die Alice ärgerten, wutentbrannt zur Seite geschubst; sie hatte die Schuld auf sich genommen, wenn Alice etwas angestellt hatte: beim geklauten Kaugummi, bei der zerbrochenen Vase, bei der Keilerei auf dem Schulhof. Und wenn der Vater sie dafür bestrafte, brachte sie ihn mit ihrer sturen Gleichgültigkeit zum Wahnsinn. Warum hatte sie sich dann verändert? Was war passiert?

Irgendwann im Laufe ihres Erwachsenwerdens hatte sich zwischen ihnen eine magnetische Kraft entwickelt, die nur ganz knapp unter der Oberfläche schlummerte. Die polaren Emotionen Zorn und Liebe, Loyalität und Eifersucht flogen zwischen ihnen hin und her. Natalie wusste am allerbesten, wie sie Alice wehtun konnte. Alice hatte immer angenommen, ihre Arthritis wäre schuld daran, denn die Krankheit forderte Aufmerksamkeit und Geld. Aufmerksamkeit von den Eltern, als diese noch lebten, und Geld von Natalie, das sie nach dem Tod der Eltern an Alice fesselte. Natalies Art, Menschen an sich zu binden und sie dann mit kalkulierter Grausamkeit wieder von sich zu stoßen, sorgte dafür, dass die Bande zwischen den Schwestern schließlich gekappt wurden. Als Erwachsene lebten sie nebeneinander her wie die Überlebenden zweier verschiedener Schiffskatastrophen, die zufällig auf dieselbe einsame Insel gespült worden waren und keine gemeinsame Sprache zur Verständigung fanden. Doch jetzt, da Natalie fort war, spürte Alice nicht nur ihre Abwesenheit, sondern auch eine Art Unvollständigkeit. Es war, als hätte sie plötzlich ein Phantombein, als quälte sie etwas, das gar nicht mehr da war. In gewisser Weise hatte Frankie durchaus recht, wenn er von Gespenstern redete. Durch Alices Erinnerungen geisterte noch immer die ältere Schwester und weigerte sich, ihr Herz freizugeben.

Phinneaus beugte sich über seinen Schreibblock und bewegte Alices *Verpflichtungen* von einer Spalte zur anderen, während Alice die Kartons aus Natalies Zimmer durchwühlte. Als sie ein Blatt Papier herauszog, sprang ihr die breite, vertraute Handschrift ihrer Schwester ins Auge. Offenbar hielt Alice ein juristisches Dokument einer Immobilienverwaltung namens Steele & Greene in den Händen.

»Was ist denn das hier?«

Während er das Blatt studierte, bewegte er lautlos die

Lippen. Dann blickte er finster drein und las sich das Dokument noch einmal durch.

»Alice, hast du nicht gesagt, dass ihr das Haus in Connecticut verkauft habt?«

Mit einem Schlag wurde sie fünfunddreißig Jahre in die Vergangenheit katapultiert. Sie hörte die Hagelkörner, die gegen das Dach schlugen, und roch den schwefligen Geruch der Blitze. Der Wind brüllte wie ein wildes Tier, das verzweifelt kreischte und jaulte, um ins Haus gelassen zu werden. Im Rücken spürte sie so starke Schmerzen, dass sie beinahe zusammengebrochen wäre.

»Wir haben es auch verkauft. Direkt nach dem Hurrikan. Natalie sagte, das Fundament habe schwere Schäden abbekommen, und die Reparatur könnten wir uns nicht leisten. Wir haben es im zerstörten Zustand angeboten. Aber zum Glück fand der Makler schnell einen Käufer. Ein junges Paar.« *Mit Baby,* dachte sie, sprach die Worte aber nicht laut aus.

»Das sieht mir aus wie eine Vereinbarung zwischen den Kesslers und der Immobilienverwaltung Steele & Greene. Sie tritt stellvertretend für die Kesslers als Vermieter des Anwesens Stonehope Way 700 in Woodridge, Connecticut, auf.«

»Unmöglich. Das ist nämlich unsere alte Adresse. Das ist das Haus, das wir verkauft haben. Vielleicht hat der Makler ja für Steele & Greene gearbeitet?«

»Erinnerst du dich daran, dass du irgendetwas unterschrieben hast?«

»Nein, natürlich nicht. Ich hätte unser Haus nie verkauft. Ich wollte es ja gar nicht verlassen.«

Phinneaus wühlte sich durch den Karton und förderte

weitere Dokumente zutage. »Hier ist ein unterschriebener Mietvertrag. Alice, euer altes Haus ist nicht verkauft worden. Es wurde vermietet. Natalie muss regelmäßig Schecks von der Verwaltungsfirma bekommen haben.«

»Aber sie sagte, wir wären gezwungen gewesen, wegzugehen. Und Geld habe ich niemals gesehen.«

Erinnerungen, die sie immer unterdrückt hatte, kamen ohne Vorwarnung an die Oberfläche und wirbelten durch ihr Inneres. Die blaugrüne Tapete im Foyer, die sich anfühlte wie Seide, wenn sie mit den Fingerspitzen darüberstrich, wobei sie sich vorstellte, sie berühre einen See; der Klang der Türglocke, bei deren Dreiklang immer ein Ton fehlte; das Knarren in der dritten Stufe der Treppe zum ersten Stock; das Klavier, das ihre Großmutter ihrer Mutter unter der Bedingung hinterlassen hatte, dass sie einmal täglich darauf spielte; die Gluthitze auf dem engen Dachboden, wo es immer nach Mottenkugeln und vergilbten Zeitungen roch; der schrille Schrei eines kleinen Vogels, der direkt neben ihr die Dunkelheit zerriss und dann verklang.

»Alice, ich bin mir noch nicht ganz sicher. Ich muss erst die anderen Dokumente durchlesen.«

Die Zeit unmittelbar nach dem Sturm war dunkel und verstörend gewesen. Alice hatte sich ihrer Schwäche und Schmerzempfindlichkeit so sehr geschämt, dass sie sich ganz ihren Medikamenten hingegeben und sich nichts sehnlicher gewünscht hatte, als im ewigen Dämmerschlaf zu liegen.

»Das verstehe ich nicht. Sie wollte, dass wir das Haus aufgeben. Aber warum?«

»Ich muss erst mal den restlichen Papierkram durcharbeiten. Kannst du uns vielleicht einen Tee machen?«

Sie ging in die Küche, um den Wasserkessel zu füllen. Auf dem Weg dorthin stiegen alle möglichen Erinnerungen in ihr auf, gegen die sie sich wehrte. Wo war sie eigentlich? In welchem Flur? In welcher Küche? Als sie mit dem Tee zurückkam, hatte Phinneaus den Karton ausgeleert. Den übrigen Papierkram hatte er auf dem Boden gestapelt, und der Tisch war jetzt bedeckt mit den Dokumenten aus Natalies Schachtel. Da waren Scheckbuchauszüge, Einzahlungsbelege, Kontoblätter, ausgeschnittene Zeitungsartikel, ein Bündel Briefe und Postkarten sowie ein Buch.

»Vielleicht sollten wir das alles für heute Abend vergessen und uns erst morgen früh damit beschäftigen. Was meinst du?« In seiner Stimme lag Besorgnis; so viel, dass Alice sie bemerkte, aber nicht genug, um aufdringlich zu wirken.

Sie schüttelte den Kopf. »Mach ruhig weiter, Phinneaus. Aber erst solltest du Frankie ins Bett bringen. Mir geht's gut, aber schlafen kann ich jetzt nicht.«

Er nahm ein Heft mit Auszügen von einem Stapel und riss ein leeres Blatt von seinem Block ab. »Ach, Schlaf wird sowieso überbewertet. Außerdem ist es Frankie sicher egal, ob er auf dem Sofa oder im Bett liegt.« Er blätterte durch die Auszüge und notierte sich immer wieder bestimmte Zahlen.

Sie liebte den Klang seiner Stimme und bekam niemals genug davon. Sein Südstaatendialekt ging so glatt ins Ohr. Wäre sie mutiger gewesen, hätte sie ihn an sich gezogen und seine Worte in sich aufgenommen, sie geschluckt wie einen Balsam gegen alles, was falsch war in der Welt. Aber sie nahm sich bloß das Buch, eine zerlesene Taschenbuchausgabe von *Franny und Zooey*. Alice studierte die Randbemerkungen in Natalies dicker, rundlicher Schrift: *Frannys Buch – will Salinger mit der Farbe Grün Unschuld andeuten? Wo ist der spirituelle Konflikt zwischen F. und Z.?* Weiter hinten fand sie zwischen den Seiten eine Postkarte und einen durchsichtigen Umschlag mit Negativen.

Die Postkarte zeigte ein gemaltes Bild: einen roten Sportwagen vor einer amerikanischen Flagge, dazu das Wort »Corvette« in großen schwarzen Blockbuchstaben vor weißem Hintergrund. Dort, wo die Karte gefaltet gewesen war, überzogen weiße Linien das Motiv. Auf der Karte befand sich keine Briefmarke, aber ein Datum: 22. März. Dazu ein paar Sätze in einer klobigen Jungenschrift. *Wir könnten zusammen abhauen – vielleicht nach Kalifornien? Ich wollte schon immer mal surfen gehen. (Bloß ein Witz, Baby.) Gib mir noch ein paar Tage und sag mir, wo wir uns treffen sollen.* Keine Unterschrift. Alice drehte die Karte um. Mit wem hatte Natalie sich treffen wollen?

Sie nahm den Umschlag mit den Negativen, zog einen Streifen heraus und hielt ihn gegen das Licht. Eine kleine Geschichte in Orangebraun. Es waren nur vier Bilder auf dem Streifen. Sie waren nicht datiert, aber Alice ahnte, wann sie aufgenommen worden waren: 1963, im Frühsommer, bevor sie ihre jährliche Reise an den See angetreten hatten.

Natalie trug ein Kleid mit tiefem, eckigem Ausschnitt und Trägern, die an den Schultern zusammengeknotet wurden. Sie hatte es zum siebzehnten Geburtstag im Oktober geschenkt bekommen. Alice erinnerte sich daran, wie stolz ihre Schwester gewesen war, als sie es zum ersten Mal anhatte. Der königsblaue Stoff ließ ihre Haut schimmern wie Perlmutt. Die Mutter hatte das Kleid erst gekauft, als es im Sommerschlussverkauf herabgesetzt war, und Natalie hatte sich bitterlich darüber beschwert, dass sie mindestens acht Monate warten musste, bis sie es einweihen konnte. Aber irgendwann war es dann doch so weit gewesen. Auf dem Bild fiel ihr das blonde Haar nach vorn über die Schultern, die Hände hatte sie trotzig in die Hüften gestemmt, und ihre Miene war völlig undurchdringlich.

Der Aufnahmeort war Alice fremd: eine Landschaft mit einem Teich, umgeben von hohen Gräsern und halb im Boden steckenden Felsen, dahinter ein Zaun und ein Laubwald. Während der ersten drei Juliwochen war Natalie fort gewesen. Sie hatte Freunde der Eltern besucht, die ihr das Smith College zeigten und ihr einen Hauch des Studentenlebens vermittelten. Vielleicht war die plötzliche Strenge ihrer Eltern, die damals unbedingt hatten sicherstellen wollen, dass Natalie auch wirklich aufs College ging, eine Reaktion darauf gewesen, dass sie die Postkarte gefunden hatten? Alice erinnerte sich vage daran, dass die Situation kurz vor Natalies Abfahrt ziemlich angespannt gewesen war. Die Hintergrundmusik knallender Türen und kreischender Vorwürfe begleitete damals jede Mahlzeit. Mit einem Hauch von Schuldgefühl dachte sie auch daran, wie erleichtert sie gewesen war, als Natalie abgereist war und es im Haus wieder ruhig wurde.

Die Fotos mussten bei den Freunden ihrer Eltern aufgenommen worden sein. Sie betrachtete die übrigen Bilder und stutzte, als sie das letzte in der Reihe sah. Bestürzt ließ sie den Negativstreifen fallen und bedeckte den Mund mit den Händen. Aus ihrem Magen stieg Übelkeit auf.

Natalie, von der Seite fotografiert, in demselben Kleid.

Sie umfasste ihren Bauch mit den Händen, eine oberhalb, eine unterhalb der kleinen Kugel, die sich unter dem straff gespannten Kleid hervorwölbte. Und obwohl die Welt damals, vor vielen, vielen Jahren, nur zweidimensional zu sehen war, begriff Alice sofort, dass Natalie sich exakt zu diesem Zeitpunkt verändert hatte – und warum.

»Alice?«

Phinneaus hatte sich aus seinem Stuhl erhoben und stand jetzt hinter ihr, die Hände vorsichtig auf ihre Schultern gelegt.

»Das habe ich nicht gewusst«, sagte sie.

»Was hast du nicht gewusst?«

Sie reichte ihm den Negativstreifen und die Postkarte. Er setzte seine Brille auf und betrachtete schweigend die Bilder, las die Postkarte und legte sie auf den Tisch. Seine Hände berührten wieder ihre Schultern. Sie spürte seine kühle Ruhe durch den Stoff ihres dünnen T-Shirts hindurch.

»Hat sie das Kind bekommen?«

»Nein.« Alice schüttelte den Kopf. Ihre eigene Traurigkeit kam zurück und griff nach ihr, umschloss sie mit hilflosen Fingern. »Sie war bloß drei Wochen weg. Ich dachte, sie würde Freunde besuchen. Das haben sie mir jedenfalls gesagt.«

»Deine Eltern?«

»Ja.«

Sie hatte nie verstanden, wieso Natalie in diesem Sommer zum Feind übergelaufen war. Ihre Veränderung war nicht zu übersehen gewesen. Es war, als hätte irgendetwas die Schwachstelle in ihrer Familie erkannt und sie aufgebrochen, als hätte dieses Etwas Natalie sauber von den anderen abgetrennt. Aber jetzt begriff Alice, dass es kein *Etwas* gewesen war, was ihre Schwester von ihr entfernt hatte. Es war ein *Jemand.* Sie blickte noch einmal auf das Datum der Postkarte. Ende März. Also musste Natalie im fünften Monat gewesen sein. Ihr wurde ganz schlecht, als sie sich an das zarte Flattern in ihrem eigenen Bauch erinnerte, an die zunehmende Kurzatmigkeit, wenn sie die Stufen hinaufstieg.

Der Gedanke, dass ihre Eltern Natalie zu so etwas gezwungen haben könnten, löste Alices Bande zu ihnen mit einem Mal auf. Die Verbindung, die sie immer für unantastbar gehalten hatte, war zerstört. In nur einer Sekunde hatten sie sich die Masken von Monstern aufgesetzt, die ihre vertrauten, sorgenvollen Mienen durch etwas Starres, Unbewegtes ersetzten. Sie trieb durch ein leeres Dunkel, weg von ihren Eltern, hin zu dem Ort, an dem Natalie sich aufhalten musste; sie wollte sich bei ihr entschuldigen, sie trösten und besänftigen, die Worte zurücknehmen, die sie damals ausgestoßen hatte und die jede Wiederannäherung der Schwestern unmöglich gemacht hatten. Natalie hatte niemanden gehabt, dem sie sich anvertrauen konnte, niemanden, der auf ihrer Seite stand. Und dann dachte Alice an Thomas' behutsam formulierte Worte über ihre Eltern: *Sie waren auch keine Heiligen, Alice. Sie waren normale Menschen, die schlimme Fehler gemacht haben.* Ausgerechnet ihm hatte Natalie sich anvertraut. Scham und Reue stiegen in Alice auf. Auch sie selbst hatte Thomas alles erzählt – aber wie banal und kindisch waren ihre Geheimnisse gewesen, verglichen mit Natalies Sorgen.

»Alice.« Phinneaus hatte die übrigen Negative aus dem Umschlag genommen und hielt einen Streifen gegen das

Licht. Seine Stimme klang gepresst. »Diese Bilder sollte ich mir vielleicht gar nicht anschauen.«

»Sind es Fotos von Natalie?«

»Nein.« Er gab ihr die Negative. »Du bist drauf.«

Wie gerne wäre sie direkt in das Negativ gestiegen, hätte das blonde Mädchen an der Hand genommen und ihr ins Ohr geflüstert: *Lauf weg! Es ist noch nicht zu spät.* Aber die Leute glaubten einem einfach nicht, wenn man ihnen verriet, was später noch passieren würde. Mit vierzehn hatte sie auch nicht geglaubt, dass ihr eigener Körper sich selbst einmal den Krieg erklären würde. Und danach hatte sie es nicht für möglich gehalten, dass sie tapfer gegen das Fortschreiten der Krankheit kämpfen und immer nur verlieren würde. Wenn man erfuhr, was in der Zukunft passieren würde, half einem das noch lange nicht. Nichts konnte einen darauf vorbereiten.

Jene Alice, die auf ewig jung blieb und innerhalb der engen Grenzen der Filmstreifen existierte, fühlte sich besser denn je. Das Baby drängte ihre Krankheit zurück, der Rausch der Hormone fuhr durch sie hindurch, und zum allerersten Mal spürte sie Liebe und Respekt für ihren eigenen Körper. Sie sinnierte darüber, dass er dazu fähig war, gleichzeitig zu zerstören und zu erschaffen, ohne sie selbst dabei zu ruinieren. Sie schob ihre übliche Medizin beiseite und schluckte stattdessen große, harmlose Vitaminpillen. Sie schlug sich den Bauch voll mit Milch, eiskalten grünen Trauben, salzigen Crackern mit Butter, manchmal auch nur mit Butter, die sie sich gierig von den Fingerspitzen leckte.

Stundenlang streifte sie durch die Wälder in der Nähe des Hauses, damit sie Natalie nicht begegnen musste. Sie kam erst wieder zurück, wenn die Luft abends kühl wurde und ihr Haar, ihr Mantel und ihre Stiefel mit kleinen Hinterlassenschaften des Waldes überzogen waren. Natalie hatte nie nach den Einzelheiten ihrer Schwangerschaft gefragt – was Alice gleichzeitig erleichterte und in Unruhe versetzte. Ihre Schwester hatte vielmehr eine seltsame Kombination aus berechnenden Komplimenten und lässiger Gleichgültigkeit an den Tag gelegt – so als gäbe es noch eine andere Erklärung für die Kleider, die plötzlich nicht mehr passten, und den staksigen Gang, den Alice sich angewöhnt hatte. Alice fiel in einen bodenlosen Schlaf, sobald sie ins Bett gekrabbelt war, und wenn sie wieder aufwachte, ruhten ihre Hände auf der harten Kugel ihres Bauches.

Das war jene Alice, die einige Briefe an ihn anfing, nach dem ersten Absatz aber immer aufhörte, noch bevor sie irgendwelche Worte von Bedeutung zu Papier gebracht hatte. Sie zerriss die Briefe in winzige Stücke und brachte sie in der Tasche ihres Morgenrocks ins Badezimmer, um sie in der Toilette hinunterzuspülen. Es war ohnehin besser, noch einen Tag abzuwarten, bevor sie es ihm sagte, und dann noch einen und noch einen. Als die Tage und die Wochen vergingen, betrachtete sie das Baby zunehmend als etwas, das ihr allein gehörte, und immer wenn sie schwach wurde, dachte sie an die Lüge, die aus seinem Mund gekommen war, und an das Leben, das er führte. Jemand wie er war als Vater sowieso nicht geeignet.

Auf dem Negativ, das sie zwischen den Fingern hielt, stand sie im Garten des Hauses, in dem sie aufgewachsen war. Es war ein schöner Frühsommertag, und die Vögel tanzten in der Luft. Man sah Alice von der Seite, das Haar über eine Schulter fallend, die Hände auf den runden Bauch gelegt, eine oberhalb, eine unterhalb des Nabels. Es war fast dieselbe Pose, in der Natalie neun Jahre zuvor abgelichtet worden war. Offensichtlich war sie sich nicht bewusst, dass jemand fotografierte.

»Ach, Natalie«, flüsterte sie und fragte sich, wo eigentlich der Abzug des Negativs geblieben war. »Was hast du bloß getan?«

11

Finch war hocherfreut, dass er die Weihnachtstage zum Vorwand nehmen konnte, endlich wieder zurückzukehren in die behagliche Wärme seiner eigenen vertrauten Räume, in eine leuchtende, festlich gestimmte Stadt, Friede auf Erden und den Menschen ein Wohlgefallen. Die Abendessen mit Lydia und ihrem Mann boten Anlass zur Vorfreude, unter anderem, weil die Speisenfolge der Jahreszeit entsprechend großzügiger gestaltet wurde und er in diesen wenigen glanzvollen Wochen Gerichte vorgesetzt bekam, die er liebte: Pasteten mit knusprigen, buttertriefenden Krusten, Braten mit interessanten Chutneys, Quitte zum Beispiel. Warum aß er nicht häufiger Quitten? Sie schmeckten köstlich! Kartoffeln, die zu Brei zerdrückt, zu Bergen aufgetürmt und mit Marshmallows überbacken waren. Hin und wieder konnte er seinen Schwiegersohn Kevin sogar dazu verleiten, ihm ein Gläschen Eierlikör einzuschenken, wenn Lydia gerade nicht hersah.

Das schlichte, klassizistische Haus seiner Tochter war mit immergrünen Girlanden dekoriert, die von den Kerzenleuchtern herabhingen und sich um das Treppengeländer rankten. An einer Halterung im Foyer baumelte ein Strauß Misteln mit geisterhaft bleichen Beeren. Nach einem Gläschen Port musste er nur die Augen schließen, und schon wartete Claire darauf, dass er ihr den Arm um die Taille legte und mit ihr im Walzerschritt durch den Raum tanzte, bis sie direkt darunter standen. Ihr Hals glänzte einladend wie poliertes Elfenbein, und ihr entzückter kleiner Aufschrei schlängelte sich verführerisch in sein Ohr. »Denny«, hatte sie in solchen Momenten leicht atemlos geflüstert, »es wird Zeit, nach Hause zu gehen, meinst du nicht auch?« Und dann hatte sie ihn angelächelt und ihm zugezwinkert. Ach, wenn diese Frau etwas wollte, war sie alles andere als subtil. Seine glücklichsten Erinnerungen hatte er an die Zeiten, in denen sie ihn gewollt hatte.

Thanksgiving, nur eine Woche früher, war ein einziges Fiasko gewesen. Finch und Lydia hatten sich gemeinsam durch den Jahrestag von Claires Tod gequält, obwohl sie ganz unterschiedlich trauerten. Lydia blieb stumm, wenn er Erinnerungen an ihre Mutter hervorkramte, und schien zufrieden, einfach nur mit ihm zusammenzusitzen. Ihn dagegen tröstete es, wenn er Claires Namen immer wieder laut aussprach, ihn in seine Bemerkungen, Anekdoten und weitschweifigen Geschichten einbaute, die sich alle um Claire drehten. Das festliche Dinner war eine rührselige Angelegenheit gewesen; die Tafel hatte sich unter der Last zu vieler Schüsseln gebogen. Er und Lydia hatten lustlos in ihrem Essen gestochert und es Kevin überlassen, mit Small Talk den tiefen Graben zwischen ihren beiden Trauerkontinenten zu überbrücken. Nach dem Essen war er in die Küche gegangen, wo Lydia vor dem offenen Kühlschrank stand und die mit Klarsichtfolie abgedeckten Teller wie eine Kellnerin auf den Armen balancierte, weil sie keinen Platz für sie fand.

Am Abend hatten sie sich gegenseitig ein Versprechen gegeben: So würden sie Weihnachten und Neujahr auf keinen Fall verbringen.

»Sie fände es schrecklich«, hatte Finch gesagt.

»Ja«, hatte Lydia geantwortet, »sie wäre sehr wütend auf uns.«

»Sie würde wahrscheinlich Sachen an die Wand werfen. Porzellan. Das will ich nicht riskieren. Du vielleicht?« Lydia hatte lachend den Kopf geschüttelt und war ihm um den Hals gefallen. Und so hatten sie einen neuen Anfang gemacht.

Finch spürte, wie seine Lebensgeister neu erwachten. Auch das lag an Claire – nicht in erster Linie, weil sie diese festliche Zeit so sehr geliebt hatte, sondern weil ihr so gefallen hatte, was Weihnachten in ihm auslöste: Ihm wurde schwindelig vor Freude und überwältigender Dankbarkeit. Vergiss nicht, wie glücklich du dich schätzen kannst, hatte er sich Jahr für Jahr gesagt und sich vor Augen geführt, was ihm alles geschenkt worden war: Claire, Lydia, ein zufriedener Rückblick auf seine Lebensleistung, die Fähigkeit, sie realistisch einzuschätzen. Das war mehr als genug. Er war unbestreitbar ein sentimentaler Narr, aber in dieser Jahreszeit war ihm das recht. Finch, sagte er sich, ein wenig *Friede auf Erden* täte dir gut.

Fast hielt er die ganze Sache mit Thomas für einen Irrtum, ein trauriges, armseliges Kapitel aus der Vergangenheit, das der Maler nun unbedingt ans Licht zerren wollte. Sicher, sie hatten im Flur der Edells Thomas' Zeichnung der Familie Kessler entdeckt, aber den anderen beiden Teilen des Triptychons waren sie keinen Deut näher als am Anfang. Er hatte Stephen endlich davon überzeugen können, dass es besser wäre, sich für eine Weile getrennt voneinander auf die jeweiligen Stärken zu besinnen, um neue Informationen aufzutreiben. Er freute sich aufrichtig auf ein paar Wochen *ohne* einen Gedanken an die ganze Sache. Ein Weihnachtslied summend, rollte er die Ärmel hoch und rieb ein Brathähnchen mit Salz und Pfeffer ein.

»Claire«, sagte er zwischen zwei Strophen laut, »ich habe vor, mir heute Abend grünes Gemüse zu kochen – passend zur Weihnachtszeit.« Nicht einmal das Klingeln des Telefons riss ihn aus seiner beschwingten Stimmung, und er freute sich, als er auf dem Display Lydias Nummer sah.

»Geliebte Tochter. Oh du mein Augapfel. Du wirst mit Freuden vernehmen, dass ich heute Brokkoli gekauft habe und mich vielleicht sogar dazu durchringen werde, einige der teuflisch grünen Röschen abzuschneiden und zu verzehren.«

»Dad? Alles in Ordnung mit dir?«

»Alles komplett im grünen Bereich. Rosige Aussichten, könnte man sagen. Welchem Umstand verdanke ich das Vergnügen dieses Anrufs?«

»Ich wollte dich für Samstag zum Abendessen einladen. Wenn du Zeit hast.«

»Sehr gerne. Könnte mir nichts Besseres vorstellen. Soll ich etwas mitbringen?«

»Genau das hat Stephen auch gefragt. Ihr beide habt so viel Zeit miteinander verbracht, dass ihr schon in den gleichen Bahnen denkt.«

Finch merkte, dass seine Stimmung gefährlich kippte. »Jameson? Was hat der damit zu tun?« Sie hatte doch nicht etwa …

»Ich habe ihn auch eingeladen.«

Sie hatte. Er konnte gerade noch ein Stöhnen unterdrücken. »Lydia, hör zu. Ich bin alt genug, um mich selbst mit meinen Spielkameraden zu verabreden. Wenn ich mit Stephen essen will, rufe ich ihn an und sage: ›Stephen, lass uns zusammen essen gehen.‹ Ich kann mich nicht erinnern, das getan zu haben.«

»Dad, es ist Weihnachten. Er ist allein. Du hast selbst gesagt, dass ihm etwas mehr Kontakt zu Menschen guttäte. Betrachte es als einen Akt der Wohltätigkeit.« Als hätte er nicht schon genug Wohltätiges getan. Stundenlang hatte er sich in einem engen, schlecht belüfteten Auto Stephens Predigten über die *Wavelet-Transformation* anhören müssen und über die wundersamen Methoden, mit denen man heutzutage ein Gemälde in ein digitales Bild umwandeln konnte, um es mathematisch und statistisch zu analysieren.

»Und der Zweck dieses ganzen Analysierens …«, hatte er nachgehakt.

Bei der Bitte um nähere Erläuterung hatten Stephens Augen aufgeleuchtet. »Es erlaubt uns, die Techniken eines bestimmten Künstlers und dessen Verwendung bestimmter Materialien zu erfassen. Gibt uns ein weiteres Werkzeug an die Hand, mit dem wir Fälschungen erkennen oder Werke, die nicht in ihrer Gänze von dem Künstler stammen, dem sie zugeschrieben werden. Stellen Sie sich das vor! Irgendwann in nicht allzu ferner Zukunft werden wir mithilfe der Wissenschaft den Urheber mit absoluter Sicherheit ermitteln können.«

»Wie wunderbar«, sagte Finch. »Und macht sich inmitten all dieser Transformation irgendjemand die Mühe, das

Gemälde selbst zu betrachten? Das Thema? Die Gefühle, die der Künstler ausdrücken wollte?«

»Also bitte!« Stephen hatte verächtlich abgewinkt. »Wann waren Sie zum letzten Mal in einer Ausstellung? Wissen Sie, was da gerade passiert?«

»Wann waren *Sie* das letzte Mal in einer?«

»Ich habe zuerst gefragt.«

»Lächerlich«, hatte Finch geknurrt. »Diese Diskussion ist doch lachhaft.«

»Ich glaube, *lachhaft* ist nicht das richtige Wort. Mein Argument ist alles andere als unsinnig und keineswegs absurd oder komisch.«

»Mir dröhnt der Schädel, wenn Sie so reden.«

»Hätten Sie doch einfach meine Frage beantwortet … Die Leute gehen ins Museum, um sich eine Ausstellung anzusehen, über die jemand gesagt hat, dass sie sie sehen *müssen* – und damit stillschweigend angedeutet hat, dass alle, die diese Ausstellung nicht besuchen und nicht angemessen darauf reagieren, keine echten Kunstkenner sind. Also stolpern sie mit Kopfhörern auf den Ohren in überfüllten Räumen herum und versuchen angestrengt, die winzige Schrift auf den Schildchen zu entziffern. Das ist doch nur ein Modell, mit dem man die Herdenmentalität ausbeutet. Den Leuten wird gesagt, was sie von einem Bild halten sollen, was sie darin erkennen sollen. Man nimmt ihnen die Chance, ein paar Schritte zurückzutreten und die Perspektive oder Technik auf sich wirken zu lassen, ohne dass irgendein Riesenschädel im Weg ist. Dann kollabieren sie auf viel zu harten Bänken, auf denen schon viel zu viele Menschen mit wer weiß was für fragwürdigen Hygienestandards gesessen haben. Ehrlich,

Finch, bei so etwas spielen Gefühle doch wirklich kaum eine Rolle.«

Finch hätte am liebsten auf etwas – oder, genauer gesagt, jemanden – eingeschlagen. Der Gedanke, dass es im trauten Heim seiner Tochter bei Tisch zu einem solchen latent aggressiven Schlagabtausch kommen würde, war ihm zuwider. Und er war nicht in der Stimmung, einen Abend lang für Stephen das Kindermädchen zu spielen.

»Vielleicht wäre es besser, wenn wir die Parameter der Einladung ändern, Lydia. Könnten wir Stephen nicht in einem Restaurant treffen?« Er bedauerte es, die beiden je miteinander bekannt gemacht zu haben, aber er hatte keine andere Wahl gehabt, denn Stephen war gerade bei Finch zu Besuch gewesen, als Lydia mit Kevin vorbeigekommen war. Das Funkeln in Stephens Augen beim ersten Händedruck mit Lydia hatte Finch sofort misstrauisch gemacht. Entflammt. Einfach so. Stephen hatte Lydia mit den Augen verschlungen, und seine Züge waren entgleist. Er sah aus wie ein Einfaltspinsel. Es war sittenwidrig.

»Du hast gesagt, dass er in der Öffentlichkeit keine gute Figur macht.«

»Habe ich das? Ich erinnere mich nicht. Wahrscheinlich habe ich übertrieben.«

»Dad, es wird schon gut gehen. Du wirst sehen.«

Wie um alles in der Welt konnte das gut gehen? Er hatte jedes Interesse an den Essensvorbereitungen verloren. Erst als ein Geruch nach verbranntem Hühnchen durchs Haus zog, fiel ihm das Essen wieder ein. Die trockenen, verkohlten Reste des Vogels landeten im Mülleimer, die Brokkoliröschen kehrten in ihrer Plastiktüte in den Kühlschrank zurück. Finch verzog sich in sein Arbeitszimmer und tröstete sich mit einem Schokoladen-Nikolaus, den er von einem Teller neben dem Bankschalter geklaut hatte. Sein Ärger auf Stephen steigerte sich im Laufe des Abends immer mehr. *Warum muss er sich in meine Familie drängen?*

Aber kaum hatte er diesen Satz gedacht, da tauchte auch schon Claire auf und tadelte ihn wegen seiner Kleinlichkeit.

Er braucht einen Freund, Denny. So wie du.

»Ich habe Freunde.«

Hast du nicht. Um ganz offen zu sein, mein Lieber, Freunde hatten wir beide zusammen. Du hast Bekannte. Das ist nicht dasselbe.

»Ich will nur dich. Dich und Lydia. Ich brauche sonst niemanden.«

Du hast mich. Und Lydia wirst du immer haben. Aber du weißt so gut wie ich, dass das nicht dasselbe ist. Claires Erscheinung zerfaserte und löste sich auf. Als würde man eine Glühbirne dimmen.

Er stocherte im Kamin, goss sich ein Glas Burgunder ein und fummelte an dem digitalen Musikplayer herum, den seine Tochter ihm geschenkt hatte. »Five Variants of Dives and Lazarus« war genau die richtige Begleitmusik zu Arbeit am Abend. Sein Schreibtisch war ein Notstandsgebiet, die Post der letzten Wochen lag versteckt unter Stapeln von Ordnern, die Mrs. Blankenship ihm gebracht hatte. Sie enthielten all die über die Jahre hinweg gesammelten Briefe und Zeitungsausschnitte von Thomas, die Finch auf Stephens Vorschlag hin durchforsten sollte. Mit neuem Respekt vor Mrs. Blankenship versuchte er, die Aufgabe nicht nur als eine reine Fleißarbeit zu betrachten, aber beim Durchblättern der merkwürdigen Sammlung aus vergilbten, am Rand zerfledderten Papieren sank seine Laune rapide.

Da waren Ausstellungsankündigungen aus früheren Jahren, verblichene Pressefotos von Galeriebesitzern und Mäzenen mit Thomas in der Mitte, der oft mit verträumter Miene etwas weit Entferntes zu betrachten schien. Da waren die zu erwartenden Angebote von Dozentenstellen, Einladungen zu Vorträgen und Bitten junger Künstler, die sich anerboten, Leinwände zu ordnen, Bleistifte zu spitzen, Farbeimer zu schleppen – kurz, alles zu tun, um nur einmal dieselbe exquisite Luft zu atmen wie jemand, der, wie es einer der Bittsteller ausdrückte, »ein absolutes Wissen um das Universelle in uns allen besitzt«.

Schwachsinn. Finch rieb sich die Stirn, um den Kopfschmerz zu vertreiben, der sich zwischen seinen Augenbrauen einnistete. Diese Heldenverehrung war strapaziös. Aber was, wenn man sie tagtäglich erlebte? Kein Wunder, dass Thomas zum Einsiedler geworden war. Gewöhnt an ständige Aufmerksamkeit und Lobhudelei, mit Superlativen überschüttet, hatte solche Bewunderung für ihn verständlicherweise irgendwann jegliche Bedeutung verloren, und er hatte den Punkt erreicht, an dem er nur noch allein sein wollte. Musste man, wenn einem eine große Begabung geschenkt war, diesem Geschenk sein Leben lang dienen und konnte nichts anderes mehr tun?

Aber je mehr Thomas sich zurückgezogen hatte, desto stärker hatte er die Menschen fasziniert. Wo lebte er? Wie lebte er? Was inspirierte ihn? Hätte man ihn erfroren in einem Eisblock auf dem Gipfel des Kangchendzönga gefunden, hätten manche wohl nur zu gern sein Gehirn aufgeschnitten, auf der Suche nach den Ursprüngen seines Talents sicherlich. Die Kletten und die Mitläufer, die Möchtegerns und die Abgehalfterten und die, aus denen nie etwas werden würde: Kein vernünftiger Mensch würde sich ein solches Leben wünschen, wären ihm die Konsequenzen klar.

Finch blätterte weiter und versuchte, darin eine Systematik zu entdecken. Rechnungen, die nie geöffnet worden waren. Bankauszüge, ungenutzte Schecklisten, Rezensionen, die Thomas' verschiedene Agenten über die Jahre weitergeleitet hatten. Briefe, meist mit der Aufschrift »persönlich« (unterstrichen), in einer offensichtlich weiblichen Handschrift, nur wenige davon geöffnet. Finch überflog sie zerstreut, bis einer ihm ins Auge sprang. Auf einem postkartengroßen Umschlag stand links oben die gedruckte Adresse »Stonehope Way 700, Woodridge, Connecticut.« Das Haus, das er und Stephen gerade aufgesucht hatten. Das Haus der Kesslers.

Der Umschlag war nicht zugeklebt, aber Finch konnte nicht feststellen, ob der Klebstoff bloß nicht mehr haftete oder ob der Umschlag geöffnet worden war. Der Poststempel war kaum noch lesbar, man erkannte nur mit Mühe den 11. oder 17. Juni 1972. Finch zog vorsichtig eine Doppelkarte aus dem Umschlag und legte sie vor sich hin. Sie stammte aus einem Museums-Shop und war die Art Karte, mit der auf eine Wanderausstellung hingewiesen wird. Auf der Vorderseite war eines von Thomas' frühen Werken abgebildet, ein Ölgemälde von drei Frauen in einem dunklen Flur; sie hielten Eschenzweige in der Hand, die über den Boden schleiften, und ihre Haare strebten in schlangenähnlichen Windungen auf die nur von einer nackten Birne erleuchtete Decke zu. Als er die Karte aufklappte, fiel eine Fotografie heraus. Ihm stockte der Atem. »Thomas«, entfuhr es ihm leise.

Das Foto zeigte eine junge und hochschwangere Alice Kessler im Hof ihres Elternhauses am Stonehope Way, die schützend ihren Bauch umfasste. Auf der Rückseite standen in flüssiger, lockerer Schrift die Worte: *Ich weiß, was du getan hast. N.*

Finch stand ruckartig auf und trat mit dem Foto an den Kamin. Er setzte sich auf den ledergepolsterten Schemel und hielt das Bild mit beiden Händen am Rand fest. Panik stieg in ihm auf, und er wünschte sich, er könnte die letzte Minute ungeschehen machen, das Bild in die Karte zurücklegen, die Karte in den Umschlag, den Umschlag in den Stapel schieben und weiterblättern, ohne je von der Adresse Notiz genommen zu haben.

Was hatte Thomas zu ihm gesagt? *Ich habe dir die Gesellschaft deiner Tochter geneidet.* Finch spürte, wie sich eine lastende Trauer auf ihn senkte, und er dachte an Lydia, unfähig, sich ihre Abwesenheit als eine immerwährende Lücke in seinem Leben vorzustellen. Er betrachtete noch einmal den Poststempel – Juni 1972 – und versuchte, sich an das Jahr zu erinnern. War ihm damals irgendetwas aufgefallen, hatte sich Thomas anders als sonst verhalten? Nach kurzer Zeit gab er die Bemühungen auf. Schließlich lag das alles mehr als fünfunddreißig Jahre zurück. Er war in ein Alter gekommen, in dem er sich nur mit Mühe daran erinnern konnte, in welchem Zimmer er seine Schuhe stehen gelassen hatte, wie das Passwort für seinen Computer lautete, oder wie seine Studenten hießen, sogar die hübsche Rothaarige mit der tief ausgeschnittenen Bluse, die sich jedes Mal, wenn sie, von einer sinnlichen Duftwolke umhüllt, sein Büro betrat, dicht vor ihm gefährlich vornüberbeugte.

Abgesehen von der Frage nach der Präzision seiner Erinnerung hätte dieser Blick in die ferne Vergangenheit auch die Schlussfolgerung zugelassen, sein Leben und das von Thomas wären eng verknüpft gewesen, sie hätten einander Wichtiges anvertraut, sich gegenseitig um Rat gefragt und dem anderen innerste Hoffnungen und Ängste offenbart, wenn auch vielleicht nur in dem indirekten männlichen Kommunikationsstil ihrer Generation. Das traf aber nicht zu. Damit hatte sich Finch längst abgefunden, als er vor knapp einem Monat die vielen Treppen zu Thomas' Wohnung hinaufgestiegen war. Sie waren keine Freunde, nicht im eigentlichen Sinn des Wortes. Ihre Beziehung war bestenfalls symbiotisch, sie brauchten sich gegenseitig.

Und jetzt brauchte Thomas Finch und Stephen, damit sie sein Kind fanden.

Wie alt war Thomas gewesen, als er davon erfahren hatte – siebenunddreißig? War er damals noch immer nicht bereit gewesen, ein Kind in sein Leben zu integrieren? Nach Jahren voller Frauengeschichten und Partys, nach Ausschweifungen, gepaart mit selbst auferlegter Isolation, nach Weltflucht, als ihm alles zu viel wurde, nach einem Comeback und erneuter Beweihräucherung. Und jetzt, schwach und bettlägerig, wollte er auf einmal Vater sein? Finch spürte Claires Hand auf der Schulter und ließ sich gegen sie sinken, wobei er fast das Gleichgewicht verlor. *Warum nimmst du an, dass er das Kind nicht gewollt hat, Denny? Kennst du sein Innerstes so genau?*

»Ich kann es nicht leiden, wenn du ihn in Schutz nimmst. Besonders jetzt nicht. Warum setzt du dich nicht für mich ein?«

Vermutlich, weil du nichts angestellt hast, was das erfordern würde, du dummer alter Esel.

Das vertraute Kosewort gab Finch den Rest. Seine Sehnsucht nach Claires körperlicher Präsenz drängte alles andere in den Hintergrund. Er wünschte sich verzweifelt, sie zu umarmen; sie sollte neben ihm sitzen, damit er ihre Wange streicheln, den Kopf an ihrer Brust vergraben und den würzigen Geruch der Nelkenseife einatmen konnte, den ihre Haut verströmte. Der ätherische Ersatz, mit dem er stattdessen vorliebnehmen musste, besaß nicht mehr Substanz als ein Windhauch, ein Rauchfähnchen. Er rückte von ihr ab.

Sie rümpfte beleidigt die Nase. *Wie du willst.* Innerhalb von Sekunden wurde die Luft neben ihm kalt und schwer, und er erschauerte, obwohl er dicht am Feuer saß. Es spielte keine Rolle. Ihre Worte hatten wie immer ihren Zweck erfüllt.

Warum hatte er angenommen, dass Thomas das Baby nicht wollte? Zugegeben, Finch wusste überhaupt nichts, er hatte nur die Fotografie. Er war nicht in Gespräche oder Entscheidungen eingeweiht worden. Seine Annahme gründete allein auf den Mängeln und Fehlern, die er Thomas über die Jahre hinweg zugeschrieben hatte. Oder hing sie mit seiner eigenen Unsicherheit zusammen? Seinem Bedürfnis, wenigstens in diesem einen Aspekt der Bessere zu sein – als Vater?

Er nahm die Geräusche im Zimmer wie getrennt voneinander wahr: das An- und Abschwellen der Violinen über der Harfe bei der Musik von Vaughan Williams, das Zischen der Flammen auf dem noch feuchten Holz, das er auf das Kamingitter gelegt hatte, den Verkehr von der Straße.

Finch warf einen Blick auf die Gegenstände, die sein Leben ausmachten: seine Bücher, die über den Schreibtisch verstreuten Papiere, die Fotos an den Wänden, der Globus in der Ecke, der jetzt immer dieselbe Ansicht zeigte und sich, seit Lydia erwachsen war und ihre eigene Wohnung hatte, nicht mehr um seine Achse drehte. Das Zimmer war klein und muffig, alles darin unbedeutend. Er hatte sich noch nie so einsam gefühlt.

Er zog Baybers Werkverzeichnis aus dem Regal und blätterte, bis er gefunden hatte, was er über Thomas' Arbeiten des betreffenden Jahres geschrieben hatte:

> *1972 durchlief Baybers Werk eine weitere Metamorphose, entzog sich jedoch jeder Definition oder der Zuordnung zu einem bestimmten Stil. Elemente des abstrakten Expressionismus, der klassischen Moderne, des Surrealismus und des Neoexpressionismus verbinden sich mit gegenständlicher Kunst zu vollkommen eigenständigen und höchst komplexen Werken, die auf einer unbewussten Ebene sowohl begeistern als auch erschrecken. An ihnen ist nichts Zerbrechliches, nichts Verträumtes. Sie bieten keinen Schutz, weder dem Künstler selbst noch dem Betrachter seiner Werke. Alles ist in einem Zustand der Rohheit, menschliche Werte auf der Leinwand erscheinen abgemildert und zugespitzt. Zwar tauchen in diesen Werken bestimmte Motive auf – oft eine Andeutung von Wasser, die Figur eines Vogels –, und manche Elemente wiederholen sich, doch abgesehen von einer introvertierten Komplexität ist der Kontext, in dem sie erscheinen, in keinem Bild derselbe. Was diese Werke verbindet, ist eine Atmosphäre des Verlusts, des Entschwindens und der Sehnsucht (siehe Abb. 87–95).*

Die Figur eines Vogels. Er hatte vergessen, was er selbst geschrieben hatte. Finch trug das Buch zum Schreibtisch und holte eine Lupe aus der obersten Schublade, um die Farbtafeln zu studieren. Thomas hatte 1972 sechs Bilder vollendet, vier davon nach dem Monat Juli. In jedem dieser vier fand Finch das, was er vor langer Zeit entdeckt hatte, die Figur eines Vogels. War das Alice, die ihm entflogen war? Oder sollte der Vogel auf das Kind hindeuten?

Er betrachtete die Gemälde davor und fand nichts. Nach dem Juli 1972 jedoch enthielt jedes Bild, das Thomas gemalt hatte, unabhängig von Stil oder Sujet die Andeutung, wenn nicht gar explizit die Figur eines Vogels. Oft versteckt, selten in einer zentralen Position, und ein paar Mal fragte sich Finch, ob er etwas wahrzunehmen glaubte, was gar nicht existierte, nur weil er es so wollte. Das erinnerte ihn an *Wo ist Walter?*, ein Buch, das er Lydia vorgelesen hatte, als sie acht war. Wie ein Vögelchen hatte sie auf der Sessellehne gehockt und die Seite abgesucht, um Walter vor ihm zu finden. Wenn einer von ihnen Walter gefunden hatte, sprang er ihnen beim erneuten Lesen des Buches sofort ins Auge, weil sich seine Position auf der Seite unauslöschlich eingeprägt hatte. Finch merkte, dass er Thomas' Gemälde jetzt auf dieselbe Art studierte; er suchte nur nach dem Vogel und konnte, wenn er ihn gefunden hatte, in allem anderen keinen Sinn mehr entdecken.

Sein Neid verflog, wie so häufig, wenn er an seine Familie dachte. Zudem wurde es immer wahrscheinlicher, dass diese Bitte Thomas' letzte sein würde. Wenn Finch sich ehrlich und nach Kräften bemühte, Natalie und Alice zu finden, konnte er dieses Kapitel seines Lebens mit reinem Gewissen abschließen. Er nahm die restliche Privatkorrespondenz kurz zur Hand, um zu sehen, ob sie weitere aufschlussreiche Informationen enthielt. Nichts. Doch dann fand sich unter einem Stapel Rechnungen noch ein Umschlag – genauso groß, in derselben Handschrift adressiert. Ein Absender stand nicht darauf, aber er war am 25. Juni 1974 in Manhattan abgestempelt. Die Klappe war geöffnet worden, und er fand eine weitere Doppelkarte mit der Reproduktion eines neueren Werkes von Thomas, bezeichnenderweise einem der »Vogelbilder«, wie Finch sie inzwischen nannte. Das Gemälde zeigte einen Angler an einem grasbewachsenen Flussufer, sein abgetrennter Kopf lag seitlich von ihm auf dem Boden neben einem riesigen Eisvogel mit einem Pfahl zwischen den Flügeln. In der Karte befand sich ein farbiger Schnappschuss von Natalie Kessler, die ein dunkelhaariges Kleinkind in den Armen hielt.

Das Kind war ein Mädchen. Die Rückseite des Fotos war leer, und es war auch nicht datiert. Natalie stand vor einem hohen Fenster, aber der Hintergrund war unscharf, und Finch konnte keine Landschaft erkennen, die ihm einen Hinweis auf den Ort hätte geben können. Er richtete seine Lupe auf Natalie, studierte ihr rundlicher gewordenes Gesicht, ihre langen, geraden, in der Mitte gescheitelten Haare und ihre Kleidung – einen Fransenrock, anscheinend aus Wildleder, und eine mexikanische Bauernbluse. Nur die Mode hatte sich geändert; ansonsten sah die achtundzwanzigjährige Natalie nicht wesentlich anders aus als die siebzehnjährige. Die Pose brachte ihre Kurven, die mit den Jahren nur ein wenig weicher geworden waren, vorteilhaft zur Geltung. Sie war noch immer beunruhigend attraktiv, aber ihre Miene war kalt und abweisend, obwohl sie ein

Kind auf dem Arm hielt. Oder machte sie so ein Gesicht, weil das Kind, das sie hielt, von Thomas war?

Das kleine Mädchen sah Thomas ähnlich. Zwar gab es abgesehen von Thomas' langer Nase und den langen Wimpern wenig gemeinsame Körpermerkmale, aber ihr Gesichtsausdruck war unverkennbar seiner: entschlossen, eigenwillig, intelligent. Dunkle Locken umrahmten ein eckiges Gesicht mit einer hohen Stirn und hohen Wangenknochen und ein paar verstreuten Sommersprossen auf der Nase. Ihr Mund hatte dieselbe Herzform wie der ihrer Mutter, aber auf dem Bild zog das Mädchen einen Schmollmund. Die hellen Augen, von atemberaubend langen Wimpern umgeben, blickten direkt in die Kamera. Dieses Kind wusste, was es wollte. Die Kleine drückte eine Hand gegen Natalies Brust, die andere war zur Kamera hin ausgestreckt, als flehte sie den Fotografen an, sie zu nehmen.

Warum hielt Natalie das Kind im Arm und nicht Alice? Vielleicht wusste Alice nichts von der Aufnahme, vielleicht wollte sie Thomas die Existenz des Kindes verschweigen und Natalie hatte im Alleingang beschlossen, dass er es erfahren sollte? Aber das passte nicht zu Finchs geistigem Bild von Natalie, ihrer besitzergreifenden Hand auf Thomas' Schulter in dem Triptychon, ihrem strengen Blick. Er bezweifelte, dass diese Details aus der Fantasie heraus gemalt waren. Sie war der Typ Frau, der Thomas gefiel: auffallend attraktiv und kühl, daran gewöhnt, im Mittelpunkt zu stehen. Frauen, die das Gedränge und Blitzlichtgewitter, das Thomas überallhin folgte, aus eigener Erfahrung kannten.

Alice dagegen schien ein ganz anderes Geschöpf zu sein. Die Alice auf der Fotografie war auf ihre Weise hübsch, sie war schmal gebaut, hatte lange Arme und Beine, eine blonde Mähne und Augen wie Gletschereis. Aber die größere Verlockung bildeten wohl ihr neugierig geneigter Kopf, die Wachheit in ihrem Blick und die Tatsache, dass sie ihre körperlichen Vorzüge nicht bewusst zur Schau stellte.

Alice hatte das Baby mit dreiundzwanzig bekommen. Die Kessler-Mädchen waren zu dieser Zeit auf sich gestellt und so gut wie mittellos gewesen. Wie hatten sie das Kind durchgebracht? Womit hatten sie ihren Lebensunterhalt verdient? Bei seiner ersten Suchaktion im Internet hatte Stephen einen Schuleintrag aufgestöbert, wonach Alice im Jahr 1972, kurz nach dem Beginn ihres Graduiertenstudiums in Ökologie und Evolutionsbiologie, von der Universität abgegangen war. Den Grund für ihren abrupten Studienabbruch hatte er nicht gefunden, aber Finch stellte sich vor, dass die katholische Privathochschule, an der sie immatrikuliert gewesen war, einer ledigen Mutter das Stipendium gestrichen hätte, auch wenn sie noch so intelligent war.

Doch mit dreiundzwanzig war Alice jung und stark gewesen. Sie hatte einen College-Abschluss, sie hätte leichter als viele andere eine Arbeit gefunden. Es wäre kein einfaches Leben gewesen, aber die Welt war voll von ledigen Müttern, die sich irgendwie durchschlugen. Das wäre die eine denkbare Variante gewesen. Die andere war weniger rosig. Sofort musste er an Thomas' gegenwärtige Lebensumstände denken – schäbige, feuchte, verdreckte Räume, die Entscheidung, ob man die wenigen verfügbaren Dollars für Lebensmittel oder zum Heizen ausgab. Doch obwohl Finch Alice nie persönlich kennengelernt hatte, hielt er sie für verantwortungsbewusst und erfinderisch. Mit einem gesunden Kind und etwas Glück und Unterstützung vonseiten ihrer Schwester war sicherlich alles gut ausgegangen – für alle, nur nicht für Thomas.

Finch machte sich auf dem kleinen Block, der immer in seiner Jackentasche steckte, ein paar Notizen – hauptsächlich Fragen – und schob beide Fotografien wieder in ihre Umschläge zurück, wobei er sich Stephens Reaktion vorstellte, wenn er sie zu sehen bekäme. Der Gedanke an Stephens Gesichtsausdruck verschaffte ihm eine enorme Befriedigung. *Ein alter Hund kann also doch noch einen Knochen ausbuddeln.* Gleich wurde auch der Gedanke an ein Abendessen mit Stephen viel reizvoller.

Bis zum Samstag hatte sich Finch in helle Aufregung hineingesteigert. Obwohl er Stephen gegenüber immer darauf bestanden hatte, dass nichts, was sie über die Gemälde herausfanden, in Anwesenheit anderer diskutiert werden durfte, ertappte er sich dabei, dass er Stephens Nummer wählte, bevor er zu Lydia aufbrach. Stephen über die Existenz der Fotos zu informieren, war schließlich nicht das Gleiche, als würde er ihm die Bilder zwischen zwei Gängen heimlich unter dem Tisch zustecken. Aber es nahm niemand ab, und er hörte auf dem Anrufbeantworter nur denselben schrägen Text wie immer: *»Ich bin's, Stephen. Sprechen Sie nach dem Signalton.«* Die Betonung liegt auf *nach,* hatte Stephen erklärt, denn er ärgere sich immer, wenn die Leute *»beim* Signalton« sagten, als sollten die Anrufer versuchen abzuschätzen, wann der Ton anfing, und dann im gleichen Moment losplappern. Finch legte auf, ohne eine Nachricht zu hinterlassen.

Weihnachtsmusik drang aus Lydias Haus, aber als sie Finch die Haustür öffnete, war sie blass und angespannt.

»Was ist los?«, fragte er, aber sie schüttelte nur abwehrend den Kopf und starrte nervös ins Esszimmer. Er hörte ausgelassenes, glockenhelles Gelächter, untermalt von leiser Unterhaltung. »Ist Stephen schon da? Bin ich spät dran? Du meine Güte, hat er jemanden mitgebracht?«

»Nein«, sagte sie mit abgewandtem Blick. »Alles bestens. Gib mir deinen Schal.«

»Lydia.«

»Geh schon mal rein. Ich komme gleich nach.«

Finch betrat das Wohnzimmer, wo sein Schwiegersohn gerade einer Unbekannten ein Glas Wein reichte, einer platinblonden Frau mit Betonfrisur, deren Kleidung aus aufeinander abgestimmten Beigetönen bestand.

»Dad!«, rief Kevin. Finch glaubte, aus seinem Enthusiasmus eine leichte Nervosität herauszuhören. »Ich möchte dich mit einer Kollegin von mir bekannt machen. Das ist Meredith Ripley. Sie ist CSR-Managerin bei Brompton Pharmaceuticals.«

»CSR?«

Die Frau streckte die Hand aus. »Die vielen Abkürzungen heutzutage. Ich kann auch kaum noch enträtseln, was wofür steht. Corporate Social Responsibility. Unternehmensverantwortung. Ich arbeite für die Brompton-Stiftung und bin für einige ihrer gemeinnützigen Aktivitäten zuständig.«

»Wie schön. Das muss eine sehr … befriedigende Tätigkeit sein.« Finch war völlig ratlos. Was machte diese Frau hier? Und wo war Lydia?

»Oh ja.«

Darauf folgte eine peinliche Stille, in der Finch jeden Herzschlag, jedes Schlucken und jeden Atemzug der Anwesenden zu hören glaubte.

»Ich dachte mir, Dad, es wäre doch gut, wenn ihr euch kennenlernt, Meredith und du. Wenn du über Kunst redest, sind Lydia und ich nicht die richtigen Gesprächspartner, und Meredith will schon lange das Programm ›Kunst in der Schule‹ ausbauen, das Brompton in Gang gebracht hat. Ich dachte, du könntest ihr vielleicht ein paar Vorschläge machen.«

Finch versuchte, das Alter der Frau zu schätzen – zweifellos älter als Kevin, aber deutlich jünger als er selbst –, bemerkte das Fehlen eines Eheringes und ihre leicht angespannte Haltung. *Lydia und ich sind nicht die richtigen Gesprächspartner*. Wie begriffsstutzig er war! Kein Wunder, dass Lydia bedrückt wirkte. Sie malte sich wahrscheinlich schon seine Reaktion aus.

Er sah Kevin mit hochgezogenen Augenbrauen an und räusperte sich. »Mit Vergnügen. Ich kenne da einen Doktoranden, der auf der Suche nach einem Projektpraktikum ist. Das hört sich an, als wäre es genau das Richtige für ihn.«

So. Erfolgreich abgeschmettert. Es wäre unklug gewesen, die viele Freizeit zu erwähnen, die er haben würde, falls er tatsächlich ein Sabbatjahr nehmen musste. Meredith Ripley rückte etwas von ihm ab, und ihr Lächeln bekam etwas Mechanisches. Er bereute seine Schroffheit, bis er nach ein paar Sekunden merkte, dass sie fast erleichtert aussah. Kevin verzog sich mit einer durchsichtigen Ausrede in die Küche und ließ Finch mit der Frau allein.

»Kevin hat nicht erwähnt, dass er mich eingeladen hat, stimmt's?« Sie redete nicht um den heißen Brei herum.

Das gefiel ihm, und es tat ihm leid, dass er sie in Verlegenheit gebracht hatte. »Das spielt doch keine Rolle. Ich freue mich immer, wenn ich jemanden treffe, der mit meinem Schwiegersohn zusammenarbeitet.« Es war zu spät für Galanterie, aber wenigstens sollte keiner an seinen Manieren Anstoß nehmen.

»Ich habe eine Theorie, was verheiratete Menschen angeht, Professor Finch, da ich selbst lange verheiratet war. Sie scheuen von Natur aus das Vakuum. Ich bin sicher, Ihr Schwiegersohn hat es gut gemeint. Nehmen Sie es ihm nicht allzu übel.« Ihr Lächeln war jetzt wärmer, echter, und bei der Erwähnung ihrer Ehe schlich sich eine Spur Wehmut in ihre Stimme.

»Ich glaube, es fällt mir schwer, mich schon als Single zu betrachten«, erwiderte er.

»Sie haben vor gut einem Jahr Ihre Frau verloren?«

Finch fragte sich, welche Aspekte seines Lebenslaufs Kevin noch aufs Tapet gebracht hatte. »Ich fühle mich immer noch sehr verheiratet. Das wird wohl auch immer so bleiben.«

»Mein Mann ist vor drei Jahren gestorben. Ich warte ständig darauf, dass es leichter wird. An manchen Tagen denke ich nur hin und wieder an ihn, gewöhnlich, wenn ich ganz simple Dinge tue, den Müll herausbringe, an der Milch rieche, um festzustellen, ob sie sauer ist. Warum ausgerechnet dann? Was meinen Sie? Und dann gibt es andere Tage, an denen ich gar nicht erst aufstehen will. Entschuldigen Sie, das ist nicht sehr taktvoll von mir. Aber es tut so gut, sich mit jemandem zu unterhalten, der nicht die üblichen tröstenden Floskeln von sich gibt. *Die Zeit heilt alle Wunden. Sei doch froh über die vielen gemeinsamen Jahre, die ihr miteinander verbracht habt.* Aber ich setze Ihr Verständnis einfach voraus, dabei kennen wir uns überhaupt nicht.«

»Das ist schon in Ordnung. Ich habe auch ein paar von diesen Sprüchen gehört. Waren Sie lange verheiratet?«

Ihre Augen wurden feucht, und Finch verwünschte seine Neugier.

»Dreißig Jahre. Gleich nach dem College. Er war Orchesterpianist. Er hat im Orchestergraben eines leeren Konzerthauses um meine Hand angehalten.«

Finch nickte stumm. Ihr Mann war also ein Romantiker gewesen. Er selbst hatte Claire vor ihrem Lieblingsgemälde im Metropolitan Museum einen Antrag gemacht, *The Passing of Summer* von Harry Wilson Watrous. Es sagte viel über sie aus, hatte er immer gedacht, dass sie sich zu einem so stillen und doch von Sehnsucht durchglühten Bild hingezogen fühlte. *Sag mir, warum es dir gefällt,* hatte er sie gefragt, und Claire hatte ohne Zögern geantwortet, als hätte sie sich diese Frage selbst schon oft gestellt: *Es hat etwas so wunderbar Melancholisches – die Kirschen im Cocktailglas, die Libellen in der Luft. So ein hübsches Mädchen, und doch ist sie ganz allein. Das erinnert mich daran, dass es traurige Momente gibt, aber man sollte sie nicht suchen oder zu oft finden.* Genau in diesem Augenblick hatte er sich in sie verliebt, sein ganzes Wesen hatte sich auf eine Art geöffnet, wie er es nie für möglich gehalten hatte.

Meredith Ripley strich langsam mit dem Zeigefinger über den Rand ihres Weinglases. Sie sah bedrückt aus, und Finch fragte sich, ob ihm dieses Schicksal nun auch bevorstand: Feiertage, die das exakte Gegenteil dessen sein würden, was sie einst waren, Tage, bleischwer von Einsamkeit, an denen er vor lauter Niedergeschlagenheit gar nicht erst aufstehen würde.

»Falls Sie mal bei einer Tasse Kaffee über Ihren Mann reden möchten«, sagte er, »würde ich mein Möglichstes tun, keine belanglosen Plattitüden von mir zu geben.«

»Das ist nett von Ihnen. Das würden Sie sicher auch anbieten, wenn Sie es nicht so meinten.«

»Ich kann Ihnen versichern, dass Sie sich täuschen. Mich hat noch nie jemand beschuldigt, zu nett zu sein.«

Er wollte sich Lydia in der Küche vorknöpfen, wo sie sich versteckt hatte, aber bevor er etwas sagen konnte, stürzte sie auf ihn zu und warf ihm die Arme um den Hals. »Es war nicht meine Idee.«

»Da bin ich aber erleichtert. Wenn ich hier zu oft auftauche …«

»Natürlich nicht. Kevin dachte nur, nach dem Debakel an Thanksgiving, wo wir zwei ohne Claire gar nicht mehr weiterwussten … Ich hätte es nie zulassen dürfen.«

»Lydia, deine Mutter war die Liebe meines Lebens. Nicht jeder findet so etwas. Ich hatte Glück. Ja, sie fehlt mir, aber ich fühle mich wohler, wenn ich allein bin und sie vermisse, als wenn ich mit jemand anderem zusammen bin und so tue, als würde ich sie nicht vermissen. Ergibt diese einfältige Äußerung für dich einen Sinn?«

»Ja.«

»Gut. Dann versuchen wir, Kevin von weiteren Kuppelversuchen abzubringen, ja?«

Sie nickte, noch immer nervös und mitgenommen wirkend. Stephen verspätete sich, und Finch hoffte, dass nicht die Sorge um ihn an ihr nagte. Sie stocherten in ihren Vorspeisen, und Finch trank zu viel Wein. Der bemühte Small Talk am Tisch und das geheuchelte Interesse strengten Finch an. Als Meredith anfing, ihre Serviette zu schreddern, überredete Kevin Lydia, den Hauptgang aufzutragen. Wo zum Teufel blieb Stephen? Das Kerzenlicht ließ den ausgezogenen Esstisch wie eine lange, rechteckige Wasserfläche aussehen. Und obwohl er sich in demselben Raum aufhielt wie die Menschen, die ihm am nächsten standen, empfand Finch eine fast unüberwindliche Distanz zu ihnen.

Als es um acht Uhr endlich an der Tür klingelte und Lydia aufstand, rief Finch ihr verärgert nach: »Wenn sein Kotelett knochentrocken ist, ist er selbst schuld.« Doch dann hörte er, wie seine Tochter erschrocken aufschrie. Sie rannte an ihnen vorbei in die Küche und kehrte mit einer Tüte Tiefkühlgemüse zurück, als Stephen gerade das Zimmer betrat.

»Was um alles in der Welt …« setzte Finch an, aber er verstummte, als er Stephens Gesicht sah: Die Lippe war eingerissen, ein Augenlid hing herunter, die Haut um Augenhöhle und Wangenknochen war pflaumenblau.

»Es gibt Neuigkeiten«, ächzte Stephen, während er sich auf einen Stuhl fallen ließ.

»Du lieber Himmel, ist alles in Ordnung? Hat man Sie überfallen? Ich rufe gleich die Polizei.«

Lydia drückte die kalten Erbsen gegen seine Wange, und Stephen lächelte Finch mit zugekniffenen Augen an, als sei ihm das allgemeine Interesse die Prügel wert.

»Nicht nötig«, nuschelte er. »Nur ein Missverständnis zwischen mir und einem früheren Angestellten von Murchison. Wir hatten unterschiedliche Auffassungen darüber, was ein Notfall ist. Wussten Sie, dass manche Leute nicht gerade erfreut sind, wenn man sich am Telefon zu detailliert über ihre speziellen Talente auslässt, besonders dann, wenn der Anruf womöglich aufgezeichnet wird?«

»Fantasieren Sie? Sie haben sich den Kopf angestoßen, oder?«

»Finch«, sagte Stephen und lehnte sich zufrieden aufseufzend zurück, während Lydia an seinem Auge herumtupfte und Kevin und Meredith im Hintergrund abwarteten. »Ich weiß, ich soll jetzt nicht darüber reden. Aber erinnern Sie mich nach dem Essen daran – wir müssen nach Tennessee.«

Nach dem Essen fuhr Finch Stephen nach Hause und bestand darauf, ihn bis zur Wohnungstür zu begleiten, weil er eine Gehirnerschütterung befürchtete. Die Tiefkühlerbsen hatten nur bewirkt, dass Stephens Gesicht etwas langsamer anschwoll, und seine begeisterte Reaktion auf die Entdeckung der Fotos äußerte sich in gelispelten Satzfetzen. Obwohl auch Stephen fündig geworden war, überschüttete er den überraschten Finch mit Lob.

»Ssie ssind ein Chenie, Finch«, zischelte Stephen, der auf einen Stuhl gesackt war. Nach Lydias improvisierter Kältekompresse hatte ihm Kevin mehrere Gläser Brandy eingeflößt, und es war nicht zu übersehen, welche Maßnahme die größere Wirkung gehabt hatte. Finch deckte Stephen mit einer Decke zu, die er auf dem Fußboden des Schlafzimmers gefunden hatte, und stopfte ihm ein Sofakissen unter den Kopf. Stephen blickte angestrengt auf das Foto, das er in der Hand hielt, das Foto von Natalie mit dem Kind. Seine Lider flatterten. »Schornig«, sagte er, auf Natalie deutend.

Das traf ins Schwarze. Finch war verblüfft und ihm fiel ein, was ihn beim ersten Betrachten des Bildes so verstört hatte: die Gewissheit, dass Thomas mit der blutjungen Natalie geschlafen hatte und dass dies für sie etwas ganz anderes bedeutet hatte als für ihn. Das erkannte man ohne Weiteres an ihrem Blick, ihrem Mund, ihrer Haltung und der Position ihrer Finger auf Thomas' Schulter. *Er gehört mir.*

Und doch war Alice die Mutter von Thomas' Kind. Finch entwand das Foto vorsichtig Stephens Griff. Er betrachtete es aufmerksam, sah Natalies kalten Blick, ihre beherrschte Miene, und fragte sich, ob sie eine Möglichkeit gefunden hatte, beide zu bestrafen.

12

Alice wachte auf der Couch auf, auf der zuletzt Frankie gelegen hatte, und fühlte sich verbogen und steif wie ein rostiges Stück Draht. Eine fahle Wintersonne erhellte das Zimmer. Am Abend zuvor hatte sie stundenlang über den Papieren gebrütet, die auf dem Tisch verstreut lagen, und eine Erklärung gesucht, die ihr half, diese neue Information mit dem Gewebe ihrer Vergangenheit zu verflechten. Zuletzt hatte sie aufgegeben, aus den Armen ein Nest geformt und den Kopf hineingelegt, zu müde, um auf die Büroklammern zu achten, die Abdrücke auf ihrer Wange hinterließen. Sie gab sich dem Sog der Erinnerung hin und ließ sich von ihm in eine dunkle, traumlose Besinnungslosigkeit ziehen.

Phinneaus' olivfarbene Jacke lag noch über ihren Schultern, und sie kuschelte sich hinein, die Nase gegen den Kordsamtkragen gedrückt, der nach seiner Rasiercreme roch. So konnte sie noch ein Weilchen länger die Welt ausblenden.

Phinneaus saß auf einem Stuhl auf der anderen Seite des Zimmers und beobachtete sie.

»Wie spät ist es?«

»Du hast den Vormittag verschlafen. Es ist schon fast eins.«

»Warst du die ganze Nacht hier?« Ohne seine Antwort abzuwarten, fuhr sie fort: »Du musst nicht bleiben, Phinneaus. Es geht mir gut.«

»Ich weiß.«

»Gibt es Kaffee?«

»Nicht gerade ein Frühstück für Helden, aber gut, Kaffee und Pillen werden gleich serviert. Vielleicht Eier dazu?«

Eier. Ihr Magen verkrampfte sich, und sie verzog angewidert das Gesicht. Die Besorgnis vom gestrigen Abend war, kaum hatte sie die Augen geöffnet, gleich wieder da gewesen und lag ihr wie ein Stein im Magen. Der Gedanke an Essen war alles andere als verlockend.

»Mir zuliebe«, sagte er, als er ihr Gesicht sah. Er stand auf und ging auf sie zu, mit dem schleppenden Gang, der ihr so vertraut war wie der eigene Körper. Mit einer raschen Bewegung des Daumens strich er ihr das Haar aus der Stirn, dann verschwand er in der Küche und rief nach Saisee.

Sie hatte sich in die Ausdruckskraft seines Oberkörpers verliebt, in das, was von seiner soldatischen Wendigkeit übrig geblieben war: die Ungezwungenheit, mit der er Frankie den Arm um die Schultern legte und ihn damit zum Kumpel machte, die Leichtigkeit, mit der er den Kopf drehte, wenn er etwas hinter sich hörte, die geschmeidige Kurve seines Ellenbogens. Sie bewunderte seine tanzenden Finger, wenn er Spielkarten mischte oder die Grannen von einer Ähre zupfte. Die Geschwindigkeit, mit der er in einer raschen, fließenden Bewegung seine Bauernflinte schulterte. *Wie ein junger Springinsfeld,* dachte sie und schmunzelte.

Sie stützte sich an der Rücklehne ab und zog sich in eine sitzende Position. Ächzend schlüpfte sie in die Jackenärmel. Wie lange dauerte es, bis man ein liebenswürdiger Mensch wurde? Einer, der ohne jede Gereiztheit Hilfe annehmen und Dankbarkeit ausdrücken konnte? Sie dachte daran, wie Frankie sich durch seine Hausaufgaben quälte, mit dem verfrühten Einsetzen der Pubertät kämpfte und sich mit der Tatsache abzufinden versuchte, dass seine Mutter im Gefängnis saß und nie das geringste Interesse an ihm oder seiner Entwicklung zeigte.

»Danke, Miss Alice, dass Sie es versucht haben. Phinneaus meint, ich bin ein unvollendetes Werk«, hatte er ihr erst neulich ernst und geduldig erklärt, obwohl sie ihn ruppig behandelt hatte, nachdem sie dieselbe Textaufgabe zum fünften Mal durchgegangen waren – Züge fahren aus entgegengesetzten Richtungen aufeinander zu, der eine hat Orangen geladen, der andere Ananas, eine saftige Katastrophe bahnt sich an. *Vielleicht bin ich das auch,* dachte sie. *Ein unvollendetes Werk.*

Phinneaus kam mit einem Tablett zurück und stellte es auf den Couchtisch. Er goss Kaffee in ihren geblümten Becher, das sechsteilige Porzellanservice mit Blumenmuster hatte er auf dem Flohmarkt gefunden. Er hatte sämtliche Henkel mit einem Stückchen Fahrradschlauch umwickelt, um ihr das Greifen zu erleichtern. Der Anblick dieses Bechers munterte sie zuverlässig auf, denn die Kombination der Materialien war wirklich bizarr – der schöne Schein der Kultiviertheit, gepaart mit der Realität der Behinderung. Der Kaffee war so, wie sie ihn mochte: mit einem ordentlichen Löffel Zucker und so viel Milch, dass Phinneaus nicht selten den Kopf schüttelte und *Wozu überhaupt?* schnaubte, bevor er ihr einen Becher reichte. Mit den Jahren hatten sie ihre jeweiligen Angewohnheiten kennengelernt; wie Jäger, die ihr Interesse sorgsam tarnen, hatten sie sich allmählich angenähert. Sie wusste, dass er gerne mit dem rechten Bein näher am Kamin saß. Als eingefleischter Geizkragen überflog er immer zuerst die Schnäppchen-Beilage der Zeitung. Er ging respektvoll mit den Tieren um, die er geschossen hatte; seine Finger strichen bewundernd über die Federn des Truthahns oder das Fell des Sumpfbibers. Und er war ein aufmerksamer, unvoreingenommener Zuhörer; sie wusste nie genau, was er dachte, bevor er den Mund aufmachte.

»Ich nehme dich als gegeben hin«, sagte sie.

»So ist es.«

Es erschreckte sie, dass er so bereitwillig zustimmte. »Aber das will ich nicht.«

»Alice, wenn es wegen Natalie ist …« Er verstummte, und sie merkte, dass er nach der richtigen Formulierung suchte. »Ich gehe nirgendwohin. Frankie und ich, wir sind immer noch da.«

Seine Wortwahl gab ihr zu denken. *Frankie und ich.* Er hatte ihnen beiden eine dritte Person als Sicherheitsnetz zur Seite gestellt, auch wenn es sich dabei nur um einen achtjährigen Jungen handelte.

»Du bist der Letzte, der geblieben ist, Phinneaus. Du kennst mich länger als irgendjemand sonst, abgesehen von Saisee, und du kennst mich besser als sie.«

»Da gibt es noch andere außer mir.«

Thomas. Von der Sekunde an, in der sie das Negativ gesehen hatte, war er wieder an ihrer Seite gewesen, wie ein altes Gespenst, wie ein Schatten, der an ihrer Haut klebte. Sie konnte ihn nicht abschütteln. Sie glaubte, sein trockenes

Lachen zu hören, spürte seinen Atem am Rücken und erschauerte. Seine Finger strichen über ihre Lippen, seine geflüsterten Worte wärmten ihren Nacken, der hochprozentige Brandy brannte in ihrer Kehle und trieb ihr Tränen in die Augen. Phinneaus hatte ihr den Streifen Negative gegeben und keine einzige Frage gestellt, und von sich aus hatte sie keine einzige Antwort gegeben. Hatte sie sich die rasch unterdrückte Enttäuschung in seinem Blick nur eingebildet? Nein. So einen Blick kannte sie von ihm nicht, und nun würde sie ihn schnell wieder vergessen müssen.

Thomas war eine Ewigkeit her. Sie hatte die Erinnerungen an ihn und das Sommerhaus von allem abgespalten, was später kam. Sie hatte sich eingeredet, sie hätte ihm einen Gefallen getan, dass er es nie erfahren hatte, dass sie sich nie hatte überwinden können, ihn zu suchen und ihm davon zu erzählen. Sie wusste nicht, was aus ihm geworden war. Phinneaus hatte ihr den Rettungsring zugeworfen und sie aus ihrem Kummer herausgezogen; Phinneaus hatte sie in ein anderes Leben gelockt, vorsichtig, Schritt für Schritt; Phinneaus hatte ihr das Gefühl gegeben, dass ihr Beitrag, so klein er ihr auch vorkam, wertvoll war. Und Phinneaus saß ihr jetzt gegenüber, starrte auf den Teppich, und seine Schultern hoben und senkten sich so sachte, dass sie wusste, er wartete mit angehaltenem Atem auf ihre Erklärung.

»Ich kenne ihn nicht, Phinneaus. Nicht mehr. Nicht mehr, seit wir hergekommen sind.«

»Das geht mich nichts an.«

Er stieß die Worte zu schnell, zu beiläufig hervor, und wenn er sie auf diese Weise verletzen wollte, hatte er sein Ziel erreicht. Sie rollte den Becher zwischen den Händen hin und her und ließ die Wärme auf ihre Finger einwirken, bis sie sie ein wenig beugen konnte. *Ich kann das nicht,* dachte sie. *Ich will nicht dahin zurück und mich an alles erinnern, nicht einmal dir zuliebe.* Er rutschte auf seinem Stuhl herum, und Alice sah – als hätte er sich auf einmal in Luft aufgelöst –, wie ihr Leben ohne ihn aussehen würde. Seine Abwesenheit würde schwerer auf ihr lasten als die von Natalie und ihren Eltern zusammengenommen. Die Panik, die dieser Gedanke auslöste, war unerträglich, und sie wollte ihm sagen, dass es ihn natürlich etwas anging, ihn mehr als sonst jemanden.

»Ich habe dir noch nicht gedankt.«

»Ich mache dir jederzeit mit Vergnügen eine Tasse Kaffee, Alice.«

Er machte es ihr nicht leicht. Also gut. Sie konnte auch stur sein. »Ich meine, dass du letzte Nacht bei mir geblieben bist.«

Er zuckte die Achseln. »Die Entdeckung mit dem Haus und Natalie, und dann der ganze Kram, den du durchsehen musstest. Das alles auf einmal, das kam mir ziemlich hart vor. Ich hielt es für besser, wenn du nicht allein bist.« Er rieb sich die Knie, ein sicheres Zeichen seiner Unsicherheit. »Sie ist noch nicht lange tot, Alice. Vielleicht hast du das Ganze noch nicht so recht begriffen. Aber ich mache mir Sorgen, was passiert, wenn es schließlich so weit ist.«

Die Zärtlichkeit, die sie noch Sekunden vorher für ihn empfunden hatte, wich dem Ärger. »Ich bin dir nicht traurig genug, willst du mir das sagen? Wärst du glücklicher, wenn ich mich ganz in Schwarz kleide? Kommt es dir seltsam vor, dass ich nicht heulend am Boden liege oder mir die Kleider zerreiße? Dass ich kein Valium und keine Stärkungsmittel brauche? So denken doch die Leute von hier, oder?«

Die Adern an Phinneaus' Hals schwollen an, und er presste vor Wut die Zähne zusammen. Er stand auf und ging erregt im Wohnzimmer auf und ab. »Ich weiß nicht, für was ich dich lieber erwürgen möchte. Für die Tatsache, dass du deine Gefühle jemand anders zuschiebst, weil du mit ihnen nicht klarkommst – in diesem Fall gleich einer ganzen Stadt –, oder dass du dich nach fünfunddreißig Jahren immer noch zur Außenseiterin stilisierst, die auf ihrer eigenen kleinen Insel lebt. Ein bisschen mehr kannst du uns schon zutrauen, Alice. Wir *Leute von hier,* wie du es so zartfühlend formulierst, mögen deinen Ansprüchen an feine Lebensart nicht genügen, aber ich glaube, wir wissen sehr wohl, dass Menschen auf unterschiedliche Weise trauern. Wenn du ausnahmsweise einmal aufhören würdest, dir vorzustellen, was alle denken, und dich wirklich auf jemanden einlassen würdest, könntest du womöglich überrascht feststellen, dass die Leute Verständnis haben. Du bist nicht der einzige Mensch auf der Welt, dem ein anderes Leben zugemutet wird, als er es sich vorgestellt hat.«

»Denkst du das über mich? Dass ich mir selbst leidtue? Du weißt, dass das nicht stimmt.« Sie hatten sich noch nie richtig gestritten, und jetzt stand der Zorn wie eine flammend rote Mauer zwischen ihnen. Sie schob trotzig das Kinn vor. »Ich stehe Menschen nahe. Ich bin Saisee nahe. Ich bin Frankie nahe.« Sie blickte durch das Fenster auf den traurigen Garten, die erfrorene, stille Welt da draußen, in der sogar die Vögel stumm, wie aus Eis geschnitzt, auf den Zweigen hockten. *Was täte ich nur ohne dich, Phinneaus?*

»Ich bin dir nahe.«

»Bist du das?« Er wandte sich von ihr ab und murmelte:

»Verflucht, Alice. Wann hörst du endlich auf, so zu tun, als hätten wir endlos Zeit?«

Das war eine ehrliche Frage. Sie hätte die Zeit gern zurückgedreht, den Tag noch einmal neu begonnen, mit der Sekunde, in der sie die Augen aufgeschlagen hatte. Aber jetzt hatten sie Dinge gesagt, die das unmöglich machten. Sie drückte den Becher gegen die Brust. Er sagte nichts mehr, kam aber zur Couch und setzte sich neben sie. Sie spürte die Wärme, die er ausstrahlte und die sie einhüllte, und ohne es zu wollen, legte sie den Kopf an seine Schulter und fühlte sein kratziges Hemd an ihrer Wange, handfest und real. Würde er bleiben, wenn er wüsste, dass sie fähig war zu hassen? Dass sie manchmal vor lauter Groll nicht mehr klar denken konnte? Würde er je wieder mit ihr reden wollen, oder würde er Frankie nehmen und weggehen und sie einsamer zurücklassen, als sie es in ihrer ersten Zeit hier gewesen war?

»Heb die Hand hoch.« Er ergriff sanft ihre Hand und hielt sie vor sich. »So. Beug das Handgelenk und streck die Finger und den Daumen nach oben. Halt sie fünf Sekunden lang so. Tut das weh?«

Sie schüttelte mit schmerzverzerrtem Gesicht den Kopf, ließ die Hand aber oben.

»Lügnerin. Das reicht. Wir wiederholen es später noch mal.«

Als sie ihn fragend ansah, sagte er nur: »Du hast deine Übungen nicht gemacht. Du weißt, dass du jeden Tag üben solltest, wenn du kannst.«

»Ich hätte gelegentlich gerne einen Tag, an dem ich nicht ständig daran erinnert werde, was ich nicht kann. Außerdem wachsen Physiotherapeuten nicht auf Bäumen.«

»Du hattest schon mehrere dieser *gelegentlichen* Tage hintereinander, scheint mir.«

Sie unterhielten sich weiter, blieben dabei aber krampfhaft auf sicherem Terrain: ihre Krankheit, der Geldmangel, der sie zum Haushalten zwang. Aber er ließ ihre Hand nicht los, und Alice spürte, dass als Gegenleistung etwas mehr von ihr gefordert war – ein Zugeständnis oder eine Beichte, die bewies, dass sie ihm vertraute, dass sie ihm ihre dunkelsten Seiten offenbaren würde.

»Ach, Phinneaus, was wirst du nur von mir halten?«

»Du weißt längst, was ich von dir halte«, flüsterte er in ihre Haare hinein. Die Zärtlichkeit in seiner Stimme ging ihr zu Herzen. »Ich habe doch gesehen, wie sie dich behandelt hat, und ich hätte es unterbinden müssen. Sie hat dich ständig im Ungewissen gehalten, was das Geld und deine Krankheit betraf. Genau, wie ich mir damals als Soldat eine passende Waffe aussuchte, hat sie mit Bedacht Worte gewählt, mit denen sie dich niederknüppeln konnte. Aber meiner Meinung nach war sie es, die Angst hatte. Ich glaube, sie wusste nicht, wer sie ohne dich war.«

»Natalie und ich haben fast unser ganzes Leben gegeneinander gekämpft, Phinneaus. So hat sich das eben zwischen uns entwickelt. Anfangs war es anders.«

»Aber was ist es denn dann, was du mir nicht zu sagen wagst?«

Er forderte sie auf, sich zu häuten, die dunkelsten Teile ihres Wesens zu offenbaren. Jahre der Verunstaltung hatten sie darauf konditioniert, dass Menschen sich abschätzig verhielten. Ihre dreisten Blicke störten sie nicht mehr, sie starrte einfach zurück. Sollen sie doch sehen, dass das Quergewölbe ihrer Füße sich gesenkt hatte und die Zehen verkrümmt waren! Sollen sie doch ihre deformierten Hände anglotzen – die schwanenhalsförmigen Finger, die gabelförmigen Handgelenke, wie sie ihren baufälligen Zustand gerne launig beschrieb. All das war erträglich, wenn sie ein untadeliges Wesen vortäuschen konnte, das von keinem gemeinen Gedanken, keinem boshaften Wunsch besudelt war.

Sie senkte den Blick auf ihre Hände, in die sich seine Fingerspitzen locker eingefädelt hatten. »Es ist verführerisch, Natalie die Schuld an allem zu geben. Aber sie hat mich nicht gezwungen zu bleiben. Es war einfach leichter, vor allem Angst zu haben. Ich hatte mich daran gewöhnt, mir von anderen alles abnehmen zu lassen, und irgendwann habe ich gar nicht mehr versucht, etwas aus eigener Kraft zu machen. Wie könntest du – wie könnte irgendjemand – mit so einem Menschen zusammen sein wollen? Aber Natalie ist geblieben. Natalie war immer bei mir.«

»Das bessere Übel.«

»Ich habe immer gehofft, dass uns hinter all dem etwas verbindet, dass wir uns aufeinander verlassen könnten. Dass wir einander eigentlich lieben. Inzwischen glaube ich das nicht mehr. Vielleicht haben die langen Jahre alles in Eifersucht und Hass verwandelt.«

»Es gibt kein Gesetz, das vorschreibt, dass du deine Verwandtschaft lieben musst, Alice.«

»Ich weiß nur, wir haben uns gegenseitig den besten Vorwand geliefert, alles zu vermeiden, wovor wir Angst hatten. Vielleicht hast du recht, vielleicht habe ich noch nicht begriffen, was geschehen ist. Ich weiß nur, dass ohne sie alles aus dem Gleichgewicht geraten ist.«

Die nächsten Sätze flüsterte sie in sein Hemd, um ihre Bedeutung abzuschwächen. »Die Chancen standen nie gut, dass ich übrigbleiben würde. Es ist schrecklich, wenn man feststellt, dass niemand mehr da ist, der einen von Anfang an gekannt hat, niemand, der sieht, was aus einem geworden ist, im Guten wie im Schlechten.« Sie spürte, dass sich Natalies Schatten wie ein Staubschleier aus dem Zimmer zurückzog. »Sie tut mir leid, Phinneaus. Es tut mir leid, dass sie nie bekommen hat, was sie wollte. Vielleicht wäre sie sonst ein anderer Mensch gewesen. Und ich auch.«

Sie nahm etwas sehr Hässliches wahr, aber diesmal hatte es nichts mit ihrem Körper zu tun, sondern ähnelte einem schwarzen Loch, das sie von innen her verschluckte. »In jenem Sommer am See ist etwas geschehen. Ich habe Natalie dafür die Schuld gegeben, wenigstens zum Teil. Sie stand immer im Zentrum der Aufmerksamkeit, alle wollten etwas von ihr. Als ich herausfand, was sie getan hatte, kam der Hass von ganz alleine. Aber wenn man als Kind glaubt, dass man jemanden hasst, hat das nicht so ein Gewicht, oder? Man versteht erst später, wozu Menschen wirklich fähig sind.«

»Deshalb soll sie jetzt schuldlos sein?«

Alice schüttelte den Kopf. »Nein. Aber irgendwann habe ich gemerkt, dass ich mit ihr nicht tauschen wollte, nicht einmal ihr Aussehen und ihre Gesundheit wären es mir wert gewesen. Niemand nahm sie ernst. Natalie war so hübsch – was brauchte sie da sonst noch? Durch diese ganze Aufmerksamkeit war ihr Leben auf gewisse Weise vorherbestimmt. Undenkbar, dass sie mittags ihren Lunch aus einer Papiertüte aß oder mit dem Bus fuhr oder sich eine enge Dachwohnung mit vier anderen Mädchen teilte. Und die Bedingungen des Fonds, den unsere Eltern eingerichtet hatten, waren eindeutig. Es ging um keine große Summe, aber das Geld sollte für meine ärztliche Behandlung verwendet werden, und Natalie war die Treuhänderin. Sicher wollten meine Eltern damit erreichen, dass ich ihr nicht zur Last fiel, aber sie gingen eben davon aus, dass sie heiraten und über eigene Geldmittel verfügen würde. Und so waren wir beide aneinandergekettet. Mir kam es immer so vor, als würde mein halbes Leben ihr gehören, aber vielleicht hatte sie auch das Gefühl, dass sie meine Krankheit zur Hälfte mittragen musste. So vieles in ihrem Leben kreiste um mich, um das, was ich konnte und nicht konnte.«

Alice richtete sich auf und fuhr sich mit der Hand übers Gesicht. »Dann habe ich es noch schlimmer gemacht. Ich hatte etwas, was Natalie nie haben konnte. Niemals. Das konnte sie mir nicht verzeihen.«

»Was meinst du damit?« Seine Finger malten unter dem dichten Haar sanft Kreise auf ihren Nacken. Eine Tür sprang auf, und sie schlitterte zurück in die Vergangenheit. Alles raste an ihr vorbei, als säße sie in einem Rennwagen, der rückwärtsfuhr.

»Ich hatte angefangen zu studieren und fuhr in den Weihnachtsferien nach Hause. Natalie war mit einem Mann verlobt – ich weiß nicht mehr, mit wem, bin nicht mal sicher, ob ich ihn überhaupt kennengelernt habe. Und dann war die Verlobung plötzlich gelöst. Niemand hat mir erklärt, warum. Ich weiß noch, wie ich mit meiner Mutter in der Küche saß und Natalie an der Spüle stand. Sie starrte ins Wasser und wusch immer wieder und wieder denselben Teller ab. Schließlich sagte sie, es sei alles ein Irrtum gewesen, sie hätten beide nicht gewusst, was sie wollten. Schwamm drüber.

Später habe ich Natalie und meine Mutter in Natalies Schlafzimmer belauscht. Ich hatte meine Medizin unten gelassen, und als ich wieder hochkam, sagte Natalie gerade, sie hätte es ihm nie erzählen dürfen, sie habe ja gewusst, dass kein Mann sie nehmen würde, wenn er es herausfände. Meine Mutter sei schuld. Sie und mein Vater. Sie klang so verzweifelt, ihre Stimme ging mir durch und durch. Meine Mutter kam weinend aus dem Zimmer. Sie sah mich an der Treppe stehen und scheuchte mich weg.

Am nächsten Morgen war ich beim Packen, als meine Mutter in mein Zimmer kam und sich neben den Koffer aufs Bett setzte. Sie fing an, meine Kleider zu falten, wie früher. Lange sagte sie gar nichts. Dann nahm sie auf einmal eine meiner Blusen und presste sie zitternd gegen den Mund, mit Tränen in den Augen. Sie wollte nicht, dass ich sie tröstete. Als sie sich wieder gefasst hatte, erzählte sie mir, dass Natalie vor Jahren eine Infektion gehabt habe und keine Kinder bekommen könne. Sie sprach so leise, dass ich sie kaum verstand. Dann faltete sie meine Bluse zusammen und strich sie mit dem Handrücken glatt. ›Wenigstens dazu bin ich gut, nicht wahr?‹, sagte sie. Sie legte die Bluse in den Koffer und ging hinaus. Wir haben nie wieder darüber gesprochen. Ein knappes Jahr später war sie tot.«

Alice nippte an ihrem Kaffee, der kalt und bitter geworden war, und zwang sich, das Gebräu hinunterzuschlucken. »Natalie muss sich bei ihrer Abtreibung eine Infektion zugezogen haben. Heute verstehe ich besser, warum sie solche Gefühle entwickelte. Es lag nicht nur an meiner Arthritis.«

»Du meinst, weil du schwanger wurdest?« Phinneaus hielt ihre Hand noch immer. Alice schloss die Augen und wandte sich ab, um ihm die Chance zu geben, sie loszulassen.

»Ja.«

»Und das andere Bild? Das von dir?«

Sie fühlte sich wie ein verletzter Vogel in einer geschlossenen Kiste: gefangen im Dunkeln. Sie konnte nichts sehen. Nur ihr Herz pochte wie wild und schien fast ihre Brust zu sprengen, als wollte es auf und davon fliegen. Doch da war diese Hand, die sie vorsichtig und sehr sanft festhielt, um nicht noch mehr Schaden anzurichten. Sie spürte die Berührung kaum und fragte sich, ob sie nicht doch allein war und sich Phinneaus' Gegenwart nur einbildete, aber dann hörte sie ihn etwas murmeln und war beruhigt. Sie holte tief Luft.

»Ein Sturm zog auf.«

Sie waren zu dritt in der Dachkammer und versuchten, nicht auf den Wind zu horchen, der das Haus fortreißen wollte. Er wollte herein. Wie ein tollwütiges Tier kreischte und stöhnte er, bewarf sie mit allem Möglichen – mit Backsteinen, mit Bäumen, was immer er fand. Sie hörte, wie die Nägel quietschend aus dem Holz gezerrt wurden und das Wasser gegen die Fundamente klatschte, so als hätte sich das Gebäude schon losgerissen, als trieben sie hilflos davon.

Den ganzen Vormittag hatte das Radio über den grimmigen Weg des Wirbelsturms Agnes berichtet: Erst war er ein Hurrikan, dann nur noch ein Tiefdruckgebiet und dann wieder ein Tropensturm, als er auf ein außertropisches Tief traf und sich über Pennsylvania entlud. Der Genesee, der Canisteo und der Chemung traten über die Ufer, der Chesapeake und der Susquehanna schwollen zu reißenden Strömen an, und der Sturm drohte sogar den Conowingo-Damm zu zerstören; er riss Bahngleise mit sich, dann Häuser, dann Menschen. Aber er hätte nie so weit nach Norden vordringen sollen.

Natalie setzte Therese unter Druck, die drauf und dran gewesen war, ihre langjährigen Schützlinge im Stich zu lassen und in eine höher gelegene Gegend zu flüchten. Gemeinsam hatten sie Alice mit Müh und Not die Treppen hochgeschafft, als sie merkten, dass Wasser in den Keller eindrang. Alice lag, von zwei Kissen gestützt, auf einer dünnen Steppdecke und fühlte den feuchtwarmen Luftzug, während Natalie im Dunkeln hin und her lief, weil es längst keinen Strom mehr gab. Sie versuchte, sich auf ihren keuchenden Atem zu konzentrieren, denn alles war besser als das gnadenlose Heulen des Sturms.

»Du musst den Arzt rufen!«

Natalies schweißnasse Haare waren zu einem Knoten geschlungen, und im milchigen Licht der Taschenlampe sah Alice ihr hochrotes Gesicht. Natalie wischte sich die Stirn, hockte sich neben Alice und zog ihr die Decke über den Bauch. »Und wie soll ich das machen, Alice? Draußen tobt ein Wirbelsturm. Hör mir zu.« Sie wehrte Alices Hände ab, die nach ihr griffen. »Nein, hör mir zu. Die Telefonleitungen funktionieren nicht mehr. Niemand kommt. Wir sind allein.«

Ihr Rücken fühlte sich an, als würde er jeden Moment in Stücke brechen. Ihr Inneres stand kurz davor zu explodieren, und ein Gedanke schoss ihr durch den Kopf: *Ja, gut so. Dann zerspringe ich eben in eine Million kleine Teile, solange es nur dem Baby gut geht.*

»Natalie, versprich mir etwas.« Sie lenkte all ihre verbleibende Energie in ihre Hand und krallte sich mit letzter Kraft an den Arm ihrer Schwester, während die nächste Wehe sie überfiel. »Lass nicht zu, dass dem Baby etwas passiert. Versprich mir das.«

»Sei still. Therese kennt sich aus. Sie hat das schon mal gemacht, stimmt's, Therese?« Therese nickte, aber ihr Blick war starr vor Angst. Alice sah, dass Natalies gespreizte Finger um Thereses Oberarm lagen, sodass sie alle drei miteinander verbunden waren. *Wir sind wie diese Plastikäffchen, die man ineinanderhakt,* dachte sie noch, bevor sich ihr Bewusstsein trübte.

»Versprich es. *Kaboutermannekes.*«

»Alice.« Natalie packte sie an den Schultern und schüttelte sie. »Hör auf, so einen Mist zu reden, oder ich drehe durch. Ich kann nicht mehr klar denken.«

»Lass unsere Seelen nicht in die Irre gehen. Versprich mir das.«

»Du musst dich aufsetzen. Beiß hier drauf und lass meinen Arm los.«

Natalie kniete sich hinter sie und stützte sie, und sie spürte ein feuchtes Tuch im Mund, das nach Medizin schmeckte. Etwas rann in ihre Kehle und brannte wie Alkohol. Thereses Hände glitten unter der Decke über ihren Bauch.

»Nicht pressen, bis Therese es sagt, Alice. Hörst du mich?«

Sie nickte und biss fest auf das Tuch.

»Tijeras«, verlangte Therese. *Eine Schere.*

Alice fuhr auf und wollte fliehen, vor ihnen, vor allem, griff nach allem, was in der Nähe war.

Natalie holte aus und schlug sie ins Gesicht. »Verdammt, Alice«, schrie sie, »die ist für später. Für die Nabelschnur. Beruhige dich endlich. Du wirst noch dem Baby schaden, wenn du so weitermachst. Kapiert?«

Alice durchzuckte ein stechender Schmerz, der eigene Zähne und einen eigenen Atem zu besitzen schien, und dann folgte ein grässliches Knacken in ihrem Schädel, das wie eine Kugel ihr Rückgrat entlangschoss und sämtliche Nervenenden entflammen ließ. Ihr Körper brannte wie heiße Kohlen, orangerot, weiß glühend, fing an zu zittern, als wollte er sich von seinem Mittelpunkt lösen. Eine andere Kraft hatte jetzt das Kommando übernommen, eine Kraft, die sie verbog und krümmte und in ihr aufstieg, bis sie mit einem Heulen, das dem des Sturms in nichts nachstand, aus ihr herausbrach. *Das Haus stürzt ein,* dachte sie. *Das Haus stürzt über uns zusammen.* Und obwohl sie genau wusste, dass ihre Augen offen waren, sah sie um sich herum nur Schwärze.

»Ich habe ein Mädchen zur Welt gebracht.«

Sie war in einer Zeitschleife gefangen. Phinneaus wiegte sie rhythmisch wie ein Metronom; seine Arme boten eine sichere Zuflucht vor dem Bannkreis der Dachkammer, der an ihr zerrte. Der Sturm war vorüber, der Wind nur noch ein leises Geflüster. Sie verstand nicht, was gesprochen wurde, die Worte waren zu verwaschen und undeutlich, aber es gab jemanden, der sie brauchte. Sie hörte den spitzen Schrei eines Vogels, dann nichts mehr.

»Ein Mädchen. Sag mir, wie du sie genannt hast.«

»Ich wollte sie Sophia nennen.«

»Sophia Kessler. Der Klang gefällt mir. Du wärst eine gute Mutter gewesen, Alice.« Er streichelte ihre Haare, und die wirbelnden Erinnerungsfetzen fügten sich wieder zusammen und zogen sich an ihren üblichen Ort zurück, in sichere Entfernung, wo ihre Konturen im Lauf der Jahre verwischt waren.

»Als ich wieder aufwachte, lag ich im Krankenhaus.« Sie erinnerte sich an ein Zimmer mit grellweißen Wänden, die das Licht reflektierten. »In dem Bett neben mir lag eine alte Frau, deren Bein eingegipst war. Sie hat im Schlaf geweint. Ich habe sofort verstanden, was das bedeutete – ich lag nicht in der Geburtsabteilung.« Sie hatte nach dem Baby gefragt, und die junge, unerfahrene Schwester hatte einen Moment lang den Blick abgewandt, um ihre Mimik unter Kontrolle zu bringen. Dann hatte sie lächelnd ihre Bettdecke festgesteckt. *Gleich kommt jemand, der mit Ihnen sprechen wird.*

»Danach wollte ich nur noch schlafen. Ich war gierig nach Schlaf. Die Ärzte waren sehr freigiebig mit ihren Medikamenten.«

Sie entzog Phinneaus ihre Hände und vergrub sie in den Taschen seiner Jacke. Die Berührungen, die Geschichten – es war ihr alles zu viel. Das Sonnenlicht fiel schräg durch die Fenster. Es war später Nachmittag geworden.

»Natalie hat mir dann zu Hause alles erklärt. Sie saß auf einem Stuhl an meinem Bett, ihre Hände lagen auf den Seitenlehnen. Sie hat mich nicht angefasst. Sie hat mir gesagt, dass das Baby schon tot gewesen sei, als Therese es entbunden habe. Ich sagte, ich hätte es aber gesehen. In den Armen gehalten. Es hätte sich bewegt. Natalie schüttelte immer nur den Kopf.

Du glaubst nur, dich zu erinnern, weil es dir so lieber wäre, Alice.

Aber ich habe sie gehört. Ich habe Sophia in der Dachkammer schreien hören.

Nur, weil du dir das gewünscht hast.

Natalie hatte schon alles geregelt. Sie fuhr mit mir am nächsten Tag zum Friedhof und zeigte mir das Grab unter einer Eiche. In der Nähe stand eine Bank. Ich hätte mich gerne dort hingesetzt, aber es regnete so stark, dass wir nicht aus dem Auto aussteigen konnten. Sie sagte, sie habe etwas für den Grabstein ausgesucht, den Anfang eines Verses aus Psalm 84 – ›Auch der Vogel hat ein Haus gefunden‹. Ich habe ihn nie gesehen, der Grabstein war noch nicht fertig.«

»›… und die Schwalbe ihr Nest‹. Das war ein Lieblingspsalm meiner Mutter.«

»Ich fand es lieb von ihr, dass sie etwas ausgesucht hatte, was mir etwas bedeutete. Ich war ihr dankbar dafür. Als wir wieder zu Hause waren, gab sie mir meine Medizin und sah zu, wie ich sie nahm. Während ich wegdämmerte, erzählte sie mir, dass sie das Haus verkauft habe. Dass wir in zwei Tagen umziehen würden.«

Phinneaus stand auf, ging zum Eckfenster und blickte hinaus in den Garten. Er legte die Handflächen gegen das Glas, und sein Atem schlug sich als opaker Nebel auf der Scheibe nieder. Seine Silhouette war eine Säule, die den ganzen Raum trug.

»Was ist mit dem Vater? Hat er es gewusst?«

Auf diese Frage hatte sie gewartet. Sie ließ den Kopf hängen und antwortete nicht. Dann stand sie auf und trat neben ihn ans Fenster. Sie legte eine Hand auf seine Schulter und drückte sie ein wenig, bis er ihr das Gesicht zuwandte. Dann schüttelte sie den Kopf. »Nein. Er hat nie etwas davon erfahren.« Sie ließ ihn los. »Hasst du mich jetzt?«

Er mied ihren Blick, aber er schüttelte den Kopf. »Nein. Aber wenn ich der Vater gewesen wäre, hätte ich es wissen wollen.«

»Er war nicht wie du.« Das war nicht die Vergebung, auf die sie gehofft hatte, aber sie hatte nichts anderes verdient.

»Ich weiß nicht, was er dazu gesagt hätte, aber ich hätte ihm die Chance geben müssen, es mir zu sagen.«

»Ich verurteile dich nicht, Alice. Du hattest sicher deine Gründe.«

»Ich bin nicht mehr dieselbe wie damals.«

»Das ist keiner von uns.« Er nahm sie in die Arme, und sie lehnte sich an ihn, überwältigt von Müdigkeit, kaum noch imstande, sich auf den Beinen zu halten. *Hier könnte ich bleiben,* dachte sie, *mich nie wieder von der Stelle rühren, und ich wäre glücklich.*

»Was ist mit dieser anderen Frau? Wie hieß sie – Therese?«

Sie legte den Kopf in seine Halsbeuge. »Nach der Sturmnacht habe ich sie nie wieder gesehen. Natalie hat sie weggeschickt. Angeblich, weil sie glaubte, dass ich sie nicht mehr sehen wollte. Nach allem, was passiert war.«

»Wie hieß Therese mit Nachnamen?«

»Irgendwas mit G. Garza, glaube ich.«

»Hat sie lange bei euch gearbeitet?«

»Seit ich als junges Mädchen krank geworden bin. Nach meiner Diagnose kam sie zweimal die Woche und half bei der Hausarbeit. Meine Mutter war überfordert mit mir, ich musste oft zum Arzt, und sie hatte so viele gesellschaftliche Verpflichtungen. Warum fragst du?«

»Ich weiß nicht recht.« Er senkte den Kopf und sagte leise: »Du bist müde. Es war ein langer Nachmittag, und ich muss nach Frankie schauen. Der Junge wird allmählich ganz schön durchtrieben. Wer weiß, was er heute schon wieder angestellt hat.«

»Dieser Junge ist ein sanftmütiges, liebes Kind, wie du sehr wohl weißt.« Sie drückte ihm die Lippen auf die Hand und lachte über den halb erschreckten, halb entzückten Ausdruck auf seinem Gesicht. »Phinneaus Lapine, ich glaube fast, du wirst rot.«

»Bei dir vergesse ich, dass außerhalb dieses Zimmers noch etwas existiert.«

»Was hast du vorhin zu mir gesagt? Dass du immer noch da bist? Ich gehe auch nicht weg.«

Aus seinem Blick sprachen leise Bedenken. »Hoffentlich ist das wahr.«

Es war merkwürdig einzuschlafen, ohne den Wunsch zu verspüren, jemand anders zu sein. Wie der Raureif, der das Immergrün überzog, lag ihre Haut auf einmal anders über den Knochen und passte ihr gut. Das war sein Geschenk. Ihr Kissen duftete zart nach Lavendel, und die Laken waren kühl. Statt erst die Haare hochzustecken, ließ sie sich gleich auf das Kissen zurückfallen, sodass sich ihre dichten Locken ungezwungen und frei ausbreiten konnten. Es war ein ungewohnt tröstliches Gefühl, einfach sie selbst zu sein.

Am Morgen erschien sie mit einem Bärenhunger in der lichtdurchfluteten Küche und überraschte Saisee mit der Bitte um grünen Tee und ein zweites Stück Gebäck.

»Kennen wir uns?«, fragte Saisee, über den Rand ihrer Brille äugend. Sie legte wie jeden Morgen eine Reihe Tabletten vor Alice auf den Küchentisch, stellte den Teekessel auf und brachte ihr einen Tontopf mit Honig. »Mr. Phinneaus lässt ausrichten, dass er später rüberkommt, wenn's Ihnen recht ist.«

»Wann hat er denn angerufen? Ich habe das Telefon gar nicht gehört.«

»Hab ich gesagt, er hat angerufen? Hab ich nich'. Er ist

heute früh gekommen, kurz nach mir, und ist gleich ins Esszimmer gegangen und hat in Ihren Papieren gekramt. Der ganze Wohnzimmertisch liegt voll. Ich weiß gar nich', wo das Essen hinsoll.« Sie klopfte sich mit einem Holzlöffel gegen den Oberschenkel und zog die Augenbrauen hoch.

Alice ging ins Wohnzimmer. Saisee hatte recht. Der ganze Tisch war mit ordentlichen Papierstapeln bedeckt, auf denen beschriftete Karteikarten darüber informierten, worum es sich handelte: *Rechnungen, Kontoauszüge, Mietverträge, Quittungen, Steele & Greene*. Sie umkreiste den Tisch und staunte, was er in nur wenigen Stunden fertiggebracht hatte. Ein wahres Organisationstalent. In der Mitte des Tischs lag, wie eine Nabe zwischen den Speichen, sein gelber Briefblock. In Phinneaus' runder, weicher Schrift standen ganz oben zwei Worte. »T. Garza?« und »ASK?« Alice lief ein kalter Schauder über den Rücken. Sie ging in die Küche zurück, um fertig zu frühstücken, aber sie hatte keinen Appetit mehr und konnte ihren Blick nicht von dem Tisch im Nebenzimmer losreißen. Die Melodie, die sie im Geist gesummt hatte, wurde leiser und verhallte.

»Saisee, haben Sie alles nach unten gebracht?«

»Ihre Kleider sind noch oben. Und die Parfumfläschchen. Für die ist hier kein Platz. Ich hab nur alle Papiere runtergebracht, die ich gefunden hab, wie Mr. Phinneaus gesagt hat. Suchen Sie was Bestimmtes?«

Erwartete sie ein Schreiben, das an sie adressiert war? Einen Entschuldigungsbrief, ein Eingeständnis, dass sie sich die Schuld teilen mussten? Das hätte Natalie nicht ähnlich gesehen, sie hatte bis zur letzten Sekunde in ihrer Distanziertheit verharrt. »Eher nicht«, erwiderte Alice.

Es klopfte an die Tür, und Phinneaus stürmte herein. Unter Saisees wachsamem Blick stampfte er ein paar Mal mit den Stiefeln auf die Fußmatte.

»Guten Morgen.« Er kam auf Alice zu und küsste sie leicht auf die Wange. Seine Lippen waren trocken wie Papier und brachten eine Ahnung von Kälte mit. »Hast du gut geschlafen?«

Das Tageslicht hob die offenkundige Veränderung ihrer Beziehung deutlich hervor. Saisee räusperte sich und ging die Treppe hinauf, aber vorher bedachte sie Alice noch mit einem wissenden Lächeln, das ihr die Röte ins Gesicht trieb. Wie man sein Verhalten auch deutete – der fehlende Abstand zwischen ihnen bewies, dass sich seit dem Vortag etwas verändert hatte. Sie ließ sich gegen die Lehne sinken, noch nicht gewohnt an diese plötzliche Nähe. »Danke, ich habe sehr gut geschlafen.«

Er schien ihre Reaktion nicht wahrzunehmen, war ganz offensichtlich mit seinen eigenen Gedanken beschäftigt. »Gut. Bist du fertig?« Er deutete auf das Hörnchen auf ihrem Teller und den lauwarmen Tee. »Ich hätte gerne, dass du dir etwas ansiehst.«

Er scheuchte sie aus der Küche, zog einen Stuhl unter dem Esstisch hervor und schob ihn in ihre Richtung. Sie setzte sich, verschränkte die Arme vor der Brust und wünschte sich, sie wäre länger im Bett geblieben.

Phinneaus tigerte auf und ab, wie üblich. »Alice, gestern hast du gesagt, dass die Haushälterin deiner Familie vermutlich Therese Garza hieß, stimmt's? Und dass Natalie sie nach dem Sturm weggeschickt hat?«

Sie nickte. »Phinneaus, was ist los?«

»Es kommt mir vor, als würde ich in Sachen herumschnüffeln, die mich nichts angehen, aber du hast mich ja gebeten, deine Ausgaben durchzusehen.«

»Ich weiß. Und ich bin dir dankbar. Ich nehme nicht an, dass du in irgendeinem Geheimversteck Millionen von Dollar entdeckt hast?«

Er ignorierte ihren Versuch, die Atmosphäre aufzulockern. »Vorgestern Abend habe ich dir gesagt, dass der Besitz in Connecticut allem Anschein nach nie verkauft worden ist und das Haus durch die Immobilienverwaltung Steele & Greene vermietet wurde. Bei der Durchsicht von Natalies Kontoauszügen habe ich herausgefunden, dass jeden Monat ein Betrag auf ihr Girokonto überwiesen wurde.«

»Vielleicht von ihrem Arbeitgeber.«

»Das glaube ich nicht. Es kamen noch andere Zahlungen, alle zwei Wochen. Natalie war nicht fest angestellt, ihr Einkommen schwankte immer ein wenig, je nach Monat und der Anzahl der Tage, die sie arbeitete. Diese Überweisungen kamen von einer Bank in New York, und es war immer dieselbe Summe. Aber das ist nicht das Interessante.«

»Nein?« Bei dem Wort *interessant* verspürte sie einen Anflug von Ärger und setzte sich aufrechter hin. Für ihn war das ja alles schön und gut. Er vermutete, dass es irgendwo einen Blindgänger gab, und war ganz in seinem Element; er buddelte in der Erde, um ihn herauszuholen, während er ihr seinen Angriffsplan auseinandersetzte und sich nicht um die alten Knochen scherte, die da womöglich auch noch lagen. Aber diese Knochen gehörten ihrer Familie, nicht seiner. Und wenn Natalie sich zusätzliche Einkünfte verschafft hatte, was spielte das jetzt noch für eine Rolle?

Phinneaus zog seine Lesebrille aus der Hemdtasche und betrachtete stirnrunzelnd den Stapel Haushaltsbücher auf dem Tisch. Er tippte mit dem Bleistift dagegen. »In den vergangenen fünfunddreißig Jahren, von September 1972 bis zum September dieses Jahres, hat Natalie jeden Monat einen Scheck für Steele & Greene ausgestellt, immer über die gleiche Summe.«

Er verstummte und wandte sich Alice zu. Erschrocken sah sie, dass er nicht mehr aufgeregt wirkte, sondern mitleidig und besorgt, als versuchte er einzuschätzen, wie seine nächsten Worte auf sie wirken könnten.

»In diesen Büchern steht neben jeder dieser Zahlungen von September 1972 bis Juni 1990 ein Vermerk: ›ASK – T. Garza‹. Therese Garza. Aber von Juli 1990 bis zu diesem September steht da nur noch ASK. Warum hat Natalie achtzehn Jahre lang jeden Monat einen Scheck für Therese Garza ausgestellt? Und warum über die Firma, die euer Haus vermietet hat?«

»Das muss ein Irrtum sein.«

»Fünfunddreißig Jahre lang?« Phinneaus setzte sich neben sie und schob ihr den Stapel Kontoauszüge zu. »Das glaube ich nicht.«

Sein Tonfall hatte sich verändert, er klang jetzt vernünftig und beherrscht. So hörte er sich immer an, wenn er Frankie die großen Fragen des Lebens zu erläutern versuchte – warum das Böse manchmal scheinbar über das Gute siegte; wie es am Ende gewöhnlich zu einem Ausgleich kam; warum man Menschen nicht ändern konnte, selbst wenn es zu ihrem eigenen Besten war, sie mussten es selbst wollen. Sie begriff, dass Phinneaus ihr auf seine Weise, so gut es eben ging, etwas sehr Schlimmes mitzuteilen versuchte, was keiner von ihnen beiden in Ordnung bringen konnte. Ihr Atem wurde flach, sie spürte ihn ganz weit oben in der Lunge. Sie wollte ihn dort festhalten und das, was jetzt kam, von sich fernhalten.

»Alice, hörst du mir zu?«

In ihren Ohren rauschte ein Ozean, Störgeräusche hielten alle logischen Gedanken fern. *Atmen,* dachte sie, *einfach weiteratmen.*

»Vielleicht hatte Natalie Schuldgefühle, weil sie Therese weggeschickt hat.«

Phinneaus streckte den Arm aus, und als sie nicht reagierte, legte er seine Hand auf ihre. »Ich glaube, das Geld war für etwas anderes.«

»Für was denn? Und was soll das heißen, ASK Therese?« Sie schüttelte ihn ab und stand auf, erleichtert, dass ihre Beine sie noch trugen, auch wenn die Lunge sie im Stich ließ. Am liebsten hätte sie all die sorgsam arrangierten Papierstapel vom Tisch gefegt. »Wir haben beide nicht viel von ihr gehalten, Phinneaus, aber du scheinst anzudeuten, dass Natalie in etwas Kriminelles verwickelt war. Das ist unmöglich. Es muss eine einfache Erklärung geben.«

»Die gibt es. Ich glaube, du willst sie nur nicht hören.«

»Versuch's doch.« Sie konnte ihm nicht in die Augen sehen. Was immer er sagen würde, konnte nicht wahr sein, das hatte sie insgeheim schon beschlossen.

»Also gut.« Er nahm den gelben Block vom Tisch und schlug ein Blatt nach hinten um. Aus den Augenwinkeln erkannte sie ein kompliziertes Schaubild mit Namen und Pfeilen, Fragezeichen und Kommentaren. In seinem Kopf war schon alles geklärt.

»Ich glaube nicht, dass Natalie dir die Wahrheit gesagt hat. Weder über die Gründe, warum ihr aus Connecticut weggehen musstet noch über die Nacht in der Dachkammer. Nicht einmal über das Grab, das sie dir an jenem Regentag gezeigt hat. Meiner Meinung nach hat sich alles ganz anders abgespielt. Und ich glaube, Therese und Natalie waren die einzigen Menschen, die Bescheid wussten.«

Ihr stieg ein ekelhaft süßlicher Geruch in die Nase, sodass sie würgen musste und nach Luft schnappte. Sie ertrank, ertrank mitten auf festem Boden, und Phinneaus stand einfach nur dabei und sah zu. Am einfachsten wäre es, ihm sofort den Mund zu verbieten. Sie konnte die Worte denken, aber sie brachte ihre Lippen nicht dazu, sie auszusprechen.

Er zog sie zurück auf den Stuhl. »Das tut weh, ich weiß. Und es tut mir leid, dass ich dir wehtue.«

»Dann hör auf.«

»Alice, du musst den Rest hören. Natalie hat genau Buch geführt. Ich nehme an, sie brauchte Belege für die Versicherung, für deine Medikamente, Blutbilder, Röntgen-Untersuchungen und Besuche beim Rheumatologen. Was auch einleuchtet, denn die Statuten des Fonds haben sicher verlangt, dass sie alle Ausgaben dokumentiert, bevor sie das Geld rückerstattet bekommt. Aber für deine Schwangerschaft gibt es überhaupt keine Belege. Du warst doch beim Arzt, oder?«

»Natürlich war ich beim Arzt.«

»Aber es gibt keine Unterlagen über Besuche beim Gynäkologen. Nichts über einen Klinikaufenthalt, keine Rezepte für Schmerzmittel oder Antibiotika. Nichts.« Er verstummte und wandte den Blick ab. »Es gibt keine Bestätigung einer Totgeburt und keinerlei Hinweise auf eine Zahlung an einen Friedhof.«

»Du meinst, es sieht so aus, als wäre ich nie schwanger gewesen.«

»Ja. Zumindest wollte Natalie wohl, dass es so aussah.« Er kramte in einem anderen Stapel Papiere und zog einen Umschlag hervor. »Ich glaube, ihre Verbitterung hat sie dazu veranlasst, etwas Unvorstellbares zu tun. Und danach fand sie einfach keine Möglichkeit mehr, es wieder rückgängig zu machen. Das hier habe ich unter ihren Papieren gefunden.«

Er hielt ihr einen länglichen elfenbeinfarbenen Briefumschlag hin, auf dessen Rückseite in dunklen Lettern die Worte »Immobilienverwaltung Steele & Greene« gedruckt waren. Direkt darunter stand eine Adresse in Hartford. Er fühlte sich schwer an, als sie ihn endlich entgegennahm, war aus Büttenpapier und hatte ein Wasserzeichen. Ein edles, traditionelles Produkt. Ihre Mutter hatte immer Wert auf gutes Briefpapier gelegt: Antwortkarten und Umschläge in zwei Größen, cremefarbene Briefblöcke mit ihren Initialen als Monogramm. Sie hatte ihre gesamte Korrespondenz mit einem silbernen Brieföffner aufgeschnitten, als verdiente jeder einzelne Brief eine eigene kleine Zeremonie. Alice drehte den Umschlag um und las die Adresse: Agnete S. Kessler. ASK. Agnete. Natalie hatte sie nach dem Sturm benannt.

Der Umschlag fiel ihr aus der Hand und blieb mit der Adresse nach oben auf dem Teppich liegen. Sie starrte ihn an. Eine Adresse in Santa Fe, New Mexiko. Auf die Worte »Zurück an den Absender« folgten drei dicke schwarze Ausrufezeichen, die auch noch dreifach unterstrichen waren. *Jemand sollte ihn aufheben,* dachte sie. Aber sie war wie gelähmt.

Es überstieg ihr Fassungsvermögen, aber sie würde es auch in zehn Minuten oder zehn Tagen oder einem Jahr nicht besser verstehen können. Sie konnte nicht begreifen, dass ihre eigene Schwester – mit der sie das Blut, die DNS, die Geschichte teilte – sich womöglich als Urheberin ihrer Leiden, ihres langsamen Zerfalls erwies. Doch angesichts dieser Berge von Beweisen musste sie kapitulieren. Sie klappte den Mund auf und wandte sich Phinneaus zu, aber ihre Stimme war bereits auf und davon geschwebt, aus dem Raum hinaus nach Westen, und rief nach einer erwachsenen Frau, die vielleicht ihre Tochter war.

Dann war sie also eine Mutter – und doch auch wieder nicht. Seit fünfunddreißig Jahren nicht. Mutter. Aber offenbar nicht die Art Mutter, die instinktiv wusste, dass ihre Tochter noch lebte. Sie fühlte sich auf schreckliche Weise wesensverwandt mit Frankies eingesperrter Mutter, die ihren Sohn kannte und sich dennoch nicht für seine Lebensumstände, seine kleinen Triumphe, seine täglichen Kämpfe interessierte. War sie so anders? Wie war es möglich, dass sie alles, was Natalie ihr erzählt hatte, jedes Detail, jede Lüge, einfach geglaubt hatte? Sie hatte zugelassen, dass der Kummer sie träge und dumm machte.

Phinneaus hob den Umschlag auf. »Alice, wir haben noch keine Gewissheit.«

»Du hättest es mir nicht erzählt, wenn du dir nicht sicher wärst. Du glaubst, dass sie am Leben ist, oder? Und dass Natalie sie mir die ganze Zeit vorenthalten hat.«

»Solange ich dich kenne, ist Natalie jedes Jahr zweimal für etwa zwei Wochen weggefahren. Soweit ich mich entsinne, war sie im ersten Jahr direkt vor Thanksgiving weg und dann noch einmal im Frühjahr. Und so ging das Jahr für Jahr.«

»Aber das waren Urlaube. Sie hat in New York Freunde

besucht. War in New Orleans wegen Mardi Gras. In Kalifornien wegen …« Sie verstummte.

»Vier Wochen Urlaub jedes Jahr? Mit ihrem Gehalt von der Bank?« Phinneaus schüttelte den Kopf. »Und welche Freunde soll sie besucht haben, Alice? Sie war in New York, aber sie hat dort vermutlich jemanden von Steele & Greene getroffen. Ich konnte in ihren Papieren nicht viel über die Firma finden, aber immerhin eine Unterschrift auf einem Mietvertrag.« Er blätterte in seinen Notizen. »Hast du schon mal was von einem George Reston junior gehört?«

Ihr war zumute, als stürzte ein Gebäude über ihr zusammen. Die letzte Hoffnung, dass Phinneaus vielleicht doch unrecht haben oder es eine andere Erklärung geben könnte, löste sich auf. Natalies erstaunter, reumütiger Blick, als sie auf dem Teppich gelegen und ihre Hand umklammert hatte, kam ihr in den Sinn. Alice hatte sich immer für die Klügere gehalten, aber nun stellte sich heraus, dass man sie mit Leichtigkeit übertölpeln konnte. Sie hatte Georges verzweifelten Kampf um Natalies Zuneigung unterschätzt, er war zu mehr Grausamkeit fähig, als sie ihm zugetraut hatte.

Welchen Preis hatte Natalie für einen Gefallen dieser Größenordnung zahlen müssen? Sie konnte nur raten. Jetzt wollte sie nur noch, dass Phinneaus ihr half, George Reston aufzuspüren. Er sollte ihn zur Strecke bringen, ihn in einen Raum sperren und sie dann mit ihm allein lassen. Sie hatte nichts mehr zu verlieren.

Phinneaus redete immer noch, aber Alice nahm seine Stimme nur noch als ein vages Summen wahr.

»Ich habe die Auszüge von Natalies Kreditkarte überprüft. Darauf sind Flugtickets nach New York ausgewiesen und dann ein, zwei Tage später ein Flug nach Albuquerque.

Ich habe auch Abbuchungen einer Mietwagenfirma gefunden, aber keine Hotelgebühren. Sie muss bei ihnen gewohnt haben.«

»Ihnen?«

Er räusperte sich. »Therese und Agnete.«

Alice versuchte, sich zu konzentrieren. »Warum hätte Natalie eine so deutliche Spur legen sollen? Hätte sie nicht bar bezahlt, wenn sie nicht gewollt hätte, dass jemand wusste, wohin sie fuhr?«

»Warst du seit eurem Einzug jemals im oberen Stockwerk? Wer hätte Natalies Sachen durchsuchen sollen? Saisee? Vielleicht war deine Schwester überzeugt davon, dass du das hier nie zu Gesicht bekommen würdest. Oder vielleicht wollte sie auch, dass man ihr auf die Schliche kommt. Ich weiß es nicht.«

Alice deutete auf den Umschlag, den Phinneaus noch in der Hand hielt. »Kommt nach diesem Brief noch etwas?«

»Ich habe nichts gefunden. Aber Natalie hatte Flugtickets. Für den 20. Oktober.«

»Der letzte Brief ist zurückgekommen.«

»Ja.« Er gab ihr den Umschlag.

»Er wurde vor zwei Monaten abgestempelt. Sie könnte inzwischen überall sein.«

Phinneaus ging um den Tisch herum und sammelte die Papiere ein. »Das stimmt. Aber es wäre immerhin ein guter Ausgangspunkt.«

»Ausgangspunkt?«

»Für die Suche. Damit du sie finden und ihr die Wahrheit sagen kannst. Man weiß ja nicht, was Natalie ihr erzählt hat. Sie muss verstehen, dass du nicht …« Er schwieg, als er Alices Kopfschütteln bemerkte.

Sie hatte befürchtet, dass sie ihn irgendwann einmal enttäuschen würde – er hatte einfach eine zu hohe Meinung von ihr. Doch wann es so weit sein würde, hatte sie nicht gewusst. Vielleicht, wenn sie sich entschloss, körperliche Nähe zuzulassen – obwohl sie beide in einem Alter waren, in dem Perfektion eher einschüchternd als reizvoll wirkte. So war er nun einmal – ein Organisator, ein Problemlöser. Nichts befriedigte ihn mehr, als eine Lösung anbieten zu können. Aber dieses Problem konnte er nicht für sie lösen. Er ging davon aus, dass sie beide dasselbe wollten, dieselben Träume träumten. Und jetzt würde ihm klar werden, dass er sie überhaupt nicht kannte.

»Ich muss erst noch darüber nachdenken, Phinneaus. Ich danke dir für alles, aber ich muss jetzt eine Weile allein sein.«

»Du hast Angst.«

Natürlich habe ich Angst. Hör auf, von mir Sachen zu verlangen, die ich nicht fertigbringe. Sie zog den Pullover enger um die Brust. »Ich brauche Zeit.«

»Alice, Natalie ist tot. Die einzige Person, mit der du noch Krieg führst, bist du selbst. Lass mich dir helfen.«

Sie schüttelte den Kopf und flüchtete stolpernd in ihr Schlafzimmer. Sie schloss hinter sich ab, obwohl das völlig unnötig war und mehr dazu diente, sie drinnen zu halten als ihn draußen. Aber das alte, schlecht isolierte Haus ließ keine Geheimnisse zu. Er hatte das Geräusch des Schlüssels sicher gehört und würde gekränkt sein. Mit der Stirn gegen die Tür gelehnt, blieb sie regungslos stehen. Erst eine Minute später hörte sie die Küchentür zuknallen.

Saisee hatte ihr Zimmer schon aufgeräumt. Das Bett, letzte Nacht noch so behaglich, wirkte glatt und steril; die Kissen lagen aufgereiht nebeneinander, das Laken war straff gespannt und unter der Matratze festgeklemmt. Sie setzte sich auf die Bettkante und schlang die Haare im Nacken zu einem lockeren Knoten. Sie würde ihm ihre Sicht der Dinge nie begreiflich machen können.

Wie oft hatte sie auf diesem Bett gesessen und die Haare ihrer imaginären Tochter gekämmt oder war mit dem Daumen über das Grübchen zwischen ihren Augenbrauen gestrichen! Wie viele Jahre hatte sie ein stummes »Happy Birthday« gesungen, im Geist die Kleider für den ersten Schultag zurechtgelegt, eine kindliche Wunschliste für Weihnachten geschrieben! Hatte sie nicht unter den Nachhilfeschülern, die sich im Esszimmer versammelten, plappernd die Köpfe zusammensteckten und nervös ihre Hausaufgaben verglichen, immer auch ihre Tochter gesehen? Alles nur ein schöner Schein. Sie war eine Schein-Mutter, selbst in der Beziehung zu ihren Schülern. Sie hatte sie für ein, zwei Stunden, dann flogen sie wie Brieftauben zurück in ihre Nester und vergaßen sie, bis sie das nächste Mal in ihr Haus flatterten.

Phinneaus hatte natürlich recht. Sie war ein Feigling. Wenn ihre Tochter sie von Anfang an gekannt hätte, lägen die Dinge anders. Dann würde es ihrer Tochter nicht merkwürdig vorkommen, dass ihre Mutter sich an guten Tagen im Schneckentempo fortbewegte und an schlechten Tagen gar nicht. Die geschwollenen Gelenke ihrer Mutter wären ihr so vertraut wie die plumpen Plastikperlen der Spielkette, die sie als Baby zusammengeschoben und auseinandergezogen hatte. Die langen Stunden der Bettruhe hätten sie sich mit Märchen und Kinderliedern, Kreuzworträtseln und Halma spielen verkürzt. Das Kind hätte starke Arme und gelenkige Finger gehabt.

Aber so war es nicht. Es hatte keinen Sinn, sich jetzt noch in das Leben einer Fremden, einer erwachsenen Frau zu drängen. Mit fünfunddreißig war ihre Tochter eine Erwachsene. Alices Vorstellungskraft reichte nur bis ins Teenageralter; sie wollte sich die Frau, zu der ihre Tochter herangewachsen war, nicht vorstellen, weil sie fürchtete, ihr genetisches Erbe in ihr zu entdecken. Natalie war tot, aber sie hatte gewonnen.

Vor ihr lag ein ganzer, endlos langer Tag. Schlafen konnte sie nicht. Immer am Rand ihres Häkelteppichs entlangzulaufen, brachte auch nichts. Also verließ sie das schützende Schlafzimmer, holte ihren Mantel aus dem Flur, zog Handschuhe an und wickelte sich einen Schal um Hals und Kinn. Die Luft draußen war eisig und roch nach Winter. Sie hielt beim Gehen den Kopf gesenkt und achtete auf Risse im Bodenbelag, auf die heimtückisch stacheligen Früchte des Amberbaums, auf vereiste Stellen. Die meisten Leute fanden sich in ihrer Wohngegend zurecht mithilfe der Häuser, an denen sie vorübergingen, und der Menschen, denen sie zuwinkten, Alice dagegen richtete den Blick nach oben und nach unten. Sie orientierte sich an dem Baum mit dem verlassenen Vogelnest, an den seltsamen Vertiefungen im Zement des Bürgersteigs, an der schäbigen Backsteinmauer um Mrs. Deacons Rosen und an der Pflanzschaufel, die, offenbar als Markierung, am Rand der Kirchenauffahrt im Boden steckte.

Irgendwann vor Jahren hatte die Stadt aufgehört, eine Durchgangsstation zu sein, und war zu ihrem Zuhause geworden. Die Stadt hatte sie in sich aufgenommen, trotz Alices Bemühungen, sich abzuschotten, den Urteilen, Spekulationen und dem Mitleid zu entgehen – Letzteres hatte ihr am meisten zu schaffen gemacht. Aber Saisee, Frankie und Phinneaus hatten ihre Abwehrstrategien aufgeweicht. Sie hatten ihr immer wieder Brosamen auf den Weg gestreut, um sie aus ihrem Versteck in die Welt hinauszulocken. Sie erzählten ihr aufregende kleine Klatschgeschichten und pflanzten draußen Geschichten wie kleine Samen, um ihr das Gespenstische zu nehmen und sie als ein ganz normales Wesen aus Fleisch und Blut zu etablieren: *Alice hat sich Frankies Erkältung geholt, Alice hat Mrs. Whittakers Maisbrot geschmeckt, Alice findet, der Elternbeirat sollte eine Benefizveranstaltung abhalten, damit die Schulbücherei aufgestockt werden kann.* Sie hatte die beiden wirklich nicht verdient. Und Phinneaus? Schon jetzt sehnte sich ihre Hand nach seinem dünnen Flanellhemd und ihre Wange sich nach seinen kratzigen Bartstoppeln.

Sie kreiste noch zweimal um den Block, bis sie innerlich ruhiger geworden war, bis ihren Füßen das Gehen und ihrer Lunge das Atmen schwerfiel. Als sie zurück ins Haus kam, wartete Saisee schon mit dem Mittagessen: heißer Tee, ein Rindfleisch-Gemüse-Eintopf und ein Teller Cracker mit einem Töpfchen scharfem Pimentkäse-Dip. Die Haushälterin lehnte mit verschränkten Armen an der Spüle und hatte die Brauen hochgezogen, als warte sie auf eine Entschuldigung.

Alice blickte ihre Haushälterin und Freundin an. »Sie wissen Bescheid, oder?«

»Keine Ahnung, wovon Sie reden.«

»Der Pimentkäse hat Sie verraten. Sie machen ihn immer nur, wenn Sie mich zu etwas nötigen wollen.«

Saisee zog die Nase kraus. »Nich' meine Schuld, dass die Wände hier so dünn sind.«

Alice schob den Teller von sich weg und legte den Kopf auf den Tisch.

»Sie werden doch wohl den leckeren Eintopf essen, den ich für Sie gekocht habe?«

»Keinen Hunger.«

Saisee klatschte sich mit der Hand gegen den Oberschenkel, und Alice zuckte zusammen. »Machen Sie mich nich' noch wütender, als ich schon bin. Jetzt hören Sie mir mal zu. Sie haben nich' das Recht, jemandem vorzuschreiben, was er über Sie denken soll. Ob er was mit Ihnen zu tun haben will oder nich'. Dieses Mädchen hat das Recht …«

»Sie ist kein Mädchen mehr, Saisee.«

»Sie wissen, was ich meine. Diese Person hat das Recht zu erfahren, was passiert ist.«

»Warum? Weil mich das entlastet? Und was ist mit ihr? Natalie hat sie zwei Mal jährlich besucht, seit sie ein Baby war, Saisee. Agnete muss sie geliebt haben. Wahrscheinlich weiß sie nicht mal, dass Natalie tot ist. Wie kann ich diese Beziehung schlechtmachen, nur damit ich einen Platz in ihrem Leben ergattere? Wäre ich damit nicht genauso grausam wie Natalie?«

»Sie haben Miss Natalie nie schlechtgemacht, als sie noch am Leben war. Ich denk' nich', dass es jetzt notwendig ist. Die Wahrheit will ans Licht. Das ist immer so.« Saisee setzte sich neben Alice und strich ihr über die Haare. »Wollen Sie etwa behaupten, dass Sie Ihre eigene Tochter nich' sehen wollen?«

Sehen. Das war das Wort, das in ihrem Kopf den Schalter umlegte und das Nachdenken in Gang setzte. Eigentlich musste sie ja mit Agnete nicht sprechen. Vorausgesetzt, ihre Tochter wurde gefunden, konnte sie sich dann nicht einfach nur ihr Gesicht anschauen? Sich ihr so weit nähern, dass sie den Klang ihrer Schritte hörte, sich die Neigung ihres Kopfes und die Krümmung ihrer Finger einprägen konnte? Das war halb List, halb Täuschung – genauso hätte Natalie gehandelt. Aber die Idee hatte sich bereits verselbstständigt, lief in ihren Gedanken Amok und nährte eine kleine, beständige Flamme in ihrem Herzen. *Ich könnte meine Tochter sehen.*

13

Der Himmel war violett, als sie aus dem Zugfenster schaute, irgendwo mitten im Bundesstaat Kansas, der größer war, als sie es sich je vorgestellt hatte. Phinneaus hatte sie nach Newbern gebracht, eine Autostunde nach Süden, wo sie in den »City of New Orleans #58« einsteigen wollte, und hatte mit ihr bis zur Abfahrt des Zuges kurz nach Mitternacht auf einer harten Bank im Bahnhofsgebäude gewartet. Nach einer Woche voller Diskussionen über ihre Absicht, allein zu fahren, und über die Wahl ihres Transportmittels hatten sie sich nicht mehr viel zu sagen. All das Zanken und Debattieren hatte Alice ausgelaugt, und sie machte sich Sorgen, weil Phinneaus trotz seiner Müdigkeit so spät noch zurückfahren wollte. Doch in seinem Zorn war er vernünftigen Argumenten nicht mehr zugänglich gewesen, und sie hatte nicht die Kraft gehabt, einen weiteren Streit anzufangen. Als sie endlich ihren Platz im Großraumwaggon gefunden und der Schaffner ihr das Gepäck auf die Ablage gehoben hatte, verschlief sie fast die gesamten achteinhalb Stunden bis Chicago. Dann musste sie an der Union Station sechs Stunden warten, bis sie in den

»Southwest Chief« nach Lamy einsteigen konnte, das knapp fünfundzwanzig Kilometer südlich von Santa Fe lag. Auch während dieser Fahrt schlief sie, und es war ihr gleichgültig, wie sie aussah oder ob jemand ihr Gepäck stehlen oder ihr eins über den Schädel geben würde. Sie war so lange keine Risiken mehr eingegangen, dass sie das Gefühl kaum noch kannte. Es war seltsam befreiend, nach so langer Zeit wieder einmal ihre körperlichen Grenzen auszutesten.

»Das ist doch lächerlich«, hatte Phinneaus geschimpft. »Du solltest fliegen. Warum darf ich dir nicht ein Flugticket besorgen? Du könntest in vier Stunden dort sein statt in vierzig.«

»Vielleicht will ich nicht in vier Stunden dort sein.«

»Nein, du lässt dir lieber tagelang deine schmerzenden Gelenke durchrütteln. Ungeheuer vernünftig. Alice, das kannst du doch nicht machen.«

Sie verspürte den Wunsch, auf etwas einzuschlagen, richtig fest, ohne dass ihr Körper unter dem Aufprall leiden würde, und begriff, dass *er* dieses »Etwas« wäre. »Sei still. Genau das hätte Natalie gesagt, wenn ich ihr je Anlass dazu gegeben hätte. Du kannst mir nicht alles abnehmen, Phinneaus.«

Er hatte sie entsetzt angestarrt, und sie hatte ihre Worte beinahe bereut. Ihn mit ihrer Schwester gleichzusetzen war unentschuldbar, aber in diesem Fall stimmte es.

»Abgesehen von der einen Stunde, die die Fahrt zum Physiotherapeuten dauert, bin ich seit dem College praktisch nirgendwo mehr hingefahren. Ich schaffe es nicht, in einem Staat ins Flugzeug zu steigen und ein paar Stunden später fünf Staaten entfernt wieder auszusteigen. Ich brauche mehr Zeit, um das alles zu begreifen.« Ihr war nicht wohl bei diesen Sätzen, denn sie klangen so, als wollte sie Agnete tatsächlich kennenlernen und mit ihr reden. Dabei wollte sie sie nur finden. Das war Herausforderung genug.

Im Bahnhof von Newbern hatte Phinneaus sie am Arm gepackt und einen letzten Versuch unternommen, sie umzustimmen. Er war blass und hatte dunkle Ringe unter den Augen. »Alice, ich habe dich dazu gedrängt. Sogar der Arzt hat gesagt, dass du lieber nicht allein fahren solltest. Bitte sei nicht ausgerechnet in dieser Sache stur.«

»Lieber nicht.« Sie betonte jede Silbe einzeln. »Phinneaus, du musst mich das auf meine Art regeln lassen. Ich rufe dich aus dem Hotel in Santa Fe an. Alles wird gut gehen, versprochen.« *Und wenn nicht, wirst du es wenigstens nicht mitbekommen.*

Wie merkwürdig, dass sie jetzt auf einmal ihre optimistische Seite entdeckte, dachte sie, während sie im Panoramawagen hin und her schaukelte. Sie hatte auf der Fahrt durch die Ebene eigentlich schlafen wollen, aber ihre innere Uhr war dagegen, und so starrte sie aus dem länglichen Fenster in die Dunkelheit und sah nur ihr eigenes Spiegelbild. Sie hatte schon als kleines Mädchen nicht schlafen können, wenn es von ihr erwartet wurde. Immer hatte sie vor Sonnenaufgang die Augen aufgeschlagen und darauf gelauscht, wie das Haus langsam zum Leben erwachte, wie es in der Morgendämmerung ächzte und stöhnte und so ganz anders klang als am Abend, wenn es sich auf die Nacht vorbereitete. Hatte Agnete diese Angewohnheit auch? Aus der Ferne würde sie das wohl kaum herausfinden.

Auf den ersten Blick schien der Plan ganz einfach. Wenn alles gut ging, würde sie am frühen Nachmittag Lamy erreichen und nach einer kurzen Busfahrt in ihrem Hotel in Santa Fe einchecken. Sie würde ein paar Stunden ausruhen, früh zu Abend essen, sich gründlich ausschlafen und am Morgen ein Taxi zu der Adresse nehmen, die auf dem zurückgesandten Umschlag stand. Dort würde sie hoffentlich erfahren, wohin Agnete verzogen war. Das war es mehr oder weniger. Sie hatte von Anfang an gewusst, dass der Plan mehrere Schwachstellen hatte, und Phinneaus wusste das sicher auch; das war einer der Gründe, warum er nicht wollte, dass sie allein verreiste. Schon die Frage nach dem Verbleib ihrer Tochter war nicht unproblematisch. Wen sollte sie fragen? Die Nachbarn? Sie sah sich im Geist von Tür zu Tür gehen und fragen, ob jemand Agnete Kessler kannte und so nett wäre, ihr, einer völlig Fremden, zu verraten, wohin Agnete verzogen war. Es war überhaupt nicht gesagt, dass Agnete jemanden darüber informiert hatte, und selbst wenn – was sollte die Leute dazu veranlassen, ihr diese Information weiterzugeben? Das Einzige, was für sie sprach, war ihre offenkundige Gebrechlichkeit. *Wenigstens wird mich niemand für eine Stalkerin halten.*

Doch dann fiel ihr ein, dass Agnetes Nachbarn aller Wahrscheinlichkeit nach Natalie kannten, und ihr kam die Erleuchtung. Die vielen Besuche über die Jahre waren bestimmt nicht unbemerkt geblieben. Natalie hatte ihr viel gestohlen, aber sie hatte Alice mit ihrem Tod auch ein ungeplantes Geschenk gemacht – das Wissen um Agnetes Existenz und zugleich einen Grund, sie zu kontaktieren. Der Briefumschlag lieferte das Bindeglied und erlaubte es ihr, die gewünschte Anonymität zu wahren. Sie konnte sich als jede beliebige Person ausgeben – eine Freundin der Familie, eine nahe Verwandte –, die die Nachricht persönlich überbringen wollte, weil sie wusste, wie nahe Natalie ihrer Nichte gestanden hatte. Alice war schockiert, wie schnell sie ihre Prinzipien über Bord warf und es mit der Wahrheit nicht mehr so genau nahm, beziehungsweise sie ganz ignorierte – erst bei Phinneaus und Saisee, dann bei fremden Menschen, vielleicht sogar einer unbekannten Tochter. *Ich schulde dir Dank, Natalie. Ich hätte besser aufpassen sollen. Was hätte ich nicht alles von dir lernen können!*

Ihre Gedanken flackerten wie Irrlichter über die Fensterscheibe. *Was hätte ich sonst noch alles wissen können!* Ruckartig durchzuckte sie das Bewusstsein der eigenen Schuld. Natalie und Thomas. Natalies Unfähigkeit, ein Kind zu bekommen; Alices Unfähigkeit, sich allein um eines zu kümmern. Hatte sie wirklich erwartet, ihre Schwester würde ihr helfen, ihr Kind großzuziehen, ohne den Vater zu kennen? Ohne Konsequenzen?

Alices einziger Versuch einer Intrige – sie hatte George Reston junior zugetragen, dass Natalie ihn erwähnt habe – war der Anfang vom Ende gewesen. George hatte natürlich bereitwillig alles ausgeplaudert, sobald Natalie ihm Fragen stellte: Aus welchem Grund hatte er mit Alice geredet? Warum hatte sie ihn angerufen? Und wann war sie im Sommerhaus gewesen? Schaudernd begriff Alice, dass ihre Schwester von Anfang an im Bilde gewesen war. Sie hatte gewusst, dass Thomas der Vater ihres Kindes war, sie hatte auf Alices zunehmenden Leibesumfang, ihre tiefe, egoistische Freude mit gequältem Schweigen reagiert. Diese ganze Hölle hatte Alice sich selbst zuzuschreiben, weil sie absichtlich nicht nur ihre Umgebung, sondern auch Natalies Befinden, das man ihr am Gesicht ablesen konnte, vollkommen ausgeblendet hatte.

Die wenigen Reisenden, die den Panoramawagen aufsuchten, nahmen ihre Anwesenheit nur kurz zur Kenntnis und gingen gleich weiter, den Blick starr auf die gegenüberliegende Waggontür gerichtet. Die Erkenntnis, dass sie das, was sie getan hatte, nicht wiedergutmachen konnte, äußerte sich in trockenen Schluchzern und heftigem Zittern. Niemand blieb stehen und fragte, was passiert sei oder ob sie Hilfe brauche. Offensichtlich war es sogar für Fremde deutlich, dass simple Trostworte keine Erleichterung bringen würden.

Als die Nacht endlich der Morgendämmerung wich, war Alice zu Tode erschöpft und fühlte sich wie gerädert. Der »Southwest Chief« überquerte die Grenze zu Colorado, als die Sonne aufging. Die Prärie erglühte im vorrückenden Licht, staubiges Weideland löste staubige Äcker ab, Vieh stand in Grüppchen zusammen. Der Zug raste an schäbigen Betonklötzen vorbei, die in jeder beliebigen Stadt hätten stehen können: Shoppingcenter und Tankstellen, ein weiß gekalktes Labyrinth aus Lagerhallen, ein Gebrauchtwagenhändler, das mit Brettern zugenagelte Skelett eines Pancake-Restaurants, dazwischen das eintönige Gelände zu beiden Seiten des Bahndamms. Doch zwischen La Junta und Trinidad wechselte die Szenerie. In der Ferne tauchten die Mesas auf, eine gezackte Bergkette und tischebene Plateaus. Nach dem langsamen Aufstieg zum Raton Pass gelangten sie in eine andere Welt. Erst fuhr der Zug auf Glorieta zu, dann hinunter in den Apache Canyon, dessen Wände überraschend eng zusammenstanden. Alice lehnte sich zurück. Der Zug fuhr zu schnell, als dass sie Einzelheiten erkannt hätte – abgesehen von den Fichten, die an den felsigen Abhängen wuchsen. Aber sie wusste aus der

Erinnerung, dass es hier endemische Vogelarten gab. Sie hatte die Farbtafeln in ihren Schulbüchern noch vor Augen – den Großen Rennkuckuck mit seiner fransigen Scheitelhaube, die gelben Augen der Kaninchen-Eule, das schwarz glänzende Federkleid des Trauerseidenschnäppers, der täglich Hunderte von Mistelbeeren verspeiste.

Das Kranichfest hatte sie um wenige Wochen verpasst. Bosque del Apache und der Rio Grande lagen nur wenige Stunden entfernt. Welch ein verlockender Gedanke! Sie stellte sich vor, wie sie auf dem Bauch lag, das Fernglas auf die Kanada-Kraniche und Schneegänse in ihren Winterquartieren gerichtet, und staunend ihren massenhaften morgendlichen Abflug und die abendliche Rückkehr beobachtete. Das war ein alter Wunschtraum, und obwohl sie wusste, dass er sich unmöglich verwirklichen ließ, hielt er sich hartnäckig: die Welt als ein einziges riesiges Vogelhaus, all seine gefiederten Bewohner in ihrem natürlichen Habitat. Es wäre tausendmal schöner, wenn sie ihre Rufe vom grünen Dschungeldickicht gedämpft oder als Widerhall von Canyonwänden hören könnte statt als abgehackte Tonbandaufnahmen auf einem CD-Player. Solchen Gedanken nachzuhängen war unendlich viel leichter, als über ihre Tochter nachzudenken und über die Tatsache, dass die Lok sie mit jeder S-Kurve, jeder Meilen-Markierung Agnete näher brachte.

In Lamy hob ihr der Schaffner das Gepäck herunter und half ihr aus dem Zug. Dann zeigte er ihr den Weg zur Bushaltestelle. Als der Zug abgefahren war, wirkte Lamy wie eine Geisterstadt, und obwohl die Luft klar und der Himmel von einem hellen Jeansblau war, empfand sie Erleichterung, als kurz darauf der Shuttlebus kam. Sie war der einzige Passagier, und die freundliche junge Busfahrerin erkundigte sich eifrig nach ihren Plänen, empfahl Restaurants und wies auf Kunstgalerien hin.

»Interessieren Sie sich für indianische Kunst? Zeitgenössische hispanische? Fotografie? Moderne amerikanische?« Sie ratterte noch ein paar Optionen herunter, aber Alice hörte nicht mehr zu, sondern ließ hinter dem getönten Fenster die Landschaft an sich vorbeiziehen, die Arroyos, die geisterhaften Espenskelette zwischen den Fichten, die Gebirgskette des Sangre de Cristos. Die junge Frau trug ein geblümtes Westernhemd, und ihr dicker blauschwarzer Zopf wippte, wenn der Bus holperte. Rumpelte. Wippte. Alices Gelenke rebellierten, aber die junge Frau zwitscherte gnadenlos fröhlich weiter, fast hypnotisch in ihrer Munterkeit. Zum ersten Mal seit ihrer Abreise dachte Alice an Thomas und wie seltsam es war, dass Agnete ausgerechnet hier gelandet war, in einer Stadt mit ebenso vielen Kunstgalerien wie Restaurants. Ihre Hände zitterten. Wie hatte sie sich das nur zutrauen können?

»Ich bleibe nur kurz. Wahrscheinlich werde ich versuchen, ein bisschen von allem zu sehen.«

»Das ist eine gute Idee, wenn Sie zum ersten Mal hier sind. Wahrscheinlich wollen Sie es heute sowieso ruhig angehen lassen, damit sich Ihr Körper der Höhe anpassen kann. Sie kann mörderische Kopfschmerzen auslösen, wenn man nicht daran gewöhnt ist. Übrigens« – die Frau fischte eine Visitenkarte aus dem Aschenbecher und reichte sie über die Schulter nach hinten – »ich massiere auch, wenn Sie das interessiert. Shiatsu, Thai, Heißer Stein, Craniosacral. Das volle Programm.«

»Ich merke es mir«, sagte Alice, während sie die Visitenkarte heimlich in den Spalt zwischen den Sitzen schob.

Das Hotelzimmer roch nach Nusskiefer. Die Lehmwände waren graubraun, die Möbel in dunklen Farbtönen gehalten: ein backsteinrotes Sofa mit kakaofarbenen Kissen, ein Bettüberwurf mit Navajo-Muster und zwei schokoladenbraune Ledersessel, alles ein willkommener Kontrast zu der grellen Sonne im Freien. An den Wänden hingen mehrere indianische Kunstwerke, und in einer bogenförmigen Nische neben der Tür stand ein geschnitzter Navajo-Bär. Nachdem der Hotelpage ihr gesagt hatte, wo die Eismaschine war und wie sie das Gas für das runde Öfchen in der Ecke anstellen konnte, zog er sich zurück, und sie kroch, ohne sich auszuziehen, in das große Bett und zog sich die grobwollene Decke bis über die Schultern. Irgendetwas war merkwürdig an diesem Zimmer. Sie konnte es sich nicht recht erklären, bis sie sich noch einmal in Ruhe umsah und ihr zu Bewusstsein kam, was fehlte: Sie war allein.

Seit dem Tag ihrer Ankunft in Tennessee war sie nicht mehr allein gewesen. Zuerst waren immer Natalie oder Saisee in der Nähe gewesen und dann später Phinneaus und häufig Frankie. Sie hatte den größten Teil ihres Lebens in der Gesellschaft von Menschen verbracht, die sich um sie kümmerten. Sosehr sie sich auch um Autonomie bemüht hatte, war sie doch immer zu einem gewissen Maß von der Hilfsbereitschaft anderer abhängig gewesen. *Könntest du mir helfen, das hochzuheben? Könntest du das aufmachen? Würdest du mir bitte die Tür aufhalten, meinen Mantel halten, meine Bücher tragen?* Das Alleinsein hatte eine ähnliche Qualität wie ein Aufenthalt am Nordpol: Es war kalt und erhellend. Die Stille vibrierte regelrecht ohne den ständigen hilfreichen Dialog, an den sie sich gewöhnt hatte.

Was konnte schlimmstenfalls passieren? Sie hatte ihren

Körper untersucht, festgestellt, dass hier und da etwas empfindlich war oder sich heiß anfühlte und ihre Arme und Beine bleischwer auf dem Bett lagen. Sie traf diese Feststellung ohne große Gefühlsregung, als sähe sie sich von einem entfernten Planeten aus, der um sie herum seine Bahn zog. *Ich könnte sterben.* Das erschien ihr unwahrscheinlich und melodramatisch, nachdem sie sich in einem bequemen Hotelzimmer mit einem Telefon in Reichweite befand. Aber es war eine Erleichterung, diesen Gedanken ohne die üblichen Schuldgefühle denken zu können. Zu Hause wäre es eine Sünde gewesen, so zu denken, und wenn ihr Körper sich auch noch so unsolidarisch verhielt. Dort flatterten ständig Menschen um sie herum, die ihre Zeit für sie opferten, deren Fürsorge gehörte zu dem täglichen Ritual, das ihr zuliebe veranstaltet wurde. Hier jedoch, umgeben von Mystik und Verzauberung, erschreckte sie die Vorstellung, dass sie eines Tages die Halteseile zu dieser Erde kappen würde, nicht mehr so sehr.

Aus dem CD-Player auf ihrem Nachttisch erklang eine ätherische Kombination aus Flöte, Didgeridoo, Chanten und Trommeln, die wie Regenstäbe und Rasseln klangen. Sie lullten sie ein, bis sie im Traum abhob und flog. Im Einschlafen glaubte sie mehrfach, das helle Geheul eines Wolfs oder Koyoten zu hören, und wusste nicht, ob sie in Tennessee war und von New Mexico träumte oder umgekehrt. Das Bett war der einzige Ort, der ihr nicht fremd vorkam, und sie ergriff eine Ecke des Lakens und verankerte sich daran.

Sie erwachte in einem dunklen Zimmer und war desorientiert. Sie wusste nicht, wo sie war, und tastete ungeschickt nach ihrem Wasserglas, ihrem vertrauten Wecker; ihre

Füße waren wie von selbst vom Bett geglitten und suchten nach den Pantoffeln. Erst als sie sich das Schienbein am Tisch angestoßen hatte, fiel es ihr wieder ein, und sie streckte die Hand in Richtung Lampe aus. Neun Uhr. Und sie hatte Phinneaus nicht angerufen. Sie wählte seine Nummer, froh, dass die Zeitdifferenz zwischen ihnen nur eine Stunde betrug. Als er abnahm, klang seine Stimme unnatürlich, und die Distanz zwischen ihnen schien sich beim Reden noch auszudehnen.

»Ich bin eingeschlafen.«

»Ich habe angerufen. Hast du dein Telefon abgestellt?«

»Muss ich wohl.«

»Und das Nicht-Stören-Schild an die Tür gehängt? Keiner wollte mich zu deinem Zimmer durchstellen.«

Sie konnte sich nicht erinnern, dass sie irgendetwas an die Tür gehängt hatte. Eigentlich erinnerte sie sich so gut wie gar nicht an ihre Ankunft, nur dass sie dieses Zimmer bezogen hatte, das nun im Schein der Nachttischlampe fremd und riesig wirkte, von merkwürdigen Schatten an der Wand bevölkert. Aus dem Garten wehte Musik herauf.

»Wie ist dein Zimmer?«

»Wie zu erwarten.« Dann fiel ihr ein, wie sorgfältig er die Reservierung erledigt hatte – nicht direkt neben dem Lift, aber auch nicht zu weit weg, auf einem der unteren Stockwerke, aber nicht im Erdgeschoss, ein Eckzimmer, wenn möglich mit einem Kamin, mit Blick auf Garten oder Hof, aber nicht auf den Parkplatz. Rasch korrigierte sie sich. »Es ist sehr hübsch. Ich hatte nur noch keine Gelegenheit, mich an alles zu gewöhnen. Allein sein ist komisch. Ohne Natalie, ohne Saisee. Ohne dich.« Sie wartete, ob er etwas erwidern wollte, und als er schwieg, fuhr sie fort: »Es fühlt sich anders an, als ich erwartet habe, Phinneaus. Ich fühle mich anders.«

»Mir ist nicht ganz klar, ob du das positiv oder negativ meinst.«

»Ich meine, dass ich wünschte, du wärst hier. Nicht weil ich etwas brauche. Nur einfach so.« Es war ein grotesker Versuch. Sie hatte noch nie gut über ihre Gefühle reden können, weil sie zu sehr daran gewöhnt war, sie für sich zu behalten. Das hier war noch peinlicher, als wenn die Mitschüler früher auf dem Schulhof herausposaunten, dass man heimlich verliebt war.

»Wo bist du?«, fragte er.

»Ich sitze auf der Kante eines sehr breiten Bettes.«

»Mach dir nicht die Mühe, mit mir zu flirten, wenn ich zu weit weg bin, um was zu unternehmen. Gibt es eine Terrassentür?«

»Ich glaube ja.«

»Dann wirf dir eine Decke über und geh nach draußen. Erzähl mir, was du siehst.«

Sie stand auf und ging zur Verandatür. Am Nachmittag war es so warm gewesen, dass die kalte Nachtluft sie überraschte, aber sie machte auch den Kopf frei. Alice war schlagartig wach und hellauf begeistert.

»Phinneaus, es ist wunderschön hier.«

»Erzähl mir mehr.«

Die Veranda führte um das gesamte Gebäude herum. Auf den Bäumen im Innenhof blitzten weiße Lichter, und Gartensessel aus Holz waren um gemauerte Feuerstellen herumgruppiert, unter deren kupfernen Kappen bläuliche Flammen hervorzüngelten. Im hinteren Teil des Gartens stand ein einsamer Gitarrenspieler, der etwas Spanisches sang und sich leise dazu begleitete. Ab und zu rieb er sich die Hände. Seine Stimme tönte wie eine Glocke durch die Dunkelheit. Die Luft roch nach Harz, und als Alice um die Ecke zur anderen Seite der Terrasse ging, konnte sie die Sterne am Himmel sehen.

»Ich sehe den Kleinen Bären«, sagte sie. Ihr Atem bildete ein weißes Nebelwölkchen.

Sie hörte, wie am anderen Ende der Leitung eine Tür zuschlug und etwas laut krachte. »Mhm. Ich sehe auch den Kleinen Bären. Dann können wir nicht so weit voneinander weg sein.«

Sie lachte. »Phinneaus Lapine, bei dir regnet es. Ich bin nicht blöd, ich höre den Donner. Sei ehrlich. Du siehst überhaupt nichts, oder?«

»Wenn ich ehrlich bin – nein. Aber ich denke, die Sterne sind immer noch da, wo sie waren, als ich zum letzten Mal nach ihnen geschaut habe.«

In seiner Stimme schwang alles mit, was Heimat für sie bedeutete. Sie wusste, er würde versuchen, sie zu verstehen, selbst wenn er eine andere Entscheidung getroffen hätte als sie. »Ich weiß nicht, was passieren wird. Vielleicht weiß niemand, wo sie wohnt, und ich kann sie nicht finden.«

»Aber dann hast du es wenigstens versucht.«

»Glaubst du, das macht einen Unterschied?«

Er zögerte einen Moment. »Ja. Aber wichtiger ist, dass du es auch glaubst.«

Am Rand eines Abgrunds war es vollkommen logisch, einen Schritt zurückzutreten. Er jedoch wollte, dass sie sich im freien Fall hinunterstürzte und unterwegs noch die Aussicht genoss.

»Alice? Bist du noch da?«

»Hm. Bin ich.«

»Bleib nicht zu lange weg.«

»Du fehlst mir«, sagte sie rasch und legte auf, bevor er etwas erwidern konnte. Dann kuschelte sie sich in einen der Liegestühle auf der Terrasse und blickte in die Dunkelheit.

Sie schlief wie ein Stein, bis das Brummen eines Staubsaugers im Gang sie weckte. Noch vor dem Blick auf den Wecker wusste sie, dass sie verschlafen hatte. Schon fast Mittag. Sie hatte sich vorgenommen, möglichst früh mit dem Stadtplan in der Hand zu einer ersten Orientierung die Plaza zu umrunden, bevor sich Touristenpulks durch die Straßen schoben, die ihr den Weg versperrten. Sie stand auf und humpelte zum Fenster, verärgert über sich selbst, weil sie vergessen hatte, vor ihrem Freiluft-Telefonat mit Phinneaus Socken anzuziehen. Mit verzerrtem Gesicht zog sie den Vorhang zur Seite.

Im Garten herrschte rege Betriebsamkeit; Gärtner beschnitten Sträucher und pflanzten gestutzte Fichten in große Terrakotta-Kübel, um sie mit Lichterketten und kleinen roten Deko-Chilischoten zu behängen. Weihnachten. Daran hatte sie gar nicht mehr gedacht, aber nun würde sie für Phinneaus, Frankie und Saisee Geschenke kaufen können, wenn sie schon mal hier war. Sie bestellte sich Frühstück aufs Zimmer und ließ sich ein Bad ein, in das sie den Inhalt einer Tüte Badezusatz schüttete. Ein Duft nach Zedern und Salbei stieg ihr in die Nase, als sie ihre Hände im warmen Wasser hin und her schwenkte. Die Reise hatte ihren Tribut gefordert; sie hatte anschließend kaum noch die Energie, sich anzuziehen. An einen Spaziergang durch die Stadt war überhaupt nicht zu denken.

Dann also Plan B. Wenn sie schon nicht laufen konnte, konnte sie wenigstens planen. Sie hüllte sich in den weiten Hotelbademantel und setzte sich mit einem Stadtplan, den sie aus der obersten Schreibtischschublade geholt hatte, und einem von Phinneaus' Schreibblöcken vor den Kamin. Sie schrieb zuerst eine Einkaufsliste, obwohl sie sich damit um das Unvermeidliche – herauszufinden, wo sich Agnetes Adresse befand – drückte, suchte nach Geschäften in der Nähe des Hotels und ignorierte standhaft ihre unsichere Finanzlage. Sie tunkte eine Sopaipilla in ihren Kaffee und wischte sich den Puderzucker von den Lippen. Die gebratene Chili-Polenta mit Chorizo und Ei hatte sie schon aufgegessen. Es war vielleicht kein Urlaub, aber es fühlte sich an wie einer. Sie war allein, aß exotische Gerichte, beabsichtigte, Geld auszugeben, das sie vielleicht nicht besaß, und niemand schenkte ihr die geringste Aufmerksamkeit. Sie war ins Kaninchenloch gefallen und unsichtbar geworden.

Sich für Saisee etwas zu überlegen fiel ihr am leichtesten. Wie stolz Saisee auf ihre Kochkunst war, manifestierte sich in allem, was sie mit einer Prise von diesem und einer Messerspitze von jenem zusammenrührte. Alice hatte sogar einmal gesehen, wie sie Gewürze in der Hand zerdrückte und sie dann sachte über den Topf blies. *Das hat mir meine Momma beigebracht. So kriegt man den Geschmack am besten überall gleichmäßig hin.* Sie bekam weiße Maiskörner und blaues Maismehl, eine Auswahl von Chili-Gewürzen und *piloncillo,* kleine Kegel aus mexikanischem Rohrzucker, die sie vermutlich für Crème brûlée gebrauchen konnte. Frankie war auch nicht schwer, Alice hatte in der Hotellobby in einer Glasvitrine eine eindrucksvolle Fetischfigur in Gestalt einer Krötenechse entdeckt. Phinneaus würde unwillig mit der

Zunge schnalzen, aber Frankie sollte unbedingt etwas bekommen, was nicht schon ein anderer besessen hatte, etwas Exotisches, Außergewöhnliches, das er mit seiner kraftvollen Kindermagie ausstatten konnte. Dazu schenkte sie ihm noch Eisenbahn-Spielzeug, das sie schon an der Union Station gekauft hatte, denn seine Erfahrung mit dem Zugfahren beschränkte sich auf diese tückische alte Mathematikaufgabe.

Damit blieb noch Phinneaus, und was sie ihm mitbringen wollte, ließ sich nicht so einfach einpacken. Wenn sie zaubern könnte, würde sie ihm diese neue, risikofreudigere Alice schenken, aber die verschwand womöglich wieder, bevor sie die Heimfahrt angetreten hatte. Ein Geschenk hatte sie allerdings schon für ihn. Es lag in Seidenpapier gewickelt zu Hause unter ihrem Bett – ihr altes Schulbuch mit den schön kolorierten Abbildungen: *Die Vögel des Nordostens*. Er würde wissen, dass es ihr viel bedeutete, wenn sie ihm ein Stück ihrer eigenen Geschichte schenkte, ein Stück der Person, die sie gewesen war, bevor er sie kennengelernt hatte. Und sicher würde ihn das Buch ebenso faszinieren wie sie – die verschiedenen Vogelarten in ihrer natürlichen Umgebung, deren Krallen sich um zarte Äste ringelten oder hinter Laubgewirr verborgen waren, leicht geneigte Köpfchen vor prallen Beeren oder interessiert Larven beäugend, die am unteren Rand der Seite ahnungslos durch zarte Grashalme krabbelten. Die akribisch genaue Zeichnung der einzelnen Federn: die festen und die biegsamen Bestandteile der Fahne, die Schwanzfedern mit ihrer raffinierten Zeichnung, die Tupfen, Punkte und Flecken, die sie lesen konnte wie einen Fingerabdruck. Die Abbildung der Nester mitsamt den Eiern, manche gefleckt, manche gesprenkelt, manche einfarbig und klein wie ein Fingernagel.

Aber da Phinneaus sie zu dieser Reise ermutigt hatte, gehörte es sich, ihm etwas mitzubringen. In einer der Zeitschriften auf dem Schreibtisch wurde ein einheimischer Künstler vorgestellt, und ein Foto zeigte ein Schneidebrett aus Alligator-Wacholder. Das in Rosentönen schimmernde Holz hatte eine schöne, dichtfaserige Textur. Das war vielleicht kein romantisches Souvenir, aber abgesehen von Phinneaus' Ehrlichkeit bewunderte sie besonders seine Feinfühligkeit, und sie wusste, dass er für meisterliche Handwerkskunst etwas übrighatte.

Als die Liste fertig war, legte sie sie zur Seite und griff wieder nach dem Stadtplan. Der Gedanke an Agnete überfiel sie mit voller Wucht. Sie sah sich vor der Tür des Hauses stehen, in dem ihre Tochter gewohnt hatte, während sie selbst in Tennessee war, und ihr wurde mulmig. Die Adresse auf dem zurückgesandten Umschlag lag im Osten der Stadt, in der Calle Santa Isabel. Auf der Karte war sie nur ein kleiner Strich, genauso lang und breit wie viele andere. Aber Alice wollte mehr als eine dunkelgraue Linie auf der Karte. Sie wollte eine Lebensgeschichte.

Das ungeheure Ausmaß all dessen, was sie versäumt hatte, überwältigte sie schier. War ihre Tochter in der Calle Santa Isabel glücklich gewesen? Der Name klang fröhlich, aber Namen konnten täuschen. Hatte sie Bäume gehabt, auf die sie klettern konnte, Nachbarskinder zum Spielen? Hatte sie ihre Haustür an Weihnachten mit den Chili-Pepper-Lichterketten dekoriert, die es hier überall gab? War sie zu Fuß in die Schule gelaufen oder mit dem Bus gefahren? Und hatte sie auf dem Heimweg ein zerknülltes Blatt Zeichenpapier umklammert, auf das sie mit kräftigen Buntstiftstrichen Truthähne, Kürbisse und Schirme gemalt hatte? Oder

Schneeflocken aus Seidenpapier? Würde Alice vor diesem fremden Haus in dem Staub stehen, der von den Füßen ihrer Tochter aufgewirbelt worden war?

Das Herumsitzen und Grübeln machte sie nervös. Ein kurzer Spaziergang um den Block, bei dem sie sich einen ersten Eindruck von ihrer Umgebung verschaffte, war vermutlich zu schaffen. Sie schluckte eine Handvoll Tabletten und zog ihre Kleider zu sich heran, dankbar, dass Saisee ihr warme Sachen eingepackt hatte, die sich leicht an- und ausziehen ließen. Draußen war es blendend hell, und der Himmel leuchtete in demselben glasklaren Blau wie am Vortag. Es war warm, und die Gehwege waren belebt, aber nicht überfüllt. Sie kam an einem kleinen Café vorbei und blieb vor der offenen Tür stehen, um den Duft von Kaffee und Zimt einzuatmen, dann ging sie bis zur nächsten Kreuzung weiter und warf unterwegs ab und zu einen Blick in das Schaufenster einer Galerie.

Hinter der nächsten Häuserecke entdeckte sie auf der linken Seite eine Bank, die vor der Galerie stand, und setzte sich schräg darauf, um beim Ausruhen einen Blick in den Innenraum werfen zu können. In der Galerie redete ein großer Mann mit Pferdeschwanz – er musste bestimmt den Kopf einziehen, wenn er den Laden betrat – lebhaft gestikulierend auf ein junges Paar ein, das ein Landschaftsgemälde an der hinteren Wand betrachtete. Er trug ein schwarzes Jackett und einen auffällig großen Türkisring, der ihm fast vom Finger rutschte. An der Art, wie die junge Frau lächelte und nickte, erkannte Alice, dass ihr Interesse nachgelassen hatte; sie nickte seltener und warf ihrem Partner immer häufiger Seitenblicke zu. Vielleicht waren sie aus einer Laune heraus in den Laden spaziert und aus reiner

Höflichkeit geblieben. Alice hatte das nie verstanden – wieso kaufte man auf Reisen Kunst? Fühlte man sich von einem Werk spontan angesprochen? Von einem Motiv oder der Farbwahl? Diese beiden wirkten so, als würden sie diesen Kauf bald bereuen. Doch dann verließ das Paar den Laden und entfernte sich raschen Schrittes Arm in Arm, so als wollten sie sich gegenseitig den Fängen des Galeriebesitzers entreißen. Der Mann mit dem Pferdeschwanz bemerkte Alices Blick und lächelte achselzuckend. Kurz darauf stand er leicht gebeugt mit zwei Bechern Kaffee in der Tür.

»Wieder ein herrlicher Tag im Paradies!« Er gab ihr einen der Becher. Er bestand aus Styropor und war leicht zu halten. Die Wärme drang wohltuend durch ihre Fäustlinge. Erneut stieg ihr der Zimtgeruch in die Nase und noch etwas Würzigeres, das sie auch vor dem Café gerochen hatte.

»Tut mir leid, dass es mit dem Verkauf nicht geklappt hat«, sagte sie.

»Beim nächsten Mal. Das ist immer so.« Er hob eine Augenbraue. »Sie möchten nicht zufällig …«

»Oh, nein. An mich wäre das verschwendet.«

»Wollen Sie mir erzählen, dass Sie Kunst nicht mögen? Das glaube ich Ihnen nicht. Jeder mag Kunst. Sie müssen nur das Werk finden, das Sie anspricht.«

Aus der Nähe sah sie, dass sein Gesicht von unzähligen feinen Linien überzogen war. Vermutlich hatte er die meiste Zeit seines Lebens hier in dieser dünnen Luft verbracht, und die Sonne und die Wüste hatten sich in seine Haut eingegraben, bis sie aussah wie die eines Apfelpüppchens vom Kunsthandwerkermarkt. »Das stimmt. Ich könnte mich wohl als Fan von Audubon bezeichnen.«

»Ah, Vögel. Welche Kunst ein Mensch mag, sagt viel über ihn aus. Sie sagen Audubon, und ich denke an jemanden mit einem Auge fürs Detail. Aber das ist zu simpel, oder? Davon lässt sich jemand wie Sie nicht beeindrucken.«

»Jemand wie ich?«

»Hm. Skeptisch.« Er musterte sie eindringlich, und sie war überrascht, dass sie das nicht störte, dass sie sich durch Mantel und Handschuhe, hässliche Schuhe und dicke Socken, den warmen Kaffeebecher und ihre Anonymität ausreichend geschützt fühlte.

Er rieb sich das Kinn mit dem Handrücken. »Ich würde sagen, ein Mensch, der sich Audubon an die Wand hängt, glaubt an Gott, aber nicht unbedingt an Religion. An Willensfreiheit, aber auch an die Existenz einer natürlichen Hackordnung in allen Gesellschaften. Er kennt und akzeptiert sie. Ich würde sagen, einem solchen Menschen kann die Natur große Ehrfurcht einflößen, aber sie kann ihn ebenso sehr erschrecken. Der Verstand einer Wissenschaftlerin, die Seele einer Künstlerin. Wie mache ich mich?«

Alice lächelte. »Bemerkenswert.«

»Sie sind nicht beeindruckt. Dann muss ich mich wohl mehr anstrengen.«

Sie hielt seinem aufmerksamen Blick stand, ohne etwas von ihrer Stacheligkeit zu offenbaren. Sie hatte wenig Übung, was Gespräche mit Fremden betraf, aber ihr gefiel der Gedanke, dass sie in jede beliebige Rolle schlüpfen und Identitäten anprobieren konnte wie Kleider, um herauszufinden, was passte: Geschäftsfrau, zu einem Meeting angereist, Operndirektorin, wohlhabende Sammlerin, Frau auf dem Weg zu einem heimlichen Rendezvous.

»Hm.« Er betrachtete Alice mit zusammengekniffenen Augen. »Die Bewunderung gilt weniger dem Künstler als dem Motiv, habe ich recht? Warum gerade Vögel? Viele beneiden sie natürlich um ihre Fähigkeit zu fliegen, aber es muss mehr daran sein. Vielleicht geht es nicht so sehr um das Fliegen als solches, sondern um das *Davonfliegen*. Nicht wahr? Die Sorgen hinter sich lassen, frei sein von Begrenzungen, von Erwartungen.« Er seufzte. »Ehrlich gesagt, darum beneide ich sie.«

War das der Grund? Sie hatte Vögel auch schon geliebt, als sie noch nicht durch ihre Invalidität an die Erde gefesselt war. Mit acht Jahren hatte sie in einer Truhe auf dem Dachboden ein Vogelbeobachtungsheft ihrer Großmutter gefunden und ihrem Vater davon erzählt. Daraufhin hatte er auf einem Regal hoch über ihrem Kopf in Schachteln gewühlt und ihr ein kleines Fernglas und ein paar Bestimmungsbücher gegeben.

Ihren ersten Zitronenwaldsänger hatte sie mit neun gesehen, als sie allein auf einem Tupelobaumstumpf im Wald saß und nach Mücken schlug, die es auf die zarte Haut hinter ihren Ohren abgesehen hatten. Sie las gerade in ihrem Buch, doch als etwas Gelbes in ihren Augenwinkeln aufblitzte, blickte sie auf und tastete atemlos nach dem Notizbuch in ihrer Jackentasche. Angestrengt starrte sie auf die Stelle in der Weide, wo sie ihn vermutete. Dann bewegte ein Windstoß die Zweige, und da war er: Kopf und Bauch hellgelb, wie die Blütenblätter einer Sonnenblume, die Schwanzunterseite weißlich. Sein Schnabel war lang, spitz und schwarz, die Schulterblätter schimmerten olivgrün, die Flügel gräulich bis dunkelgrau. Die Augen blitzten wie schwarz glänzende Perlen in einem sonnenbeschienenen

Feld. Er war das Vollkommenste, was sie je gesehen hatte. Als sie blinzelte, verschwand er, und der einzige Beweis, dass er je existiert hatte, war ein leises Erzittern der Zweige. Etwas Magisches hatte sich offenbart. Er hatte ihr gehört, wenn auch nur für ein paar Sekunden.

Mit einem Bleistiftstummel – *immer einen Bleistift mitnehmen, mit einem Bleistift kann man sogar im Regen schreiben,* hatte die Großmutter notiert – hielt sie Datum und Zeit, Ort und Wetter fest. Sie zeichnete eine grobe Skizze und machte sich stichwortartige Notizen zur Färbung des Vogels. Dann war sie nach Hause gerannt, ohne auf das Brombeergestrüpp zu achten, das ihre Beine mit blutigen Kratzern überzog. In dem Bestimmungsbuch in der obersten Schublade fand sie ihn: Zitronenwaldsänger, *protonotaria citrea,* benannt nach den katholischen Protonotarii, die goldene Gewänder trugen. Es erschien ihr vollkommen einleuchtend, dass etwas so Schönes mit Gott in Verbindung stand.

Danach war sie zahllose Tage durch den Wald gestromert, das Minifernglas über der Schulter, den graubraunen Rucksack gefüllt mit halb zerkrümelten Crackern, Saftflaschen, bräunlichen Äpfeln und krummen Schokoriegeln. Sie hatte sich selbst beigebracht, wie man geduldig wartete und die Langeweile bezwang, die bei einer längeren Beobachtung häufig aufkam. Sie hatte gelernt, wie man nach etwas Ausschau hielt, was nicht gesehen werden wollte.

Alice stellte den leeren Kaffeebecher auf der Armlehne ab. »Vielleicht haben Sie recht.«

Er lächelte selbstzufrieden und nickte. »Wie gesagt. Es gibt für jeden ein passendes Kunstwerk.«

Ihre nächste Frage überraschte sie selbst. War er ihr durch die Beschäftigung mit Agnete neuerdings wieder näher? »Was wissen Sie über Thomas Bayber?«

»Bayber? Ich weiß, dass ich nicht mehr arbeiten müsste, wenn ich etwas von ihm im Angebot hätte. Doch so wohlgefüllt ist meine Brieftasche nicht, und außerdem ist von ihm nichts mehr auf dem Markt. Seine Gemälde hängen alle in Museen, abgesehen von ein paar Werken in Privatsammlungen. New York oder Miami vermutlich. Vielleicht Japan.« Der Galerist schien sich über Alices Frage zu wundern. »Ich hätte Sie nicht für eine ersthafte Sammlerin gehalten. Und Sie wollten mir weismachen, dass Sie sich nie besonders für Kunst interessiert haben!«

»Ich bin weniger ernsthaft als neugierig. Und den Namen kenne ich eben. Über den Künstler weiß ich kaum etwas. Er ist also talentiert.«

»Das war er. Und das ist noch untertrieben.«

Eine dumpfe Woge wälzte sich über sie hinweg, und sie schloss die Augen und ballte die Fäuste in den Handschuhen, damit der vertraute, stechende Schmerz in den Fingern die neue Qual auslöschte. Diese Möglichkeit war ihr nie in den Sinn gekommen. Ihr Thomas war immer noch Mitte dreißig, arrogant und rastlos. Inzwischen müsste er Anfang siebzig sein.

»Wann?«

»Wann was? Ach so, nein, ich glaube nicht, dass er gestorben ist. Aber er malt seit zwanzig Jahren nicht mehr. Ist völlig abgetaucht. Ziemlich mysteriöse Sache, denn bis dahin war er ganz schön produktiv. Ah, jetzt verstehe ich! Deshalb haben Sie nach ihm gefragt – wegen der Vögel! Sie haben mich nur auf die Probe gestellt, stimmt's? Nicht, dass ich was dagegen hätte. Sie wollen sich nicht mit einem unerfahrenen oder uninformierten Kunsthändler abgeben. Sie verstehen Ihr Handwerk.«

Jetzt war sie verwirrt. »Ich verstehe nicht recht …«

»Warten Sie. Ich bin gleich zurück.« Er lief in die Galerie, und als sie durch das Fenster hineinschaute, sah sie ihn einen Stapel großformatiger Bücher umschichten, Seiten umblättern und unter dem Schreibtisch herumtasten. Als er wiederkam, klemmte ein Band mit dem Titel *The Art of Thomas Bayber* von Dennis Finch unter seinem Arm. Er setzte sich neben Alice, legte das Buch auf die Bank und blätterte darin, bis er in der Mitte die Seiten mit den farbigen Abbildungen gefunden hatte. Den Text dazu las er ihr vor.

1972 durchlief Baybers Werk eine weitere Metamorphose, entzog sich jedoch jeder Definition oder der Zuordnung zu einem bestimmten Stil. Elemente des abstrakten Expressionismus, der klassischen Moderne, des Surrealismus und des Neoexpressionismus verbinden sich mit gegenständlicher Kunst zu vollkommen eigenständigen und höchst komplexen Werken, die auf einer unbewussten Ebene sowohl begeistern als auch erschrecken. An ihnen ist nichts Zerbrechliches, nichts Verträumtes. Sie bieten keinen Schutz, weder dem Künstler selbst noch dem Betrachter seiner Werke. Alles ist in einem Zustand der Rohheit, menschliche Werte auf der Leinwand erscheinen abgemildert und zugespitzt. Zwar tauchen in diesen Werken bestimmte Motive auf – oft eine Andeutung von Wasser, die Figur eines Vogels –, und manche Elemente wiederholen sich, doch abgesehen von einer introvertierten Komplexität ist der Kontext, in dem sie erscheinen, in keinem Bild derselbe. Was diese Werke verbindet, ist eine Atmosphäre des Verlusts, des Entschwindens und der Sehnsucht (siehe Abb. 87–95).

»1972. Fünfzehn Jahre danach hat er aufgehört zu malen. Sehen Sie den Vogel da in der Ecke? Sie sind nicht immer leicht zu finden. In der blauen Farbfläche.«

Sie musste die Jahreszahl nicht noch einmal hören, um den Grund für Thomas' Verwandlung zu erraten. Und sie musste sich die Reproduktion des Gemäldes nicht ansehen, um den Vogel zu erkennen. *Was habe ich getan, Thomas? Was habe ich getan?*

»Ein Azurbischof«, sagte sie.

»Ich kenne mich mit Vögeln nicht so gut aus wie Sie, deshalb glaube ich Ihnen einfach. Er war unglaublich begabt. Sehr bedauerlich, dass er nicht mehr malt.«

Nicht nur das war sehr bedauerlich. Alice stemmte sich mühsam hoch und wankte einen Moment lang. »Vielen Dank für den Kaffee. Entschuldigen Sie, dass ich Sie so lange aufgehalten habe.«

»Ganz im Gegenteil, ich danke Ihnen. Ich habe lange nicht mehr an Bayber gedacht. Es war sehr schön, seine Bilder wieder einmal anzuschauen, wenn auch nur in einem Buch.« Er stand auf und beugte sich zu ihr vor. »Ich wünsche Ihnen einen schönen Tag. Vielleicht sehen wir uns noch, falls Sie länger in der Stadt bleiben.«

»Vielleicht.«

Sie hatte nur noch einen Wunsch – möglichst schnell ins Hotelzimmer zurückzukehren. Kraftlos schob sie sich an den Touristen vorbei, die vor Geschäften standen oder paarweise Hand in Hand durch die Straßen schlenderten.

Sie machte einen Bogen um die Tische vor den Cafés und die großen Skulpturen vor den Souvenirläden. Der Lift im Hotel brauchte aufwärts länger als abwärts, das Türschloss sperrte sich, das kleine rote Licht über dem Griff weigerte sich beharrlich, grün zu werden. Als sie endlich das Sicherheitsschloss hinter sich verriegelt hatte, ging sie zu der hölzernen Gepäckablage, schob die Hand unter die unausgepackten Kleider und tastete auf der Suche nach der schweren, dicken Socke über den Boden des Koffers. Sie zerrte sie hervor und zwängte die Hand tief hinein, bis sie ganz unten kühles Porzellan spürte. Dann holte sie den glänzend blauen Azurbischof heraus und sank zu Boden.

Er war nicht gealtert. Er kauerte vorgebeugt auf einem der Ledersessel in ihrem Zimmer und flüsterte ihren Namen. »Alice.« Dann: »Bist du wach?«

Sie war wach, daran bestand für sie kein Zweifel, und sie kniff die Augen zu, um ihn nicht sehen zu müssen, aber da stellte sie fest, dass sie schon geschlossen waren.

»Alice.« Seine Stimme klang jetzt drängender, fordernder.

»Ich habe es nicht gewusst.«

»Du hast sie vor mir versteckt.«

»Nein, das hätte ich nie getan. Ich wusste nicht, dass sie am Leben war, Thomas. Ich habe genauso viel von ihrem Leben versäumt wie du.«

Er stand jetzt vor dem Bett und starrte auf sie hinunter. Als er die Hand ausstreckte, zuckte sie zurück, aber er strich ihr nur über die Wange, und die Wärme seiner Finger flutete über ihr Gesicht. Seine Hände waren so lang und schlank, wie sie es in Erinnerung hatte, und leuchteten im Dunkeln wie bleiche Signalfeuer.

»Du hast es mir nicht erzählt, weil du nicht genug Vertrauen zu mir hattest?«

»Du wärst nicht gerne Vater geworden.«

Er setzte sich auf die Bettkante, und sie rutschte ein Stück zur Seite, damit er sich neben sie legen konnte. Er nahm ihr Gesicht zwischen die Hände. »Hast du mich so gut gekannt?«

Sie schüttelte den Kopf. Aus ihrem tiefsten Inneren stieg ein gequältes Schluchzen auf. Das konnte sie nie wiedergutmachen. Mit einer einzigen Entscheidung hatte sie in das Leben von drei Menschen eingegriffen und sie in scharfkantige Einzelteile zerbrochen. Hatte sie ihn so sehr verletzen wollen? »Ich hätte es dir sagen sollen.«

Er schlang ihr einen Arm um die Taille und zog sie an sich. Sie legte die Hände gegen seine feste, harte Brust und fühlte, wie sie sich hob und senkte, während sein Herz regelmäßig schlug. Mit jedem Atemzug sog sie eine vertraute Mischung von Gerüchen ein – das frisch gewaschene Leinenhemd, Leinöl und Terpentin, dumpfes Tabakaroma, Graphitpulver.

»Wäre aus uns eine Familie geworden, was meinst du?«

»Wir hätten es versuchen können.« Er streichelte ihr über die Haare, und sie legte den Kopf unter sein Kinn. Ihr Körper schmiegte sich instinktiv an ihn, in einer Haltung, die im Gedächtnis ihrer Haut, ihrer Muskeln, ihrer Knochen gespeichert war.

»Natalie hat es dir erzählt.«

Seine Augen waren geschlossen, und er lag so still da, dass sie sich fragte, ob er nicht doch tot und als Traumbild zu ihr zurückgekehrt war. »Sie hat dafür gesorgt, dass ich es herausfand.«

»Hast du mich gesucht?«

»Ich habe euch beide gesucht. Aber du warst schon davongeflogen.«

Sie wachte auf dem Fußboden auf, als sich die Morgenröte durch die Fenster ins Zimmer stahl. Die Finger ihrer linken Hand umklammerten den Vogel, und ihr kam der Gedanke, dass es doch eine passende Strafe wäre, wenn sie in dieser Haltung erstarren würden, für immer um die Freiheit gekrallt, die sie so verzweifelt einfangen wollte, die sie nicht loslassen konnte. Und dann müsste sie zusehen, wie sie in ihrer Umklammerung starb. Sie zog mit der rechten Hand die Finger der linken auseinander und legte den Vogel auf die Frisierkommode. Anschließend fiel sie aufs Bett. Sie hatte keine Ahnung, wie spät es war, und machte sich auch nicht die Mühe, den Kopf nach den blinkenden Zahlen auf dem Wecker zu drehen. Sie konnte sich nicht erinnern, je so erschöpft gewesen zu sein – womöglich zu erschöpft, um weiterzuleben. Aber der Schlaf wollte sich nicht einstellen. Sie fand ihn in keinem der Bilder, das sie heraufbeschwor – nicht im tröstlich weichen Klang von Phinneaus' Stimme, nicht in Frankies nach Klee duftenden Haaren, nicht in dem warmen Tee, den Saisee ihr eingoss und der wie dunkel glühende Kohle durch ihre Kehle rann. Er war nicht unter der Daunendecke, nicht in den gestärkten Laken, nicht im federleichten Kopfkissen, das unter dem Gewicht ihres Kopfes einsank. Überall war nur Schuld und eine Stimme, die unablässig wiederholte: *Agnete.*

Ihr Körper zwang sie zum Liegen. Sie hatte ihm zu viel abverlangt, und jetzt ließ er es sie unmissverständlich spüren. Mit aller Kraft wehrte sie sich gegen die herandrängenden Gedanken. Sie sah zu, wie die Sonne die Wände nach und nach bemalte, und konzentrierte sich auf das langsame Vordringen des Lichts. Ihre bleischweren Glieder nagelten sie auf der Matratze fest, sie hatte nicht einmal die Energie, sich umzudrehen. Und als sie begriff, dass Davonlaufen nicht mehr infrage kam, lief sie mit ausgebreiteten Armen auf das Unabwendbare zu. Sie jagte auf Agnete zu und schloss sie in ihre Arme, wie ein Wirbelwind aus aufgestauter Liebe und Reue. Mit dem Kind auf dem Schoß setzte sie sich hin, holte ihr Vogel-Tagebuch aus der Tasche und fing auf den ersten Seiten an. Sie zeigte ihrer Tochter jede einzelne Zeichnung, erklärte jeden Vogel, die drollige Kopfhaltung, die aufgeplusterten Federn, die Fundstücke, die er in sein Nest eingewebt hatte. Sie verweilte bei jeder Seite, ließ kein Detail aus, sah zu, wie ihre Tochter mit dem Finger die Umrisse der Zeichnungen nachfuhr, wie sie nickte, wenn sie bereit zum Umblättern war.

Als das Zimmer so hell geworden war, dass das Licht sie blendete, inspizierte sie ihren Körper. Erst beugte sie den einen Fuß, dann den anderen, dann zog sie beide nacheinander langsam an den Körper heran, bis die Knie gebeugt waren, und streckte sie vorsichtig wieder aus. Sie malte Kreise auf ihre Handgelenke, bog die Finger wie beim Klavierspiel und drückte unsichtbare Tasten hinunter, um die Biegsamkeit der Gelenke zu testen. Als sie sich probeweise auf die Seite rollte, erwartete sie ein scharfes Warnsignal ihres Körpers, aber der Schmerz war erträglich. Sie griff zum Telefonhörer und bestellte Frühstück: Toast, grünen Tee und ein einzelnes Rührei. Dann setzte sie sich auf und zog den Bademantel vom Fußende des Bettes zu sich heran; dort hatte Thomas gesessen, und sie presste ihn ans Gesicht, um vielleicht noch eine Spur von ihm wahrzunehmen. Aber der Stoff roch nur nach Zeder und dem Badezusatz vom Vortag.

Das Frühstück schmeckte nach nichts; die Kleider, die sie sich überstreifte, waren gewichtslos. Als sie ins Freie trat, schlug ihr eiskalte Luft entgegen. Das Treppengeländer war von einem Mosaik aus Raureif überzogen, als hätte jemand beschlossen, über Nacht vom Herbst direkt auf Winter umzuschalten. Der Portier rief ihr ein Taxi, und sie gab dem Fahrer die Adresse.

»Schöner Tag heute«, sagte er.

»Ja.« Die Läden und niedrigen Flachdachhäuser zogen wie ein einziger lehmfarbener Nebelschleier an ihr vorbei. Sie drehte den Kopf zum Fenster, um den Taxifahrer von weiteren Gesprächsversuchen abzuhalten. Das Taxi passierte kurze Häuserzeilen mit parkenden Autos, und der Fahrer bog zügig erst in die eine, dann in die andere Richtung ab, bis sie sich in dem Labyrinth aus braunen Wänden und hohem Gras nicht mehr zurechtfand. Schließlich fuhr er ein paar Meter auf eine kiesbedeckte Auffahrt und hielt.

»Hier sind wir. Calle Santa Isabel 11.«

Die Fahrt war kürzer gewesen als erwartet. Sie standen vor einem kleinen, adretten Lehmziegelhaus mit einem niedrigen Mäuerchen, vor dem Büschel von hohem, kupferfarbenem Bartgras und Ravennagras wuchsen. Papiertüten standen auf dem Mäuerchen, und an der Tür hing ein Kranz aus Zedernzweigen.

»Wissen Sie, wozu die Tütchen gut sind?«

Der Taxifahrer drehte sich um und starrte sie an, als wäre ihm noch nie eine so dämliche Touristin untergekommen. »Farolitos. In jeder Tüte ist Sand und eine Kerze. Als mein

Urgroßvater noch gelebt hat, hat man an den Straßenkreuzungen Feuer entzündet, damit die Leute den Weg in den Weihnachtsgottesdienst finden konnten. Vielleicht sind dabei zu viele Häuser in Brand geraten? Jetzt nehmen wir Papiertüten.«

»Können Sie bitte auf mich warten?« Sie gab ihm zwanzig Dollar und stieg aus. »Es wird nicht lange dauern.«

Alice blieb neben dem Taxi stehen, eine Hand auf die Kühlerhaube gestützt. Ihr kam der Gedanke, dass sie in Sicherheit war, solange sie sich nicht von der Stelle rührte. Die kleine Rede, die sie auf der Fahrt eingeübt hatte – *Ich suche nach der Frau, die hier gewohnt hat. Ich bin eine Freundin ihrer Tante. Es gab einen Todesfall in der Familie, und wir versuchen, sie ausfindig zu machen* –, klang plötzlich unecht. Sie war fremd, unbeholfen, ihr fehlten die Worte, sich verständlich zu machen.

Der Fahrer schlug auf die Hupe und rollte das Fenster auf der Beifahrerseite ein Stück herunter: »He, Lady, alles in Ordnung?«

Alice nickte und richtete den Blick starr auf den Kranz an der Haustür. Schwierig war nur der erste Schritt, danach würde sie, wenn es sein musste, hundert Fremde in hundert verschiedenen Häusern um Auskunft bitten können. Ihre Füße trugen sie über die Steinplatten der Auffahrt und durch die breite Maueröffnung in einen Vorgarten, der mit Stechpalmen, Sumach, Faulbaum und Weißem Salbei bepflanzt war. Sie blieb stehen.

Überall im Garten standen unterschiedlich große Skulpturen, moderne Objekte aus Edelstahl, die etwas Bewegtes, Fließendes an sich hatten. Ob sie abstrahierte Figuren oder reine Formen darstellten, konnte Alice nicht sagen. Sie reflektierten das Sonnenlicht. Sachte strich Alice mit den Fingern über die Wölbung einer Skulptur, die dicht am Weg stand. Das glänzende, schwere Metall fühlte sich kühl und glatt an, nicht ein einziger Fingerabdruck verunstaltete die polierte Oberfläche.

Die Haustür war in einem satten Orangerot gestrichen, das sie an die Beeren des Bittersüßen Nachschattens erinnerte. Wie von allein fuhr ihre Hand in die Höhe und klopfte leise an. Das Echo hallte in ihrem Herzen nach. Sie horchte auf Schritte und hoffte fast auf das Poltern schwerer Männerschuhe, denn ein Mann wäre vielleicht weniger misstrauisch. Aber es blieb still. Nichts zu hören, außer dem laufenden Taximotor. Sie klopfte noch einmal und wartete, aber nichts regte sich.

Als sie gerade wieder gehen wollte, nahm sie aus den Augenwinkeln eine Bewegung wahr, und als sie sich umdrehte, sah sie eine Frau um die Hausecke kommen, die eine Khakihose, ein Jeanshemd und hellrote Gartenclogs trug. Sie hatte eine Zederngirlande geschultert. Alice konnte das würzige Holzaroma sogar aus ein paar Metern Entfernung riechen.

»Ich habe gehört, dass jemand an der Tür ist, aber ich war im Garten und wollte nicht durchs Haus trampeln. Es ist so matschig da hinten. Kann ich Ihnen helfen?« Ihr Lächeln verwandelte sich in Besorgnis, als Alice das Gleichgewicht verlor und vom Weg abzukommen drohte.

Vor ihr stand Thomas. Das waren seine gebogenen Augenbrauen, die lange Nase, die hohe Stirn. Als die Frau auf sie zulief, sah Alice, dass sie sich auch wie Thomas bewegte: rasch, entschlossen, zielstrebig. Gott sei Dank – seine schönen, geraden Finger packten sie am Arm. Aber dann sah sie sich selbst in den hellen Augen und der sommersprossigen Haut, in diesem durchdringenden Blick und den wilden Locken, die sich bis zu den Schultern ringelten, auch wenn das tiefe Schwarz von ihm stammte.

»Sie setzen sich besser hin.«

Aber Alice wollte sich nicht setzen. Sie wollte keinen Schritt weiter, wollte nicht, dass die Hand, die sie am Arm hielt, einen Zentimeter weiter hinauf- oder hinunterrutschte. Oder sie gar losließ.

»Agnete Sophia Kessler.« Wie eine rituelle Handlung sprach sie den Namen aus, nicht als Frage, sondern als Taufe.

»Ja. Kennen wir uns?« Da – der argwöhnische Tonfall ihres Vaters.

Ja, wollte Alice antworten. *Ich kenne dich so gut wie mein Herz. Ich weiß, wie du lachen wirst, wie du zum Abschied winkst, wie du am Daumennagel kaust, wenn du unruhig bist. Ich kenne dich seit der Sekunde, in der du auf die Welt gekommen bist, und wenn ich sie jetzt verlassen müsste, würde ich dich dennoch kennen, auch wenn ich zu Staub und Asche zerfallen würde.*

»Ich bin gekommen, um Ihnen zu sagen …«

Agnete wartete geduldig. So ein falscher Auftakt, dachte Alice. So eine komplizierte Geschichte. Sie würde so viel erklären müssen. Ein anderer Beginn fiel ihr nicht ein.

»Ich bin deine Mutter.«

14

Dezember 2007

Finch war grün im Gesicht. Eigentlich glaubte er selbst nicht an seine Argumente, warum er nicht fliegen könne, aber er hatte sie so oft wiederholt, dass sie Wirkung auf seine Psyche ausübten. Zu seiner Beschämung hatte ihn vor dem Terminal eine Panikattacke überfallen, und er hatte verzweifelt versucht, sich in ein bereits anfahrendes Taxi zu quetschen. Dann wurden Stephen und er aus der Warteschlange geholt und gesondert kontrolliert, was zweifellos Stephens blauem Auge zu verdanken war, das mittlerweile in einem hässlichen Auberginеton schillerte. Und dass Stephen sich hartnäckig seine Bordkarte vor den Mund hielt, während er Instruktionen flüsterte, die für jeden im Umkreis von drei Metern deutlich hörbar waren, machte sie bei den Leuten von der Flughafensicherheit auch nicht gerade beliebt.

»Bemühen Sie sich, nicht verdächtig auszusehen«, mahnte Stephen.

»Ich sehe nicht verdächtig aus.«

»Sie hecheln geradezu. Das sieht aus, als hätten Sie was auf dem Kerbholz.«

»Weil ich keine Luft kriege«, zischelte ihm Finch durch zusammengepresste Zähne zu.

»Gibt's hier irgendwo Sauerstoff?«, fragte Stephen laut und winkte in Richtung Sicherheitsdienst, obwohl ihn Finch mehrfach in die Rippen boxte.

»Sie bringen uns noch ins Kittchen!« Die anderen Passagiere waren klug genug, von ihnen abzurücken, sodass sie in der Schlange ein leicht identifizierbares Ziel bildeten.

Stephen war beleidigt. »Ich will Ihnen nur helfen, Ihre Phobie, wie man das wohl nennen muss, zu überwinden.«

»Helfen Sie mir lieber nicht.«

Der zweistündige Flug nach Memphis startete mit einer Verspätung von einer Stunde und zweiundvierzig Minuten. Die Warterei machte Finch fertig, mit geschlossenen Augen und feuchten Händen saß er auf einer der Sitzschalen. Claire hätte ihm helfen können, aber er wollte sie nicht rufen. Er hatte sich seine eigenen Bußregeln auferlegt, die vor allem die Orte betrafen, an denen er mit ihr sprechen durfte. Flughäfen, Flugzeuge und die Schlangen vor dem chinesischen Take Away oder vor Apotheken waren untersagt. Er wollte die Gespräche mit ihr nicht als Arznei gegen Langeweile missbrauchen und auch nicht, um das Gefühl von Hilflosigkeit zu bekämpfen. Die Dialoge mit ihr sollten auf Orte beschränkt bleiben, die sie geliebt hatte: ihren alten Küchentisch mit dem wackeligen Bein, den Shakespeare Garden im Central Park, die Modelleisenbahn-Schau im Haupt Conservatory, ihr Schlafzimmer. Vor allem ihr Schlafzimmer. Es wäre nicht fair gewesen, die Regeln zu brechen und sie ausgerechnet hierherzuzerren, nur weil er einen kleinen Zusammenbruch hatte. Schließlich war sie damals seinetwegen allein auf dem Flughafen gewesen.

»Es war aber nicht dieser, oder?«

Stephens Stimme wirkte auf ihn wie ein sirrender Zahnarztbohrer, wie quietschende Folie – ein Geräusch, bei dem einem ein Schauder über den Rücken läuft.

»Wie, nicht dieser?« Finch machte ein Auge auf und sah auf dem Sitz gegenüber eine Inderin im roten Sari, die ihrem Mann aufgeregt auf die Schulter klopfte, während sie ihn mit einem Blick bedachte, bei dem selbst der heilige Franziskus auf dem kürzesten Weg in die Hölle geflohen wäre.

»Dieser Flughafen. Ich dachte, ich hätte Sie gefragt, und Sie haben verneint. Haben Sie doch, oder?«

»Bitte seien Sie still.«

Als das Boarding begann, musste Stephen ihn fast ins Flugzeug tragen. Um die Sache noch schlimmer zu machen, bestand Stephen auf dem Gangplatz, mit der Begründung, das gehöre zu seinem Flugritual. Als sie abgehoben hatten, kippte Stephen mehrere Bloody Marys und steckte alle drei Spucktüten in die Tasche am mittleren Sitz.

»Sie sollten einem gar keine hinlegen. Die Macht der Suggestion – du siehst die Tüte, dir wird schlecht. Wenn du auch nur nachschaust, ob eine Tüte da ist, gehst du schon vom Schlimmsten aus.« Er rückte an Finch heran und senkte die Stimme. »Es ist ganz wichtig, früh zu boarden, damit man sie wegstecken kann, bevor der Sitznachbar kommt. Irgendwie macht das die Leute nervös. Keine Ahnung, warum. Schließlich nehme ich sie ihnen ja nicht weg.« Als Antwort auf Finchs hochgezogene Augenbrauen fügte Stephen hinzu: »*Repositionieren* ist nicht wegnehmen. Genau genommen.«

Finchs Herz klopfte zum Zerspringen. Seine Hände waren immer noch schweißnass, und der hartnäckige Geruch nach Flugbenzin schlug ihm auf den Magen. Wenigstens steckten alle drei Spucktüten direkt vor ihm; darüber sollte er wohl froh sein. Die Frau auf dem Fensterplatz drückte sich so eng wie möglich an die Außenwand, hatte die Beine hochgezogen, die Arme um sich geschlungen und ihren ganzen Körper wie einen Schwamm zusammengepresst. Er würde sich wohl erst bei der Landung wie durch Zauberkraft wieder ausdehnen.

»Hier.« Stephen hielt ihm ein Plastikschächtelchen hin und zog eine schwarze Schlafbrille aus dem Bordkoffer, die er sich hektisch über den Kopf zog.

»Was ist das?«

»Komisch, dass Sie das nicht erkennen.« Stephen drückte auf seine Klingel und wedelte mit dem leeren Glas. Die Flugbegleiterin verdrehte die Augen. Garantiert enthielt das Ausbildungshandbuch für das Reise- und Gastgewerbe irgendwo eine Beschreibung von Stephen, in der sein Typ – wie konnte man es am freundlichsten formulieren? – *anspruchsvoll* genannt wurde.

»Und seine Erdnüsse nehme ich«, sagte er zu der Flugbegleiterin, als sie ihm die vierte Bloody Mary brachte. »Könnte nämlich gut sein, dass er sich übergeben muss.«

Die Frau auf dem Fensterplatz zog sich die Decke über den Kopf. Finch vergrub den Kopf in den Händen.

»Machen Sie auf«, sagte Stephen, auf das Schächtelchen deutend. »Akupressurbänder. Sie haben mir geholfen, als wir zum Ferienhaus gefahren sind. Jetzt revanchiere ich mich. Und glauben Sie nur nicht, dass ich Ihnen ein gebrauchtes Paar unterjuble. Ich musste die Verpackung aufmachen, um sicherzugehen, dass eine Gebrauchsanweisung dabei ist, und dann hat der Verkäufer darauf bestanden, dass ich sie nehme. Ich hätte lieber graue gekauft. Eine schwarzes Akupressurband wirkt so militant.«

Finch war wider Willen gerührt. Warum hatte er nicht selbst daran gedacht? Er zog die Bänder bis knapp unter die Handgelenke. »Das war aufmerksam, Stephen. Danke Ihnen.«

»Ich weiß. Bitte denken Sie auch auf der zweistündigen Autofahrt daran, wo auch immer wir hinfahren.«

Finch wollte es ihm schon sagen, aber Stephen hob den Zeigefinger. »Ich komme selbst drauf. Nur eine Sekunde.« Er kniff die Augen zu und murmelte vor sich hin. »Danke Ihnen. Thanksgiving. Truthahn. Wild Turkey. Bourbon? Nein. Truthahn jagen. Jäger ... « Er lächelte und zog sich die Schlafbrille über die Augen. »Orion.«

Finch schüttelte den Kopf. »Erstaunlich.«

Während Stephen döste, entwarf Finch einen Schlachtplan. Dank Simon Hapsend suchten sie jetzt statt in fünfzig Bundesstaaten nur noch in einem. Weil Simon sich wegen Stephens blauem Auge schuldig fühlte, hatte er ihnen die Information beschafft, die sie am dringendsten brauchten: Natalie Kessler lebte in Tennessee. Ob Alice sich auch dort aufhielt, war nicht bekannt. Doch Natalie hatte sich die größte Mühe gegeben, nicht auffindbar zu sein, und so erwartete Finch kein herzliches Willkommen.

Seiner Überzeugung nach würde bei Natalie ein Gespräch über Geld auf dem direktesten Wege zu der fehlenden Tafel führen. Bei Thomas' Tochter war das anders. Sie war jetzt eine junge Frau, nur ein paar Jahre älter als Stephen, und niemand wusste, was die Schwestern ihr über ihren Vater erzählt hatten. Vielleicht hatten sie ihn als Ungeheuer hingestellt oder behauptet, sie sei ihm gleichgültig, oder sie hatten ihn ganz eliminiert. Wie auch immer, diese Unterhaltung erforderte Fingerspitzengefühl. Ihm war der Gedanke zuwider, dass sie sich in familiäre Angelegenheiten einmischen mussten, vor allem, da völlig unklar war, welche Verfehlungen sich die Beteiligten wirklich hatten zuschulden kommen lassen. Aber die Tochter war keine Verfehlung. Sie war eine lebendige, atmende Verbindung zu Thomas, und da Thomas nicht für sich selbst sprechen konnte, hatte Finch eigentlich gar keine Wahl. Oder doch?

Er griff in seine Bordtasche, die er unter dem Sitz verstaut hatte, und zog eine Karte von Tennessee heraus. Darauf hatte er die Route mit Bleistift markiert, weil er echtes Papier der körperlosen Stimme vorzog, die bis zum Erbrechen die Worte *Bitte kehren Sie wenn möglich um* wiederholte. Orion war ein winziges Pünktchen; er musste die Lesebrille aufsetzen, um den Ort von der Bleistiftmarkierung zu unterscheiden. Warum sie sich ausgerechnet dort niedergelassen hatten – ja, wie sie den Ort überhaupt gefunden hatten –, war ihm ein Rätsel.

Der Pilot erklärte, man sei im Anflug auf Memphis, und Stephen räkelte sich ausgiebig, wodurch die Erdnusstütchen und leeren Plastikbecher, die er auf seinem Klapptisch gehortet hatte, in den Mittelgang flatterten. Er ignorierte das Anschnallzeichen, holte seine Sachen aus den Ablagefächern und stopfte sie unter den Sitz seines Vordermannes. Die Flugbegleiterin starrte ihn böse an, und Finch war überzeugt, dass ihre schlechte Meinung ihn mit einschloss, weil er offensichtlich zu Stephen gehörte.

»Sie sind wie ein Tornado«, sagte er.

»Sie haben eine viel bessere Gesichtsfarbe als vorhin. Die Bänder müssen gewirkt haben.« Stephen machte ein selbstzufriedenes Gesicht. »Wissen Sie jetzt, wie es weitergeht?«

»Ganz und gar nicht.«

Sie landeten bei leichtem Regen, und der Flugplatz von Memphis sah genauso aus wie alle anderen Flugplätze, die Finch kannte. Er wollte so schnell wie möglich weg und eilte zum Schalter der Autovermieter, wo er sich in die Schlange stellte mit anderen reisemüden Passagieren, die Regenmäntel übergestreift hatten und ihre Computerausdrucke in der Hand hielten. Mit seinem fleckigen Regenponcho, dem Rucksack über der Schulter und dem zerschrammten Aktenkoffer war Stephen von allen der Verlottertste, und das wollte schon etwas heißen.

Weil er Stephen noch dankbar war und außerdem wusste, dass Cranston die Rechnung zahlte, besorgte ihnen Finch ein Fahrzeug aus einer höheren Preisklasse. Im Regen warteten sie auf den Shuttle zum Parkplatz. Erst als sie eingestiegen und auf den nächsten Plastiksitz gesunken waren, überkam Finch ein Gefühl von Erleichterung – als hätte er eine große Schlacht geschlagen und sie heil und unbeschädigt überstanden.

Auf dem Mietwagen-Areal angekommen, warf Stephen seinen Rucksack und den Aktenkoffer auf den Rücksitz ihres Wagens und setzte sich, nur leise murrend, auf den Beifahrersitz, wo er sofort Lüftungsgitter und Temperaturregler verstellte und am Radio herumfummelte.

»Eine Menge Country-Sender.«

»Wir befinden uns in Tennessee«, sagte Finch.

»Das ist nicht gerade meine Lieblingsmusik.«

»Dann sollten Sie das Radio vielleicht ausschalten.« Sie waren spät dran. Zuerst mussten sie am Motel in Dyersburg vorbeifahren, und Finch wollte Orion unbedingt noch bei Tageslicht erreichen, bevor die Kesslers zu Abend aßen und bevor das letzte Restchen Energie, das er noch hatte, völlig verpufft war.

Statt das Radio auszuschalten, summte Stephen mit und unterbrach sein Trommelsolo auf dem Armaturenbrett nur, um sich bei Finch zu erkundigen: »Fragen Sie sich auch, wie sie jetzt aussieht?«

Finch wusste, wen er meinte. Ihre Unterhaltungen kreisten immer nur um Natalie und nicht um Alice. Natalie war ein schönes Mädchen gewesen, aber manipulativ und berechnend. Finch hielt es für denkbar, dass sich ihre Persönlichkeit mit den Jahren in ihr Gesicht eingegraben hatte, in Form einer schmalen Furche zwischen den Augenbrauen oder als Falten der Enttäuschung um ihren Mund.

Nach dem Fund der Fotografie hatte er Natalies wütenden Satz *Ich weiß, was du getan hast* zunächst als Verteidigung der Schwester gedeutet. Aber nachdem er den Mittelteil des Triptychons und die Zeichnung bei den Edells studiert hatte, war er von dieser Meinung abgekommen. Zumindest auf der Leinwand schien es zwischen den Schwestern keine Verbindung zu geben; jede kreiste auf ihrer eigenen Umlaufbahn, entweder um die Eltern oder um Thomas.

Alices Rolle war weniger klar. Finch gewährte ihr einen Vertrauensvorschuss, er wusste selbst nicht, warum. Vielleicht lag es an dem Foto, auf dem sie schwanger war und so glücklich aussah, dass das Papier bei der Berührung Wärme abzustrahlen schien. Oder weil sie, wenigstens als junges Mädchen, anscheinend immun gegenüber Thomas' Zauber gewesen war. Vielleicht lag es an ihren intelligenten hellblauen Augen. Schärfe zeigte sich bei ihr vermutlich eher im Intellekt als im Charakter. Beim Gedanken an Alice hellte sich seine Stimmung auf.

»Sie ist bestimmt eine von denen, die viel Geld ausgeben, damit sie attraktiv bleiben, meinen Sie nicht auch?«, fragte Stephen.

»Wir sind wegen der Gemälde hier, und wenn die Götter uns hold sind, erfahren wir auch etwas über Thomas' Tochter. Ihre Mrs.-Robinson-Fantasien können Sie sich sparen.«

»Erzählen Sie mir nicht, Sie hätten nicht auch darüber nachgedacht, wie die beiden heute aussehen.« Der Fahrtwind drückte Stephens Arm gegen die Kante des offenen Fensters. »Warum sind sie überhaupt hergezogen? Hier ist so viel Platz. So viel … nichts.«

»Eine Menge Leute mögen genau das.«

»Sie auch? Wenn Sie jung wären und aussehen würden wie sie?«

»Nein. Wohl eher nicht.« Das Thema behagte ihm nicht. Sie gingen ohne einen ausgeklügelten Plan vor, und es gab eine große Zahl von Unbekannten, was ihm das Gefühl gab, deutlich im Nachteil zu sein. Er wollte die Sache einfach hinter sich bringen, um Weihnachten mit seiner Familie feiern zu können. So befriedigend es auch wäre, Thomas eine eigene Kleinfamilie zu liefern, hübsch verpackt mit einem Schleifchen darum, war die Chance, dass es dazu kam, verschwindend gering. »Noch fünfzehn Meilen bis Dyersburg. Wenn wir die Zimmer bezogen haben, würde ich vorschlagen, dass wir uns frisch machen und dann so schnell wie möglich nach Orion fahren.«

»Sie wollen sicher sein, dass wir einen guten Eindruck machen, stimmt's?«

»Man bekommt keine zweite Chance«, sagte Finch. Er kämpfte gegen den Impuls an, Stephen auf die Flecken auf seinem Poncho hinzuweisen. »Wir brauchen alle Hilfe, die wir kriegen können.«

Sie bogen auf den Motel-Parkplatz ein. An der Rezeption bekamen sie ihre Schlüssel von einer älteren Frau, deren Haare die Farbe einer Gemüsezwiebel hatten. Nachdem sie die strenge Ermahnung, nicht im Zimmer zu rauchen, mit einem Nicken beantwortet hatten, schleppten sie ihr Gepäck über eine Außentreppe in die nebeneinanderliegenden Zimmer und zogen gleichzeitig die Türen hinter sich zu.

Eine heiße Dusche beseitigte das Frösteln, das Finch seit der Wartezeit im Regen geplagt hatte, und die frischen Kleider hoben seine Stimmung, wenn auch nicht sein Allgemeinbefinden. Stephen wirkte nach der kurzen Fahrtunterbrechung alles andere als erholt. Inzwischen hatte Finch begriffen, dass Stephen ohne ständige Nahrungszufuhr leicht mürrisch und streitsüchtig wurde, und das konnten sie jetzt nicht gebrauchen. Er hielt an einer Tankstelle und trommelte mit den Fingern gegen das Lenkrad, während Stephen in den Shop lief und mit den Händen voller Chipstüten und Schokoriegel wiederkam.

»Haben Sie eine Ahnung, wie viel Zucker und Natrium Sie in den letzten Stunden konsumiert haben? Vier Dosen Bloody Mary Mix, also ehrlich! Wir sollten Ihnen einfach einen Salzleckstein kaufen.«

Stephen winkte nur ab und fing an, die Tüten aufzureißen.

Als sie Orion erreichten, war die Temperatur deutlich gefallen. Finch lief die Nase, seine Augen brannten. Jemand hatte an die Plakatwand, die die Reisenden mit dem Slogan »Orion – alte Stadt! Neuer Geist!« willkommen hieß, einen Kranz aus Immergrün gehängt. Stephen sah Finch an und grinste.

Die Hauptstraße konnte man wahrhaftig malerisch nennen; sie war nur ein paar hundert Meter lang, und es gab keinen einzigen Supermarkt. Schwere Wolken ballten sich am Himmel, und an diesem Spätnachmittag waren nur wenige Menschen unterwegs. Eine Frau hob den Kopf, als das Auto vorüberfuhr, und vergrub das Kinn dann schnell wieder im Kragen, als wäre das unbekannte Fahrzeug keinen neugierigen Blick und keinen kalten Luftzug im Nacken wert.

»Pfefferminz?«, fragte Stephen und hielt Finch eine Dose unter die Nase.

»Danke. Nein.« Nachdem sie einen Friedhof passiert hatten, fuhr Finch langsamer, den Blick auf die Hausnummern gerichtet. Er hielt vor einem altertümlichen viktorianischen Haus mit zwei Stockwerken, einer schmalen Backsteinmauer und Buchsbaumhecken, die zur Haustür führten.

»Stephen, ich glaube, das Reden überlassen Sie lieber mir.«

»Sie haben Angst, dass ich das Falsche sage, stimmt's?«

»Ich befürchte, Ihre Kombination aus Enthusiasmus und Direktheit könnte missverstanden werden.«

Stephen zuckte die Achseln. »Wie Sie wollen.«

Finch schloss gewohnheitsmäßig das Auto ab und stapfte die Auffahrt hoch, während Stephen hinter ihm her trödelte. Sie waren tatsächlich am Ziel! Finch konnte es kaum fassen. Er war Stephen gegenüber nicht aufrichtig gewesen: Es war ihm in den vergangenen Stunden schwergefallen, nicht an Natalie und Alice zu denken, sich vorzustellen, wie sie aussehen mochten, wie sie auf den Namen Bayber reagieren würden. Er war auf fast alles gefasst, nur nicht auf den kleinen Jungen, der auf sein Klopfen hin die Tür öffnete.

Finch sah zu ihm hinunter und streckte betont liebenswürdig die Hand aus. »Guten Tag, junger Mann. Ich bin Professor Finch, und das ist Mr. Jameson. Wir möchten gerne deine Mutter sprechen. Ist sie zu Hause?«

Als wollte er Finch daran erinnern, dass hier nicht New York war, riss der Junge die Tür weit auf; offenbar hatte er keinerlei Bedenken, dass jemand etwas verkaufen oder um Taxigeld betteln wollte.

»Nö. Sie ist im Gefängnis. Sind Sie Lehrer?« Der Junge spähte an Finch vorbei zu Stephen, der auf der untersten Stufe wartete. »Wow! Was ist mit Ihrem Auge passiert, Mister? Haben Sie sich geprügelt?«

Stephen lächelte Finch an. »Darf ich antworten, oder wollen Sie immer noch das Reden übernehmen?«

Finch nickte schwach, in Gedanken noch immer bei dem Wort *Gefängnis*. Stephen stieg die Treppe hoch und ging vor dem Jungen in die Hocke. »Ich habe mich tatsächlich geprügelt. Mit einem großen, furchterregenden Mann. Wie du siehst, habe ich nicht gewonnen.«

Das Kind hielt einen Zeigefinger dicht vor Stephens Auge. »Ganz schön schlimm. Ich hab auch mal gekämpft.

Onkel Phinneaus hat gesagt, er holt seinen Gürtel, wenn ich es noch mal mache.«

Finch hatte sich wieder gefangen und unternahm einen neuen Vorstoß. »Ist dein Onkel da? Vielleicht könnten wir mit ihm sprechen.«

»Nein, er ist bei uns daheim. Wir wohnen gegenüber.« Finch drehte sich um und sah ein hübsches, grau gestrichenes Holzhaus mit weißen Pfosten und einer überdachten Terrasse, die sich um das ganze Gebäude zog.

»Aha. Du lebst also da drüben mit deinem Onkel. Und die Kesslers wohnen hier in diesem Haus?«

»Jap.«

Finch war ungeheuer erleichtert, ja, geradezu erlöst. »Gut. Vielleicht kannst du uns dann helfen. Wir möchten gerne Natalie Kessler sprechen. Kennst du sie zufällig?«

»Miss Natalie. Na klar. Aber mit der können Sie auch nicht reden.« Der Junge beugte sich vor und flüsterte Stephen vernehmlich ins Ohr. »Die ist tot.«

Finch sank gegen den Türpfosten. Sein Körper reagierte auf diese Neuigkeit von oben nach unten: Schwindelgefühl im Kopf, Atemschwierigkeiten, enge Brust. Seine Arme wurden so schwer, dass er am liebsten Stephen gebeten hätte, sie abzuschrauben und zur Seite zu legen. Seine Knie gaben nach. Tränen stiegen ihm in die Augen. Auf einmal taten ihm alle leid, Alice und Natalie und Thomas, ihre Fehler und seine eigenen.

»Frankie, komm da weg. Was machst du denn da?« Eine Frauenstimme tönte durch den Flur, und der Junge wich zurück, bis er im Türrahmen stand.

»Die Männer wollen mit Miss Natalie reden, Saisee. Aber das können sie nicht, oder?«

»Lauf rüber. Hol deinen Onkel.«

»Ja, gut, aber der Mann da sieht krank aus, und der andere war in einer schlimmen Prügelei.« Der Junge schien eher interessiert als ängstlich, und es gefiel ihm nicht, dass er weggeschickt wurde und womöglich etwas verpasste. Die Frau sah ihn streng an, und er drehte sich um, sprang über drei Stufen von der Terrasse auf den Weg und rannte über die Straße.

»Kann ich Ihnen helfen?«

Unverkennbares Misstrauen. Finch erkannte es an den abwehrend verschränkten Armen der Frau, den hochgezogenen Augenbrauen, dem Stirnrunzeln. Aber mittlerweile war es ihm egal. Er war schachmatt. Es würde keine unentdeckten Werke von Thomas Bayber und keine fröhliche Familienzusammenführung geben.

»Natalie Kessler ist tot?«, fragte er mit gepresster Stimme.

»Wer will das wissen?«

Stephen trat vor und legte die Hand auf Finchs Schulter. »Entschuldigen Sie, es ist für uns beide ein Schock. Wir suchen sie seit zwei Monaten.« Er streckte die Hand aus. »Ich bin Stephen Jameson, und das ist Professor Dennis Finch. Dürften wir Sie um ein Glas Wasser bitten? Professor Finch war krank, und ich mache mir Sorgen, dass er einen Rückfall hat. Nichts Ansteckendes, da bin ich mir ziemlich sicher.«

»Bleiben Sie hier.« Die Frau schlug die Haustür zu und Finch hörte das Klicken eines Riegels. *Aha,* dachte er, *vielleicht doch nicht so anders als New York.* Stephen klopfte ihm auf den Rücken, als wollte er einem Baby ein Rülpsen entlocken. Finch hob abwehrend die Hand und wankte matt und entmutigt ein Stück zur Seite.

»Ich verstehe ja, dass Sie helfen wollen, aber ich ...« Er setzte sich auf den Rand der Terrasse und spürte die Kälte des Backsteinbelags durch die Hose.

»›Ist deine Mutter zu Hause?‹ Also ehrlich, Finch, glauben Sie nicht, dass der Kleine ein bisschen zu jung ist für eine einundsechzigjährige Mutter?« Stephen schnaubte. »Behaupten Sie bloß nicht, Sie hätten nicht über sie nachgegrübelt. Sie sehen sie immer nur in einem bestimmten Alter, und das geht mir auch so. Ich muss sagen, Sie nehmen sich das mehr zu Herzen, als ich erwartet hätte. Ist Ihnen diese Möglichkeit nie in den Sinn gekommen?«

Finch starrte ihn erstaunt an. »Ihnen etwa?«

»Na ja, statistisch gesehen war es eher unwahrscheinlich, aber wir wissen überhaupt nichts über die Frau und ihre Geschichte. Sie hat vielleicht geraucht oder hatte Krebs. Oder sie hatte es am Herzen oder hat sich einfach nur zu Tode gelangweilt.« Er verstummte. »Entschuldigen Sie.«

»Ich habe es ihm versprochen. Das war eine bodenlose Dummheit, aber so ist es nun mal. Jeden Tag, jeden einzelnen Tag, seit ich herausgefunden habe, dass Thomas eine Tochter hat, muss ich an Lydia denken und wie ich mich fühlen würde, wenn ich wüsste, dass ich irgendwo ein Kind habe und es nicht finden kann.«

»Dann habe ich Glück. Ich bin nur deprimiert wegen des Gemäldes.« Stephen setzte sich auf die Terrasse und rieb sich die Oberschenkel.

Finch bedachte ihn mit einem zornigen Blick. Es war ihm nicht klar, ob Stephen es ehrlich meinte oder ihn nur aufmuntern wollte. »Ich fasse es nicht, wie herzlos Sie sein können.«

»Sollten Sie aber. He, Finch, Sie geben viel zu schnell auf. Ich finde das frustrierend.«

»Sie haben gehört, was sie gesagt hat. Natalie Kessler ist tot.«

»Genau. *Natalie* Kessler ist tot. Von Alice hat keiner geredet.«

»Und was interessiert Sie an Alice Kessler, meine Herren, wenn ich fragen darf?«

Finch und Stephen sprangen auf. Ein großer rotblonder Mann stand, auf ein Jagdgewehr gelehnt, unten neben der Hausecke. Dann kam er mit baumelndem Gewehr auf sie zu und zog dabei ein Bein nach, *Probleme mit dem Fahrgestell,* hätte Finchs Vater das genannt. Zur gleichen Zeit öffnete sich die Haustür, und die Frau, mit der sie gesprochen hatten, reichte ein Glas Wasser heraus.

»Das ist Mr. Phinneaus Lapine«, sagte sie. »Wenn Sie etwas über Miss Natalie oder Miss Alice wissen wollen, fragen Sie am besten ihn.« Sie hielt Finch, der wie erstarrt auf der Treppe stand, das Glas hin. Einer echten Waffe war er noch nie so nahe gekommen. *Jetzt braucht es wirklich Fingerspitzengefühl,* dachte er und zwang sich zur Konzentration, obwohl in seinem Kopf dichter Nebel herrschte.

»Ja«, setzte er an, »Mr. Lapine …«

Aber bevor er weitersprechen konnte, sprang Stephen wie vorher Frankie von der Terrasse und streckte die Hand aus. »Phinneaus? Das ist aber ein interessanter Name. Aus der Bibel? Mythologie?«

Der Mann lächelte Stephen an, aber seine Hand lag weiterhin auf der Waffe. »Ich glaube, er geht auf Phineas T. Barnum zurück, aber meine Mutter war immer etwas eigensinnig, wenn es um Schreibweisen ging. Vokale hat sie ganz besonders geliebt. Und Sie?«

»Jameson. Stephen Jameson. Oh, und das ist Professor Dennis Finch. Sie haben vielleicht von ihm gehört? Er würde es selbst nie erwähnen – bescheiden, wie er ist –, aber man hält sehr viel von ihm in der Kunstszene. Schriftsteller, Historiker, Dozent und so weiter. Es würde mich nicht wundern, wenn er sogar mal im Fernsehen aufgetreten ist.« Stephen sah hoffnungsvoll zu dem peinlich berührten Finch hinüber, der sich weit weg wünschte.

»Tatsächlich? Es tut mir leid, dass ich die Verbindung nicht sehe, aber was hat das alles mit den Kesslers zu tun?«

»Wir kommen natürlich wegen der Gemälde«, sagte Stephen. »Reden wir nicht um den heißen Brei herum. Es ist schon spät. Uns ist allen kalt, und wir können das in kürzester Zeit regeln. So wie ich es sehe, werden Sie einen unanständigen Haufen Geld verdienen, aber wenn Sie sich lieber auf den übergeordneten Wert konzentrieren wollen – große Kunst sollte man nicht für sich behalten. Gut, man kann es natürlich. Reiche Leute tun es ständig. Aber es ist egoistisch, finden Sie nicht auch? Darf ich Ihnen die Sache ins rechte Licht rücken? Es ist Ihre moralische Pflicht, diese Kunst mit der Welt zu teilen.«

Finch fuhr sich mit der Hand an die Stirn. Jetzt fühlte er sich wirklich krank. Er sank auf die Terrasse. Gleich würde ein Fremder mit einem merkwürdigen Namen auf ihn schießen, und so wie es aussah, kannte sich der Mann mit Feuerwaffen aus.

»Wir sollten ihn ins Haus bringen«, sagte Phinneaus.

Stephen schob die Hände unter Finchs Achseln und stellte ihn auf die Füße. Die Frau namens Saisee hielt die

Tür auf und deutete auf ein Sofa im Wohnzimmer. »Legen Sie ihn da hin. Wer trinkt schon kaltes Wasser, wenn er krank ist? Er braucht Tee.«

Finch wollte protestieren, aber er musste feststellen, dass ihm die Beine den Dienst versagten. Gut, dann sollte Stephen eben die Führung übernehmen. Er hatte es geschafft, die Sache gründlich zu vermasseln. *Ich wasche meine Hände in Unschuld,* dachte Finch, der es leid war, immer die Stimme der Vernunft zu sein. Soll doch ein anderer die Verantwortung tragen. Er ließ sich auf die bequemen Sofakissen sinken und wehrte sich nur, als Stephen ihm die Schuhe ausziehen wollte. Auf keinen Fall sollten fremde Leute seine Socken zu Gesicht bekommen. Trug er überhaupt Socken? Ihm war so kalt, dass er unterhalb der Knie kaum noch etwas spürte und sich nicht mehr daran erinnerte, was er im Hotelzimmer angezogen hatte. Er merkte nur noch, dass sein Herz wie wild hämmerte und seine Zähne im Takt dazu klapperten.

Saisee brachte Tee und goss ihm eine Tasse ein. Sie achtete darauf, sie so nahe an den Tischrand zu stellen, dass er sie bequem im Liegen erreichen konnte. Als er sie an die Lippen hob, stieg ihm eine Wolke aus Zimt, Nelken, Tee und Orange in die Nase. Er schloss die Augen und atmete tief ein.

»Ist das russischer Tee? Den habe ich seit Jahren nicht mehr getrunken. Meine Frau hat ihn immer für mich gekocht, wenn ich ein Kratzen im Hals hatte und nicht mehr sprechen konnte. Zu viele Vorträge, habe ich ihr erklärt. Zu langatmig, hat sie dann immer geantwortet.«

Saisee nickte zufrieden.

Er trank einen großen Schluck. Der Tee war ein Lebenselixier, das ihm in die Kehle rann, seinen Kopf beruhigte, seine Gliedmaßen auftaute. »Danke. Ich muss mich entschuldigen. Es ist mir sehr …«

»Unangenehm«, ergänzte Stephen.

Finchs Energie war begrenzt, und er beschloss, sie nicht an einen Rüffel zu verschwenden. »So könnte man es ausdrücken. Miss … ich kenne leider Ihren Nachnamen nicht.«

»Saisee genügt.«

»Saisee. Mr. Lapine. Ich bin Ihnen für Ihre Gastfreundschaft dankbar, zumal wir uns Ihnen zu einer so späten Stunde unangekündigt aufgedrängt haben. Und ich mich quasi als unzurechnungsfähig bezeichnen muss. Ich möchte Ihnen versichern, dass wir Sie nicht stören oder irgendwelche Unannehmlichkeiten verursachen wollten. Alice Kessler ist nicht hier?«

Phinneaus nickte.

»Und Sie beide sind Freunde der Kesslers?«

Da Phinneaus' Neffe hier anscheinend ein und aus ging und Saisee Phinneaus als Verstärkung gerufen hatte, hatte dieser offenbar eine Beziehung zu einer der Schwestern gehabt oder hatte sie noch. Der Mann ging zwar mit seinen Informationen ziemlich sparsam um, aber er wusste sicher mehr, als er zugab – davon war Finch überzeugt.

»Weder ich selbst noch Mr. Jameson kennen Natalie oder Alice Kessler persönlich, und wir sind auch keine Freunde der Familie. Aber wir hätten sie erkannt.« Finch klopfte sich auf die Jackentasche und zog einen länglichen Umschlag heraus, den er Saisee gab, die ihn an Phinneaus weiterreichte. Dieser öffnete ihn und holte die Fotos hervor, die Stephen von der mittleren Tafel des Triptychons und der Zeichnung der Edells gemacht hatte.

»Ich weiß nicht, ob einer von Ihnen je von dem Künstler Thomas Bayber gehört hat. Mein Kollege Mr. Jameson hat meine Verdienste großzügig übertrieben. Bekannt und berühmt ist eher Mr. Baybers Werk. Die Zeichnung, die Sie auf der Fotografie sehen, ist eine seiner frühesten Arbeiten. Sie hängt im Haus der Kesslers in Connecticut, in dem beide Mädchen zur Welt gekommen sind.«

Finch bemerkte ein Aufblitzen von Neugier. »Stonehope Way 700?«, fragte Phinneaus interessiert. »In Woodridge?«

»Sie kennen das Haus?«

»Ich weiß, dass Natalie und Alice dort aufgewachsen sind.«

»Ja. Und dann sind sie aus diesem Haus recht abrupt verschwunden, als sie beide Anfang zwanzig waren. Sie waren nicht mehr aufzufinden.«

Phinneaus starrte das Bild von der Mitteltafel an. »Was bedeutet, dass jemand sie gesucht hat.«

Finch nickte.

»Dieser Mann«, sagte Phinneaus. Es war keine Frage.

Finch fühlte sich Thomas verpflichtet, nicht den Kesslers, und so hielt sich sein Beschützerinstinkt in Grenzen. Der erste Schock hatte sich nach und nach verflüchtigt, je häufiger er das Bild betrachtet hatte. Trotzdem erinnerte er sich noch gut an seine erste Reaktion – die unumstößliche Gewissheit, dass zwischen diesen drei Menschen etwas vorgefallen war, was nicht hätte geschehen dürfen. Jeden, der dieses Bild betrachtete, überkam ein unbehagliches Gefühl, so als wären Thomas, Natalie und Alice durch ein Stück Stacheldraht miteinander verbunden, das alle drei ins Herz stach. Zwischen den Schwestern herrschte eine physische Distanz, aber ungeachtet dessen hatte man den Eindruck, als nähmen sie die Gegenwart der jeweils anderen kaum wahr, als befände sich jedes Mädchen allein mit Thomas auf dem Bild.

Genauso offenkundig war für Finch, nachdem er Phinneaus' gequälten Gesichtsausdruck gesehen hatte, dass dieser Mann in eines der Mädchen verliebt war. Man konnte sich in die Natalie auf dem Bild verlieben, wenn man nicht zu genau hinsah. Aus der Ferne hypnotisierte und bezauberte Natalie, sie war ein Traum in Gold – ihre Haare, ihre Haut, ihre Augen, ihre Jugend verschmolzen zu einem magnetischen Wirbel, der aus der Leinwand herausleuchtete. Doch wenn man genauer hinsah, wurde sichtbar, was ihre Miene ausdrückte: eine stille, kontrollierte Wut, ein kräftiges Maß an Egoismus und Unnachgiebigkeit. Nein, dachte Finch, Phinneaus war gewiss in Alice verliebt. Und ihm war, als hätte man ihm eine kleine Kostbarkeit gestohlen.

»Mr. Baybers Familie besaß ein Ferienhaus in Upstate New York. Und die Kesslers verbrachten ihren Urlaub ganz in der Nähe, im Haus einer Freundin. Thomas Bayber hat sie im Spätsommer 1963 kennengelernt und eine Zeichnung der Familie angefertigt, wahrscheinlich als Geschenk für sie. Das Gemälde entstand zu einem viel späteren Zeitpunkt.«

»Und wer ist der Mann auf dem Gemälde?«, fragte Phinneaus.

Finch schluckte und wünschte sich, er könnte die Frage übergehen. »Thomas Bayber.«

Phinneaus verzog keine Miene, schloss nur für ein paar Sekunden die Augen, aber an der Art, wie er die Hände ineinanderkrallte, war offenkundig, dass er sich nur mit Mühe beherrschte. »Der Künstler?«

»Ja.« Finch redete schnell weiter, um die Situation mit einem Feuerwerk an Fakten zu entschärfen. »Mr. Jameson ist Gutachter. Seiner Ansicht nach wurde diese Tafel in den frühen Siebzigern gemalt, etwa zehn Jahre nachdem die Familie für die Zeichnung Modell gesessen hatte.

»Diese Tafel?« Phinneaus wandte sich Stephen zu, der sich auf einen Stuhl in der Ecke verzogen hatte und seine Serviette wie Origamipapier zusammen- und wieder auseinanderfaltete. »Sie haben erwähnt, dass Sie wegen Bildern hergekommen sind. Gibt es noch mehr davon?«

Stephen nickte. »Zwei weitere. Das Gemälde, das Sie sehen, ist der Mittelteil eines Triptychons. Wir suchen nach den beiden Flügeln, die man normalerweise an den beiden Seiten anbringt.«

»Ich weiß, was ein Triptychon ist. Wir leben zwar in einer Kleinstadt, Mr. Jameson, aber Sie sollten keine Mutmaßungen über die Menschen hier anstellen, ohne sie zu kennen. Und ich bezweifle, dass Sie lange genug bleiben wollen, um sie wirklich kennenzulernen. Wie kommen Sie darauf, dass die anderen Tafeln hier sind?«

»Weil Bayber sagt, dass er sie ihr geschickt hat.«

Phinneaus stand so abrupt auf, dass er fast den Stuhl umwarf. Ob wütend oder verwirrt, konnte Finch nicht erkennen, aber dass Stephens Ton, an den er selbst sich längst gewöhnt hatte, in dieser Situation alles andere als angebracht war, durfte er nicht ignorieren.

»Saisee, wir haben Sie schon über Gebühr beansprucht, aber dürfte ich Sie trotzdem noch um einen weiteren Gefallen bitten?«

Die Frau hatte die ganze Zeit über dabeigestanden und zugehört.

»Mr. Jameson leidet unter niedrigem Blutzucker und wird unausstehlich, kurz bevor er das Bewusstsein verliert. Haben Sie vielleicht in Ihrer Küche etwas für ihn?«

Sie nickte, vielleicht weil sie spürte, dass es für alle besser war, wenn man Stephen und Phinneaus trennte, bevor sie einander an die Gurgel gingen – auch wenn Stephen sicher den Kürzeren ziehen würde.

»Kommen Sie mit, Mr. Jameson. Ich hab zum Abendessen Cheddar Grits und Schweinebraten gemacht. Es ist jede Menge da, und ich gebe Ihnen gerne einen Teller. Haben Sie schon mal Grits gegessen?«

»Ich kenne Maisbrei.«

Saisee lachte. »Oje, wenn der nich' in Mehl gewendet und in der Pfanne mit Butter gebraten wurde, bis er so richtig schön braun war, und das Ganze dann mit Honig beträufelt, kennen Sie nich' mal 'ne schlechte Kopie von Grits.«

Stephen trottete hinter ihr her wie ein folgsamer Welpe. Sobald er außer Hörweite war, richtete sich Finch auf und stellte die Füße auf den Boden.

»Mr. Lapine, ich habe das schlecht angepackt. Ich bin hergekommen, weil ich Thomas Bayber ein Versprechen gegeben habe, das ich nicht hätte geben sollen. Ich kenne Alice Kessler nicht, und Sie kennen Thomas nicht, aber ich habe kaum Zweifel, dass Alice der bessere Mensch ist, ganz gleich, welche Fehler die beiden auch haben mögen. Als ich das Bild zum ersten Mal sah, ging es mir ähnlich wie Ihnen. Ich musste mir in Erinnerung rufen, dass es ein Gemälde ist und keine Fotografie. Es ist Thomas' Vision, Interpretation und Fantasie, die Sie da vor sich haben. Er ist alles andere als vollkommen, aber ich kann ihm sein Talent nicht absprechen, und das ist außerordentlich groß.«

»Sie haben ihm etwas versprochen. Dann ist er also ein Freund von Ihnen?«

Finch schüttelte lächelnd den Kopf. »Sie stellen eine komplizierte Frage. Es gab Zeiten, in denen ich glaubte, dass wir Freunde wären. Aber ich bin zu dem Schluss gelangt, dass er möglicherweise zu Freundschaft nicht fähig ist, wenigstens nicht so, wie Sie oder ich sie definieren würden. Ich beschäftige mich mit ihm und seiner Karriere mittlerweile länger, als ich denken kann. Wie viele andere Künstler, die ich kenne, ist er oft schwer zu verstehen und noch schwerer zu durchschauen. Thomas wird von inneren Dämonen gehetzt, er hatte, soviel ich weiß, keine Beziehung, die länger als ein Jahr gehalten hat, und er geht mit seiner Gesundheit grob fahrlässig um. Seine erste Reaktion auf alles und jeden ist Misstrauen, weil er glaubt, dass jeder etwas von ihm will.«

»Verzeihen Sie, aber das klingt nicht nach einem guten Menschen.«

»Nein. Ich zeichne ihn nicht in einem sehr günstigen Licht, oder? Aber die Sache ist die, Mr. Lapine: Trifft das nicht zu gewissen Zeiten auf uns alle zu? Meinen Sie nicht?«

Phinneaus überlegte. »Mag sein. Aber für mich ist das kein Grund, ihm zu helfen, und es erklärt auch nicht, warum Sie es wollen. Bezahlt er Sie?«

»Nein. Mein einziger Lohn wäre es, ein weiteres Bild von ihm zu sehen. Aber Sie wissen nichts über die beiden anderen Tafeln, oder?«

»Tut mir leid. Nein. Seltsam, dass es mir nie aufgefallen ist, aber bei Natalie und Alice hingen nie Bilder an den Wänden. Viele Spiegel – das lag sicher an Natalie –, aber keine Gemälde.«

»Sie mochten Natalie nicht?«

»Natalie ist vor einigen Monaten gestorben, also spielt es keine Rolle, ob ich sie mochte oder nicht.« Phinneaus klang ehrlich, aber auch unbeeindruckt. Finch verstand, dass sein Gegenüber seinen eigenen Ehrenkodex hatte, gegen den er nicht verstoßen würde.

»Mr. Lapine, ich muss Ihnen noch etwas sagen. Thomas hatte vergangenen Oktober einen Schlaganfall, fast unmittelbar, nachdem er Mr. Jameson und mich gebeten hat, die fehlenden Tafeln ausfindig zu machen. Er kann nicht sprechen und ist in sehr schlechtem Zustand. Die Ärzte sind nicht sehr optimistisch.« Finch holte tief Luft. Phinneaus verriet mit keiner Regung, ob er wusste, was er sagen wollte. Aber wenn Alice ihm nichts von ihrer Vergangenheit anvertraut hatte, wie viel durfte er ihm dann überhaupt erzählen, ohne ihn zu sehr aufzuwühlen?

»Als der Verantwortliche für die Katalogisierung von Baybers Werken erhielt ich Zugang zu seiner kompletten Korrespondenz. Zeitungsartikel, Briefe, Ausstellungsanfragen aus vielen Jahren mussten geprüft werden.« Finch räusperte sich. Wo war das verdammte Glas Wasser, wenn er es brauchte?

»Natalie Kessler hat Thomas im Spätfrühling oder Frühsommer 1972 eine Fotografie geschickt. Als Absender benutzte sie die Adresse des Hauses in Woodridge. Bayber hielt sich in diesem Jahr mehrere Monate in Europa auf und kehrte erst im Spätherbst in die Staaten zurück. Als er seine Korrespondenz gesichtet hatte, wollte er dringend mit den Schwestern Kontakt aufnehmen, vor allem mit Alice.«

»Wann haben Sie von der Existenz dieses Briefes erfahren?«

»Vor einigen Wochen.«

»Wenn Sie erst vor einigen Wochen davon erfahren haben, woher wissen Sie dann, dass er dringend mit Alice Kontakt aufnehmen wollte?«

Schweißperlen standen auf Finchs Stirn. In seiner Nervosität hatte er die Zehen so stark nach innen gerollt, dass er einen schmerzhaften Zehenkrampf bekam. Warum hatte er sich diese Aufgabe zugemutet – darüber zu spekulieren, was Alice und Natalie getan oder nicht getan hatten? Wieso hatte er nicht in seliger Unwissenheit verharren können? Das alles ging ihn doch eigentlich nichts an. Er war nicht geschaffen für ein Leben voller Verrat und Zweideutigkeit.

»Ich habe mehrere Briefe gefunden, die Thomas an Alice und Natalie geschrieben hat und die alle ungeöffnet zurückgesandt wurden. Ich glaube, es gab noch einen anderen Grund, weshalb er mich die Bilder suchen ließ, den eigentlichen Grund. Er hat nichts mit seinem Werk zu tun. Allerdings hat mich sein gegenwärtiger Zustand daran gehindert, mir darüber Sicherheit zu verschaffen, und ich bin ein schlechter Detektiv.«

Finchs Sympathie für den Mann, der in der Pose des Herausforderers vor ihm stand, stieg proportional zu seiner Wut auf Thomas, der ihn in diese Lage gebracht hatte. »Haben Sie Kinder, Mr. Lapine?«

Phinneaus erbleichte, aber er wirkte nicht überrascht. Eine Woge der Erleichterung durchflutete Finch. *Er weiß es. Gott sei Dank, er weiß es.*

»Ich habe nämlich Kinder, wissen Sie. Eine Tochter, Lydia, und ich kann mir ein Leben ohne sie nicht vorstellen. Sie haben mich gefragt, ob Thomas Bayber mein Freund sei. Die Wahrheit ist, dass ich in diesem einen Punkt großes Verständnis für ihn habe – unter Vätern gewissermaßen.«

»Ich wünschte, ich könnte Ihnen helfen.«

Es war eine nicht unfreundliche, aber klare Abfuhr. Phinneaus würde ihm nichts erzählen. Was er wusste, würde er für sich behalten, um Alice zu schützen.

»Würden Sie Miss Kessler nach ihrer Rückkehr bitten, mich zu kontaktieren?«

»Natürlich, auch wenn ich nicht weiß, wann ich sie wiedersehe.« Phinneaus nahm Finchs Visitenkarte entgegen und steckte sie in seine Brusttasche. »Ich verstehe Sie durchaus, Professor Finch. Sie sagten, Sie kennen Alice nicht, und ich kenne diesen Bayber nicht. So ist es. Aber eines kann ich Ihnen sagen. Was immer Sie von Natalie Kessler halten, trifft zu. Und was immer Sie über Alice denken, ist falsch.«

»Je älter ich werde, Mr. Lapine, desto häufiger denke ich, dass es manchmal besser ist, die Antworten nicht zu kennen. Ich wünschte mir sogar hin und wieder, die Frage nie gehört zu haben.« Finch stand auf und legte sich seinen Mantel über die Schultern. Er schwankte nicht mehr. Er hatte getan, was in seiner Macht stand, und jetzt ging es im Eiltempo nach Hause. »Ich hole Mr. Jameson, und wir lassen Sie endlich in Ruhe zu Abend essen.«

Aber er musste Stephen nicht erst holen, denn dieser rannte ihn fast um, als er im Laufschritt aus der Küche ins Wohnzimmer spurtete.

»Abmarschbereit, Finch? Wir müssen los. Sofort.« Stephen zupfte wie ein Dreijähriger an Finchs Ärmel und zog ihn zur Tür. Über die Schulter zurückblickend, sagte er: »Phinneaus, ich wollte Sie nicht kränken. Ich hoffe, Sie nehmen es mir nicht übel. Saisee, nur noch mal zur Sicherheit – das Verhältnis Wasser zu Maisschrot ist fünf zu eins, und das Wasser zuerst, stimmt's?« Er ließ Finch stehen, lief auf die Frau zu und drückte ihr schnell einen Kuss auf die Wange. »Ich hatte extrem niedrige Erwartungen an Grits, aber Sie sind ein kulinarisches Genie. Ich habe noch nie im Leben etwas so Wunderbares gegessen.« Sie legte gerührt die Hand an die Wange, während Phinneaus und Finch die beiden sprachlos anstarrten.

»Sind Sie übergeschnappt?«, fragte Finch, als sie schließlich im Auto saßen.

»Ich hoffe, es geht Ihnen tatsächlich besser, Finch, denn wir fliegen nach Santa Fe.«

Auf der Rückfahrt nach Dyersburg verbrachten sie die meiste Zeit mit einem fruchtlosen Streitgespräch: Stephen bestand darauf, so schnell wie möglich nach Santa Fe zu reisen, und Finch beharrte ebenso stur darauf, das ganze Unternehmen abzublasen.

»Sie haben ihm Ihr Wort gegeben. Wie können Sie jetzt einfach aufhören?«

»Und Sie haben diese Frau reingelegt. Haben Sie keine Schuldgefühle?«

»Nicht im Mindesten. Und wie habe ich sie denn reingelegt? Ich habe sie nur gefragt, ob sie mir das Rezept aufschreibt, damit ich es selbst ausprobieren kann.«

»Besitzen Sie überhaupt eine Pfanne?«

Die kultivierten Nettigkeiten, die unaufrichtigen Schmeicheleien, die kriecherische Höflichkeit, die man brauchte, um jemandem Informationen zu entlocken – all das dauerte unanständig lange, und dafür brachte Stephen nicht die Geduld auf. Das Problem ließ sich viel direkter anpacken: Man ging in die Küche. Die Küche sei immer das Informationszentrum. Das habe Finch wirklich brillant eingefädelt. Er hätte selbst darauf kommen müssen. Leicht enttäuscht musste Stephen erfahren, dass Finch wirklich geglaubt hatte, er sei hungrig oder im Begriff, verprügelt zu werden.

Es war noch besser gelaufen als erwartet. Neben einem scheußlich senfgelben, altmodischen Wandtelefon hing ein Kalender. Als Saisee ihm den Rücken zukehrte, um das Rezept abzuschreiben, hatte er die Einträge überflogen und zwei gefunden, die ihm alles verrieten, was er wissen wollte. Der erste war zwei Tage alt – »Amtrak NBN, 58 – CONO, Union, 3-SWC.« Der zweite Eintrag war eine Telefonnummer. Er hatte sich nur die Vorwahl und die nächsten drei Zahlen einprägen können, bevor Saisee sich wieder zu ihm umdrehte, aber das hatte genügt.

Auf dem Gebiet der USA gab es 282 Vorwahlen. Der gesamte Staat New Mexico verwendete seit 1947 die 505, aber erst vor zwei Monaten hatten die Countys, die nicht im Nordwesten und im Zentrum lagen – der größte Teil des Bundesstaates – eine neue Vorwahl erhalten: 575. Santa Fe, Albuquerque und Farmington hatten immer noch 505. Die Nummern in Santa Fe begannen alle mit 982.

Nun nehme Finch wahrscheinlich an, er kenne die gesamten 282 Vorwahlen der USA. Tatsächlich hatte Dylan Jameson zu mehreren Galerien in Santa Fe geschäftliche Verbindungen unterhalten, und als Teenager hatte Stephen während mehrerer langer, öder Sommernachmittage alle Nummern in der Rollkartei seines Vaters auswendig gelernt. Alice Kessler befand sich in Santa Fe, New Mexico, und zwar schon seit ein paar Tagen. Stephen hatte das Gefühl, dass ihnen nicht mehr viel Zeit blieb.

»Die Sache ist die, Stephen, wir richten Schaden an. Es genügt jetzt. Ich bin es leid, für die Sünden anderer geradezustehen. Das schlägt mir auf den Magen. Ich will nach Hause und Weihnachten mit meiner Tochter und meinem Schwiegersohn verbringen und diese ganze Geschichte vergessen.«

»Seien Sie vernünftig, Finch. Sie sagen, wir hätten alles getan, aber das stimmt nicht. Wir haben nicht alles getan, solange wir Alice nicht gefunden und sie nach den Bildern gefragt haben. Wir müssen sie ja sonst nichts weiter fragen.«

Finch verdrehte die Augen. »Ach, und das würde Ihnen reichen? Haben Sie eine Vorstellung, wie viele Leute in Santa Fe wohnen? Nein, sagen Sie nichts. Bestimmt wissen Sie es, und das deprimiert mich nur wieder. Glauben Sie, sie läuft mit einem Schild durch Santa Fe, auf dem ›Ich bin Alice Kessler‹ steht?«

»Ich kann sie finden.«

»Das bezweifle ich, aber angenommen, Sie könnten. Wieso sollte sie uns irgendetwas über das Bild oder ihre Tochter erzählen? Sie haben keine Kinder. Sie verstehen nicht, dass Eltern alles tun, um ihr Kind zu beschützen. Aus irgendeinem Grund hat sie Thomas nichts erzählt. Glauben Sie wirklich, dass sie nach all der Zeit plötzlich mitteilsam wird, nur weil zwei Fremde in die Stadt spazieren, sie wie eine Kriminelle aufspüren und mit Fragen bombardieren?«

»Dann denken Sie an Bayber, der nie die Chance hatte, seine Tochter kennenzulernen. Ist das etwa fair?« Doch je aufgeregter Stephen wurde, desto deutlicher kam seine Motivation zum Vorschein. Finch wusste, warum er die

Suche nicht abbrechen wollte, bevor er die Gemälde gefunden hatte.

»Natürlich ist das nicht fair, aber dafür sind wir nicht zuständig. Sie glauben, dass sich Ihr Leben verändern wird, wenn Sie dieses Problem lösen. Meiner Ansicht nach ist das eine unvernünftige Erwartung und eine sehr selbstsüchtige obendrein.«

»Es geht nicht um irgendwelche beliebigen Gemälde, und das wissen Sie genau.«

»Dann geht es Ihnen also darum, dass Sie Ihren früheren Ruhm wiederhaben wollen? Zum Teufel mit allen, die dabei auf der Strecke bleiben?«

»Sie suchen sich einen komischen Zeitpunkt für Ihre Skrupel aus, Finch. Ich mache nur den Job, zu dem ich aufgefordert wurde. Vielleicht wollte er mich überhaupt deshalb dabeihaben. Weil er wusste, dass Sie sich emotional zu sehr auf diese Beziehungen, oder besser Nichtbeziehungen, einlassen würden. Wogegen ich mich auf die konkrete Aufgabe konzentrieren kann. Was ist daran so unvernünftig?«

Finch bog auf den Motel-Parkplatz ab, unter den Reifen spritzte der Kies. »Ich weiß nicht, warum Thomas Sie wollte. Vielleicht haben Sie ihm leidgetan. Vielleicht hat er gemeint, dass er Dylan etwas schuldet. Es ist mir auch egal. Ich bin fertig damit.«

»Dann finde ich sie alleine.« Stephen sprang vom Beifahrersitz und knallte die Tür hinter sich zu. Da Finch sich beim Mietwagen für ein Upgrade entschieden hatte, hatte seine Geste nicht den beabsichtigten dramatischen Effekt. Stephen rannte, zwei Stufen auf einmal nehmend, die Außentreppe zum ersten Stock hinauf, schloss sein Zimmer auf und schlüpfte hinein. Er schaltete das Licht nicht an, da ihm die versöhnliche Dunkelheit lieber war als die harsche Realität der Hotellampen, und ließ sich gegen die Wand sinken.

Das hatte er von Finch nicht erwartet. Die Andeutung, dass Bayber Mitleid mit ihm gehabt hatte, war ein Schlag unter die Gürtellinie. Und dass Bayber womöglich über seine miserablen Aussichten und sein klägliches Versagen Bescheid gewusst hatte, war ein unangenehmer Gedanke. Bisher hatte Stephen bewusst nicht zu intensiv darüber nachgedacht, warum er ausgewählt worden war, sondern hatte einfach angenommen, ein undurchsichtiges Beziehungsnetz – sein Vater, Finch, Cranston – sei aktiv geworden und sein ehemaliges Prestige habe den Ausschlag gegeben. An Selbstmitleid mangelte es ihm nicht, aber Mitleid hatte er nicht in Betracht gezogen. Der Verdacht schlug in ihm Wurzeln wie Unkraut.

Er setzte sich aufs Bett, öffnete den Laptop und suchte nach Flügen. Um die Mittagszeit ging ein Flugzeug nach Memphis, für das er einen Platz buchte. Er rief an der Rezeption an und bestellte sich ein Taxi für sieben Uhr dreißig. Wenigstens blieb ihm eine weitere quälende Autofahrt mit Finch erspart. Im Internet fand er eine Liste von Hotels in Santa Fe. Nur fünf von ihnen hatten die ersten Ziffern der Telefonnummer, die er auf dem Wandkalender gesehen hatte. Er schaltete sein Handy an und wählte die erste Nummer. Dann überlegte er es sich anders und schaltete das Handy wieder aus. Was, wenn sie nicht in einem dieser Hotels wohnte? Wenn sie bereits ausgecheckt hatte und auf dem Rückweg nach Tennessee war? Womöglich saß sie gerade im Southwest Chief und fuhr nach Osten, während er in der Gegenrichtung über sie hinwegraste.

Und dann war da noch das Problem, was er sagen sollte. Er hatte sich auf Finch verlassen – Finch würde bei der ersten Begegnung mit Alice den Weg ebnen. Die beiden hatten Bayber als gemeinsamen Nenner, und was hatte er? Nichts. Finch hätte gewusst, wie man so etwas anging, wie man ein zwangloses Gespräch in Gang setzte, bevor einem die Tür vor der Nase zugeknallt wurde. Stephen gestand es sich ungern ein: Er hatte zwar Alices Aufenthaltsort herausgefunden, aber Finch hätte sie beide ins Haus gebracht.

Finch hatte recht. Er schmiedete Zukunftspläne, die den erfolgreichen Abschluss dieses Unternehmens voraussetzten. Er konnte jetzt zwar alle Hotels anrufen und nach Alice Kessler fragen, aber wenn es keinen Gast dieses Namens gab, würde er mit leeren Händen nach New York zurückkehren. Cranston würde ihn abservieren. Stephen sah sich wieder bei seiner Mutter einziehen, knappe, angespannte Dialoge führen, sah die Nebenjobangebote, die sie ordentlich mit gelbem Marker anstrich und unter seiner Tür hindurchschob. Aufstöhnend rollte er sich auf den Rücken und starrte noch eine Weile auf die löchrige Mondlandschaft der Akustikdecke, bevor er vollständig angezogen einschlief.

15

Am nächsten Morgen zerrte Stephen seinen Koffer hinter sich die Treppe hinunter, ohne sich darum zu kümmern, wen er damit weckte. Wo war das verdammte Taxi? Er stampfte mit den Füßen auf den frostweißen Asphalt, um sie zu wärmen. Nachdem er ein paar Minuten ungeduldig hin und her gelaufen war, trat er an die Rezeption. Kein Portier weit und breit, dafür wartete Finch mit zwei Bechern Kaffee auf ihn.

»Ich habe Ihr Taxi abbestellt. Ich hoffe, Sie haben nichts dagegen.«

Stephen war selten so froh gewesen, jemanden zu sehen, und knuffte Finch in den Arm, wodurch er fast den Kaffee zum Überschwappen brachte.

»Sie haben Ihre Meinung geändert?«

»Sieht so aus.«

»Aber …«

»Ich hatte letzte Nacht ein Gespräch mit meiner spirituellen Beraterin. Sie hat mich davon überzeugt, dass es das Richtige ist und ich mich bei Ihnen entschuldigen muss. Sie hatte recht, wie üblich. Meine Äußerung, dass Bayber

Sie aus Mitleid mit dem Job beauftragt hat, war unentschuldbar. In all den Jahren, die ich Thomas kenne, hat er nie etwas aus Freundlichkeit oder Fürsorge für einen anderen Menschen getan. Es gibt keinen Grund, warum er jetzt damit anfangen sollte. Ich denke, er wollte Sie, weil Sie talentiert und energisch sind und Sie sich, wie Sie mir gestern Abend dargelegt haben, nicht leicht von Gefühlen überwältigen lassen.«

»Sie wissen schon, dass das noch einen Flug bedeutet?«

»Wenigstens regnet es nicht. Ich werde mir am Flughafen einen Vorrat an rosaroten Pillen zulegen.«

»Finch, ich habe die Suche auf fünf Hotels eingegrenzt.«

Finch nickte. »Sie steuern jetzt dieses Schiff, Stephen, ich fahre nur mit.«

»Ich weiß nicht, wer Ihre spirituelle Beraterin ist – ich hätte nicht gedacht, dass Sie für solchen Kram etwas übrig haben –, aber ich liebe sie.« Stephen warf seine Taschen auf den Rücksitz des Mietwagens.

»Hören Sie bloß auf«, murmelte Finch, und Stephen sah, wie er kopfschüttelnd die Augen zum Himmel verdrehte.

In Houston hatten sie einen anderthalbstündigen Zwischenstopp. Finch wechselte in dieser Zeit ein paar E-Mails mit Lydia, und da Stephen nicht zu hoch pokern wollte, unterdrückte er den Impuls, Finch zu bitten, ob er ihn nicht lobend erwähnen könne. Auf dem Flug nach Albuquerque war Stephen so nervös, dass ihn die Flugbegleiterin fragte, ob er krank sei. Zum ersten Mal seit Beginn der Unternehmung war er sich ihres Erfolgs nicht hundertprozentig sicher. Hätte er doch nur mit Bayber kommunizieren können! Er hatte so viele Fragen an ihn. Auch wenn es ihm selbst irrational vorkam, hatte er immer noch nicht die Hoffnung aufgegeben, dass der Fund der fehlenden Gemälde zu Baybers wundersamer Heilung führen würde. Der Anblick des nach Luft schnappenden alten Mannes hatte ihm schrecklich zugesetzt. So etwas wollte er möglichst nie wieder erleben. Er sehnte sich danach, alle in einem Raum zu versammeln – Bayber, Finch, Cranston, seine Mutter. Sie würden ihn anstrahlen und unisono nur einen Satz sagen: *Dein Vater wäre stolz auf dich.*

»Ich habe von Houston aus einen Wagen für uns reserviert. Die Fahrt nach Santa Fe dauert etwas über eine Stunde«, verkündete Finch bei der Landung. »Wie sehen unsere Pläne aus?«

»Ich habe Zimmer in einem Hotel im Zentrum gebucht. Eins der fünf Hotels auf der Liste. Ich dachte, wir könnten zeitig essen und gleich morgen früh anfangen.«

»Wollen Sie nicht schon heute Abend anfangen?«

Stephen antwortete nicht, sondern rieb sich nur die Hände, um sie von Resten von Erdnusshülsen und Salzkörnern zu befreien, die unter seinen Fingernägeln steckten. »Und wenn Sie nun recht haben, Finch? Sie könnte schon wieder abgereist sein.«

»Na, sie wird uns wohl kaum mit einem Namensschild vom Flughafen abholen.« Finch klopfte ihm auf den Rücken. »Nutzen wir diese eine Nacht, Stephen, auch wenn wir keine Ahnung haben, wie es weitergeht. Wir hauen Cranstons Geld auf den Kopf, trinken guten Wein, schlafen in bequemen Betten, vertilgen morgen ein gewaltiges Frühstück, und dann sehen wir, was passiert. Einverstanden?«

»Einverstanden.«

Die Autos, die Finch mietete, wurden von Mal zu Mal

größer, was Stephen für ein schlechtes Zeichen hielt. Der Professor gab Cranstons Geld aus, solange noch etwas vorhanden war. Während er bei jeder Kurve über den Sitz der Geländelimousine schlitterte, wuchs in ihm die Überzeugung, dass Finch ihn nur bei Laune halten wollte.

Finch klopfte auf das lederbezogene Lenkrad und lächelte. »Man kommt sich vor wie auf einer Yacht. Vierradantrieb, beheizte Sitze, DVD-Entertainment-System im Fond.«

»Soll ich nicht lieber hinten sitzen?«

»In der Stadt ist man mit so einem Schiff verloren. Aber hier draußen sind wir praktisch allein auf dem Highway.«

»Vielleicht sehen wir die anderen Autos bloß nicht, weil wir so hoch sitzen.«

Finch warf ihm einen argwöhnischen Blick zu. »In diesem Auto gibt es keine Spucktüten.« Er drückte auf einen Knopf, und das Fenster auf der Beifahrerseite öffnete sich einen Spalt. Kalte, würzige Luft strömte ein, die Stephen in der Nase kitzelte.

»Ich bin nur nicht an die Höhe gewöhnt«, sagte Stephen. Er hatte sich beim Einsteigen fast auf den Vordersitz hieven müssen.

»Das stimmt. Die Luft hier ist dünner.«

Stephen konnte sich nicht erinnern, wann er zum letzten Mal so viel freie Ebene um sich gesehen hatte. Die Sonne, deren unteres Drittel von einer Mesa wie mit einem Skalpell abgeschnitten wurde, lag als orangerote Scheibe hinter pastelligen Wolkenbänken. Die Berge hinter Santa Fe waren rauchblau, über ihre Hänge zog sich ein Kreuzmuster aus dunklen, sägeblattförmigen Fichten. An anderen Stellen dominierten stumpfe Erdfarben – die graubraune Grasnarbe neben dem Highway, die Ebene, die sich vor ihnen erstreckte. Es war Spätnachmittag, und die einsetzende Dämmerung verwischte die Konturen und ebnete sie ein.

Santa Fe hingegen tauchte als funkelndes Labyrinth aus niedrigen, klobigen Gebäuden und Lichtern vor ihnen auf. Ein matter Goldschimmer lag über der Stadt. Er strahlte aus den Papierlämpchen auf Gebäudedächern, Mäuerchen und Wegrändern, er flimmerte von Ästen und Dachtraufen, er glühte aus verschlungenen Lichterketten, die über Hecken geworfen waren wie Netze auf dunkles Wasser. Es war ein magischer, betörender Anblick, der Stephen das Gefühl gab, dass letzten Endes doch noch alles gut werden könnte.

Auch ihr Restaurant war warm und hell vom Kerzenschein. Stephen und Finch aßen und tranken und vertieften sich in ein freundschaftliches Geplänkel. Keiner erwähnte die Gemälde oder die Kesslers oder die Briefe oder das Kind. Es war die Art von Unterhaltung, die Stephen gerne mit seinem Vater geführt hätte. Soweit er sich erinnerte, hatte es so etwas nie gegeben.

Sein Handy summte in der Jackentasche, und Finch runzelte die Stirn. Für diese Art von technologischem Fortschritt hatte der Professor nichts übrig. Er betrauerte den Niedergang der schriftlichen Korrespondenz, des amerikanischen Postsystems und des Schnurtelefons, die alle dafür gesorgt hatten, dass gelegentlich wohltuende Stille herrschte. Stephen checkte seine Nachricht unter dem Schutz der Tischdecke.

»Lydia.« Finchs Stirnrunzeln verflüchtigte sich. »Sie fragt, warum Sie Ihr Telefon nicht angeschaltet haben.«

»Geht es ihr gut? Was ist los?«

»Ihren Fingern geht es allem Anschein nach gut«, antwortete Stephen. »Ich spiele ja gerne den Mittelsmann, aber warum stellen Sie Ihr Handy nicht an und fragen sie selbst?«

Finch stand auf und ließ die Serviette auf den Tisch fallen. »Es ist nach elf, so spät ruft sie sonst nicht an. Können Sie die Rechnung unterschreiben, Stephen? Ich versuche, sie von meinem Zimmer aus zu erreichen. Dort sind die Tasten größer.«

Am nächsten Morgen wachte Stephen mit Kopfschmerzen auf, die sein Gehirn von hinten attackierten, und schluckte ein Aspirin mit dem Wasser, das er auf dem Nachttisch vorfand. Die Höhenlage, der Restalkohol und die Anspannung waren keine guten Voraussetzungen für einen produktiven Tag. Er duschte heiß und schrubbte sich mit einer ganzen Flasche Eukalyptus-Duschlotion ab, die im Badezimmer stand. Sein Kopf wurde klarer, und duftend wie ein ganzer Wald begab er sich hinunter ins Restaurant.

Finch sah aus, als hätte er kein Auge zugetan. Sein Gesicht war käseweiß, an seinem Kinn sprossen Bartstoppeln.

»Lydia ist nicht krank, oder?«, fragte Stephen leicht beunruhigt.

»Nicht direkt. Sie ist schwanger.«

»Oh.« Das war seinen Interessen nicht dienlich. Zweifellos war sie im Lichte dieser Entwicklung noch mehr verknallt in diesen *Kelvin*. »Freuen Sie sich denn nicht?«

Finch nickte, und ein albernes Lächeln zog ihm die Lippen auseinander. Er sah jetzt schon wie ein närrischer Großvater aus. Stephen bekam Angst, dass er gleich jemanden umarmen würde.

»Junge oder Mädchen?«

»Das weiß ich nicht. Ich meine, sie wollen es nicht vorher wissen.«

Der Mann war völlig aus dem Häuschen. Stephen hatte noch nie so viele glückliche Seufzer am Stück gehört; gleich würde Finch hyperventilieren. Aber der Professor nahm ihn nur kurz in die Arme, schlug ihn kumpelhaft auf den Rücken und rümpfte die Nase, als er das Eukalyptusgel roch. Im Speisesaal bestellte er Sekt und brachte einen Toast nach dem anderen aus: erst auf Lydia, dann auf das Enkelkind, dann auf sich selbst. Dabei nahm er so oft wie möglich das Wort *Großvater* in den Mund.

»Schön und gut, Finch, ich freue mich wirklich für Sie, aber wir haben Wichtiges vor. Das ist Ihnen aber nicht entfallen?«

»Natürlich nicht.« Aber er wirkte noch genauso geistesabwesend und verwirrt wie zuvor. Stephen schüttelte den Kopf und zwang sich, die Toastkrusten aufzuessen, die noch auf seinem Teller lagen.

Nach dem Frühstück gingen sie in die Lobby und setzten sich nebeneinander auf steife Ledersessel, das Haustelefon auf einem Tischchen zwischen sich. »Es hat wohl keinen Sinn, länger zu warten«, sagte Stephen.

»Nein. Fangen wir an.«

Stephen nahm den Hörer in die Hand. »Können Sie mich bitte mit dem Zimmer eines anderen Gasts verbinden? Der Name ist Alice Kessler.« Er wartete, während der Hotelangestellte die Gästeliste durchsah.

»Es tut mir leid, Sir. Wir haben keinen Gast dieses Namens.«

Stephen legte auf und schüttelte den Kopf. »Soll ich es bei den anderen versuchen?«

»Sollen wir nicht hingehen? Es ist so ein schöner Morgen. Wir könnten dann auf dem Weg gleich in ein paar Galerien hineinschauen. Sie haben doch gesagt, die anderen Hotels liegen an der Plaza, nicht?«

Stephen musste zugeben, dass Finch gute Miene zum bösen Spiel machte. Schließlich konnte ihm nicht mehr viel an dieser Geschichte liegen. Er würde in seine gemütliche Wohnung und zu der reizenden, immer rundlicher werdenden Lydia zurückkehren, und nach den Weihnachtsferien hatte er wieder seine Seminare. Auf ihn wartete eine Familie, im wahren Sinn des Wortes. Stephen dachte an den staubigen Plastikbaum seiner Mutter mit den in merkwürdigen Winkeln abgeknickten Zweigen. An manchen Stellen, wo die Nadeln wie Zähne ausgefallen waren, schimmerte schon das Metall durch, weil er jahrelang in dieselbe zu kleine Schachtel gequetscht worden war.

In knapp einer Stunde hatten sie die restlichen vier Hotels abgeklappert. In keinem gab es eine Alice Kessler, und niemand wollte verraten, ob sie ein Zimmer bewohnt und bereits wieder ausgecheckt hatte. »Es verstößt gegen unsere Bestimmungen, solche Informationen herauszugeben«, lautete der Refrain. Stephen musste zugeben, dass sie in einer Sackgasse steckten. Sie konnten allenfalls noch nach Orion zurückfahren und sich auf Gedeih und Verderb Phinneaus ausliefern. Fast glaubte er zu spüren, wie die Wände seines kleinen Büros bei Murchison & Dunne um ihn zusammenrückten, und er hörte das Quietschen des Lifts, wenn er an seinem Stockwerk vorbeifuhr und der Krimskrams auf seinem Schreibtisch schepperte. Würde ihn Cranston noch über Weihnachten behalten oder ihn gleich entlassen und von seinen mageren Einkünften auch noch die Ausgaben dieser sinnlosen Suchaktion abziehen? Plötzlich völlig erschöpft, lehnte sich Stephen gegen einen Laternenpfahl, die Hand an die Stirn gelegt.

»Stephen.«

»Alles okay. Geben Sie mir nur eine Minute, bitte.«

»Stephen!«

»Zum Teufel, die Lage ist desolat, Finch, das müssen Sie doch zugeben.« Er blickte sich um. Finch stand wie angewurzelt vor dem Schaufenster einer Galerie.

»Sehen Sie sich das an«, sagte Finch und eilte in den Laden.

Stephen trat dicht ans Schaufenster und legte die Hand über die Augen, um in der grellen Sonne besser zu sehen. Finch redete wild gestikulierend mit einer jungen Frau im Jeansrock, deren Ohrgehänge bis zu ihren Schultern baumelten. Die Skulptur bestand aus Edelstahl und hatte eine sinnliche Form, wie eine Kreuzung zwischen Wolke und Klecks. Ihre Ränder waren abgerundet und spiegelglatt, und auf dem blanken Metall brach sich das Licht, das in Spektralfarben an der Decke aufleuchtete. Auf dem Schild am Sockel stand »Vertikale Pfütze #3 – A. Kessler.«

A. Kessler. Alice. Dass sie Künstlerin sein könnte, war Stephen nie in den Sinn gekommen. Er hatte sich kaum Gedanken darüber gemacht, wovon sie nach dem Abbruch ihres Studiums gelebt hatte. Ornithologie und Bildhauerei waren allerdings zwei sehr verschiedene Paar Stiefel. Aber wenn sie Bildhauerin war, hatte sie mit Santa Fe keine schlechte Wahl getroffen. Und wenn sie hier lebte, konnte man sie auch finden. Stephen legte Halt suchend die Hand gegen die Glasscheibe. Sie hatten es tatsächlich geschafft.

Beim Betreten der Galerie stieß er in der Tür gegen Finch, der sie gerade verlassen wollte.

»Wir haben Alice gefunden!« Stephen hatte plötzlich einen Bärenhunger und war der glücklichste Mensch auf Erden. »Haben Sie eine Telefonnummer? Wo wohnt sie?«

Finchs Gesichtsausdruck war schwer zu deuten. »Alice haben wir nicht gefunden.«

»Was soll das heißen? ›A. Kessler‹. Das steht doch unter der Skulptur im Schaufenster.«

»Agnete. A. Kessler ist Agnete. Stephen, wir haben vielleicht Thomas' Tochter gefunden. Nicht Alice.«

»Aber Alice war hier, in Santa Fe. Ich habe den Eintrag auf dem Kalender gesehen. Vielleicht wollte sie ihre Tochter besuchen. Das ist perfekt.«

»So würde ich es kaum ausdrücken, aber wir werden es wohl bald herausfinden. Ich habe meine Karte bei der Galeristin hinterlegt. Sie will Agnete anrufen und versuchen, ein Treffen zu arrangieren.«

»Aber was haben Sie ihr gesagt?«

»Ich habe gelogen.«

Noch nie im Leben war ihm das Lügen so leicht gefallen. Er hatte nicht eine Sekunde lang nachgedacht – A. Kessler konnte nur Alice sein – und ohne Umschweife nach der Skulptur im Fenster gefragt.

»Eine hiesige Künstlerin. Sie produziert wunderschöne, einzigartige Stücke. Die meisten sind recht groß; dieses hier hat sie speziell für mich gemacht, damit ich es in der Galerie ausstellen kann. Agnete Kessler.« Die Frau strich sich die Haare hinter die Ohren und lächelte herzlich, während sie ihn als potenziellen Käufer taxierte.

»Agnete, sagten Sie?

»Ja. Hätten Sie gerne mehr Informationen? Ich habe hier irgendwo ein Infoblatt.«

Das hatte ihn kalt erwischt. Er war nicht im Mindesten darauf gefasst gewesen, dass sie einfach über sie stolpern würden, gerade jetzt, da die Sache für ihn praktisch beendet war. *Ich möchte mit ihr über einen Auftrag sprechen.* Das war natürlich geschwindelt, aber als er den Satz ausgesprochen hatte, gab es kein Zurück mehr. Das zerknitterte Infoblatt hatte er sofort zusammengefaltet und in die Manteltasche gesteckt. Er wollte kein Foto von Agnete sehen. Sie mussten zuerst mit Alice reden, nicht mit ihrer Tochter. Sie konnten nichts mit Agnete besprechen, ohne Alice zu hintergehen, und das wollte er weder der jungen Frau antun, die ihn so durchdringend aus dem Gemälde heraus fixierte, noch der etwas älteren, glückstrahlenden Frau auf dem Foto.

»Sie meldet sich vielleicht gar nicht bei uns.«

»Warum sollte sie nicht, Finch? Sie ist Künstlerin, es geht um einen Auftrag, wahrscheinlich darbt sie – wie die meisten Künstler. Ich muss sagen, ihre Arbeit gefällt mir, wenigstens dieses eine Objekt. Es ist, als würde man in eine Pfütze schauen. Oder einen Zerrspiegel. Oder beides.«

»Schön. Sie machen ein Kaufangebot, und wir belassen es dabei.«

»Sie machen Witze.«

»Wer weiß.«

»Finch, wir müssen herausfinden, ob sie etwas über die Gemälde weiß. Aus diesem Grund sind wir doch hier. Wenn sie zufällig mit uns nach New York kommen und ihren Vater kennenlernen will, umso besser. Dann sind wir Helden auf ganzer Linie.«

»Helden?« Finch war fassungslos, wie leicht Stephen die größeren Zusammenhänge ausblenden konnte. »Glauben Sie im Ernst, dass Alice es so sehen wird? Meinen Sie nicht, es ist ihre Entscheidung, wann und was Agnete von Thomas erfahren sollte, wenn überhaupt? Solche Neuigkeiten will man doch nicht von völlig Fremden hören.«

»Aber wir haben Alice nicht gefunden, oder? Sollten Sie in dieser Sache nicht auf Baybers Seite stehen? Sollte er als Vater nicht ein Wörtchen mitzureden haben, ob sie es erfährt oder nicht?«

»Es geht nicht darum, auf wessen Seite man ist.«

»Finch, ich weiß, Sie halten mich für selbstsüchtig, und das stimmt auch in vielerlei Hinsicht. Das gebe ich ehrlich zu. Aber ich muss diese Gemälde sehen. Ich liege nachts wach und denke an Natalie und Alice und frage mich, ob ich mir alles richtig zusammenreime. Das Einzige, was ich habe, sind die Hände – sonst nichts. Ich weiß nicht, wie alt sie sind oder was sie anhaben, nicht, ob noch andere Menschen bei ihnen sind oder ob sie allein sind. Hören Sie mal, es geht mich nichts an, was für ein elendes Durcheinander sie in ihrem Leben angerichtet haben; es tut mir leid für sie, wenn das irgendwie zählt. Aber zum ersten Mal im Leben interessiert mich die Geschichte, Finch. Ich will wissen, was Bayber ausdrücken wollte, nicht nur, was auf den beiden Tafeln zu sehen ist. Zum ersten Mal kann ich mir vorstellen, was mein Vater empfunden hat. Wie kann es sein, dass Sie das nicht auch interessiert? Dass Sie nicht alles in Ihrer Macht Stehende tun wollen, um es zu erfahren?«

Finch hob abwehrend die Hände, er hatte genug gehört. Eine bleischwere Last senkte sich auf ihn, er hörte im Geist die Dominosteine gegeneinanderklicken, leise und unaufhaltsam. »Gut. Erledigt. Es spielt keine Rolle, ob ich es wissen will oder nicht. Es ist nicht mehr aufzuhalten.«

»Also was machen wir?«

»Wir warten auf Agnete.«

Sie rief am Nachmittag an, als sie in der Hotellobby saßen und Stephen sich mit Gratiscrackern, Käse und Sherry vollstopfte. Finch blickte auf die Krümellandschaft, die sich um die Serviette herum gebildet hatte – wenn Stephen nervös war, schlang er unterschiedslos alles in sich hinein. Er hatte sein Handy auf das Tischchen gelegt, und als es klingelte, fixierten sie es beide. Es vibrierte eine Weile auf dem dunklen Holz, bis Stephen es packte und Finch hinstreckte, weil er den Mund noch voll Käse hatte.

Ihre Stimme klang anders, als er es sich vorgestellt hatte, aber was hatte er sich überhaupt vorgestellt? Dass sie wie Alice klang, aber hatte Alice einen Klang? Eine intelligente Schüchternheit, stockend und melodisch? Die helle Stimme eines Singvogels, hoch oben in der Morgenluft? Oder Thomas' spröder, misstrauischer Tonfall, schnell und distanziert? All diese Annahmen wurden wahrscheinlich von seinen Schuldgefühlen gespeist. Agnetes Stimme war warm und vertrauensvoll. Sie würde gleich am Hotel vorbeikommen und sie abholen; sie könnten sich noch mehr von ihren fertigen Objekten ansehen und auch einige Stücke, an denen sie noch arbeite, im Atelier neben ihrem Haus, das in der Nähe der Plaza liege.

»Es ist nicht weit zu Fuß, wenn Sie lieber laufen möchten, aber Sie waren sicher schon den ganzen Morgen in der Stadt unterwegs. Wenn man sich hier nicht auskennt, kann man sich leicht verirren, und ich hätte nicht gerne, dass Sie mir abhandenkommen. Sie könnten bei jemand anders landen und sich dessen Kunst ansehen.« Sie lachte.

Finch stimmte ein, aber sein Lachen klang gezwungen. Scham nagte an seinen Eingeweiden. Sie war reizend. Er kam sich vor wie ein armseliger Wurm. Als er schließlich auflegte, trabte Stephen wie ein läufiger Hund um das Sofa herum, die Hände tief in den Taschen vergraben.

»Und?«

»Sie holt uns in einer halben Stunde ab. Wir fahren zu ihr nach Hause, in ihr Atelier, um uns ihre Arbeiten anzusehen. Ich hoffe, Sie haben es vorhin ernst gemeint mit Ihrer Absicht, etwas zu kaufen.«

»Können Sie mir ein paar Dollar leihen?«

Finch wollte ihn nicht so leicht davonkommen lassen und zog ein grimmiges Gesicht. »Nein, aber davon sollten Sie sich nicht abhalten lassen.« Sie verzogen sich in ihre jeweiligen Zimmer, um sich frisch zu machen, und trafen sich fünf Minuten vor der vereinbarten Zeit in der Lobby. Stephen hatte seinen Aktenkoffer dabei, und Finch umklammerte widerwillig eine schwarze Ledermappe, in der er wichtiges Material aufbewahrte, unter anderem die Fotos, die er zwei Tage zuvor Phinneaus gezeigt hatte. Nachdem er sich mit seiner Rolle abgefunden hatte, wollte er die ganze Sache so schnell wie möglich hinter sich bringen.

Er sah alle fünfzehn Sekunden auf die Uhr, in der Hoffnung, sie hätte es sich anders überlegt. Sie hatte sich nur sehr knapp beschrieben: dunkle Locken, blaue Augen, Arbeitsschuhe – praktisch für den Weg zwischen Haus und Atelier, hatte sie erklärt. Mehrere junge Frauen, die Agnete hätten sein können, durchquerten die Lobby, aber nicht eine von ihnen gönnte ihm einen Blick, was ihn wieder einmal daran erinnerte, dass das Alter ihn unsichtbar machte, ob es ihm nun gefiel oder nicht.

Dann war sie da. Er erkannte sie sofort und starrte entgeistert auf diese weibliche Version von Thomas, eines Thomas, den er so nie gekannt hatte – jünger, glücklicher, strotzend von Gesundheit. Agnete hatte das Beste von Thomas geerbt, das den weicheren Zügen, die sie von Alice hatte, mehr Kontur und Prägnanz gab. Ihre Augen waren genauso auffällig blau wie die ihrer Mutter, die helle Haut hatten beide Eltern. Ihre Haare waren so dunkel wie auf dem Kinderbild, rabenschwarze Locken fielen ihr schwungvoll über die Schultern. Ihr Gang war elastisch, so als könnte ihre hochgewachsene, schlanke Gestalt so viel Energie nicht fassen. Aus den Augenwinkeln bemerkte Finch, dass ihr viele Blicke folgten.

Sie kam mit ausgestreckter Hand auf sie zu, und Finch hatte das Gefühl, in ihren Bannkreis gezogen zu werden. Er fragte sich, ob sie Heilkräfte besaß, ob etwas von der Lebendigkeit und Stärke dieser glücklichen, unversehrten Person, die Thomas mitgeschaffen hatte und die aus Fleisch und Blut statt aus Öl bestand, auf ihn übergehen könnte. Stephen stand mit gesenktem Blick hinter ihm, die Hände hinter dem Rücken verschränkt. Finch stieß ihn grob in die Rippen und ergriff die Hand der jungen Frau. »Agnete?«

»Sie müssen Professor Finch sein. Ich freue mich, Sie kennenzulernen. Und Sie sind Mr. Jameson?«

Stephen nickte und stammelte etwas, aber die Worte gingen in einem Hustenanfall unter. Agnete schlug ihn herzhaft auf den Rücken. »Besser?«

»Ja, danke. Und nennen Sie mich Stephen. Mr. Cranston ist der Einzige, der mich Jameson nennt.«

»Mr. Cranston?«

Wieder ein Rippenstoß von Finch. »Es ist sehr nett von Ihnen, uns abzuholen. Wir hätten uns sicher auch allein behelfen können.«

»Durchaus nicht so nett, wie Sie denken. Sie sind jetzt meine Gefangenen, wissen Sie.«

Sie schenkte ihm ein kleines, vielsagendes Lächeln, das ihn überrumpelte – sie war ähnlich attraktiv wie Natalie, wirkte jedoch völlig ungekünstelt und warmherzig. Bevor er ihr Fragen stellen konnte, scheuchte sie die beiden zur Tür hinaus, und sie kletterten in einen alten, staubigen Volvo, Finch vorne und Stephen hinten. Finch wollte zwischen den beiden so viel Abstand wie möglich schaffen, da er Stephen nicht über den Weg traute. Das Innere des Fahrzeugs war makellos sauber, als hätte Agnete gewusst, dass sie zwei Fremde mitnehmen würde. Sie fuhr schnell, aber souverän, nahm die Kurven, ohne auf die Bremse zu treten, und Finch kam der Gedanke, dass sie sich in einer Großstadt mühelos zurechtfinden würde. Sie würde sich gekonnt in den Verkehr einfädeln, rasch jede Parklücke erspähen und nutzen und die Beleidigungen weniger furchtloser Fahrer ignorieren.

»Hier sind wir«, erklärte sie nach kurzweiligen zehn Minuten. Sie hielten vor einem Mäuerchen, das auf beiden Seiten von dekorativen Grasbüscheln und überhängenden Ästen eingefasst war. Ein von Ziersträuchern mit roten Beeren gesäumter Steinplattenweg führte nicht ganz in der Mitte zum Haus, und neben diesem Durchgang befand sich an der Mauer ein Metallschild mit der Aufschrift »Calle Santa Isabel 11«. Das Mäuerchen war, wie bei vielen anderen Häusern, mit Papiertüten und Zederngirlanden weihnachtlich geschmückt.

»Ich habe ein paar kleinere Arbeiten im Vorgarten, die Sie sich anschauen können. Die größeren sind hinter dem Haus.«

Sie folgten ihr auf dem Plattenweg bis zum Vorgarten. Finch war begeistert. Er hörte den Springbrunnen, bevor er ihn sah, denn er war teilweise von Tontöpfen mit Kakteen und Stechpalmen und den kahlen Stämmchen radikal zurückgeschnittener Pflanzen verdeckt. Stephen stieß einen leisen Schrei aus, und als Finch sich umdrehte, sah er den Grund. Auf der anderen Gartenseite war alles in Bewegung; Objekte aus Edelstahl reflektierten das Licht in alle Richtungen. Eines erinnerte an einen Fischschwarm, und als Finch näher kam, sah er, dass die Bewegung von seinem eigenen Spiegelbild ausging, das, hier aufgebläht, dort geschrumpft, über das schimmernde Metall der Kunstwerke schwamm. Im Halbschatten eines kahlen Baumes stand eine Vogel-Skulptur, ein aufwirbelnder Schwarm, deren silberne Schwingen, dunkel bei wolkigem Himmel, aufleuchteten, sobald die Sonne hervorkam. Unentwegt fiel der Blick auf etwas Magisches, wunderbar Fließendes und täuschend Einfaches.

»Sie sind fantastisch«, sagte Stephen, der gerade ein stählernes Komma bewunderte, das stabil und schwer wirkte, aber nur auf einem dünnen Stab balancierte. Er wandte sich an Agnete, die mit verschränkten Armen dabeistand und die beiden betrachtete. »Wo um alles in der Welt haben Sie das gelernt? Wo haben Sie studiert?«

Finch wollte dasselbe wissen, hätte aber nicht danach gefragt. Noch nicht. Ihr Talent sprang ins Auge. Sie hatte die Fantasie ihres Vaters, seine Gabe, nicht nur das Vorhandene zu sehen, sondern auch den Raum dazwischen, und beides zu etwas Neuem zu verschmelzen. Ihre Werke hatten eine frische, spielerische Qualität, die ihn begeisterte. Dass er nie von ihr gehört, nie etwas von ihr gesehen hatte, machte ihm deutlich, wie sehr er sich abgekapselt hatte – über viele Jahre hatte er sich nur auf ein Thema konzentriert, auf Bayber, und alles andere ausgeblendet. Der Gedanke an all die Talente, die er verpasst hatte, machte ihn traurig. So viele aufstrebende Künstler kannte er nicht einmal.

Agnete zuckte die Achseln. »Eigentlich nirgendwo. Ich bin wohl ein Produkt meiner Umgebung. Hier ist so gut wie jeder ein Künstler. Sie wissen ja, was man sagt – es liegt einfach in der Luft.«

»Ich bin sehr beeindruckt«, sagte Finch. »Und das meine ich ernst. Ich sage so etwas nicht oft.«

»Das glaube ich Ihnen.« Sie lächelte. »Dann sind Sie ein Sammler?«

Ah, jetzt fingen die Probleme an. »Es gibt bestimmte Künstler, für die ich mich interessiere«, setzte er stockend zu einer Erklärung an, den Blick auf die Wolkenstreifen am Himmel gerichtet, als könnte eine göttliche Intervention ihn retten. »Allerdings hauptsächlich Bilder. Malen Sie, Miss Kessler?«

»Bitte nennen Sie mich Agnete. Oder Aggie, wenn Sie wollen. Ich habe früher gemalt, aber nicht besonders gut. Ich wollte immer wissen, was hinter der Leinwand vor sich geht. Fragen Sie sich das nicht auch, wenn Sie ein Bild sehen, das Sie fasziniert? Was sonst noch passiert, über das Sie nichts wissen?« Sie lachte. »Ich glaube, zwei Dimensionen reichen mir nicht.«

Stephen horchte auf. »So geht es mir auch. Was passiert sonst noch? Was wissen wir nicht?«

»Genau«, bestätigte sie erfreut. »Kommen Sie doch herein, und wir trinken zusammen einen Sherry, bevor wir nach hinten gehen.«

Mit einem mulmigen Gefühl im Magen folgte Finch ihr zur Haustür, die in einem matten Orangerot gestrichen war, das zu Agnetes Stil passte – unaufdringlich, aber unverwechselbar. Die junge Frau bat sie ins Haus und nahm ihnen die Mäntel ab, die sie an eine Garderobe im Flur hängte. Dann rief sie vernehmlich: »Wir sind da!«

Finch blieb stehen. Er war nicht darauf gefasst gewesen, das alles vor einer anderen Person durchstehen zu müssen, einem Ehemann oder Freund. »Wir stören Sie, und es ist bald Essenszeit. Bitte lassen Sie mich ein Taxi rufen, und wir reden ein andermal weiter.« Er verspürte einen starken Fluchtimpuls, aber Stephen stand kopfschüttelnd vor der Tür und versperrte den Weg.

»Aber nein«, erwiderte Agnete. »Ich hatte Ihnen doch gesagt, dass ich Sie fesseln würde, sobald Sie hier sind. Sie wollen doch bestimmt nicht gehen, bevor Sie alles gesehen haben.«

Sie verschwand um eine Ecke, und als Finch zögerte, gab Stephen ihm einen Schubs. Finch ging einen kurzen Flur entlang und blieb dann so abrupt stehen, dass Stephen, der ihm auf den Fersen folgte, in ihn hineinlief und ihn fast die zwei Stufen, die ins Wohnzimmer führten, hinuntergestoßen hätte.

Die beiden Frauen saßen in der Zimmerecke auf der Sitzbank vor dem Kamin. Stephen krallte die Hand so fest um Finchs Oberarm, dass dessen Finger beinahe taub wurden. Über dem Kamin hing ein Gemälde – die rechte Tafel des Triptychons. Es zeigte eine junge Natalie, auf einem

Arm ein Kind, den anderen Arm nach etwas außerhalb des Rahmens ausgestreckt.

Stephen stieß ein leises »Oh« aus und sackte mit einem uneleganten Rums auf die oberste Stufe. Die Frau, die neben Agnete saß, legte den Kopf schief und blickte Finch unverwandt an. Ihr Gesicht war von den Haaren umrahmt wie von einer Wolke aus verblasstem, silbern gesprenkeltem Gold. Ihre Augen waren noch genauso blau wie in ihrer Jugend, aber ihr Blick war intensiver und schärfer als erwartet. Finch begriff, dass Agnete ihren entschlossenen Blick nicht von Thomas, sondern von ihrer Mutter geerbt hatte.

»Sie müssen Dennis Finch sein«, sagte Alice Kessler. »Wie ich höre, haben Sie mich gesucht.«

16

Ich bitte sie, zum Abendessen zu bleiben, ja?«, hatte Agnete ihr ins Ohr geflüstert. Der Atemhauch ihrer Tochter war wie ein luftiger Flügelschlag, sie hätte die Empfindung gerne eingefangen und für immer aufbewahrt. »Ja«, hatte sie spontan erwidert, »das wäre nett.« Und nun stand sie in Agnetes Küche und rührte unbeholfen mit einem Holzlöffel in einem dickflüssigen Chili, während Mr. Jameson mit ihrer Tochter nach draußen gegangen war und sie zweifellos mit Fragen bestürmte, auf die sie keine Antworten wusste, und Professor Finch vor einem fast leeren Weinglas am Küchentisch saß und sie anstarrte, als wäre sie eine Fata Morgana.

Dass sie sich so gefangen und gleichzeitig so erleichtert fühlen würde, hatte sie nicht erwartet. Ihr Körper haderte mit sich selbst: Der Rücken und die Schultern waren starr vor Anspannung, die Muskeln kraftlos wie Brei. Nun gut, sollten die beiden ihre Tochter aufklären. In den zwei kostbaren Tagen mit Agnete hatte sie es nicht geschafft, das Thema anzusprechen, hatte verzweifelt um die richtigen Worte gerungen. *Thomas Bayber ist dein Vater.* Das zumindest hatte sie hastig hervorgestoßen und dabei gespürt, wie sich etwas in ihr entkrampfte. Nun war seine Existenz bekannt – das war ihr Geschenk an ihn. Agnete hatte nicht weitergebohrt, aber Alice wusste, dass sie um Erklärungen nicht herumkommen würde. Wie konnte sie das Unvermeidliche ausdrücken? Es war leichter, wenn jemand ihr eine Rolle zuteilte – Täterin oder Opfer. Sie ließ den Kochlöffel los und schwenkte die rote Flüssigkeit in ihrem Glas, einen Kräutertee, den Agnete von einer Einheimischen hatte und der angeblich Heilkräfte besaß. Er schmeckte nach Sommer, nach Ringelblumen und etwas Scharfem, Fruchtigem.

Sie beobachtete durch das Küchenfenster, wie ihre Tochter in der Abenddämmerung Stephen Jameson durch den Garten zog und ihm ihre anderen Werke zeigte. Die beiden dunklen Köpfe bewegten sich fast synchron. Solange Agnete in Sichtweite blieb, war alles in Ordnung, aber jedes Mal, wenn sie um eine Ecke verschwand oder im Haus in ein anderes Zimmer ging, wurde Alice unruhig und befürchtete, gleich in ihrem Bett in Tennessee aufzuwachen, allein und nichtsahnend.

»Ihre Tochter ist sehr talentiert«, sagte Finch, mit dem Glas in Richtung Fenster deutend. Agnetes Hände tanzten durch die Luft, deuteten erst auf den Himmel und dann auf eine Skulptur. Stephen schien vollkommen absorbiert von den Objekten, er versetzte die beweglichen Teile mit dem Finger oder gezielten Atemstößen in schwingende Bewegung. Finch war froh, dass er aus dem Haus war, so konnte er endlich für eine Weile allein mit Alice reden.

»Und sie muss Zauberkräfte haben. Stephen ist sonst nur still, wenn er schläft oder isst. Agnete hat ihn verhext.«

Finch trommelte ein rasantes Stakkato auf die Tischplatte, bis er merkte, dass Alice ihn beobachtete.

»Eine schlechte Angewohnheit«, entschuldigte er sich. »Das mache ich immer, wenn ich angespannt bin.«

»Mache ich Sie nervös?«

»Sie? Ganz und gar nicht. Nur das, was jetzt kommt.« Sie zuckte die Schultern, und seine Brille rutschte ihm noch tiefer auf die Nase. »Ich bin einfach überfordert. Ich war überzeugt davon, dass wir Sie nie finden würden. Ich habe nicht darüber nachgedacht, was passiert, wenn wir Sie finden.«

»Wenn es Sie beruhigt – wir sitzen im selben Boot.« Sie nahm die Weinflasche von der Ablage und füllte sein Glas nach. Dann setzte sie sich ihm gegenüber an den Tisch und goss mit beiden Händen Tee in ihren Becher.

Durch das viele Betrachten ihres Bildes in den letzten Monaten war sie ihm vertraut geworden, als hätte sie seinen prüfenden Blick aus dem Goldrahmen heraus erwidert und sei ihm ihrerseits nähergekommen. Jetzt wurde ihm bewusst, dass er über die lebendige Alice, die ihm gegenübersaß und von seiner Existenz keine Ahnung gehabt hatte, überhaupt nichts wusste. Phinneaus hätte ihn wenigstens andeutungsweise auf ihre Krankheit vorbereiten können, aber er hatte geschwiegen, weil er nur eines wollte: sie beschützen. Das nötigte Finch widerwillig Respekt ab, denn er wusste, dass er für Claire dasselbe getan hätte.

»Ich würde gerne mittrommeln«, sagte sie mit einem Blick auf seine Hände. »Für mich ist es immer noch schön zu sehen, wenn ein Körper normal funktioniert. Es ist nicht ganz dasselbe wie ein Phantomschmerz, aber ich kann Ihre Bewegungen fast in meinen Fingern spüren, als eine Art leise Erinnerung. Als würde mich ein freundlicher Geist heimsuchen.«

»Das klingt, als hätten Sie schon eine ganze Weile damit zu kämpfen.«

»Seit ich vierzehn war.«

Er erschrak. Mit vierzehn hatte Lydia Klaviersonaten gespielt und war mit ihren Freundinnen die Straße auf und ab gerannt, so schnell, dass man ihre Beine kaum sah. Er versuchte, sich eine verlorene Jugend, ein Leben mit körperlichen Schmerzen vorzustellen. »Sie leben praktisch schon immer mit dem Schmerz?«

Sie nickte und lächelte ironisch. »Mein treuester Begleiter.«

»Dann waren Sie krank, als Sie schwanger wurden.« Er hörte im Geist Phinneaus Worte: *Was immer Sie über Alice denken, ist falsch.* »Es tut mir leid. Das geht mich nichts an.«

Alice lachte, und die Röte stieg ihm ins Gesicht, als er merkte, dass sie ihn – wenn auch nicht unfreundlich – auslachte. »Vermutlich gehe ich Sie seit Monaten etwas an, Professor Finch. Es ist nicht ungewöhnlich, dass es Arthritis-Patientinnen während der Schwangerschaft besser geht. Vorher und nachher bekam ich die übliche Behandlung: Cortison, Goldspritzen, Antimalariamittel, D-Penicillamin, Methotrexat. Manches hat eine Weile gewirkt. Das meiste nicht.«

Sie stellte den Becher ab und rieb sich die Hände. »Es gibt ein ganzes ABC von angeblichen Heilmitteln für meine Krankheit, von denen ich die wenigsten noch nicht ausprobiert habe: K wie Krähenfleisch – in Alkohol eingelegt ist das eine alte chinesische Arznei. R wie Regenwürmer, man bewahrt sie ein paar Wochen lang in einem Behälter an einem dunklen Ort auf und reibt dann das ranzige Öl auf die befallenen Gelenke. Und W für toter Wal – man muss in seinem Brustkorb stehen. Ich habe leider keinen gefunden. Ich muss gestehen, dass ich barfuß durch Weihnachtsschnee gelaufen bin – das war mein B –, und dann gab es da noch Grünlippmuscheln, Gin – den mochte ich übrigens sehr –, Bienengift und Brennnesseln. Wenn ich sehr verzweifelt war, dachte ich: Wenn es bei irgendwem gewirkt hat, warum dann nicht bei mir?«

»Aber Sie sind weiter zur Schule gegangen. Ihr Abschluss an der Wesleyan, Ihr Studium …«

»An einer konfessionellen Universität, mit einem Stipendium. Welches mir entzogen wurde, als sie merkten, dass ich schwanger war. Und unverheiratet – nicht gerade im Einklang mit ihrem Moralkodex. Aber ganz so schlimm war das gar nicht. Das Leben, wie ich es mir vorgestellt hatte, rückte sowieso immer weiter weg.« Sie hob die Hände. »Ornithologie. Man kann sich kaum vorstellen, dass diese Finger einen lebenden Vogel halten, stimmt's? Oder ihn beringen? Sezieren? Sogar das Fotografieren und Notizenmachen bei Feldstudien wäre nur an guten Tagen möglich gewesen.«

»Sie haben Ihre Ausbildung abgebrochen und sind nach Hause gefahren, um Ihr Baby zu bekommen?«

»Ja, Anfang des Frühjahrs. Ich war wahnsinnig glücklich. Es ging mir gut. Ich hatte Kraft. Ich habe nicht viel darüber nachgedacht, wie ich mit dem Baby zurechtkomme. Ich habe darauf vertraut, dass sich alles schon irgendwie regeln würde.« Alice stand langsam auf, ging zum Herd und stellte die Flamme unter dem Topf kleiner. »Ich habe mich geirrt.«

Es war unangenehm, im Leben eines anderen Menschen herumzuwühlen. Stephen würde das wahrscheinlich nüchterner betrachten, wie ein Archäologe, aber er war auch nicht mit Alice in einem Zimmer und sah nicht die Blicke, die sie ihrer Tochter zuwarf. Wie eine Schiffbrüchige, die gerade Land gesichtet hat. Sie zuckte bei jeder Frage nach ihrer Vergangenheit zusammen. Als das Telefon klingelte und sie sich entschuldigte, war er froh über die Unterbrechung.

Ein paar Minuten später kam sie in die Küche zurück. Sie wirkte verändert, ihre Wangen waren leicht gerötet und ihre Augen blitzten. »Phinneaus lässt Sie grüßen.«

»Vermutlich hat Phinneaus Sie darauf vorbereitet, dass wir nach Santa Fe kommen?«

Bei der Erwähnung von Phinneaus' Namen entspannte sich ihr Körper, alle Härte wich daraus. »Er hielt es für möglich. Wir sind in dieser Hinsicht sehr verschieden. Er hat einen sechsten Sinn und lässt sich von seiner Intuition leiten. Ich reagiere erst und denke viel später darüber nach, was richtig gewesen wäre. Nachdem Stephen Sie so hastig weggezerrt hatte, ist Phinneaus in die Küche gegangen und hat sich auf Stephens Stuhl gesetzt. Und da sah er Saisees Notizen auf dem Kalender.«

»Sie hatten also die Möglichkeit, Ihre Pläne zu ändern, haben es aber nicht getan?«

»Ich beschloss, es dem Zufall zu überlassen, ob Sie uns finden oder nicht. Fast habe ich gehofft, dass es Ihnen gelingt.«

»Das verstehe ich nicht. Warum?«

Alice sah aus dem Fenster. »Weil ich ein Feigling bin.«

»Nach allem, was ich über Sie weiß, Alice, muss ich widersprechen.«

»Dann nennen Sie es das lange erwartete Urteil.«

Sie blickte auf das Bild an der Wand, auf dem Natalie Agnete hielt und den Arm schützend um sie legte wie um ein eigenes Kind. Finch konstatierte in Natalies Miene dieselbe besitzergreifende Entschlossenheit wie auf der Haupttafel des Triptychons. Nur hatte sie dort Thomas für sich beansprucht.

»Sie haben die andere Tafel nicht gesehen?«

»Nein«, antwortete Alice. »Ich wusste nichts von dem Triptychon. Ich habe dieses Bild vor wenigen Tagen zum ersten Mal gesehen. Er hat sie sehr gut getroffen, finden Sie nicht?«

»Wen, Agnete? Oder Natalie?«

»Beide. Es ist das einzige Kinderbild, das ich von Agnete habe, abgesehen von dem in meinem Kopf. Jetzt habe ich sie kennengelernt, und meine Fantasie-Agnete ist fort. Ich kann sie nicht mehr zurückholen.« Sie wandte dem Bild den Rücken zu, als verursachte es ihr körperliche Schmerzen. »Was wollten Sie meiner Tochter denn erzählen?«

Nach dem Besuch der Galerie hatte er sich eine kleine Rede zurechtgelegt und war sie immer wieder durchgegangen. Aber im Grunde hatte er nur Mutmaßungen und Hypothesen zu bieten. »Nur das von Thomas. Alles andere war noch unklar. Manchmal fand ich, dass sein Recht, Bescheid zu wissen, Vorrang hatte – vor Ihren Gefühlen und denen Ihrer Tochter. Er hat mich in eine unhaltbare Position gebracht, Alice, nur habe ich das nicht gemerkt, als ich ihm meine Hilfe versprach. Als ich dann herausfand, dass ein Kind involviert war, war er schon krank. Er konnte nicht mehr sprechen und nicht schreiben. Wie viel er verstand, war auch ungewiss. An diesem Punkt schien es mir zu spät, für unsere Vereinbarung Bedingungen zu stellen.« Finch verstummte. »Was weiß sie über Natalie?«

»Nur dass ihre Tante unerwartet im September verstorben ist. Ich habe ihr gesagt, dass Natalie für Oktober einen Besuch geplant und das Flugticket schon gekauft hatte. Es hat Agnete sehr mitgenommen. Bei Natalies letztem Besuch haben sie sich über Geld gestritten. Agnete hat Natalie seit Jahren erklärt, sie brauche keine finanzielle Unterstützung, aber Natalie wollte nichts davon hören. Schließlich hat Agnete kapituliert und das Geld auf ein Sparkonto eingezahlt. Sie wollte es später für Natalie verwenden, falls sie es im Alter brauchen würde. Aber laut Agnete haben die Geldgeschenke möglicherweise noch einen anderen Grund gehabt.« Alice blickte zur Tür und senkte die Stimme. »Sie wollte ihre Tante nicht hintergehen, indem sie es mir erzählte, aber ihrer Meinung nach sollte das Geld eine Art moralische Verpflichtung darstellen. Den letzten Scheck hat Agnete dann einfach zurückgeschickt. Das war der Brief mit dem Vermerk ›Zurück an den Absender‹, den Phinneaus gefunden hat, als er Natalies Sachen durchsah. Wir hatten beide angenommen, dass sie umgezogen wäre. Zum Glück haben wir uns getäuscht.«

Alice schüttelte den Kopf. »Davon abgesehen … nun, sagen wir mal, wir gehen vorsichtig miteinander um. Ich finde meine Tochter unglaublich freundlich und geduldig. Woher sie das hat, weiß ich nicht.« Sie lächelte Finch an, aber ihre Augen waren feucht. »Natürlich hat sie Fragen. Und ich möchte auch so vieles von ihr wissen. Aber für unser Gespräch gibt es keine Gebrauchsanleitung, und ich brauche dringend eine.« Sie legte die Hand auf Finchs Arm. »Sie haben eine Tochter, sagten Sie?«

»Lydia. Sie ist achtundzwanzig.«

»Dann wissen Sie, was ich gerade erst anfange zu begreifen. Dass Eltern alles tun, um ihre Kinder zu beschützen.«

Finch schloss einen Moment lang die Augen und dachte an seine Tochter. Er sah sie vor sich als kleines Mädchen, das auf Strümpfen auf ihn zurannte, wenn er nach der Arbeit durch die Haustür trat, die Arme um seine Taille schlang und sich auf seine Füße stellte, damit er sie ins Wohnzimmer mitnahm. »Ja«, sagte er. »Ich würde alles tun, um sie zu beschützen.«

»Und wenn die Wahrheit – das, was Natalie mir oder besser uns beiden angetan hat – ihr Kummer macht? Was dann?«

Finch dachte gründlich nach. Dann sagte er: »Agnete ist Ihr Kind, aber sie ist kein Kind mehr. Sie ist erwachsen. Ich denke, Sie sollten darauf vertrauen, dass sie aus dem, was Sie ihr erzählen, ihre eigenen Schlussfolgerungen zieht und ihre eigenen Urteile fällt.«

Er legte die Mappe auf den Tisch, nahm die Karten heraus, die Natalie an Thomas geschickt hatte, und gab Alice eine nach der anderen. Sie hielt sie am Rand, als wären sie glühend heiß, und überflog sie kurz. Dann legte sie sie auf den Tisch und vergrub den Kopf in den Händen.

»Alice, Ihre Schwester muss eine schwer gestörte junge Frau gewesen sein.«

»Er hat gewusst, dass sie am Leben ist. Ich nicht.«

Das hatte Finch schon fast vermutet, aber es war eine besonders grausame Vorstellung. Er hätte weder Natalie noch sonst jemandem so etwas zugetraut, hätte er nicht Thomas' Gesichtsausdruck gesehen, als sich die vier Männer vor zwei Monaten den Mittelteil des Triptychons angeschaut hatten.

»Was meinen Sie – wäre Thomas ein guter Vater gewesen?«

Finch dachte an die dunklen, verrauchten Zimmer, die leeren Schnapsflaschen, den Dreck. Wie intensiv hatte Thomas nach den beiden gesucht? Stephen und er hatten ihre Schatzsuche innerhalb weniger Monate erfolgreich abgeschlossen, wenn auch mit viel Glück.

»Vielleicht wäre er ein anderer geworden.« Das war durch die Blume geantwortet. Trotz allem empfand er Thomas gegenüber noch eine gewisse Loyalität. Wer sonst sollte sich als sein Fürsprecher betätigen?

»Für ein Kind ist es eine sehr schwere Bürde, wenn man ihm die Verantwortung zuschiebt, das Beste aus seinem Vater herauszuholen.« Alice fuhr sich über das Gesicht. »Eltern, Kind, Tochter. Ich habe ein neues Vokabular, Worte, die mir nicht vertraut sind, jedenfalls nicht auf mich bezogen.«

»Ist es wirklich so wichtig, dass Thomas von Anfang an gewusst hat, dass es sie gibt?«

»Jeder von uns wusste nur so viel, wie Natalie ihn wissen ließ. Aber ich hatte die Chance, es ihm vorher zu sagen, und ich habe sie nicht ergriffen. Ich kann ihr fast alles vorwerfen, aber das nicht. Hätte ich nicht geglaubt, dass sie …«

Offensichtlich hatte Alice mittlerweile Mühe, sich ihre Tochter anders als strahlend und lebendig vorzustellen. »Ich möchte gerne glauben, dass ich es ihm gleich nach ihrer Geburt gesagt hätte, dass ich meinen Zorn einfach hinuntergeschluckt und ihm die Gelegenheit gegeben hätte, sie kennenzulernen. Ein anderer zu werden, wie Sie es ausdrücken. Ich weiß nicht so recht, wie ich mir das je verzeihen soll.« Sie rubbelte mit der Fingerkuppe über einen Fleck auf der Tischplatte. »Das ist das Zweite, was ich ihm gestohlen habe.«

»Das Zweite?«

Sie rutschte auf dem Stuhl zur Seite und griff in die Tasche des Pullovers, der über der Lehne hing. »Würden Sie ihm das hier geben, wenn Sie ihn sehen?«

Sie streckte ihm die Hände hin, die einen Gegenstand umschlossen. Er sah die roten, geschwollenen Knöchel, die verkrümmten Finger, die Haut, in die sich die Mühsal von vielen Jahren eingegraben hatte. Er nahm entgegen, was sie ihm geben wollte, und war verblüfft, obwohl er gegen jede weitere Überraschung gefeit zu sein glaubte.

»Ich war so wütend, als ich damals aus der Hütte lief. Er hatte etwas getan, was ich ihm nicht verzeihen konnte. Ich wollte ihm auch wehtun, aber ich wusste nicht, wie.« Sie strich mit einem krummen Finger über den Rücken des Vogels, den Finch in der Hand hielt. »Er hat seiner Mutter gehört. Er hat ihn behalten, obwohl seine Eltern ihn dermaßen zurückgewiesen haben. Er musste ihm etwas bedeuten, deshalb habe ich ihn mitgenommen. Ich hatte immer vor, ihn zurückzugeben, auch damals, als ich kein Wort mehr mit ihm reden wollte.«

»Sie könnten ihn selbst zurückgeben.«

Alice schüttelte den Kopf. »Nein. Ich bin wirklich ein Feigling, das war ernst gemeint.«

Das Doughty-Figürchen lag warm in seinen Händen. Er betrachtete die detailgetreu ausgeführte Farbgebung und Anatomie. »Ich glaube, Thomas hatte nicht viel Erfahrung mit Zurückweisung, Alice. Eher mit Schmeichelei und Vergötterung. Aber außer Ihnen und seinen Eltern fällt mir niemand ein, der ihn freiwillig verlassen hätte. Er gibt den

Menschen keine Gelegenheit dazu, verstehen Sie. Ihr Fortgehen muss eine einzigartige Erfahrung für ihn gewesen sein. So etwas wollte er nie wieder erleben. Wenn Sie sich fragen, warum er sich nicht mehr Mühe gegeben hat, Sie und Agnete zu finden – vielleicht hat er geglaubt, dass Sie nicht gefunden werden wollten. Zumindest nicht von ihm.« Finch holte ein Bündel Briefe aus seinem Aktenkoffer, die an Alice adressiert waren. Auf allen stand in Natalies Handschrift »Annahme verweigert«.

Alice starrte stumm auf die Umschläge, machte aber keine Anstalten, sie in die Hand zu nehmen. »Natalie hatte auf der ganzen Linie Erfolg.«

»Sie konnte ihn nicht daran hindern, an Sie zu denken. Sie sind in jedem seiner Werke enthalten, von dem Zeitpunkt an, an dem er von dem Baby erfahren hat, bis er zu malen aufhörte. Hätte ich Ihnen das lieber nicht sagen sollen?«

»Sie meinen die Vögel.« Alice senkte den Blick auf die Hände und lächelte. »Davon wusste ich bisher nichts. Wenn ich mich nicht zufällig vor die Galerie gesetzt hätte, wüsste ich es wahrscheinlich immer noch nicht.« Sie bedeckte seine Hand vorsichtig mit ihrer. »Ich glaube nicht, dass diese Figuren für mich bestimmt waren, Professor Finch. Thomas ist mir in der Nacht, bevor ich Agnete gefunden habe, im Traum erschienen. Ich glaube, sie waren für sie gedacht.«

»Ich würde Ihrer Tochter gerne helfen, Alice, wenn sie das zulässt. Ich habe immer noch Kontakte in New York, kenne ein paar Galeriebesitzer, und an Zeit mangelt es mir nicht. Ihre Arbeiten sind ganz außergewöhnlich.« Er wartete auf ein Zeichen der Zustimmung. Er wusste selbst nicht, ob er das Angebot machte, um Alice einen Gefallen zu tun oder weil er beim Betrachten der Skulpturen zum ersten Mal seit Jahren wieder eine Art prickelnden Energiestrom gespürt hatte. Aber das Angebot war ehrlich gemeint.

»Sie hat sein Talent.«

»Sie hat ihr eigenes Talent.«

Nach einem kurzen Zögern stellte Finch die letzte Frage, die er in Baybers Auftrag zu stellen gedachte: »Haben Sie ihm vergeben?«

Stephen und Agnete lieferten sich gerade ein übermütiges Wettrennen zur hinteren Tür. Wie jung sie aussehen, dachte Finch, mit ihren hochroten Wangen, den langen Armen und Beinen und den dunklen Haaren.

»Wir haben Frieden geschlossen«, antwortete Alice.

Die beiden jungen Leute erreichten gleichzeitig die Küchentür und schubsten sich gegenseitig in die Küche. Lachend und prustend fielen sie auf die freien Stühle am Tisch und wedelten mit den Händen, um sie aufzuwärmen.

»Alice ...« Stephen langte über den Tisch und nahm sich einen Cracker. »Ist es okay, wenn ich Sie Alice nenne?« Er wartete nicht auf die Antwort. »Könnte ich vielleicht ein Foto von Ihnen und Agnete machen, wo Sie unter dem Gemälde stehen? Ich will nicht zudringlich sein, aber ich habe nun mal meinem Auftraggeber versprochen, ihn auf dem Laufenden zu halten. Unabhängig davon, wie es weitergeht, würde ich ihn gerne wissen lassen, dass wir eine der fehlenden Tafeln gefunden haben.«

Stephen sah, dass Alice und Finch einen Blick wechselten.

»Das Bild gehört mir nicht, Mr. Jameson«, antwortete

Alice. »Aber wenn Agnete nichts dagegen hat, können wir ein Foto machen.«

»Nach dem Essen«, ergänzte Agnete in einem Ton, aus dem Stephen eine Warnung heraushörte. *Wenn Sie irgendetwas von mir wollen, üben Sie keinen Druck auf sie aus.*

Auf Fragen, die nicht das Thema Kunst im Allgemeinen oder ihre Skulpturen im Besonderen betrafen, hatte Agnete im Garten sehr knapp geantwortet. Schließlich hatte Stephen aufgehört, ihr hinterherzulaufen, sich auf den kalten Rand einer kleinen schmiedeeisernen Bank gehockt und gewartet, bis sie merkte, dass ihr das Publikum abhandengekommen war.

»Sind Sie müde? Oder langweile ich Sie mit meinem Gerede?«

»Ich versuche zu verstehen, wie das für Sie sein muss. Zuerst taucht Ihre Mutter auf, die Sie nie gesehen haben, und erzählt, dass Ihre Tante gestorben ist. Ein paar Tage später behaupten zwei Fremde, sie wollten Ihre Arbeiten sehen, die übrigens sehr beeindruckend sind, was ich nicht sagen würde, wenn ich es nicht ehrlich meinte. Meine gute Meinung hätte vor ein paar Jahren noch etwas gegolten. Jetzt ist sie einfach nur meine gute Meinung, aber immerhin ist es eine Meinung, die auf Erfahrung und Wissen beruht, wenn das ein Trost ist. Was es, wie ich zugeben muss, nicht unbedingt ist.«

»Stephen, Sie haben den Faden verloren. Ich verstehe jedenfalls kein Wort.«

»Ich versuche, Ihnen zu erklären, dass mich Ihre Arbeiten wirklich interessieren. Nicht nur, weil ich etwas von Ihnen will.« Stephen deutete mit einer ausladenden Geste auf die Skulpturen. »Sie faszinieren mich.«

Agnete stand neben einer ihrer größeren Arbeiten, einem Fischschwarm, und betastete ein kleines Metallteil, das etwas dunkler war als die anderen und nicht ganz so symmetrisch wie der Rest der Teile, die in kreisenden Aufwärtsbewegungen durch die Luft schwammen. Bei näherer Betrachtung sah Stephen, dass sie diesem Teil eine andere Gewichtung und Position im Raum gegeben hatte. Wenn der Wind wehte, bewegte es sich nicht in demselben Muster wie alle anderen, sondern zuckte und bebte auf eine Weise, die nahelegte, dass es angestrengt gegen den Strom schwamm, um die anderen einzuholen.

»Ich bin dieser Fisch«, sagte Agnete. »Ich bin in diesem Haus aufgewachsen. Ich habe nie woanders gelebt und liebe diesen Ort. Aber alle in der Stadt wussten, dass Therese, die mich aufgezogen hat, nicht meine richtige Mutter war. Alle wussten, dass mein Vater, wer immer er war, nie auftauchte. Ich habe die Pubertät überstanden, indem ich mir sagte, dass mir das egal ist; ich sagte mir, durch mein Anderssein sei ich nicht weniger wert.« Sie strich sich mit beiden Händen die Haare aus dem Gesicht, und Stephen fiel die große Ähnlichkeit mit ihrem Vater auf. Er spürte Baybers Hand wie eine eiserne Handschelle am Gelenk. Wäre Agnetes Vater hier gewesen, hätte er wahrscheinlich jeden verjagt, der sich näher als zwei Meter an sie heranwagte.

»Ich habe dieses Objekt gemacht, weil ich immer das Gefühl hatte, anders zu sein als alle anderen – was in Ordnung war –, und gleichzeitig Angst hatte, zurückgelassen zu werden. Können Sie das verstehen?«

Ihre Erklärung fand einen Widerhall in ihm, auch wenn er das kaum so ausgedrückt hätte. Er starrte stirnrunzelnd zu Boden. »Ja, ich verstehe, was Sie meinen. Vielleicht bin ich auch so ein Fisch.«

»Dann sind wir schon zwei. Wir sind ein eigener Schwarm.«

»Agnete, was hat Natalie Ihnen über Ihre Mutter erzählt? Über Alice, meine ich?«

»Das ist eine ziemlich unsensible Frage.«

Stephen biss sich auf die Lippe, konnte aber ein Lächeln nicht unterdrücken.

»Was ist so witzig?«

»Nichts. Sie klingen nur genau wie Finch. Er sagt mir auch immer, wie unsensibel ich bin, also muss es wohl stimmen.«

Agnete wandte das Gesicht zum Himmel und kniff die Augen zu. »Alice ist genauso, wie ich sie mir vorgestellt habe.«

»In Ihren Träumen?«

»Nach allem, was Natalie mir erzählt hat. Jedes Mal, wenn wir zusammen waren, hat sie über Alice gesprochen. Sie wollte, dass ich sie genauso gut kenne wie sie.« Agnete schüttelte den Kopf und riss die Augen auf, als hielte sie es für möglich, dass sich die Welt in diesen wenigen Sekunden vollständig verändert hatte. Sie hielt die Hand hoch und zählte an den Fingern ab: »Klug. Willensstark. Ehrgeizig. Ehrlich. Zu vorsichtig. Loyal bis ins Letzte. Natalie sagte, sie habe sich in ihrer Jugend immer darauf verlassen können, dass Alice zu ihr halte, Alice sei ihr anderes, besseres Ich gewesen.«

»Aber …«

»Sie hat mir erzählt, meine Mutter sei bei meiner Geburt gestorben.«

Stephens Bild von Natalie als einer faszinierenden, verführerischen Außenseiterin verflüchtigte sich. Agnete hob wieder das Gesicht und blinzelte heftig.

»Haben Sie was im Auge?«

Sie starrte ihn ungläubig an. Dann brach sie in ein Gelächter aus, das so hell wie das von Lydia klang, aber herzlicher und voller war. »Ich versuche, nicht zu weinen.«

»Ah. Okay.« Stephen klopfte sich wie zur Bestätigung auf die Knie. »Dann hassen Sie also Ihre Tante. Absolut nachvollziehbar.«

Agnete bohrte ihre Stiefelspitze in den Boden. »Warum sollte ich?« Sie berührte Stephen leicht am Ärmel. »Sie haben nicht die Erlaubnis, über sie zu urteilen, Stephen. Das ist mir vorbehalten. Und Alice. Außerdem möchte ich daran glauben, dass mir Natalie aus einer Laune heraus die Unwahrheit gesagt hat. Und dann nicht mehr wusste, wie sie das rückgängig machen sollte.«

»Sie verteidigen sie?«

»Natürlich nicht. Aber Menschen tun nun mal Dinge, die sie eigentlich nicht tun wollen. Man ist wütend. Man erlaubt sich den Luxus, etwas Schreckliches in Erwägung zu ziehen. Man will natürlich nicht wirklich so handeln, aber man gibt dem Gedanken Raum im Kopf. Er gräbt sich ein, bleibt wachsam, wartet auf eine Gelegenheit. Und wenn man plötzlich eine Entscheidung treffen muss, ist er da und scheint ebenso durchführbar wie eine vernünftigere Option, eine moralisch korrekte Reaktion. Und so wählt man ihn. Und wird durch eine einzige Entscheidung zu einem anderen Menschen, einem Menschen, der zu etwas Verwerflichem fähig ist. Man redet sich ein, das sei vollkommen gerechtfertigt. Was bleibt einem auch anderes übrig?

Und falls, nein, *wenn* man dann Zweifel bekommt, findet man den Weg zurück nicht mehr und macht immer weiter, begeht denselben Fehler immer und immer wieder.«

Er starrte auf ihre Finger und stellte sich vor, wie sie ein Stück Ton kneteten. »Es wundert mich, dass Sie so gütig sein können.«

»Mit Güte hat das nichts zu tun. Ich will, dass sie Frieden hat. Natalie hat gelitten.«

»Unter Schuldgefühlen?«

»Reue, glaube ich. Und der Angst vor dem Alleinsein. Ich spürte das immer beim Abschied; sie klammerte sich regelrecht an mich. Es war eine merkwürdige Umarmung, voller Gier, als wollte sie, dass wir zu einer Person verschmelzen. Und das kann ich verstehen. Es ist schrecklich, wenn man sich ganz allein auf der Welt fühlt.«

»Und was ist mit dem Gemälde? Hat Natalie nie darüber gesprochen? Oder die anderen Teile erwähnt?«

»Therese hat mir verraten, dass das Bild von einem Freund der Familie gemalt wurde. Mehr wollte ich nicht wissen. Ich habe es, ehrlich gesagt, nie gemocht. Meine Tante muss es mitgebracht haben, als sie das Haus kaufte, oder sie hat es Therese mitgegeben. Als ich klein war, hatte ich Angst davor. Natalie sah darauf so streng aus. Irgendwann habe ich mich daran gewöhnt. Jetzt nehme ich es kaum noch bewusst wahr.«

»Aber Sie erkennen, dass etwas Besonderes daran ist, oder? Ihr Vater ist ein Genie. Ich könnte dieses Bild bis zum Ende meines Lebens jeden Tag betrachten und würde es nie satt bekommen.« Er zog ein Blatt Papier von dem Zeichenblock, auf dem er sich Notizen gemacht hatte, und skizzierte rasch die Haupttafel des Triptychons. »Wenn Sie die beiden Teile zusammen sehen könnten, wären Sie verblüfft über die Farbübergänge. Die beiden Teile gehen nahtlos ineinander über, heller in der Mitte, dunkler an beiden Seiten, als wollten sie etwas über die Ungewissheit der Zukunft aussagen. Die Schatteneffekte, der Lichteinfall durch das Fenster, vor dem Natalie steht, die Pinselstriche für den Rock – man kann das Wildleder fast zwischen den Fingern spüren. Es ist vermutlich mehrere Millionen Dollar wert, Agnete. Sogar ohne die fehlende Tafel.«

»Ich hätte dieses Geld sofort gegen meine Familie eingetauscht.« Agnete wandte den Kopf ab. »Sie sehen nur Farbschichten, Stephen. Ich sehe mein Leben vor mir. Und alles, was ich sehe, wenn ich dieses Gemälde betrachte, sind die Menschen, die darauf fehlen.«

Nach dem Essen arrangierte Stephen mit großem Eifer die Kesslers unter dem Gemälde. Stühle wurden verrückt, Gegenstände herbeigeholt, um die nötige Ausgewogenheit zu schaffen, die Position von Armen und Beinen wurde verändert, Gesichter gedreht und nach oben gewendet. Finch war erschöpft und verlor allmählich die Geduld, vor allem als er Alice die Anstrengung anmerkte. »Sie sind nicht Stieglitz, Stephen. Knipsen Sie Ihr Foto. Wir sind schon viel zu lange hier.«

Stephen scheuchte Finch weg, aber er machte mehrere Aufnahmen in schneller Folge und dann noch einige nur von dem Gemälde.

»Professor Finch, würden Sie ein Foto von Stephen und mir machen? Ich will ihn damit erpressen; er hat mir schließlich versprochen, dass er mir eine Skulptur abkauft.« Agnete schenkte ihm ein strahlendes Lächeln, und Finch wurde es warm ums Herz. Er half Alice, von dem harten Stuhl aufzustehen, auf den Stephen sie gesetzt hatte. Stephen und Agnete posierten unentwegt plappernd vor dem Kamin. Sie hatten einander die Arme locker um die Schultern gelegt und die Köpfe einander zugeneigt, ihre Haare verschmolzen zu einer schwarzen Masse. Finch staunte. Hatte er je im Leben so vor Energie vibriert? Unwahrscheinlich. Er spähte durch den Sucher von Stephens 35-mm-Kamera, drehte am Objektiv, fummelte am Zoom herum, versuchte, Stephen und Agnete scharf zu stellen. »Irgendwas stimmt hier nicht«, fing er an, setzte die Kamera ab und betrachtete die beiden genauer. Sein Herz klopfte. Gesichtsform, Adlernase, hohe Wangenknochen – alles war identisch. Warum war ihm das bloß nicht früher aufgefallen? Er blickte wieder durch den Sucher und hoffte inständig, dass er sich getäuscht hatte. Aber die Kamera war vollkommen in Ordnung. Das Bild war gestochen scharf.

Er setzte sich auf die oberste Stufe und reichte Alice die Kamera. »Könnten Sie …«

»Die Knöpfe und Rädchen sind leider zu klein für meine Finger.«

»Nein, nur durchschauen.« Finch gab ihr die Kamera und konzentrierte sich auf einen Kratzer auf der Treppenfliese, weil er ihre Reaktion nicht sehen wollte. Sie starrte lange durch den Sucher und legte dann die Kamera ab. Auf einmal lag ihre Hand auf seinem Arm, und als er den Kopf hob, erkannte er in ihren weit aufgerissenen Augen und leicht geöffneten Lippen seine eigene Ungläubigkeit. Er verfluchte Thomas im Stillen. Und Dylans Frau gleich mit. Deshalb also hatte er auf Stephen bestanden.

»Sie werden es ihm sagen müssen«, flüsterte Alice.

Finch schnürte es das Herz zusammen. »Das kann ich nicht.«

»Finch, er muss es wissen. Und zwar bald.« Sie wies mit einer Kopfbewegung auf die beiden jungen Leute, die immer noch vor dem Feuer standen und angeregt diskutierten.

Finch rief ein Taxi. Agnete und Alice hätten schon genug für sie getan, erklärte er bestimmt, und alle hätten sich ihren Schlaf verdient. Schließlich gab Agnete nach, schlang dem überraschten Finch die Arme um den Nacken und küsste Stephen auf die Wange. Sie vereinbarten, sich am nächsten Vormittag im Hotel zu einem späten Frühstück zu treffen. Finch war auf dem kurzen Rückweg sehr still und vermied es, Stephen anzusehen.

»Hab ich was falsch gemacht, Finch?«

»Hm? Nein, nein. Haben Sie nicht.« Finch knirschte mit den Zähnen.

»Alice schien mich nicht besonders zu mögen.«

»Wirklich? Das ist mir nicht aufgefallen.« Finch starrte aus dem Seitenfenster des Taxis auf die Lichterketten in den Bäumen, die in der kalten Luft schimmerten und funkelten. »Sicher muss sie die Enthüllungen des Tages erst noch verdauen. Es ging ja Schlag auf Schlag.«

Im Hotel teilte er, bevor er Stephen Gute Nacht sagte, noch die Aufgaben zu. Stephen bekam den Auftrag, Cranston per Mail zu informieren und die Fotos von der zweiten Tafel des Triptychons ins Labor zu schicken, Bayber dagegen wollte er auf alle Fälle selbst benachrichtigen. »Und das verdammte Ding stelle ich jetzt ab«, sagte er, sein Handy schwenkend. »Lydia hat meine Zimmernummer, wenn sie mich braucht, und Sie auch.«

Nachdem er die Zimmertür hinter sich abgeschlossen hatte, fiel er schwer aufs Bett. Dass man in Kauf nahm, unter Umständen einer Fremden – Agnete – Schmerz zuzufügen, war eine Sache. Aber Agnete war bei der Planung ein Fantasiegebilde gewesen, keine echte Person. Stephen *war* echt, er war ein erstaunlich liebenswerter, hektischer, brillanter Chaot, der sich verzweifelt Anerkennung von dem einen Menschen wünschte, der sie ihm nicht mehr geben konnte – dem Mann, den er Vater nannte.

Der Gedanke, dass er gezwungen war, Stephen etwas mitzuteilen, was diesem den Boden unter den Füßen wegziehen würde, war Finch unerträglich. *Hilf mir, Claire.* Er vergrub das Gesicht in den gestärkten Bettlaken und betete inbrünstig darum, dass ihre Stimme nicht ausgerechnet jetzt für immer entschwinden würde, wie ein Stern, der aus dem dunklen Nachthimmel ins schweigende Nichts gleitet.

Ihr Atem streifte seine Wange. *Es tut mir weh, dich in dieser Verfassung zu sehen.*

Was soll ich tun?

Schweigen. Jeder Tag, den er ohne sie verlebte, war wie ein dumpfer Schlag gegen sein Herz. *Was hast du zu Alice gesagt, als sie dich vorhin nach Natalie gefragt hat? Ich sage dir jetzt dasselbe. Stephen ist erwachsen. Er wird seine eigenen Schlussfolgerungen ziehen und seine eigenen Urteile über alle Beteiligten fällen.*

Aber es wird ihn verletzen.

Ja. Aber es wird ihn auch heilen. Er hat mehr Verwandte, als er glaubte. Eine Schwester und deren Mutter. Und den Mann, den diese Mutter liebt, und den Neffen dieses Mannes, und die Frau, die für sie alle sorgt. Und dich, Denny. Bist du nicht sein Freund?

Das ist nicht dasselbe.

Sie schnaubte verächtlich, und ihre Haare kitzelten sein Ohr. *Ach nein? Schlaf jetzt, du dummer alter Esel. Du hast dich völlig überanstrengt. Du wirst einiges für deine Fitness tun müssen, wenn du jemals mein Enkelkind auf deinen störrischen Schultern herumtragen willst.*

Stephen war zu aufgedreht, um zu schlafen. Er zog die Fotos von der Kamera auf den Laptop, schickte sie eilig ans Labor und schusterte die Mail an Cranston zusammen. Auf die Gefahr hin, Finch, den er bisher immer mit ein paar Schmeicheleien hatte begütigen können, wütend zu machen, schickte er Mrs. Blankenship eine Auswahl Fotos, mit der Bitte, sie auszudrucken und so bald wie möglich Bayber zu zeigen: Agnete im Hof neben einer ihrer Skulpturen Alice und Agnete unter dem Gemälde und, aus einer Laune heraus, um Bayber zu zeigen, dass seine Tochter die Männer, die er mit der Suche nach ihnen beauftragt hatte, nicht unsympathisch fand, auch das Foto, auf dem er mit Agnete vor dem Kamin saß. Danach streckte er sich auf dem Bett aus, verschränkte die Arme hinter dem Kopf und starrte auf die niedrigen Deckenbalken. Wo steckte nur die dritte Tafel?

Alice und Agnete behaupteten einhellig, die fehlende Tafel nie gesehen zu haben, und es gab keinen Grund, an ihrer Aussage zu zweifeln. Nachdem er und Finch nun die zweite Tafel kannten, war Stephen davon überzeugt, dass die dritte eine schwangere Alice zeigte, denn das Bild von Natalie und Agnete ähnelte dem zweiten Foto, das Natalie an Bayber geschickt hatte.

Natalie war der Dreh- und Angelpunkt, auf den alles

zustrebte. Stephen legte den Arm über die Augen und konzentrierte sich auf sie, versuchte, sich in ihre Gedanken einzuschleichen. Sie war clever genug, den Wert des Gemäldes zu kennen, und hätte es wohl kaum weggeworfen. Schon bei der Vorstellung lief Stephen ein Schauer über den Rücken: ein ruinierter, aufgeschlitzter Bayber auf einer Müllhalde oder in irgendeinem Hinterhof, in einem noch schwelenden Rahmen bis zur Unkenntlichkeit verkohlt. Nein. Sie war schlauer gewesen. Es hätte ihr Spaß gemacht, das Bild heimlich zu behalten, denn dann hätten nur Thomas und sie von seiner Existenz gewusst. Noch eine Gemeinsamkeit. Noch ein Geheimnis, das Alice nicht teilte.

Wenn sie es also nicht entsorgt hatte, musste es irgendwo lagern. Versichern konnte sie es nicht, ohne dass seine Existenz publik wurde. Finch konnte sich nur zwei Möglichkeiten vorstellen: George Reston junior oder die Edells. Zwar wünschte er sich, es läge bei den vergesslichen und leicht beschränkten Edells, aber viel wahrscheinlicher – und unangenehmer – war die andere Alternative: Natalie hatte George angewiesen, das Gemälde zu behalten. Wenn George erfuhr, dass Natalie tot war, würde er das Gemälde so schnell wie möglich verkaufen, dessen war sich Stephen sicher. Bei der Vorstellung, dass ein anderer Sachverständiger bei einem anderen Auktionshaus genau in diesem Moment einen Katalogtext verfasste, drehte sich Stephen der Magen um, und in sein Gehirn bohrten sich gleißende Lichtspiralen. Er und Finch mussten das Bild finden, bevor es ein anderer fand.

Er blinzelte in Richtung Nachttischlampe und tastete nach dem Schalter. Dann schleppte er sich ins Badezimmer und holte ein feuchtes Handtuch für seinen Kopf. Auf dem

Rückweg ins Bett schaltete er den Thermostat herunter und wartete, bis der Ventilator aufhörte, zu sirren und heiße Luft ins Zimmer zu blasen. Dann kroch er zwischen die Laken. Es war nicht mehr lange bis Tagesanbruch, bald hätte er eine weitere Chance, Agnetes Gedächtnis ein flüchtiges, aber wesentliches Detail zu entlocken, das ihm die Antwort geben würde.

Der Eidotter rann wie ein gelber Fluss über seinen Teller in das Bohnenmus, das er zur Seite geschoben hatte. Nach halb zwölf Eier zu essen war ein Fehler, beschloss Stephen. Sie waren zu dieser Zeit nicht mehr appetitlich. Neidisch beäugte er Finchs frisch getoastetes Sandwich, aus dem leuchtend rote gegrillte Paprika und ein blasser Klacks Käse hervorlugten. Eine gedankenlose Bestellung hatte unweigerlich eine Enttäuschung zur Folge. Stephen nahm einen Schluck von seinem Milchkaffee und überlegte, ob er sich nicht Churros bestellen sollte. Die konnte man wenigstens zu jeder beliebigen Zeit essen.

Finch hatte unrecht – Alice mied ihn, das war unübersehbar, sie wich sogar seinem Blick aus. Sie saß vor ihrem Teller mit den bläulichen Maismehl-Pfannkuchen, und Stephen war überzeugt, dass sie lieber in ihrer eigenen Küche Saisees Grits gegessen hätte. Finch nippte nervös an seinem Kaffee, und sogar Agnete war schweigsam und schob das Essen auf ihrem Teller herum, als wollte sie etwas ausgraben. Anscheinend blieb es ihm überlassen, ein Gespräch in Gang zu bringen. Gerade wollte er eine mögliche Versteigerung des Triptychons zur Sprache bringen, falls man den dritten Teil fand, als sein Telefon klingelte. Er ignorierte Finchs bösen Blick, zog es hervor und warf einen

Blick auf die Nummer. Mrs. Blankenship. Mit einer gemurmelten Entschuldigung stand er auf – weniger, weil er sich plötzlich an seine gute Kinderstube erinnerte, sondern weil Finch energisch auf die Lobby deutete. Dort sank er in einen der tiefen Ledersessel und hörte seine Mailbox ab. Drei Anrufe von Mrs. Blankenship, der erste schon um sechs Uhr Santa-Fe-Zeit, acht Uhr in New York. Das war ungewöhnlich früh, aber vielleicht hatte sie ein Problem mit dem Download seiner Datei gehabt. Beim dritten Anruf vor einer guten Stunde hatte sie eine Nachricht hinterlassen, und kurz bevor er sie abhörte, überfiel ihn eine schreckliche Vorahnung, eine Erinnerung, die er verzweifelt zu verdrängen versucht hatte: die Anrufe seiner Mutter in Rom.

Er wusste später nicht mehr, wie er in den Speisesaal zurückgefunden oder sich hingesetzt oder die Serviette im Schoß ausgebreitet hatte. Er wusste nur, dass es da etwas gab, was er auf keinen Fall vor Alice aussprechen durfte. Oder vor Agnete. Er sah zu Finch hinüber, und ihm wurde klar, dass es Finch genauso treffen würde, wenn auch auf andere Weise. Solange niemand eine Frage stellte, musste er nichts sagen, und solange er es nicht aussprach, musste es nicht wahr sein.

»Stephen?«, fragte Finch beunruhigt.

Er weinte. Er konnte sich nicht erinnern, in Rom geweint zu haben, als er die zittrige Stimme seiner Mutter am Telefon hörte, oder bei der Trauerfeier, während die endlose Prozession der Trauergäste an ihm vorbeidefilierte. Nicht einmal auf dem Friedhof, als sie im Regen standen und sein nasses Gesicht sich wie gefroren anfühlte. Aber diesmal war es gar nicht nötig, den Mund aufzumachen; Finch, der ihn so unbegreiflich gut kannte, wusste genau, was passiert war.

Alles, was danach kam – die Entscheidungen, die Pläne, die Anrufe, die Flüge –, rauschte über ihn hinweg wie ein Schneesturm. Alle Informationen prallten an ihm ab; er wartete, bis jemand ihm eine Richtung zeigte und einen Schubs gab. Geh dahin, tu dies, pack das ein. Finch ließ sich die Details von Mrs. Blankenship erläutern: Erst war es Thomas besser gegangen, dann wieder schlechter. Thomas hatte die Fotos gesehen, die Stephen geschickt hatte, und hatte munterer gewirkt, aber als sie später mit dem Frühstück zurückgekommen war, hatte er Fieber gehabt und ganz grau ausgesehen. Sie hatte den Arzt gerufen und dann auf den Rat der Tagschwester hin gleich darauf die Ambulanz. Thomas war mit den Fotos in der Hand gestorben.

»Ich habe ihn enttäuscht«, sagte Stephen zu Finch, während sie auf Alice und Agnete warteten, die mit ihrem Gepäck zum Hotel kommen wollten.

»Stephen, Sie haben ihm sein Wiedersehen ermöglicht, auch wenn er nicht selbst anwesend war.« Finch wählte seine Worte sorgfältig und sprach langsam wie zu einem Kind. »Er war sehr krank. Leberversagen, sagt der Arzt. Er konnte nicht mehr gesund werden. Das wissen Sie, oder?« Finchs Stimme schwebte wie eine tröstliche Wolke über Stephen. »Wenn irgend möglich, sollten Sie Agnete unterstützen. Denken Sie daran, sie hatte nie die Chance, ihrem Vater zu begegnen. Kein einziges Mal.«

Finch hatte über eine Stunde herumtelefoniert, um für sie beide einen Direktflug nach New York zu bekommen, aber so kurz vor Weihnachten waren alle Flüge ausgebucht oder hätten komplizierte Flugrouten zur Folge gehabt – viele Stunden in der Luft und am Boden. So wurde entschieden, dass sie ihre Tickets behalten, zunächst mit Alice und Agnete für ein paar Tage nach Tennessee fliegen und dann alle zusammen nach New York weiterreisen würden.

»Ich muss zuerst nach Hause«, sagte Alice, und Stephen hörte die vorsichtige Betonung der Worte *nach Hause,* als probierte sie den Begriff an wie ein Kleid. »Ich muss Phinneaus sehen.« Es klang wie *Ich brauche Luft*.

Sie war betroffener, als Stephen erwartet hatte. Immerhin hatte sie Thomas seit über fünfunddreißig Jahren nicht gesehen. Doch wahrscheinlich hatte sich in letzter Zeit zu viel Unerwartetes angesammelt, das jetzt plötzlich wie ein Springteufelchen mit wedelnden Armen aus einer Schachtel heraus auf sie zusprang. Zu viert standen sie eng beieinander in Warteschlangen und am Gate, im Flugzeug saßen sie in einer Reihe – vier aschgraue Menschen mit düsteren Mienen, die hin und wieder weinten, aber selten gleichzeitig oder aus demselben Grund. Phinneaus holte sie in Memphis ab.

»Sie sollten fahren«, sagte Stephen zu ihm. Seine Stimme klang kratzig nach zu vielen Stunden in der recycelten Kabinenluft.

»Es ist mein Auto, Stephen«, erwiderte Phinneaus.

»Klar. Geben Sie die Schlüssel nur nicht Finch. Er wird am Steuer zum Berserker.«

»Steigen Sie hinten ein, Stephen.«

Wenn er allein mit Finch fuhr, war Stephen wenigstens der Beifahrersitz sicher. Jetzt musste er sich zu Agnete und Finch auf den Rücksitz quetschen. Finch saß in der Mitte, weil er die kürzesten Beine hatte. Auf der Fahrt nach Orion nickte Stephen immer wieder ein und fuhr zwischendurch verwirrt und desorientiert hoch. Alice saß so dicht neben Phinneaus auf der Vorderbank, dass Stephen in der Abenddämmerung kaum unterscheiden konnte, wo die eine Silhouette aufhörte und die andere anfing. Ihm kam der Gedanke, dass er bald wieder allein sein würde. Nach der Beerdigung würden Alice und Phinneaus nach Tennessee zurückfliegen und Agnete nach Santa Fe. Finch würde zweifellos künftig von seiner Großvaterrolle und seinem Unterricht ganz und gar absorbiert sein. Der Professor schnarchte im Schlaf, sein Kopf rollte von rechts nach links. Wer würde sich um den Mann kümmern, wenn all das hier vorüber war? Lydia nicht – sie und Kelvin hatten bald anderes zu tun. Stephen schälte sich aus seinem Mantel und klemmte ihn unter Finchs Nacken. Wer würde ihm wegen seines waghalsigen Fahrstils ins Gewissen reden? Wer würde seine abwegigen und letzten Endes falschen Argumente bezüglich der Bedeutung des amerikanischen Regionalismus verstehen? Mit oder ohne die fehlende Tafel, in einem etwas größeren Büro oder der alten dunklen Kammer, war Stephen der Einzige, der in sein altes Leben zurückkehrte. Bayber war gestorben, und das, was Stephen sich am meisten gewünscht hatte – die beiden Tafeln mitzubringen –, war nicht geglückt.

In Orion purzelte er durch die Tür in das Haus, das er bisher nur einmal betreten hatte. Er war dankbar, dass sich gleich ein vertrautes Gefühl einstellte – der Klang von Saisees Stimme, der Geruch aus ihren Kochtöpfen, das warme Aroma in der Küche. Und Frankie, der, nachdem er Alice vorsichtig umarmt hatte, Stephen damit überraschte, dass er die Arme um seine Hüften schlang und ihn am Weitergehen hinderte. So stürmisch war er beim letzten Mal nicht willkommen geheißen worden.

»Dein Auge sieht viel besser aus«, sagte Frankie.

Wie lang war aus Kindersicht die Zeitspanne seit seinem letzten Besuch? In Erwachsenenzeit waren es Ewigkeiten. Saisee war in ihrem Element; sie genoss es, das Haus voller Leute zu haben, die sie brauchten, die sie bekochen, deren Wäsche sie waschen und denen sie Räume zuweisen konnte. Sie hatte Thomas nicht gekannt und hatte keinen Bezug zu ihm außer über Agnete, die sie wie eine lang vermisste Puppe behandelte. Sie flatterte ständig um sie herum, strich ihr über die Haare oder befingerte den Stoff ihres Mantels.

Als Stephen am nächsten Morgen ins Wohnzimmer schlurfte, bot sich ihm ein bemerkenswerter Anblick. Agnete saß auf dem Fußboden neben Frankie, der seine Krötenechse andächtig über ihr Schienbein laufen ließ. Alice ließ Agnete keine Sekunde aus den Augen, blieb aber dicht bei Phinneaus, und ihre Finger folgten den Adern auf seinem Handrücken. Saisee lief mit Kaffeebechern wie auf einem Trampelpfad zwischen Küche und Wohnzimmer hin und her und schleppte Platten herbei, die unter flockigem Löffelbrot, Ambrosiacreme mit knallroten Maraschinokirschen und rosigen Schinkenscheiben fast verschwanden. Und Finch tippte trotz seiner offensichtlichen Übermüdung fleißig auf seinem Laptop herum und warf Stephen ab und zu einen besorgten Blick zu. *Er bestellt garantiert gerade mehrere Exemplare von* Die Häschenschule, dachte Stephen.

Überall standen Gepäckstücke herum, als hätte das Flugzeug seine Fracht über dem Haus ausgeschüttet, und in den Ecken des Wohnzimmers stapelten sich Pappkartons. Als Stephen Fragen stellte, übernahm Phinneaus das Antworten.

»Natalies Papiere. Irgendwann werden Alice und Agnete sie durchsehen müssen. Saisee hat sie alle von oben heruntergetragen.«

»Vom Dachboden, meinen Sie?«

»Lieber Gott, nein«, sagte Saisee. »Aus Miss Natalies Zimmer im oberen Stock. Auf den Speicher geht nie jemand. Die Treppe ist so steil, die bringt einen um.«

Auf den Speicher geht nie jemand.

Stephen sprang vom Sofa auf, rannte durch den Flur und die Treppe hinauf. Auf der Hälfte drehte er sich um und stieß gegen Agnete, die ihm gefolgt war. »Hol meinen kleinen Koffer, ja? Er steht unten an der Treppe bei dem anderen Gepäck.« Dann rannte er weiter, zwei Stufen auf einmal, bis er vor der Tür zum Dachboden stand. Sie ließ sich durch ein Drehen des Türknaufs nicht öffnen, deshalb warf er sich mit aller Kraft dagegen und jubilierte laut, als sie nachgab und aufschwang.

Agnete stand so dicht hinter ihm, dass er ihren Atem spürte. Er ließ den Blick schweifen, und es dauerte nur wenige Sekunden, bis er es gefunden hatte: In der Ecke lehnte eine große, schmale Holzkiste an der Wand. Davor standen eine Truhe, mehrere Umzugskartons mit Pullovern, die immer noch leicht nach Mottenkugeln und Lavendelsäckchen rochen, und Papiertüten voller Kunstzeitschriften: ART IN AMERICA, ARTNnews, Art & Antiques. Die Seiten, auf denen Thomas Bayber erwähnt wurde, waren umgeknickt.

»Da war jemand ein Fan«, sagte Stephen, während er die alten Magazine durchblätterte, aus denen Staubwolken aufstiegen, die ihn in der Nase kitzelten. »Hilf mir, das wegrücken.«

»Wem gehört das alles?«, fragte Agnete. »Meiner Mutter?«

»Das glaube ich nicht. Sie wusste wahrscheinlich gar nichts davon. Anscheinend hat alles Natalie gehört.« Er deutete auf einen verblichenen Adressaufkleber auf einer der Zeitschriften. Nachdem er die Kleider und Papiertüten mit dem Fuß zur Seite geschoben hatte, fassten Agnete und er die Truhe an beiden Enden an und zogen sie zur Mitte des Dachbodens. Die Holzkiste lehnte an der Wand, in den Ecken klebten Spinnfäden und Insektenlarven.

»Stephen, wir sollten Alice fragen, bevor wir etwas unternehmen. Das alles gehört entweder ihr oder Natalie. Vielleicht wäre sie beim Öffnen gerne dabei.«

Stephen atmete tief durch, um seinen rasenden Puls zu beruhigen. Die Härchen auf seinen Armen hatten sich aufgerichtet, seine Kehle war wie zugeschnürt und sein Mund so trocken, dass er die nächsten Worte kaum herausbekam. »Alice hat viel durchgemacht. Glaubst du nicht auch, dass wir wissen sollten, was da drinnen ist, bevor wir die Kiste nach unten schleppen? Wenn es nicht das Bild ist, können wir ihr das sagen. Und ihr die Enttäuschung ersparen.«

»Oh sicher, ich habe ja überhaupt nichts durchgemacht«, entgegnete Agnete mit bitterem Sarkasmus. Sie rieb sich die Hände, und er merkte, dass sie genauso aufgeregt war wie er. »Also ehrlich, Stephen. Glaubt dir irgendjemand, wenn du solchen Unsinn verzapfst? Du wärst enttäuscht, nicht meine Mutter.«

»Agnete, bitte.«

Sie seufzte. »Also gut. Hast du etwas dabei, womit wir …«

Stephen hatte das Köfferchen aufgeklappt und klopfte sich mit einem kleinen Stemmeisen gegen die Hand. Er schob das Ende des Eisens in den Spalt zwischen dem Rahmen und den Holzleisten, bis sich die Nägel quietschend lösten und sich der Deckel vom vorderen Paneel heben ließ. Er bat Agnete mit einer Geste um Hilfe, und die beiden trugen die Kiste zur Mitte des Raums und legten sie flach auf den Boden. Stephen reichte Agnete das Stemmeisen, ließ sich auf die Knie sinken und griff in die Kiste.

»Was immer das hier ist, es ist gut verpackt.«

Agnete war durch einen Adressaufkleber an der unteren Ecke abgelenkt. »Es ist an Alice adressiert«, sagte sie. »Schau mal, Stephen. Erkennst du die Handschrift?«

Er ließ die Verpackung los und rutschte zu ihr herüber.

»Ja. Das ist Baybers Handschrift.«

»Mein Vater.«

Ihr Vater. Er hatte keinen Augenblick daran gedacht, in welcher Beziehung sie und Bayber standen und was die beiden Bilder für sie bedeuten mussten. Er hatte nur an ihren Wert in einem umfassenderen Sinn gedacht – die Sensation, die die Entdeckung auslösen würde, die kostbare Ergänzung zu einem bekannten und scheinbar abgeschlossenen Gesamtwerk. Jetzt hielt er inne, und ihm fielen die Manschettenknöpfe ein, die er immer mit sich herumtrug. Wie würde er sich fühlen, wenn er unvermutet etwas von Dylan fände? Agnete hatte recht. Es würde ihm mehr bedeuten als alle Pollocks und Mangolds, Klees und Gormleys zusammen.

Agnete war die Anspannung im Gesicht abzulesen; über ihren Hals zog sich ein bläulicher Streifen, der an der Schläfe wieder auftauchte. Sie biss sich auf die Unterlippe.

»Am besten machst du sie auf.«

Sie schüttelte den Kopf. »Nein. Wir beide zusammen. Du hast uns alle zusammengebracht, Stephen. Du und Professor Finch.«

Stephen zögerte, nickte und drehte dann die Kiste um, sodass sie offen vor ihnen lag. Sie griffen zusammen hinein und zogen an etwas Weichem, was sich wie eine Decke anfühlte. Stephen schlug die Umhüllung zur Seite, und Agnete schnappte nach Luft.

»Das ist meine Mutter. Das ist Alice. Sie ist wunderschön.«

Stephen lehnte die dritte Tafel des Triptychons gegen die Wand. Das Ölgemälde steckte in einem großen, aber schlichten Goldrahmen. Im Geist stellte Stephen die beiden anderen Teile in ihrer richtigen Reihenfolge dazu; die Hintergrundfarben gingen übergangslos ineinander über. Die Mädchen auf den äußeren Tafeln zogen ihr jüngeres Ich von Bayber fort in die Zukunft; Vergangenheit, Gegenwart und Zukunft waren vereint. Doch während Natalie das Baby Agnete an sich drückte und den Blick ernst auf den Betrachter richtete, hatte sich Alice auf ihrer Tafel seitlich abgewandt und blickte mit freudestrahlendem Gesicht, von ihren fließenden Haaren wie von einer hellgoldenen Aura umrahmt, zum Himmel. Mit einem Arm hielt sie ihren gewölbten Bauch, der andere war nach hinten gestreckt und fasste die Hand einer jüngeren Alice. Der blaue Azurbischof, der in dem Käfig im Mittelteil fehlte, saß auf Alices Schulter und sah aus, als flüsterte er ihr etwas ins Ohr.

Agnete weinte. Stephen legte ihr ungeschickt den Arm um die Schultern, und sie drehte sich zu ihm und verbarg ihr Gesicht an seiner Brust. Er fühlte, wie sein Hemd nass wurde. Vorsichtig versuchte er, die Kiste mit dem Fuß wegzuschieben, aber sie war zu schwer.

»Agnete, hier ist noch etwas.«

Sie wischte sich das Gesicht mit den Händen ab und sah zu, wie Stephen ein kleineres Gemälde, das in ein Stück Flanellstoff eingeschlagen war, aus der Kiste nahm und auswickelte. Es war eine mittelgroße, ungerahmte Leinwand.

»Was ist das?«, fragte sie.

»Ich war mal dort«, erwiderte Stephen und strich versonnen über das Bild. »Ich kenne den Ort. Das ist das Sommerhaus deines Vaters. Wo er und Alice sich kennengelernt haben.« Man sah das Haus vom See aus, inmitten eines tobenden Sturms. Stephen hatte eine ungefähre Vorstellung vom Standpunkt des Malers; er konnte fast den unruhigen Wellengang unter sich spüren, während er in einem kleinen Boot stand und Richtung Land schaute. Im Vordergrund sah man einen wilden Strudel aus Gischt und Schaumfetzen, große Wellen jagten über das Wasser, die nassen Felsen am Strand und das glänzende Dach der Hütte reflektierten das Licht. Die Fenster waren von einem matten Glühen erleuchtet, und der Rauch, der aus einem der Schornsteine stieg, wies auf ein Kaminfeuer hin. Stephen trat näher heran. Die wässrigen Schlieren am oberen Bildrand waren in Wirklichkeit flache, V-förmige Vögel, die in dichten Schwärmen alle in dieselbe Richtung flogen, aber die Pinselstriche waren untypisch für Bayber. Stephen drehte das Bild um und gab es Agnete, die laut vorlas, was in kräftigen Buchstaben auf der Rückseite stand:

Alice,
Lass nicht den Kummer deine einzige Landkarte sein,
damit du den Rückweg ins Glück nicht verfehlst.
T.

Epilog

Finch fuhr gleich am Morgen nach der Rückkehr zu Thomas' Wohnung, die jetzt seine Wohnung war. Mrs. Blankenship saß in ihrem bis zum Hals zugeknöpften Mantel und mit Handschuhen im kalten Wohnzimmer auf der Stuhlkante und wartete auf ihn, ein zusammengefaltetes Blatt Papier zwischen den Fingern. Die Heizung musste wieder einmal ausgefallen sein. Oder Cranstons Großzügigkeit hatte ein abruptes Ende gefunden. Finch würde jemanden anrufen müssen.

»Ich kann nicht mehr in die hinteren Räume«, sagte Mrs. Blankenship. »Es macht mich so traurig.« Sie drückte ihm das Blatt in die Hand. »Das lag in der Nachttischschublade. Ich habe es gefunden, als ich seine Sachen ausgeräumt habe – Medikamente, Brille, Haarbürste. Viel war es nicht.«

Ein Hort kleiner Eitelkeiten. Finch konnte sich nicht erinnern, Thomas je mit einer Brille gesehen zu haben. Er nahm das Blatt entgegen.

»Ich habe es nicht gelesen.« Sie wich seinem Blick aus, was ihn an ihrer Ehrlichkeit zweifeln ließ.

»Wir sehen uns dann morgen bei der Trauerfeier«, sagte er.

Mrs. Blankenship nickte. »Wollen Sie, dass ich bleibe?«

»Gehen Sie nur. Ich schließe ab.« Finch drückte ihr die Hand und merkte, dass sie wahrhaftig trauerte. Sie und Thomas hatten über all die Jahre, in denen sie geordnet und sortiert, sich gekümmert und ihm hinterhergeräumt hatte, eine ganz eigene Beziehung aufgebaut. Worüber hatten sie sich wohl unterhalten? Finch schüttelte den Kopf, als sie ihm ihre Wohnungsschlüssel aushändigen wollte. »Das regeln wir später.« Wer weiß, vielleicht hatte Stephen ein Interesse daran, hier zu wohnen, oder Agnete.

Nachdem Mrs. Blankenship gegangen war, senkte sich dieselbe dumpfe Stille auf den Raum, die Monate zuvor im Sommerhaus auf ihm gelastet hatte. Er ging in Thomas' Schlafzimmer und zog die Vorhänge auf. Dann setzte er sich auf einen Stuhl am Fenster und faltete das Blatt auseinander. Es war ein Brief.

Mr. Stephen Jameson
c/o Murchison & Dunne, 22. Stockwerk

1. Oktober 2007

Stephen,
ich habe von anderen gehört, dass Du Direktheit schätzt und wenig Geduld für das umständliche Geplänkel hast, das man heutzutage Gespräch nennt. Nun gut. Ich weiß noch nicht, ob Du und ich je das Vergnügen haben werden, uns kennenzulernen. Ich habe auf den Wunsch Deiner Mutter hin und aus Respekt vor ihrem Mann vor Jahren das Versprechen abgelegt,

nie Kontakt zu Dir aufzunehmen, und diese Vereinbarung bis jetzt auch eingehalten. Aber da die Zeit, die ich noch vor mir habe, kürzer wird, hätte ich gerne die Chance, meinen Sohn wenigstens einmal zu sehen.

Ich habe Deine Mutter nicht geliebt, und sie hat rasch festgestellt, dass auch sie mich nicht geliebt hat. Ich will mein Verhalten in der Vergangenheit und Gegenwart nicht rechtfertigen. Ich bin mein Leben lang nur meinen eigenen Interessen gefolgt, und jetzt ist von diesem Leben das übrig, was ich verdient habe. Dein Vater – der Mann, der Dich aufgezogen hat – war ein guter Mensch, aber dieser Begriff wird seinem Charakter nicht gerecht. Er war ein viel besserer Vater, als ich es je sein wollte.

Du hast eine Schwester, Stephen, eine Halbschwester, genauer gesagt. Ich weiß nicht, wo sie lebt, aber ich hege die Hoffnung, dass Du sie finden wirst und dass sie mehr von ihrer Mutter hat als von mir; allerdings kann man sich schwerlich vorstellen, dass Gott die Existenz von zwei Menschen zulassen würde, die von derselben Hand gezeichnet wurden. Wenn du einmal einen Rat brauchst, wende Dich an Dennis Finch. Er ist ein Mann mit Prinzipien und Herz, jemand, der sich Deine besten Eigenschaften in Erinnerung ruft und sich gleichzeitig bemüht, Dir die schlimmsten zu verzeihen. Kurz gesagt, er ist ein Freund. Du kannst darauf vertrauen, dass er so handelt, wie er spricht – ein Wesenszug, der immer seltener wird.

Es ist schwer, einem Menschen, der einem nicht fremd sein sollte, es jedoch ist, etwas zu wünschen. Deshalb sage ich nur eines: Das Talent eines Künstlers wird oft danach bemessen, wie gut er Licht und Schatten darstellen kann. Wenn Du eine Wahl hast, suche in deinem Leben immer das erstere.

Thomas Bayber.

Finch faltete das Blatt zusammen und steckte es in seine Jackentasche. Ihm kamen Baybers Worte an jenem Oktobernachmittag in den Sinn. *Wäre es so merkwürdig, wenn ich wiederhaben wollte, was ich einmal gehabt habe – genau wie du?* Es war nie das Triptychon gewesen, das Thomas wiederfinden wollte. Finch blickte aus dem Fenster und sah zu, wie die Sonne einen breiten Lichtstreifen auf die Gebäude auf der anderen Straßenseite malte. Am Ende blieb doch nie annähernd genug Zeit.

Danksagung

Ich kann mich überaus glücklich schätzen, die wunderbare Sally Wofford-Girand mit ihrem Team bei Union Literary als Agentin zu haben. Meine Lektorin bei Simon & Schuster, Trish Todd, war eine liebenswürdige Navigatorin, die mich erkennen ließ, was in meinem Kopf, aber noch nicht auf dem Papier existierte, und Thalia Suzuma bei HarperFiction U.K. ermutigte mich behutsam, Teile der Geschichte zu offenbaren, von denen ich nicht gewusst hatte, dass sie versteckt waren. Mehr Unterstützung, Orientierungshilfe und Begeisterung, als ich sie von diesen drei Frauen erhielt, hätte ich mir nicht wünschen können. Mein Dank gilt außerdem dem Team bei Simon & Schuster für seinen großen Einsatz.

Meine Leser: Ellen Sussman, Lehrerin, Mentorin, Freundin, deren Großzügigkeit mich überwältigt hat – ein Dank ist nicht genug; Christine Chua, meine unübertreffliche, außergewöhnliche Tiger-Writing-Freundin, die mir immer half, mich nicht im Detail zu verrennen – deine Ermutigung, deine klugen Gedanken und wohldurchdachten Anregungen waren von unschätzbarem Wert. Calvin Klein hat mich von Anfang an stetig unterstützt, und ich bin froh, dass es ihn und die verzweigte Klein-Familie in meinem Leben gibt. Gabriela Cosio-Avilla, John DeMartini, Anne Ferril, Nancy Hoefig, Philip McCaffrey, Lori Petrucelli, Jean, Mike und Tony Valentine – euer Enthusiasmus und eure Unterstützung waren mir eine echte Hilfe.

Meinen schreibenden Freunden, die mich angefeuert und mit mir gefeiert haben, danke ich von Herzen für ihr Feedback und ihre bereitwillige Hilfe.

Meiner Familie – ohne euch hätte ich es nicht geschafft. Mein Vater, der die fehlenden Worte fand, meine Schwestern, die noch vor mir an das Projekt glaubten, und meine Neffen Conor, Cody und Kyle, deren Liebe zu Büchern so ansteckend ist. Und vor allem meine Mutter – meine erste Leserin, meine beste Leserin.